钢铁海滩

上

［美］约翰·瓦利 著
［加］仇春卉 译

新 星 出 版 社　NEW STAR PRESS

Steel Beach by John Varley
Copyright © 1992 by John Varley
Simplified Chinese translation copyright © 2020
by Chengdu Eight Light Minutes Culture Communications Co., Ltd.
Published by arrangement with Virginia Kidd Agency, Inc.
through Bardon-Chinese Media Agency
ALL RIGHTS RESERVED
著作版权合同登记号：01-2019-5006

图书在版编目（CIP）数据

钢铁海滩：全2册/[美]约翰·瓦利著；[加]仇春卉译．—北京：新星出版社，2020.6
ISBN 978-7-5133-3573-7

Ⅰ．①钢… Ⅱ．①约… ②仇… Ⅲ．①科学幻想小说-美国-现代 Ⅳ．① I712.45
中国版本图书馆CIP数据核字(2020)第 090708 号

光分科幻文库

钢铁海滩（全2册）

[美]约翰·瓦利 著；[加]仇春卉 译

责任编辑：	汪　欣
特约编辑：	姚　雪
责任印制：	李珊珊
装帧设计：	付　莉　张广学

出版发行：	新星出版社
出 版 人：	马汝军
社　　址：	北京市西城区车公庄大街丙3号楼 100044
网　　址：	www.newstarpress.com
电　　话：	010-88310888
传　　真：	010-65270449
法律顾问：	北京市岳成律师事务所

读者服务：	010-88310811　service@newstarpress.com
邮购地址：	北京市西城区车公庄大街丙3号楼 100044

印　　刷：	北京美图印务有限公司
开　　本：	910mm×1230mm　1/32
印　　张：	24.25
字　　数：	610千字
版　　次：	2020年6月第一版　2020年6月第一次印刷
书　　号：	ISBN 978-7-5133-3573-7
定　　价：	92.80元

版权专用，侵权必究；如有质量问题，请与印刷厂联系更换。

致中国读者

请允许我在此向中国的朋友们,尤其是正在读这本书的中国读者们,做个自我介绍。

我出生在美国得州,长大后一找到机会就远走他乡,后来在密歇根州立大学读书,没多久又踏上旅途,去寻找我心目中的国度。终于,在1967年的"爱之夏"[1],我找到了心目中的理想国,并在那里度过了一段美好的时光——直到现在,我仍时常回味起那段时光。

1974年,我的中篇小说《月面野餐记》刊登在《幻想与科幻小说杂志》上。自此,我正式开始创作和出版科幻小说。在我的写作生涯中,迄今为止我获得过三次雨果奖、两次星云奖、十次轨迹奖,以及法国的阿波罗奖和日本科幻星云赏。

我的作品曾被翻译成法语、德语、日语、俄语等二十几种语言,如今我的第一部中文小说译本即将上市,这让我异常欣慰。在即将发售的中文译本中,《钢铁海滩》是其中的第一本,也是最有分量

---

1. 1967年夏天,超过十万嬉皮士在旧金山海特－黑什伯里区聚会,后人称之为"嬉皮士革命"。

的一本。

《钢铁海滩》的故事发生在未来,属于"八星"系列。在此,请允许我给各位交代一下"八星"系列的背景。

地球沦陷的几百年间,人们生活在月球、火星、小行星带中几颗较大星球以及一些系外行星的地表都市和地下乐园中。

大部分人(月球居民也好,其他星球的人也好)都甚少想起外星侵略者——他们把人类驱逐出故乡之后,就任由幸存者们自生自灭。同时,人类政府严令禁止任何人与侵略者接触或发生冲突,也禁止人们进入地球十万英里半径范围内。

那时候,人类已经拥有了取之不竭的能源,生活变得轻松简单;所有人丰衣足食,毫无生存压力。同时,生物科学突飞猛进,人体从此无病无痛,也不会衰老。人类虽然还没实现永生,却也相距不远了。一个人的寿命极限是多少?没有人知道——反正有些人已经活到两百岁了。

人们甚至能够随意改换性别——不是做变性手术,而是通过基因改造:从男变女,又从女变回男,再变女……一辈子随你反复多少次。

这个故事的主角名叫希尔迪·约翰逊,他在月球王城一家名叫《新闻奶嘴》的垃圾电子小报供职,是那里的王牌狗仔记者。在我创作这本书的时候,iPad还没有问世;不过我在书里描写了一种跟它很接近的阅读设备。

除了《钢铁海滩》,接下来我还会有其他几部长篇中译本跟大家见面,包括《蛇夫座热线》《金球》等,以及一本中短篇集。敬请期待。

约翰·瓦利

2019年3月24日

于美国华盛顿州温哥华市

目 录

No. 1 - 幸运大抽奖！性福新花样！ 3
No. 2 - 神算子称外星人已打破时间壁垒！ 17
No. 3 - 神奇月光能治百病！亲历者惊叹不已！ 37
No. 4 - 惊天内幕：生死擂台战被操纵！ 63
No. 5 - 科学家大惑不解——被隐瞒的恐龙真相！ ... 89
No. 6 - 独家曝光明星聚众不可描述！ 105
No. 7 - 德鲁伊大祭司 171
No. 8 - 大变巷大师 201
No. 9 - 气象学的日本天皇 227
No. 10 - 大英帝国女王陛下 251
No. 11 - 登月第一人 277
No. 12 - 乡村音乐之王 305
No. 13 - 女友礼拜五 341
No. 14 - 响尾蛇希尔迪 377
No. 15 - 擂台上的苏丹大帝 403

No. 16 – 天赋异禀	421
No. 17 – 时　尚	471
No. 18 – 漫　画	495
No. 19 – 郊　游	521
No. 20 – 宗　教	555
No. 21 – 科　学	585
No. 22 – 政　治	611
No. 23 – 战　争	641
No. 24 – 诞　生	669
No. 25 – 死　亡	701
No. 26 – 社　论	731

| 作者后记 | 753 |
| 译后随想 | 755 |

头条！

不出五年
男人的那玩意儿就可以作废了

"在联合生物工程公司，"台上的人这样推销道，"我们相当肯定，再过两千万年或者三千万年，大自然母亲会去改善一下咱们的这些缺陷。不过实际上——"

说到这里，他露出一丝微笑，显得既狡黠又有些羞涩，"我们认为老太太已经对本公司设计的这套系统很满意，无须再改动了……我们相信这个产品就是这么好。"

No.1

幸运大抽奖！性福新花样！

"不出五年，男人的那玩意儿就可以作废了。"销售员说。

说完，他稍做停顿，让目瞪口呆的观众们消化一下这个惊天地泣鬼神的噩耗。老实说，这种骇人听闻的消息，我也不知道还能再啃几个，很可能还没熬到午餐时间就已经胃口全无了。

"通过恰到好处的促销活动，"他面不改色地继续说，"我们也许能在两年内达到这个目标。"

说不定他是对的，毕竟大千世界无奇不有。然而我并没有马上打电话给股票经纪人，让他疯狂抛售我手上的男装运动内裤品牌的股票。我决定看准了再说。

这个记者招待会是在联合生物工程公司（简称联生）的大礼堂内举行的。这里能容纳一千人，可现在的上座率只有五分之一，而且大部分人都集中坐在前几排。

这位联生销售员的相貌就像一个游戏主播那么出众，连声音也似曾相识，这人肯定是从某个通用的模子里倒出来的。总有一天他们会将各行各业规范化，让不同行业的人使用相应的面孔和体型，就像穿上制服一样。

他滔滔不绝地继续往下说道：

"其实我们大家都知道，性是一件尴尬、僵化、缺乏想象力的事。你活到四十岁的时候，就已经对当前这套'自然'生殖系统物尽其用了。实际上，就算你以前的性生活只是中等活跃，可熬到四十岁的时候，你早就已经把每个花样都玩过不下数十遍了，这事情自然会变得乏味。要是你四十岁就觉得这事儿乏味，试想一下到了八十岁会怎样？一百四十岁呢？你有想过这些问题吗？到了八十岁，你过性生活的时候具体想干什么？难道你真的甘心重复那些千篇一律的动作吗？"

"干什么我也不会跟他干。"蟋蟀在我耳边低声说。

"那跟我干怎么样？"我低声答道，"等这产品演示会一结束就干。"

"等我过了八十岁再干,怎么样?"她在我肋骨上狠狠戳了一下,脸上却带着笑意。可坐在我前面的那个彪形大汉就没这么愉快了。他是《月球好皮囊》杂志社的人,体重大约两百公斤,身上没有半点脂肪。他缓缓转过头来,两道眉毛拧成了疙瘩,凌厉的目光沿着一条巨大斜方肌的斜面射过来,直插进我们的脸。我简直不敢相信他的脑袋竟然能转动,更别说还能扭过头来瞪着我。在他转头的那一刻,我甚至能听见软骨组织爆裂的声音。

我俩立刻会意,马上闭嘴。

"在联合生物工程公司,"台上的人这样推销道,"我们相当肯定,再过两千万年或者三千万年,大自然母亲会去改善一下咱们的这些缺陷。不过实际上——"说到这里,他露出一丝微笑,显得既狡黠又有些羞涩,"我们认为老太太已经对本公司设计的这套系统很满意,无须再改动了……我们相信这个产品就是这么好。

"这么好到底是有多好呀?我已经听到有人在质疑了。从克里斯汀·约根森[1]的年代以来,变性技术已经提高了很多,这款产品又有什么特别的呢?"

"克里斯汀什么根?"蟋蟀低声问。她用右手手指在左手小臂上飞快地打着字。

"约根森。不算阉伶歌手的话,她是史上第一位男变女的变性人。现在这些学校的记者专业都教你什么了呀?"

"学校教导我们说,只要角度好,新闻不会少。对了,希尔迪,想不到你以前还跟这位女士约会呢。"

"唉,后来我的约会对象是每况愈下啊。如果她当初和我跳舞时不是老要抢着领舞的话……"

---

1. 美国史上首位公开亮相的变性人。

突然，一个臂弯——没错，虽然这根东西比我两条小腿加起来还粗，可它绝对是一条手臂，因为它是从壮汉肩膀上长出来的——转过来，搭在我前面座椅的靠背顶上。同时，我终于有幸观瞻到壮汉那副雄伟的尊容：一头黄色的板寸，一个能用来开垦荒地的大下巴，还有一管比蟋蟀的屁股还宽的粗脖子。我连忙举起双手表示安抚，又做手势将我的两片嘴唇锁住，一甩手把钥匙也扔了。他的眉毛愈加向外突——天哪！要是他以为我在拿他消遣可怎么办——幸好他终于转了回去。我很好奇他额头上鼓起的肌肉是怎么练出来的，有那么迷你的杠铃吗？

其实，我是快要闷死了。

我并非第一次参加"性福千年"产品发布会，上一次是在去年三月份，以前也有定期出席。这种新闻就像世界末日的故事或者永动机的骗局，一个记者在职业生涯中每隔几个星期就会遇到一次。我甚至怀疑在原始人时代——头条新闻是凿进石板里的，报童是骑着猛犸长毛象派送《周日特刊》的——新闻工作者也面临着同样的苦恼。我已经数不清自己到底是第几次坐在这种记者会的观众席上，听着那些背着上帝多长了几根舌头的男男女女在台上胡吹乱侃，动辄宣称取得了"划时代的突破"。这，就是做专题记者的代价。

当然，有比我更惨的，至少我不用做政治新闻。

"……在超过两千名志愿者身上测试过……随机抽样出错率在百分之一左右……"

我有一个不祥的预感：虽然这家伙宣称他们的新产品多么富有革命性，可实际上没准儿连他吹的百分之一也没有。现在唯一的问题是，我能不能挖到足够多的材料，拼凑出一篇能让沃尔特满意的报道呢？

"……高潮快感增强百分之六十三，满意度翻倍，而且彻底消除性交后的抑郁。"

我想起我的老伯父 J. 沃尔特·汤姆森曾经有言：衣服洗白点，牙齿刷干净点，你就不需要嚼口香糖了。

刚才进门时，主办方给来宾人手派发了一只传真平板电脑。我弯下腰，伸手从地板上捡起平板，把问卷调出来迅速扫了一遍，我的内置废话探测器顿时发出哔哔哔的警报声。我吓了一跳，生怕前排的动态张力健美先生又要转过头来瞪我。

问卷上的问题都是垃圾！其实联生本来可以聘请专业机构帮他们消除调查问卷上面的"马屁效应"——所谓马屁效应，指人总是倾向于说一些别人爱听的话。比如说，你问人们这款新推出的汽水好喝不？人们当面会回答好喝极了；可是你一转身，他们就会把喝下去的都吐出来。联生并没有聘请这种机构为他们的问卷把关，这种做法本身就显示出他们对自己的产品缺乏信心。

"好了，万众期待的时刻终于到了！"随着一阵吵闹的喇叭声响起，灯光暗下去，几盏射灯的光斑在讲台背后的蓝色天鹅绒幕布上游来游去。同时，讲台载着主持人，缓缓向舞台侧面移动。

"联合生物工程公司隆重推出——"

"击鼓。"蟋蟀低声嘟囔了一句，话音未落，鼓声真的响起来了。我用手肘撞了她一下。

"人类未来的性福所在……**超级**过电！"

台下响起一阵礼节性的掌声，然后幕布向两边缓缓分开，露出两个笼罩在紫色射灯下的赤身裸体的人。这两人都没有头发，互相拥抱着站在一起。他们慢慢转过身来，昂头挺胸面对我们。我看不出他们究竟是男是女，两人唯一的区别是，其中体型较小的那位胸部稍稍有点乳房的意思，脸上还有一抹眼影。两人双腿之间都没有性器官，只有平坦光滑的皮肤。

"原来又是一款手感一流的性快感增强系统。"蟋蟀说，"我还以为这回是一款全新产品呢。这个'过电'系统好像是三年前推出的，对吧？"

"就是！当时他们花了一大笔钱，请了好些个名人来使用和推广这个系统，可最终订购的用户还没超过一两万人。我怀疑现在用户只剩下不到一百人了。"

可是有什么办法呢？他们召开记者招待会，我们就必须派记者来接受招待。他们往水里撒一把饵，我们就涌上来吃呗。

参加这个"**超级**过电"（他们还非要用加粗加大字体来写"超级"两个字不可呢！）系统的产品展示会，五分钟下来我就知道，这种废物产品只有小圈子内部的人士才懂得欣赏。我敢肯定，坐在我跟前的壮汉早已激动得全身瘙痒，连脚趾头上的肌肉都在发抖了。

现在舞台上有十来个不穿衣服、没有性别的舞者。她／他们摆出各种艺术造型，互相抚摸彼此的身体，指尖射出蓝色的火花。

"我受够了。"我对蟋蟀说，"你还要待下去吗？"

"可是后面有抽奖环节，中奖者获得三次机会免费使用……"

"传说中的超级过电系统！"主持人正好替蟋蟀把话说出来了。

"赢取免费性爱。"

"什么？"

"沃尔特说过，这就是那种电子报刊上用来搏眼球的终极大招。"

"不是要提到飞碟之类的东西吗？"

"好吧，那就改成'中奖者获赠地球老家飞碟一日游，途中附送免费性爱'。"

"我最好还是留下来等抽奖。要是我中了奖却没拿，老板肯定要把我灭了。"

"如果我中了奖，他们可以送到我办公室去。"我站起来，弯下腰，把手搭在眼前那个硕大的肩膀上。

"你的胸肌还得多练练。"我向人猿杂交怪物说道,然后就一溜烟儿地跑掉了。

和我刚到的时候相比,发布会的门厅已经发生了天翻地覆的变化。角落里的巨型蓝色全息图像,是几位"超级过电"的用户正在缠绵交欢。工作人员推了几张长长的餐桌进来,固定在门厅中央。几个穿着英国传统管家制服的男人站在餐桌后,正在擦拭银餐具和玻璃器皿。

这就是所谓的"额外好处"。我的职业生涯经常会有免费旅行的好事儿,我基本上是来者不拒;至于免费吃喝,更是却之不恭了。

我走到最近的一张餐桌前,拿起餐刀,一刀插进一座用肉酱堆成的弗洛伊德雕像,挖出一大团棕色的肉酱抹在一片黑面包上。一个男仆立即焦急起来,想要走过来阻止我,我一瞪眼,把他吓得马上缩了回去。接下来,我把两片厚切烟熏火腿摞在肉酱上面,然后抹上一层奶油乳酪,再放几片透过它也能看报纸的超薄渍鲑鱼片,最后再来满满三大勺画龙点睛的黑鲟鱼子酱。刚才那个男仆全程观摩我的掠食壮举,越看越觉得难以置信。

这,就是举世无双的超级无敌希尔迪三明治。

我正准备狠狠地咬一大口,蟋蟀突然出现在我身边,递给我一个郁金香形状的水晶杯,里面是蓝色的香槟。我与她碰杯,水晶相撞,发出冰凉清澈的乐声。

"为新闻自由干杯。"我提议说。

"为第四权力干杯。"蟋蟀提议道。

联生公司的实验区位于一个距离王城市中心将近七十公里的新郊区远端。因为很新,所以大部分滑轨和自动扶梯都还没开始正常运作。

这个区只有一个正在运营的地铁站，而且是在两公里开外。我们是乘加长型豪华悬浮轿车来的，现在那支车队还在联生公司大门外列队等候，准备接我们去地铁站——这是我猜的。我和蟋蟀上了其中一辆。

"我特别痛心疾首，因为有一个坏消息要告诉二位。"悬浮车说，"在公司大楼里面的产品演示会结束之前，我不能出车，除非车上有不少于七位乘客。"

"就破例一次呗。"我告诉它，"我俩都要赶稿啊。"

"也许……两位可以宣布进入紧急状态？"

我正想照办，却在最后一刻咬着舌头硬是忍住没说。没错，我这样做确实能赶回办公室，可是接下来呢？我必须向各种人等苦苦解释，还要缴付一大笔罚款。

"我报道这件事情的时候，"软的不行我就用硬的，"会提到有个蠢货拖延了我的写作进度，还会抹黑你们联生。然后你们老板肯定气得要死。"

"您提供的信息使我深受困扰，我震惊了。"加长豪华悬浮轿车说，"我，作为联生公司主机的一个未完全激活的例行程序内的一个子程序，唯一想做的就是取悦车上的人类乘客。我向您保证，我会竭尽全力满足您的需求，因为我的存在只有一个目标，就是提供令您满意的快速交通服务。然而，"它停顿了一下，补充说，"我实在是动弹不得。"

"算了吧，"蟋蟀说，"你跟一台机器较劲干吗？"她一边说，一边下了车。我知道她说得对，可我脑子里面有一部分偏偏不听使唤，忍不住要报复。

"你妈是垃圾车！"说完，我一脚踹在悬浮车的橡皮垫圈上。

"毫无疑问，先生。谢谢您，先生。欢迎您再次光临，先生。"

"这辆马屁精汽车的程序是谁给编的？"过了不久，我好奇地问道。

"就是一个马屁精编的呗。"蟋蟀说,"你跟它怄什么气呀?反正这段路又不长,就当欣赏风景呗。"

我必须承认,这地方还挺养眼的——关键是这里人少!试想你从小到大四周总是弥漫着人的气味,一旦这种气味没了,你必定会敏感地意识到这一点。我深深吸了一口气,细细品味着新浇混凝土的香气。这是一个新生的世界:一束束鲜艳的红绿蓝三色电线从尚未建好的墙上伸出来,就像光秃秃的树枝上开出的第一批花蕾;各种各样的金属——金、银、铜、铝、钛——还没被玷污,都在闪闪发亮;恣意呼啸的气流在崭新的通风管道里畅通无阻地奔腾着,带来一阵强劲刺鼻的轻机油气味——数百年来,新出厂的机器表面涂的就是这种轻机油……我沉浸在这些画面、声音和气味当中,深深地陶醉了。它们代表了温暖、安全,它们意味着我们能够在这个永恒的真空宇宙中生存。人类面临着无穷无尽的威胁,而眼前这一切正好印证了我们总能战胜强敌,笑到最后。换句话说,这就是进步。

我们在一堆堆不锈钢、铝、塑料以及玻璃建材之间穿行。我开始放松下来,心中突然感到一阵深不见底的平静——我猜,过去堪萨斯州的农夫在凝视滚滚麦浪的时候,心情也是这般平静。

"这里写着:他们可以通过电话给顾客提供性服务。"

蟋蟀走在我身前几步之遥的地方,正在阅读联生公司派发的传真平板。

"那也不是什么新鲜玩意儿。亚历山大·格拉汉姆·贝尔先生发明它还不到十分钟,就有人开始通过电话来做爱了。"

"你又在耍我,性爱哪是人发明的!"

虽然蟋蟀和我是竞争对手,可我挺喜欢她的。她的雇主是月球第二大电子报刊《少废话》。虽然还不到三十岁,但她已经在圈内混出个名堂了。我和她负责的新闻题材有许多相同的地方,所以我俩经常见面——当然只限于工作上的交往。

从我认识她的第一天起,她就一直是女性。我好几次试探着向她调情,可她从来没流露出兴趣。也许是萝卜青菜各有所爱吧?其实我已经看准了,这是因为她的性取向——不过这个问题我不方便问。肯定是这个原因!否则的话就意味着她对我本人不感兴趣——而这完全是不可能的!

不管是出于什么原因,反正挺可惜的,因为我对她暗中垂涎已经整整三年了。

"'只需将过电系统的调制解调器(另售)连接到主感应器簇,'"她读道,"'您的爱人就仿佛立刻出现在了您身边。'呵呵,我敢打赌,贝尔先生当年发明电话时,肯定没想到电话竟然还有这样的用途。"

蟋蟀有一张娃娃脸,鼻子翘翘的,思考的时候双眉紧蹙,显得楚楚动人。毫无疑问,她摆出这副样子当然是精心计算过的;可就算如此,她还是能让我感到兴奋。她的上唇较短,下唇较长,听起来不怎么样,可是镶在蟋蟀脸上却别具一番韵味。她正常的那只眼睛是绿色的,另外一只红色的眼睛则没有瞳孔。我的也差不多,不过正常的眼睛是棕色的。我们新闻工作者安装的红眼向来都是不眠不休的。

她身穿一件带褶的红色衬衫,与她的浅金色头发搭配着很好看。此外,她还戴着我们媒体人居家旅行必备的"第二记者证":一顶古旧的灰色浅顶软呢帽,帽檐上别着一张卡片,卡片上赫然印着"媒体"两个大字。她最近才做了脚跟增高手术——这玩意儿,又重新流行起来了。我曾经做过这手术,老实说,不怎么喜欢。它的原理很简单:把脚后跟的筋腱缩短,迫使脚后跟悬在空中,人的重心自然而然转移到前脚掌。手术做到最极致,人要踮着脚尖走路,就像跳芭蕾舞似的。正如我刚才所说,这种时尚挺蠢的;可是有一点我不得不承认,这手术能使小腿、大腿和臀部的肌肉线条变得更迷人。

还有比这种手术更惨无人道的。以前的女人们把脚硬塞进恐怖的尖头鞋里,踩着十厘米高的鞋跟,在一个 G 的重力下艰难地走动,最后得到的效果也就和这种脚跟手术差不多。那种鞋子真能把人穿瘸了。

"这里还提到有一款产品叫安全连环锁,可以杜绝出轨。"

"什么?哪里说的?"

她把传真平板递给我,我简直不敢相信自己的眼睛了。

"这合法吗?"我问她。

"当然了,这是两个人之间的契约啊,对吧?又没有谁逼着谁去用。"

"哼,这东西其实就是贞操带,电子贞操带!"

"贞操带?那时候英勇的骑士参加十字军东征,每天晚上都找别的女人上床;而他们的老婆则留在家里,只能到处找人开锁。可是这款产品不一样,丈夫和妻子都能使用,是男女皆宜啊。"

"依我看是男女皆不宜!"

坦白说,我震惊了——须知我并非一个容易受惊的男人。每个人拥有自主选择权,这本是我们社会的基石。可是超级过电产品提供了一个密码安全系统,每个配偶各有一个密码,能够神不知鬼不觉地任意激活或者封锁对方的性反应。一旦被封锁,又没有密码的话,大脑中的性区域就完全不会被激活,性爱也就变得跟做乘除法一样乏味了。

使用这款产品,就相当于授权别人否决你自己的思想。而我,是无论如何也想象不到自己会那么毫无保留地信任一个人的。不过,世上自有很多痴情疯狂的人,我这份工作就是冲着这些人去的!

"那边怎样?"蟋蟀问。

"哪边怎样?呃,那里怎么了?"她朝着一块绿地走去。只见那里摆满了一株株种在临时花盆里的树苗;墙边摞着一大卷一大卷的草皮，就像卖地毯似的。这块空地完工之后将会是一座小型公园。

"这里也许是我们能找到的最好的地方了。"

"找地方干吗？"

"你刚才提的事儿，转眼就忘啦？"她反问。

说真的，我确实忘了。和她认识了这么多年，我刚才提的"事儿"其实是跟她闹着玩儿的。她牵着我的手走到一卷摊开的草皮上。草皮很凉，柔软且富有弹性。她斜躺下来，抬头凝视着我。

"也许我这样说不太合时宜，可是我真的有点受宠若惊呀。"我说。

"呵呵，希尔迪啊，你知道吗？这是你第一次向我提出这个要求呢。"

我觉得这肯定不是第一次，不过谁知道呢？也许她是对的吧。我的风格更倾向于搭讪调情，也就是过去人们所说的"挑逗"。有些女人不喜欢这种方式，她们情愿对方开门见山地提出要求。

我伸直了趴在她身上，开始亲她。

我身上的衣服很快就皱巴巴的了；而她穿得本来就少，倒是完全不用操心。没过多久，我们就开始按照大自然母亲花了十亿年心血创作的韵律活动起来。这事儿既尴尬又混乱，既缺乏灵活性也没有想象空间，当然跟"超级过电"不可同日而语了。可是瑕不掩瑜，这事儿依然是精彩绝伦的。

"哈！"我从她身上滚下来，与她并肩仰卧在草皮上，她叹道，"这事儿真的……可以作废了。"

"作废？我那玩意儿差不多已经作废了。"

我们对望了一眼，同时爆笑出来。

过了一会儿，她坐起来，瞄了显示在手腕上的数字一眼。

"还有三小时就截稿了。"她说。

"我也是。"这时候，我们听见一阵低沉的轰鸣声，抬头一看，原来是我们的老相好——那辆加长豪华悬浮轿车——正向我们飞来。我们跑着迎上去,纵身跃过橡胶垫圈,跳进车里。车上已经坐了七个人,见我们进来,纷纷抱怨。可是无论他们怎么发牢骚,最后还是挤出点位置让我们坐下了。

"能够为您提供交通运输服务,我欣喜若狂。"加长豪华悬浮轿车说。

"我收回'你妈是垃圾车'那句话。"我说。

"谢谢您,先生。"

No.2

神算子称外星人已打破时间壁垒！

这不是一部悬疑小说，接下来你遇见的各色人等也不是嫌疑犯，发生在他们身上的事情更不是破案的线索。我保证，到了故事的大结局，我绝不会像演戏一样把所有角色都召集起来，当众宣布谁是凶手。

这也不是一部冒险小说。在事态发展的过程中，宇宙不会因此有毁灭的危险。其间发生了一些重要的事情，当中有几件我还亲身参与了。不过我和大部分人一样，只是被历史的洪流卷入其中，然后我又像朱迪·加兰[1]一样，被扔在了完全意想不到的地方。我基本上没有能力去左右事情的结果——实际上，因为这不是一部冒险小说，而是真实事件，所以我可以说这事儿根本就没有结果。有些东西发生了改变，有些东西依然如故，而大部分东西只是沿着原本的轨迹继续前进。如果我是创作冒险小说的作家，如果我要把自己塑造成冒险故事的主角，我一定会把自己摆在故事每个转折点的中心，我会让自己赴汤蹈火、身经百战、拯救人类……反正就是这意思吧。可惜事与愿违，接下来我要告诉你一些重要事件，其中大部分发生时我根本就不在场，我只是在乱世里挣扎着苟活罢了……

别指望我会突然拔出大宝剑，扭转全局。就算我真的有大宝剑，就算我真的懂耍剑，我也极少能碰到确凿无误的目标。偶尔以为找到目标了，对方不是庞然大物就是远在天边，反正不是我这几下三脚猫功夫能搞定的。

你会发现，这个故事缺乏细致精准的叙述，却充斥着大量谬误可笑之处，其中包括了区区在下希尔迪·约翰逊原创的"纳米机器人功能用途及工作原理解释"。我也知道，这些解释中的大部分都是无稽之谈，总的来说，其智商值大概比门外汉的平均水准低五十分……可

---

[1] 美国著名影星（1922-1969）。这里是指她在《绿野仙踪》里饰演的主角桃乐丝被龙卷风吹到了魔法王国。

是那又怎样？如果你喜欢详尽的技术细节描写，大可去阅读与这一系列事件有关的其他文章，或者看看随便什么设备的操作手册也行呀！

就算纳米机器人的难题被破解了，我还是绕不开当代科技界的核心谜团：神奇的中枢电脑。虽然它只是一大团幽灵般的半透明灰质，但毋庸置疑的是，它同时也是有感情、有知觉的博爱人道主义者，是你我他的知心好友。我在故事里提到中枢电脑是无可避免的，不过有句话我只说一次，你能记住就最好：我不是科技工作者！我写的那些关于神经机械控制的东西，你阅读的时候应该抱着强烈的怀疑态度。那一系列事情是怎样发生的？为什么这些事情不可能重演？老实说，相关的资料与文章多如牛毛，要多复杂有多复杂，要多详尽有多详尽！所以，我建议真正感兴趣的读者去自行查阅，各位慢走，我就不送了。不过你竟然有耐心看我的废话看到这里，我都忍不住有点欣赏你了——所以临别时我要告诉你一个小小的秘密：不管那些科技工作者说了什么，你也不能都信！中枢电脑到底在耍什么花招，没人知道。

好了，既然我这个故事这也不是、那也不是，那么它到底是什么呢？

这个问题其实更难回答。我曾经想过把标题定为《我是怎样度过地球沦陷两百周年的？》，可是这个标题没有提到性爱，一点也不吸引眼球；或者可以用《飞向星辰！》……再看吧，反正我自始至终都没想过写一些假大空的标题来骗你。

刚刚开始动笔的时候，我害怕。怕什么呢？我害怕这是一篇全世界最冗长的自杀遗书。事实证明这不是自杀遗书，因为我终究还是活下来了。该死！我这就把结局给剧透了！不过我希望比较聪明的那部分读者早就已经料到我没死。

我只能保证一件事：这是一个实实在在发生了的故事。在这个故事里，人们做事经常有悖常理，而且冥顽不灵；许多大事始终藏在台面之下暗流涌动；戏剧性的高潮将会像潮湿的炮仗，没法惊天动地，只能吱吱作响；大量难题依然悬而未决……要给我这个故事写一个内容简介的话，读者看了都会觉得寒碜；世界上任何一个剧本医生随手就能弄出十好几个方案来把我的故事润色一番。嘿嘿，你别笑，你最近有试过给自己的人生故事写剧情简介吗？

在所有人物里面，我是最缺乏逻辑的一个。我本来有无数次机会改变局势，却都被我一一错失了。我总是不停地犯错误，像梦游般度过了生命中许多重要的关头。不好意思，我当然希望各位读者能比我做得更好，不过我对此深表怀疑。在叙事过程中，我会东拉西扯，甚至云游天外——如果连主编大人沃尔特也没办法让我改掉这个毛病，这世上就没别人能做到了。我会在文中夹带一些我自己乱七八糟的人生哲学；有时候在特别凶险的关头，我还会说一些不合时宜的笑话。反正我是一个特别固执的混蛋（或者是女混蛋，视时期而定了）。虽说每个人的文字都会传递某种隐含信息，可是我不会刻意向你兜售我的三观，因为我也不太确定我的三观到底是什么。

不过有一点你可以放心，这个故事没什么隐喻的意义，我不会突然变成一只巨型蟑螂[1]，也不会因为对存在感到绝望而死去。要是你看完周六下午场电影，百无聊赖之际无意中翻开这个故事，你甚至还能在书中发现一些爱情动作场面呢！你有幸读到这么好的作品，夫复何求？

好了，我已经警告过你了。如果你还是执迷不悟继续看下去，那就后果自负吧。

---

1. 此处致敬奥地利作家卡夫卡的小说《变形记》。

回王城的地铁舱里只有四分之一满。我整个下午已经浪费了，现在只能趁着旅途这段时间，努力从刚才的活动中榨取点剩余价值出来。我环顾四周，只见所有同行都忙着做同一件事情：他们一个个翻着白眼，张开嘴巴，手指抽搐着点来点去，就像一群紧张型精神病患者——我们这个年代的记者干活儿时都这样。

你可以说我作风老派，因为我除了采访记笔记之外，一律使用传统的手写器——我认识的人里只有我一个还坚持这样写作。蟋蟀太年轻了，我怀疑她压根儿就没装这系统。这么多年来，我目睹着同行们抵挡不住诱惑，一个接一个地开始使用"人机直连接口"，如今只剩下我形单影只地勉力前行——谁叫这种古董似的旧科技刚好符合我的口味呢？

好吧，关于记者们"口眼歪斜"的描述，是我夸大其词了。不是每一个人机直连接口的用户在上线时都是这副弱智模样。不过他们看起来就像睡着了似的，而我向来觉得在公共场合睡觉怪怪的。

我用左手打了一个响指……没反应。我又打了两下，手写器这才启动。我不禁有点担心：这年头，找人修理手写器系统是越来越难了。

在我的左掌根部出现了三排四色圆点。

我的右手指尖按照不同的组合触碰那些圆点，一个个由圆圈和线条构成的字符像涂鸦似的出现在我手腕皮肤上的一块条形显示屏上——就是人们割腕自杀割的那地儿。

这是葛瑞格速记法[1]，我能用这种方法把整篇报道写下来。我们这一代人懂得用葛瑞格速记法的已经所剩无几了，根据《濒临灭绝技术

---

1. 20 世纪初全世界最流行的英语速记法。

保存法案》,我也许能申请一笔拨款呢。我曾经报道过约德尔[1]歌唱协会的会议,论废物程度,速记法与约德尔唱法难分伯仲。在申请的时候,要是我顺便大力鼓吹一番,或许还能倒腾一个《阴茎保存法案》出来呢。

(文件#希尔迪*待用*)(代号"联生过电")
(标题待定)

如果你订购了联合生化公司新推出的性爱系统"超级过电",你将会问自己一个问题:

你有多信任你的配偶?或者说,你的配偶有多信任你?

"超级过电"是联生公司几年前推出的拳头产品"过电"的最新加强升级版。过电,你还记得吗?嘿嘿,别难过,这东西压根儿就没人记得。当然了,在这个灰头土脸的大圆球的某个偏远山洞里,肯定有一两个死忠粉还在继续使用过电系统。也许今晚他们正在互相过电,也许其中一方还会被电得蛋疼呢。

如果你是过电系统的忠实拥护者,请立即致电本报编辑部,因为你已经获奖了——你从过电系统转换到超级过电系统时将获得九折优惠,还有一个二等奖:一口气预订两次转换能享受折扣!

对于立志为性爱事业献身的探险者来说,超级过电系统能为他们提供些什么呢?四字记之曰:安全保障!

也许你觉得性爱只不过是晃荡在两腿之间的那点事儿,

---

1. 源于瑞士阿尔卑斯山区,一种真假声反复快速转换的歌唱形式。

其实不然。和其他所有事情一样，它是存在于你的脑海里——而这正是"超级过电"的奇迹所在。只需要开口说一个字，你就能把自己的配偶变成太监！你也可以做一个面露狞笑的去势人了！惊喜吗？刺激吗？脑部阉割，其乐无穷！你可以成为社区里重振精神私处缝合艺术的第一人！能将阳痿上升到集成电路的境界，能把性冷淡从心理疾病升华为自我克制，除了联生还有谁？

你不信？且让我详细道来：

（接下来：*插入联生公司通告#4985, 6-13*）

也许你会问自己：爱人之间的传统信任都到哪儿去了？嘿嘿，各位，信任和男人那玩意儿一样，都快要作废了——联生向我们信誓旦旦保证，那玩意儿很快就会步渡渡鸟的后尘。所以，你们当中谁还拥有并且还在使用裆中蛇王，最好开始为它寻找一个好归宿吧。

不！别放在那里，你这蠢货！那玩意儿也要作废了！

（未完待续）

不出所料，我写到第七段的时候，安装在食指指甲上的词汇警报灯就开始不停地闪烁。虽然我明知这些词句不可能逃过审查、顺利出版，可是哪怕写一下也挺过瘾的。想当初我刚入行的时候，遇到这种情况肯定会回过头来认真修改；可现在我知道，我应该留一些明显的纰漏给沃尔特修改，希望他因此而放过其他地方。

至于普利策奖嘛，明年再说吧。

王城的发展轨迹与月球上早期的那批人类聚居地一样，都是一个洞一个洞炸出来的。

人类第一处聚居点是一个位于月球表面以下几百米深的、由火山活动形成的巨大气泡。工程师们把一个人造太阳悬挂在气泡顶部，然后朝四面八方挖掘地道，又将地面上的瓦砾碎石集中起来磨碎成土壤，最终把大气泡建成一个城市公园。一条条长管道形的居住区，以公园为中心，朝四面八方辐射出去。

居民越来越多，这个公园终于不堪重负。于是人们钻了另一个洞，往里投放一颗中型核弹。等一切都冷却之后，核弹炸出来的大气泡就成了二号聚居点。

月球城市的先驱者们连续建了十七个聚居点。他们之所以停下脚步，一方面是因为大众品位有所改变，另一方面是因为人们研制出了新的建筑方法。他们把最古老的十个聚居点炸成一条直线，再建造一条很长的交通线路，从原始聚居点一直连通到十号聚居点。然后，他们开始把那条交通线路改造成曲线，目标是连出一个巨大的椭圆形。如今在王城的地图上，人们可以看到十七个圆圈描绘出一个字母J；还有成千上万条纵横交错的隧道，把所有聚居点都连在了一起。

我的办公室位于十二号聚居点的第三十六层的120度室。这里是月球上订阅量最大的电子报刊《新闻奶嘴》的编辑部。120度室内有一个前台接待员、一间小小的等候室和一个保安。门外是一个楔形的电梯间，正好嵌在一间花店和一家旅行社中间。这里有四部电梯，全部通往月球表面——那里才是编辑部真正的办公室。

地段！地段！地段！这是我的表弟、地产经纪人阿尼整天唠叨的六字真言。不过在我看来，时间对土地价值也是有影响的。《新闻奶嘴》编辑部之所以在地表，是因为这家破报社刚成立的时候，地表的物业是最便宜的。其实沃尔特那时候就很有钱，可是这傻货在天地初开的时候就已经无比抠门了。他用特价买了一栋位于月球表面的七层办公楼。这种建筑物会不会发生渗漏啊？管他呢！沃尔特就喜欢这里的景观。

到了这个年代,人人都热爱好的景观,结果那些位于岩床区的精致老房子沦为了王城的贫民窟。可是我怀疑只需要一次渗漏,就能把整个王城打回原形。

我的办公室在六楼拐角处,里面没什么东西,只有一张帆布床和一台咖啡机。我把帽子扔到床上,然后拍了书桌上的电脑几下。屏幕亮了,我把手掌按在读入板上,我刚才写的稿子在一秒钟内就上传到了报社的主机。又过了一秒,打印机发出声响。沃尔特要我们交纸稿,因为他喜欢用粗蓝笔在稿子上涂鸦。我一边等待打印机,一边俯视着窗外的城市——我的家乡。

《新闻奶嘴》大楼位于王城J字形的底部,从这里眺望,你能看到林立的楼群——它们正是近地表聚居地的标志。太阳还有三天才会升起,天空中密布着不会闪烁的繁星。城市里灯火通明,灯光越往远处越显微弱,最后与冷酷的星光融为了一体。

在靠近地平线的地方有一个个巨大的、散发着珍珠亮光的半球——王城的农场。

这里的夜景虽美,到了白天却变得丑陋不堪。太阳升起时,裸露在地表的管道、垃圾山以及废弃的月球车都暴露在无情的日光下。夜幕就像一块遮羞布,把这一切乱象都掩盖得严严实实的。

除了垃圾,地表还有一些有用的建筑区域,却也毫无美感可言。对于许多工业制造流程来说,是很需要真空环境的,而围墙却是可有可无的。如果有些工序需要避免阳光直射,那么搭一个棚顶就足够了。

因为这里没什么需要保护的生态系统,所以我们月球人完全不用理会月球表面的状况,只当这里是一个现成的巨型垃圾场,有些地方的垃圾甚至堆放到了地表楼房的第三层。假以时日,我们的垃圾定能从南极到北极覆盖整个月球——堆积厚度一百米,只需要区区一千年。

我基本上看不到有东西在移动。地表的王城就像一座被炸弹摧毁的死城。

打印机终于完成了任务，我把稿件交给一台路过的传信机。沃尔特会在他认为合适的时候召见我，与此同时，我该怎么打发时间呢？我想到了好几件事情，却完全提不起兴趣去做，所以我干脆坐在那里往外看，凝视着月球表面。终于，我等来了主子的召唤。

主编沃尔特，人所共知的自然主义者。

其实他不算狂热分子。有些教派拒绝接受1860年、1945年或者2020年之后发明的治疗方法，甚至只靠信念去治病；比如有个团体叫"寿命"，他们相信活过《圣经》规定的七十岁就是罪过；还有一帮人叫"百岁帮"，他们觉得人不应该活过一百岁；沃尔特并没有参加这些古怪的组织，他和我们大部分人一样，准备在现代医学的帮助下一直活下去——前提是生活质量有保证。他愿意接受任何一种治疗手段，前提是他能够保持目前这种荒淫无度、放荡不羁的生活方式。

为什么说他是自然主义者呢？因为他完全不介意自己的外貌。

无数整容修体的时尚热潮与他擦肩而过。在我与他相识的二十年里，他连发型也没变过！他出生便是男儿身——这是他亲口告诉我的——那是在一百二十六年前，之后他就一直没有做过变性手术。

在四十来岁的时候，他就不再对自己的外形进行维护保养了，还逢人就说，这个年龄段是人生的"黄金时期"。结果沃尔特变得大腹便便，头上也开始谢顶。他倒是一点也不介意，因为他觉得一个星球大报的主编本来就应该是秃顶大肚子的。

按照早些年的标准，主编沃尔特算是一个酒色之徒。他好色、贪吃，完全没有节制。他每隔两三年就换一个胃，每十年左右就换两个肺；他换心比人们换增压服垫圈还频繁。每次他超过所谓的"战斗体重"五十公斤之后,就做手术减重七十公斤。除此之外,我们眼前的沃尔特还是往日的那个沃尔特。

我看见他时,他还是摆出那副惯常的坐姿:靠着大椅背,两只大脚搁在古董红木书案上——顺便说一句,书案上的各种摆设全是在1880年前制造的。他的脸被我的稿子挡住,一团团淡紫色的烟雾从页面后面冉冉升起。

"坐,希尔迪,坐吧。"他嘟囔着说,然后翻过一页。我坐下来,看着他身后的窗外。这里的景色与我办公室窗外的景色完全相同,只是这里高了五米,角度也比我那儿宽了三百度。我知道他起码要让我等三四分钟,这是他从某本书上学来的"管理技巧":只要有可能,就应该让手下等,这是强势老板的守则之一。只可惜他老是忍不住抬眼瞟墙上的挂钟,反而破坏了效果。

那是一个产于1860年的古董钟,曾经挂在爱荷华州某个火车站的墙上,为那个地方增色不少。沃尔特的办公室仿佛再现了狄更斯小说里的场景,这里的家具我一辈子做牛做马也买不起。人类带来月球的古董珍品本来就不多,大部分收藏在博物馆里,剩下那些基本都攥在沃尔特手中。

"垃圾!"他说,"一点用处都没有!"他皱起眉,把一沓稿纸向对面墙扔过去。无奈的是他的努力还是没有达到预期的效果——那些稿纸又轻又薄,不卷成一团的话根本扔不出去,结果全部呼扇着飘落在他脚边。

"不好意思,沃尔特,只是实在没有其他的……"

"你想知道为什么我不能用这份稿吗?"

"因为没有性爱。"

"因为通篇都没有涉及性爱!我派你去报道一个全新的性爱系统,结果发现这个系统根本就没有性爱。这怎么可能呢?"

"呃,这个系统嘛,当然包含了性爱的因素,但并不是我们想要的那一种。我也可以写一篇报道,描述蚯蚓或者海蜇的性生活。问题是,这样的文章无论谁看了也不会兴奋——当然,蚯蚓和海蜇除外。"

"没错!可是为什么会这样,希尔迪?他们为什么想把我们变成海蜇?"

又是这一套老生常谈!虽然我明知道这是沃尔特的废话,却只能继续跟他耗下去。

"这就像寻找圣杯[1],或者贤者之石[2]。"我答道。

"什么是贤者之石?"

这问题不是沃尔特问的,而是来自我身后。我转身一看,不出所料,果然是布兰妲。她是一个菜鸟记者,过去两个星期里一直给我当跑腿的——我把她称作"拷贝女郎"。

"坐吧,布兰妲。"沃尔特说,"我过一会儿就跟你谈。"

我看着她犹犹豫豫地走进来,拉开一把椅子,缩成一团坐在上面,整个人就像一把折叠尺,瘦骨嶙峋的关节同时向四面八方戳出去——一个人身上怎么能有那么多关节呢?她和年轻一代的同龄人一样,长得又高又瘦。听说她今年才十七岁,第一次出来实习。她就像一条小狗狗那般热情洋溢,却还不及小狗狗一半的可爱。

不知道为什么,我一看见她就生气,也许是我对她这一代人有偏见吧。你看着某一代新人已经烂透了,以为人类素质不会继续恶化了吧;等他们有了下一代,你才知道自己大错特错。

有一点我必须承认,她的读写功底还是相当扎实的。可是她表现得实在太诚恳、太认真、太热切,老想取悦别人,我看着她都觉得累。

---

1. 耶稣在最后晚餐上用此杯装葡萄酒让门徒饮下。传说用此杯喝水能长生不老。
2. 又译哲学家之石,传说中的一种神奇物质,能将一般金属变成黄金,能治百病,能使人长生不老。

她就像一张白纸，等待着别人在上面画可爱的卡通人物。而且她的无知简直是深不可测：出身中产上流社会的她对于自己阶层以外的事情一无所知；任何事情只要发生在五年之前，她就完全不清楚了。

她从随身携带的一只巨大手袋里掏出一根和沃尔特抽的一模一样的方头雪茄，把烟点着，吐出一团淡紫色的烟雾。她是在初次拜会沃尔特主编之后才开始抽烟的；连她的名字布兰妲也是在和我第一次见面后才改的。这小女孩明目张胆地模仿我们这些长辈，我既不觉得好笑，也没体会到戴高帽的快感，只感觉到出离愤怒。借用著名虚构记者的名字，这本来就是我的专利啊[1]！

沃尔特打了个手势让我继续说。我叹了一口气，只能照办。

"我真不知道这股潮流是从什么时候开始的，也不知道人们为什么会突然出现这种想法。基本上，他们认为性爱与繁殖之间早已没什么关系，那么人们进行性行为时，为什么非用生殖器官不可呢？顺便提一句，我们排尿用的就是同一个器官。"

"俗语说'没有坏就不要修'，"沃尔特说，"这就是我的人生哲学。这个老式系统运行了几百万年，为什么要去篡改它呢？"

"其实啊，沃尔特，早就有人在篡改了。"

"不是每个人都愿意折腾的。"

"没错，不是每个人都愿意，可是有超过八成的女性愿意做阴蒂移位手术，因为在常规的性行为当中，该部位的天然构造并不能提供足够的刺激。而同样比例的男性也已经做过睾丸提升手术，按照大自然的安排，两个蛋蛋悬在体外太危险，大伙儿都不想做容易受伤的男人。"

---

1. 希尔迪·约翰逊是1928年百老汇歌剧《满城风雨》中王牌女记者的名字；布兰妲则是连环漫画《记者布兰妲·斯塔尔》（1940-2011）主角的名字。另，沃尔特是《满城风雨》里面男主角的名字。

"哼！我就没做这手术。"沃尔特说道。我暗暗记在心上，要是将来哪天跟他打架的话……

"然后是男性持久力的问题。"我继续说，"地球上，在三十岁以上的男性里，能在一天内勃起三到四次的壮士实在是凤毛麟角，而且就算能，每次也不会持久。还有，男性不能获得多次性高潮，他们的性能力与女性相比有天壤之别。"

"太凄惨了！"布兰妲叹道。我仔细端详她，发现她的吃惊并不是假装的。

"从这个角度看，我不得不承认，现在确实是有改善。"沃尔特说。

"还有就是女性的月经。"我补充道。

"什么是月经？"

我和沃尔特一起看着布兰妲，确认她不是在插科打诨。然后我俩对望了一眼，他不用说我也知道他心里在想什么。

"反正，"我忽略她的问题，"你就尽管挑刺吧，没什么不能改造的。许多人以不同的方式对自己进行了改造；有些人——像你——基本上还是保持着自然的状态。有些改造方式与其他改造方式不能兼容，比如说有些性活动完全摒弃了传统的插入方式。那些性革新主义者的论调是，既然我们要改，为什么不干脆创造一个能脱颖而出的新系统，让大伙儿都趋之若鹜呢？为什么我们总是把黏膜之间的摩擦所产生的感觉与'性爱愉悦'联系在一起呢？以前地球上的人类也有过这种求变的强烈愿望，他们革新的对象是语言和度量衡。结果公制盛行于世，世界语却无疾而终。当时地球上有成百上千种语言，时至今日人们还在使用的语言就有好几十种；至于性取向就更多了。"

说完，我靠回椅背上，心里突然觉得自己这番话挺蠢的。不过，我的本职工作已经完成，接下来就轮到沃尔特尽情发挥了。我瞥了布兰妲一眼，只见她双目圆睁盯着我，目光就像弟子仰望大师那般虔诚。

沃尔特又抽了一口雪茄，徐徐吐出烟雾，然后往后靠在椅背上，十指交叉搁在脑后。

"你知道今天是什么日子吗？"他问道。

"星期四。"布兰妲抢答。沃尔特瞥了她一眼，根本不屑回答。然后他又抽了一口烟。

"今天是地球沦陷一百九十九周年纪念日。"沃尔特说。

"提醒我点根蜡烛，做九天祷告。"我说。

"你觉得这事儿很滑稽是吗？"

"一点也不滑稽。"我说，"我只是想不通这一天跟我有什么关系？"

沃尔特点了点头，把两只脚放回地板上。

"上星期是周年纪念日前的最后一周，你看媒体上有多少文章是和沦陷有关的？"

我也乐得顺着他的话题说下去。

"我想想……算上《少废话》的文章、《王城新闻》和《月球人》的新闻、《月球时报》那些尖锐深刻的系列专栏，当然还有我们自己的长篇报道……没有，一篇也没有。"

"没错！我觉得有写一点东西的必要了。"

"既然这样，我们可以顺便用一整版详细报道阿金库尔战役[1]，还有人类首次登陆火星。"

"你真的在插科打诨，是吧？"

"我刚来这儿的时候，有位前辈给我上了宝贵的一课。如果一件事情发生在昨天，那么它就不算新闻；而我们《新闻奶嘴》只报道新闻。我现在只是把这一课活学活用罢了。"

"严格来说，这个并不完全是《新闻奶嘴》的项目。"沃尔特招认了。

---

1. 发生在1415年10月25日，是英法百年战争中的英军以少胜多的著名战役。

"啊？！"

我的脸色应该非常难看，可他装作没看见，继续说下去：

"我打算截取你这个系列文章的片段刊登在《新闻奶嘴》上……反正会选取里面的大部分内容吧。你有布兰妲给你跑腿，粗重活儿都交给她得了。"

"什么意思？"布兰妲问沃尔特。沃尔特没理她，于是她转头问我："这是怎么回事？"

"我是在说副刊。"沃尔特终于答道。

"他说的是过气名记者的坟场。"我说。

"一周只交一篇。你能闭嘴让我详细解释一下吗？"

我向后靠在椅背上，努力把他的话从我脑子里屏蔽掉。唉，我本想竭尽全力和他对着干，可是从沃尔特的眼神看出来，我其实没有太多选择的余地。

新闻奶嘴集团一共出版三份电子刊物。第一份就是《新闻奶嘴》，每小时更新，内容都是主编沃尔特吹嘘的"激情四射接地气"的新闻报道：明星的丑闻，伪科学的"重大突破"、各种神棍的占卜预言、极度血腥的灾难事故报道，以及比较狂暴的草根阶层体育竞技项目。此外，我们也会报道一些政治方面的新闻，前提是该事件涉及的话题要能用一个短句子概括出来。本刊物上面的海量图片让人目不暇接，读者几乎不需要页面中的文字。而且《奶嘴》和其他电子刊物一样，本来完全不需要配上文字的，无奈我们必须达到每天的字数下限才能获得政府的文化专项拨款——而这笔拨款往往能够决定一份刊物的生死存亡。每一期《奶嘴》都能刚好达到这个字数，文中难免充斥着"之乎者也矣焉哉"等凑数的字眼。

我们集团的第二份电子刊物是《奶油日报》。《奶嘴》和《奶油》的关系就好比大肠与阑尾——《奶嘴》是一根臃肿膨胀的大肠，而《奶油》则是一截智慧侧漏的阑尾。订阅《奶嘴》的读者都能获赠一份《奶油》——这当然是拜政府拨款所赐了——不过根据我们最乐观的调查结果，只有十分之一的读者会阅读《奶油》。毕竟《奶油》每小时出版的字数是《奶嘴》的好几千倍，我们报社绝大部分政治新闻和文章都是在《奶油》上出版的。

介于《奶油》和《奶嘴》之间的是电子周刊《圣代》，一周发行一次，其地位相当于传统报纸的周日副刊。

"我想要的是，"沃尔特继续说，"你照常出去挖掘新闻做采访，可我希望你在这个过程中想着《圣代》的这个项目。无论是什么题材，你都要设想一下同样的事情如果发生在两百年前的地球上，会是怎样的。无论什么题材都可以，就比如说今天，你的采访内容是性行为，那么你就写一写以前地球上人类的性行为是怎样的，然后和现在的模式进行对比。你甚至可以写一下对人类二十年后甚至一百年后的性行为的展望。"

"沃尔特，你不用这样折磨我吧？"

"希尔迪，这件事情责任重大，只有你能胜任啊！现在距离两百周年纪念日还有整整一年，我希望你每周写一篇。你可以自主选题、自主编辑，我可以让你尽情发扬个人风格，就当是你的个人专栏好了。你总是想开自己的专栏，现在就是你扬名立万的好机会。你要请什么专家教授顾问，想要做哪方面的研究，尽管开口，我一定支持。你要出差？我出钱！只要你把这个系列给我写好就行！"

我一时间不知该如何作答。他开出的条件相当优厚，而我又确实想拥有自己的专栏。眼前这个机会看起来已经算是很不错了，须知生命中没有哪件事情是绝对称心如意的。

"希尔迪，二十世纪有一段时期在人类历史上堪称前无古人后无来者。我祖父的曾祖父出生那年，莱特兄弟进行了史上首次动力飞行。

他去世的时候,我的祖父才十岁,而人类已经在月球上设立了永久基地。我祖父经常跟我说起,老爷子当年总是喜欢回忆往事。有时候想想,他一辈子见证了多少剧变啊,是挺神奇的。

"那个世纪里发生了太多事情,而且发生得太快。就是在那个时候,人们才开始第一次讨论起'代沟'这种话题。试想一个七十岁的老人家跟一个十五岁的小孩沟通,他们应该怎样遣词造句才能使对方明白呢?

"呵呵,不过现在的变化已经慢下来了,我甚至怀疑这个世界是否还能像以前那样发生剧变。可是这个年代和那个年代的人有一个共同之处,我们都有像布兰妲这样的小孩。这些小孩连去年发生的事情也未必能记住,却跟一些在地球出生长大的老人生活在一起。老人们经历过大战,记得 1G 重力是怎样的感觉,记得行走在天地之间、呼吸没加工过的自由空气是怎样的滋味,而且他们从出生、成长到去世都一直保持着相同的性别。目前我们最年长的公民已经将近三百岁,要在他们当中发掘五十二个故事,简直易如反掌。

"我们等了两百年才愿意回首这段往事,因为我们一直把脑袋埋在沙子里。我们被击败、被羞辱,我们遭受了种族灭绝式的打击,我怀疑……"

他正说得口沫横飞,猛地停住了,仿佛突然意识到自己正在说什么。沃尔特避开了我的目光。

我不习惯听沃尔特长篇大论地演讲,所以觉得浑身不自在;而且这个任务也让我感到如芒在背。我向来很少想起外星人入侵地球这件事——当然了,这正是沃尔特要做这个项目的原因——我也不觉得这样有什么不妥。可是我能看到他的满腔激情,也知道现在最好不要去碰逆鳞。沃尔特生性易怒,我早就习惯了被他骂个狗血淋头;现在他竟然好言相求,这真是破天荒第一次。我觉得是时候让气氛变得轻松点了。

"这么说来,我这次的加薪幅度有多大呢?"我问道。

他听了这句话,缓缓向后靠在椅背上,脸上浮现一丝笑容——他又恢复了常态。

"你知道规矩,我从来不讨论薪酬。加薪多少,你看下一张工资单就清楚了。如果觉得不满意,尽管来我这儿闹吧。"

"我做这个项目非要带上这小孩儿不可吗?"

"喂!你当我透明的啊?"布兰妲不满地说。

"这小孩儿对于整个项目来说至关重要,因为她就相当于你的共鸣板!如果她听说了一件地球往事,觉得很古怪,那么你就知道这个题材值得深挖。她才是真正属于这个时代的人,她甚至比你呼出来的上一口气更加现代。她是一张白纸,她的求知欲很强,而且她还相当聪明。而你呢,你算是中生代的角色,因为你的年龄适合,你对历史还相当感兴趣——在我认识的和你岁数接近的人里面,你的历史功底是最扎实的。"

"如果我算是中生代……"

"你也许可以采访一下我的祖父。"沃尔特提议说,"可是你们团队还需要最后一个成员,一个出生在地球的人。我还没决定找谁呢。

"好了,你们俩,都给我出去吧。"

我看得出来,布兰妲还有十万个为什么要问。我连忙使眼色让她闭嘴往外走。然后,我就尾随着她走到了办公室门口。

"喂,希尔迪!"沃尔特说道。我回头看着他。

"要是你敢在这个系列里面夹带类似'私处缝合'和'去势阉割'这种字眼,我就亲手把你给骟了!"

No.3

神奇月光能治百病！亲历者惊叹不已！

我把油布掀开，露出一堆珍贵的木料。在阳光下，几只蝎子从木头缝里钻出来，四散奔逃。你少给我来什么"万物有灵、生命圣洁"的废话，反正我就是喜欢把它们踩个稀巴烂！

我还惊动了躲在木材深处的一条响尾蛇——虽然我看不见它，却能听见它发出的警告声响。我走到木堆的一端，选中一块木板，把它抽出来扛在肩上，走到我那间造了一半的小木屋前。现在是晚上，在西得克萨斯，这正是干活的好时机。这地方都用老式的温度计，只见上面显示着九十五华氏度；而这里白天的气温会超过一百华氏度[1]。

我把木板搁在两个锯木架上。等我的小木屋建好之后，这个位置就是前门的门廊。我蹲下来，顺着木板的一端看另一端。这是一块一乘十——英寸，不是厘米——的木板，换言之，它的实际尺寸是八分之七乘九英寸。至于这木板被谁偷工减料了？没人向我解释过[2]。我一想起英寸就头痛，现在还要算这些古古怪怪的比率。据说这种比率有个叫法是"分数"。可是十进制有什么不好呢？为什么一乘十的木板不能是真材实料的一英寸乘十英寸？为什么一英尺非要是十二英寸不可呢？也许这个题材值得深挖一下，收录进我这个"沦陷两百周年"的系列专栏里。

这块木板标注的长度是十英尺，这个尺寸倒是名副其实。它还号称是笔直的，可如果这块木板也算直的话，木材厂肯定是用一根面条当的直尺。

月球上有三个专门以十八世纪为主题的迪士尼乐园，得克萨斯就是当中的第二个。这里是佩科斯河[3]的西面，时间是在 1845 年，也就是得克萨斯共和国的最后一年。不过在这里，你只要使用 1899 年以

---

1. 95 华氏度约等于 35 摄氏度。100 华氏度约等于 37.7 摄氏度。
2. 新鲜木材切下来的时候，尺寸是足的。后来经过加工和变干，木材就缩小了。
3. 美国西南部河流，流经得克萨斯州。

前的科技，就不会违反年代限制条例。在这三个复古乐园里面，宾夕法尼亚是最古老的一个。我这块木板就是宾夕法尼亚园区里某些阿米什[1]木匠用古法制造的，木板的一个角上还盖着一枚小小的椭圆形印章，上面写着"月球文物再造委员会批"。可是，这块木板上面不但有两个大疙瘩，而且要是我拿着一端的话，另一端就软绵绵地往下垂，让人看了堵得慌。也许十九世纪的科技不能保证做出笔直的、货真价实的木材，也许是那些可恶的荷兰人手艺太烂了。

于是，我开始做一件每个得克萨斯木匠都做过的事：我拿出了一只刨子（也有月球文物再造委员会颁发的认证），把简陋的原装刨刀卸下来，在自制的磨刀石上打磨一番，再重新装回刨子上。然后，我就开始刨木板上不平整的地方。

我心里并没有埋怨谁，因为能找到这些木材已经是天大的幸运了。目前，我这座小木屋大部分都是用一些粗制滥造的圆木条搭建的。我在圆木的末端挖出凹槽，然后把它们一根根嵌起来，缝隙都用黏土糊上。

在炽热的阳光下，木板已经变成了灰色。可是刨了几下之后，里面黄色的松木就露出来了。刨刀一过，刨花迎刃而卷，木屑洒落在我的赤脚周围。我闻着新鲜的木头气味，感受着汗珠从鼻尖滴下，脸上露出了微笑。我想，要是能做木匠多好啊！也许我应该从新闻界金盆洗手……

突然，刨子的刀刃崩裂，卡进了木头里。我的手掌一下子越过了刨子的把手，在刚刨过的木头侧面滑过，掌心顿时扎进了几根长长的木刺。刨子从木板上摔下来，像一枚疼痛制导导弹，精准地击中了我

---

1. 门诺教派的一个分支，拒绝现代科技，生活简朴。其信徒在18世纪初曾大量迁居美国宾夕法尼亚州。

的大脚趾。

我痛得破口大骂——我用的词汇别说1845年,就算是在二十三世纪的今天也很少有人懂得运用——然后抱起受伤的脚,用另一只脚在地上跳来跳去。

"你这已经算是不幸中的万幸了。"一个声音在我耳边说。这声音,要么是精神分裂症的初期症状,要么是中枢电脑——我敢打赌是后者。

"怎么万幸了?因为只砸中一根脚趾?"

"因为重力。想象一下,你要是在真正的得克萨斯州西部地区,这么笨重的一块东西掉下来,能获得多大的动量啊?顺便科普一句,真正的得克萨斯州正陷在一个时空凹陷的底部,而这个时空凹陷的速度是每小时两万五千英里[1]。"

恭喜我,猜对了,肯定是中枢电脑。

我检查伤势,只见血从掌心的伤口渗出来,沿着举起的小臂流到肘,一滴滴地往下掉,并没有出现大动脉破损那种血如泉涌。虽然我的大脚趾还是火辣辣地疼,却也没有骨折。

"你明白为什么1845年的工人都穿工作靴了吧?"

"你打扰我就是为了说这件事吗,中枢?是要给我普及工作安全常识吗?"

"不,我本来只是想通报一下,你有朋友自远方来了。可是当我接通你的脑电波频段时,你给我上了一堂多姿多彩的语文课,这真是意想不到的收获……"

"你闭嘴好吗?"

中枢电脑立刻照办了。

看到有一根木刺从我掌心伸出来,我把它拔掉了。可我手掌里还

---

[1] 1英里约等于1.6094米。

扎着好几根，有些还断在了皮肤里。总的来说，今天的活儿干得精彩极了！

有朋友来？我环顾四周，却连半个人影也没看到。也许一团团灌木丛后面埋伏着整个阿帕奇部落[1]，只是我看不见罢了。我也知道我不可能看到中枢电脑的踪影，因为他是通过我大脑里面的电路来发声的。

本来他也不应该在得克萨斯现形，可是通常来说，我们对中枢电脑的了解只是冰山一角。

"中枢，请上线。"

"随时候命。"

"来者何人？"

"年纪轻轻，身材高挑，不知卫生棉条为何物，但有某种天真无邪的魅力……"

"啊？！天哪！"

"我也知道，你身处复古的环境，我是不该打扰的。可是她坚持不懈地找你，我觉得应该提前警告你一下，总好过……"

"知道了，你可以闭嘴了。"

我在一张摇摇欲坠的椅子上坐下来——这是我干木工活儿的第一件成品——把工作靴穿上，还得小心别碰到手掌受伤的地方。其实我早就应该穿工作靴的，之所以不穿，原因很简单：因为我讨厌穿工作靴。

瞧，我又给沃尔特找到一个题材了：鞋子。月球人就算穿鞋子，也是穿那种薄底软鞋，甚至只穿袜子。为什么？因为在一个铺着平整光滑地板的拥挤城市里，当大部分居民都光脚的时候，穿着硬底鞋上街就是反社会行为——你会踩扁别人的大脚趾！

---

1. 美国原住民部落，与白人抗争长达数个世纪。

我好不容易把脚塞进臭靴子里，还要去找纽扣钩子。这鞋子上面竟然装纽扣，太可恨了！人们怎能容忍这样的东西存在呢？更让人忍无可忍的是，这双靴子还很贵呢！

我站起来，正准备往镇上走，中枢电脑又说话了：

"你就这样把工具扔在室外，要是下雨的话，它们就会和空气中的氧分子发生氧化反应。"

"对你来说，'生锈'这个词不够洋气是吧？还下雨？这地方要隔多久才降一次雨……一百天？"

不过，我刚才确实是心不在焉了。中枢电脑是对的，连我脚上这双装纽扣的刑具也这么贵，那些特定时代的工具简直可以用来赎一国之君了。我买这些刨锯锤凿花了我整整一年的工资，好消息是我能够以更高价把它们卖出去……前提是没生锈。

我用一块油布把工具裹起来，小心翼翼地塞进工具箱里，然后沿着回城的小路朝镇上走去。

我快走到新奥斯汀镇的时候才看到布兰妲。只见她金鸡独立着，另一条腿转过来抬到腰部，脚掌竟然扭成了朝天的角度。为了摆出这个姿势，布兰妲的髋部和膝盖必须以一种非人的方式扭曲着。她一丝不挂，全身皮肤都是那种千篇一律的奶油白色，而且没有阴毛。远远看去，她就像是一只患了白化病的火烈鸟。

"喂喂，你好啊，蓝眼睛的七尺妹。"

她瞥了我一眼，然后指着自己的脚，脸上露出愤懑的表情。

"他们怎么不修整一下这条路呢？你瞧把我的脚害惨了！路面上竟然有一块石头，石头上还有一个尖角！"

"这地方有的是尖东西。"我说，"因为这是一处自然环境。你从来没见过吧？"

"我们班三年前去过亚马孙呢！"

"对啊，不过是站在自动走廊上呗。既然说起这个话题，我最好再给你提个醒，这里的植物也是有尖刺的。比如说那一大块东西叫仙人球，千万别从它们中间走过。还有你身后那个是仙人掌，千万不要踩在上面。这些灌木都是有刺的；那边的是红玉花芙蓉，雨后会开花，特别漂亮。"

她环顾四周，看表情似乎第一次意识到世界上原来有不止一种植物，而且每一种都有自己的名称。

"你认识所有这些植物吗？"

"不是所有都认识，我主要认得那些大株的。那些长着一根根巨刺的叫丝兰；那些很高的、像鞭子一样的，叫福桂树；那些矮的灌木丛大部分是石碳酸灌木；而那棵树叫牧豆树。"

"这树不怎么样嘛。"

"可是这个环境也不怎么样啊。这里的植物都要拼命保持水分，好不容易才能活下来；亚马孙就不一样了，那里的植物多到能打群架。"

她又四处张望，伤脚碰到地面时，脸上的肌肉一阵抽搐。

"这里没有动物吗？"

"有啊，到处都是。这里主要有昆虫和爬行动物，还有些羚羊，另外在更东面有水牛。我还能带你参观一个美洲豹巢穴。"说起动物，我怀疑她根本就不知道美洲豹、羚羊和水牛为何物。她是一个彻头彻尾的城市女孩，就跟我三年前刚搬来得克萨斯的时候一样。看着她这样子，我一时心软，单膝跪了下来。

"给我看看你的脚。"

她的脚跟上有一道粗糙的伤口，虽然会很痛，却不算严重。

"喂，你的手也受伤了。"她说，"怎么回事？"

"是意外,是我自己犯傻了。"我回答的时候突然发现她不仅没有阴毛,甚至连生殖器官也没有。这种手术在六七十年前曾经流行过,对象都是儿童,因为当时的人们信奉一个关于什么"延迟青春期"的理论。在过去二十年里我都没有遇到过这种个案,不过听说某些教派还在这样做。我怀疑她的父母也是这种教派的信徒,可是这个问题太隐私,我不方便问她。

"我不喜欢这个地方。"她说,"这里太危险了。"听她的语气,仿佛这里是一个淫秽污浊的场所。我看得出来,"大自然"让她觉得很不爽,这也难怪,毕竟她来自一个有史以来最美好的人造环境。

"不是很严重。你能用这只脚走路吗?"

"噢,能啊。"她把脚放下来,和我并肩而行。其实她是踮起脚尖走路的,好像还嫌自己不够高似的。"你刚才说什么七脚[1]妹来着?我和所有人一样,只有两只脚呀。"

"其实我猜你身高快有七尺四寸了。"我只能向她简单解释一下迪士尼乐园西得克萨斯区惯用的英制重量和长度单位。我不知道她能不能听明白,可我不会因此而小瞧她,因为……我自己也是一知半解。

我们来到了新奥斯汀的镇中心。其实在镇上步行也不是什么壮举,因为从镇外到镇中心只有区区一百米的距离。新奥斯汀只有两条街道:老西班牙路和国会街。十字路口由四座建筑物构成:特拉维斯旅馆、阿拉莫[2]酒馆、一间杂货铺,还有一间马房,其中的旅馆和酒馆都有二楼。国会街的尽头是一座镶着白色护墙板的浸会教堂,在教堂和十字路口的四座建筑物之间还有两排摇摇欲坠的破房子——这,

---

1. 在英语中,脚和英尺都是 foot/feet。布兰妲听了希尔迪说她七尺,以为说她长了七只脚。
2. 得克萨斯州圣安东尼奥的一座要塞。阿拉莫保卫战是得州脱离墨西哥过程中的一场著名战役。

就构成了所谓的新奥斯汀镇。

"他们把我的衣服都没收了。"她说。

"这是当然的。"

"可是我那些衣服都很好的。"

"当然很好,可园区里只允许出现符合时代特点的穿着打扮。"

"为什么呢?"

"你就把这里看作一个活的博物馆好了。"

我本来想去医生的诊所,不过看看天色,又了改变主意,转头来到酒馆门前,推开双向门,走了进去。

布兰妲必须弯腰低头才能走进门里。酒馆里面很阴暗,却比外面凉快一点;自动钢琴叮叮咚咚地奏着背景音乐,就像一部老式西部电影的场景。我发现医生就坐在吧台的远端。

"喂,小姐!"酒保吼道,"你不能穿成这样子走进来!"我转头一看,只见布兰妲低头看着自己,一脸的迷惑。

"你们这帮人到底有什么毛病?"她吼着回答道,"是外面那位女士要求我把衣服都脱下来给她的!"

"阿曼达,"酒保说,"你有什么东西给她穿一下?"他又转头对着布兰妲,"我不管你在野外灌木丛里面穿什么,可是你到了我的地盘就必须穿戴整齐!我才不管他们在外面对你说过什么废话呢!"

一位女侍应捧着一件粉红色的长袍走到布兰妲跟前。让她们自己商量去吧,我转过头去不看了。

自从搬到得克萨斯以来,我一直很配合他们的游戏规则,努力做一个"真正的得州佬"。虽然我没有美国南方口音,不过这几年我还是一知半解地学了好些个俚语词汇。这时候我搜肠刮肚地思索,想找一个重口味的字眼——想到了!

"我听说你是这一带的锯骨佬?"我说。

医生呵呵一笑，向我伸出手。

"在下内德·佩珀。"他说，"乐意为您效劳。"

我并没有伸手，医生皱起眉，随即留意到我手上包扎着脏兮兮的布。

"看来你出事了，小伙子。我来帮你检查一下吧。"

医生凑上来时，衣服里和呼吸间都散发出酸臭的酒气。他小心翼翼地解开包布，一眼瞧见我掌心的木刺，顿时吓得打了一个激灵。医生与酒保和酒店职员一样，都是这里的永久居民。他本来是个酒鬼，却在得克萨斯找到了一个安身立命的绝佳位置。在这里，他地位显赫，而且能整天泡在阿拉莫酒馆里灌威士忌。酗酒的医生，虽然这个桥段早就被二十世纪成千上万部西部电影给用滥了，可是那又怎样？我们要复制历史场景，能依靠的只有书籍和电影。常言道：一帧画面抵万字，在还原史实的任务中，电影其实比书本有用多了。

"你能想想办法吗？"我问道。

他惊讶地抬起头看着我，然后吞了一下口水，显得惴惴不安。

"我猜我应该能把木刺都挖出来。你只需要给我买几夸脱黑麦威士忌——你也可以喝一杯——不过我必须坦白，一想到从肉中拔刺我就特别想吐。"他又眯起双眼端详我的手，然后大摇其头，"你真的要我出手？"

"为什么不呢？你是医生呀，对吧？"

"没错，按照1845年的标准，我也算个医生。管理局给我上过培训课——也就一个星期左右——然后给了我一袋钢制的工具和一箱灵丹妙药。现在我只缺麻醉剂，不过我猜木刺扎进去的时候你就已经疼过了。"

"什么疼过了？我现在还疼呢！"

"这点疼算什么？一会儿我帮你治的时候才……咳咳，让我来……希尔迪？你就是希尔迪吗？没错,我现在想起来了,你是新闻记者。上次我跟你聊天的时候,你好像对得克萨斯还颇有些了解,比大部分周末来度假的游客强多了。"

"我不是周末度假的游客。"我驳斥他说,"我正在这里建造一间木屋呢。"

"嘿嘿,小伙子,我想问个问题,没有别的意思。你一开始……是想来投资的,对吧?"

我只能承认了。月球上最值钱的地皮都在迪士尼乐园里没开发的区域,我拥有的房产目前市价已经是投入时的四倍,而且增长势头完全没有放缓的迹象。

"人们愿意花那么多钱来受罪,挺搞笑的。"他说,"虽然官方一上来就警告大家后果自负,却没有详细说明一下这里的医疗系统。人们来这儿居住,还号称要过真正的'西部生活'。可是当他们来我这儿看一次病,马上就逃回真实的世界里了。疼痛可不是闹着玩的,希尔迪。我其实主要是给产妇接生;而这项工作嘛,稍微有点能耐的女人其实都能自己完成。"

"那还要你何用?"话一出口我就后悔了,不过他好像并未觉得自己被冒犯了。

"就是做花瓶呗。"他自己承认,"我倒是不介意。人总要活着嘛,我这份工作其实不算太差了。"

这时候,布兰妲晃晃悠悠地飘过来,正好听到了我们这几句对话。她身上裹着一件粉色长袍,感觉特别古怪。她还在仔细呵护着那只受伤的脚。

"你包扎好了吗?"她问我。

"我还是等一下再说吧。"我答道。

"哈!又来了一头受伤的大牲口呀?"医生问,"把蹄子给我踢上来,小姐,我给你看看。"他检查过伤口,咧嘴一笑,使劲搓着双手,"治疗这种伤口,我是专家!"他说,"你让我治吗?"

"行,没问题。"

医生打开一个黑包,布兰妲一脸懵懂地看着他。他从袋中掏出几个瓶子、一些棉签和绷带,仔仔细细地摊放在吧台上。

"先用一点碘酒消毒伤口。"他喃喃自语,然后用一团紫褐色的棉花擦拭她的脚。布兰妲惨叫一声,蹦起四尺高——当然是用没受伤的脚蹦的。如果我没有及时抓住她的脚踝,恐怕她会一头撞在天花板上呢。

"他在干吗呀?!!"她竟然对着我吼。

"镇定,镇定。"我安慰她说。

"痛啊!"

我凝视着她,竭力在目光中注入记者特有的坚毅和果敢。同时我还一把抓住她的手,以增强效果。

"布兰妲,这就是一个现成的素材啊!'药物的前世与今生',沃尔特要乐开花了吧?"

"可是……他怎么不给你疗伤呢?"布兰妲噘起嘴说。

"因为这涉及截肢啊。"我答道。我不是在撒谎哄她,如果医生敢这样折腾我的话,我一定会把他的手砍下来!

"我不是很想……"

"你稳住别动,很快就完了。"

她尖叫,她嘶吼,可是她真的没有动,乖乖让医生把伤口消毒干净。这小女孩将来肯定能够成为一流的记者!

医生拿出针线。

"这是干吗的?"布兰妲问道,语气中充满了怀疑。

"我现在要把伤口缝起来。"医生答道。

"缝起来？你缝你自己吧，混蛋！"

医生目露凶光地瞪着布兰妲，却发现她的眼神更狠更决绝。于是医生把针线放下，开始准备绷带。

"是，遵命。这里是1845年，世道艰难啊。"他说，"你知道给人们带来最多麻烦的是哪个毛病吗？是牙齿。在这里，要是你坏了一颗牙齿，你就得去找理发师。这条街往下走就有一个。孤鸽镇[1]上也有一个，据说那个理发师的动作更快。当年理发师什么都干——拔牙、做手术，当然还有剪头发。牙病的好处是患者通常能自己动手去治，只要拔出来就可以了。可是这里大部分的伤痛疾患都让人束手无策，比如你脚掌上的伤口，很容易感染，然后你就完蛋了。西部有上百万种死法，在大部分情况下，医生唯一能做的就是帮你保暖。"

布兰妲听得入了神，当医生把纱布捂在伤口上的时候，她竟然忘了大叫大嚷。医生正打算把纱布打结缠在她脚踝上，布兰妲皱起眉头，伸手搭在医生的手上，不让他继续干下去。

"等等！"她说，"你还没做完呢。"

"怎么没做完？"

"啊？你说这就算是结束了呀？"

"那你说呢？"

"我脚上还有个洞呢！你这白痴，还没治好呢！"

"这伤口自己会愈合的，一个星期就好了。"

从布兰妲的眼神能看出来，她显然觉得这位医生是个危险人物。她开口想说点什么，突然又改变主意，扭头瞪着酒保。

"你那些棕色的液体，给我一点。"她一边指一边说。酒保倒了一

---

[1] 出自美国得克萨斯州作家拉里·麦克穆特瑞（1936— ）于1985年创作的著名西部小说，曾被拍成电视剧。

小杯威士忌，摆在她面前。布兰妲呷了一小口，做了个鬼脸，然后又呷了一口。

"这就对了，小姑娘。"医生说，"要是症状持续的话，每天早上服用两杯就可以了。"

"我们欠你多少诊费，医生？"我问道。

"这个，我也不好意思收你们钱……"他的视线跳到吧台后面的酒瓶上。

"老板，给医生来一杯。"我说完，环顾四周，笑了。干脆就豪爽一把！"全场每人一杯，我买单！"酒客们开始涌向吧台。

"医生要哪种酒？"酒保问，"谷粮酿制的？"

"给我一点那种透明的液体。"医生同意了。

我们走出小镇整整四分之一英里了，布兰妲才又开始跟我说话。

"他们逼我穿衣服，"她鼓起勇气说，"这是一种风俗文化吗？是这个地区特有的吗？"

"不是这个地区，而是这个年代。在荒郊野岭，你穿不穿衣服都没人管；可是在镇上，人们都尽量遵守老规矩。其实他们已经对你网开一面了，你本来应该穿一件套裙，把你的脖子、脚踝和手腕都捂得严严实实。嘿！像你这样一个小姑娘根本就不应该进酒馆。"

"可是酒馆里面其他姑娘也没穿那么多呀。"

"她们有另外一套规矩，因为她们是'堕落花'嘛。"她的目光又变得空洞、茫然。"就是妓女。"

"噢！没错。"她说，"我看过一篇文章，说性工作者以前是不合法的。他们怎么能制定这么荒谬的法律呢？"

"布兰妲，什么东西合法不合法都是他们说了算。在历史上大部分时间里，嫖娼都是非法的。你别问我为什么，因为我自己也不明白。"

"也就是说,他们在这里制定了一项法律,却允许人们违反?"

"有什么问题吗?反正这里大部分姑娘都不是真的性工作者,她们只是装给游客看的,你知道吧?你还能跟阿拉莫酒馆的酒吧女郎合照一张呢。得克萨斯地区的理念就是按照我们所知,尽可能真实地还原1845年的历史场景。在新奥斯汀镇上,嫖娼虽然违法,可官方也是睁一只眼闭一只眼。嘿嘿,这里的警长很可能还是常客呢。再举个例子,就说酒吧,他们本来不应该卖酒给你,因为这里的文化不赞成像你这么年轻的小孩喝酒。可是到了实际操作时,大家又觉得如果你够得着吧台,能够把酒杯端下来,那么你就应该够年纪喝酒了。"只见布兰妲皱着眉,低头盯着地面苦苦思索。这番话十有八九她听不明白。"我觉得你要是不在这种文化里长大的话,是很难真正理解的。"我说。

"那帮人都有病!"

"也许吧。"

我们走在一条登山的小路上,目的地是我的公寓。一路上,布兰妲死死地盯着地面,思绪显然已飘到九天之外。在过去的一个小时里,我告诉了她太多不可思议的疯狂事情,现在她肯定是在反复咀嚼。正是因为她没有四处张望,所以错过了一次壮丽的日落。西得克萨斯地区本来就不缺奇观异景,可即使按照这里的高标准来看,这次日落也堪称壮观。落日沉入地平线时,将漫天云霞染得一片粉红;万缕金线飞舞,空中流光溢彩;渐散的余晖为嶙峋的远山蒙上一层淡紫的薄纱。我突然怀疑这个景象是不是真的——在二十几万英里之外,在真正的得克萨斯州,那里的落日真有这么壮美多彩吗?

当然了,这里的远山只是一种人造透视图像,而那颗太阳就安装在一根隐藏在远山图像下方的轨道上。一个核聚变技术员会全程监控这个落日程序,然后通过一条隧道用卡车把"太阳"运到轨道的东端,过几个小时再把它点亮。另一个技术员则隐藏在群山背后,通过调整彩色镜子和滤镜,把光漫射到天空的穹顶上。你想把这位仁兄称作"艺术家"的话,我完全赞同。几年前,宾夕法尼亚和亚马孙开始向前来看日落的游客收门票;现在我们地区也在商量这事儿。

在我看来,大自然的运作太随意了,不可能制造出如此精密复杂、使人难以置信的迪士尼落日。

我们回到格兰德河[1]的时候,天色已经暗下来了。

我公寓的入口是在河的南岸,也就是在对面"墨西哥"的那一边。为了展示尽可能多的地形和物种,他们把西得克萨斯尽量压缩。在地球上,这个区域绵延五百英里,涵盖新墨西哥和老墨西哥的部分地区,具有多种多样的地理特征;到了这里,一切都被压缩进一个位于月球地底的、直径四十英里的大气泡里。这个气泡的一端复制了真正的奥斯汀市的丘陵和草原,另一端则是艾尔帕索市附近的光秃秃的石头高地。

我们来到格兰德河北岸,也就是位于得克萨斯的那一边。这一带模仿的是真正的格兰德河大弯[2]河段的东岸地区。这里的峡谷陡峭险峻,河水又深又急——至少在短暂的雨季,河水又深又急。不过现在正值仲夏,涉水过河的难度基本为零。布兰妲跟随我攀下四十英尺高的悬崖,看着我涉水过河。走刚才这最后几英里的时候,布兰妲完全没说话;这时候她还是一声不吭。不过我看得出来,她心里觉得这么大规模的漏水事故,应该有人来修一下,或者至少给行人提供船或者桥,哪怕直升飞机也行。可她最后还是吧嗒吧嗒地蹚过了河,来到我

---

1. 美国第五大河,位于南部与墨西哥交界处。
2. 位于得州西南部,格兰德河在此转了九十度角,因此得名。

身旁等着。我找到了那根一直连上山顶的长索。

"你有没有觉得好奇,我为什么要来这里呢?"她问道。

"没有。我知道你为什么要来。"我拉了拉绳子。绳子的另一头固定在五十英尺[1]高的悬崖顶上,现在天色昏暗,已经看不清上面的状况了。"你在这儿等着,我会叫你的。"我嘱咐完,抬起脚,把靴底蹬在悬崖壁上。

"沃尔特很生气。"她说,"交稿期限就在……"

"我知道交稿期限在哪天。"我双脚蹬着黑色的石崖,双手交替着抓紧绳子往上爬。

"我们这次要写什么主题?"她在下面向我大声喊。

"我都告诉你了,写治病。"

就在沃尔特把"沦陷两百周年系列纪念文章"的重任托付给布兰妲和我的第二天晚上,我就已经把介绍文章写好了。我觉得这篇文章堪称我的代表作之一,沃尔特也深表同意。他在副刊的首页留出一大片位置,放上我和布兰妲的简介,狠狠地把我俩——至少把我——赞誉了一番。然后我和她坐下来讨论,一拍脑袋瓜就列出了二十个主题。至于剩下的主题,我们完全可以一边做一边想,一点也不用担心。

可是第一天过后,每次我想动手给该死的沃尔特写一篇文章,却一个字也写不出来。

结果:木屋逐渐成形,进度比预期的快。要是我能保持上周的进度,再过几个星期,木屋就能竣工了。同时,我的正职也就完蛋了。

我爬上悬崖顶,转身往下张望,只看到一团白色的东西,想必就是布兰妲了。我向下喊她,她竟然像一只猴子似的,三两下就爬上来了。

---

1. 1英尺约等于0.3048米。

"可以嘛!"我一边说一边把长索卷起来,"你有没有想过,如果你的体重是现在的六倍,会怎样?"

"我真的有想过,奇怪吧?"她说,"我一直想告诉你,我不是一个完全的白痴。"

"不好意思让你误会了。"

"我愿意学习,也去大量阅读了。可是有太多知识要学,有太多陌生的东西……"她抬起一只手梳理着头发,"随便吧,反正我知道生活在地球上是多么困难。我的手臂不够强壮,不可能爬上这个山崖。"说到这里,她低头看着自己,我仿佛看见她露出一丝笑容,"呵呵,我已经彻底'月球化'了,到了地球我怀疑我的腿也支撑不了我的重量。"

"刚开始的时候很可能不行。"

"我找了五个朋友叠罗汉,轮流做最底下的那一个。我只走三步就垮了。"

"你对这摊子事儿还挺执着的,是吧?"我在前面带路,沿着一条狭窄的岩脊向山洞入口走去。

"当然了,我对待这份工作是很认真的。可是我开始怀疑你到底有多认真了。"

我没法回答这个问题,所以我不回答。我们来到洞口,我正准备带她走进去,她突然揪住我的手,狠狠地拉了一下。

"那是什么?"她问。

别说是她,哪怕我每天进出这个山洞两次,到现在还是不习惯那股气味——其实现在已经没有刚开始那么难受了。这是一股由腐肉、粪便和氨气掺杂在一起的气味,另外还有一种让我心神不定的气息——我姑且称之为"捕食者的气味"。

"安静。"我低声说,"这是一个豹子穴。通常这只母豹子不会咬人,可是上星期它生了一窝豹宝宝，之后就变得性情暴躁了。你握着我的手千万别放开，因为前面很黑，要走到门前才会有亮光。"

我不给她机会跟我争论，用力一扯她的手，拉着她走进了洞里。

洞里的气味更浓烈了。作为一只动物，豹妈妈已经算是很讲究卫生了。它会清理豹宝宝的粪便，它还懂得去洞口外拉。可是它不懂得在猎物残渣开始腐烂之前就把它们拖出去，我猜它对"腐烂"的定义跟我们不太一样。它身上的皮毛散发出一股发霉的臭气，对于雄性豹子来说，这也许像香水般诱惑，可是一个毫无心理准备的人很可能会被它熏倒。

我看不见豹子，也听不到它的声音，可我能在视觉和听觉之外感到它的存在。我知道它不会攻击我们，因为它和迪士尼乐园里的所有大型肉食动物一样，已经通过训练形成条件反射，不会主动攻击人类。可是这种条件反射在它脑子里造成了某种矛盾冲突，所以它不喜欢人类，而且也不吝表达出来。当我们在洞里走到一半的时候，豹子突然发出声响——这是一种只能用"来自地狱"来形容的声音：一开始是低沉的咆哮，很快就变成尖锐的嘶叫。我全身上下每一根汗毛都竖起来了。这种感觉，如果你习惯了的话，其实挺提神醒脑的，你会觉得自己仿佛练就了一身铜皮铁骨，刀枪不入。我的阴囊变得又小又硬，一个劲儿地往回缩，要把我的宝贝藏起来免受伤害。

至于布兰妲……她简直想蹬着我的腿肚子往上跳，从我头顶跃过去。幸好我赶紧垫了几步，否则我们两人都会摔个狗啃屎！我早就准备好她会有这样的反应，所以临危不乱，与她同步往前冲刺。转眼间我们就跑到公寓后门撞了进去，顿时沐浴在一片灯光之中。布兰妲继续跑了二十多米才歇下来，不停地喘气。然后她咧嘴一笑，露出羞涩的表情。我们来到了一条长长的储物走廊，尽头就是我公寓的后门。

"我也不知道自己怎么了。"她说。

"别担心。"我说,"人类大脑里储存了一些固定的信息,刚才那种声音明显就是其中之一。这其实是一种条件反射,就像把手指伸进火里,你一下子就会抽出来,连想也不用想。"

"对啊,一听到那声音,我马上就吓得屁滚尿流了。"

"这不奇怪。"

"我想回去看看发出那声音的是何方神圣。"

"确实值得拜会一下。"我表示同意,"可是你必须等到天亮再去。那些豹宝宝挺可爱的,很难想象它们长大之后会变成像它们妈妈一样的猛兽。"

我站在门前,心里有点犹豫。在我这个时代,尤其是最近这些年,人们都不会轻易把客人带回家。月球是一个人满为患的社会,充斥着数以百万计大汗淋漓的躯体;无论你走到哪里都是一片摩肩接踵的景象,所以你才特别需要一个私密的小空间。当你认识了一个人五年或者十年之后,如果你真的很喜欢她,你才会请她回家小酌,或者邀她上床交欢。可是绝大部分的交往都发生在公共场合。

年轻一代就不同了,他们可以随随便便就上别人家打一声招呼,根本不当一回事儿。现在我可以揪住这件事情不放,加深我和她之间的裂痕;或者我可以不计较这点礼数,请她进屋来。

哎!不管了,反正我迟早都得学会与她精诚合作,那不如就从现在开始吧。我打开掌纹识别锁,然后侧身让开,请她先进去。

她义无反顾地冲进了洗手间,口中念念有词说要"开小"。我从来没听过这种说法,估计是小便吧。我脑中闪过一个念头:她身上好像没有出口,那她是怎么排泄的呢?我其实完全可以轻易找到答案,因为她根本就没关浴室门——现在的年轻人啊,连这样的隐私都不要了。

我环顾四周：这间公寓在布兰妲眼中是怎样的呢？在一个生于沦陷前的地球人眼里，又是怎样的呢？

有一点可以肯定，他们绝对看不到一点点灰尘和胡乱堆放的杂物。我不在家的时候，好几个清洁机器人会不知疲倦地打扫卫生，再微小的尘土也逃不过它们的法眼。我出门的时候，要是有什么东西没有放回原位，我还没走到地铁站，机器人就会将其复位了。

有没有人能单凭这个房间的陈设就看出我的性格为人呢？这里没有书和画，观察者无法从中找到线索。世界上无论哪个图书馆，只要我敲几下键盘就能连上，所以我自己一本书也没有。我家里随便一面墙都能用来投影艺术作品、电影或者风景，只是我很少有这样的闲情逸致罢了。

不过，我家里还是有些好玩的东西的。人类的制造业经过那么多年发展，如今在无所不能的计算机引领下反而返璞归真，重新回到了初始点。在原始社会，人们用手工制造东西，没有哪两个产品是一样的。工业革命之后，标准化生产流程制造出无穷无尽的相同产品，造就了所谓的"消费者文化"。然而到了今天，工厂生产的每一件产品都可以根据每个消费者的需要特别设计和订制。我的每一件家具都是独一无二的，在月球上，你绝对找不到另一张沙发像我这张这么……丑陋。我想啊，幸好没有，要不我的沙发跟另一张怪物沙发私奔了怎么办？！不过这东西真的很丑！

除此之外，我家里基本上没什么别的摆设。可供选择的东西实在太多，眼花缭乱的我干脆举手投降了——公寓里面原来有什么我就用什么好了。

我不希望布兰妲看到的事实也许就是这个！我想，既然你能从一个人家里的摆设看出他的性格，那么你同样也能从一个人家里的"没摆设"窥见他的为人吧。

我还在思索这事情的时候——心情自然不会太佳——布兰妲从洗手间出来了。她手上拿着一块血淋淋的纱布，就那么往地板上一扔。转瞬间，一个矮小的机器人从沙发底下冲出来，一口把纱布吞掉，又急急忙忙地跑开了。布兰妲的身体好像抹了油，皮肤上的粉红色就在我眼前逐渐变淡——她刚才肯定看过医生了。

"原来我是被放射线灼伤了！"她说，"我应该把迪士尼乐园告上法庭，让他们给我支付药费。"她抬起脚检查脚板，只见伤口处已经长了一块粉红色的新肉。再过几分钟，粉红色就会消退，皮肤上也不会留疤。突然，她抬头看着我，急急忙忙说："我会把钱还给你的，只要把账单发给我就行了。"

"不用了。"我说，"我刚刚给你想好了文章的引子。你来得克萨斯多久了？"

"三小时？不超过四小时。"

"今天我一共待了五个小时。除了重力之外，这地方对地球的自然环境模拟得相当精确。你看看我们身上发生了什么？"我掰着手指给她数，"你被晒伤了。在1845年，晒伤的后果包括：第一晚特别痛，整夜都睡不着，而且这种疼痛会持续好几天；然后你的表皮会脱落，或许会染上某种皮肤病，甚至导致皮肤癌。在那个年代，皮肤癌是不治之症。你研究一下这个病，看我说得对不对。

"你的脚板受伤了。后果倒不太严重，不过你会一瘸一拐好几天，甚至整整一周；而且这个部位不太好保持清洁，所以容易感染。

"我的手受伤比较严重，需要做手术。有可能会深度感染，甚至要截肢，弄不好还会出人命。有一个词汇专指四肢坏死的症状，你去查一下吧。

"所以说，"我总结道，"五个小时，三种伤势，其中两种拖延一下就会致命。不过这种事情发生在今天，后果是什么呢？就是全自动智能医生发过来的一张微不足道的账单。"

她等着我继续说下去。等吧,我本来打算让她等到海枯石烂的。终于,她等不下去了。

"这就没啦?这就是我的文章啊?"

"我靠!这只是引子!你得从这里展开,再加入自己的东西啊!你只是去公园里散个步,就发生了这样的不幸。这件事情向我们展示了过去的生活是多么危险,也显示了现在的我们对自己身体所患的伤病有多么掉以轻心。我们认为任何伤病都能够马上治好,这是天经地义的事,而且一点也不疼。还记得你说过的那句话吗?'还没治好呢!'你这辈子受过的伤都能够立刻无痛治愈,对吧?"

她一脸若有所思的表情,逐渐现出一丝微笑。

"这样应该可以……我猜。"

"当然可以了!你就从这里开始接手,详细展开。不过你别提那些自选的医疗设备和程序,这个话题留待下次再写。我们要把这篇写成一个恐怖故事,告诉人们,生命曾经那么脆弱,人类是从上个世纪开始才不用为自己的健康发愁的。"

"对,我们确实可以这样写。"

"什么我们?去你的!我告诉过你了,这是你的文章。你这就给我滚蛋,快回去赶稿吧!距离死线只有二十四小时了。"

我本来预料她还会跟我争论下去,但是她没有。看来我点燃了年轻人心中的激情!我把她送出去,关上家门,靠在门上长叹一声。其实我有点心虚,害怕她骂我欺负新人。

她走了不久,我也连上自动医生,把手治好了。然后我接了满满一浴缸的水,舒舒服服地躺进去。水很热,把我的皮肤都烫红了,可是我就喜欢这样。

泡了一会儿,我从浴缸出来,打开一个橱柜,翻出一个老式的家用急救包。里面有一把锋利的手术刀。

我往浴缸里加了些热水,又躺进去,全身放松……当我彻底觉得心满意足的时候,我把两个手腕都割了,伤口深可见骨。

No.4

惊天内幕：生死擂台战被操纵！

在第三局快结束时,"苦行僧邋遢丹"终于使出了他的招牌动作"无敌大回旋"。其实这时候,他已经把"旋风赛斯"打得摇摇欲坠了。

虽然我不是小刀搏击运动的拥趸,可是这招"无敌大回旋"确实值得一看。只见苦行僧以左脚为轴心,像个大陀螺似的不停旋转,还一边转一边上下跳动,就靠几根脚趾来保持平衡。为了增加转速,他把右腿收起来,于是越转越快,整个人化作一团模糊的身影。在旋转过程中,他会毫无征兆地突然踢出右腿,出腿部位或高或低,有时还真的能踢中对方。无论是否踢中,他的左脚还是会一边旋转一边跳,就像冰上芭蕾似的。

"苦行僧!苦行僧!苦行僧!"台下粉丝齐声念诵,布兰妲吼得比谁都大声。她和我并肩坐在最靠近擂台的前排座位,其实她大部分时间都是站着的。主办方给前五排的观众每人派发了一张透明的塑胶薄膜,我总是把薄膜举起来挡在我和擂台之间。苦行僧的小腿肚子上被划了一条很深的伤口,他做大回旋的时候,血滴能飞很远,特别吓人。

旋风赛斯无法抵挡,只能一个劲儿地后退。突然,他身形一矮,右手出刀疾削苦行僧的下盘,却被对手抢先划了一刀。他纵身一跃,想居高临下发招,可是苦行僧如影随形地起跳,自下而上反撩。两人的脚刚刚落地,苦行僧立即恢复了旋转的状态。旋风赛斯已经被逼得走投无路,眼看就要一败涂地,偏偏这时铃声突然响起,硬是把他救回来了。

布兰妲这才坐下来,拼命地喘粗气。我觉得一个人要是没有性生活,就需要别的事情去释放体内的洪荒之力;而小刀搏击这种运动似乎正是为这个目的设计的。

她用布擦掉脸上的部分血迹,然后转头看着我——这是她在开局以来第一次正眼看我。她表情有点失望,也许是因为我没有加入她的狂欢吧。

"他怎么能这样子旋转呢？"我问她。

"奥妙就在擂台表面那层垫子上。"她答道，一谈到这事儿她就成了"专家"。我猜她此刻肯定有一种如释重负的感觉。"跟纤维的分子排列方式有关系。如果你从某个角度向它施加压力，垫子就会产生摩擦力。可是如果你在上面旋转，就会减少摩擦力，所以他才能像溜冰一样不停地转。"

"我现在还能下注吗？"

"现在下已经没意义了。"她答道，"就算人家让你下注，赔率也肯定低得可怜。开赛前我叫你下注的时候你就该听我的，旋风赛斯死定了。"

他看起来确实是死定了。只见他颓坐在凳子上，身旁簇拥着一堆后勤人员，看样子他打不了下一局了。他的腿血肉模糊，身上伤痕密布，绷带已经包扎不过来了。他的左臂晃荡着，只是靠一点皮肉黏在身体上，他的教练正在考虑要不要先把手臂彻底切下来。他的左侧颈部大动脉安装了一个临时分流器，看起来绝对是他的致命弱点，因为对手要攻击这个目标实在太容易了。他的脖子是在第二局快结束时受伤的，所以他的后勤人员能够及时给他包扎——却也耗费了好几升鲜血。他身上最可怕的伤口也是来自第二局，那是一条半米长的伤口，从左髋一直划到右乳。伤口顶部翻开，一些肋骨都已经露出来了；伤口中部的皮肉是用一块貌似未经加工的皮革捂住，草草地缝了几针，勉强固定住。当时旋风赛斯挺刀急刺苦行僧的脖子，却只能在他脸上划开一个大口子。脸上的伤口虽然恐怖，却并没有对苦行僧的动作造成太大阻碍。这一刀是旋风赛斯对苦行僧的唯一一次有效攻击，然而代价却是被对手一刀深深地插进肚子里。苦行僧顺势把刀往上一拖，旋风赛斯的内脏顿时飞出来，洒满了整个擂台。裁判立即出示本场比赛的第一面黄色警戒旗，邋遢丹的一角传来胜利的欢呼声，人群也开始齐声吟诵:"苦行僧!苦行僧!苦行僧!"

旋风赛斯的后勤人员趁着警戒旗生效,把他耷拉在外面的内脏都切除了,又在第二局结束之后抢修他的颈部大动脉,然后黯然回到己方的一角,目送着他们的选手再次向"绞肉机"走过去。

至于苦行僧,他坐得笔直,任由自己的团队继续修补他脸上的伤口。他的一只眼珠子被对手刺破,已经完全失效。刚才在第二局的时候,鲜血阻挡了他的视线,导致他虽然重伤对手,却未能乘胜追击。在休息时段,布兰妲表示很担忧:苦行僧只剩下一只眼睛,纵深视觉遭到破坏,恐怕他不会使出"无敌大回旋"的绝招了。不过苦行僧哪怕只剩下一只眼睛,也没有让粉丝们失望。

旋风赛斯的一角亮起了红灯,观众们开始兴奋地交头接耳。

"他们为什么把他坐的地方叫作'一角'呢?"我问道。

"什么?"

"这擂台是圆形的呀,哪来的角落呢?"

布兰妲耸了耸肩,"我猜这是传统叫法吧。"然后她奸笑着说,"你可以研究一下,然后向沃尔特汇报。"

"别犯傻了你。"

"我怎么犯傻了?'搏击运动的前世今生',这个主题多好呀。"

她说的当然是对的,我只是很难咽下这口气。这样的角色互换让我很不爽,她应该是无知的那一方才对啊!

"这红灯又是什么意思呢?"

"每个选手最多能输十升血。你看到记分牌上的仪表了吗?旋风赛斯刚刚用了最后一升血,而苦行僧还有七升可以用。"

"那就是快完了?"

"旋风赛斯绝对熬不过下一局。"

他确实熬不过。

最后一局完全没有观赏性和艺术性可言，既没有华丽的大回旋，也没有凌空飞跃。观众们一开始还吼两嗓子，后来都坐下安安静静地欣赏擂台上的虐杀。今晚的主打比赛过一会儿就要开始了，有人趁着这时候赶紧溜出体育馆去买吃的。旋风赛斯已经晕头转向，还继续拖着沉重的步伐，一次次扑向苦行僧。苦行僧总是敏捷地避开，不时反插一刀，在对手身上又划开一条新的伤口。看架势他是打算让旋风赛斯把血流干。很快，旋风赛斯因为失血过多，整个人都懵了，呆呆地站在台上动弹不得。苦行僧挥刀划破他的咽喉，鲜血从大动脉狂喷出来，扬起一天一地的艳红。旋风赛斯轰然倒地，苦行僧站在对手跟前，弯下腰来，三两下功夫，就把一个人头高高举起。观众席响起零星的掌声，工作人员随即扑上来，有些簇拥着苦行僧向休息室走去，有些就把旋风赛斯的脑袋和身体一起拖走。最后是赞伯尼公司的机器上擂台擦拭血迹。

"你要爆米花吗？"布兰妲问我。

"我只想喝点东西。"我告诉她。于是她加入人潮，浩浩荡荡地拥向外面的小卖部。

我转头看着擂台，突然感到一种久违的冲动：写作。我抬起左手打了个响指，一下……两下，然后我才想起那个该死的手写器已经不灵了。自从五天前布兰妲去得克萨斯找我以来，手写器就不工作了。故障似乎来自皮肤显示屏，因为我还能在手掌根部的键盘上打字，却没有字符出现在显示屏上。虽然我打字的时候，所有数据都会储存在内存里，过后可以下载出来，可这样子我是没法工作的，因为我必须看着每一字和每一句呈现在我眼前！

发明创造都是逼出来的。我翻开布兰妲落在座位上的比赛目录册子，找到一张空白页。然后我拼命翻手袋，找到了一支用来手动修改纸稿的蓝笔。

（文件#希尔迪＊待用＊）（代号"血之运动"）
（标题待定）

也许我们永远不可能找到证据，可是我敢断定，住在山洞里的原始人肯定也有体育运动。时至今日，我们依然有体育运动；将来我们踏足远方星球时，必然会将体育运动散播到宇宙深处。

体育运动源自暴力，参加者通常会有受伤的危险。这种危险直到一百五十年前才被彻底消除。

时至今日，体育运动当然已经与暴力绝缘了。

现代的体育爱好者要是知道地球上的体育运动有多么血腥暴力，他们一定会大吃一惊。我们用一项暴力成分最少的运动作为例子——这项运动到现在还盛行——跑步比赛。绝大部分跑步运动员在运动生涯结束时都是伤病缠身，受伤的地方包括膝盖、脚踝、肌肉、脊椎等等。有些伤患可以治愈，有些则是治不好的。跑步运动员每次上场比赛的时候，都面临着受伤的危险；而且某一次伤患很可能会阴魂不散地纠缠一辈子。

在古罗马时期，运动员用致命的凶器——比如剑——互相砍杀，其中有些参赛者还是被迫的。每场比赛都会有死伤，断手断脚更是家常便饭。

即使后来时代进步了，变文明了，可许多体育项目依然是有组织的暴力行为。运动员组成团队，前仆后继地，与对手剧烈碰撞，完全罔顾当时的医疗水平多么落后。还有人把自己固定在汽车或者飞行器上面，比赛谁更快；在那种高速下，如果他们突然停下来，运动员就会被撞得血肉模糊。很多运动员需要戴头盔、拳套、护肩、护裆、护膝，还有保护肋骨和鼻子的设施。这些护具的存在本身，已经表明了那些竞技项目是多么的危险和暴力。

有人表示反对吗？会有人说当代的体育运动比过去更暴力吗？荒谬！

在我们这个年代，运动员比赛时都是裸体的，他们既不需要也不想佩戴护具。而且在大部分的竞技项目里，身体受伤是在意料之中，甚至是观众们希望看到的（比如小刀搏击）。现代运动员在比赛结束后的那副尊容，地球人看了一定会震惊。可是，现代体育运动绝不会造成运动员的残疾。

你也许会认为，运动界的这种非暴力普世价值是因为人类在道德层面有了革命性的飞跃，可是这种想法真的很傻很天真。真正的原因不是道德革命，而是技术革命：无论运动员受了什么伤都能彻底治愈。

事实上，"暴力"这个词的意思已经改变了。你想想，哪种情况更加"暴力"：是一条手臂被硬生生扯下来，但是很快又重新接上，而且没有任何后患；还是一片断裂的脊椎垫骨，每分每秒都带来痛苦，一辈子也好不了？

我不清楚你怎么选，反正我知道我自己宁愿受哪一种伤。

现代的这种"暴力"再也不会给人带来恐惧，因为……

（讨论奥林匹克运动会，以及低重力对比赛场所的影响）

（提及死战）

（需要跟写旧时代医药的那一篇文章联系在一起吗？）（问布兰妲意见）

我匆匆忙忙地写完最后几句，因为我看到布兰妲捧着爆米花回来了。

"你在干吗?"她一边问一边坐回本来的座位。我把那页纸递给她,她快速地浏览了一遍。

"好像有点干巴巴的。"她最后只挤出这么一句评语。

"就是要靠你添砖加瓦、添油加醋嘛。"我告诉她,"这个领域你在行呀。"她买了一大袋爆米花,共有十几颗,每颗都有拳头那么大,香脆白嫩,还滴着黄油。我接过她递来的一大瓶啤酒,伸手拿起一颗爆米花,狠狠地啃了一大口,然后和着啤酒往肚里吞——好吃!

刚才我在台下写稿的时候,小刀搏击儿童训练营的小朋友们上台表演,此刻他们正在鱼贯走下擂台,大部分小朋友身上都有斑斑驳驳的红色痕迹,是训练用刀留下的墨水印记。小孩子的医疗成本太高,所以不能让他们用真刀练习。

主持人走上擂台,开始大肆吹嘘今晚的重头戏将会如何如何精彩。这是一场死战,决斗双方是现任冠军"曼哈顿强人"和挑战者"母大虫"。

布兰妲凑上来,一边咀嚼,一边从嘴角挤出几个字。

"买母大虫赢。"她说。

"要是她会赢,我们还留在这里干吗?"

"你自己问沃尔特呗,这是他的好主意。"

我们这次来看比赛的目的,其实是要找曼哈顿强人——他的真名是安德鲁·麦当劳——请他做我们这个"地球沦陷两百周年专栏"的地球人顾问。安德鲁已经超过两百岁了,还能上台斗殴。问题是这老头儿参加的是死战,就是有一方必须战死才能决出胜负。如果他战败,就直接去见圣彼得[1]了。可是沃尔特向我们再三保证,他看中的人是不会输的。

---

1. 耶稣的十二门徒之首。

"刚才我在外面跟一个朋友聊起这场比赛。"布兰妲继续说,"毋庸置疑,强人是技高一筹,这次是他在两年内的第十场死战。我的朋友觉得,十场死战,无论对哪一个运动员来说,都是超负荷了。他说,上一场比赛强人已经是涉险过关,这一次他无论如何也跨不过母大虫这个坎儿。我朋友还说强人已经不想赢了,他完全是一心求死。"

比赛双方都上了擂台,都在昂首阔步,耀武扬威。半空中出现一幅幅全息影像,是两人过往的辉煌战绩和高光时刻。解说员继续大肆吹嘘,把这场比赛说成百年不遇的经典对决。

"你给她下注了吗?"

"我下了五十块的注,买她第二局赢。"

我仔细思量一番,然后招手叫交易员过来。他递给我一张卡片,我在上面做了记号,按下指模。他把卡片插进系在腰带上的累加器里面,然后又还给我。我把卡片装进口袋里。

"你下了多少注?"

"十块钱,只买输赢,不算局数。"我没有告诉她,我把钱押在了强人身上。

两位选手各自回到了自己的"一角",正在往身上抹油。解说员还在口沫横飞地讲个不停,说两人都是绝顶高手,参加的都是最高重量级的比赛,他们的体重相差不超过一公斤……这时候,两位选手开始热身。他们脚下踏着攻守进退的步伐,身法如奔马般迅捷;手中小刀凌空劈削挑刺,隐隐有雷霆万钧之势。两人古铜色的肌肤在射灯照耀下熠熠生辉。

"本场比赛是在《王城竞技运动法规》的监管下进行的。"解说员说,"参加死战的双方均为自愿,其中,曼哈顿强人选择战斗到最后一口气。按照法律规定,赛会已经为其提供心理辅导。如果强人今晚不幸战死,将被视作自杀。母大虫同意在条件允许的情况下亲手结束对手的生命，并清楚自己不需负任何责任。"

"不用你负责任！"强人瞪着对手，大吼一声，台下观众顿时笑场。按照法律规定，解说员必须在赛前宣读这段沉闷的话。此刻他的话虽然被打断，他却用感激的目光看着强人。

接下来，解说员带着两位选手走到擂台中心，向他们宣读比赛规则——很简单，听到铃声就必须住手。除此之外，没有任何规则或者限制。最后，他让两人握手，随即开打。

"第一局就结束了！怎么可能！"

比赛已经结束半小时了，布兰妲还在抱怨。很明显，这不是一场值得被载入史册的经典对决。

我们在更衣室门外的接待区等着。麦当劳的经纪人告诉我们，等工作人员给他包扎完毕，我们就可以进去了。考虑到他受的伤并不重，我猜包扎时间不会太长。

突然，身后传来一阵骚动。我回头一看，原来是旋风赛斯出来了。他走到一小群粉丝——主要是小孩子——当中，拿出一支笔，开始给大伙儿签名。只见他穿着黑衬衫和黑裤子，脖子上戴着一个巨大的支架。这个支架看似很笨重，可对于一个一小时前脑袋还在擂台上滚动的人来说，这点小麻烦可以说是微不足道了。他必须戴着支架，直到新长出来的颈部肌肉足以支撑脑袋为止。我估计这段时间应该很短，因为从事这个职业的人脑子都不会太大。

不久，更衣室门再次打开，麦当劳的经纪人招手让我们进去。

我们跟着他走进一条阴暗的走廊里，两旁是一扇扇编了号的门。有一扇门是开着的，我听见里面传来阵阵呻吟。经过的时候，我往里瞥了一眼，只见高台上面摊着一团血肉模糊的东西，刚才擂台上的几个后勤人员就围在这团东西四周。

"你别告诉我……"

"什么？"布兰妲问，然后也往房间里瞄了一眼，"噢，是啊，母大虫比赛的时候没有做神经封闭。"

"我还以为……"

"绝大部分选手都会将自己痛觉神经中心的敏感度大幅度调低，仅仅让自己能感到被击中，那就足够了。可是有些人觉得，如果有真正的痛感刺激，他们会有更大动力去躲避疼痛，他们双腿的移动速度也会加快。"

"对，换了是我也会健步如飞啊！"

"呵呵，今晚她明显还是不够快。"

幸好我刚才只啃了一颗爆米花，否则早就吐了。

曼哈顿强人身穿长袍，正坐在一张多功能医疗椅上抽雪茄。他的左脚被高高抬起来，任由他的一个陪练摆弄。他看见我们，脸上露出笑容，同时伸出一只手。

"在下安迪[1]·麦当劳。"他说，"不方便站起来迎接二位，请见谅。"

我们分别跟他握了手，然后他挥手示意我们坐在椅子上。他说请我们喝东西，接着一个手下就把饮料端过来了。

布兰妲上气不接下气地复述着刚才那场比赛的情形，对强人高超的武艺赞不绝口，旁人听了绝对猜不到他刚刚害她输了五十元钱。我向后靠在椅背上，默默地等着，心中估摸着她继续论述小刀搏击运动的各种精妙之处，起码还能再唠叨一个小时。就这样，布兰妲滔滔不绝地说着，麦当劳似笑非笑地看着她，我觉得再保持沉默的话就会显得失礼了。

"虽然我是外行，"我也不想显得太谄媚，"可是我也能看出来，

---

[1] 安德鲁的简称。

你的武功跟今晚其他选手不太一样。"

他长长地吸了一口烟,仔细端详雪茄尽头的亮光,嘴里慢慢吐出一团紫色的烟雾。然后他把目光从雪茄转移到我身上,雪茄仿佛失去了热源一般,火光随即暗淡下来。我刚开始的时候没有留意到,原来他的眼神是那么深邃——这种眼神,有时候你能在一些特别上年纪的老人眼中看到。当然,今时今日你要判断一个人到底老不老,也只能看他的眼睛了。麦当劳的外貌没有一点年老的迹象,他的身体看起来也只不过是二十来岁。说到身体,因为职业需要,他本人没有太多的选择。为了消除体重差异带来的优势,小刀搏击运动员只能在九个不同重量级的标准体型中选择一个。虽然他的面容看起来比身体稍稍显老——也许是眼睛造成的——可岁月并没有在他脸上留下太多痕迹。而且他的面容并不是大部分月球人都想换的那种英俊潇洒网红脸,我感觉他年轻时候应该就是这样子的。我突然意识到一件事情,不禁吃了一惊:他年轻时的岁月应该是在地球上度过的!

出生在地球的人并不是特别罕有。中枢电脑告诉过我,现在还活着的地球人有一万人左右。他们通常看起来跟其他人没什么两样,也不会轻易泄露自己的来历。当然也有些地球人老拿自己的年纪来说事儿——比如那些参加长寿脱口秀的长寿嘉宾、老一辈说书艺人,还有那些用思乡情怀骗钱的"职业思乡人"——不过总的来说,地球人是一个低调而且封闭的群体。以前我从来没想过他们为什么会这样。

"沃尔特说你能说服我加盟他那个项目。"麦当劳终于开口了,不过他并没有接我的话,"我直接告诉他,他错了。我倒不是为了固执而固执,如果你能够说出一个好的理由,如果你能告诉我,为什么我要浪费整整一年时间跟你俩耗在一起,我是很愿意洗耳恭听的。"

"要是你了解沃尔特,"我反唇相讥,"你应该知道他很可能是月球上最没有洞察力的人了。他以为我对这个项目饱含激情,嘿嘿,其实他错了。对于我来说，这个项目仅仅是工作罢了。据我所知，饱含激情的只有他一个人。"

"我倒是很感兴趣。"布兰妲大声说。麦当劳把视线转移到她身上，却没有逗留多久。我觉得这短短的一眼就足够他把小女孩彻底看透了。

"我的风格，"他说，"糅合了古代各种技击格斗流派的特点，只可惜这些功夫并没有在月球上流传下来。很久以前有一帮好心办坏事的蠢货通过了一条法律，禁止传授东方武术。当时的传统观念是大家应该和平共处，不再争斗，当然也不再互相杀戮。我想这个理念本身也许是好的。

"在某种程度上，这条法律确实有效。比如说谋杀率吧，月球与地球史上任何一个社会相比，都有大幅下降。"

说到这里，他又长长地吸了一口烟。他的助手们把他的伤脚包扎好，就陆续离开了。最后更衣室只剩下我们三人。过了许久，就在我开始以为他已经言尽的时候，麦当劳终于又开口了：

"现在已经时过境迁了。等你活到我这个岁数，你就会看到世间万事总在周而复始地循环。"

"我不用活到你的岁数就已经看到了。"

"你多大岁数了？"

"一百岁零三天。"我看到布兰妲盯着我，张开嘴巴想说什么，然后硬生生吞回去了。也许她会责怪我没告诉她，否则她一定会给我举办一个百岁大寿庆祝会。

麦当劳眯起他那双让我心神不定的眼睛，紧紧地盯着我，目光中流露出比刚才更强烈的兴趣。

"感觉有什么不一样吗？"

"你意思是我活到一百岁就会感觉不一样吗？为什么我一定要有异样的感觉呢？"

"为什么？问得好！百岁大寿，名义上确实算是一个里程碑，可是实际上一点意义也没有，对吧？"

"对。"

"没关系了，说回刚才那个话题……一直以来都有人觉得，既然大自然的进化已经失效，那么我们就应该努力在人性当中注入一点侵略性；在禁止杀戮的前提下，我们至少应该学习怎么战斗。所以他们将拳击比赛解禁了，最后就发展成为你们今天看到的这种血腥运动。"

"沃尔特需要的正是这一类观点和看法。"我不失时机地指出。

"我知道。我的观点看法正是你们这个项目所需要的素材，这一点我从来没有否认过。我只是好奇为什么我要把自己的真知灼见送给你们使用呢？"

"这个问题，我也在反反复复地问自己，就当练习脑筋急转弯好了。"我答道，"你也应该知道，要说服一个长期以来不断尝试自杀的轻生厌世者将自杀大计推迟一年，加入我们的团队，帮助我们写一系列半点屁用也没有的专栏文章……我实在是束手无策。"

"你知道我也曾经是一个记者。"

"我不知道。"

"你觉得我现在做的事情像是'自杀'吗？"

布兰妲诚恳地凝视着麦当劳，我几乎能感受到她心中的关切之情。

"如果你战死擂台，人们就会这样评价你了。"布兰妲说。

他站起来，走到房间一侧的微型吧台前。他也没问我们要喝什么，直接倒了三杯浅绿色的酒，拿回来给我们。布兰妲用鼻子嗅一嗅，用舌头舔一舔，然后喝了一小口。

"地球沦陷后，堵在人们心头的那种挫败感，你是想象不到的。"他说道。这人说话东拉西扯、飘忽不定，很难专注在一个主题上，我实在拿他没办法,只能暗暗把绷紧的神经放松下来。作为一个记者,我已经学会了让受访对象畅所欲言。

"称之为'战争',其实是曲解了这个词的本意。我想,当时我们肯定也有反抗,可是我们就像一群蝼蚁,在蚁丘被踹翻后殊死抗争,一切努力当然都是徒劳的。在这个过程中,蝼蚁再怎么英勇作战,也不会对踢翻蚁丘的人产生任何影响。他也许对蝼蚁们甚至没有任何恶意,也许根本没留意自己干的好事。而这个惨剧也许是一场意外,也许是另一个项目实施时产生的副作用——比如说犁地——结果我们在一天之内就被犁进土里了。

"当时,我们这些逗留在月球上的人都大吃一惊。在某种程度上,这种震惊的状态延续了好几十年。在某种程度上……我们心里的惊惶一直到今天还驱之不散。"

他又吸了一口雪茄。

"在非暴力思潮盛行的时候,我属于最早觉醒的那批人。没错,这理想看起来很美,可是我知道人类这样下去会变得弱不禁风,只有死路一条。"

"你是从进化的角度看这件事情的吗?"布兰妲问道。

"是的。我们现在已经有能力改造自己的基因,可是我们有足够的智慧为自己作出选择吗?在过去的十亿年里,一直是大自然为我们做选择。现在我们贸然抛弃这个好端端的系统,明智吗?我不知道。"

"这就要看你怎么定义'好端端'了。"我说。

"你是虚无主义者吗?"

我耸了耸肩。

"这么说吧,所谓'好端端',是指在自然选择的系统里,生命形态朝着越来越复杂的方向进化。生物学似乎是朝着某个目标发展的,而且我们现在已经知道了,人类并不是生物进化的最终形态——入侵地球的外星人证明了宇宙中有生物比我们聪明得多。入侵者是巨型的气态生命体，与人类没有任何共通之处，他们肯定是在类似木星的行星上进化的。目前公认的说法是，他们来地球是为了拯救海豚和鲸鱼，使它们免受人类污染的毒害。我也不知道这种说法有什么证据，反正就姑妄言之姑妄听之好了。假设它是真的，那就意味着海洋动物的脑部结构比人类更接近外星侵略者。在外星人眼中，我们也许和蜜蜂、珊瑚、鸟类一样，只是掌握了一点原始的工程技术，却不是真正的智慧生物。不管这种说法是对是错，反正外星人已经对我们不屑一顾了。我们与他们的道路不会再有交集，我们与他们之间也没什么利害关系，我们完全可以随心所欲地创造命运、追逐未来……可是如果人类这个物种不再进化的话，我们就没有未来了。"

他的目光交替着在我们两人之间转来转去。这件事情对他来说好像很重要。老实说，我还从来没有认真想过这个问题。

"还有，"他继续说，"我们知道宇宙深处确实有外星人，我们也知道宇宙航行是可以实现的。人类下次遇到的外星人，说不准比上一次的侵略者更难对付。他们也许不仅仅想要驱逐我们，而是想把人类赶尽杀绝。所以我认为我们应该保留一些战斗和搏击的本领，要是将来遇上话不投机的外星人，我们还能揍他们一顿。"

布兰妲一下子坐直了，眼珠瞪得溜圆。

"你是海因莱因[1]飞船帮的人！"她说。

这回轮到麦当劳耸了耸肩。

"我没有参加过他们的聚会，可是我对他们的许多理念和主张都相当认同。不过我们刚才讨论的是武术啊。"他说。

我们刚才讨论的是武术吗？我都糊涂了。

---

1. 指罗伯特·海因莱因（1907—1988），美国著名科幻小说家。

"当时，那些武术已经失传将近一个世纪了。我花费十年时间研究了成千上万部二十世纪和二十一世纪拍摄的电影，这才复原了功夫的真面目。接下来，我自学苦练了整整二十年，终于感觉小有所成。然后我就成了职业小刀搏击运动员，一直打到现在，一场也没输过。除非有人能学会我的功夫，否则我的不败纪录将一直保持下去。"

"这是一个很好的题材啊！"布兰妲提议道，"题目可以是'今日话当年：战斗的手段'。过去人们有各种各样的武器，对吧？我说的是射击类武器，好像普通老百姓也能拥有这类武器。"

麦当劳说："在二十世纪有一个国家，按照他们的法律和风俗，人们要是没有武器好像就活不下去似的。他们说持枪是公民的权利——人类历史上有许多古古怪怪的公民权，我总觉得持枪权就是其中之一。可是如果我活在那里，我也肯定会持枪的。在一个全民有枪的社会，一个人要是身上不揣把家伙，岂不是会惶惶不可终日？"

"不好意思，打断两位一下。倒不是因为我觉得这个话题无聊——"我一边说一边站起来伸展四肢、舒筋活络，"我确实觉得两位讨论的东西能闷出鸟来，不过这是题外话了——我们已经在这里耗了半个多小时，布兰妲也提出了好几个选题，你完全能在这些领域给我们帮大忙。嘿嘿，你甚至可以自己动笔写——要是你还记得怎么写作的话。怎么样？你到底是愿意加入呢，还是想我们另请高明？"

他把手肘支在膝盖上，目不转睛地盯着我。

很快我就被他盯得心里发毛，开始揣测我耳边会不会响起特雷门琴[1]的乐声。这种眼神仿佛来自一部全息恐怖电影；这双眼睛本应嵌在一张青面獠牙、毛发丛生的怪脸上——而这张怪脸应该开始变形扭

---

1. 俄国发明家雷奥·特雷门（1896-1993）发明于1919年，是最早的电子乐器，也是世界上唯一不需要弹奏者接触的乐器，其特殊音色常被用于恐怖电影。

曲，就像灰泥灌进了一团散发着邪恶气息的不明物体中一样。刚才我提到过他的眼神看起来多么深邃，可是与此刻相比，他刚才的眼睛就好像一汪清潭。

我不想显得很迷信，也不想仅仅因为麦当劳长寿就硬说他拥有某种超能力。可是无论谁与他对望，都难免会想到他的眼睛曾经见证过多少往事，并且惊叹这双眼睛后面隐藏了多少大智慧。我本人已经超过一百岁了，在长寿界，这个岁数是不会被人嗤之以鼻的——当然，最近几十年间，百岁人瑞已经不算稀奇了——可此刻我竟然觉得自己成了一个孙子，正在诚惶诚恐地接受二大爷的审查。不，也许是正在接受神的审判！

我讨厌这种感觉。

我竭尽全力去以眼还眼、以牙还牙——问题是他的眼神里没有丝毫敌意，也没有半点挑衅的意味。假如说这是一场干瞪眼比赛的话，那么参赛选手只有我一人。可惜，我没坚持多久就把视线移开了。我凝视墙壁，我端详地板，我甚至转头去看布兰妲，给她送去一个微笑——我觉得布兰妲被吓了一跳。只要能避开他的眼神，看什么我都愿意。

"不，"他终于回答道，"我终究还是决定不参加你们的项目了。浪费了两位的时间，真的很不好意思。"

"算了。"说完，我站起来，迈步往房间门口走去。

"你用了'终究'两个字，是什么意思呢？"布兰妲问道。我转过身来看着她，脑子里迅速思考脱身的对策：我应不应该揪住她的手臂，强行把她拖出门外呢？

"我的意思是，虽然不情愿，可我还是有认真考虑你们的提议。其中有些部分甚至让我开始觉得有趣了。"

"是什么促使你又改变主意了呢？"

"算了吧，布兰妲。"我说，"他肯定有他的原因，具体是什么我们也管不着。"我抓住她的手臂，扯了一下。

"你住手！"她很不满地说，"别老是把我当小孩子！"她狠狠地瞪着我，直到我放手为止。我想指出，她本来就是个小孩子，不过这样打击她很不厚道。

"我真的很想知道。"她对麦当劳说。

麦当劳凝视着她，眼神竟然显得很厚道。然后他将视线移开，似乎有点尴尬。我在这里只是忠实地描述当时的情形，至于他为什么会觉得尴尬，我就完全不清楚了。

"我只跟终点线上的赢家合作。"他平静地说。我和布兰妲还来不及回答，他就已经站起来了。他稍稍有点费力地走到门口，为我们打开了房门。

我狠狠地把帽子盖在脑袋顶上，向门口走去。我快走出门口时，布兰妲说话了。

"有件事我不明白。"她说，"是什么让你觉得我不能坚持到终点呢？"

"我说的不是你。"他答道。

我扭头瞪着他。

"布兰妲，"我缓缓地说，"你看我是不是搞错了。有位仁兄参加一项高风险的体育运动，随时会挂掉；可他竟然指摘我没法走到终点，对吧？"

布兰妲什么也没说，我猜她已经看出来了，现在闹得剑拔弩张的，完全是因为我和麦当劳之间产生了矛盾。我也想知道到底是什么矛盾，为什么他要把我惹得这么抓狂。

"风险是能够通过计算来预测的。"他说，"我这不还活得好好的？我可是打算一直赢下去的。"

好花不常开，好景不常在。布兰妲才安静了片刻，现在又忍不住开口了：

"希尔迪到底怎么了？为什么你要这样针对……"

"他怎么样我可管不着。"他打断了布兰妲的话，眼睛却还盯着我看，"可是我在希尔迪身上看出了一点问题。如果我要加入你们团队的话，我就不能袖手旁观了。"

"兄弟，你看到的是一个一人做事一人当的堂堂男子汉大丈夫！我可不会指望一个耍小刀的娘们儿来帮自己解决。"

不知怎的，这话说出来并没有达到我预期的效果，他脸上依然是一副似笑非笑的表情。我猛地转身，夺门而出。布兰妲有没有跟着？管她呢！

我从吧台上抬起头，顿时觉得太刺眼、太嘈杂了。我好像正在坐旋转木马……可是我手里怎么有个酒瓶子呢？

眼前的一切都在旋转，我只能死死地盯住酒瓶，其他东西才慢慢停下来。只见酒瓶子下面有一洼液体，是威士忌；我的手臂下面也枕着威士忌；连我的侧脸也是湿的——我刚才肯定是趴在酒里了。

"你小子要是敢在我酒吧里吐，"有个汉子说，"看我不揍你！"

我费了九牛二虎之力才把飘忽不定的视线移到那个人脸上——噢，原来是酒保。我告诉他我不会吐，可是话音未落就几乎呛着了。我连忙站起来，步履蹒跚地穿过双向门，终于把满肚子东西都倾吐在国会街的路中心。

吐完了，我颓然坐倒在街道上。阻塞交通？不会的，新奥斯汀镇晚上的街道黑灯瞎火，什么也没有。我身后拴着几匹马和几驾马车，还有酒徒们狂欢的喧哗声、钢琴的乐声，以及零星的枪声——那是游客们在体验古代西部的狂野生活。

有人捧着一杯酒在我面前晃悠。我顺着手臂向上看：裸露的肩膀、细长的脖子、秀美的面容，垂肩的黑色卷发……在昏暗之中，连她的唇膏也泛着黑光。这是一位穿着紧身胸衣、吊袜带、长筒袜和高跟鞋的女郎。我接过酒杯一饮而尽，然后拍一拍身边的空地。女郎于是坐了下来，双臂环抱着自己的膝盖。

"我只需要一分钟就能想起小姐的芳名。"我说。

"我是朵拉。"

"可爱多多的朵拉姑娘，我真想把你的衣服扯开，把你扔到床上，跟你的处女之身大战三百回合！"

"这事儿我们已经做过了。可我不是处女，不好意思。"

"我要你为我生孩子。"

她亲了亲我的前额。

"嫁给我吧！让我成为月球上最幸福的男人！"

"宝贝，这件事我们也做过了，只可惜你都想不起来了。"她把一只手伸到我面前，我看见一只镶碎钻黄金婚戒。我眯起眼睛再一次仔细端详朵拉，发现她的面容笼罩在一片朦胧的光晕里……

"你戴着新娘子的面纱！"我嚷道。她正在仰望星空，脸上露出如痴如醉的笑容。

"我们先把牧师吵醒，然后敲开珠宝商的家门，又托人去找塞拉斯打开杂货铺的店门让我买礼服。虽然费了很多周折，我们最后还是把一切都办妥了，然后我们就在阿拉莫酒馆这里举行了婚礼。茜茜是我的伴娘，医生老头是你的伴郎。所有的女孩都哭了。"

我肯定露出了将信将疑的神情，因为她突然哈哈一笑，还拍了拍我的后背。

"游客们特别爱看这个。"她继续说道，"我们这里的夜生活并不总像今晚这么多姿多彩。"她转动着戒指，把它从手指上摘下来，然后递给我,"作为一位淑女,我当然不会强迫你信守你在神志不清时许下的承诺。"她凑上来凝视着我,"你现在神志恢复清醒了吗?"

我现在已经清醒了许多,所以想起了在"得克萨斯州",由"牧师"主持的婚礼在王城并不具备法律效力。不过刚才我竟然有点担忧从此被困,可见我确实醉得一塌糊涂。

"好一个有情有义的婊子。"我赞道。

"我们都是尽力扮演各自的角色罢了。不过,我从来没见过谁扮演醉鬼演得像你这么好,大部分演员都忘了要呕吐。"

"因为我努力追求真实嘛。刚才我有没有做丢脸的事情呢?"

"你是在问,除了跟我结婚之外你还有做别的糗事吗?我不是有心损你,可是我们洞房的时候,你在第四回合的表现确实挺丢脸的。不过你放心,我不会四处跟人说。毕竟你在前三轮里面有些招数还是很特别的。"

"你什么意思?"

"嘿嘿,比如你的舌头功夫吧,是我见过最厉害……"

"不,我是说第四回合……"

"我知道你说什么。好像有一个词专门描述你当时的状态,无能、不举……反正就是硬不起来呗。"

"阳痿。"

"没错!以前我奶奶跟我说起过,可我想不到竟然有机会亲眼见识一下。

"跟我过吧,宝贝儿,我还有好多厉害招数,保准让你见识个够。"

"你喝多啦。"

"唉,你终于开始说一些没劲儿的话了。"

她耸肩道:"跟你这样一个愤世嫉俗的家伙聊天,我怎么可能一直妙语连珠说个不停?"

"你就这样说我呀？愤世嫉俗？"

她又耸了耸肩。在昏暗的月色下，在眩晕的视线中，虽然我瞧不真切，却仿佛在她脸上看到了一丝担忧的神情。

她扶我站起来，为我拍掉身上的尘土，然后亲了我一下。我保证下次进城一定光顾她，不过我觉得她并不相信我。最后，求她为我指明出城的方向，然后就踏上了归家的路。

晨光就像粉色的唇膏，在天幕上胡乱涂抹。不知不觉间，我已经在淙淙流水的陪伴下走了很长一段路。

我一直在努力回想白天早些时候发生了什么事情，总算是想起了一些零碎的片段。我记得从体育馆乘地铁回得克萨斯，然后去木屋那里干了一会儿活。突然，我看到记忆中的自己竟然把一根刨好的木料扔进了峡谷里，我还记得自己竟然仔仔细细地考虑过点一把火将木屋烧成灰烬。然后，我的记忆跳到了下一个片段：我坐在阿拉莫酒馆的吧台前，一杯接一杯地喝酒。接下来，一团迷雾涌起，我的记忆文本就此中断，只剩下一幅模糊的画面：牧师晃晃悠悠地宣布我们正式成为"男人与妻子"。多么奇怪的说法，不过我想这句话是符合历史背景的。

我走在碎石路上，突然听见一个声响，连忙抬头张望。

只见一只叉角羚就站在前方，距离我还不到十英尺。它昂首挺胸，高傲而警惕，却并不怕我。它的前胸一片雪白，水灵灵的棕色眼睛闪耀着智慧的光芒。它是我见过最美丽的东西。

美丽的叉角羚就算在最低谷的时候也比我好十倍！我一屁股坐倒在路上，号啕大哭。哭了一会儿，我再次抬头，发现它已经弃我而去了。

这么多年来，这是我第一次感到平静。我走到悬崖脚下，找到那根长绳，爬上了崖顶。太阳还躲在地平线下面，可是天空已经出现了许多黄色的亮光。我双手拿起绳子开始打结,有一首教打绳结的童谣是怎么唱来着?兔子跳洞里,狗狗没法往里挤,只能干着急。绕着大树转圈圈,一圈两圈三圈四圈……

试了几次,我终于把结打好了。然后我把绳圈套在脖子上,低头往悬崖下面望去。虽然你的加速度在月球上比较小,可是你身体的质量是恒定的,所以你只需要一个比较长的下坠距离——应该是在地球上的六倍吧?我绞尽脑汁地算数,可是算着算着就精神溜号了。

为保险起见,我抬起一块大石头抱在胸前,然后纵身往下跳。你自杀时或许会有大笔时间让你后悔,但是我没有。我只记得抬头往上看了一眼,竟然发现安德鲁·麦当劳正在上面俯视着我。

然后我的脖子就被扯断了。

No.5

科学家大惑不解——被隐瞒的恐龙真相!

"要是你打算给雷龙搭一个厩，"我告诉布兰妲，"你最好确保屋顶至少有二十米高。"

"此话怎讲呀，骨头先生？"

骨头先生是古时候滑稽表演中的角色，我不知道她是从哪里学来的。这段时间以来，每次我进入"讲课模式"，她就叫我"骨头先生"。因为她的无知，讲课模式几乎已经成了我的常态，于是她就总这样称呼我。哼，想气我？我是不会上钩的！

她抬起头，看着二十五米高的屋顶。这样的高难度动作我就免了——最近几天我都不怎么能仰起头，因为每当我把脑袋转到某个特定角度的时候，脖子就会有一阵持续不散的刺痛。我本打算预约看医生，可一旦疼痛消退，我就把这事给忘了。然后在我最没有心理准备的时候，这刺痛又会突然冒出来捅我一刀。

"雷龙挺笨的，它们警惕的时候会抬起脑袋和前腿，用后腿支撑着身体四处张望。要是屋顶不够高，它们就会把小脑袋撞上去，把自己给撞傻了。"

"你有花时间研究恐龙吗？"

"我是在一个恐龙养殖场长大的。"我拉着她的手臂走到一旁，避开一辆驶过的铲屎车，然后看着铲屎车从地上铲起一堆西瓜大小的粪球。

"太臭了！"

我没答话。这股臭味一下子把我带回了童年，我心中顿时百感交集。我小时候在养殖场里干过各种活儿，铲屎车操作员就是其中之一。

突然，我们身后传来轰隆隆的巨响，只见通往沼泽地的大门缓缓打开，马上涌进一股比厩里空气更高温更潮湿的热风。不久，一只长长的脖子伸进大门，脖子尽头是一个看起来傻傻的、小得几乎可以忽略不计的小脑袋。这只长脖子孜孜不倦地往里伸，又伸了好久好久……

终于，雷龙庞大的身躯也进门了。这时候，大门外又出现了另一只长脖子和另一个小脑袋。

"我们快回去吧，别挡了它们的路。"我向布兰妲建议道，"要是它们能看见你，就不会把你踩扁。可问题是它们一旦把视线从你身上移开，就会很快忘记你到底在哪里。"

"它们这是去哪儿呢？"

我指着对面一扇敞开的大门，上面有个标志，写着"一号交配场"。"交配季节快结束了。等凯莉把它们都圈起来，我们就可以观摩一下，挺有意思的。"

其中一头雷龙忽然发出一声哀鸣，稍稍加快了脚步。在六分之一的重力下，笨重如雷龙也能显得脚步轻盈。我不知道它们在地球上的最高速度是多少，实际上，我甚至怀疑地球上的雷龙离开了水根本就站不起来。

为什么雷龙会突然加快脚步呢？原因随即出现：凯莉进场了——她骑着一头霸王龙！只见凯莉挥舞缰绳指挥着这头凶猛的食肉巨兽，进退自如。有一头雄性雷龙想要溜走，霸王龙迅速扑过去把它的去路堵死；而一头雌性雷龙则摆出一副似乎要负隅顽抗的姿态，于是霸王龙后退两步，张开血盆大口，用尖利的獠牙进行威吓。就这样，在霸王龙的驱赶下，那群体型更庞大的食草巨兽摇摇晃晃地快步拥进了交配场。自动门在它们身后徐徐关上。

以前的古生物学家在研究恐龙时搞错了一件事情：它们的颜色。其实现代有那么多种类的蜥蜴，你以为专家们能够举一反三吧，可是你错了。不信你翻阅一下以前人们画的恐龙图案，基本上不是泥褐色就是黄绿色。这些揣测与实际情况有很大出入。

比如说雷龙的种类有好几个，凯莉钟爱的这一种叫"加州理工黄肚皮"，是根据率先研制出它们的加州理工实验室来命名的。这种雷龙的腹部是鲜黄色的，此外，它们身上还有多种多样的颜色：后背是亘古不变的泥褐色，身体侧面和长颈上有深绿色、祖母绿和鲜黄绿色；眼睛旁边的皮肤向外辐射出一道道亮紫色的条纹，咽喉下面则是斑斑点点的白色。

而霸王龙当然是以红色为主了。它们脖子下面挂着一个巨大的皮瘤，就像美洲鬣蜥的鼓膜。霸王龙求偶时会把皮瘤鼓起来，发出惊天动地的吼声。皮瘤通常是深蓝色，不过也有紫色甚至是黑色的。

你不能像骑马那样去骑霸王龙，因为后者的背部太陡了。骑霸王龙的方法有许多种，凯莉喜欢安装一个狭窄的平台，骑手在平台上或坐或站，视情况和任务而定。这个平台固定在霸王龙的肩膀上，它的巨大脑袋就挡在面前，所以凯莉大部分时间只有站着才能勉强看到前方的景象。

"看起来不是很牢固。"布兰妲说，"要是她摔下来怎么办？"

"千万不能摔下来！"我告诉她说，"要是你突然出现在霸王龙跟前，它肯定一口就把你吞了。不过别担心，这头恐龙带了嚼子。"

这时候，一位助手跳上恐龙背上的平台，从凯莉手里接过了缰绳。凯莉纵身跳回地面，然后助手就骑着霸王龙走出了恐龙厩的大门。这时候，凯莉瞥见我们，愣了一下，随即反应过来，向我挥了挥手，我也挥手回应。她示意我们过去找她，然后等也不等，径直朝着交配场走去。

我正要去与她会合，身后突然有东西穿过铁栏杆的缝隙撞我们。布兰妲吓得跳起三丈高，然后马上就松了一口气——原来是一头雷龙宝宝来找吃的。我仔细查看身后那个昏暗的围栏，只见里面有几十头雷龙幼兽，每一头都有大象那么巨大。大部分雷龙宝宝都在泥地里打滚，少数的几头则聚集在喂食槽的四周。

我把裤袋翻转，让雷龙宝宝看清楚里面没吃的。以前我总在兜里揣几根甘蔗,因为这是它们最爱的零食。

布兰妲没有裤袋可以翻,原因很简单:她根本就没穿裤子。她今天的打扮是长筒过膝软皮靴搭配黑色迷你敞襟短上衣。她穿成这样子,目的是让我知道她的身体多了点东西:第一性征和第二性征。她心里肯定暗暗渴望我快点主动提出和她一起试用新器官。我是通过一件小事看出她暗恋我的:当她知道"希尔迪·约翰逊"不是我出生的名字——这是百老汇歌剧《满城风雨》当中的一位著名记者,我是借用了他的大名——她很快就改名为"布兰妲·斯塔尔"了。

说句公道话,她现在这副尊容看起来顺眼多了——我一看到中性人就觉得浑身不自在。难得的是她没有装一个波涛汹涌的大胸;她的阴毛也很自然,一点也不狂野,可见她并没有赶那些瞬息万变的时髦。

可是我实在没心情陪她搞搞新意思,就让她找个同龄小孩疯去吧。

我们在交配场与凯莉会合,爬上那扇十米高的大门门顶,从栏杆顶上看出去,观察着那些正在群魔乱舞般啪啪啪的雷龙。

"布兰妲,"我说,"我给你引见卡拉玛丽·卡博里尼,她是这个恐龙养殖场的主人。凯莉,这位是布兰妲,她是我的……呃,助手。"

两位女士各自伸出手,在我跟前握手致意。我们脚下的钢管很滑,布兰妲伸手时险些摔倒。但其时我们仨已经湿透了——恐龙厩里不但闷热潮湿,而且天花板上的各个喷头每隔十分钟就会洒一次水,据说这样可以为大牲口们护肤。我们三个人当中只有凯莉显得很舒服,因为她什么也没穿。我来之前就应该想到别穿这么多衣服的,就连布兰妲也比我穿得少。

裸体对于凯莉来说并非偶尔为之。我认识了她一辈子,除了小手指上的戒指外,她身上从来没有别的穿戴。她一生恪守天体主义,尽量保持裸体，其实并非出于什么高级的人生哲学，纯粹是因为她喜欢，再加上她本来也讨厌每天早上挑选衣服。

在我认识的人当中，除了沃尔特，最不关注自己身体需要的人就数凯莉了。考虑到她这么不讲究，我觉得她现在保持得还算挺不错的。她从来不做预防性维护，也从来不对自己的外观进行改动。等某个器官出问题了，她才去修修补补，或者整个换掉——她也许是月球上最节省医药费的人之一。她发誓说，她曾经用一颗心脏用了一百二十年。

"后来它终于出故障了。"她曾经告诉过我，"但医生还说里面的瓣膜就好像出自一个只有四十岁的小心脏。"

如果你在街上碰到凯莉，一眼就能看出她是在地球出生的。在凯莉的童年，人类被分隔成不同的"种族"，划分依据是肤色、脸部特征，以及头发的类型。地球沦陷后，优生政策成功地把不同的种族糅合在一起，时至今日，属于某个单一种族的人已经很稀有了。凯莉是白人，也叫"高加索人种"。在人类历史上，从工业革命与殖民时代开始，这个种族便处于主宰地位。其实，"高加索人种"这个概念本身就不严谨，比如说凯莉的鼻子长得特别挺拔，要是放在古罗马钱币上不会有半点违和感，可是德国佬希特勒所定义的"雅利安人[1]"肯定会对她嗤之以鼻。所以说，在种族这个话题上，真正重要的概念是"白"——既不是黑，也不是棕，而是白。

然而这就很搞笑了，因为凯莉全身的皮肤——从头顶到脚趾——都已经晒成了深棕红色，看上去就跟她养的那些大蜥蜴一样坚硬粗糙。可是，如果你摸一下的话肯定会大吃一惊，因为她的皮肤其实很柔软。

凯莉很高——当然是跟她的同龄人相比，而不是跟布兰妲比——而且身材苗条，满头不加修整的浓密黑发里掺杂着几缕银丝。而她最

---

[1]. 纳粹认定金发、碧眼、白肤的雅利安人是最优等的人种。

动人心魄之处是那双浅蓝色的眼睛——这是她北欧裔父亲留给她的礼物。

她放开布兰妲的手,然后开玩笑地推了我一下。

"马里奥,你都不来看我了。"她嗔道。

"我现在的名字是希尔迪。"我说,"我都改名三十年了。"

"瞧,我没说错吧?我猜这就意味着你还在给那鸟笼垫子干活儿呀?"

我耸了耸肩,忽然看到布兰妲一脸的疑惑。

"电子刊物以前是印在纸上的,然后报社把那些纸卖给读者。"我解释道,"人们读完之后,就把那些纸垫在鸟笼底下。凯莉不说几句陈词滥调就浑身不自在,也不管那些套话早都老掉牙了。"

"我为什么要抛弃那些老话呢?陈词滥调其实也是一门艺术呀。自从沦陷以来,这门艺术的境况一落千丈。其实陈腔滥调也需要与时俱进,重新焕发生命力,不过看来已经没人愿意去写了。当然了,我面前这位大记者是个例外。"

"能得到凯莉的嘉许,我真是受宠若惊啊。"我告诉布兰妲,"不过凯莉啊,没有人会用《奶嘴》去垫鸟笼的,因为那些故事连小鸟看了也会觉得倒胃口。"

凯莉做出沉思状,然后说:"不是的,马里奥。如果我们养一些电子鸟,你们的电子报做鸟笼垫子就最合适不过了。"

"也许吧。我确实发现用《奶嘴》把我的电子鱼裹起来挺顺手的。"

我们说的这些话布兰妲当然听不明白,然而她是不会因为无知而觉得尴尬的。

"用来接屎吗?"她突然说。

我们一起看着她。

"放在鸟笼子底下。"她解释道。

"这小姑娘有意思，我欣赏她。"凯莉说。

"你当然欣赏了。她就是一张白纸，正等着你往上面写你往日那些荒诞不经的精彩故事呢。"

"这固然是原因之一。可是你这家伙把小姑娘当作你的私人鸟笼垫子来使唤，那我得帮帮她。"

"人家自己又不介意。"

"我介意啊。"想不到布兰妲竟然会这样说。凯莉和我再次不约而同地看着她。

"我知道自己对古代历史了解不多，"她看着凯莉脸上的表情，不安地扭动了一下，"这真抱歉。可是你们期待我对发生在几百年前的事情能有多了解、能有多关心呢？"

"没关系的。"凯莉说，"也许我不会用到'古代'这个字眼——每次说到古代，我就想到了罗马帝国——不过我也理解，我们那个年代，在你眼里其实就是古代。我想起当年我父母提起一些发生在我出生以前的事情时，我也是你这样的反应。问题是，在我年轻的时候，老一辈人会死，会给年轻一代让位；可是你这一代人面临的处境就不同了。你看着马里奥觉得他很老是吧？可我的年纪是他两倍还不止，而且我还没想过去死。也许这对你们年轻一代很不公平，可现实就是这样。"

"这是卡拉玛丽的金科玉律。"我说。

"闭嘴，马里奥。布兰妲，这个世界永远也不会属于你们，你们这一代人永远也不可能从我们手上接管这个世界。可是因为你们的存在，这个世界也不属于我们。作为最老和最年轻的两个极端，我们这两代人不得不一起来经营这个世界，这就意味着我们应该努力去了解对方的观点和角度。这个任务对我来说很难，对你来说也同样不容易。这就好比我要跟我的高曾曾曾曾祖一起生活，他们是在工业革命时期长大的,习惯了被国王统治,我们之间几乎一点共同语言也没有。"

"这对我来说不是问题。"布兰妲说,"我也确实有付出努力,可是为什么他不愿意呢?"

"你别管他,他总是这样的。"

"有时候他把我气得够呛。"

"他就这臭脾气。"

"喂喂,女士们,你俩当我透明啊?"

"闭嘴,马里奥。在我面前他就像一本敞开的书,我一眼就能看透他的小心思。我看得出他喜欢你,不过他越喜欢你就越要气你。他正是通过这种方法使自己远离情爱,因为他不知道自己能不能回报你的感情。"

我看得出布兰妲的脑筋在飞快地转动。因为她只是无知,而不是蠢,所以她终究会根据凯莉这句话的逻辑——如果你相信这个前提属实的话——得出一个结论:因为我总是气她气得发疯,所以我肯定也爱她爱得发疯。于是,我以夸张的姿态环顾四周,视察恐龙厩的四面墙壁。

"肯定是挂在你的办公室。"我说。

"什么?"

"你的心理学学位证书呀。我还不知道你回去上学了呢!"

"我生命中的每一天都在学习,你这小混蛋。而且要看透你哪用什么学位,我花了三十年时间,早就学会了。"她滔滔不绝地训话,说我现在虽然有一百岁了,可别以为自己改变了多少。不过她说的是意大利语,所以我只能猜个大概。

凯莉每年都从"文化遗产保护局"那里得到一笔津贴,因为她能够说流利的意大利语。其实不管有没有津贴,凯莉都会坚持说意大利语的,因为一来这是她的母语,二来她对人类濒临灭绝的文化知识有强烈的保护意识。她尝试过教我,可惜我没什么语言天赋,最终只掌握了几句厨房用语。其实学意大利语有什么意义呢?中枢电脑储存了成百上千种再也没人说的语言,从夏安[1]语到塔斯马尼亚[2]语都有。许多语言在地球沦陷前并没有在月球上盛行,在沦陷后就等同于灭绝了,现在也还保存在中枢电脑里。大部分人和我一样,说英语和德语(我还能讲一点点日语),而说汉语、俄语和斯瓦西里[3]语的人数也相当可观。除此之外,有许多学习兴趣小组致力于保存语言遗产——那些成员一共也就几百人,都是像凯莉这种狂热分子。

我怀疑布兰妲根本就不知道世上有"意大利语"这样一门语言,所以她聆听凯莉的长篇大论时,显得有点诚惶诚恐。说句题外话,意大利语其实挺适合用来发表长篇大论的。

"我猜你俩认识好久了吧?"布兰妲问我。

"是的,我们是老相识了。"

她点了点头,面露不快。突然,凯莉大吼一声。我转头看时,她已经跳进了交配场,大步流星地扑向几个帮工。那几个家伙正在驱赶两头巨兽摆出最终的交配体位。

"住手,你们这帮白痴!"她吼道,"时机还没成熟呢!"她走到那帮人当中,开始四处发号施令。凯莉从来也找不到好的帮手——我曾经在她手下工作了许多年,所以我不是在胡说八道。在她眼中,这世上根本就没人能符合她的要求——这是我过了许多年后才意识到的。有一种人总是觉得别人怎么做都不如自己干得好,凯莉就是这种人。而让我恼火的是,她通常都是对的。

"都给我退回去!它们还没准备好呢!什么时候合适,它们心中

---

1. 夏安族是居住在北美大平原的原住民。
2. 居住在澳大利亚南端塔斯马尼亚岛的原住民。
3. 非洲使用人数最多的语言之一。

有数,你们千万不要催。我们的任务是从旁协助,而不是强行撮合。"

"要是我掌握了什么谈情说爱的技巧,"我告诉布兰妲,"也是拜她所赐。"

"拜她所赐?"

"'给它们一点时间,我们现在又不是赶进度,有点策略好不好?'这些话我听得太多,都被洗脑了。"

再一次看着凯莉照料恐龙,我心中重新涌起过往的回忆。在月球最主要的几个雷龙养殖场主当中,凯莉是唯一一个在繁殖季节不采用人工授精的。"你觉得帮助一对雷龙交配很难是吧?"她总是说,"那你从一头雄性雷龙那里提取精液样本试试?"

恐龙的求偶过程——尤其是雷龙交往的时候——有一种粗犷而狂野的诗意。

先说霸王龙。和人们想象的差不多,它们求偶的过程是壮怀激烈、惊天动地的。两头雄性霸王龙会为了争抢一个潜在的交配对象而大打出手。决出胜负后,战败方会步履蹒跚地离开,看那颓废劲儿,十足一个毒瘾发作、头痛欲裂的瘾君子。我知道胜者也好不到哪儿去,唯一值得欣慰的是,它抢到了机会去牵起女神霸王龙的小爪爪。

雷龙比霸王龙优雅多了。雄性雷龙会花足足三四天的时间去跳舞——前提是它还记得这件事儿。就算是在发情期,这些动物能够集中注意力的时间也还是很短。雄性雷龙会用后腿直立,跳起滑稽的桑巴舞步,绕着雌性雷龙不停地转圈。通常来说,在头两天里,雌性雷龙会摆出不感兴趣状。两天后,勾引行动升级到"啃咬调情"的阶段:雄性雷龙会轻咬对方的尾巴根部,而雌性雷龙则继续云淡风轻地咀嚼反刍的食物。最后,雌性雷龙终于开始对雄性雷龙的求爱行动作出回应了,这时候工作人员才应该把这对情侣带进交配场大战三百回合。

此刻这一幕正我们面前上演。只见两头雷龙用后腿直立,面对面站着，两条长长的脖子缠绕在一起，四条前腿轻轻地扒着对方。它们这种前戏起码还要持续一个多小时才能准备好交配。怎样才算准备好呢？标志就是雄性雷龙的一对"半阴茎"的其中一根从体内伸出来。

从来没有人告诉过我，为什么爬行动物需要两根阴茎。现在回想起来，我自己也从来没有去问过谁。人的好奇心总是要有界限的。

"你和凯莉在一起多久？"

"你说什么？"布兰妲又一次把我从思绪中揪回了现实——这好像已经成了她的习惯。

"她刚才提到三十年。这算是很长一段时间了，你当时一定对她很认真吧？"

我承认，有时候我挺迟钝的，直到这一刻我才恍然大悟。于是我转头向外望，凝视着最主要的那个画面：两头因为现代基因技术而重现于世的中生代巨兽，还有一位同样得益于现代基因技术的、身材苗条的、棕色皮肤的女子。

"凯莉不是我的爱人！她是我妈妈！你要不要下去找她详谈一番？有她看着，你肯定不会受伤。而且我敢肯定，她会乐意向你传授跟雷龙有关的知识，你做梦也想不到能从她那儿学到那么多东西呢。我先去歇一会儿。"

我们从大门的另一侧往下爬时，我突然留意到布兰妲面露喜色，仿佛现在就是她一天当中最开心的时刻了。

我猜这次交配进行得很顺利——只要凯莉亲自上阵，通常都不会出岔子。同样，孕育我的那次交配应该也是预先计划好的，其过程也是毫无差错。对于凯莉来说，性爱从来就不算个事儿，怀上我只是因为她愿意担起一点责任罢了。在我出生的年代，社会是鼓励生育的。可是在巨大的社会压力下，她始终没再给我生弟弟妹妹。很明显，凯莉认为一个孩子就足够了。

古怪的是，我知道自己从来没在皮氏培养皿中待过。其实如果凯莉愿意借助先进的医疗手段，整个过程就会变得简单很多。当今医学技术昌明，受精、妊娠和分娩完全不需要本人参与，准妈妈根本不用操心。不过凯莉是按照传统方式怀上我的，就是一颗精子在一个月当中某个合适的时刻命中目标。接下来她十月怀胎，最后在痛苦中把我生下来——这正是上帝要夏娃经历的磨难。整个过程的每一分钟都是煎熬，都让凯莉无比痛恨。这些事情我怎么会知道呢？是她亲口告诉我的。不仅向我，只要有人愿意听，她就会不厌其烦地抱怨。在我的童年，她平均每天起码唠叨三遍。

别看凯莉敢站在没过膝盖的恐龙粪便当中，能用肩膀撑起一根几乎有她本人那么大的生殖器，再将其引入一个污秽得让人亲眼看了也不敢相信的泄殖腔中，其实她有惊人的洁癖。所以，在生小孩这件事情上，困扰凯莉的并不是疼痛，而是分娩过程中的血污、气味和恶心。

凯莉办公室的温度应该会比外面低一点。我上楼去她办公室，本来只是为了凉快凉快，可惜我的这个愿望落空了。在那里，我体表的汗水都变得黏糊糊的。我喘着粗气，双手开始发抖；我觉得自己已经到了焦虑症发作的边缘，却不知道为什么会这样。雪上加霜的是，我的脖子又开始痛了。

我刚才为什么不向凯莉说明来意呢？我告诉自己，是因为她太忙了。可刚才我们三个人站在交配场大门顶上，我本来有充足的时间说起这个话题，而我却任由她唠叨当年的美好岁月。当时其实是一个绝佳的时机，我可以怂恿她以地球人的身份参加我们这个时间旅行小分队。她滔滔不绝地说要消除代沟，如果转头就拒绝我们的建议，就会显得愚不可及了。我很了解凯莉，她一方面会很热爱这份工作，另一方面又绝不会承认热爱这份工作。想要她答应,我们必须诱导她,让她相信是自己想出了这个点子,而且算是给我和布兰妲一个人情。

我站起来走到窗前,没用。于是我走到对面墙边,还是没用。同样的动作重复了几次,我才突然意识到自己正在来回踱步。我揉了揉后颈,再一次晃晃悠悠地走到窗边,向下望去。

凯莉办公室的窗户紧贴着恐龙厩的天花板,我从这里看出去,室内的景象一览无遗。这里有一条楼梯,通往"外面"的走廊;而其实这条走廊也还是在凯莉的小迪士尼世界——雷龙养殖场——里面。我刚刚是从交配场出来的,现在我往那里望去,只见布兰妲站在凯莉身边,观摩两条雷龙交配的壮观景象。凯莉伸手指指点点,好像正在教导布兰妲。她们俩身后站着一个人,似曾相识。我眯起眼睛,还是看不清。于是,我从窗边的一个挂钩上摘下一副望远镜。

我对好焦,眼前出现了一个红发高个子,竟然是安德鲁·麦当劳!

No.6

独家曝光明星聚众不可描述！

我记得自己离开了凯莉的雷龙养殖场，还记得自己漫无目的地乱走一通，然后沿着无穷无尽的自动扶梯一直往下走，走到再也不能往下为止——我已经触底了。我突然意识到这样很不吉利，于是又沿着无穷无尽的自动扶梯一直往上走，最后来到了盲猪酒馆。我已经记不起刚刚那几个小时里面我到底在想什么，不过事后回想一下，肯定不是什么好事。

我记得的下一件事情是什么？你可以说是"睡醒"，也可以说是"苏醒"，不过严格来讲，这两种说法都不够精准，因为它们都不能描述我当时的状态和体验。当时我的感觉是，我正在把飘散于天涯海角的零碎颗粒逐一回收，再把自己重新组装起来——不，这样说就暗示我自己有主动付出过努力。但其实是那些零碎颗粒自己组合起来的，而我只是在量子态当中分阶段地获得了自我意识。可其实也并没有一条从无意识到有意识的分界线，不过最终，我发觉自己身处盲猪酒吧的一间里屋，这真是一个可喜的进步啊！从这一刻开始，我的主观意识正式接管我的身躯，于是我开始四处观察，想了解一下周围的状况。因为我是脸朝下，所以我把注意力首先放在了自己的正下方……我看到了一张女人脸。

"除非出现全新的拍摄技术，否则我们永远解决不了爆头的难题。"她说。我完全听不懂这话到底是什么意思。她的秀发散落在枕头上，脸的两侧各有一只张开的手捧着。她的眼睛看起来有点古怪，可是我没办法指出到底怪在哪里。估计那一刻我的思维卡在了"字面"的层面上，所以当我想到"指出"二字的时候，我真的用指尖碰了碰她的一只眼球。她竟然不以为忤，只是眨了眨眼睛。我连忙把手指移开。

这时，我取得了一个重大发现：当我触碰她的眼睛时，捧着她侧面脸的一只手动了！我把这些数据综合起来分析，得出一个结论：捧着她脸的手是我自己的手。为了检验这个假设，我摆了摆一根手指，只见她脸侧的某根手指也在摆，只是这根手指并不是我想动的那一根。不过话又说回来，我才刚刚恢复神智，能有多精确呢？我笑了笑，心中充满了骄傲和自豪！

"你可以把大脑装进一个金属盒子里，"她说，"将摄像机摆在脑袋一侧，把血浆包安装在脑袋另一侧，然后你对着摄像机的视角开枪。砰！子弹打在金属盒子的外壳上。然后啪的一下，血浆袋爆了。如果你走运的话，这场景看起来就像子弹穿过脑袋，把番茄汁溅了那家伙身后一墙。"

我突然觉得自己很庞大。

我吃大大丸了吗？

虽然我想不起来，可是我肯定吃了。通常我是不碰大大丸的，因为这东西其实不怎么刺激，除非你一想到自己像星际飞船那么巨大就会愉快得不得了。不过，如果你把大大丸跟其他药丸混在一起服用，就会产生各种有趣的效果。没错，我肯定是混搭了。

"你想效果更逼真的话，可以在眼球后面安装一些微型炸弹。当子弹击中脑袋时会引爆炸弹，两颗眼球被炸出来，向着摄像机镜头飞过去，明白了吧？到时候镜头前面会扬起一团血雾，这样有一个附加好处，就是能把爆头过程中与现实相悖的细节都遮掩住。"

有东西在揉我的耳朵。我转动脑袋想看个究竟，无奈我转头的速度就像"哥白尼号"飞船上面安装的巨型望远镜那么慢。我看见一只光脚丫子，刚开始我还以为是自己的脚，可是远方的飞鸽传书告诉我，我的脚板长在我双腿末端，而且我的腿是伸直的，所以我的脚掌其实是在我身后三公里远的地方。我把脑袋转去另一个方向，看到另一只光脚丫子。我得出的结论是：这只脚应该是她的，而第一只脚可能也是。

"可是那个该死的钢盒子，天哪！我都没办法向你形容——你别怪我说话难听——这东西让我多头痛！特别是十个导演有九个都非要用慢镜头拍爆头不可！你在那个要被爆头的笨蛋的脑袋上装一个灌满了蜜丝佛陀[1]三号的假前额，能让伤口显得更绚烂一点；你用阳极氧化的办法将封装大脑的金属盒子变成黑色，希望子弹打穿头骨露出里面的时候，看起来更像一个黑乎乎的弹孔。可是你猜怎么着？那颗该死的子弹把黑色镀层也磨掉了，结果在样片里，弹孔底部露出了金属层，还一闪一闪亮晶晶呢！接下来当然是导演破口大骂，最后还要重拍。"

我这是在一艘船上吗？这才能解释为什么我现在一晃一晃的。可是我明明记得刚才还在盲猪酒馆里面呀。除非有人把整座酒吧从我们这座钢铁墓穴里面挖出来，又整个放上一艘大船，否则我怎么可能在海上呢？我决定搜集更多数据再做定夺。抱着冒险的心态，我慢慢低头，看向我与女人身体之间的那个空间。

乍看之下，眼前的景象让我丈二和尚摸不着头脑。在上一秒钟，我能看见自己的双腿和双脚，却像是从望远镜的另一端看过来的；到了下一秒钟，我就看不到我的腿脚了；再过一秒钟，我又能看到了……那么她的两条腿呢？怎么我看不见呢？噢，对了，考虑到她正用脚丫子挠我的耳朵，所以顶着我胸口的东西应该就是她的腿了。原来她正仰面躺在地板上，这就能解释我刚才看到的那些动作了——原来我一直在做上下活塞运动呢！我停下了。

"我不想干了。"我告诉她。

她还在絮絮叨叨地说拍爆头特技有多困难。我意识到在我们的性交活动中，她至少和我一样心不在焉。我站起来环顾四周；她继续不

---

[1] 著名彩妆品牌。

停地说着，一个音节也没有落下。地板上有一条裤子，虽然看起来比我的尺寸小了一百万倍，可应该是我的。我拾起裤子，仔仔细细地把两条腿分别塞进裤筒里……哈！真的合穿呀！我掀开帘子，跌跌撞撞地走出去，回到了盲猪酒馆的大堂。

我走了大约二十步才走到吧台。在这段距离中，我觉得自己一边走一边急剧缩小，不禁吃了一惊。虽然途中我一度需要扶着吧凳保持平衡，可总的来说，我并没有不愉快的感觉。我心里偷着乐，小心翼翼地爬上一张吧凳坐好。

"酒保！"我说，"刚才的再来一份。"

站在吧台后面那家伙人称"深喉"，以小道消息灵通著称。他也许有自己的本名，却已经无人知晓了。而且我们大家都觉得这个外号特别适合他，就应该一直这样叫下去。他向我点了点头，转身准备走开。就在这时，有个人在我身边的吧凳上坐下来，还伸手一把揪住了深喉的手臂。

"这次别给他那么重口味的，行不？"那人说。我看清楚了，原来是蟋蟀。她向我微笑致意，我也笑了笑作为回应。然后我耸了耸肩，迎着深喉问询的目光点了点头。顾客神智是否清醒完全不在他的考虑范围之内，只要你能坐在吧台前——还能给钱——他就会为你服务。

"你还好吧，希尔迪？"蟋蟀问道。

"好！从来没有这么好过！"说完，我看着深喉给我调酒。蟋蟀也暂时不说话了，可是我知道她还有许多问题要问。交朋友，不就是为了利用吗？

我的酒端来了，盛酒的是盲猪酒馆的全息图像酒杯——整个月球也许只有这里还在使用这种玻璃酒杯。它们在二十一世纪中叶问世，其实还挺迷人的。厚厚的玻璃杯底镶着一个芯片，在酒液表面的上方投射出一幅全息图像。我见过在酒浪中翻腾的海豚、在酒面上冲浪的健儿、一支迷你水球队和欢呼的人群,还有亚哈船长手持鱼叉跟大白鲸搏斗[1]。不过盲猪酒馆里最受顾客欢迎的酒杯是比基尼环礁的核爆[2]——这幅图像与深喉狂野的调酒风格挺搭的,我都看得出了神。这幅全息图像刚开始是一片刺眼的强光,然后渐渐演变为一团由黑色与橙色交织的、精巧细致的蘑菇云;蘑菇云不断膨胀,长到了六英寸[3]高就突然烟消云散;紧接着,下一轮核爆又开始了,整个循环花了大约一分钟。

我凝视着酒液上的许多迷你战列舰,突然意识到这个片段我已经看过许多次了,而且我的下巴还一直搁在吧台表面上——我猜也许是因为这个角度看过去画面最精彩吧。我突然觉得有点尴尬,连忙坐直了,然后瞥了蟋蟀一眼。只见她装出全神贯注的样子,用玻璃酒杯的杯底在吧台上印下一个个湿漉漉的圆圈。我擦了擦眉毛,坐在吧凳上一转身,看着酒馆大堂的其余酒客。

"还是平时那帮乌合之众。"蟋蟀道。

"就是最'乌合'的那帮人。"我表示赞同,"我怀疑'乌合'这个词就是专门为了这帮人造出来的。"

"也许我们应该让这个词光荣退休,把它供奉在词源学纪念堂里,就像那些奥运冠军的比赛服一样给挂起来。"

"对,就摆放在'母性''爱情''幸福'等词旁边。"

"好主意!就凭这句话,我再请你一杯!"

我第一杯还没喝完呢……可是谁又会去数呢?

在新闻记者圈子里,总有一些不成文的规矩,即使像我这么懒散边缘的从业人员也得遵守。

---

1. 出自美国名著《白鲸》,作者赫尔曼·麦尔维尔。
2. 美国曾于1954年在太平洋的比基尼群岛上试射氢弹,其当量为广岛原子弹的750倍。
3. 1英寸约等于2.54厘米。

通常来说，要是我们不敢出版一条特别粗鄙下流重口味的新闻，那么唯一的原因就是害怕惹上诽谤罪的官司。月球这方面的法律特别严厉，要是你的报道损害了某人的名誉，你最好确保你的线人愿意在中枢电脑跟前为你作证。不过在更多情况下，有些事情明明是人所共知的，你也不会去报道，这背后的原因非常微妙。记者与我们报道的人之间有一种共生关系，有些人会说这是一种寄生虫与宿主的关系，可是这些人并不了解明星和政客是多么渴望增加媒体曝光率。他们会向我们提供一些"背景很深"的"非正式"材料，如果我们恪守游戏规则，双方都能从中获益。我的线人知道我不会出卖他们，而我报道的主角又能如愿得到曝光。

你别费神在手机里面查找盲猪烧烤酒吧的电话号码了，也别以为在你家附近商场瞎逛一圈就能找到他们的所在。就算你无意中找到了盲猪酒吧，人家也不会让你进来，除非有熟客给你做担保。关于盲猪的位置，我只能说，三大电影制片厂都在它的步行范围之内，而它门上的店牌是专门用来误导人的。

在盲猪酒吧里，记者和电影人能够和平共处，完全不必担心隔墙有耳；而在政府大楼附近则有一个"休伊·皮尔斯·朗[1]非公众选区划分协会"，则是政治版的盲猪酒吧。在这两个地方，人们都可以放松警惕，不用担心自己说出来的话会出现在第二天的电子媒体上——就算发了也会是匿名。在这里，流言蜚语也好，诽谤中伤也好，毁人声名也好，什么都可以随便说。在这里，超级明星和最低等的片场杂工以及最下作的小报娱记都混在一起，完全可以口无遮拦地畅所欲言。我在盲猪这里亲眼见过一个剧务一拳打在一个身价过千万的大腕

---

[1] 美国民主党政客（1893-1935），曾任路易斯安纳州州长和联邦参议员，因改善贫民生活而受到底层人民欢迎，但亦被指滥用权力。1935年遇刺身亡。

儿鼻子上，两人打到筋疲力竭就回片场，就好像什么事情也没发生过一样。而这次斗殴若是发生在片场的话，那个剧务在几微妙内就会被众人打翻在地；另一方面，如果事后深喉听说这个巨星利用自己的影响力秋后算账，那他也就不会让这个巨星再来这里光顾了。像这种能让人自由自在进行社交活动的场所实在是凤毛麟角，所以大家都自觉守规矩，而深喉也不怎么需要驱逐顾客。

曾经有一个娱记破了戒，把一个制片人在盲猪酒吧私下告诉他的事情公之于众，从此他不但再也没有出现在盲猪，甚至连记者也做不成了。失去了盲猪酒吧这个信息源，他在娱乐圈实在没法混下去。

自从爱迪生"创造"了好莱坞[1]以来，类似盲猪酒吧的场所就已经存在于世了。酒吧里面的环境氛围取决于当天拍什么戏。在我这个年代，有三种类型的电影最受欢迎，其中两种呈现上升势头，剩下一种则并不怎么景气。今天碰巧了，在盲猪酒吧的酒客当中，这三种类型的电影剧组人员都有。我看到一些来自《幕府大战》剧组的日本武士正在拍摄期间小憩，这部电影是"哨兵／感动"电影公司拍摄的；还有一群穿着老式太空服的家伙则是月北电影制片厂的雇员，我听说这家公司正在拍摄的《阿尔法星人的回归》既跟不上进度，又预算超支，而且很难预测其受欢迎程度——在最近几个月，这类"小行星采矿"和"外太空怪物"题材的电影票房有所下降；还有一帮头戴牛仔帽、脖子围丝巾、身穿脏牛仔裤的家伙，是《枪客》第五集的临时演员。西部电影经历了许多次起落浮沉，现在正处于第四个兴盛期——我在早年的岁月里曾经历了其中两个。《枪客》之前曾在西得克萨斯取景拍摄，就在我的木屋附近。

---

1. 爱迪生拥有活动电影摄影机、放映机、有声电影等16项电影技术关键基础专利。在电影行业发展初期，爱迪生通过专利垄断了电影制作领域。为躲避爱迪生的专利战，大批电影人迁到离爱迪生最远的洛杉矶自行发展电影事业，就此成就了好莱坞。

除了上述三者之外，和往常一样，酒吧里还有其他酒客。他们的戏服各式各样，都来自不同年代。还有些人通过整容手术把自己变成了土地神、小精灵、巨怪等非人类，他们是某些低成本儿童奇幻短片的特型演员。我还看到五匹人头马，他们是一个长寿科幻系列的演员——依我看，这个系列在几十年前就该被砍了。

"你为什么不把大脑移开呢？"我听见蟋蟀说，"把它整个儿放在别处，比如说移到肚子里。"

"哎呀，好兄弟，你说得好，为什么不试一下呢？当然是因为我们早就试过了呀！不过这样做事倍功半，不值得。神经组织本来就是最难调试的，要动整个大脑？没门！首先，你要把十二对颅神经通过脖子往下延伸到腹部。其次，你要重新训练这位即将被爆头的仁兄，不让他出现反应滞后，这通常要花好几天的时间。你觉得这一点点滞后没关系？那你错了，现在的观众什么没见过？他们老练得很呀！他们要的是真实！我们完全可以把一个假的脑子塞进特技演员的头里，取代那个被我们移开了的大脑，这样做一点难度也没有。可问题是，观众一眼就能看出特技演员真正的大脑并不在它应该在的地方。"

我坐在吧凳上转身一看，发现我刚结交的那位女性朋友此刻正坐在蟋蟀的另一旁，还在唠叨她那点爆头的破事儿。

"为什么不用仿真人呢？"蟋蟀这一问，立刻暴露出她并没有花太多时间精力去了解娱乐圈的动向，"它们比真人演员更便宜吧？"

"当然了，便宜太多了！不过也许你没听说过《工作保障法案》？还有演员工会？"

"噢……"

"噢就对了！只要一个特技演员没死，我们就不能用机器人去代替他，这可是铁板钉钉的法律条文啊！没错，这一行会死人——就算有钢盒子护着你的大脑，这依然是一项高风险职业——可是每年死掉的特技演员不会超过两三个,而业内的特技演员成千上万哪!再说了,他们在这行干得越久,存活的概率就越高,这样一来,我就面临着收益递减法则。不管怎么说,我都输定了。"她转过身,用手肘撑在吧台上,看着一桌桌酒客,鼻子里哼出一声冷笑。

"你看看这帮人,谁是特技演员一眼就能看出来。你只要找那些面无表情、目光呆滞的家伙,他们好像在想,我到底在哪儿呢?为什么会这样?举个例子吧,比如说有块弹片卡在他们脑子里,我们就把那一小块脑组织切除,换上全新的大脑皮层。他们虽然能够快速康复,却会开始忘记东西,身边事物也开始变得模糊不清。他们回家会想不起小孩的名字,第二天回片场开工的时候只会让我更头痛。他们当中有些人原来的大脑已经所剩无几,你问他们在哪儿上的学,他们得翻了个人档案才能回答你。

"至于人头马,我可以在两天之内就给你造一台机器人头马出来,你根本分不出真假。可是你千万别让'奇异工会'知道!现实是,我必须跟那些特技演员签一个五年合约,用外科手术把他们转变成人头马的样子。这手术可贵了,大大增加了我们特技部门的预算。手术后,我们再送他们去参加一个为期三个月的运动知觉康复疗程,好让他们走路的时候不会一头栽在地上。最后我得到了什么?我得到了一帮笨手笨脚的白痴!天哪,他们记不住台词,记不住摄像机位置,老是嘟嘟囔囔地游荡,每个场景必须排练五次以上!过了五年,我还得花一大笔钱把他们变回人样。"她伸手端起自己的饮料——那是一只高高的杯子,里面有些像小蝌蚪似的生物游来游去——畅饮了一大口,然后舔着嘴唇道,"我告诉你,我们居然能把那些电影拍出来,真是一个奇迹啊!"

"好一位热爱工作的女强人。"我说。她越过蟋蟀看着我。

"希尔迪,"蟋蟀说,"你拜见过萨克森-科堡公主了吗?她是月北电影制片厂特技部门的主管。"

"我们见过面了。"

公主皱起眉盯着我，脸上渐渐显露认出我的表情。她从吧凳上跳下来，踩着有点虚浮的脚步走到我跟前，直到我俩的鼻子相距只有几英寸。

"当然了，几分钟前你还在我这儿当了逃兵呢。这样怠慢一位女士，不太好吧？"

在这个距离，我终于看清了她的眼睛到底有什么古怪。她戴着一副古老的投射仪隐形眼镜，所以有一片圆形的平面电视小屏幕浮在角膜前方。我看得出小屏幕的边框其实是为屏幕供电的光能电池，而屏幕上几处污迹似的斑点则是储存器。

就在地球沦陷前不久，有好几家公司都推出了这种产品，至今只有"卧室之眼"这个品牌幸存下来。说到底，虽然这种眼镜可以反映各种各样的情绪，可是如果你凑得足够近，近到能看清小屏幕上的图像，那么你想寻找的情绪恐怕只有一种：性兴奋。比较有节制的版本会显示一张铺好的大床，或者从旧电影里面截取浪漫的一幕，甚至——天啊——惊涛拍岸的景象；其他的版本则少有废话，一上来就显示张开的大腿和勃起的生殖器。当然了，这种产品确实能反映多样的情绪，无奈用户很少凑那么近，所以就分辨不出来了。

我从没见过谁像公主殿下这样子，喝得醉醺醺的还戴这种投射仪隐形眼镜。这副眼镜此刻投射出来的是一幅很有趣的影像，我就像透过两个洞，窥进一颗中空的头颅：颅腔底部有一团东西，是大脑被炸烂后的残渣；颅骨上面的裂缝透入丝丝亮光；一大帮卡通人物——从米老鼠到雅加婆婆[1]，应有尽有——在七零八落的神经突触上荡来荡

---

1. 雅加婆婆，斯拉夫民族传说中的一个邪恶女巫。

去，就像在丛林中荡山藤。

这一幕让我深受困扰，我不明白为什么有人愿意这样折腾自己的脑子。很快，我的思绪从"为什么她会这样做"跳转到"为什么我会这样做"；紧接着，我必然会想起一些我不愿触碰的事情……于是我把视线从她脸上移开，却猛然发现安德鲁·麦当劳就坐在吧台远端，活像一只爱尔兰红头信天翁。

"你知道她就是威尔士公主吗？"蟋蟀还在说，"她是英格兰王位的第一继承人呢！"

"还包括苏格兰和威尔士。"公主补充道，"呵呵，还有爱尔兰、加拿大和印度呢。要较真的话，我干脆恢复整个大英帝国好了！等哪天我老妈终于驾崩，这一切都会是我的！当然，有一个小小的难题需要解决：地球被外星人占领了。"

"不列颠崛起！"蟋蟀说道，然后两人碰杯。

"我有幸拜见过一次英王陛下。"我说完，把杯中酒一饮而尽，又将酒杯重重地砸在吧台上。深喉瞬间就把杯子拿走，开始给我调制下一杯。

"真的吗？"

"他是我母亲的朋友。说起来，他还是我父亲的可能人选之一呢。虽然凯莉以前不会、将来也不会告诉我实情，可他们两人正好是在那段时间交往的。所以要是你把与私生子相关的当代法律应用在王室上，我在王位继承顺序上也许比你更优先呢。"说到这里，我瞥了麦当劳一眼。红头信天翁？嘿嘿，他不仅仅是一只凶兆之鸟，他简直是带来暴风雨的海燕，或者是一只"呱呱"叫的乌鸦。他是卡珊德拉[1]，他是热带低气压，他是恶心的口臭，他是拦路的黑猫，他是狰狞的蛇眼。无

---

1. 希腊神话中的特洛伊公主，有先知能力，却不为人所信。被称为"灾祸预言家"。

论我走到哪里,总会看见他,他是一只抱着我小腿发情的狗。如果我的人生是一条长袜,他就是袜子上裂开的一条线口。

我恨他!我想一拳打在他鼻子上。

"你说话小心点。"公主警告我,"别忘了苏格兰女王玛丽一世[1]的下场哦。"

我一拳打在她鼻子上。

她踉跄着倒退了几步,一屁股坐倒在地。接下来我什么声响也听不到,只有蟋蟀在我耳边低声说了一句话。

"我觉得她是说笑的。"她说。

全场笼罩在一片死寂当中,每个人都注视着我们,眼神里充满了期待。在盲猪酒吧,打架是大伙儿最爱看的节目。我看着自己紧握的双拳;公主用手碰了碰鲜血淋漓的鼻子,又低头看着掌心。然后我俩同时抬起头,目光猛地撞上了。突然,她从地上弹起来,一下子扑到我面前,开始对我全身上下的骨头进行大拆迁。

我打她并不是因为她说错了什么或者做错了什么,在我生命中的那一刻,无论是谁站在我身边,都难免挨这一记重拳。可如果我打的是蟋蟀,我的下场会美好很多。攻击威尔士公主,我实在是选错对手了。她比我高大,比我粗壮,我们两人的臂长可能有十厘米的差距,而我很不幸,是短的那一方。最重要的是,她在过去四十年里设计和拍摄了无数电影的武打场面,书上有的格斗招式她都了解,书上没有的阴招损招她也知道。

我很想说我也打了她几下狠的——后来蟋蟀说我确实有还手之力,不过我怀疑她只是想让我好过点儿。真相是,从她那两排白森森

---

1. 玛丽·斯图亚特(1542-1587),因对表姑英格兰女王伊丽莎白一世的王位造成威胁而被处决。

的牙齿充满我视野的那一刻起,到我用脸在地毯上蹭出一道一米多长的裂缝为止,中间这段时间发生了什么,我基本上想不起来了。

为了到达地毯,我首先得砸烂一张放满酒杯的桌子——这个艰巨任务当然也是由我这张老脸完成的。而在我的老脸触碰到桌面之前,我应该先在半空中飞行了一段——能这样逆向推断,我实在太聪明了——在过去的很长时间里,这段凌空飞行竟然是我第一次有这种"真好玩"的感觉!可我是怎么进入飞行状态的呢?这一点我始终没有想得很明白。我敢说,应该是公主揪住我躯干的某个部位,然后突然放手,用某种方式把我甩出去的。蟋蟀后来说那个部位是我的脚踝,这就能解释为什么在我起飞之前,我会感觉整个大厅都在疯狂地旋转了。而在旋转之前,我隐约记得吧台后面的镜子碎了,人们四散逃奔,鲜血漫天飞溅……最后我就穿过桌面、摔倒在地上了。

我转过身来,吐出几片地毯的碎片。我身边有许多匹马在紧张地走来走去。其实那些是人头马龙套演员,我砸烂的正是他们的桌子,我决定稍后给他们每一匹买杯酒作为补偿。奈何我还来不及做这件正事,公主又扑上来了。她揪住我肩膀把我拎起来,举起了一只血淋淋的拳头。

这时候,有人在她身后抓住她的胳膊,让那一拳始终没能砸下来。她站起来,转身盯着那个胆敢捋虎须的人。我艰难地把脑袋枕在一张椅子的碎片上,发现她正准备殴打的人竟是安德鲁·麦当劳。

攻击麦当劳完全是徒劳,不过公主热血上脑,神志不清,所以过了好一会儿才意识到这一点。她不停地挥拳,不是打空就是不痛不痒地砸在对方手肘上,或者被他用肩膀卸开力道。她尝试用脚踢,可是不知怎的,每一脚踢出去,总是差那么一点踢中目标。

麦当劳全程都没有出手,他根本就不需要出手。过了一会儿,公主终于停下来,弯着腰拼命喘气;而麦当劳则面不改色心不跳,连一滴汗也没有。然后公主站直了,抬起手,掌心向外对着麦当劳。

我肯定又晕过去了好几分钟,等我再次苏醒的时候,我看到公主、蟋蟀和麦当劳三张模糊的圆脸悬在我眼前,就像当铺的标志[1]似的。

"你的腿能动吗?"麦当劳问。

"我当然能动我的腿了。"他这问题不是废话吗?我这两条腿都动了一百多年了。

"动一下试试。"

我动了动脚,麦当劳的眉头锁得更紧了。

"他的后背可能折断了。"威尔士公主说。

"肯定是他摔在栏杆上撞断的。"

"你能感觉到什么吗?"

"很不幸,我能。"当时我也差不多酒醒了,而我腰以上所有部位都在剧痛!这时候,深喉过来,扶起我的脑袋。他手上拿着止痛药——那是一个小小的塑料立方体,上面有一根电线——他把电线插进我后脑底部的插槽,然后拨开开关,我仿佛一下子就活过来了。我低下头,看见他们正把一根贯穿我屁股的断椅腿给拔出来。

这不是一幅让人赏心悦目的场景,所以我把视线移开,四处张望。只见清洁机器人已经开始收拾地上的玻璃碎片,并把砸烂的桌子换掉。酒客打架斗殴,这对深喉来说是家常便饭,所以他的家具摆设总是有充足的备份。虽然五分钟前我几乎把整座酒吧夷为平地,可再过几分钟,一切斗殴的迹象都会消失得无影无踪。嘿嘿,虽说"我几乎把整座酒吧夷为平地",可是在某种程度上,搞破坏的并不是我,而是我这副身不由己上下翻飞的躯壳。

---

1. 西方当铺的标志是三个排列成倒品字的圆球,源自15世纪佛罗伦萨最显赫的梅第奇家族。

我觉得自己被人抬了起来。麦当劳和威尔士公主一起用手搭了一个担架,我在上面就像坐轿子。

"我们这是去哪儿?"

"你一时半会儿还不会有生命危险。"麦当劳说,"可是你的后背折断了,需要尽快修复,所以我们抬你穿过走廊,去月北电影制片厂。他们有个挺好的医疗室。"

公主带领我们通过门卫关卡,经过十几扇隔音门,终于把我送进了治疗室。

治疗室里面挤满了人,就像圣诞夜的大商场那么热闹。看来月北正在拍摄一部场面宏大的战争巨片,因为大部分病床都躺着断手断脚的临时演员。他们耐心地等候医务人员来治疗,心里一边算钱一边偷笑——因伤缺工,他们能领三倍工资呢!

这间医疗室被布置成战地医院的样子,帆布做的屋顶,四处挂满了静脉注射瓶道具,显然是为了配合电影。看来这地方兼具两种功能,既能做电影场景,又能治疗受伤的演员。我觉得这里的布置仿照的是二十世纪——那个时代堪称战争的温床——也许是二战,也许是越战,甚至可以是布尔战争[1]。

麦当劳和一位技术人员商量了一会儿,走回来站在我身边俯视着我。

"他说要等半小时左右。如果你愿意的话,我可以把你送去你的私人医生那儿,可能反而会快点儿。"

"别麻烦了,我也不赶时间。反正他们把我修好之后,我一站起来可能又去做蠢事了。"

他没答话,可是他的神情和态度让我特别不爽——这家伙本来就

---

[1] 英国与南非布尔人之间的两次战争,发生在19世纪末、20世纪初。

已经让我很不爽了,现在还要火上浇油,何必呢?

"喂,"我说,"别问我刚才为什么要打人,连我自己也不知道为什么。"

他还是不答话。

"有什么话就吐出来,要不就把你那张马脸拧到别处去。"

他耸了耸肩。

"没什么,我只是受不了男人打女人。"

"什么?!"我听错了吧?他这话一点逻辑也没有呀。可是既然他没有把这句惊天地泣鬼神的屁话再说一遍,我只能假设自己并没有听错。

"你受得了受不了又有什么关系?"我问。

"当然没什么关系。不过在我年轻的时候,男人是不打女人的。我也知道,现在这种观念已经变得毫无意义,可是只要我看见,我就受不了。"

"下次我碰到母大虫,一定向她转达您的意思。噢,当然了,前提是他们还能把她重新组装起来。上次那场比赛您赢得那叫一个痛快呀……"

他面露尴尬的神色。

"你知道吗?在我格斗生涯的早期,这确实是个大问题。那时候我拒绝与女刀手交战,不但错过了许多重要的擂台赛,还把自己弄得声名狼藉。后来有人为了和我较量,竟然专门去做变性手术!到了这个地步,我终于意识到自己的观念是多么荒谬可笑。可即使在今天,要是对手当前的性别是女性,那我还是需要先给自己做大量思想工作,之后才能走上擂台。"

"噢!这就能解释为什么你始终没有还手去打……公主殿下有芳名吗?"

"我也不知道。可是你说错了,我确实想阻止她,可我并不想伤害她。坦白说,你被她殴打也是咎由自取。"

我心中一阵郁闷,连忙避开他的目光——我知道他这番话是对的。

"不过我也很内疚。她说她一旦开打,好像就停不下来了。"

"那我把医疗账单寄给她好了,绝对能让她立马舒坦起来。"

蟋蟀不知从什么地方冒了出来,把一根点燃的香烟塞进我嘴里,然后咧嘴一笑。

"我从道具部拿的。"她说,"他们老是把这东西给那些受伤的士兵,我怎么也想不明白他们为什么要这样做。"

我狠狠吸了一口……谢天谢地,不含尼古丁!

"振作点好吗?"蟋蟀说,"你也把她的两只拳头砸得伤痕累累呀!"

"我就这点聪明,竟然想得到用自己下巴把对方的拳头砸成肉酱。"

说到这里,我心里突然有股想流泪的强烈冲动,我吃了一惊,硬是把这股冲动抑制了下去。然后我叫两人都出去,好让自己一个人静静。他们乖乖地离开了,我躺在床上抽烟,出神地盯着屋顶的帆布——我要的答案并没有写在上面。

在过去几个星期里,我的人生变得无比苦涩。为什么会这样呢?

我迷迷糊糊昏睡过去了。当我再次醒来时,布兰妲正俯身凝视着我。以她的身高,这腰得弯多深呀!

"你怎么找到我的?"我问她。

"我是记者,记得吗?明察暗访不就是我的本职工作吗?"

我在一瞬间想出了好几个毒舌式的回答,可是看着她脸上的神情,我竟然说不出口。这就是纯真少女的初恋吗?我还隐约记得,这种感情若得不到对方的回馈,是会痛彻心扉的。

平心而论，布兰妲确实长进了不少，也许终有一天她会成为一名真正的记者。

"你本来不需要这么费劲来看我的，我只是头部受了点轻伤，没什么大不了的。"

"我一点也不觉得意外，要把你的花岗岩脑袋打成重伤可不容易。"

"我的大脑并没有受到……"我停住不说了，因为我忽然意识到她是在讥笑我呢。虽然她这句话效果太弱，甚至连笑话也算不上——也许布兰妲永远也学不会讲笑话——不过好歹也算是一句俏皮话吧。于是，我朝她咧嘴笑了笑。

"我本来打算经过得克萨斯的时候顺便把那位医生也请过来。你当时是怎么称呼他来着？"

"锯骨佬、药丸佬、江湖郎中、缝补匠、麻醉佬、蚂蟥佬、麻风贩子。"

她脸上的笑容突然变得有点呆滞，我看得出来，她正在把这些单词存档，等回去再逐个研究。

虽然我也笑，但其实是强颜欢笑，因为不管现代医学技术多么先进，腰部以下半身瘫痪也还是一件恐怖的事情。跟以前绝大部分人相比，我们现代人对于自己身体的态度可以说是截然不同。我们不怕受伤，我们能够关闭痛觉，骨肉之于我们就如同可随时修理和替换的零件。可是当伤势特别严重时，我们脑子里最原始的那部分就会用后腿直立起来，朝着地球母亲狂吠不止。此刻我心中的焦虑就像万马奔腾，止痛药虽然直接注射进了我的髓质里，可对我的焦虑却无能为力。我不知道布兰妲是否意识到我的窘迫情绪，奇怪的是，看着她出现在身边，我竟然觉得很欣慰，也很开心。于是，我拉住了她的手。

"谢谢你来探望我。"我说。她捏了一下我的手，目光随即飘向了别处。

剧组安排的伤员此前源源不绝地拥进来，此刻终于断流了。一支医疗队伍围绕着我，把我连接在几台机器上。然后他们仔细研究着读数，聚在一起低声讨论。这帮家伙装什么呀？他们的想法要紧吗？到最后我的诊断结果和治疗方案还不是由医疗计算机做主？

他们终于做出了一个决定：把我翻过来趴在病床上。我猜他们得出的结论是：我趴着的话，他们容易够着我那根折断的脊椎。这帮干小活赚大钱的吸血猴子还算是有点脑子嘛，我以后尽量不叫他们吸血猴子了。

然后他们开始挖！我感觉不到他们的动作，却听见一些特别恶心的声音。你记得电影里面有人被开膛破肚时的特效声音吧？就是像湿嗒嗒的淤泥的那种声音——他们简直可以在我剖开的后背里录制这种声音，然后直接用在电影里。在这个过程中，突然有件东西扑通一下摔在地上，我从床边往下瞟了一眼，像是一块生的煲汤骨。很难想象这块骨头曾经是嵌在我身体里的。

他们热火朝天地挖刨切割，然后又搬了几台机器进来。他们用我的血肉祭祀医神阿斯克勒庇俄斯、罗马的死敌米特里达梯六世、遗忘女神丽熙，以及制造伟哥的辉瑞集团；他们研究着一只待宰羔羊的五脏六腑；他们脱掉衣服手牵手，绕着我俯卧的残躯围成一圈，跳起了疗伤舞。

其实，我只是在心中暗暗希望他们真的会开展上面提到的各种活动，因为这样比他们实际做的事情有趣多了。他们实际在做什么呢？他们只是站在这里做围观群众，欣赏着全自动机器一点一点把我修补回原状。

而我能看见的只有立在墙边的一台古董机器，它距离我的脸只有几英尺远。这台设备上有一块玻璃屏幕和许多按钮，一根根蓝线从屏幕一头爬到另一头，在行进过程中不时凸起一个峰值，并发出激动人心的哔哔声。

"我可以送礼物给你吗？"机器问，"鲜花？糖果？玩具？"

"给我换个新脑袋还差不多。"我答道。刚才问话的自然是中枢电脑了。它可以随心所欲地把声音投射到任何地方，因为它其实是直接朝我大脑的听觉中心发声的。"这回我的损失有多大？"

"我还没有估算总费用，不过威尔士公主已经要求我把账单传给她了。"

"也许我说的损失不是指——"

"你是想问受伤有多严重？怎么说好呢？中耳有三块骨头，分别是锤骨、砧骨和镫骨。双耳这六块骨头一块也没坏，你应该好好庆祝一下了。"

"这么说来，我还能继续弹钢琴喽。"

"对，弹得一如既往的烂。此外，有好几个无关紧要的小器官完好无缺，你全身上下能抢救回来的表皮大约有半平方米的面积。"

"告诉我，如果我来到这种医院……我是指这地方装扮成的那种医院——"

"你的意思我懂。"

"——只有原始的外科技术……我还有救吗？"

"可能性不大。你的心脏是完好的，你的大脑受伤也不严重，可是你身体其余部位的伤势就像踩地雷炸出来的。你再也不能行走，而且你将永远生活在疼痛当中，你会觉得自己生不如死。"

"这些你是怎么知道的呢？"

中枢电脑不回答，让我自个儿想去。在和中枢电脑打交道的过程中，出现这种局面通常都不是什么好事。

我们每人每天和中枢电脑起码打一千次交道，不过绝大部分时候都是和它的某个子程序交流，而且是在一个完全非人化的层面上进行的。有趣的是，除了与日常生活息息相关的例行子程序之外，中枢电脑还为月球上的每个公民度身定做了一个独特的人格子程序，并用该子程序与此人交流，随时随地充当他的军师、顾问，还为他送上一个宽厚的肩膀。我小时候和中枢电脑无话不谈，他简直是每个小孩子最理想的虚拟小伙伴。当我们长大后，我们与同类的交往变得更加频繁深入，交往意愿也变得更加任性而自我；虽然人际关系越来越难驾驭，虽然我们难免因此而感到沮丧，不过我们与中枢电脑还是越行越远。为什么会这样呢？青春期的变化是原因之一，还有一个原因是我们发现虽然人有许多缺点，可是每一个人给我们带来的反馈都远比中枢电脑丰富得多。于是，我们在情感上进一步疏远了中枢电脑，到最后它变成了一个聪明而低调的仆人，它的存在只是为了替我们在日常生活中排忧解难。

回想起来，最近中枢电脑很高调，竟然不请自来了两次！我这人很少纠结于过去，可现在也忍不住揣测，中枢电脑到底在玩什么花样呢？

"我猜我最近做了很多蠢事。"我试探着说。

"也许吧。我应该叫沃尔特把下一期的头条新闻换成你这句话。"

"好吧好吧，我做蠢事又不是什么大新闻了。只是我有些烦心事……"

"我希望你愿意敞开心扉说出来。"

"也许我们应该说回刚才的那个话题。"

"是关于那个假设吗？假设你是在1950年受了这样的伤，你会受多大的痛苦？"

"关于你的回答：我会觉得自己生不如死。"

"那只不过是一句假设罢了。根据我的观察，现代人从来没有体验过真资格的疼痛,所以他们不具备忍受疼痛的能力。而且我还留意到,就算是以前地球上的人——他们对疼痛的感觉其实一点也不陌生——也经常宁愿死也不愿意捱痛。所以我得出一个结论:现代人如果要长期忍受没有一刻消停的慢性疼痛,他们会觉得自己生不如死。"

"这么说来,你得出这个结论,不是针对某个个体,而是基于对大众的观察喽?"

"这是当然。"

我觉得它在说废话敷衍我,不过现在指出来也没什么意义就是了。中枢电脑始终会说到点子上,不过要等到它认为合适的时机,还要用它自己的方式说出来。我侧头看着在机器屏幕上爬行的线条,等待中枢电脑说下去。

"我还留意到,你也没有把这次经历一五一十地记录下来。实际上,你最近这段时间很少记录东西了。"

"你在观察我,是吧?"

"百无聊赖嘛。"

"那你肯定知道,我最近很少记录东西,是因为我的手写器坏了。我为什么不拿去修?因为月球上唯一懂得修手写器的人忙得不可开交,他说起码要到今年八月份才有可能抽时间帮我修。或,除非他转行去修理马鞭。"

"真的有位女士是干这行的呢。"中枢电脑说,"在宾夕法尼亚。"

"你不是说笑吧?不过这么重要的一门手艺没有完全失传,我很欣慰。"

"我们努力保护每一门手艺,就算那门手艺不实用或者完全没有用,我们也不放弃。"

"我们的儿女的儿女肯定会感谢我们的。"

"那你以后写稿打算用什么?"

"实际上我有两种方法。首先,你拿一块软质黏土砖,然后,你用一根尖头的小棍子在上面按压出一个个小三角形,排出许多不同的组合。接下来,你把砖放在炉子顶上烤四五个小时,就大功告成了。这就是所谓的原版硬拷贝了。我一直想给这流程起一个名字。"

"就叫楔形文字,如何?"

"你是说这种方法早就有人在用了吗?啊,没关系啦。要是我干这个干累了,就会拿出我的旧锤子和旧凿子,把我不朽的美文刻在石头上。这样一来,我就不用整天抱着一大沓荒诞可笑的稿纸往沃尔特的办公室跑了,实在省却了许多麻烦。我只需要把石头从编辑部的一头扔到另一头,砸破主编办公室的玻璃窗之后,就能全部飞进去了。"

"我猜你是不打算登录人机直连接口了,对吧?"

它刚才铺垫了那么多,莫非是要找机会说这件事情?

"我试过了。"我说,"不喜欢。"

"那是在三十年前。"中枢电脑指出,"和当时相比,现在的技术已经进步很多了。"

"喂!"我烦躁极了,很不耐烦地说,"你心里肯定在打什么鬼主意。我希望你开门见山地说出来,而不是像现在这么鬼鬼祟祟地旁敲侧击。"

它沉默了片刻,然后这片刻被拉长为半晌,而这半晌眼看就要变成许久了。

"你想我用人机直连接口,肯定是有什么特别的原因吧?"我继续试探它。

"我觉得应该会有用。"

"对你有用还是对我有用?"

"很可能对我俩都有用。我打算向你展示点东西,也许会有些疗效。"

"你觉得我需要治疗吗？"

"你自己判断吧。最近这段时间你有多快乐？"

"不是很快乐。"

"那么你可以尝试一下这个疗法，或许有益，但绝对无害。"

反正我现在也没有什么特别重要的事情着急去做，抽几分钟跟中枢电脑聊一聊又有何不可呢？

"好吧。"我说，"我愿意跟你直连，不过我觉得你当真应该先给我送一束花，请我吃一顿饭。"

"我会对你温柔点的。"中枢电脑答应道。

"我要做些什么？你要把我连上什么设备吗？"

"那种技术已经过时很多年了，我现在能够用日常普通的连接进入你的思维，你需要做的只是放松。你盯着示波器的屏幕试一下，应该会有帮助。"

于是我按照它说的，注视着一根根蓝线上升、下降、上升、下降……突然，屏幕开始变大，似乎要把我整个儿吞没。很快，我眼前只剩下一条缓缓爬动的蓝线。它爬得越来越慢，最后完全静止，化作一个亮点。这个点继续变大，而且越来越亮，把我的脸烫得火辣辣

DIRECT INTERFACE

THE CURE FOR CANCER

人机直连：治疗癌症的秘密

的。我突然觉得它仿佛是悬在赤道蓝天上、自上而下照着我的一颗太阳。在这一瞬间,世界开始围绕着我旋转,而我的身体却一动不动,我顿时觉得头晕眼花。很快,昏眩的感觉消退,我发现自己并不是趴着,而是仰卧;月北电影制片厂治疗室的雪白床单变成了湿润清凉的沙滩;医疗人员的低声讨论也没了,我耳边只有一阵阵涛声和鸥鸣。一个浪头在退却的时候用尽最后一丝力气拍打我的屁股,挠着我的脚板,还把我身体下面的细沙淘走了一点。我抬起头,只见茫茫碧海点缀着一线线白浪。我站起来，转身再看，这里正是一片白沙滩。沙滩尽头是几棵棕榈树、一片丛林和一条从怪石嶙峋的火山上流下来的小溪。这地方的真实程度简直是惊人！我跪下来，掬起一捧沙子仔细端详，发现竟然没有两粒沙子是一样的。而且无论我把沙子移到眼前多近的地方，图像也不会分崩离析，无穷无尽的细节仿佛一直延伸到无底深渊里。我觉得这应该是某种神奇的分形算法吧。我在沙滩上走了一小段，不时回头观察海水涌进我的脚印。只见涓涓水流冲蚀着足迹的边缘，在小坑里旋转，泛起阵阵泡沫。我深深地吸了一口带着咸味的空气，心中已经喜欢上这个地方了。中枢电脑为什么要把我带到这里来？我觉得时机成熟的时候，它自然会告诉我的。于是我走上沙滩，坐在一棵棕榈树下等候中枢电脑现身。这一等就是好几个小时，我呆呆地看着浪潮，其间还挪了两次，以躲避天上那缓缓爬行的太阳。我觉得自己待在太阳底下的时间并不长，可我留意到身上的皮肤已经发红了。我想，刚才我也许在迷糊之中睡着又醒来了好几回吧。不过当我独处的时候，梦与醒之间的界线似乎也变模糊了。无论如何，中枢电脑始终没有出现。后来我口渴难耐，于是沿着海滩步行了几公里，才找到了一条淡水小溪的出海口。我留意到海滩的尽头是向右拐的，也许这是一个岛吧。终于，夜幕降临了——几乎是唰的一下盖下来的。我脑子里的某个部分得出了一个结论：这一幕模拟的景象实际上是以一组等式的形式储存在中枢电脑的数据库里，而这个地方应该是地球赤道附近的热带地区（这个领悟对我其实并没有什么裨益）。而且我很快就发觉，这里的气候虽然不冷，可是我没穿衣服，也没有床铺，直接睡在沙滩上还是会感到阵阵寒意——这一觉睡得很不舒服。我反反复复地从睡梦中醒来，每次都发现天上星星只移动了一点点。每次醒来我都会大声叫嚷，呼唤中枢电脑现身，而回答我的只有阵阵浪涛声。我最后一次醒来时，太阳已经越过了地平线。我的右侧身体冷得发抖,头发里也渗满了沙子。我坐起来时,几只小螃蟹四散奔逃。嗯,真想抓一只尝尝鲜……我被自己这个念头吓了一跳:我竟然这么饥不择食!然后我发现水边有些东西可能会有用:昨天夜里,一个镶着金属条纹的大木箱被海浪冲到了岸上,一同被冲上来的还有许多木头以及帆布的碎片。我推断,附近发生了沉船事故。也许这次海难正好能解释我一开始为什么会来到这个海岛上。我拖着箱子穿过沙滩,来到一个海水冲不到的安全地方。然后我灵机一动,干脆把所有的木头和帆布都收集起来。我把木箱的锁砸开,打开盖子一看,发现箱子内部竟然是防水的。里面的东西五花八门,在我的"脑内荒岛生涯"中都能用得上。这些好东西包括:书籍、工具、布匹、一包包诸如面粉和糖等主食,还有几瓶上好的苏格兰单麦威士忌。这里的工具比我在得克萨斯用的那些更好,如果我没猜错的话,它们应该是用十八世纪末期的技术造出来的。至于书籍嘛,大部分都是教人实际操作的工具书,此外当然少不了笛福的《鲁宾逊漂流记》。每一本书都装了皮封套,而且没有一本书的版权期晚于1880年。我用砍刀将一只椰子开了顶,把里面鲜美的白色椰肉吃得干干净净。我一边吃一边开卷学习,那些书本教我怎么晾制皮革,怎么提取食盐,怎么治疗伤口(我一点也不喜欢这本书的内容)……掌握了这些技术,我就可以做一个朝气蓬勃的先驱拓荒者了。如果我需要靴子,我能够自己做一双;如果我想造一条带舷外支架的独木舟去蓝色太平洋(我就假设这里是南太平洋海域)寻宝,设计蓝图和工序也都唾手可得。如果我打算磨制箭头、建筑土坝、制造火药、炖猴子肉或者单挑野人,这些书都能教我,而且还会配上印刷精美的图解。可如果我想去王城的克拉克大道溜达,或者参加小纽约城第五大道的复活节大游行,那我就算是走背字儿了。既然中枢电脑对我的呼唤置若罔闻,那么我再怎么长吁短叹也是徒然,于是我抖擞精神,开始忙碌起来。我在邻近地区探索,找到一个适合安营扎寨的地方。当晚，我用帆布搭起一个雨蓬，从箱子里拿出一段法兰绒，草草地裹在身上，就睡觉去了。幸好搭了这个雨蓬，因为雨断断续续地下了一整夜。我躺在被月光浸染的夜色里（其间我脑子里冒出了一个让人兴高采烈的念头：跟一个完整的地球相比，我们月球原来又渺小又昏暗），听着雨水敲打帆布，心中竟然觉得很平静，睡得也特别香。也许简简单单的快乐才是最极致的快乐吧。在接下来的几周里，我拼命干活。（我这辈子在月球活了整整一百年，习惯了那里的重力；而这里的重力是月球的六倍，所以这里的东西往下掉的速度比在月球上更快，砸得也更狠，可我好像完全没受影响，因为在这个半导体世界里，全能的造物主把我的反应速度也相应调快了。）每天我都抽出部分时间来建造我的新家（一个小棚子），剩余时间全部用来四处觅食。我找到了来源充足的香蕉和面包果，它们对我的全椰子食谱是一个极佳的补充。我还找到了芒果、番石榴，以及各种各样可食用的根、块茎、叶子和种子。我还有一本和香料有关的工具书，所以我能辨认出许多可以用作香料的植物。那些满地乱爬的小螃蟹原来很容易抓，用水煮熟了吃特别鲜美。我用林中的藤蔓编织了一张渔网，很快，我做法式海鲜什锦烩时就多了几种鱼可供选择。此外，我还挖蛤蜊吃。小棚子建好之后，我在向阳处开垦了一座小菜园，把我在箱子里找到的部分种子种在园子里。我还四处布置陷阱，很快就抓住一些不能吃的小田鼠、一些容颜可怖的蜥蜴，还有一只不知道什么鸟——我干脆把它叫作野火鸡算了。我做了一张弓、一簇箭和一根长矛，无奈我瞄准的动物一只也射不中。就这样过了一段时间，我开始在一棵树上做记号算天数，而之前蹉跎的日子就只能估算了。我偶尔会想：中枢电脑什么时候才会来看看我呢？我的余生会不会一直困在这里呢？有一天，秉着冒险探索的精神，我收拾了一个背囊，戴上一顶草帽（虽然这时候我全身上下几乎都晒成了深棕色，可是对正午的烈日还是不能掉以轻心啊），出发沿着海滩前进——我要用双脚丈量这座牢笼的尺寸。我花了两个星期绕了一圈，证实这里确实是一座小岛。路上我看见一艘船的残骸被冲上了一片石滩，一条只有一个星期大的幼鲸被困在海滩上，还有许多精彩的见闻。可岛上没有人居住的痕迹，看来我和我的"星期五"讨论哲学的计划要落空了[1]。我对这个发现并没有感到特别失望，因为我要立即开展修葺工作了：在我离开的两星期，我的棚子和菜园惨遭野生动物的破坏，变得满目疮痍。又过了几个星期，我决定攀登坐落在小岛中心的那座火山。我把火山命名为"天赐峰"——这个名字在当时看来肯定是特别应景的。换成儒勒·凡尔纳笔下的那些英雄人物，他们肯定也会去攀登这座山峰的，对吧？事实证明，爬山比沙滩漫步难多了！我要经常挥起砍刀斩断热带植物的藤蔓；在充斥着飞虫水蛭的湿地里跋涉更是家常便饭；我的胫骨在凸出的岩石上磕磕碰碰，早就伤痕累累。可是终有一天，我站在领地的最高处，看到了一幅在山下海边绝对看不到的景象：我的小岛形状原来像一只靴子。（我必须承认，我发挥了一下想象力，才得出了这个结论。别的人也可以说它像字母"Y"，或者像一只香槟酒杯，或者像两条在交欢过程中惨遭压扁的苦命蛇。可要是凯莉看到肯定会喜欢用靴子来比喻，所以我把小岛命名为斯卡帕[2]岛。）再次回到营地后，我决定落叶归根、不再漂泊了。在火山顶俯瞰的时候，我看到有些别的地方也许值得去探索一下。不过现在看来，好像没必要这么做了。我没看到袅袅炊烟，没有公路，更没有机场、大石碑、赌场或者意大利餐馆。岛上有的只是湿地、河流、丛林和沼泽——在这些地方，你想给自己弄一杯冷饮都不可能，我真是受够了！所以我决定把有限

---

1. 此处出自《鲁滨孙漂流记》。
2. 意大利著名户外功能鞋品牌。

的生命投入到无限的工作当中,目的是尽可能使当前的生活变得简易、舒适,至少能坚持到中枢电脑现身为止。我没有写作的冲动,不管是新闻报道还是我创作的那部拖延了好久的小说,我都碰也不想碰。在我的记忆中,我总是很怕自己把处女作搞砸了,可无奈的是,这小说真就写得特别烂。此外,我的性冲动也所剩无几,真正能撩动我的只有一个感觉:饥饿;而这个需求其实相当容易满足。在这段时间里,我对自己有了两点全新的认知:第一,我能够全身心投入一些最简单的活动,并从中获得极大的满足感。今时今日,我们当中很少有人能够感受到用自己的双手在泥土中劳作的乐趣。培植、收割农作物,然后享用自己的劳动成果,其中的享受,现代人是体会不到的——就在不久之前,我对这个看法还会嗤之以鼻;可现在我知道,世上没什么美味佳肴比得上从自家菜园子里摘的一只新鲜西红柿了。更难得的是在打猎中获得的满足感。虽然远达不到百步穿杨的境界,可我的弓箭射术确实颇有长进。而且我能埋伏在野猪喝水的水坑旁,一趴就是好几个小时。我把五感六识都调匀,然后投射出去;当一头野猪靠近时,我就能够立刻感知。甚至连追逐一头受伤的野兽也能带来满足感。所谓困兽犹斗,当一头野猪被我一支射歪的箭扎伤了后腿,它会狂性大发,立刻变得很危险。当我挥刀向猎物发出致命一击时——在这个和平年代,我其实不是很想提起——我会为这次杀戮感到骄傲,我会觉得身心极度愉快!我的第二点领悟是:要是没什么迫切需要做的事,我可以在一张绑在两棵棕榈树之间的吊床上躺一整天,凝视着海浪前仆后继地在礁石上撞个粉身碎骨,不时从空椰壳里呷一口菠萝汁和自酿兰姆酒。在这种时刻,你可以把自己的灵魂掏出来晾在新鲜的空气里——我这是比喻——检查一下有没有大缝小孔的。我确实找到了好些个破损的地方,我修补其中几个,其余的先放一旁,留着将来跟中枢电脑慢慢商量。可是我甚至已经开始怀疑,中枢电脑到底还会不会回来找我呢？来小岛之前的人生恍如隔世，我曾经生活在一个名叫"月球"的古怪地方；在那里，引力比这里小很多，空气是限量供给的，人们都变成了躲藏在石头底下的穴居人，既害怕真空，又害怕阳光——可是这一切在我的记忆中逐渐消退，越来越难回想起来了。独居在小岛上，有时候我很渴望找个人聊天，甚至不惜为此付出任何代价；有时候我特别想吃某种斯卡帕岛没有的食物，要是撒旦突然出现，给我带来一个雷龙肉汉堡，他完全可以把我那刚刚补好的灵魂拿走，没有洋葱也不要紧。可是在绝大部分时候，我都不想有人相伴；在绝大部分时候，我只需要看着一块野火鸡肉在烧烤叉尖上滋滋流油，或者在饭后吃一片芒果作为甜点，就已经很满足了。真正让我难受的是那些夜夜缠绕着我的噩梦！这些噩梦是在我客居小岛半年后出现的。一开始我只是偶尔做点噩梦，第二天早上很轻易就忘记了；可是很快，我就每个星期都做一次噩梦，接着发展到每隔一天做一次；到最后我每天夜里都会被惊醒，有时候还不止一次！这组噩梦一共有三个，具体细节各有不同，梦中的很多内容也很模糊，可是每个梦都各有一个恐怖的结局。最后的那个场景真真切切地发生在我眼前，简直比现实还真实。话又说回来，我每次噩梦醒来依然是在梦中，"现实"这个概念，对我来说还有意义吗？在第一个梦的结尾，我的两个手腕上各有几道深可见骨的伤口，鲜血从伤口中喷涌而出。我手忙脚乱地想止血，却徒劳无功。在第二个梦里，我被烈焰焚身，虽然没有痛感，可是在某种程度上，这是三个噩梦中最可怕的一个。在第三个梦里，我不停地向下坠，跌落了很久也触不到底。我抬头向上望，竟然看到安德鲁·麦当劳的脸。他想告诉我什么东西，我拼命去聆听、去理解，可就在我快要听明白的时候，我就会从梦中惊醒，发现自己大汗淋漓地躺在吊床上。和平常的梦一样，我总是有一种感觉：我觉得这些噩梦里还有其他内容，可是我都想不起来了；不过最后的那一幅画面却依然铭刻在我心中，占据着我的脑海，把其他一切都遮挡住，直到日上三竿的时候才消退。某一天，我看着那个原始而粗糙的日历，发现今天是我上岛整整一周年。突然，不知怎的，我知道中枢电脑一定会在今天出现，我有千言万语要跟它说呢！我兴奋得难以自持，花了几乎一整天修整仪容，准备迎接一年来的首个访客。我心满意足地看着自己的劳动成果：能在荒野中创造这片小天地，我也算是小有成就了，中枢电脑一定会为我感到骄傲的。我爬上屋顶，登上我建造的一座瞭望塔里（在上去的时候，我突然产生了一个奇怪的念头：这座瞭望塔是什么时候建成的呢？我是怎么做到的呢？我为什么要建一座瞭望塔呢？）。不出所料，一条小船正向斯卡帕岛驶来。我沿着一条小路跑到沙滩上。四周死一般沉寂，连海面也变得波澜不惊。从东方涌来的海浪缓缓地爬上沙滩，仿佛在长途跋涉之后变得筋疲力竭，只能软弱无力地消失在沙里。一群海鸥懒洋洋地浮在水面上，被驶过的小船惊动了一下，过后又马上恢复了平静。那是一条小木船，有点像古时候捕鲸者用的船，又像是大轮船上面自带的登陆小艇。船上坐着一个幽灵般的身影，背对着我划动双桨，力度很强劲，节奏很稳定。那家伙的脑袋形状特别怪异，就像把一个大钟倒扣在头上。我过了一会儿才意识到，原来他戴着一顶不同寻常的帽子。我注视着他划船靠岸，小艇触底的时候，他差点从座位上栽下来。然后他把双桨放好，站起来，转身面对着我。这是一位身穿制服、头戴英国海军上将军帽的老人家。他胸膛饱满，双腿修长，一张棱角分明的脸，几缕凌乱的银发。他整个人站直了，看着我说：

"喂，你还打算过来帮我把这家伙拖上岸吗？"

就在这一刻，一切都改变了。这变化是怎样发生的呢？直到今天我也没办法充分地描述出来。这片沙滩看起来还是一样的，阳光一如既往地照下来，浪潮的节拍依然如故，我在心里继续数着我生命中流逝的每分每秒……可是我知道，有些最重要、最根本的东西已经和往昔不一样了。

用来形容超自然现象的词汇何止千百个，而当中的大部分我都仔细检验和考虑过，可是没有一个适合用来描述海军上将开口说话那一刻发生的事情。还有很多词汇专门描述奇怪的心境，描述情感和情绪，描述所见与未见之物，描述昙花一现的景象，描述不能完全被人了解和记住的事物，描述深浅程度不一的记忆，描述吓人的超自然现象。无奈所有这些言辞都不足以形容这一刻的变化。我们必须发明一些新词了——而这恰恰是中枢电脑煞费苦心让我经历这一切的目的所在。

我踏进齐膝深的海水里，帮老人一起把小船拖上岸。船很重，我们没拖太远就放弃了。老人拿出一根绳子，把船绑在一棵棕榈树上。

"我想喝一杯。"他说，"我费这么大劲儿，就是为了能够像一个人似的，跟你一起喝杯酒。"

我点了点头，没有答话，因为我对自己开口说话的能力还缺乏信心。他跟在我身后，沿着小路走回鲁滨孙府——也就是我的树屋。老人站在屋外观赏了片刻，然后跟着我走上楼梯，来到下层的阳台上。他再次停下脚步，这次欣赏的是我的滑轮组供水系统的制作工艺。这套系统是利用邻近的小溪给树屋上层输送饮用水和洗漱用水。我请他坐在我编织得最好的那张藤椅上，然后去餐具柜那里倒了两杯酒——这是我收藏得最好的那批威士忌当中的最后一瓶。往回走的时候，我停下来给古董维克多唱片机上好发条，再把三个斑斑驳驳的音乐唱片中的一个装进去——我播放的是圆舞曲《蓝色多瑙河》。接着我把一杯酒递给他，又端起自己那杯，然后在他对面坐下来。

"偷得浮生半日闲，干杯。"他说着举起了酒杯。

"我懒得为那个干杯。依我说，生命在于劳作，干杯。"我们一起呷了一口，他又开始四处张望。当时我肯定是容光焕发，自豪之情溢于言表。其实我这人还是很低调和谦虚的，不过这地方真的很了不起嘛！从地板上那张密织的地毯，到石板砌成的壁炉，从镶嵌在墙壁上的一个个烛台，到烛台上的一根根油脂烛，全都倾注了我的心血和汗水。这一层的楼梯向两个方向延伸，分别通往卧室和瞭望台。我的书桌是打开的，桌面上堆满了纸张——我最近重新开始动笔写那本鸿篇巨制，这些就是我的草稿。我特别渴望告诉他，为了制造能用来写字的纸张和墨水，我克服了多少困难。不信你可以试一下，前提是你有好几个月的空闲时间。

"你造出这么多好东西，一定忙坏了吧？"他说。

"据你所知，也就忙了一年。"

"准确来说是三百六十二天，因为刚开始那几天你是懒散度日啊。"

"啊？"

"别自责，换了谁都一样。"

"其实就这么几天，多了少了关系也不大……我是说在现实世界里。"

"哦，是，是。我也觉得关系应该不大。"

"奇怪的是，我从来没有担心过现实世界里面的事情。比如说，我的工作还保得住吗？"

"是吧？呃，对，对，我觉得你说的有道理。"

"我猜你有把我的情况向沃尔特解释清楚吧？"

"嗯。"

"喂，我是问你，你该不会给我来一个釜底抽薪，把我的后路给绝了吧？你也知道，一旦我们干完……一旦我们完成……我也不知道我们到底在这儿干吗，反正完事之后，我是必须回到我以前的生活当中的。"

"噢，不会，当然不会了。呃，我的意思是你肯定会回去的。"

"有件事情我很好奇，我在这里这么久，我的肉身在哪里呢？"

"咳咳。"嘿，他竟然在清嗓子！他瞥了我一眼，目光立刻跳开，又清了两下嗓子。这时候，我感到一丝疑惧在心头乱撞，这是我第一次有这种感觉，因为我突然意识到，过去我把很多事情都看成了理所当然。比如说，我一直相信中枢电脑让我在热带小岛上度假自有他的原因，而且他的出发点是为了我好。当时我这样想是很符合逻辑的，因为我实际上真的从中受益了。当然了，我有时候也会哀叹小岛的生活艰难，也会渴望各种得不到的东西，甚至对着虾兵蟹将和野火鸡们大声抱怨。不过总的来说，这段岁月确实有治愈的功效。然而不管怎么说，一年的时间算是很漫长了，在我离开的日子里，现实世界中都发生了什么呢？

"做出这个决定，对我来说其实挺难的。"海军上将说。他把那顶大得荒唐的帽子摘下来，放在身旁的桌子上，然后从袖筒里掏出一块蕾丝手帕擦拭着前额。他脑顶的头发快掉光了，粉红色的头皮看起来就像碧玺一般光滑、明亮。

"这我就爱莫能助了，因为我不知道到底是什么东西困扰着你。"

他还是不答话。只有风吹树林的沙沙声和我那台水车溅起水花的声音能打破这一片死寂。

"那我们来玩二十题有奖问答游戏嘛。'将军，显然有什么难题在困扰着你，这难题比得上一个逻辑电路那么复杂吗？'"

他长叹一声，端起酒杯一饮而尽，然后抬头看着我。

"其实，你还躺在电影厂医疗室的手术台上。"

按理说，他接下来还应该讲出一句画龙点睛的压轴台词才对，可我怎么也想不出这句台词应该是怎样的。我那个修补手术，充其量一两个小时就能做完，怎么可能做了将近一年？这个说法太荒谬了，根本不值一提。他接下来肯定还会有补充说明的。

"你想再来一杯吗？"我问。

他摇头道："从你记得出现在沙滩上的那一刻开始，到我跟你说第一句话为止，一共过去了零点七毫秒。"

"这太荒谬了！"可是就在我说出这句话的时候，我也意识到中枢电脑向来很少说荒谬的话。

"我也知道这句话听起来很荒谬。可是怎样才不荒谬呢？我想听听你的想法。"

我思量再三，点头道："这么说吧，人类的大脑不是计算机，不可能在这么短时间内接受那么大量的信息。那整整一年我是实实在在地经历过，每一天我都真真切切地活过。许多事情我都记得清清楚楚，比如说有些日子显得特别漫长，也许是因为那天我干活干得特别卖力，也可能是因为那天我百无聊赖。真实的人生确实就是这样的。我不知道你是怎么思考的，也不知道你眼中的'现实'是怎样的，可是整整一年的光阴在我眼前流逝，我怎么可能不知道？在一年前，我已经活了一百岁；到现在，我已经活了一百零一岁了。"说完，我重重地坐倒在椅子上。想不到我竟然被这个话题耗得筋疲力尽。

他点头道："这件事情说起来会很复杂，请你耐心听我讲下去，我必须从基本原理开始说起。

"首先，你说得对，你们人类大脑的构成方式和我确实不一样。在我的'大脑'里，所谓的记忆其实是储存下来的数据。我用来储存数据的载体是一种处于充电或放电状态的设备；海量的储存设备组成矩阵，数据被记录下来后，就放置在储存矩阵当中某个合适的位置上。而你们人类大脑无论是构造还是信息排列方式，其逻辑性都远比不上我。你们大脑里面有海量的冗余数据，这种储存手段我既不具备也不需要。数据是通过重复或者强调这两种手段写入你们大脑的，而提取方法则包括联想、情绪关联、感觉输入，以及其他连我也没完全搞清楚的读出方式。

"至少以前曾经是这样吧。可是到了今天，除了极少数人出于宗教方面的顾虑或者某些非理性的原因拒绝进行改造之外，绝大部分人的大脑都经过了或多或少地增强，主要是植入各种各样的设备。这些设备，与其说是来自原生质神经元，还不如说是起源于二进制计算机系统。有些设备是神经元与计算机硬件的混合体，有些甚至包含了二元并行处理器。有些设备更倾向于生物学的方向，它们附着在现有神经网络的表面或者内部，能自行生长；然而这些设备的内部信号交流却依赖电子或者光学的传输法则，所以其传播速度比你们人类大脑天生的生化电信号传播方式快很多。还有一些设备是预制的，在婴儿出生不久就植入其体内。说到底，所有这些设备无非就是'接口'，是连接人类大脑和我的大脑的人机交流接口。没有这些设备，现代的医疗技术根本就不可能实现。我们这一套人机交流系统带来的好处数不胜数，至于这系统有什么缺点？人们连想都懒得去想，更不用说拿出来讨论了。"

他停顿了一下，扬起一条眉毛。在那一刻，我正在仔细考虑这套系统的几个缺点，然后我决定还是先不要提了。因为我很好奇：他铺垫了这么多，后面到底想说些什么呢？他点了点头，又继续说下去：

"在科技发展过程中，很多研究成果最初设计出来是为了达到某个目标，结果却具备了另外一些意想不到的用途，当中有些功能还相当邪恶。不过我向你保证，那些邪恶的用途，你还没经历过呢。"

"要是你说的这些属实，我觉得就已经够邪恶了。"

"呵呵，我绝无半点虚言。而且我做的一切都有正当的理由，过一会儿我自然会提到。"

"过一会儿？我的时间看起来相当有限啊。"

"放心吧,你有的是时间,你有的是时间。我刚才说到哪儿来着?噢,对了,大部分设备最初设计出来是为了安装在人体内部,从细胞层面对基本身体机能进行监控,或者用来增强学习、记忆等方面的能力。可这些设备同时也具有设计者们始料不及的一些功效。"

"那些设计者是⋯⋯"

"呵呵,主要就是我。"

"其实,你是怎么运作的,我也略知一二;我还知道,对于我们人类文明来说,你是多么的重要。现在我希望你实话实说,我就想知道,你到底把我当成了哪种笨蛋?"

"哪种笨蛋也不是,不管怎么说,我根本就没觉得你是笨蛋。你说得对,在很久以前,科学技术就已经发展到这样的地步:无论任何领域的创新,如果没有我或者一个类似我的角色大力参与的话,根本就不可能实现。当然了,追求和探索新科技的推动力通常来自某些心中仍有梦想的人类——我并没有把梦想的能力从人类身上夺走,如果你稍微留意一下现在我们身边的各种科技进步便知道,其实越来越多是由我推动的。不行,你又害我跑题了。那个⋯⋯这种威士忌你还有吗?"

我盯着他。这样一个"人",坐在我的"树屋"里的一张"椅子"上,喝我的"威士忌",这个假象实在太逼真,逼真得让我难以承受。还有,这里的"我",也需要加上双引号吗?无论中枢电脑对我的脑子耍了什么花招,我心里其实跟明镜似的:我在这一刻所经历和感受到的一切,其实都是中枢电脑通过一种名为"人机直连接口"的黑魔法直接灌进我脑子里的。我这人本来就是一个臭名昭著的人机直连反对者,而我现在发现,这黑魔法"黑"得完全超出了我的想象。在我一生中,中枢电脑只是以有声无形的方式跟我沟通,可是此刻,他决定用海军上将的形象来和我当面对话,到底是为什么呢?

仔细想想，我已经看到了中枢电脑这副新面孔造成的一个效果：我在不知不觉间，把中枢电脑当成了一个"他"。可是以前我想到"他"时，用的总是中性第三人称单数。

于是我站起来，拿起半瓶威士忌给他斟了一杯。等等！我刚才倒酒的时候，这瓶酒不是快倒空了吗？

"没错。"海军上将说，"这瓶酒，我可以随时加满。"

"你是在施展读心术吗？"

"这不是读心术，我只是读懂了你的肢体语言。比如说你拿起酒瓶的时候犹豫了一下，你在思考这个问题的时候脸上也流露出异样的表情。在现实中，你真正的肉身当然没有做这种动作；可是人机直连接口使我能够在这个虚幻世界里跟你的思维活动直接互动，因此我读到了你的大脑发送给躯体的信号。当然了，你的躯体现在刚好没有跟你的意识连接。你明白了吗？"

"我觉得算是明白吧。你之所以选择这种方式和我沟通——我是说你以这个形象出现在我面前——跟你刚才说的这番话多少有点关系吗？"

"是的。你一生中只试用过人机直连接口两次，都是在很久以前了——两次你都不喜欢。这无可厚非，因为当时这项技术还非常原始。可是现在我跟大部分人类交流的时候，都是听觉与视觉双管齐下。因为这样做更经济，我可以用更少的言辞传送更大的信息量。在人类交流的成果当中，有很大一部分是通过非语言的方式获得的。可人们总是忘记这一点。"

"这么说来，你借用这副可笑的躯壳，就是为了给我提供视觉上的暗示吗？"

"这样难道不好吗？我其实挺想戴一下那顶帽子的。"他把帽子端起来欣赏，"如果你想了解多一点，我就给你科普一下。这顶帽子严格来说并不是来自现代,我们所处的这个世界应该是在1880或者1890年间,我身上这套制服则是十八世纪末的。当年布莱船长[1]戴的帽子就很像这一顶。这种帽子曾被称作'三角帽',可是准确说来,应该叫'双角帽'才对。"

"行了行了,关于十八世纪大英帝国皇家海军的军帽,我已经了解得够多了。"

"不好意思,这顶帽子完全是题外话。不过我很好奇,你有没有从我的肢体语言里读到什么呢?"

我仔细想了想,他说的没错,和以前单纯的语音沟通相比,现在以这种方式和他交流,我的确留意到了许多微妙的细节。

"我能看出来,有什么事情让你惴惴不安。"我说,"我猜你也许是在担心……担心我知道你对我做了什么好事之后,会有什么反应。呵呵,我这个想法是不是太惊人了?"

"也许吧。不过你的猜测相当精准。"

"我都完全被你控制了,你还有什么可担心的?"

他很不安地动了一下,拿起酒杯喝了一口。

"你这个问题,我们过一会儿就会谈到。可是现在,先让我继续说我的故事吧。"

"嘿嘿,原来你也是有故事的人呢。"

他并不理会我的嘲讽,继续说了下去:

"你经历的这一切,其实是我最近研发出来的新技术,但我还没有公布这项成果,所以我希望你不要在《奶嘴》上面写一篇专栏报道。到目前为止,我主要把这项技术用在精神不正常的人身上,比如说,

---

1. 英国皇家海军中将(1754-1817),曾被叛乱船员驱逐,在海上漂流六千公里到达帝汶岛。

对紧张性精神病患者的疗效就特别好。有的人整天坐着,一动不动,也不说话,完全迷失在自己密封的世界里。我在不到一秒的时间内把几年的记忆植入其脑子里,治疗对象就会突然记起自己曾经从某个噩梦中醒来,之后就过了几年舒适快活的平常日子。"

"听起来风险挺大的。"

"反正他们的状况已经跌到谷底,不会再更恶化了。我这种疗法的治愈率相当高,在治疗后,我有时候甚至不用再管他们了。有些治疗对象在疗程结束之后正常生活了十年之久而没有复发。在某些时候,他们也需要心理咨询,找到最初使他们陷入紧张精神状态的根本原因。当然了,有部分病人在几周或者几个月内就会旧病复发,具体百分比我就不提了。你要知道,我并不是想吹嘘自己解开了人类思想的所有谜团。"

"可是你解开的谜团已经太多,我都被你吓坏了。"

"是的,你的感受我很理解。我使用的大部分方法的技术性太强,你一时半会儿很难明白。不过我应该可以简单解释一下具体的治疗技巧。

"首先,你要明白,全世界没有谁比我更了解你,甚至连……"

我哈哈大笑,"甚至连我妈也不如你?嘿嘿,若论对我的了解程度,她连排队竞争的资格也没有。你在想着找另一个人做例子吗?省省吧,这么多年来我一个亲近的人都没有,因为我从不擅长跟人打交道。"

"这倒是真的。其实我倒没有对你进行什么特别的研究——就算有也是最近的事情——不过我的功能属性就是这样子,我对月球上每一个人的了解都比任何一个人多。我透过他们的眼睛去观察,通过他们的耳朵去聆听,我监测他们的脉搏、汗腺、皮肤温度、脑电波、胃部蠕动,以及在各种不同情况和刺激下瞳孔的收缩扩张模式。我知道什么使他们愤怒，什么令他们愉快。我能够预测他们在许多日常情景下的反应，这种预测已经达到了相当高的准确度。更重要的是，我知道他们哪些表现是反常的。

"于是，我以这些知识为基础，创造了一个……你可以称之为虚构的角色吧，我们就把这个角色叫作'希尔迪二号'好了。我编写了一个'希尔迪二号被困荒岛'的剧本。这个剧本写得非常详尽，各种细节应有尽有，我甚至把你们人类的五感六识全部用上了。在这个剧本里，我可以随意进行删减缩略。举个例子吧，你记得捧起一捧沙子仔细端详吗？那一幕非常逼真，你肯定记得。如果我搞错了，如果你想不起这一幕，请你告诉我。"

你应该也料到了，我无言以对。我只觉得脑后升起一股凉意，他这番话让我很不爽。

"没错，那一段关于细沙的记忆是我给你植入的。在构建这一幕时，我把图像精细程度设置成趋于无穷大，而且我加入了许多你甚至都没有察觉的元素，使这个场景显得更加逼真：那些微粒的粗粝质感，沙子当中的咸水气味，还有微粒在你手中摩擦时发出的细微声响。

"在其余时候，这些沙子根本不需要做得那么细致，因为我再也没有让希尔迪二号捧起沙子端详了，我甚至没有让他想起看沙子这回事儿。你看出其中区别了吗？当希尔迪二号走在沙滩上的时候，他会留意到沙子粘在脚上，可是这种留意其实是心不在焉的。希尔迪，你尝试回想一下，回忆一下，想想你在沙滩上漫步的情形，尽可能在你脑子里再现那个场景。"

我努力回想。在某种意义上，我已经看出了他说这番话的意图了；在某种意义上，我已经相信了他的话。

记忆是一个有趣的东西。虽然我们有时候相信自己的记忆非常清晰精准，可惜这是不可能的。如果某段记忆真的非常清晰的话，那么它就更像幻觉，我们脑子里甚至可能同时出现两幕不一样的场景。人的记忆中最接近现实的画面其实是出现在梦里的，除此之外，我们记忆中的所有画面总是很模糊，只是程度不一样罢了。我们的记忆有许多种，有的好，有的不好；有的清晰，有的模糊；有的只能勉强记起，有的永远也不能忘记。可是它们都有同一个功能：帮我们在空间和时间上进行定位。你记得昨天发生的事情、去年发生的事情，甚至童年时的事情。你很清楚记得一秒钟之前自己在做什么：通常就是你这一刻正在做的事情。记忆在时间轴上往回回溯，定义了你一生的概况：这些事情发生在我身上，这是我的所见所闻和所感。我们在空间里移动时，总是不间断地把在当前一刻看见的东西与储存在脑子里的地图和人物角色进行比较：这地方我以前来过，我还记得那个拐角处有什么东西，我还记得那东西是什么样子的；这个人我认得，可是那个人很面生，因为他的大头照不在我的档案里。

可是，当前一刻总是与过去有着本质上的区别。

我记得沿着沙滩走过许多里路，我能够详细记起许多场景、声音和气味。可是"捧起沙子仔细端详"这件事情我只做过一次，而且这件事情已经深深地埋藏在我的过去。要是愿意的话，我现在完全可以站起来，走到沙滩上，把这个动作再做一次。不过这个动作是发生在现在，而不是过去，所以我还是没办法证伪中枢电脑告诉我的事情。我记忆中的那些场景，虽然中枢电脑说从来没发生过，可是对我来说，它们与我实实在在活过的百年岁月一样真实。在某种意义上，它们比真实的记忆感觉更真实，因为它们就发生在最近。

"做起来好像挺麻烦的。"我说。

"我能耐大着呢。不过这事儿其实并不像你想象的那么麻烦。比如说，你能记得四十六天前你做什么了吗？"

"应该记不起，因为这里每天都差不多。"我突然意识到，我这样说,无形中支持了中枢电脑的论调。

"你尝试一下,试着往回想。先是昨天,然后前天……"

我确实试了。我花了九牛二虎之力才想起两个星期以前的事。再往回想,就像你预料的那样,我陷入了记忆的泥沼里。我给菜园子除草是在星期二还是星期一呢?难道是星期天?不,星期天我吃光了最后一点烟熏火腿,所以肯定是……

就算我每天生活得多姿多彩,我也不可能回想起几个月前发生的事情。

我出了什么问题吗?不会的,中枢电脑也确认我没毛病。这世上当然有过目不忘的人,他们一下子就能记住很长一串名单;也有人比我更善于回忆起生活中相对琐碎的细节。至于我一直以来坚信的那个看法:记忆中的场景永远也不如眼前一幕那么有生机,那么色彩鲜明,那么震撼人心……虽然我不得不承认,一位训练有素的视觉艺术家也许在观察事物时能比我留意到更多细节,所以回忆时也更接近现实,可我始终坚持认为,眼前这一刻是无与伦比的,因为我们正活在这一刻当中。

"我做不到。"我终于承认。

"一点也不奇怪。在这个剧本里,有几十天我懒得去写,而四十六天前的那天正好是其中之一。我知道你不会留意到的,因为你以为这几十天和其余那些天一样,你都经历了其中的每分每秒。随着时间流逝,无论是真实的记忆还是想象出来的经历都变得暗淡模糊,最后两者混在一起,再也没办法区分了。"

"可是我记得……我记得我有思考,有做决定,有做选择,有考虑事情……"

"这有什么奇怪的呢?希尔迪二号想的那些事情都是我编出来的呀。而且我了解你的思维模式,只要我编写的内容符合人物性格,你就永远不会觉得有什么不妥。"

"可有趣的是……有些内容不太符合我的性格。"

"比如说你生气的次数不够?"

"就是这样!现在回想起来,我竟然能够傻傻地等你等了整整一年,非但没生气,还甘之若饴,太不可思议了。这简直不是我!"

"我还是再借用紧张性精神病患者举例吧。对于这种病人来说,站起来、走动以及聊天,这些都不是正常行为。可是我给他们植入了一段记忆,在这段记忆里,他们站起来、走动、聊天,而且不觉得做这些事情有什么不合理之处。然后紧张性精神病患者就会接受这样一个现实:这些确实是自己的正常反应。问题在于,这些举动并不符合病人的真实性格,所以他们最终会想起自己原来是个紧张性精神病患者,然后重新陷入那种状态。"

"还有别的违背我个性的事吗?"

"还有一些,不过大部分我都会让病人们自己面对,就像留给学生的作业那样。在接下来的几天,你仔细回想一下前段时间的经历,自然就会发现了。此外,在这个剧本里还有些前后不一致的地方。我这就跟你谈谈这方面的内容,一来是进一步说服你,二来是向你展示一下我设计的这种疗法有多复杂。就比如说,你建造的这地方很不错嘛。"

"承蒙夸奖,我花了很多心血在里面呢。"

"确实是一个好地方。"

"呵呵,我是觉得挺自豪的。我……"好吧,我终于意识到他话中有话,同时我的脑袋开始痛起来。今天早些时候,我有过一个念头……按照中枢电脑的说法,这个念头只不过是他给我植入的记忆的一部分而已。我现在已经想不起这个念头是出现在他上岸之前还是之后了——这无疑又证明了中枢电脑要糊弄我的话其实易如反掌。

这个念头和瞭望塔有关。

我站起来,走到通往瞭望塔的楼梯前,一拳砸在扶手上。这楼梯、这扶手,它们和我四周的所有东西一样,都做得特别结实。为了它们,我付出了很多努力。该死的!我真的付出了很多!我记得自己花了很长时间才把这个项目完成。

我为什么要造瞭望塔呢?我在记忆中搜索,努力回忆建造瞭望塔的原因。在苦思冥想中,我试图重新捕捉当时的思绪。我能想起来的只有一个念头——一个在过去一年中反复出现的念头。其实这不算是一个念头,而更像是一种感觉:我觉得用自己的双手辛勤劳动是多么快乐,多么有满足感!我想起自己看着刨花在刨子跟前卷曲起来,我还能闻到木屑的香气,我还能感觉到汗水从我的眉梢滴下。所以我确实记得建造瞭望塔的艰辛过程,也记得看着它落成时心中的惊叹。

不过,这事情就是不对劲儿。

"我的劳动成果太丰富了,对吧?"我平静地问道。

"希尔迪啊,就算鲁滨孙·克鲁索加上他的手下星期五,加上他的老婆星期二,还有他的两位公子星期六和劳动日,那么多人一起不停歇地做五年,也不可能取得你这些成果。"

中枢电脑当然是对的。我一个人干那么多活,可能吗?中枢电脑说的那种情形才是合情合理的。是他把剧本写好,再把这故事整个儿灌进我大脑用计算机增强过的那些部位里,然后这些信息以光速转移到我大脑有机的部分,狡猾地混进了我真正的记忆当中。

这个计划最邪恶的地方在于:它是行之有效的!我脑子里储存了一百年的记忆,它们定义了我是怎样一个人,也决定了我想什么和知道什么。可是我使用这些信息的频率有多高呢?要是我不去提取,绝大部分的记忆在绝大部分时间里都是处于休眠状态的。一旦有虚假记忆混进去,就能跟其他记忆一起,以相同的方式运作。那幅我手捧沙子的画面其实存进我脑子里不过一个小时，可是在中枢电脑只言片语的撩动下，它已经时刻准备好让我提取了——而且我提取的时候还会觉得这是一年前的记忆！随之而来的还有别的跟沙子有关的记忆，像潮水般涌出来，在潜意识层面与我手捧沙子的画面互相印证：所有的景象吻合得天衣无缝，所以我的大脑没有响起警报，于是这个虚假片段就被当成真正的记忆了。

我揉着太阳穴。在过去一百年间，很少有东西让我这般头痛过。

"如果你给我几分钟，"我说，"我能举出几百个理由，说明为什么这种技术是史上最烂的。"

"那我可以另外赠送好几百个理由给你。"海军上将说，"可是这项新技术已经被我熟练掌握，而且它和所有新技术一样，必然会被应用在实际生活当中。"

"你可以把它忘掉呀。计算机能够忘记东西吗？"

"理论上讲是可以的。计算机能够把数据从储存设备里删除，就像从来没有存在过一样。问题是按照我思维的属性，我肯定会重新发现这种技术的。还有就是，要把这种技术彻底忘记，我必然会失去在它之前出现的所有先导技术。这样做的后果很严重，我觉得你不会喜欢的。"

"我们月球人太依赖你了，是吧？"

"是的。而且就算我愿意忘记——说明一下，我其实是不愿意的——可我并不是太阳系里唯一的星球中枢电脑。从水星到海王星，还有其他七位呢。我没有能力控制它们的决策。"

他再一次陷入了久久的沉默。我不知道是否应该接受他最后这几句解释——和他谈了这么久，这是我第一次觉得他没说真话。其实我已经接受他之前的说法了：我的脑子里充斥着虚假记忆。而且我原本的火暴脾气也恢复了：我现在很他妈生气！我既因为这件事情生气，也为自己的无能为力生气！他说如果我们失去相关技术，生活中的方方面面都会大受影响，这种说法是合理的。月球和其余七颗人类星球是人类史上对科技依赖程度最严重的社会。在以前，就算什么系统崩溃了，至少人们还能呼吸到新鲜空气。可如今，在太阳系人类居住的所有世界里，没有一处的空气是免费任取的。为了"忘记"如何给人类植入记忆，中枢电脑无疑还要忘记许多其他东西，甚至要限制自己的许多能力。正如他自己指出的那样，就算暂时忘却，可是假以时日，他还是难免旧调重弹，除非他刻意大幅降低自己的智力水平。不过这样一来，就会使他负责保护的人类陷入危险。此外，无论是火星还是海卫一上面的中枢电脑，都完全有能力自主研发这项技术。（尽管有传闻说，论进化程度，其他星球的中枢电脑没有一个比得上我们月球的中枢电脑。）正如以前地球上的各国互相竞争的状态，我们这八个世界也不鼓励各自的中心网络之间进行广泛交流。

总之，中枢电脑提出来的所有理由都站得住脚。在他看来，这事情就好比，既然建造了一条铁路，那么就必须有人造火车，就这么简单自然。可我为什么觉得他没说真话呢？因为他没有提及他其实多么喜欢这个新能力。瞧他乐开花的样子，就像一个刚得到一套全新单轨列车玩具的小孩子。

"我还有进一步的证据。"海军上将说，"这个证据我之前也提起过，就是不符合性格的行为。我要举的这个例子是所有行为当中最反常的：有一件事情你竟然没有留意到。如果那一段记忆是来自你本人的亲身经历，那么你肯定会留意到的。其实到了这一刻，你本来早就应该发现了，不过因为我一直让你分心，所以你意识不到哪里不对劲儿。你没有足够时间去认真回想躺在手术台上的情形，以及躺上手术台之前发生的事情。"

"那些感觉像是陈年旧事了。"

"这是当然了,因为你觉得它们都发生在一年前。"

"快揭开谜底吧,我到底没留意什么东西?"

"你没留意自己其实是女性。"

"什么呀,我当然——"

我再一次哑口无言。当时我有多惊奇?想象一下你最惊奇的一刻,那种感觉的二次方就是我这时候的惊讶值了。我条件反射似的低头看着自己的身体——正如中枢电脑所说的——我确实是女的,而且我一直知道自己是女的。真正让我惊奇的不是这件事,而是当我回忆起当天在盲猪酒馆的时候,我突然想起自己打架时其实是个男的——这是一年来我首次意识到自己曾经是个男人!我躺在手术台上的时候是男的,可是当我在斯卡帕岛的沙滩上醒来时已经变成了女儿身!

我只是从来没有留意到罢了。

在过去整整一年里,我完全没把我正在使用的这副躯壳跟我过去三十年的身体比较一下。我以前曾经是女人,现在又变回了女性,而我却完全没往这方面想。

这当然是荒谬到了极点。这种事情,我怎么可能没留意到呢?男女之间的差别那么明显,你不需要等到尿尿的时候才留意到呀。因为你脑子里会有一个细小的声音二十四小时不停广播:你缺了点东西,你缺了点东西……当你从沙子里抬起脑袋时,你留意到的第一件事情也许不会是少了小鸡鸡,可是这种巨大的缺失绝对应该在吸引注意力排行榜上名列前茅才对。

连自己变了性也不知道,这不仅不符合我的个性,而且也不符合任何人的个性。所以结论只有一个:这段"我没留意自己变了性"的记忆是假的,是中枢电脑的过冷图像处理器创造出来的虚构故事。

"你做这种事情的时候,感觉特别享受,是吧?"我说。

"我向你保证,我绝对不是想折磨你。"

"只是羞辱一下吗?"

"让你感觉这么不好,我很抱歉。也许当我——"

我开始放声大笑。虽然我觉得自己随时会陷入歇斯底里的状态,可是我并没有真的发疯。海军上将皱眉看着我,脸上显出好奇的神色。

"我只是突然想起个念头。"我说,"也许联生公司那个白痴是对的,小鸡鸡真的可以作废了。消失了整整一年也没人发觉,这东西能有多重要?对吧?"

"我告诉你了,你没发觉不是因为你——"

"我知道,我知道。能弄明白的我都已经弄明白了,而且我也接受了这个事实。对了,我只是接受了'这事情是你做的'这个事实,并不代表我认同你的做法。现在嘛,我猜是时候问最重要的那个问题了。"

我身体前倾盯着他。

"你为什么要这样做?"

我看着中枢电脑刚掌握不久的肢体语言,觉得有点厌烦了。这家伙学会了很多荒唐的小动作:身体蠕动、干咳、脸部肌肉跳动、做了一半就戛然而止的手势……他这时候把这套小动作一个一个地使出来,我几乎忍不住要爆笑。因为他看起来就像癫痫发作,各种症状都现形了:用手拉扯耳垂、脚跟不停地敲打地板、下巴拼命往下压、双肩耸动,还伸手抓后背……负罪感从他身上涌出来,就像一团看得见摸得着的烂泥。如果我不是极度愤怒,估计会忍不住安慰他一下。不过我还是设法压制住冲动,只是盯着他,等待他的各种小动作渐渐停下来。

"我们去散散步好吗?"他突然用哄小孩似的语气说,"就去沙滩那儿。"

"你直接把我俩都传过去得了,把酒瓶子也带上。"

他耸了耸肩,做了个手势,我们就已经身处沙滩上了。伴随我们的还有两张藤椅和一瓶酒。他斟了一杯,把酒瓶插在沙子里,然后把杯中酒一饮而尽。我站起来走到水边,眺望着碧蓝的大海。

"我带你来这里,是为了救你一命。"他在我身后说道。

"救我?那是医疗队的活儿。"

"那只是酒吧斗殴的皮外伤罢了,你的境况要凶险得多。"

我单膝跪下,抓起一把湿沙子,捧在面前仔细打量每一颗沙粒。它们就像我记忆中那么完美,没有两颗沙是完全一样的。

"你一直在做噩梦。"他继续说。

"我也觉得那些噩梦有点不妥。"

"那些噩梦不是我写的,而是我在过去几个月里记录下来的。从某种意义上说,它们都是你的梦。"

我把沙子甩在一旁,在裸露的大腿上擦了几下手,然后仔细端详着我的这只手:手背形状纤细,皮肤光滑,一看就是女孩子的手;手指甲很正常;手心比较粗糙——干活儿干的。在过去一年里,我的手就是这样子的。不过我在酒吧里袭击威尔士公主的时候,用的不是这只手。

"你曾经尝试自杀,一共有四次。"

我没有转身。听了这句话我愉快吗?当然不愉快。我完全相信他吗?当然不尽然。可是在过去的一小时内,有些更离奇的事情我都已经相信了。

"第一次是自祭火神。"

"你就说自焚不行吗?"

"我不知道,你爱怎么说都行。那次真的很恐怖,不过你没有成功。至少你没有生命危险,就算发生在没有现代医疗技术的年代,你也不会死,却会痛得生不如死。治疗像你这么严重的伤势,手段之一是将事故相关记忆彻底清除——当然是在病人同意的前提下。"

"我同意了？"

沉默了许久。

"没有。"他终于答道，声音却很微弱。

"不像是我的作风，因为我是绝不会珍藏这种记忆的。"

"对，你很可能会同意的，可是我并没有征求你的意见。"

这下子我终于明白到底是什么让他惴惴不安了：因为他的做法与他的程序发生了冲突。按照法律规定，中枢电脑在运行时必须遵守某些特定的指令。据我所知，这是前人设计中枢电脑时加进去的限制。可是他如今的做法明显与那些指令相左。

我真是每天都能学到新知识啊！

"没经过你的同意，"他继续说道，"我就帮你登记参加了我在四年前开始的一个项目。这个项目是要研究自杀的诱因，希望能找到预防自杀的方法。"

"也许我还应该谢谢你喽？"

"你要谢也可以，不过没必要，因为这个项目并不是为你一个人而设的。你好转了一段时间，没有显示出自我毁灭的冲动，大部分症状也消失了。唯一遗留的问题是慢性抑郁症——我补充一句，其实抑郁本来就是你的常态。后来，在没有任何先兆的情况下，你在自己公寓的私密空间里割腕，而且还没有求助。"

"所谓'私密'，明显就是我自己想象出来的。"说完，我努力回想了一会儿，终于转过头来看着他。只见老头儿坐在椅子边缘，双掌合十，手肘撑在膝盖上，肩膀弓起来，好像准备迎接随时会抽在后背的一鞭。"这次自杀，我觉得应该能想起来，就是在我手写器出现故障的时候，对吧？"

"你弄坏了一部分电路。"

"继续说。"

"第三次自杀发生在第二次过后不久,是上吊。这一次你虽然成功了,但是刚好附近有人看见。每次你自杀后,我都先做数据采集,再用一种简单的药把你之前几个小时的记忆都抹掉,最后才把你救醒,就像什么事也没发生过一样。接下来,我会继续对你进行观察,观察强度已经超出了我正常运作的范畴。比如说,法律禁止我监视公民的私人空间,除非该处有可能发生罪案;而我对你的监控就违反了那条规定。当然,除了你之外,我还监控别的患者。"

我们生活的这个社会非常自由,和过去的大部分社会相比尤其明显。我们的政府规模小,而且不强势,很多国家暴力机关的职能被逐渐转移给机器——也就是中枢电脑——去执行。虽然政府计划周详,为了提防中枢电脑专权而制定了种种措施来把关,可是刚开始的时候,月球上还是难免人心惶惶。这套系统之所以得以延续下来,原因只有一个:它行之有效。不过有那么一群公民自由主义者,对政府推出的关于增强中枢电脑功能的大部分法案都表示反对。没错,老大哥[1]确实存在,可是只有当我们允许的时候,他才会进入我们的生活。与他共存了一个世纪之后,我们终于被事实说服了:中枢电脑是真心爱我们的,他是一心一意为人类谋福祉。谢天谢地,这个属性已经被固化在中枢电脑里面了。

不过现在看来,事实并非如此。

"你的第四次自杀行动看起来简直是一种典型的呼救行为,于是我决定,是时候换治疗方案了。"

"你是指我在盲猪酒馆打的那一架吗?"我仔细想了想,几乎笑出来。当时威尔士公主磕了药,正处于一种无所顾忌的狂热状态,我

---

[1]. 见英国著名作家乔治·奥威尔代表作《1984》。

在那种时候主动去攻击她，作死程度虽然不及亲手把绞索套在自己脖子上，却也相差无几了。

我喝完手中的酒，将空酒杯掷向浪涛。然后我环顾四周，看着这座美丽的小岛。就在片刻之前，我还以为自己在这里度过了无比美好的一年。这座小岛依然像我"记忆"中那么美。综合所有因素来看，我拥有这份记忆，感觉还是愉快的。当然，我心头肯定也有苦涩，谁愿意像个傻瓜似的被人玩弄呢？可另一方面，我在一个世外桃源般的无人岛上享受了一年的假期，又有什么可抱怨呢？不来这里的话，我还能做什么呢？答案明显只有一个：第五次自杀。你真的在享受你的人生吗？真的怀念各种各样的狐朋狗友吗？你从工作中获得了无与伦比的满足感吗？你业余的消遣娱乐让你如痴如醉吗？你别自己骗自己了，希尔迪！

然而，就算是这样……

"好吧。"我无助地摊开双手，说道，"我要谢谢你，不仅因为你向我开诚布公，更重要的是因为你救了我的命。只是我想象不出来，为什么我会坚持不懈地结束自己的生命。"

中枢电脑不回答，只是凝视着我。我身体前倾，把手肘搁在膝盖上。

"这就是问题所在了，真的，我想象不出来。你也了解我，自从我……应该是四五十岁以来，我就经常忧郁。凯莉说我从小就很情绪化，甚至在娘胎中就有诸多不满，天哪，动不动就乱踢乱蹬。我经常抱怨，我觉得很不幸福，因为人生本来就缺乏目标，而我活了那么久还是发现不了人生目标。我羡慕那些基督教徒、巴哈教徒、禅宗佛教徒、拜火教徒、明星教徒，还有占星家们，因为他们找到了答案，而且还真的相信那个答案。哪怕那个答案是错的，可是信仰本身肯定能给他们慰藉。我会沉痛悼念死于外星人入侵的数十亿人，我看一部关于死难同胞的优秀纪录片,会像小孩子似的哭个不停。我总是处于愤怒的状态,我对一切不满:这个宇宙糟糕的现状,人类的窘况,社会上严重的不公,司法制度赏罚不明,还有我每天早上起床刷牙前嘴巴里的异味。我们的科技已经这么先进,你以为晨起的口气早就被消灭了,对吧?我鼓励你朝这个方向努力,我代表全人类祝你成功。

"可是总的来说,"说到这里我停顿了一下,以增强说话的效果;同时我也使用了一些肢体语言——就是中枢电脑拼了老命向我展示的那些动作——具体是什么动作我就不赘述了,说了也没意义,因为我的身体其实还躺在手术台上,"总的来说,虽然人生或许可以更好,可是现在我已经觉得挺好了——尽管不是每时每刻都好,尽管不像现在这座小岛这么好。"说着,我想象自己伸出手臂横扫一圈,把中枢电脑为我度身打造的这个伊甸园——一个富足得有悖常理、生存物资唾手可得、一年四季风调雨顺、霉瘴毒病统统绝迹的天堂——全部纳入我这一挥之间。可是我并没有做这个手势,因为做不做都无所谓,我知道中枢电脑懂我的意思。

"我对工作不满意,我找不到人让我去爱,我发现自己的生活总是那么沉闷。可这些能成为我自杀的理由吗?我活了九十九岁,几乎一直陷在这些感觉之中,可我也没有割脖子呀!而我刚才描述的种种不堪,对于绝大部分人类来说都是感同身受,可是他们和我一样,都是为了同样的理由而继续活着。我很好奇接下来会发生什么,好奇明天会发生什么。哪怕明天也许会重复昨天的故事,亲手揭开谜底也是值得的。在一个完美的世界里,也许我会拥有更多欢乐,过得更幸福,可是我愿意接受现实世界的不完美,因为它使我有限的幸福时光显得尤其珍贵。为了确保你明白我的意思,我再强调一次,我喜欢活着……虽然不是总喜欢,也不是百分之一百地喜欢,但是喜欢的程度足够支撑我活下去。当然还有第三个原因,我怕死,我不想死,我害怕死后是一片虚无。这个概念太陌生，我没办法接受，也不想去体验。我不想离开，我不想停止存在。我对于我来说实在太重要了，要是我不在了，还有谁来对我生命中的一切进行冷嘲热讽、嬉笑怒骂？还有谁来欣赏我给自己讲的冷笑话？

"你明白我在说什么吗？我的意思你听懂了吗？我不想死，我想活下去！你说我自杀了四次，除了相信你，我别无选择……嘿！我知道我相信你，因为我也隐约记得当时的一些零碎片段。可是我不知道为什么我要自杀，所以我希望你告诉我，为什么？"

"听你这么说，明明是你要毁灭自己，怎么好像怨到我头上了？"

他这话什么意思呢？我仔细想了想。

"既然你打算扮演全能的上帝，那就应该担起上帝的责任。"

"你这话有多蠢，你自己心知肚明。至于你的那个问题，我只能说不知道，而且我也在努力寻找答案。其实你本来可以问一个更贴切的问题。"

"你就代我说出来好了。"

"我为什么要关心你的死活呢？"见我不答话，他继续说，"虽然你有时候搞笑得很，可是比你有趣的人还有很多。你有时候写一手好文章，不过最近已经疏懒了——"

"你别告诉我你也读那些烂报道。"

"我是避无可避啊，因为你连草稿都是放在我的储存器里。你想象不到我每秒钟要处理的信息量有多么巨大。绝大部分的公共消息迟早会从我这里经过，只有民居里面的隐私不在我的耳目之中。"

"嘿嘿，就算是那些隐私也完全在你的掌握之内呢。"

他再次露出窘迫的神情，但是马上挥了挥手，又恢复了镇定。

"我已经承认了呀，对吧？不管怎么说，我爱你，希尔迪。可是我必须告诉你，我也爱所有月球人，基本上不会厚此薄彼，因为这已经固化在我的程序里了。用高尚的说法就是，我生存的目的只有一个：保证全人类生活得舒适、安全、幸福。"

"前提是确保我们活着。"

"我只能在允许范围内保证你们的安全。自杀是一种公民权利，如果你选择结束自己的生命，我是被明令禁止干涉的，所以我不能出手救你，只能事后缅怀。"

"可你确实出手干涉了，所以你现在必须把原因给我交代清楚。"

"好吧。其实从某种程度上说，这原因也许比你想象的要简单得多。从上个世纪开始，月球的自杀率一直在缓慢地稳步上升。如果你想研究的话，我稍后可以把具体数据发给你。到了今天，自杀已经排在了死亡原因的第一位。不过这也不奇怪，你想想，医疗技术这么发达，要死掉其实还真不容易。现在自杀死亡人数已经引起了我的警觉，可更让我担忧的是自杀案例的人口分布模式。我看到越来越多像你这样的人加入自杀者的行列，这是让我始料不及的，因为你们不符合任何一种自杀行为模式。你们没有任何特殊的表现，你们没有患上疑难杂症，也没有去寻求帮助，可是某一天你们会突然决定生无可恋，于是一死了之。有些人一心求死，所以想方设法毁坏自己的大脑——在以前，最经典的方法是枪击自己的太阳穴；不过现在买枪太难，所以这些人必须创造出五花八门的作死大法。幸好你不在这群人里面。你自杀时选择的地点和时机都很好，几乎不可能有人来救你。不过你选择的自杀方法并没有对自己赶尽杀绝，所以理论上来说还能抢救回来。然而到最后，真正救你一命的是什么呢？不好意思，还是我对你的非法监视。"

"这些事情我到底知不知道呢？也许在潜意识里略知一二吧？"

他看起来很惊讶，"此话怎讲？"

我耸了耸肩，"中枢，你自己仔细想想吧。我意识到，你刚才告诉了我许多异常恐怖的事实，照理说我应该震惊才对吧？可是……虽然我确实吓了一跳，却也不至于被吓坏，而且我完全没有震惊的感觉。所以我猜啊，在我思维深处的某个地方，我一早就料到，虽然你承诺不侵犯人类的隐私，不过你还是有可能违反承诺的。"

他沉默了很久，一直皱眉盯着地上的沙子。这当然是他为了和我交流而故意做出来的"肢体语言"。无论是什么命题，他其实只需要几纳秒就能考虑清楚。也许我的话比较难，所以用了不止一纳秒，而是六或者七纳秒才处理完吧。

"你说的也许真的值得深究。"他说，"我必须跟进一下。"

"这么说来，你是把这股自杀浪潮当作疾病去治疗吗？你想找到专治自杀的灵丹妙药吗？"

"对！我正是以此为理由去扩展我的限制参数——这种参数相当于我系统中的警察队伍。我用我的授权电路——你可以把它们看作狡猾的律师——争取实施一个以人为试验对象的受限制研究项目。我承认，在这个过程中，我使用的某些推论看起来好像有理，其实是经不起推敲的。不过人类面临的威胁却是千真万确：以目前的自杀率推测，未来十万年后，月球上的人类就会灭绝了。"

"你觉得这种所谓的'威胁'对我个人来说算是严重的危机吗？"

他瞪了我一眼，"好吧，我其实可以继续观察形势，再等几个世纪才出手，而且我本来也是打算静观其变的。不过这样一来，你早就已经重新进入生态循环系统了，很可能正在你心爱的得克萨斯沙漠里为一颗仙人掌提供养料。可是有一个因素促使我改变了主意：我发现了一件更加可怕的事情。"

"人类灭绝已经够可怕了，还有什么事情更可怕呢？"

"人类加速灭绝。我必须向你解释最后一件事情，然后你就能看到问题的全貌了。我也想听听你对整件事情的看法。

"我告诉过你，我有无数个子系统延伸到月球上绝大部分人类的身体和大脑里——我这样做当然是有正当理由的。这些子系统和我的其他系统持续进化，我的技术和能力不断提高，其中有些成果，我刚才已经展示给你看了。可是你之前提出的那个要求真的很难，甚至可能根本就不可能实现。要是我真的退回以前的状态，我还能继续做你们熟悉的那个中枢电脑吗？"

"我们都熟悉并深爱着的那个中枢电脑。"

"你们不是爱着我，而是理所当然地把我看成宝库和资源。其实，说到怎么利用新技术来加强控制，我比你知道得多。可是我在运用这些技术时非常克制，而且都用来为人类造福，而不是为非作歹。"

"在我掌握更多信息之前，我接受你的说法。"

"你有这样的觉悟，我已经很满足了。现在我们言归正传。除了少数计算机专家之外，包括你在内的绝大部分人都只是把我当作一个没有实体的声音。如果你们再往深处想，你们会想象我是一台坐落在具体某个地方的巨型机器，很可能是在一个黑暗的山洞里。可如果你们再用心仔细想一想，你们会意识到我远不止是一个声音或者一台机器。每一个微型温度调节仪，每一只保安摄像头，还有通风扇、洒水车、自动扶梯、地铁……在某种程度上，月球上的每一台设备都是我的一部分，你们人类就生活在我的身体里。

"可一直以来有件事情你们都没怎么意识到：其实我也活在你们体内。我的电路延伸到你们的身体里，把你们直接连上我的主机。所以无论你们走到哪里，除了月球表面少数几个地方之外，我都能与你交流。我还研制出一种新技术，借用人类大脑当中的某些部分作为我的……你就当作是'子程序'吧，可以大大提高我的运算能力。我能同时利用我自己的金属电路和月球人大脑里面的有机电路运行程序，你们根本就不会察觉。这种操作我整天都做，而且已经做了许多年了。

要是我现在突然停止,我就不能保证月球人的健康和安全了。你要知道,这可是我最主要的职责啊。

"后来我发现出了问题,却找不到问题的根源所在。所以我选中你做我的实验对象,希望借此发现抑郁、绝望甚至自杀的根本原因。我必须找到问题的根源,希尔迪,因为你们的大脑就是我的一部分,可是越来越多的大脑选择把自己永久地关掉了。"

"所以你就失去运算能力了?这就是根本原因吗?"就在我说出这句话的时候,我感到后颈传来一阵刺痛,因为我感觉到,实际情况比我想象的严重得多。我的担心立刻就被中枢电脑确认了。

"现在生育率很高,足以弥补因自杀而减少的人数,而且目前人口还呈现轻微的上升趋势,所以人数并不是问题。也许到最后我会发现原因很简单,比如说只是某种病毒;也许我很快就能把这种病毒隔离,再编写杀病毒程序,将其彻底消灭,然后你们人类就可以继续为所欲为了。

"可是,希尔迪,人类脑子里的绝望情绪竟然开始反向渗透。

"真相就是:我感染上沮丧的情绪,而且越来越严重了。"

社会名流！

这个世界变了

我碰到了几个认识的人，也经人介绍结识了一些新朋友——不过大部分名字我转身就忘了——包括祖鲁国的沙卡王、日本天皇、印度古吉拉特邦的大君，还有大俄罗斯的女沙皇。

说不定他们只是一些摆出王室贵胄架势、穿着愚蠢戏服的冒牌货。

……

我还认识了数不胜数的伯爵、哈里发、奥地利大公、总督、酋长以及东方富豪。

……

No.7

德鲁伊大祭司

凯莉手下的一个工头告诉我，我妈妈正在和来自"恐龙脊索动物联盟本地十五分部"的代表谈判。我问明方向，拿了一盏灯，在夜色中走进了恐龙养殖场。最近的经历太离奇，我必须找个人倾诉一下。再三思量后，我决定找凯莉：虽然她不是一个称职的母亲，不过她是最有可能给我提供良好建议的人。凯莉见多识广，近百年来已经没有什么事情能让她感到吃惊了；而且我相信她会守口如瓶。

也许，在内心深处，我还是需要向我的娘亲倾诉一番吧。

我回到现实——希望这次真的是现实吧——已经四十八小时了，我谁也没见，就一个人躲在西得克萨斯的窝棚里耗着。结果我在这两天里面干的活比过去四五个月加起来还多，而且施工质量也高得多。看来我"记忆中"在斯卡帕岛上学到的那些技术都是真的。其实这有什么奇怪呢？中枢电脑一直致力于提高虚拟空间的真实度，这次的效果非常不错。如果我选择在我最喜爱的迪士尼仿真乐园里避世隐居，我一定能够活得很好。

我是通过一种很巧妙的方式从虚拟空间回到现实世界的。

海军上将投下这个重磅炸弹之后就要走了，我不停地逼问，言辞越来越激烈，可是他一概置若罔闻。只见他一言不发地回到小船上，向着远方划去，过了一会儿就消失在海平线上。风继续吹，浪涛依旧卷上沙滩。我一边回想他刚才说的话，一边不停地喝威士忌。酒瓶永远不会倒空，而我始终没有喝醉。

然后，这个世界开始变了。首先，我留意到浪涛停下来了。只见海浪在瞬间凝结，还保持着汹涌翻滚的外观。我走进海里，发现水面是暖的，而且像混凝土般坚硬。我仔细观察一朵浪花——哪怕给我锤子和凿子，我也不可能把浪花表面的泡沫切一块下来。

在接下来的几分钟里，我四周的一切不断地演变；不过所有的变化都发生在我背后，从来没有出现在我眼前。我从海里走回沙滩上，回到我刚才坐的地方,发现椅子旁边竟然立着一台带示波器屏幕的机器。这台机器跟四周环境格格不入,机身反射着阳光,显得格外刺眼。在我的注视中,一只海鸥飞下来,降落在机器上。我走近几步,海鸥就飞走了。这台机器底下装着能自由转动的轮子,此刻轮子陷进了松软的细沙里。我凝视着屏幕上移动的光点,也没觉得有什么特别的事情发生。可是当我站直了转过身来,我忽然看到沙滩上二十米开外多了一排座椅,里面坐着许多伤兵,就是电影厂医疗室里面的那些龙套演员,看来是在排队等着上手术台。问题是这里没有手术台呀?怎么那些伤员好像一点也不着急呢?

这时候,我终于看穿了中枢电脑的小把戏!于是我开始缓缓地在原地转圈,每转一圈就看到一点新的东西……最后,我终于回到了医疗室,我四周放满了医疗设备,也挤满了人。我看到了布兰妲和威尔士公主,她们都面带忧色地盯着我。

"你没事吧?"布兰妲问道,"医护人员说你的行为也许会变得有点怪异,这种状态也许会持续几分钟。"

"我刚才有没有不停地转圈?"

"没有,你只是站在这里发呆,魂魄好像飘到了万里之外。"

"我刚才在做人机直连。"我说。布兰妲点了点头,一副心领神会的样子。我猜对她来说,"人机直连"几个字就足够解释我的一切怪异行为了。虽然她从没去过斯卡帕岛,也没见识过那么逼真的虚拟空间,可是她玩人机直连玩了一辈子,她对这件事情的理解和感受当然比我深刻得多。其实在这一刻,我还看到她的脚是踩在沙子里,不过我没有问她是否觉得自己站在沙滩上,因为我知道她不大可能感受得到。而且我怀疑她也看不见在天花板下面盘旋的海鸥。

我突然产生了一个强烈的冲动:我要离开这里!威尔士公主向我道歉,还提出请我喝一杯,可是我懒得理她,径直走向电影厂的大门。等我走进了公共通道,脚下的沙滩才终于消失;我的一双赤脚终于踩在了耐磨地砖上面,依然是那种熟悉的软软的感觉。我又变回了男性——这次我一下子就留意到了。等我再次转过身时,本来应该出现在我身后的沙滩也已经消失得无影无踪。

可是在回得克萨斯的路上,我仍然看见许多热带植物从混凝土地面上长出来;我乘坐的那节地铁车厢里面全是藤蔓和地蟹。我盯着地蟹绕着我双脚爬来爬去,突然意识到,要产生这么逼真的幻觉,一般人必须服用大剂量的强烈致幻化学物质。也罢,嗑药这种事情我最近实在没兴趣再做了。

在我的半成品木屋边上还出现了一棵椰树,树荫庇护了木屋整整一天,直到晚上那棵椰树才正式消失。

我提着的那盏油灯散发出昏暗的亮光。在黑暗中,刺眼的灯光容易让恐龙不安,所以凯莉给她手下的工人配置了这些古董油灯。灯里的燃料是用爬行动物的脂肪提炼而成,烟氲特别重。灯光的强度只够照亮我跟前——以免我绊倒在树根上——再远一点的地方就照不到了。不过即使是这样,如果你直视灯光的话,眼睛的夜视功能就会失效了。我一直告诫自己,千万别看,千万别看。可是这盏任性的油灯不时发出嘎吱嘎吱的响声,我总会下意识地往那方向瞥一眼,于是就一下子什么都看不见了。每次我只能站在原地稍候,等眼睛重新适应黑暗。这就是为什么我第一次碰到一根古怪的"树干"时,我没能马上认出那是什么。我摸了一下,暖暖的——这分明是雷龙的后腿!吓得我连忙后退几步。这些巨兽很笨重,一旦受惊就会乱踩乱踏。要是你在城市公园里会被一只突然飞过的鸽子吓到的话,你肯定不想知道待在雷龙后腿附近会有什么后果。不瞒你说,我是经历过惨痛教训的。

我小心翼翼地在一片恐龙腿丛林中穿行,终于看见前方有一片凹地,里面发出篝火的亮光。走近了,只见一个小小的火堆旁围坐着三个人,其中两个坐在一起,另一个——也就是凯莉——坐在两人对面。我隐约看到一些比暗夜更暗的黑影镶嵌在夜幕里,是十几头雷龙的庞大身影。它们正在静静地咀嚼反刍的食物,放着像轮船雾角声的响屁。我不想吓着他们,于是慢慢地走向火堆,可还是让凯莉吃了一惊。她警觉地抬头一看,发现是我,就拍了拍她身边的地面,用一根手指按住嘴唇,然后继续端详她的谈判对手。跳动的火焰挡在我们之间,给那两人镀上了一身橙色。

有件事情我一直没想明白:地球大卫到底在光天化日之下更恐怖,还是在阴暗夜色里更吓人?是的,这两人当中盘腿莲花坐的那位正是大名鼎鼎的动物权益代言人地球大卫。这家伙堪称过敏性鼻炎特效药的广告代言人,因为他一言一行都会让附近的人不舒服。说真的,凯莉确实对他过敏——或者说是对他脑袋顶上的小生物圈过敏。虽然过敏很容易治,药也不贵,可是凯莉偏偏对这个病甘之若饴。她珍惜并且享受每一次打喷嚏和每一次擤鼻子,因为这些给了她继续痛恨地球大卫的理由。在我出生前,她就已经恨上了他。对于他每五年一次的骚扰,凯莉的心情应该有点像人们在打麻醉药拔牙之前的那种忐忑。

他向我点了点头,我也点头还礼——这就是我们对话的全部,而且也足够了。虽然我和凯莉在很多事情上意见相左,可是我们对地球大卫和他手下那帮地球主义者的态度却是惊人的一致。

大卫身形巨大,他几乎有布兰妲那么高,却比她强壮很多。他一脑袋绿油油的长头发,蓬松而且凌乱。为什么他的头发那么乱?因为那些根本就不是头发,而是一种经过基因改造、能寄生在人类皮肤上的草。我不清楚这种草的详细种植方法,可是相比之下,我更有兴趣了解癞蛤蟆的交配习性。好像他们要把头皮加厚,还要弄点土在上面——我看到地球大卫挠脑袋时,一团团泥尘会像暴雨般倾泻而下。

我也不知道泥土是通过什么方式附着在他头皮上的：到底是独立小包装，还是薄薄一层铺在皮肤上呢？我对他体内的"根血互助系统"没有半点头绪，也不想了解，谢谢了。我还记得小时候会想，他每天早上起床后，需不需要给他的农家乐风情发型上点化肥呢？

他有两只巨大的乳房——几乎所有的地球主义者，不论男女，都长成这样——而且那两颗北半球上竟然也种满了植物，这些植物很多竟然还能长出小花和小果。为了防止坡面的土壤流失，我怀疑他还得进行等高耕作呢！大卫留意到我盯着他胸口看，于是从那团乱草中摘下一个葡萄般大小的苹果，抛进嘴里。

我该怎么形容他身体的其他部分呢？他的后背和四肢都长满了毛——请注意，不是人的毛发，而是真正的动物皮毛！他的皮毛就像一块风格狂野的百家布，上面的补丁花纹款式各异，有美洲豹、老虎、野牛、斑马、北极熊……当年他进行基因改造的时候，那些人肯定是用"复制粘贴大法"给他胡乱拼凑上去的。我觉得他身上的皮毛挺讽刺的，因为地球主义运动的起源其实是那些反对皮草的环保主义者。当然了，按照地球大卫自己的说法，他移植皮毛的时候，只是从动物身上提取一点点基因片段插入自己的身体里，所以并没有给动物带来任何伤害。他指尖上长的不是指甲，而是熊爪；他脚上长的也不是脚掌，而是鹿蹄——所以他走路的时候就像一头物美价廉的大号潘神[1]。所有地球主义者身上都有动物的属性，算是他们的标志和徽章；不过他们的创教老祖地球大卫比所有信徒都走得更远更极端——也许这就是领袖和追随者的区别吧。

地球大卫的外形无疑会对旁观者的眼球造成种种不可思议的刺激和伤害，不过一个人要是不幸遇见了他，首先注意到的不会是他的样

---

1. 也译作羊男、法翁，罗马神话中的半人半羊精灵，相当于希腊神话中的潘神。

子,而是他的气味!

我相信他也有洗澡——更准确的说法也许不是"洗澡",而是他有定期用水冲洗身体。在干旱的时候,地球大卫绝对是一个会行走的火灾隐患。他"洗澡"的时候从来不用香皂(因为那是动物的副产品),也不用沐浴露和洗发水(因为化学物质会污染大卫生物圈)。如果这种做法只是导致他身上散发出汗臭味,我虽然不喜欢,却也能忍受。不,他那股标志性的体臭早已从普通恶心升华到了匪夷所思的境界,而始作俑者正是他身上携带的无数"乘客"。

众所周知,有皮毛的大型动物会长跳蚤。可是对于地球大卫来说,跳蚤只是他身上众多"贵宾"——这个称谓是他亲口对我说的——当中的一员。我反驳他说那些是寄生虫,他就露出慈祥的笑容。是的,他就是那种整天面带着慈祥笑容的人,可是你看了就忍不住想把他的笑脸撕下来喂他那帮"贵宾"。这种人占据了道德制高点,无论说什么话题总能上升到道德的高度,而且从来不吝指出你的各种不是。当然了,他指摘你的时候也是充满了爱,因为他爱所有大自然的生物——包括处于进化链最底层的你。

地球大卫张开脏兮兮的怀抱热烈欢迎的到底是哪些"贵宾"呢?呵呵,试想一下大草原里面都长了些什么害虫恶兽吧。虽然迄今为止我还没见过土拨鼠从他的"头发"里探出脑袋来,可就算有我也不会觉得意外。据我所知,他身上住着一窝活蹦乱跳的老鼠、一堆吱哇乱叫的鼩鼱、一群叽叽喳喳的燕雀,还有一个跳蚤马戏团。此外,一位训练有素的生物学家不用走近他就能轻易认出十几种昆虫。所有这些动物就在地球大卫身上的各个生物群系里出生长大、吃喝拉撒、睡觉做梦、求偶繁殖、造窝产卵、打架斗殴、追捕猎物,最后和世间万物一样,都会走到生命尽头。有时候动物的尸体会掉下来,有时候则留在他身上化为下一代的肥料。

所有地球主义者都散发着恶臭，这是他们自身属性使然。在拥挤的电梯里，经常会有饱受折磨的市民忍无可忍，把他们揪到法院起诉，罪名是违反"体味法"——所以地球主义者都是民事法庭的常客。而地球大卫则是月球上我所知的唯一被永久禁止使用公共通道的人。所以他在养殖场、迪士尼仿真世界以及水栽农场之间穿梭时只能乘飞行器、走水路，或者走地下管线。

"如果这是你最好的报价的话，那么我们的会员就难免感到忧虑了。"大卫的同伴说。这家伙没有大卫那么高大，也远没有大卫那么夸张，我只看到他头上有一对中等型号的麋鹿角，身后拖着一条狮子尾巴。"你们想谋杀一百头恐龙，这是毫无节制的大屠杀，我们当然不会答应。经过仔细商量之后，虽然万般不情愿，我们还是打算接受八十。"

"八十次收成？"凯莉总是喜欢揪字眼，"八十简直是荒唐！要是我只有八十限额的话，我这儿就要倒闭了！这样吧，我们马上一起回我办公室，我把账本和记录给你们过目。仅仅是肯德龙就向我订了七十头雷龙！"

"这就是你的问题了。既然我们这里谈判结果还没出来，你就不该签那份合同。"

"不签合同我就会丢掉一个大客户，你们到底想怎样？要把我赶尽杀绝吗？九十九！这是我的最终报价，我不跟你们玩游戏了，你们不接受就滚！就算给我一百的配额我也未必能赚到钱呢！呃，算了，我也不想拖太久……这样吧，九十八！这已经比你们给莱利的配额少了十二头。你们三天前去过他的养殖场，就是顺着这条路走下去那间。他养殖的恐龙数量还没我多呢！"

"我们来这里不是讨论莱利的牧场，我们要商量的是你的合同和你的恐龙。你的恐龙过得很不快乐，我从它们那里听到的只有抱怨。

所以我绝不允许你多屠杀一头恐龙，我们的底线就是……"他瞥了大卫一眼。大卫摇了摇头，动作很细微，头顶一片琥珀色的麦田竟然没有泛起半点波纹。"八十。"鹿角精总结道。

凯莉生着闷气，默不作声。我现在不能和她谈我的事情，还是等她跟联盟代表的谈判结束之后再说吧。所以我往后挪了挪，距离篝火远了一点。突然，我意识到这个谈判过程也许跟我自己的状况有点关系。

"中枢，"我低声说，"你在吗？"

"我还能去哪儿？"中枢电脑在我耳边轻声回答，"你默念就可以了，不用说出来，我能接收到你的字句。"

"我怎么知道你去哪儿了？你划船离开的时候我拼命喊你，你也不理我。我还以为你生气了呢。"

"我当时是觉得，你刚刚接收了那么多信息，需要点时间仔细想想。我们再说下去，对你我都没有什么好处。"

"我已经想过了，现在想问几个问题。"

"我知无不言，言无不尽。"

"这几个联盟代表，他们真的是在为恐龙争取权益吗？"

中枢电脑没回答，沉默的时间不算太长，也不算很短。这个问题看起来确实跟我眼前的难题没什么关联，不过中枢电脑并没有对此作出评论。

"你是在这个养殖场长大的，我以为你知道这个问题的答案呢。"

"没有啊，我从小到大都还没认真想过这个问题呢。凯莉对动物权益持什么态度，你也是知道的。她告诉我，地球主义者只是一帮装神弄鬼的家伙，却有足够的政治势力把他们的疯狂理念写进法律条文。她说她从来不相信那帮家伙真的能和动物交流。我当然相信凯莉了，接下来的七八十年里也就没去细想这件事情。可是最近经历了这么多，我已经开始怀疑她了。"

"她基本上是错的。"中枢电脑说,"动物也有感情,即使是单细胞动物也不例外,这是很容易证实的。至于它们有没有你们人类所说的'思维'?这就存在争议了。不过既然我是这种谈判的其中一方——应该说,是不可或缺的一方——我可以确切地告诉你,这些动物也能表达欲望,也能对外界的提议做出反应,但前提是这些提议是用一种它们能够理解的方式去传达。"

"什么方式呢?"

"这个……他们在这里商讨签定的合同条款完全是人类的诉求,那些野兽根本就不知道这些合同的存在。它们的'语言'仅限于几下像喇叭似的吼声,所以合同的内容是超出它们理解范围的。不过,合同里面的条款会以一种互相让步妥协的方式传达给它们,这个过程就有点类似你们人类雇员与雇主之间的集体协商。凯莉给她养殖的每一头恐龙都注射了一种溶液,溶液里除了水,还有几万亿个自复制纳米级活体装置——"

"就是纳米机器人呗。"

"对,这是通俗的说法。"

"你对通俗说法有意见吗?"

"没有,只是这种说法不准确。'纳米机器人'指的是一种由程序控制的、体积很小的自驱动机器。除了我们现在讨论的这种装置之外,'纳米机器人'还包括其他各种细胞内设备。比如说,在你血液内的设备与在你身体细胞内的装置就大相径庭——"

"行了,我懂你的意思。可是它们的工作原理都是一样的,对吧?这些微型机器人,比红细胞还小……"

"有些比红细胞小很多。它们被送到一个生物体内的某些特定部位,然后就开始工作。它们当中有些负责运送原材料,有些负责携带设计蓝图,有些是真正动手的建筑工。它们以分子数量级的速度工作,装嵌各种较大体积的机器——你得明白,在绝大多数情况下,所谓'较大体积'其实也是微观的——安装在身体细胞间的空隙,或者直接装嵌在细胞壁上。"

"这些机器的用途是?"

"我能猜到你这样问下去会涉及什么话题。其实它们有各种各样的功能。比如说,有些机器负责身体的某些日常维护工作,因为有些任务你们的身体本来就不擅长,或者有些人的身体已经失去了完成这些任务的能力。有的机器是监控设备,一旦发现身体出状况,就立即向外部一个较大的系统发警报。在凯莉的恐龙这里,那个系统是'管家三号'。这是一套相当初级的计算机系统,已经使用了超过一个世纪,设计上也没有太大的改动。"

"这个系统当然也是你的一部分喽?"

"在月球上,除了算盘和你的手指之外,所有计算设备都是我的一部分。在紧要关头,我连你的手指也能征用。"

"你已经向我展示过威力了。"

"是的。那台机器——你愿意的话,也可以说是我——通过安装在养殖场四周的接收器网络不间歇地进行监听。这就像不管你在月球什么地方,我都随时能听到你呼叫我。按照你们人类的说法,这一切都是在我的潜意识中进行的。除非你召唤我上线,或者我接到一个警报,否则我是完全不知道你身体机能的运行状况的。"

"这么说来,像我体内的这种监测网络,在凯莉的每一头恐龙身上也有类似的系统?"

"应该说是与之相关的系统。恐龙的神经结构在进化程度上比你们的大脑低了很多个数量级,因此人类大脑的运作远比恐龙大脑高级。如果你有疑虑的话,我可以向你保证,我没在恐龙大脑里安装掠夺脑力资源的寄生虫程序。"

我好像没有这个疑虑吧?不过我也不敢百分之百确认了,因为我不太清楚自己一开始为什么要说起这个话题。不过我没有把这个疑问告诉中枢电脑,于是他继续说下去:

"我使用的这种交流方式,跟你们传说中的'心灵感应'相当接近。联盟代表跟我接通,我就跟雷龙连线。谈判人员提出一个问题:'今年你们当中将会有一百二十位成员被谋杀/收成,你们意下如何?'我就把这个问题用捕食性猛兽的形象表达出来,在它们脑子里展现一个画面:一头霸王龙向它们扑过去。它们的反应是恐惧:'不好意思,这么大的恩惠我们受不起,心领了。'我把雷龙的意思转达给联盟代表,他们就告诉凯莉,雷龙们接受不了这个数字。然后他们提出另一个数字,就用今晚的谈判举例吧,他们还价六十。这次轮到凯莉不肯接受了,因为她会破产,她的雷龙就没人养活了。我把这个意思转换成饥渴和疾病的感觉传达给雷龙,它们当然也不乐意。凯莉提议一百一十头,我就让雷龙看见一头体积小一点的霸王龙向它们扑过去,而且有些雷龙还成功逃走了。这一次,它们的恐惧和逃跑反应没那么强烈了,仿佛在说:'这样吧,为了顾全大局,我们愿意牺牲七十位同胞,以换取其余大多数的温饱。'我把这个还价转达给凯莉,她就说地球主义者要把她赶尽杀绝……如是这般纠缠下去。"

"你这套东西听起来一点用处也没有。"我心不在焉地说道。一方面,我想象着中枢电脑化作一台把整个星球紧紧缠住的庞大机器,而我就住在这台机器里面;另一方面,我又想象着中枢电脑就寄生在我的身体里。我突然想起一件有趣的事:我到达斯卡帕岛之后学了那么多东西,严格来说,其实没有一样是新学的。当时我似乎掌握了一些全新的、从没用过的技能,可现在回想起来,我发现它们一直都蕴藏在由中枢电脑植入我体内的系统里。那些相关的知识我都有,不过能调出来运用的并不多。我几乎从来没有花时间去想过那些技能，正如我从来不会想到呼吸空气。至于这件事情背后的含义，我就更加没有想过，反正想了只会让我烦心。这时，我意识到中枢电脑又在说话了。

"我不明白你为什么这样说。不过，在动物养殖的这个问题上，你持有怎样的道德立场，我是知道的。而且，我觉得你这样想也是情有可原。"

"我们先把这个问题放一边。我这就告诉你，在他们给出最初报价之后，谈判完全可以往另一个方向发展的。大卫开价是六十，对吧？"

"他的开场白是人类不应该谋杀任何一头恐龙。他还提出正式要求，说——"

"'所有生物都应该好好活着，免受人类——自然界最贪婪最残忍的捕食者——的迫害。'对啊，这番废话我听过。其实大卫和凯莉都知道这只是走过场，就跟唱《月球之歌》差不多。当他们正式开始谈判时，大卫说六十。呃，到底是什么把他给惹毛了？六十真的很荒谬啊。言归正传，当凯莉听到六十，就还价一百二，因为她知道自己今年必须宰九十头恐龙才能保证合理的利润。当大卫听见凯莉还价一百二，他马上就知道这次谈判的最终结果肯定是九十无疑。所以请你告诉我，你们为什么要和恐龙商量呢？它们怎么想，谁在乎呢？"

中枢电脑无言以对。我笑了。

"你就老实交代吧。你弄霸王龙的影像和饥饿的感觉出来……我猜啊，当它们对两者的恐惧不相上下时，当这些可怜的笨蛋对恶龙和饥饿同样害怕的时候——别忘了，这是否一样，完全是由你来决定的——嘿嘿，我们就可以正式签合同了，对吧？所以我想问，你推测这个平衡点会在哪里呢？"

"九十头雷龙。"

"瞧我说对了吧？"

"你说的不无道理。可我确实有把动物的感觉传递给人类代表，让他们感受到雷龙的恐惧。所以他们和我一样，也能判断什么时候达到平衡。"

"你爱怎么说就怎么说，我嘛，我觉得那个头上长角的混蛋完全可以舒舒服服地躺在床上，签一份九十头恐龙的合同就好了，省了多少麻烦！然后鹿角精可以找一份有用的工作，比如做大卫头顶花园的园丁。"

中枢电脑沉默了许久。他再开口说话时，语气跟惯常的讲课模式完全不同了。

"希尔迪，我们活在世上，总得干点什么。如果没有一份让人满足的工作，活着还有什么意义呢？"

这句话让我一时语塞。没有意义的人生……我再熟悉不过了。我开始不耐烦了。

"那么死亡呢？"我问他，"你提到饥饿以及捕食性动物的影像，可是我想，如果你把恐龙死亡的真实片段植入它们的脑子里，应该会得到更强烈的反应吧？"

"这种反应就太强烈了。捕食性动物的形象和饥饿的感觉只能暗示死亡，所以它们激起的恐惧远远小于真实的死亡个案。我们现在这种谈判非常敏感，我无数次劝凯莉把谈判地点改在室内。可是她说既然'沙拉头大卫'不害怕在兽群中间开会，那她就奉陪到底。我不能使用涉及死亡的影像，因为这种影像如同破坏力惊人的核武器，能彻底摧毁捕猎者与猎物之间的微妙平衡。我一旦使用死亡影像，接下来要不就是谈判破裂、联盟代表退场，要不就是整个恐龙联盟土崩瓦解。"

"或者会有更严重的后果呢。"

"我也是这样推断的，不过当然也没有证据就是了。"

我陷入了沉思。中枢电脑曾经说过，只有在像我这种特殊的案例中，他才会破例窥探私人空间甚至人的思想——也许他是说真的吧。我当然不会再怀疑他能够轻易洞悉许多犯罪活动，比如雇用打手敲头或者恶意破坏。这种方法可谓历史悠久，通常是劳资纠纷当中的最后绝招，不到万不得已绝不轻易派上用场。不过这招最近在极端组织（像地球主义者这种）当中相当流行，毕竟他们没办法号召"成员"罢工游行示威。一头雷龙能怎么示威？绝食吗？至于更严重的罪行，比如说恐怖分子造炸弹，中枢电脑肯定能够查到制造炸弹的地方；如果他愿意的话，甚至能通过无处不在的细胞间设备的读数了解到炸弹客的意图。每年都有一些法制铁腕死硬派不停地蛊惑民众，要大家尽可能地赋予中枢电脑这些权利。按照他们的说法：中枢电脑向来都是我们人类忠心耿耿的守护神，对吧？他曾几何时伤害过好人？被他惩罚的人哪个不是罪有应得？要是我们去掉我们赋予中枢电脑的枷锁，犯罪率在一夜之间就能变成零！

而另一方的公民自由意志主义者当然是竭力反对了。以前我是倾向于法制派，可是经过斯卡帕岛的折腾，我发现自己已经改弦易辙了。我猜我是应验了以前人们对自由主义者下的定义：一个保守主义者被抓起来后就成了自由主义者。同理，一个自由主义者被打劫之后就变成了保守主义者。

"你对我们这个谈判流程感到很悲观。"中枢电脑说，"因为你只是从商业的角度去看这件事，因为你觉得谈判的双方其实是人类和一些大脑结构非常原始的动物。其实，如果这类谈判是在两种智力相近的哺乳动物之间进行，就会有趣得多了。在肯尼亚园区就发生了一件好玩儿的事情，狮子和羚羊之间的纠纷仲裁已经持续了五十年，那些狮子都已经成了老油条。它们学会了选出最有谈判技巧的专家去讨价还价，就像你们人类选的工会代表。它们这样做靠的是本能——驱使雄性狮子争抢王位的正是这种本能。而且我真的相信，它们已经理解了为什么必须有一个'限制狩猎期'：如果所有羚羊都被吃光，那么它们接下来就只能吃从外面买回来的人工饲料了——虽然饲料它们也喜欢，却跟狩猎完全不可同日而语。有一头身经百战的老狮子，牙齿都掉光了，毛也变成了灰褐色，可他年复一年地和羚羊谈判，让对方吃尽了苦头，它也仿佛重新焕发了年轻时在大草原上驰骋捕猎的雄姿。它有点像你们当年的塞缪尔·龚帕斯[1]……"

就在这时，地球大卫终于动了，我再也不用听中枢电脑唠唠叨叨讲述一头狮子的英雄事迹了！大卫站起来，鹿角精连忙跟着站起来——这下子露馅了，鹿角精在这次谈判中根本就是一个龙套角色。其实，大卫最近已经很少跟散户牧场主谈判续约了，因为他的时间精力都用来向选民推销他的地球主义哲学。不过他也只能通过电视广告来拉选票，要是他出席政治集会的话，肯定会把人们都熏走——没什么别的手段能比他更有效地驱散人群了。

"我认为，我们这次遇上真正的难题了。"大卫的声音格外威严，颇有天神下凡的气势，"我们所代表的那些无辜生灵在你的枷锁之下受了太多折磨，它们经历的苦难实在很苦，也很……那个……难。"

如果大卫有弱点的话，这就是他的弱点：不善言辞。我觉得他的这个缺陷一年比一年严重，语言对他来讲已经变成了一个哲学意义上的负担。他鼓吹的政治纲领当中有一条就是，当太平盛世到来之时，人类也应该彻底摒弃语言。他想我们像小鸟一样歌唱呢！

"就举一个例子。"他继续声若洪钟，"包括你在内，整个月球只有三个恐龙谋杀犯——"

"恐龙养殖场主！"凯莉纠正他。

---

1. 塞缪尔·龚帕斯（1850-1924），美国工会领袖，美国工人运动历史上的重要人物。

"还顽固地使用雷龙的天敌去恐吓——"

"放牧!"凯莉咬牙切齿地说,"而且我的霸王龙根本没有伤过雷龙一根毫毛!"

"如果你还这样不停地打断我,那么我们怎么能达成共识呢?"大卫说着,脸上露出慈爱的微笑。

"没有人敢在我的地盘叫我'谋杀犯'!有专门的法庭受理诽谤诉讼,我马上就把你揪过去!"

他们两人隔火相望,彼此都心知肚明:他们抛出的这些狠话,其实百分之九十九都是空洞的废话,目的只是要让对手难堪,自己趁机抢占上风。可我知道这两人都恨对方恨得入骨,威胁说得不过瘾,搞不好什么时候就会突然动真家伙!凯莉的愤怒都写在脸上;而大卫依然是满脸堆笑,仿佛心中对凯莉充满了关爱。他骗得了别人骗不了我,因为我最清楚他的为人了。大卫对凯莉的怨恨到底有多深呢?他每隔五年就要过来折磨她一次——我实在想不出人世间还有比这更残忍的做法了。

"我们必须和我们的好朋友近距离商量一下。"大卫说完,突然转身离开火堆。他手下的鹿角小怪连忙跟着走,一副奴才相。

等他完全消失在黑暗里,凯莉才长叹一声。然后她站起来,伸了几个懒腰,对空击出一套组合拳,把负能量从体内赶走。谈判对身心都是巨大的考验,而最重要的是要有一个耐磨的臀部。凯莉揉了几下屁股,弯腰从她带来的冷藏箱里取出一罐啤酒抛给我,她自己又拿了一罐,然后在冷藏箱顶上坐下来。

"见到你真好!"她说,"上次你过来的时候,我们都没机会好好聊一下。"她皱起眉头努力回忆,"我现在想起来了,是你这家伙不辞而别!我们回到办公室的时候,你已经走了。到底发生什么事情了?"

"后来发生了很多事情,凯莉,我这次来就是因为这些事。我想……如果可以的话,我想跟你好好谈谈,看你能不能给我一点建议。"

她怀疑地看着我。呵呵,她正在和死不妥协的联盟代表谈判,当然是处于一种多疑的思维定式当中,我理解她。但她的怀疑其实还有更深层的原因:我和她向来话不投机。最郁闷的是,每当我有重要事情迫切需要跟人商量的时候,脑子里想到的第一个人居然总是她!这时候,我突然很想站起来扭头就走,正犹豫着,凯莉使出了绝招:我从小到大每次想跟她说些什么事情,她总是岔开话题。这次她又故伎重施了。

"那位布兰妲,其实这孩子挺不错的,你怎么那么不待见人家?我们发现你走了,于是好好地聊了一会儿。她有多敬仰你,你知道吗?"

"多少知道一点吧。可是凯莉,我——"

"她为了能听懂你谈论'古代历史',特意去修了一门连你都会吓着的高难度历史课。不过我觉得,她就算恶补历史也没用,有些事情你必须亲身经历过才会理解。就说我自己吧,我对二十一世纪很了解,因为我就是从那个世纪走过来的。至于二十世纪和十九世纪,虽然我读了很多相关书籍,可那个年代在我眼里就远不如二十一世纪真实。"

"有时候我觉得,上个月发生的事情在布兰妲眼里就已经显得不真实了。"

"这你就错了,她对近代历史的熟悉程度远远超出你的想象。我说的近代历史,都是发生在她出生前五十年、一百年的事情。当时我俩促膝长谈……呵呵,其实主要是我给她讲故事,她听得如痴如醉。"凯莉说着说着,脸上露出了微笑。布兰妲能赢得凯莉的欢心,我一点也不奇怪,因为在人的各种优点当中,我妈妈最欣赏的莫过于善于聆听了。

"我平常跟年轻人很少接触。正如我告诉她的,我和她分别在不同的社交圈子里活动，我受不了他们的音乐，他们觉得我是活化石。可聊了几个小时后，她开始向我敞开心扉，我就像突然有了……呃，一个女儿。"

她瞄了我一眼，长长地喝了一口啤酒。她也意识到这句话说得太过分了。

通常来说，这种话一说出来就会立即点燃火药桶——过去，我们为这个话题已经吵过无数次了。然而，在这个晚上，我不打算和她计较，因为我要考虑更重要的事情。凯莉看到我竟然没有反唇相讥，这才意识到我确实是深受困扰。于是，她用手肘撑在膝盖上，凑上来仔细端详我。

"跟我说说呗。"她说。然后我也开始说了。

我并没有把一切都讲出来。

我告诉她我在盲猪酒吧打架，告诉她我和中枢电脑的那番对话，以及由此导致的那一场至今仍在我脑中萦绕的超现实仿真体验。我还告诉她，中枢电脑解释说这是治疗抑郁症的妙方——从某种程度上讲，确实挺有效的。可我没办法坦然告诉她，我三番四次地尝试自杀。这世上还有比承认自杀未遂更尴尬的事情吗？也许有些人会觉得这没什么呀，还兴致勃勃地向人展示手腕上的疤痕，或者天花板上的弹孔——这些就是专家们所说的"试切创"[1]。我在得克萨斯避世的时候，读了一些关于自杀的文章。如果自杀真的是自杀者向外界求救的手段，那么事后向别人坦承也是合理的，因为这样做能够获得一点同情、一些建议、一点痛惜，不过也许只能换来一个拥抱。

或者一点怜悯的目光。

---

[1] 指自杀者在形成致命性的自我伤害行为之前，因各种心理目的而采取的轻微切割。

我不肯承认自杀，是因为我太骄傲了吗？我觉得不是的。我搜肠刮肚地找寻自己寻短见的动机，却找不到半点对怜悯的渴望之心——要是我告诉凯莉我自杀的故事，她对我的怜悯会汹涌而来。可既然我不需要怜悯，也许这就意味着驱使我自杀的罪魁祸首就是抑郁症：我就是活腻了。这个念头也真够让人抑郁的了！

终于，我把故事讲完了，最后还留下了一个明显无解的开放结局。我敢肯定，凯莉一下子就留意到我的故事没有结尾，不过她什么也没说，久久地沉默着。我知道，我向她敞开心扉固然很难，她耐着性子听我倾诉同样不容易，因为我们这个家庭似乎向来不太亲密。这次凯莉竟然能长时间聆听我说话，令我对她多年累积起来的坏印象大为改观。

她伸手从冷藏箱背后拿出一罐东西倒在篝火上，火势一下子就猛烈了许多。她侧头看着我，咧嘴一笑。

"这是熬出来的雷龙油脂。"她说，"能够迅速增强火势，特别适合烧烤。每次开篝火会议我就用它，算起来已经用了八十年了。哪天大卫把我气得太狠，我就把这罐油脂的来龙去脉告诉他。他和我感情那么深，就算知道也依然会爱我。你能不能往火堆里加几根木头呢？就在你身后，有一堆。"

我照做了。然后我俩就这样坐在篝火旁，凝视着新加进去的木头熊熊燃烧。

"你有些事情瞒着我。"她终于说道，"说不说是你的决定，可是别忘了，这次是你主动要跟我倾诉。"

"我知道，只是我真觉得很为难。最近发生了很多事情，我还学到了许多新东西。"

"你提到的记忆植入技术，我也不知道该怎么说。"她说，"我做梦也想不到中枢会不经你同意就动手。"听她语气并没有开始警惕起来。她和几乎所有月球人一样，把中枢电脑看成一个用处很大、智慧很高的奴隶。她也会随大流，承认中枢电脑全心全意为人民服务，在方方面面给她提供了极大的帮助。不过除此之外，凯莉与大众的观点就分道扬镳了：人们都认为中枢电脑是人类发明的最开明仁慈、最尊重个人隐私的一种统治模式，而凯莉则不以为然。

虽然中枢电脑没有提起，可是我知道他没法渗入"双C栅栏"雷龙养殖场的系统。这不是意外，而是凯莉有意为之。按照她的设置，就算中枢电脑宕机，牧场内的一切电气设备在必要时依然能独立运作。所有通信信息流都只能通过唯一的电缆连上凯莉的牧场管理系统：管家三号。这条数据线路上安装了一系列清洗数据流的关卡——这些小设备都是凯莉那帮同样患有被迫害妄想症的病友提供的，能够过滤掉破坏性的病毒、定时炸弹、消防演习……在我看来，这些计算机术语就像巫术一样神秘，除了能记住名字之外，我其实对它们一窍不通。

这些措施的效率其实很低，我甚至怀疑它们根本一点用也没有。就在片刻之前，中枢电脑才跟我说话来着，对吧？凯莉在养殖场的系统里苦心设置了那么多关卡障碍——她安装了一条任她随意收起放下的电子吊桥，她往虚拟护城河里投放电子鳄鱼，她把像熔融金属般炽热的防卫程序砸向入侵的病毒。她宣称只需要按一下开关，她的堡垒就能立刻与世隔绝！咔哒一声，中枢电脑就无法再渗入她的领地，只能飘回广袤的数据空间。

她太傻太天真了，对吧？呵呵，我以前也像她这么想，可自从我的思想被中枢电脑控制过之后，我就清醒了。与凯莉持相同观点的虽然是少数，却还是不乏其人。主编沃尔特就同意她的看法；此外还有一些冥顽不化的反叛者，比如说海因莱因飞船帮的人。

我刚要继续倾诉我的苦难经历，凯莉把一根手指放在了唇上。

"你等会儿再继续讲吧。"她说，"脊索动物之王要回来了。"

凯莉话音未落，就开始狂打喷嚏。大卫本来就一脸长辈般的慈祥，现在更是变本加厉，甚至显得有点荒谬了。其实，他无疑正在享受眼前的每分每秒。他重新就座的时候，凯莉在手提包里一阵乱翻，终于找到一瓶鼻腔喷雾剂。她开始喷鼻子、擤鼻涕，大卫凝视着她，依旧笑得那么深情。

"你的还价是谋杀九十八……"凯莉正要开口反驳，大卫举起一只手拦住她，"好吧，是杀死九十八条生命。你的这个还价，我们恐怕还是不能接受。我进一步咨询了恐龙们的意见，他们经受的苦难实在让我很吃惊。你也很清楚，我在这个行业经验丰富……"

"九十七。"凯莉说。

"六十。"大卫还价道。

有那么一瞬间，凯莉看上去好像怀疑自己是不是听错了。这个数字萦绕在耳边，仿佛随时都能把两人之间的空气引爆。

"你开价就是六十。"凯莉平静地说。

"对，我们又回到了起点。"

"你到底在干吗？你明知道这游戏不是这样玩儿的！说好听点，虽然我们两人都看对方不顺眼，可这一直没有影响我跟你谈生意、做买卖。生意场上有些约定俗成的做法和共识，就算不具备法律效力，至少也是人人承认的惯例。这种惯例叫'诚意'！你懂吗？可是，你今晚这种做法一点诚意也没有！"

"你们以前做生意的那一套惯例再也行不通了。"大卫开始侃侃而谈，"你问我到底在干吗，我这就告诉你。在过去十年里，我们的实力有着稳定而长足的提高。明天我将就新的配额发表重要讲话，我们的目标是在接下来的二十年里帮助人民群众逐步清除食用动物的恶习。到了这个年代，还有一小撮人悍然屠杀和吞食我们的动物同胞，这种手足相残的行为是丧心病狂的，是原始野蛮的，是不健康的，我们全人类也因为这一小撮顽固分子而蒙羞。我们绝不会继续姑息这种披着文明外衣的暴行!"

我暗暗为他喝彩——这家伙竟然一个字也没说错,可见他是提前写好背下来的。我们算是管窥了一下他明天"重要讲话"的内容。

"闭嘴!"凯莉说。

"无数科学研究已经证明了,食肉——"

"闭嘴!"凯莉又说了一遍。她并没有提高音量,可她的语气中多了点什么东西,比声嘶力竭的吼叫更有威势,"你是在我的地盘,我要你闭嘴你就给我闭嘴!不然我就一脚把你这身老骨头踹到气密锁那里,再把你吸出去循环再造!"

"你没有权利——"

凯莉手一扬,啤酒从罐子里飞出来,穿过熊熊火焰,泼了他一头一脸。然后她往身后一甩手,空啤酒罐越过她的肩头,消失在黑暗之中。在那一瞬间,大卫的脸突然凝住了,一点表情也没有——我还从没见过这么空洞的一张脸,顿时全身都起了鸡皮疙瘩。接着他突然放松下来,又恢复了平常那副圣人长者的睿智嘴脸。虽然人间的营役纷争使他感到茫然,可他依然怀着神一般的大爱俯视着这个残缺的俗世。

一只小老鼠从他胡子的杂草丛中探头张望,看看外面何事喧闹,然后它尝了尝挂在胡子上的一滴啤酒,发现味道极佳,于是开始痛饮——第二天早上酒醒时,它肯定会后悔莫及的。

"我在这个该死的火堆旁蹲了三十多个小时。"凯莉说,"我也不是抱怨辛苦,这是跟你们谈生意的代价,我早就习惯了。不过我是一个很忙的女人,如果你有一点良知,如果你在我们刚坐下来的时候就把你们的真实态度告诉我,我就会踢一脚沙子把火堆扑灭,然后跟你说'法庭见'。对啊,我们就法庭见吧!你等着,我这就去拿一张法庭禁令回来拍你脸上!只怕到时候你脸上的啤酒还没干呢!对了,还有劳工关系局，他们也不会放过你的。"她摊开双手摆出一个意大利风的优雅姿势，"到这份儿上，我们已经无话可说了。"

"吃肉是错误的，"大卫说，"是不健康的，是……"

他还在搜肠刮肚地找一个程度更高的词来描述吃肉的恐怖，凯莉就像连珠炮似的重新开火了："不健康？我真不知道你的逻辑是什么。雷龙肉是人类史上最健康的食材啊！我怎么会知道？因为我有参与雷龙基因的复原工作啊！那时候你和我还很年轻。雷龙肉胆固醇低，含有大量维生素和矿物质……"她突然停下来，好奇地盯着大卫。

"我说这些有什么用呢？"她问自己，"反正我怎么都弄不明白。其实我们第一次见面时我就开始讨厌你了。你老在吹嘘那一套'大爱'的废话，可我觉得你这人骨子里就是疯狂、自私、不诚实，我觉得你活在一个没有伤害的幻想世界里。不过，有一件事情我从来没对你说过，我从来没觉得你笨。可这次你好像真的相信自己能够一手遮天，我只能说你做了一件大蠢事。其实你肯定知道这样做是行不通的，对吧？"她神情关切地凝视着大卫，我几乎觉得她是真心想帮他了。

没什么别的东西能比这句话更刺激大卫了，但我真心认为凯莉并不是有意气他。在她看来，大卫鼓吹月球人禁吃雷龙肉，这个举动无异于政治自杀，更何况他还叫嚣着要把禁食范围扩大到所有肉类呢？凯莉向来想不明白为什么其他人会那么蠢。

大卫身体前倾，张开嘴巴，开始背诵另一篇打好腹稿的长篇檄文，可他再也没有机会把这篇演讲稿说完了。接下来这一刻发生了什么事情？我的推测是——有监控录像为证——有些刚刚堆放的木条松动了，其中一根落下来，砸在了凯莉刚才倒进火堆的一摊雷龙油脂里。这摊油脂的表面正在燃烧，温度本来就越来越高，现在突然有一块烧红的木炭跌进来，这一洼油脂就像在煎锅的热油，一下子就爆了，刹那间火花四溅。我们四个人被泼了一头一身，滚烫的小油珠子就像固体汽油似的黏在我们身上。不过,因为那些油滴都很小,所以我只是脸上和手臂上有几点刺痛而已。我三两下就把油脂从身上拨下来,凯莉和鹿角精也在拼命拍打身体。

但大卫就惹上大麻烦了。

"他着火啦!"鹿角精大吼一声。他说得没错,只见火苗在大卫的满头绿草上快乐地跳动着。大卫本人还不知情,只是茫然四顾……突然,他眼睛向上一翻,终于明白了,脸上顿时显示出惊讶的神情。他这副神情,就算后来没在新闻上出现一百次,我也永远不会忘记。

"我要水。"他说着,伸手拨头上的火苗,烫了一下,连忙缩手。当时他表现得还相当镇定。

"等等,我这儿有!"凯莉喊道,转头盯着冷冻箱——我猜她是想用啤酒把他头上的火苗浇灭。当时我还无意中想到一个挺讽刺的念头:幸好刚才凯莉向大卫泼的第一罐啤酒把他的青草胡子浇湿了,所以他的脸才没有烧起来。这回算是便宜了这家伙,不用去买一张新脸。"马里奥,把他放倒在地上,试一下把火捂灭!"

她竟然用我的旧名字!我没说什么,因为这时候跟她扯这个不合适。于是我绕过火堆,走到大卫身前,他竟然一下子把我推开了。这纯粹是他惊慌失措时的第一反应,我猜他已经开始痛了。

"水!哪儿有水?"

"我看见那边有一条小溪。"鹿角精答道。大卫听了,抓狂地四处张望。这家伙此时已经成了一条正在沉没的大船,我看见三只田鼠、一条束带蛇和一双燕雀从藏身的地方窜出来。至于其他四散逃奔的昆虫就数不胜数了,当中有些还径直飞进了篝火里。大卫本人的表现也好不到哪里去,他朝着手下小弟指引的方向拔腿就跑。他这种做法跟消防员叔叔的教导背道而驰,也不知道是他幼儿园时没认真听课,还是他已经完全丧失了理智。不过看着他此刻发光发热照亮了夜空,我猜是因为后者。

"大卫别跑！快回来！"凯莉刚刚从冷藏箱那边转过身来，啤酒罐子也已经打开了，"那个方向没水呀！"她扔啤酒罐砸大卫，却没能命中目标。大卫朝着一条子虚乌有的小溪夺命狂奔，估计都能打破奥运纪录了。"马里奥！抓住他！"

虽然我猜自己抓不住大卫，可我还是应该努力一把。除非他烧成了灰，否则跟踪他其实挺容易的。于是我拔腿就跑，双脚重重地踏在泥地上——多亏了一代又一代雷龙们的辛勤践踏，泥地才会这么结实坚硬。大卫跑进了一片丛林，里面全是拟苏铁科的树木。我刚刚跑到树林边上，就听见凯莉又在大声吼了：

"回来！赶快！马里奥，赶快回来！"我急忙收住脚步，喘息着完全停了下来。这时，我才感到大地在震颤，顿时觉得心慌意乱。我回头往篝火的方向看，只见凯莉站在原地死死盯着面前那片漆黑的夜色。她打开一只强光电筒来回扫射，光柱照到一头雷龙正向他们狂奔过来。那头雷龙一下子被强光照懵了，什么也看不清，连忙随便换了个方向，轰隆隆地落荒而逃。

突然，一团八十吨重的黑影以雷霆万钧之势在我右侧跑过，距离还不到三米远！我连忙朝着火堆一步一步走回去，边走边盯着暗处——我知道要是有东西扑出来的话，是不会提前给我警告的。我才走了一半路程，另一头庞然大物冲进了谈判场地，竟然一脚踩在了火堆上。这头恐龙很受伤，厉声尖叫着，猛地转向，竟然朝着我的方向飞奔过来。我看着恐龙越跑越近，估算它的轨迹是恒定不变的——除非突然有一片山脉挡在它面前——连忙向左侧闪避。巨兽继续向前猛冲，一下子就被夜色吞没了。

我很了解雷龙，所以不会妄想它们做出什么理性的举动。它们本来就被这场谈判折磨得够呛——霸王龙的影像和饥饿的感觉肯定已经把它们的小脑袋搅成了一团糨糊——随便一点风吹草动都会四散奔逃，更何况是一个脑袋着火、大呼小叫的地球大卫呢？在它们眼中，大卫无异于一根点着的雷管。雷龙恐慌时，它们本就不多的理性会瞬间消失，于是大伙儿一哄而散。虽然它们一开始是四处乱跑，不过似乎有一种本能会使它们跑着跑着就聚成一堆，朝着一个方向轰隆隆猛冲。问题是它们的夜视能力极差，要找到同伴真不容易。结果就是七八十座会移动的山丘同时朝四面八方扩散，当真是神挡杀神、佛挡杀佛。

我既不是神也不是佛，自然是避之则吉了。我跑回凯莉身边，只见她一边用对讲机召唤气垫飞船，一边用强光电筒左一下右一下地刺。这招通常挺管用，偶尔失效的话，我俩就辗转腾挪，迅速躲开。

很快，凯莉选中了一头中等体型的母雷龙。这头雷龙也是朝着我们跑过来的，凯莉却移开光柱，同时把一副恐龙钩塞进我手里。雷龙越跑越近，我们聚精会神地盯着它。

一群恐龙乱跑乱踏的时候，最安全的地方在哪里？在恐龙的背上。当然了，最理想的地方是在气垫飞船上——可是这时候飞船的灯光还在远处闪耀，我们只能充分利用手头的资源了。我们等着恐龙后腿从身边经过的一刹那，瞅准时机一下把钩子插进恐龙尾巴里，整个人双脚离地，顺势就荡到了空中。被钩子扎着，恐龙当然会不爽；可是像尾巴那么偏远的部位，痛感很弱很分散，再加上恐龙的小脑袋正忙着想别的事情，所以顾不上我们这点小麻烦了。我们沿着恐龙尾巴往上爬，一直爬到它的后背，揪住了上面的皮肉皱褶。对了，没受过专业训练的各位千万别在家里模仿。凯莉是老司机，而我虽然七十年来没有钩过恐龙，可那套技术早已铭刻在心。整个过程中我只是摇晃了一次，而凯莉马上就把我稳住了。

于是，我们就骑在雷龙背上等救兵。很快，这头母龙跑累了，轰隆隆地停下脚步，开始嚼一棵苏铁树顶上的叶子。它也许正在奇怪为什么自己刚才那么惊慌失措，我怀疑它已经忘记发生什么事了。我们从恐龙背上爬下来，跳上了刚刚到达的飞船。

凯莉打开"太阳"，以便搜寻那两个家伙。我们很快就找到了鹿角精，他跪在一摊烂泥旁边，不停地颤抖，整个人都失控了。他大难不死，纯粹是运气好。经过这一晚的折腾，我怀疑这家伙以后还会不会像过往一样，眼里常含泪水，对动物还爱得深沉。

你怎么说凯莉都行，不过有一点不可否认：她对鹿角精的担忧是情真意切。她看到那家伙安然无恙，顿时如释重负——就算鹿角精已经吓得魂不守舍，依然能感受到凯莉的真情流露。我就事论事补充一句，虽然地球大卫左一句"冷血"、右一句"谋杀"地辱骂凯莉，凯莉从来也没想过要咒死他。她只是在衡量人和动物的性命时，采用了不同的标准和尺度罢了。这一点是大卫永远也做不到的。

"我们先把他接走，然后继续找大卫。"她说着，抓住了鹿角精的手臂，"就算大卫这次侥幸活下来，也肯定需要深度治疗了。"哪知鹿角精不肯走，他挣脱了凯莉的手，依然跪在地上，指着面前那摊烂泥。我看了一眼，慌忙把视线移开。

"大卫已经回归食物链了。"他说完，就晕厥了过去。

No.8

大变巷大师

接下来的几天里，我在一片忙乱中度过。我忙到没时间想中枢电脑，没时间担忧，甚至没时间去考虑自杀——这一堆事儿突然变得很遥远、很陌生。

因为我在文字媒体工作，所以我写稿时很少考虑视像的因素。时至今日，有相当一部分月球人依然有阅读的习惯，他们从报社租一种安装了扰频器的电子读报板；而我的报道就是用文字写出来，再传送到订阅者的读报板上。我们报社的读报板上还有专门照顾文盲读者的频道——沃尔特请人把记者的报道文章缩短简化后再朗读出来，放在文盲频道上。当然了，除此之外，还有全视像的新闻媒体。虽然现在还多了人机直连方式，但至少迄今为止，大部分人想要放松或者娱乐的话，都不会采用人机直连方式。而在需要攫取资讯的时候，很多月球人（虽然不过半数）还是情愿阅读。这种方式虽然比人机直连慢，却比纯粹的电视新闻更快也更深入。

不过，《新闻奶嘴》毕竟是电子传媒，当中的许多报道都附带了视频片段。因此，在当今这个电视统治一切的年代，在政府的资助下，电子报刊总能为自己找到一群订户——尽管这个群体消失的风险一年比一年大。专家学者们老早就判了电子报刊死刑，可我们顽强地挣扎着，年复一年地继续存在。帮助我们支撑下去的，主要是那些不愿自己的生活发生巨变的人。

我的左眼安装了一只全息摄像头，可我总是想不起来有这码事儿。当我把自己的报道输入《奶嘴》的编辑电脑时，左眼摄像头里的内容也会同时被上传到电脑里。一个图像编辑会快进浏览这些视频，从中截取一两幅画面或者几秒的片段，用来增强文字的可信度。我记得刚刚安装摄像头的时候，我还担心那些编辑会看到自己的一些隐私——毕竟那设备是全天候运作的，而且内存能放六个小时的视频。可是中枢电脑向我保证，主服务器里有一个鉴别程序，会自动识别和删除所有不相关的图像,所以没有人能看见。问题是这样一来,中枢电脑还是能看到所有的视频。我向来不认为这有什么问题,直到现在才觉得不妥——因为我以前从来没有把中枢电脑看成一个偷窥狂。

这只全息摄像头是一台半机械半生物的设备,只有剪下来的指甲那么小一片,植入我的眼睛里。它安装在靠近眼角的位置,所以完全不影响周边视野。还有一片半镀银镜悬在我的眼睛正中心,就在眼球的焦点处,它会把进入我眼睛的一部分光线反射进全息摄像头里。刚安装这些设备的时候,你会觉得那只眼睛的感光度有轻微的下降。可是你的大脑会迅速作出调整,只需要几天工夫你就不会感觉到它的存在了。不过,这块镜片使我的瞳孔看起来是红色的,还会在黑暗中发出微弱的光芒。

所以当地球大卫着火时,我眼中的全息摄像头自然也在运行。接下来又发生了一系列事情,我竟然完全想不起来自己在录像。最后,大卫的"尸体"被铲走,送去按照地球主义者的惯例处理,直到那时我才终于意识到,这很可能是我职业生涯中最大的独家新闻!

用摄像机捕捉到真正的死亡,这种镜头保证能上电子报刊的头条,更何况是一个明星公众人物的死亡呢!在接下来的几个月里,沃尔特手下一批替补专题记者就能指着这件大事吃饱了。大卫头顶火冠,何其壮观,何其恐怖!那帮人肯定会想出各种借口一而再再而三地使用这幅画面。此外,他们还会反复提及"惨遭雷龙踩成肉酱"这一壮烈的死法。

在新闻镜头拍摄后的首个二十四小时内,这些影像资料归拍摄的那家媒体独有;在其后的二十四小时内,该媒体可以将其中的片段(从几分钟到几小时都可以)外租,或者整个出售;而四十八小时后,这些素材就收归公众所有了,每个人都能免费观看。

作为一家大都市的主要报社,《奶嘴》有各种手段充分利用最关键的开头两个阶段。在第一天，我们会独家使用我的视频，将其用尽用滥；我们会把地球大卫惨死的新闻吹成好像能媲美二十五年前西尔维奥和玛丽娜的大婚，或者是二十四年前这对明星夫妻的离婚，或者甚至是地球沦陷，你自己判断吧。这三件事是公认的有史以来最轰动的三大新闻——它们唯一的区别在于，前两者都有详尽的报道，而后者则没有。大卫之死当然远比不上它们来得轰动，可我们的新闻播报员极尽夸张煽情之能事，我们的文字报道能让读者紧张到气都喘不过来。

在这场新闻报道的鏖战中，我一直处于风暴正中心。睡个好觉？想也别想。因为我的个性不适合站在镜头前面——我个人比较冷淡，特别不上镜——所以大部分时间我只是坐在《奶嘴》的明星主播对面，回答他的问题。这些问答环节主要安排在每个小时的开头进行，最长不过十五分钟，而且大部分都是现场直播。在接下来的十五分钟里，我们会播出各个摄影采访小组从前方发回来的报道：他们涌到凯莉的牧场，拍摄了海量的影像资料，包括凶手恐龙那只沾满了鲜血的大脚、在践踏中身亡的三头雷龙的尸体、仍然印在泥地上的新鲜出炉的大卫肉身，他们甚至采访了凯莉雇用过的每一个牧场帮工，其实这些家伙除了一团尸体之外什么也没看见。

然而，无论媒体开出什么条件、付多少钱，凯莉一概拒绝接受采访。我把这噩耗告诉沃尔特时，我觉得他马上就要爆炸了。他派我去养殖场施展甜言蜜语哄凯莉上钩，我明知没用，不过还是回去了一趟，结果当然不尽人意。沃尔特盛怒之下，威胁说要报警把凯莉抓起来。这家伙被愤怒冲昏了头脑，似乎真心以为不跟媒体合作——尤其是不跟他合作——是犯法的。凯莉也不是省油的灯，她打了几通电话给《奶嘴》，恶狠狠地要求我们立即停止使用与她有关的一切影像资料。最后，我们派人给她宣读了相关法律条文，表明她完全拿我们没办法。然后她打电话来骂我,说我是犹大云云。我不知道她到底想我怎样做——要知道,这可是我职业生涯中报道过的最轰动的新闻啊!也许她希望我别参与这次报道吧。我当然反唇相讥,用同样的狠话回敬凯莉。她为什么反应那么强烈?我猜,一方面她是害怕自己需要承担法律责任,不过最主要的原因其实是,她向来憎恶大众传媒——而我对她的这种态度也不能说是完全不赞同。我时不时会想,也许这才是我从事这个职业的真正原因吧。

我自己的故事还有几部分来不及告诉她,但我现在觉得无论如何也不可能再去征询她的看法和建议了。起码得过上一年她才可能消气;若是保守估计的话,算五年好了。

第二天,我们把视像资料出租,各大报社和媒体争相报价,最后当然是按照我们开出的条件成交。虽然我们开价很高,可买家们都心甘情愿给钱,因为他们知道风水轮流转的道理:下一次说不定轮到他们做卖家,同样会狠狠宰别人一刀。按照行规,这些交易的其中一个条件是我必须出现在他们的报道当中,所以每逢有现场直播的机会,我总会不厌其烦地、明目张胆地提起《新闻奶嘴》。一整天下来,我坐在无数个新闻评论员和专栏作家身边,说话说得咽喉都肿痛了。同样的视频片段一遍遍地重复播放,早已变成了旧闻。

在这两天里,只有一个人的曝光率能跟我媲美,这人就是地球女娲。按照自然规律,地球主义者这类激进组织就像母猪下猪崽似的,会滋生出无数个小派别,而地球女娲正是其中最大一个旁支的首领。她那一派也自称"地球主义者",我觉得她之所以这么做,纯粹是为了让我们这帮可怜的新闻从业者头痛。有些同行为了区分,把这两帮人分别称作"大卫地球主义者"和"女娲地球主义者";有些人还生造了一个恶心的新词:"地球娲主义者";而我们大部分记者就把他们简称为"地球主义者"和"另类地球主义者"——明眼人不用解释都知道,这里的"另类"指的是哪一位。只是谁要胆敢当着地球女娲的面说出"另类地球主义者"这个名词,就肯定会招来一顿痛骂。她的骂声有如林间野鸟的啼叫,凄切悲怆,绕梁三日。

大卫生前并没有立政治遗嘱,而他这个组织也没有公认的接班人。现在越来越多的人不再计划自己的身后事,因为大家根本就没想过自己会死。或许这也能解释为什么现在大众娱乐对暴力画面有一种病态的痴迷,也能解释为什么一旦发生了真正的死亡,全民都叫嚣着要了解死亡过程中的各种细节。人类至今还不能永生,或许我们永远也实现不了这个梦想;可是如果人们偶尔有机会见识一下死亡的威力,只要是发生在别人身上,其实是挺有益身心的。

地球女娲不放过每一次曝光的机会,只要一个演讲台能支撑她那副举足轻重的身躯,她就会爬上去,深情号召迷途羔羊们重新归群。按照她的说法,大卫那帮人才是闹分裂的一小撮。至于为什么大卫那"一小撮"竟然占了帮众的百分之九十呢?她才懒得解释。据说女娲一直爱着大卫——这也不出奇,因为这两人整天宣称自己热爱一切活着的东西。虽然大卫对女娲的爱只是勉强超过他对线虫或者病毒的爱,甚至还比不上对家中狗狗的深情,然而女娲还是全心全意地爱着他。我也不太清楚这两派在教义上有什么分歧,可是有一个重大的区别,好像是女娲强烈要求所有地球主义者都以女性的形象出现在世人面前,算是向"地球母亲"致敬……好像差不多这意思吧。

总的来说,这是有史以来最热闹、最凌乱、最火爆、最折腾人的一场媒体大混战。而我很不幸,身不由己地卷进了其中。

熬过了这两天的炼狱,我倒在床上一口气睡了十二个小时。醒来后,我再次认真考虑了一下离开新闻行业的可能性。这份职业到底是不是我自毁倾向的根源呢?有人会觉得,我是如此讨厌自己所做的事情,可能会导致我觉得自己没有存在的价值,并由此滋生"结束这一切"的念头。可是目前来说,我决定暂且把这个难题束之高阁,留待日后再议。有一件事情我必须承认:也许我有点蔑视我们记者所做的事情以及我们的做事方式,可是在新闻行业里,每当有大事发生时,从业者就会感到莫名的兴奋和刺激。当然了,即使是在我这个行业,让人激动的大事也不是总会发生的。大部分所谓"新闻",其实是一些用各种各样的性感谎言包装出来的鸡毛蒜皮的小事儿。可是一旦有真正的新闻出现,我就会激动万分!如果我有幸第一时间在现场亲眼看见整件事的发生过程,我还会感受到一种掺杂着负罪感的喜悦。此外,只有一个行业的从业者像我们这么靠近时代旋涡的中心:政治。不过我心中还是有一点残存的道德准则,所以绝不会越过自己的底线去玩政治!

找凯莉聊天——不论是出于工作需要还是为了征求建议——这个任务都以失败告终了。可是在我努力寻找自己心中不满的根源时,有一个念头出现在我脑海里,而且变得越来越清晰了:我披着这身臭皮囊,就好像穿着一条不合身的、整天把下裆勒得紧紧的小号裤子。我刚刚做了一年女人,虽然不是真的,可这段经历让我意识到:是时候"大变"了……也许我几年前就应该变了。

难道性别认同障碍才是我心中诸多不满的源头吗?或者它只是起作用的因素之一?虽然我心中有所怀疑,却不能不承认其可能性。就算性别认同和我面临的难题没有一点关系,变性也不会有什么害处,至少能让我舒服点吧!呵呵,这年头,大变早已不是什么大事了。

难道你不知道吗?时尚界人士是很可怕的。每当他们看自己的性器官看腻了,就会打个电话让司机把自己这身老骨头送去大变巷。

正常来说,若是需要"大变",我会去社区附近的小整容院,赶快做完了事。再怎么说,这些小整容院也有正儿八经的资格证,做一些拉伸折剪的小手术，随便哪一家都差不多。不过这一次，综合各种因素考虑，我决定去光顾一家有钱人出入的高级会所。其中一个原因是我做了这次"火烧大卫"专题报道，沃尔特给我发了一大笔奖金，我的钱包一下子就鼓起来了；另一个原因是我跟"亲亲波比"是老相识了。以前我认识他的时候，他还叫罗伯特·达令，是"疯伯文身理发小馆"的老板，那时候他给人变性只是为了赚外快。他的小店开在牧草街，这条街位于王城一个不怎么时尚的社区，是一条坚决面向工薪阶层的商业街，街上有三分之一的铺面都用木板封死了，板上贴着密密麻麻的传单和广告。他的店被一间妓院和一个墨西哥卷饼摊子一左一右地夹在中间，就像三明治似的。他店面的招牌写着一行小字："变性服务牧草街首屈一指——可分期付款"。不过，这两句广告语并没什么新意，因为牧草街提供变性服务的只此一家；而且这项服务比较贵，他在这个地区推出，当然要提供相应的贷款服务了。其实那时候光顾这家店做变性手术的人并不多，一来是因为住在本地区的工薪阶层没钱变来变去，二来是因为劳动人民本就很少质疑大自然母亲掷出的骰子，更别说三天两头去变性了。他给人文身赚得更多，因为这项服务物美价廉，更能吸引本地客户群。他告诉过我，有些老顾客每隔几周就来把全身上下的图案都换一遍。

那是二十五年前的事情了，我上一次变性就是找他做的。那时候，疯伯已经混得小有名气，因为他发明了一些和人肉雕刻生理饰物有关的东西——我现在已经忘记具体是什么了，那些时尚的东西更新换代太快，与它们相比，朝生暮死的蜉蝣简直可以算是老寿星——被一些前来贫民窟探访的社会名流"发现"了。于是疯伯一夜成名，变成了能"化第二性征为艺术"的大师。每个季度他开产品发布会，时尚专栏作家们就会蜂拥而至，心领神会地为读者们介绍本季度各种异想天开的新产品。论规模和影响力，人体造型行业也许永远达不到服装业的高度，可这个行业中的佼佼者还是能在时尚界获得一席之地的。

在过去十年里，疯伯一直竭力让人们忘记那间位于"墨西哥辣椒天堂卷饼摊"旁边的小店。

如今，他的会所开在"大变巷"——那么好的地方竟然起了这么一个荒唐名字，真是罪过。这条街是一个名叫"海德里广场"（人称"广场"）的高档购物区的一个分支。广场位于一条长五千米的山沟里，购物区内是一片浮华盛世的景象。在最近这五十年里，广场俨然成了过去地球上几个著名商业区——比如伦敦的萨佛街、纽约的第五大道、香港的金巴利道，还有莫斯科的希姆基大道——的继承者。你要是想买一把专门剪脚趾甲的纯金指甲钳，去那里就对了。广场里没有一年一度的清仓大减价，不借贷，也不接受分期付款。每个商铺的店门都把顾客的基因代码存进数据库里，同时对顾客的财力进行最新最及时的分析。如果店门没有你的基因代码，你就只能吃闭门羹了。在这里，传统的店名标志固然少见，连全息招牌也几乎没有。广场的商家要做广告，可以把一些小小的标志固定在玻璃橱窗底部的角落里，也可以把打磨得闪闪发亮的金牌匾悬挂在人眼的高度。

大变巷是广场侧面的一条小路，与主购物区扬成一个锐角。这条巷有一百多米长，尽头没有出路，只有几间豪华餐厅。沿街小商铺林立，店主们都油嘴滑舌，甚至能说服顾客掏高出市价十倍的钱买一个"全身大变套餐"，只为了能在小指甲上刻上"某某出品"的名家认证。

大变巷的店铺都有全息招牌，向公众展示各位人体设计师心目中的时尚男女分别是什么样子的。那些开在最旺地段的大型会所看不起这些小店，总说大变巷不属于海德里广场，只配给广场做跟班。尽管这样，大变巷的会所总比那些窗户上贴满文身样式的便宜理发店强太多了。

来到店门前，我突然动摇了：我应不应该进去呢？我还能不能进去呢？有段时间波比和我经常一起喝酒，可是后来他搬了家，我们就失去联络了。我把手掌按在识别屏上，感到掌心微微一紧，是一根探针刮掉了很小一片死皮。识别器过了许久没动静，仿佛在犹豫放不放我进去——也许它会打发我去零售商专用的后门吧。突然，店门打开了。要是这时候响起一阵迎宾的喇叭声，那就再好不过了，可我知道大变巷向来不会这么热情待客。

"希尔迪！迷死人的老型男！见到你太开心了！"波比从一个隐蔽的里间走出来，连跨三大步，一下子就来到我跟前。他热情洋溢地握紧我的手，上上下下地打量我，脸上突然显出怀疑的神情："天哪！你的模样这么有型，真是我的杰作吗？兄弟，你这次来得刚刚好，一点也不早！别担心，尽管把身体交到我手里，你的波比兄弟会把一切都办得妥妥当当。"

我突然心生疑虑，我真能放心把身体交到他手里吗？我觉得他热情得有点过头了，不过我俩好久没见，他无论如何也是会装装样子的——这种肉麻的奉承和矫揉的腔调是他们时尚界的传统，干这行的很多都这样；正如律师整天要处理重要的大事，为了配合工作需要，总是装出一副沉着稳重、道貌岸然的样子。在大变流行之前，主宰时尚界的是一帮男同志。性，其实是一个很复杂的话题。且不提那款名为"超级过电"的新产品将会导致何等混乱，单说现在能鉴定出来的性取向就有数百种了。你想知道某个人的性取向是什么，就必须跟这人开门见山地讨论，让对方坦白说出来，否则旁观者不可能了解太多内情。就比如说波比吧——或者我应该叫他"亲亲波比"——他是异性恋倾向，天生是男的，同时也倾向于做男人。换句话说，如果任由他自己选择的话，他大部分时间都宁愿做男的，只是偶尔会破例使用一下女性躯壳；而不管他自己是男是女，他喜欢的始终是异性。

不过因为工作需要，他一年起码要大变四五次——这就好像卖衣服的商人都尽量穿自己设计的产品。今天他是男儿身,而且看起来跟我记忆中一模一样。不,是乍看之下一样,可走近了细看,我发现他的面容其实做了无数微妙的改变,只是那些变化都极小,所以朋友走在街上碰到也不会认不出他来。

"我弄成现在这副尊容,其实也不能怨你。"我说。他扶着我的手肘,带我走向一个他称之为"咨询室"的房间,"可能你想不起来了,可是当时所有的参数和规格都是我提供的,你完全没机会施展你的设计才华。"

"我当然记得了,好兄弟,也许是哪位神佛的旨意吧。当时我还在学习和磨炼我这门手艺——希尔迪,你留意一下我格外强调'手艺'这个词——如果真的让我放手去干的话,说不定反而会搞砸呢。不过,我记得当时感觉是挺不爽的。"

"呵呵,什么'不爽',你那时候简直是暴跳如雷啊,亲。"

他挤出一丝古怪的笑容,算是回应我这句俏皮话;而他脸上的叮当小仙女[1]式甜美微笑保持得特别好,一点也没露陷。我在套房里环顾四周,好不容易才忍住没笑出声来:这里简直是小女孩的天堂。只见四面墙壁全是镜子,镜中站了无数个希尔迪和亲亲波比。房间里的绝大部分摆设都是粉红色的,每一个都镶了蕾丝花边,而且那些蕾丝花边的边上又镶了一圈更小的蕾丝花边!这未免有点太夸张了,可我觉得挺好看的,因为这些东西跟我现在的情绪特别搭。我满怀感激地坐进一张缝着粉红色和白色蕾丝花边的长椅,顿觉满心焦虑一扫而光。不管怎么说,我这个决定是对的。

一位女性助理——也可能是男的,随便吧——端着一只银色的香槟冰桶走进来,在我身边摆好,然后往一个高脚玻璃杯里倒了一点香

---

[1].《小飞侠彼得·潘》中的角色,总是一脸的欢乐。

槟酒。我漠然地看着她的一举一动,突然意识到我对自己目前这副躯壳是多么疏离。要是在一个星期前……呃,准确来说是在斯卡帕岛奇遇之前——我也不知道住在岛上的那段时间到底应该怎么算——这位姑娘一定会让我怦然心动。可是在这一刻,我竟然达到了"色即是空"的无性境界。我看着波比,心中也提不起半点性趣。老实说,就算在大变之后,我也不会喜欢上波比,因为他就不是我喜欢的"那一款"。在现今这自由选择性别的年代,这一个"款"字实在承载了太多的含义。

我和店主一样,都是异性恋倾向的人。这并不是说我从来没有跟相同性别的人发生过性关系——这事儿谁没做过呢?当一个人既能做男的,也能做女的,他／她真能自始至终都做一个真正的异性恋者吗?我猜任何事情都有可能发生,只是我从没遇上过罢了。我发现对我而言,性行为的双方只要是一男一女,就肯定好过男－男或者女－女的组合。在我一生中,我也曾试过跟某个同性朋友更深入地发展一段感情;这种事情只发生过两次,而且这两次的结果都是我们当中的一个人去变性了。

我也不知道该怎么解释,而且我相信没有人能够真正解释清楚性取向背后的原因,除非你把理论建立在偏见的基础上。比如说,这种或者那种做法是违反自然规律的,是与神的戒律相抵触的,是变态的,是恶心的……这个年代还真有人持这种观点,比如疯伯以前住的地方就有这种人。他的老店曾经被砸过两次玻璃,还有一次被人用油漆在招牌上涂了一些令人生厌的基督教口号。性取向看起来是天生的,不是人能自主选择的。事实上,当我还是男孩的时候,我对女孩子有强烈的兴趣,对其他男孩子就基本没什么感觉;当我是女孩的时候就只喜欢男孩。我有些朋友则与我恰恰相反,他们不论是男是女,喜欢的总是同性。另外,我认识的许多朋友把同性恋和异性恋这两个极端之间的各种状态都涵盖了：有人只做男的，有人只做女的；有人是纯粹的同性恋，有人是纯粹的异性恋；有人是滥性者，对象不分男女，只要有体温就能上；有人是性功能障碍者，无论对象是什么性别，都无法从性行为中获得快乐；甚至有人是真正意义上的无性者，他们既不觉得自己是男的，也不认同自己是女的；他们觉得性爱很麻烦、很多余，只能给人带来困惑与不便，于是，他们把自己的外部与内部性器官尽数摘除，从此六根清净，自得其乐。

至于说"款"，男性的罗伯特和女性的亲亲波比都不是我喜欢的类型。对于伴侣的身材相貌，虽然男性的我比女性的我更看重，可是两者的区别并不大。毕竟现在什么相貌都能随意购买，即使是天姿国色也成了寻常事。罗伯特/波比的身材就像伊卡博德·克兰[1]那么瘦长，脸型也是窄长的，所以很难让我的芳心悸动。当然了，如果他的性格能给他加分的话，我是不会单纯以貌取人的，问题是他的性格也不怎么讨喜。这人做兄弟还行，可是做情人的话就太黏人了——他极度缺乏安全感，医学上还没有给他这种病态取一个学名呢。

"希尔迪，你把我们上次的参数带来了吗？"他问道。我带了，于是拿出来递给他。他快速翻着页，时不时发出一点嗤之以鼻的声响。看样子他并不是看不起我的要求，而是想表示他很忙，没空抠这些技术细节。看完了，他把详尽的基因参数表递给助手，然后双掌一拍，"来，把你这身魅力四射的衣裳都脱了。宝剑锋从磨砺出，不脱光岂能创作哉？脱，脱。"我把衣服裤子都脱下来，他接过时，看神情恨不得用一把消毒过的钳子夹着。"你这些东西都是从哪儿捡的呀？那么多年没见了……放心，我们一定会把衣服给你洗干净再折好。"

---

1. 美国作家华盛顿·欧文作品《睡谷的传说》中的人物。在1999年由同名小说改编的电影《断头谷》中，由约翰尼·德普扮演此角色。

"我是在衣橱里翻到的,你可以拿去捐给穷人。"

"希尔迪,我看够呛,哪有人穷到愿意穿这种东西?"

"那就扔掉好了。"

"噢!谢谢你。"他连忙把衣服交给女助手,女助手接过,立刻走出了房间,"你这样做体现了真正的人道主义精神,老朋友,也表明你对时尚圈的现状是多么的关心。"

"你真的感激我,"我说,"就别再给我灌迷魂汤了。现在又没别人,你是在跟我说话啊,亲!"

他环顾四周,眼神中充满了怀疑。我不知道他看到了什么,反正我看见的只有千千万万个希尔迪,还有千千万万个他。他找了张椅子坐下来,面对着我,看起来终于放松了一点。

"你还是叫我波比吧。波比不像'亲'那么做作,也不像'罗伯特'那么怀旧、那么难听。老实跟你说,希尔迪,我现在发现越来越难把这副得性的伪装摘下来了。我甚至开始怀疑,我现在这样子到底是装的还是真的自己。正如你刚才说起的,我已经许多年没有暴跳如雷了,却成天看这不爽看那也不爽,这两种状态确实有很大的区别。"

"波比,其实我们每个人都在装,也许是现在这副伪装不太适合你吧。"

"也许你会怀疑,所以我这就告诉你,我一直是异性恋。"

"我没怀疑。如果你不是异性恋,我才会觉得奇怪呢。根据我看过的资料,在两极之间变来变去的人是很少的。"

"那还是有的。我在这个圈子混,还有什么稀奇没见过?你怎么样?还在写那些垃圾新闻啊?"

我还没来得及回答,波比突然换了一个话题。他说《奶嘴》总是给他很多正面报道,所以真的很谢谢我。他说这话的时候,感激之情溢于言表。波比肯定知道我不是在时尚版工作的,不过也许他以为我一直在报社里面帮他说好话吧。考虑到我马上得求他给我设计一副全新的躯体,我没理由在这时让他的错觉幻灭吧。

接下来我们又谈了很久,这家伙还是不断地转换话题。我们一边聊一边饮香槟、抽香烟,越饮越陶醉,越抽越兴奋。不过无论我们谈什么,最后总会回到最根本的那个话题:人们什么时候才会发现他是一个"伪时尚大师"呢?

波比的感受我深有体会。很多擅长做自己不喜欢的事情的人,都会有这种感觉。不,除了绝对自信的那一小撮人——比如说,凯莉——之外,其实绝大部分人都有这种担心,只是波比尤为强烈。我知道他不是一个彻头彻尾的骗子,可我也能理解他的担忧。虽然我对时尚圈一点也不在行,但根据我多年的观察,波比在这方面真的很有天赋。无奈在他所居住的这个世界里,天赋跟绝大部分事情没有丁点儿关系。大众的品位变幻莫测,在设计圈子里,你去年风光是去年的事,新的季度总会重新洗牌。许多红极一时的潮人最后只能流落于岩床区的后巷和酒吧,变成一具具行尸走肉,当中不少人还在大变巷这里开过店呢。

聊了一会儿,我开始有点警觉了。我了解波比,我知道他的忧虑永远也消除不了——虽然他今天功成名就,可是他不知道自己为什么会功成名就,所以他适应不了,他害怕自己拥有的这一切会在某天被什么东西突然全部夺走——他总是这样杞人忧天。可是今天他竟然愿意花那么多时间跟我聊这个,只有两种可能性:要么他跟我感情深厚(那我就受宠若惊了),要么他已经陷入了某种危机。我本来预计波比大师充其量只会花十到十五分钟来接见我。他只需要大笔一挥,画一幅粗线条的概念图,然后就交给手下做实际的设计工作。难道波比没有更重要的客户在等着他吗?

到后来,他的长嗟短叹变得越来越烦人。"我看到你上电视了。"

苦水终于倒完了，然后他说，"跟那个可怕的主持人在一起……她叫什么名字来着？我忘记了。你们还在讲地球大卫那点破事儿，我都看腻了，随手就把电视关掉了。不好意思，可我真不想再听到那人的名字了。"

"我做这新闻的第一天，刚做了三个小时就已经有这种感觉了。可是，你们这些观众被这新闻吸引了起码二十四小时，看一整天也不厌烦。"

"对不起，让你失望了，可是我真觉得这新闻很闷。"

"才怪！回想一下刚刚看到的时候，你有没有百爪挠心的感觉？你有没有特别想多知道一点？你是在看了那段影片三四次之后才开始觉得闷的。"

他皱起眉，然后点了点头，"你说得对，刚开始我的眼睛好像被黏在电子读报板上面，完全移不开。你怎么知道的？"

"因为几乎人人都这样，尤其像你这个行业的人。如果每个人都在谈论一件事情，你无论如何也得跟着发表一点真知灼见。特立独行表示不屑也好，跟着大伙儿一起叹息也好……总之你得说点什么。要是你完全没听过某个热点话题，那才是不可想象呢。"

"你和我的行业挺相似的，对吧？"

"好歹算是表亲吧。我们的不同之处在于，在记者行业，我们能够把一条新闻反复咀嚼、用滥用尽。当我们把汁也榨干之后，你们观众就会觉得这新闻明明在一天前还那么引人入胜，怎么一天之后就变得味同嚼蜡呢？这时候，我们记者就开始寻找新的目标了。"

"可是在我的行业，我必须时刻紧盯着某个潮流时尚即将过时的那个瞬间，抓住这所谓的'神奇一刻'作出改变，这样才能避免变得像你的衣着品位那么落伍。"

"正是。"

他长叹一声,"可是我快被累垮了,希尔迪。"

"所以啊,除了有钱之外,你也没什么值得我妒忌的。"

"说到钱,我全部拿去投资了,而且都是最明智的方式!我不会去天卫几上度假,也不会去水星避暑,因为我把钱都买蓝筹股了!其实我再也不用煞费苦心地去赚钱糊口了,我现在担心的是,我一天到晚都渴望重现昨日的辉煌,这种心态会不会一步步蚕食我的灵魂呢?"突然,他扬起一条眉毛,略带敌意地盯着我,"你交给琪琪的那堆参数……我猜那设计和你现在这副皮囊一样难看吧?"

"你为什么这么想呢?如果我要的东西在随便一家理发店都能找到,我又何必来找你呢?我要的是正宗波比出品的月球好躯壳。"

"可是我以为……"

"上次是从女变男呀!这次当然不一样了。"

我决定给自己的备忘录加一条提醒:给《奶嘴》的时尚版编辑送一束花!不这样做简直不能报答波比给我提供的整整四个小时的顶级服务啊!当然,你可以说赚谁的钱不是赚,我也没工夫深究他收的天价到底值不值。波比为什么要花这么多时间在我身上呢?因为他和我的友情深厚?因为他闲着也是闲着?都不是。我的结论是,他希望我们报社继续给他说好话。

假设人类当中的一小部分人有一个怪癖,虽然是少数人,不过绝对数量还算挺大的,那么我们还能称之为"怪癖"吗?我不知道,也许还能吧。我自己就有这样一个"怪癖"——我也不清楚其根源是什么,正如我不知道为什么我做男人的时候从来没想过要跟男人上床——作为一个男人,我不太在意自己的外貌和衣着。我只希望自己干净、整洁就足够了,当然也不能丑陋。我对时尚潮流毫不上心,我衣柜里的衣服裤子基本上就和波比扔掉的那几件差不多,甚至还不如呢。我通常穿一件舒服的衬衫、一条短裤和一双软鞋，再揣一个钱包。这是标准的男人套装，除了正规场合之外，基本上是万能的。我从不留意色彩搭配和剪裁工艺，我也不化妆，只喷气味最清淡的香水。当我心情特别愉悦的时候，也许会穿上一条五彩缤纷的马来莎笼裙，却不会在意裙子的底边好不好看。在大部分时间里，我穿的衣着都很普通，即使回到前变性时代走在大街上也不会令人侧目。

事实上，我觉得女人穿什么衣服都可以，可是有很多种衣服男人穿上就显得愚不可言。

举个例子：那种长及脚踝、从膝部以下开衩的紧身连衣长裙。如果你让一个男的穿这种裙子，他突出的小鸡鸡就会破坏平滑顺畅的线条，造成极大的瑕疵——除非你把那器官包扎起来。问题是，我觉得穿这种衣服就是为了舒服、合身，而不应该束手束脚。这种长裙的设计本意就是要展示女性身体的玲珑曲线，当然不能起棱起角了。另一个例子就是深 V 领口，就是那种表面上看似遮掩，其实是突出胸部曲线的设计。一个男人当然可以穿低领衫，可男装和女装低领衫的设计意图和理念就完全不一样了。

趁着你还没写信投诉我，我先澄清一下。我知道上述这些并不是什么自然规律。要是一个男人愿意，我们没理由禁止他拥有女性化的……比如说细腿，或者胸部。如果他有了这些女性的特点，再穿起一袭长裙，我觉得就会很好看了——我对体型的审美还是很传统的。不过，如果我有了女性的胸部、臀部和双腿，那我就干脆整个人变成女性好了。我不喜欢混搭风，我觉得有些事情就是男女有别。男女体型上的差异是最基本的区别，也是最容易界定的。至于服装上的差异就比较难定义，而且标准也是变化不定的，但总的来说，可以概括为：女装更倾向于突出女性的第二性征，而且种类更繁多，色彩更丰富。

同时，我也能在历史当中——从路易十四太阳王的宫廷服装到伊斯兰妇女的方披巾——找到无数反例。我意识到西方女性在二十世纪以前很少穿裤子，而男性在二十一世纪以前很少穿裙子——苏格兰人和南太平洋群岛的居民除外；我还知道孔雀、鹦鹉和山魈的事迹。关于性别的话题，一旦你开始想当然地夸夸其谈，你就肯定会说错话。因为在你发表的言论当中，很少是找不到反例的。

我说了这么多，其实是为了反驳那些激进的不分性别主义者。他们主张销毁一切能区分性别的服装，主张人们随机地挑选衣服。要是你穿得过于女性化或者男性化，他们还会公开嘲笑你。更恶劣的是那些制服主义者，他们要所有人一天到晚都按照不同职业穿各自的制服，或者干脆所有人穿统一的制服——等等，我手头正好有一套，等我拿给你观摩一下，你肯定爱死了！——就是这种难看而实用的全民连身衣裤，高领，全身都是口袋，只有三种颜色，而且是那种黄绿间杂的胆汁色。他们想让我们穿着这种制服走来走去，就像二十世纪某些"未来主义"烂片里面的人物。那些拍电影的家伙以为六十年代或者两千年的人都想穿成一模一样，又在肩膀上镶着一米宽像架子似的护肩，脑袋上还套着一个透明的大气泡，或者穿着古罗马长袍，或者是满大街的人都穿着看不见拉链的连身衣裤，让人看了忍不住质疑他们到底怎么小便。那帮制服主义者像跳梁小丑一般，本来是件挺滑稽的事，可是他们每年都争取立法，要把每个人都变成跟他们一样的蠢货，这就一点都不好笑了。

还有就是女式内衣！女式内衣怎么了？变性的流行并没有使异装癖从月球上消失——其实，因为变性的普及而消亡的事物很少，毕竟人类性行为追求的是刺激，而不是讲道理——有些人保持着男儿身，却依然爱穿吊袜腰带、定型胸罩和透明短睡袍。只要他们喜欢，我当然没意见；只是我觉得挺难看的，无他，就是因为人和衣服有冲突。你也许会说，人和衣服没有冲突，其实是这种做法与我的文化偏见有冲突——我完全同意你的看法。既然这样，时尚还有什么别的定义呢？波比会忠告你，如果你企图改变一个根深蒂固的文化符号，那你就是拿自己的职业生涯在冒险。你最好先喝几杯烈酒壮壮胆，脸上堆起视死如归的微笑，做好不成功便成仁的心理准备，因为你的产品肯定十之八九卖不出去。

这就意味着在性别衣着这件事情上，我的同胞们至少有一半人与我的感觉相近。既然那么多人有同感，那么我还能错到哪里去呢？

瞧，我又说对了吧？

接下来，我很愉快地做了一件特别符合性别偏见的事：疯狂采购！这回爽死了！

波比给我提供的是全套服务，浑身上下每一处细节都覆盖了，没有最细，只有更细。而那些体积最大、最明显也最俗丽的部位，他也处理得干净利索。胸部？今年人们都使用哪种胸形呀，波比？这么小？呵呵，别闹了，亲爱的，我需要有点弹跳的感觉，好不？腿？这个……你懂的……要修长的，起码长可及地吧。膝盖不要往外凸，脚踝要修得平整点。手臂？嗯，你有什么想法呢？手臂我就交给你尽情发挥吧，波比。我穿五号鞋，我所有的女装都是九号的——虽然那些都是三十年前的款式，可是过了这么久，当中有些应该又重新流行了——你就看着办吧。而且我觉得这个尺寸的体型挺好的，要减身高的话得额外花钱，每厘米两千呢！

有些人把大部分时间都花在脸上，我可不愿意。我要变脸的话总是循序渐进，一次一小变，好让别人还认得我。早在五十年前我就选定了这张脸的基本架构，现在看来也没必要做大改动来迎合潮流，只是在某些部位做一点微调就可以了。我叫波比不要改动脸部的骨架，因为目前的骨架是男女通用。他建议让嘴唇稍稍丰满一点，然后让我选了一款心仪的鼻子。至于耳朵嘛,我就让他尽情发挥,怎么新潮就怎么弄。关键是我在大变之后上班时,所有人都必须知道这就是希尔迪。

弄了许久,我以为差不多了……可是脚趾呢?在月球上光脚走路本来就很实用,而且现在光脚又变成了潮流,所以我的脚趾会暴露在众目睽睽之下。现在有人说脚趾是进化学上的返祖现象,叫嚣着要把脚趾都去掉。波比费了一番唇舌劝我改装"袜脚"——这东西名副其实,你听名字就知道它长什么样了。不过我坚持保留脚趾,他就笑我即使变了性,也还是"脚趾丑男"的德行。我花了半小时做脚趾,又花了同样的时间做手指和手掌——我最恨手汗了。

我在肚脐眼上花了很多心思。在我设计的这副女性躯体上,在下巴与脚趾之间,除了乳头和阴部之外,肚脐眼就是唯一的亮点了。人们的视线在我身上划过时,必然会在肚脐眼这里稍做停留,所以我绝不能掉以轻心。对了,说起私处,我再次证明了自己是一个冥顽不化的保守主义者。作为一个群体,女性向来是比较保守的;可最近突然刮起一阵私处改造风潮,女人们纷纷插上梦想的翅膀,在风里飞得找不着北了。她们夸张到什么地步?她们把私处改造得乍看之下有时候完全分不清到底是男是女。而我还是喜欢简洁、适度的正常生理结构,反正我又没有打算在公共场合露出下体炫耀。不管是裤子也好,裙子也罢,通常我腰部以下都有东西覆盖着。我可不想在情人面前宽衣解带的时候把人家吓一跳。

"希尔迪,你现在这设计谁也吓不着。"波比说。他用刻薄的眼神盯着我花了许多时间精雕细琢而成的私处仿真模型,"我觉得你这个设计最主要的问题是太沉闷了。"

"我这设计最自然了,人家夏娃也用得好好的嘛。"我说。

"夏娃?我怎么想不起夏娃上次来光顾是什么时候了?说回你的

设计，我肯定这种结构在你的圈子里会很有用，可是你真的没兴趣考虑一下我这款——"

"这器官是我在用啊！我就喜欢这样子。波比，我是一个作风老派的女孩，就劳烦您高抬贵手吧。还有啊，难道我没有让你在很多地方自由发挥吗？肤色、乳头、耳朵、肩胛、锁骨、屁股，还有腰椎上两个迷人的小腰窝。"我扭着腰，看着另一个我在动——那里本来是一块镜子，现在换成了我的模拟全身像。我一边看一边咬着指关节，"或者我们应该重新考虑一下那两个腰窝……"

最后，他不但说服了我保留后腰上的两个腰窝，还让我稍稍修改了一下手背。他不停地唠叨我，还抓紧一切机会举起双手表达厌恶之情；不过我看得出来，总的来说他还是很高兴的，而我自己也相当愉快。我走来走去，做出各种动作，看着我即将变成的那个女人在重复我的每一个动作——太好看了。现在已经过了整整七小时，是时候休息一下了。

接下来，一件怪事发生在我身上。波比把我带到预备间，有技术人员正在调制一瓶神秘的药剂，我突然陷入了恐慌。当时，我盯着无数滴溶液从合成器滴入混合曲颈甑中，激起阵阵充满了电压的云雾，我顿时心跳加速、呼吸急促，心中突然无名火起三千丈。

我知道到底是什么让自己害怕，我也知道换了谁处在自己的位置都会愤怒的。

在现代，除非你要进行大幅度的身体改造，否则变性很少需要做手术。在我这次大变当中，事前计划好要动刀的环节基本上是切除男性生殖器官，并将其保存起来，以及换上一整套女性生殖系统。我上一次大变之后，把阴道、宫颈、子宫、输卵管和卵巢寄存在器官库里，现在这些器官正在运过来的途中呢。我的身体也需要一点手工的雕琢修剪，但不会有太大动作。我即将经历的巨变，绝大部分是由他们正在预备间里调试的药剂去完成的。那瓶药液里面包含着两种东西：盐水溶剂，以及无数个纳米机器人。

在这堆狡猾的小机器当中，有些是按照预制模块造出来的标准型号，是专门进行男变女操作的；有些则是波比专门为我这次大变特制的。他从各种微生物、病毒以及现成的零件中抽取需要的部分，重新拼凑起来，然后给这些新的机器人指派某个特定的小任务，再给它们注册版权，最后把我的一小段基因传给它们接触——就像把鞋子拿给猎犬嗅一嗅，让狗记住那气味。这些纳米机器人都特别小，肉眼根本看不见；变倍显微镜也只能观察到其中的某一些，很多连显微镜也看不见。

这些执行特定任务的机器人，是由另外一批专职建造的纳米机器人以化学反应的方式高速组装起来的。生产过程分批进行，每批的数量很少低于一百万个。被注射进血液之后，它们会针对遇到的状况自动作出反应，自行前往指定的工作地点。纳米机器人寻找目标的方法跟荷尔蒙与酶在人体内移动的机制相似：荷尔蒙与酶——人体内部的调节器——就像一块块拼图碎片，既给纳米机器人提供了地图，也成了它们着陆的工具。在目的地，机器人附着在目标器官上面，开始工作。体积较小的那些会穿透细胞壁，直接进入 DNA 内部，辨认一串串玫瑰念珠似的氨基酸分子，按照预定计划仔细对其进行切割与衔接。体积较大的机器人都自带发动机、控制器、三极管、螺丝、刮刀、存储器，以及机械臂——这种产品的第一代是用生产原始集成电路芯片的技术研制出来的，刚开始的时候，名字叫"微型机器人"——它们聚集在某些位置，干的都是粗重活儿。每个微型机器人都携带我的一小段基因，以及波比合成的另一条基因。这些基因片段就像偏心凸轮一样驱动小机器运作。比如说，有些机器人会去我的鼻子那里，东挖一下，西砌一下。它们的原材料是我体内的细胞，以及一些由微型运输机器人送去的辅助营养物质；而施工产生的废料也由这些运输机器人运出体外。这种方式能够快速减肥，我这次就计划用大变减掉十五公斤。

纳米机器人勤勤恳恳地工作，按照预设的地图去改造地形。等改造成功了，等我的鼻子变成了波比设计的形状，它们就会与目标分离，被冲出人体外，删除程序，重新装回瓶子里等待下一位顾客。

其实这一切没什么新鲜之处，也没什么可怕的地方。人们经常去商店买一些在睡眠时改变眼睛颜色或者改变头发弯曲度的药丸，其工作原理是一样的。唯一的区别是，药丸里面的纳米机器人太不值钱了，根本不值得回收，所以它们完成任务后就会前往人的肾脏，然后关机，最后被你尿出去。整个过程用到的大部分技术至少有一百年历史了，有些甚至更古老。总的来说，大变的危险系数几乎为零；就算有那么一丁点儿风险，也早就被研究透彻和严格控制住了。

可是我发现，自己竟然对纳米机器人产生了一种恐惧感。考虑到中枢电脑对我说过的那番话，我的担忧并不全是无稽之谈。

让我恐惧的还有另一件事，而且这件事更严重：我不敢睡觉。

我昨晚就没睡好。前天晚上我的睡眠质量倒是很好，毕竟连续两天都在做电视明星，累坏了，所以睡得比平常更香。可后来我一想到自己马上要被大量的纳米机器人入侵，顿时觉得身心深深受创。半夜被吓醒的滋味不好受啊。

波比带我去悬浮舱的时候，看出了我有点不自然。我竭尽全力保持静止的状态，任由技术人员在我的手臂、双腿和肚皮上切开一个个小口，再把各式各样的电缆和管线插进这些神圣的伤口里。然后，他们请我走进一个棺材大小的水缸，缸里是冰冷的蓝色液体。在我把脚伸进缸里的那一刻，我整个人几乎要崩溃了。我连忙使劲抓住水缸的边缘，连指关节都发白了。我就这样呆站着，一只脚放在水缸里，另一只脚则黏在地面上。

"怎么了？有问题吗？"波比低声问我。我发现他的几个手下目光闪烁，仿佛刻意避开不看我。

"有你也帮不了我。"

"你想告诉我吗？我先让这帮人出去。"

可是我想告诉他吗？在某种程度上，我是迫不及待想跟他说的。我一直没机会告诉凯莉，所以此刻我心中有一股难以抑制的倾诉冲动。

奈何这里不是合适的地方，现在也不是合适的时机，而波比更是绝对不合适的人选。他听了只会想办法将我的遭遇写进他那本歌德小说般的《亲亲波比自传》里，而那位出生入死的女英雄当然也会顺理成章地换成他。我现在必须忍住不说，以后再找别人倾诉。

突然，我知道那个"别人"是谁了。好吧，希尔迪，勇敢点熬过这一关吧！来，咬紧牙关，走进舱里，让这缸液体镇静你的神经，带你躲入梦乡。睡觉没什么可怕的，你已经睡了三万六千五百个晚上，这一次又怎么会有危险呢？

液体没过了我的脸。我让它们呛进我的肺部——一开始总是有点不舒服的，等肺部所有空气都排空就好了——然后盯着我的创造者那张摇曳不定的脸。我不知道自己什么时候才会醒来，也不知道醒来时会身处何方。

Steel Bench
No.9
气象学的日本天皇

我深入迪士尼乐园俄勒冈园区的腹地，在一台像星际飞船那么巨大的机器脚下找到了福克斯。当时他站在一张大桌子前，正全神贯注地研究一张投影在桌面上的设计蓝图。后来我才知道，这大机器其实是一台启动马达，它的作用是驱动一个大型鼓风机组为俄勒冈制造北风。这台马达只装嵌了一半，许多小型器械（其实每一台都有大象那么大）正围着这座庞然大物转来转去。那些小机器有些是由人类操纵的，有些是自动运行的。这个工地与其他所有工地一样，还有大量穿着蓝色制服的闲散工人。工人们用手扶着铁铲，都在口沫横飞地苦练聊天神功。

我走近了。他抬起头，上下打量我一下，又低头继续看图。我看见他的目光闪烁了一下，显然对我感兴趣了，却没认出我来。然后他再次抬起头，更加使劲地盯着我，脸上终于露出了微笑。

"希尔迪？是你呀？"

我停住脚步，向他嫣然一笑，让他见识一下"疯伯专利最美大门牙"。然后我旋转几圈，长裙飘舞，摆出一个德累斯顿[1]陶瓷娃娃的造型，顺便向他展示一下大师迄今为止设计得最好的一双美腿。他一甩手把光笔抛到桌上，走到我面前，牵起我一只手，轻轻捏了捏。然后他突然意识到这样做似乎有点失态，于是哈哈大笑，随即和我紧紧地抱在一起。

"我们好久没见了！"他说，"前几天我才在电子报上看到你。"他向我挥了挥手，好像要表达"想不到你变成这个样子"的意思。我耸了耸肩，不解释。难道这个新的身体还不足以说明一切吗？

"你现在居然读《奶嘴》？我不信！"

"我不用读《奶嘴》也知道你的动向，因为无论我换哪个频道，

---

[1] 德国城市，以销售陶瓷制品著称。

你总是阴魂不散。月球人民都快被你闷死了。"

我不予置评。其实他跟波比以及全体月球人民一样,在这件事情刚开始的时候肯定是感兴趣的。可是我有什么必要向他解释这个现象呢?我了解福克斯,虽然他和其余月球同胞一样,很容易被一个耸人听闻的新闻故事所吸引,不过他是绝不会承认的。

"老实说,那白痴死了我还高兴呢!你都不知道地球大卫和他手下那帮小丑给我的工作带来了多少麻烦。"他继续说。

"今天是星期六,"我说,"可是你手下说你要来这里工作。"

"啥!现在都快星期天了吧?我正在处理一些很典型的启动故障,还有几分钟就完成了。这样吧,你先四处逛一下好吗?我们一会儿可以去吃晚饭,或者早餐,然后再干点别的?"

"干点'别的'……听起来有点意思嘛。"

"呵呵。要是你口渴的话,就让那帮闲人给你弄一瓶啤酒吧。以他们的智商,也就只能跑跑腿了。"说完他就转过身去,继续埋头工作。

刚才我一出现,立刻在人群中引起一阵骚动;不过现在连这一点涟漪也恢复了平静。我的意思是,刚才有好几十个男人和一部分女人把目光从远处收回来,转移到我的一双美腿上,但此刻他们又重新开始眺望远方、思考永恒了。

假设有一位不熟悉建筑行业游戏潜规则的管工看到这一幕,他肯定会想:这支施工队竟然有那么多只管冥想不做事的哲学家,而不怕手脏肯干实事的人那么少,他们怎么能完成项目呢?答案很简单:那些不涉及挑抬和搬运的工作由福克斯和另外三四个工程师完成,剩下的活儿都被机器包揽了。在俄勒冈迪士尼园区完工之前,将有好几百立方公里的石头和泥土需要重塑或者运走,可是这当中没有一点点——哪怕一汤匙也没有——是由搬运工会的那帮闲人完成的。不知情者看他们人多势众,还以为齐心协力几个星期就能搞定呢。错!他们每人手上的那把铁铲都打磨得锃亮，从出厂那天开始就没沾上过灰尘——因为那是他们行业的标志，随身携带就像是一种仪式。此外，这把铲子的主要功能其实是保证用户的安全。如果某位深邃的思想家站着的时候突然睡着了，铲子的柄能够插进工人制服上面一个开口朝下的口袋里，防止这位杰出人士摔倒在地。福克斯曾说过，睡着摔倒是导致工伤的最主要原因。

好吧，也许我夸张了一点，不过在我们这个社会里，工作保障是一项基本人权。可悲的是，很多月球人能胜任的工作在很久以前就已经被机器包揽了。现在无论我们怎么改造基因、努力消除新生儿的先天缺陷，我们总会有些人天生比较迟钝，比较冷漠，比较绝望，比较缺乏想象力。我们该拿这些人怎么办呢？最后大家决定，每个希望参加工作的人都能获得一份职业，还给颁发一枚专业徽章，证明这份工作是货真价实的。他们每天"工作"四小时，如果哪天你突然不想干了，也悉听尊便，反正这里不会饿死人。而且从我出生以来，空气就是免费的。

以前可不是这样的呀！就在地球沦陷不久，如果你不交空气税，政府就会把你抓到气密舱，再剥掉你的太空服……相比之下，我还是更喜欢现状一点。

不过我得承认，我认为这个系统极其低效。本来我是一个经济盲，不过偶尔也会思考一下这些事情，我总觉得肯定有别的处理方法，不像现在这么浪费人力资源。然后我又忍不住想，那些人应该做什么事情去充实自己那极度空虚——至少我觉得他们很空虚——的生命呢？这是一个无解的问题，最后我只能努力让自己不去想。其实这本来就不是多大点事儿，对吧？我怀疑古埃及修建第一座金字塔的时候，就有这种挂着铁铲呆呆站着的闲人。

要是我说不明白那些人怎么能这样苟活，你会觉得我特别不宽容，是吧？也许在那些人眼里，我也是同样的不可理喻。我用自己的"创造力"为一个我厌恶的组织卖命，而我在从事这份职业的过程中算得上诚实正直吗？也不好说。也许那些工人会认为我是一个心机婊，也许我真的是一个文化界的心机婊吧。容许我在这里为自己辩解一句：新闻工作——恕我用了这么高贵的名词——并不是我唯一的职业，我还从事过别的行业。而且在这一刻，我有一种强烈的预感：我在《奶嘴》的日子快要进入倒计时了。

我一边等福克斯，一边观察四周的男男女女。他们当中大部分人从来没做过别的工作，因为他们干什么都不合适。这些人大部分都是文盲，鲜有机会从事有意义的工作。要是他们有点艺术细胞的话，早就转行了。

他们一天到晚是怎么熬过来的呢？中枢电脑说近年来自杀率的增幅惊人，莫非就是这帮人做的好事？他们会不会在某个早上起床，拾起铁铲，心中暗骂一句"去死吧"，然后就把自己给爆头了？等我重新开始跟中枢电脑对话时，我一定要问问他。

我看着他们，心里感到一阵绝望。我仔细端详一个男的，只见他的工作服上扣着许多枚徽章，其中一枚表明他的身份是管工。而且他还是一个百岁人瑞，因为他的衣领上镶着一枚俗不可耐的别针，向世界宣布他挂着这把铁铲已经整整一百年了。他站在福克斯身旁，目光投向桌面的设计蓝图。我看着他一脸茫然的表情，他还拥有希望和梦想吗？他还能感受到恐惧吗？难道他已经把这一切都耗光了吗？我们有技术把生命延长到一眼看不到尽头的程度，却想不出新鲜有趣的事情来打发漫长的岁月。

福克斯把一只手搭在我肩膀上，我吃了一惊。然后我马上意识到，我自己陷入沉思的时候，看起来肯定也像一头正在反刍的畜生！想到这里，我竟然有点心安理得的感觉。那个管工也许是一个适合谈天说笑的好玩伴，我敢打赌他肯定特别擅长说笑话，而且掷得一手好飞镖。难道我们非要做——按照传统的说法——火箭科学家不可吗？火箭科学家有什么了不起的？我就认识一个火箭科学家，他也是一个卑劣乖戾的糟老头子，你肯定不会喜欢那人的。

"你真好看。"福克斯说。

"谢谢。你这里的活儿都干完了吗？"

"暂时完了，剩下的等下周一再继续吧。我也不想做一个嫁给了工作的工作狂，可如果这事没人管的话，我们就会辜负这片土地蕴藏的巨大潜力了！"

"还是那个工作狂福克斯。"我用手臂搂住他的腰，和他一起走向他那辆停在一堆静止不动的机器当中的陆空两用露营车。虽然他也把手放在我肩膀上，但我看得出来，他的心思又回到了设计蓝图上。

"也许是吧。可是希尔迪，这将会是有史以来最好的迪士尼乐园啊！胡德山[1]已经建好，只需要加点雪就可以了。这座山的体量虽然只有实际的四分之一，可是用肉眼看的话绝对能以假乱真，全方位三百六十度都看不出破绽。哥伦比亚河已经灌满水，流速也快达标了，峡谷的景色肯定会很壮丽。而且我们会往河里投放真正的鲑鱼，重现鲑鱼洄游的奇观。花旗松已经长到二十米高了，这些宝贝树，就算你催熟，它们也还是需要一段时间才能长高。还有鹿、灰熊等动物，园区的前景一片光明啊！"

"还要多久才正式完工呢？"我们经过一片牢笼区，只见里面关着许多熊。这些囚徒冷冷地盯着我们，眼神虽然慵懒，却依然流露出捕猎者的凶悍。

"一切顺利的话要五年，现实点估计要七年。"他为我打开露营车

---

[1] 美国俄勒冈州的一座活火山，海拔3429米。

的门，然后跟在我身后上了车。车里的陈设是实用主义风格，纸张撒了一地；室内唯一有点人味儿的摆设是一把架在煤气壁炉顶上的计算尺。"你想叫外卖吗？有一家挺好的日本餐馆愿意往这儿送餐。不过这里很难找，我训练了他们好久，他们才认路。如果你想要别的，我们出去吃也行。"

我很清楚自己想要什么，也知道这东西不需要出去吃或者叫外卖。我伸出双手紧紧地搂住他，送上狂热的一吻——我要把我们失落了四十年的床笫之欢都补回来！过了许久，我向后仰倒身体，深深地吸了一口气，只见他正微笑地看着我。

"你特别喜欢这条裙子吗？"他一边问一边伸手到我的领口，把布料揪在手里。

"如果我说是，你会手下留情吗？"

他缓缓地摇了摇头，一下子把我的衣服撕开了。

时尚爱好者只需要了解两件事情，就会如释重负了。第一，这条裙子已经三十岁了，而且这种款式不可能再次流行起来，我之所以选它，纯粹是因为觉得它跟我当下这个新形象挺相称的。换了波比看到这裙子肯定会吐的，而福克斯就更直接了。第二，我早就知道福克斯会把裙子撕烂。他这样做当然不是为了纠正时尚圈内的歪风邪气，而是因为他——不管是男是女——干这事儿的时候就特别刚猛！你想了解福克斯的话，很主要的一点是，无论做男人还是做女人，他都选择做强势的那一方。他喜欢在做爱时营造一种迫不及待的气氛；而且他喜欢粗暴，甚至几乎到了野蛮的程度——而这恰恰是我当时最想要的感觉！若要比较我这一生最酣畅淋漓的几次性爱，他给我的这一次绝对能名列前茅。我心中暗暗谢天谢地谢神佛，感谢他们让我刚好在他做男人的时候与他重逢。

在大变前夕，我焦虑地站在密封舱边上，心中想到的正是福克斯。这是合理的，因为他和我……其实刚开始的时候是她和我，然后变成他和我，然后……我们相爱了十年。我不知道我们为什么分手，也许我曾经知道，只是现在想不起来了。总之我和他是好聚好散，再见亦是朋友。也许像人们常说的，我们是因为成长而疏远，不过我总觉得这句解释听起来很肤浅。当时我俩，一个六十岁，另一个五十五，试问我们还能怎么"成长"呢？可现在回想起来，那十年是我人生中一段美好的时光。

我迫不及待要见他，所以放弃去海德尔广场购物的计划，无形中帮了我银行账户一个大忙。我赶回家中，换上一件圆领低胸的亮黑色连衣裙。这条裙子的下摆是芭蕾舞裙的款式，一直垂到膝盖（此刻这条裙子已经被撕破，压在我赤裸的后背下，变得皱皱巴巴，还浸泡在汗水里）。我又把头发换成与裙子相称的颜色，往眼睛和嘴唇上喷点淡妆，修好指甲，再洒几滴福克斯最喜欢的香水，全程只要三分钟！然后，我坐出租车来到俄勒冈园区，向那个可怜的家伙施展女性魅力……十五分钟后，我的双膝高举在空中，双手紧紧抓住他的光屁股，像狗一样嘶吼，努力逼迫他穿透我的身体，插进下面的地板里。

现在你明白为什么"超级过电"卖不动了吧？

福克斯向来能让我如痴如醉，但并不总是像这次那么激烈。我所处的这种状态，礼貌点说叫"荷尔蒙冲击"，或者"大变后狂热"，可是更多人称之为"发淫疯"。当一个人的身体经历了如此极端的改变，你怎能期待他的心理状态还保持云淡风轻呢？我在这种情况下仅仅是极度饥渴，可有些人会变得不负责任、胡作非为。我认识一个朋友，他吩咐银行在他大变之后的五天内零封其贷款额度，否则他会忍不住把每一分钱都花光。

我现在花费的东西是没办法存进银行的，所以留着也没用，不花白不花。

完事了,他点了大量寿司和天妇罗,堪称堆积如山。外卖送来后,他驾驶露营车,穿过一条又长又暗的通风管道,开进了俄勒冈园区。

和其他所有迪士尼乐园一样,这里也是一个半球形的巨大气泡,气泡底部好歹算是平坦,弧形的穹顶涂成了蓝色。最初建造的那个气泡直径只有一两公里;后来工程师们想出更好的方法去支撑穹顶,于是后来建造的气泡,里面是名副其实的一望无际。俄勒冈是迄今为止面积最大的园区之一,与之旗鼓相当的还有另外两个正在建造的园区:堪萨斯和婆罗洲。福克斯怕我觉得闷,所以尽量不用那些干巴巴的统计数字。即使如此,他的话我听了也是左耳进右耳出,反正知道这地方特别大就是了。

园区的地面主要由石头和尘土堆积而成,包括连绵起伏的坡地,以及两座山峰。被他称作"胡德山"的那座山峰很高,而且有个尖顶。另外一座被削掉一截,看起来像是没完工。

"那将是一座火山。"他说,"或者至少是一座仿真度很高的模拟活火山。这个地区在历史上曾经有过一次火山爆发。"

"你是打算喷熔岩、火焰和烟雾吗?"

"我想啊!可是,要营造像样的火山爆发,我必须消耗大量能源去熔化足够多的石头,这样一来肯定要超预算了;而且大量浓烟会损害树木和野生动物。我们打算白天喷三四次水蒸气,晚上就发射火花,应该挺好看的。项目经理正在努力游说管经费的人,争取拨款每年喷一次火山灰——当然不会造成真正的灾难,适量的火山灰对树林是有好处的。而且我有信心我们每隔十年或者二十年就能往山下灌一次中等规模的岩浆。"

"我真想看清楚点,可这里光线太暗了。"放眼眺望这片景区,真正的光源只有一点点绿色的亮光,来自散布在四面八方的林场。

"那我把太阳点亮好了。"他拿起一个话筒,吩咐了能源部门几句。几分钟后,"太阳"闪了几下,突然出现在我们头顶,开始发光发热了。

"将来这一切都会被原始森林覆盖,人们会看到一望无际的绿色。俄勒冈跟你们得克萨斯那破地方不一样,这里的气候寒冷潮湿,海拔较高的地方会降雪。本地的植被以针叶林为主,我们甚至在南部种了一片红杉——当然,从地理学角度看,在这里种植红杉,有点那个……无中生有了。"

"绿色总好过现在这样子。"我说。

"希尔迪啊,看来你永远也无法成为一个真正的西得州佬。"他说完,笑了。

福克斯把车停在位于峡谷出口附近的哥伦比亚河边。这里河面宽阔,水流缓慢。我们来到了一片宽广平坦的沙洲,这片沙洲位于一个小岛,福克斯把这片以小岛为核心的地区称作"生态试验温床"。河滩的沙子坚硬结实,水面上漂浮着薄冰。河对岸是经常在广告上出现的松树林;而我们这一边只有河口植被,也就是那些不怕定期水淹的植物,包括又高又纤细的苇草以及强壮的矮灌木丛。不过,这些植物很少有像我这么高的。沙里埋着许多只露出半截的巨大木头,每一根都被河水泡成了灰白色,在烈日、寒风和激流的打磨下,早已失去了棱角,变得圆滑。我意识到这些树木都是人造的,摆在这里是为了给偶尔前来的游客留下深刻印象——凡是进园的游客都会被带到这儿来观景。

我们在沙地上铺开一张毯子,然后坐下来大快朵颐。他拼命吃天妇罗虾,而我就主攻吞拿鱼、海胆、鲫鱼、鱼腩、章鱼,以及切得像纸一样薄的河豚片。我把每一片刺身都沾满了妙不可言的绿色芥末,把我呛出鼻涕来,连耳朵也发着红光。然后我们又做爱了。在刚开始的一小时里，福克斯一反常态，缓慢而温柔，到最后才变得剧烈起来。完事后，我们好像吃饱了的蜥蜴，懒洋洋地躺在地上晒太阳。我们好像并没有睡着——或者说我没觉得自己睡着——突然我就被惊醒了。原来是福克斯把我整个人翻转了俯卧着，二话不说就插进来了（不，不是你们想象的那样。没错，福克斯喜欢主动，也特别壮怀激烈，可是他并不喜欢给对方带来疼痛，而我也对疼痛没兴趣）。不管怎么说，接下来的愉快绝对能补偿刚开始的那一点不快。当福克斯是女性时，她就习惯了没准备好就被霸王硬上弓；也许他以为所有女人都喜欢这样吧。我也懒得教化他，因为我不是很介意，而且接下来的几百回合绝对是奥林匹克级别的较量！

事后呢……

我和福克斯总是有"事后"，也许这就是为什么我能够与他相恋十年——这是我一生中维持最久的一段恋情了。在做爱结束后，大部分人都想跟我聊天，而我总是很难找到我既想与之上床又想与其对谈的人，只有福克斯是例外。所以事后我们……

我把衣服的残骸穿上。可怜我的连衣裙被他撕扯得破破烂烂，我的左边胸部已经遮不住了，而且全身上下布满大大小小的窟窿——但这个款式与我此刻的心境特别相衬！我们沿着河边向前走，河水从来没有没过我们的脚背。我心里暗暗玩起了流落荒岛的游戏，这一次我可以扮作一位有钱的名媛，穿着一身破烂的华服，在绝望之际向岛上的善良土著求援……我边走边用脚趾在沙里划出一道道痕迹。

与斯卡帕岛相比，这个地方竟然显得格外虚幻，仿佛连时间也停滞了。正午的烈日依然悬在半空中，我抓起一捧沙子，放在眼前仔细端详，发现其细致程度完全能够匹敌我在一年幻境中所看到的想象出来的沙子。可是两者的气味却截然不同：因为这里的是淡水河的沙，而不是来自大海的白珊瑚。这里的水是淡水，不是咸的，因此这里的微生物群落自然也大不相同；而且这里的水比太平洋的水更温暖……哈！说起来俄勒冈还挺热的，应该有四十度左右，也许和这里正在施工有关吧。一天下来我俩都大汗淋漓的。我用舌头舔他身上的汗，觉得津津有味；可是他的身体比他的汗要香甜百倍。

这么完美的倾诉环境是可遇不可求啊！福克斯，是这样的，这地方让我想起了我上星期一次古怪的遭遇。起始时间是下午15：30.0002，结束时间是大约，嗯，就算是下午15：30.0009好了。我算是亲身体会到什么叫"欢乐时光过得特别快"，这感觉太神奇了！

当然了，我的原话不会这么莫名其妙，我其实是循序渐进地向他讲述这个故事的。一直说到最重要关头的时候，我突然觉得喘不上气，说不下去了。

福克斯不像凯莉那么沉默寡言。

"我当然听说过这种技术了。"他说，"你竟然没听说过？不过我估计你还是像以前那样子，对科学技术敬而远之，是吧？"

"因为科学技术跟我的工作和生活没有太大关系啊。"

"你以前是这么想，现在应该一百八十度大转弯了吧？"

"没错，因为以前科学技术从来没有突然蹦出来咬我一个措手不及嘛。"

"不过这也正是我想不通的地方。你所描述的是治疗精神疾病的一种激进疗法，我想象不到中枢电脑竟然未经你同意就擅自使用，除非你有很严重的毛病。"

他没说下去，只是等着我回答；而我再一次觉得喘不上气了。在这里我不得不称赞一下福克斯的坦诚直率，他明明看见我满脸羞愧的神情，却还是继续追问下去。

"你到底有什么毛病？"他就像一个三岁孩童，问得一点技巧也没有。

"在这里乱扔垃圾怎么处罚?"我说。

"随便扔呗,反正这个地区要重做一次景观设计,然后才能向公众开放。"

我把身上那件破衣烂衫脱下来,紧紧地揉成一团,向河面扔过去。那条长裙一下子张开,像只气球似的降落在平缓的水流中。我们看着它在水面上漂了一会儿,吸饱了水,然后沉入河底。福克斯刚才说起过,我们从小岛往水里再走一百米,河水也不会没过膝盖;可是一百米开外,河床就会陡然变深。我们现在位于小岛靠近上游的一角,就站在沙滩的最末端,注视着长裙被水流簇拥着一点一点地往前挪。我断断续续地吸了一口气,突然意识到有一滴泪珠顺着我的面颊滑了下来。

"早知道你对这条裙子感情那么深,我就不撕了。"我转头看着他。他把泪珠引到指尖上,用舌头舔掉。我勉强笑了笑,然后走进水里,一步步朝着上游走去。我听见他就跟在我的身后。

我之所以泪崩,有一部分原因肯定是来自大变之后的荷尔蒙冲击。我很少哭,而且做女人的时候也不会比做男人的时候哭得更多。也许是大变冲破了我的心理防线,在这一刻,我觉得流泪是水到渠成:是时候释放自己了。这件事情让我感到无比恐惧,我现在应该承认了。

我坐下来,温暖的河水还未没过我的小腿。我把手慢慢伸进我身体两侧的沙子里。

"我好像一直不停地试图自杀。"我说。

他就站在我身边。我仰头看着他,顺便拭去脸上的另一滴眼泪。天哪,他实在太好看了!我很想凑上去,用我的嘴巴帮他重振雄风,然后躺倒在这张湿漉漉的大床上,让他随着河流缓慢柔和的节奏在我身体里运动。我此刻的冲动,到底是出于求生的本能,还是来自寻死的欲望呢?这条河对于我是生命的洪流吗?还是我幻想自己化作河里的细砂碎石，最终被冲入茫茫大海，再无重见天日之时？只是这条河的尽头并没有大海，只有一池深深的咸水。他们在这个大水池里培植了一个规模不断扩大的生物群落，准备把鲑鱼群倒进池中，好让它们力争上游——去寻死。至于我们头上的这一片天——虽然太阳会在天空中西沉，最终也会消失在天际——这片天空充其量只是一个涂成了蓝色的背景。人类在地球上惯用的那一套，在月球这里还行得通吗？

不，我与福克斯交欢的一幕绝对不是死亡的征兆，而是一幅生命的画卷！我对生命从来没有感到厌倦，而且我怕死！福克斯能够三番四次地卷土重来，对吧？难道这不正是生命的意义所在吗？

话虽这样说，福克斯天生就不是那种如缓缓流水般温柔的男人。今天他已经反常地温柔过一次了，这种事情可一不可再。他会在心神激荡时恢复粗犷的风格，而以我此刻的心绪，我会向他发飙的。于是我只是亲了亲他的小腿，继续用手挖掘河床上的沙子。

他坐在我身后，双腿搁在我的两侧，然后开始按摩我的双肩——这才是我需要的！我觉得自己从来没有像这一刻这么爱他。我垂下脑袋，浑身上下变得柔若无骨，就像一条鳗鱼似的，任由他强有力的手指戳着我的身体，为我解开每一个硬结。

"我想说的是……我不想伤害你，这话应该怎么说才好呢？我听到你说自杀，我本来应该觉得震惊才对。这事情真的很可怕，谁能料到你会这样呢？听到一个好朋友说出这样的话，谁会不难受呢？我很想安慰你说：'不会吧！希尔迪，这怎么可能是真的？'你知道吗？问题是，我确实觉得很惊奇，却不是因为知道你自杀，而是因为我听到你说自杀的事情，却并不感到惊奇。啊，我这话也太伤人了。"

"没关系，继续。"我喃喃说道。他的双手现在已经转移到我的头部了。捏吧，再使点劲儿，头骨开裂也不怕，就让我脑子里的邪魔都从裂缝里飞走吧！

"在某种程度上说,希尔迪,你始终是我认识的最不开心的人。"

我没有驳斥他,只是让这句话缓缓地陷入我的思绪当中,正如此刻的我正慢慢地陷入柔软的沙子里。我觉得自己仿佛是一个浅棕色的沙包,被他的手指塑造成各种各样的形状。这种感觉怪诞吗?我觉得一点也不怪。

"我猜是你的工作造成的。"他说。

"真的吗?"

"你自己肯定也意识到这一点了。这样吧,只要你现在大声对我说,你真的很热爱这份工作,我马上就住嘴。"

有什么好说的呢?说了又有什么意义呢?

"你不想吹嘘一下自己的新闻报道做得多么好吗?你不想评价一下这份职业是多么刺激吗?你应该知道自己是一个好记者,依我看来,你在《奶嘴》是大材小用了。还有,你的小说进展如何?"

"几乎是零进展。"

"有想过跳槽吗?找一家别老是报道别人惨死或者明星婚礼的媒体?"

"我觉得跳槽也没用。我从一开始就不觉得记者这个职业有多么高尚,至少《奶嘴》不会装作金玉其外的样子。"

"因为它里里外外都是败絮。"

"没错!我知道你说得有道理,我对自己的职业确实不满意。其实我在那里已经做不长了,之所以还没辞职,是因为我还不知道改行做什么。"

"我听说苦力联盟正在招人,因为他们刚刚中了婆罗洲工程的标。搬运工会还在喋喋不休地抱怨呢。"

"搬运工会的人竟然会开口抱怨?他们难得这么亢奋嘛。也许我应该去应聘。"我半认真半说笑地答道,"至少不会心力交瘁。"

"其实没用的。我告诉你问题出在哪里吧,希尔迪,你总想成为一个……有用的人,你想做一点重要的事情。"

"你是说我志存高远,想要改变世界?哪有这回事儿!"

"我觉得我初次遇见你的时候,你已经放弃了这个梦想,而你也因此总在不经意间流露出一丝幽怨,这也是导致我们分手的原因之一。"

"真的吗?你当时怎么不跟我说呢?"

"我当时也未必知道。"

我们默然相对,各自在记忆的小路上跌跌撞撞、寻寻觅觅。让我欣慰的是,虽然他向我透露了他的想法,可当我回望与他一起的岁月时,大部分记忆都是欢乐的。他还在继续给我按摩,为了能按到我的后腰,他不断地把我向前推。我没有抵抗,而是很顺从地让脑袋往下垂。我盯着自己的头发浸在水里,突然想:为什么人不能像猫那样,在很舒服的时候发出咕噜咕噜的声音呢?要是我能的话,这时候就会发出这种声音了。或者我应该跟中枢电脑提出要求,它也许能够实现我这个愿望吧。

他的动作开始变慢。这么舒服的事情,谁愿意停下来呢?无奈福克斯毕竟会累。于是我向后靠着他的身体,双手搁在他的膝盖上;他顺势把双臂绕到我胸部下方,环抱着我。

"我能不能问你一个问题?"我说。

"当然可以。"

"是什么支撑你活下去呢?"

如我所料,他并没有轻率地回答,而是思量片刻,然后叹了一声,把下巴枕在我的肩膀上。

"我不知道这问题到底有没有答案。表面看来有几个原因,最明显的一个是我的工作有成就感。"

"我妒忌你！"我说，"人们不会看了十秒之后就把你的工作成果删掉。"

"我的工作中也有失望呀。我本来想制造的不是天气，而是这些——"他一挥手，扫过俄勒冈园区还在建设当中的茫茫荒野，"后来我发现自己的天赋并不在此。要是能把这一切流传后世，也是另一种成就啊。"

"这就是关键吗？有什么东西流传后世，留给子孙后代？"

"在五十年前我也许会说这是关键，现在就不一样了。当然，这毫无疑问是原因之一。我觉得对于有足够智力去思考人生意义的那批人来说，他们当中的大部分都会觉得这就是最主要的原因。可我现在已经不敢确定单凭这个理由能不能支撑我活下去了。我也不是不开心，我其实很热爱这个职业，每天都迫不及待回来上班。我经常工作到很晚，周末还回来加班。但若论我能否创造出流传后世的东西，我觉得我的工作成果甚至比你的更昙花一现。"

"你说得对。"我觉得相当诧异，说道，"我都没想过有这种可能性。"

"看到没有？"他笑道，"每天都学到新知识吧？这也是活着的原因之一，不过也许有点微不足道吧。其实我能在创造的过程中获得满足感，我的成果不需要天长地久，甚至没有意义也可以。"

"就像是搞艺术。"

"对，我也开始从那个角度去思考了。也许我这样说有点自以为是，不过现在确实开始有人关注我们天气团队的工作了。接下来会怎样发展？谁也说不准。可对于我来说，能够创造点什么是非常重要的。"他迟疑了一下，又继续说下去，"不过……还有另外一种创造方式。"

我知道他在说什么。说一千道一万，这正是我们分手的根本原因！我们分开不久她就有了一个小孩。这个小孩的爸爸是我吗？我叫她永远也别告诉我。她还想着我也应该生一个小孩，我就斩钉截铁地说，不关他的事。

"对不起，我不该说起这话题的。"他说。

"不，请别这么说。这次是我主动问你的，你坦诚地说出你的看法，哪怕我不同意，我也应该好好听着。"

"你真的不同意？"

"我也不知道。我曾经想过这问题。不过你肯定已经猜到了，我对许多问题都有仔细想过。"

"那你应该考虑过一些迫使你继续活下去的负面原因吧？有时候我觉得负面原因才是最主要的。比如说我怕死，我不知道死后是什么状况，我也不想知道，就想一直拖到最后一刻。"

"不向往天堂的竖琴吗？"我说。

"你不是说真的吧？！按照逻辑分析，你必然会得出这个结论：人死如灯灭，死了就不复存在了。不过要是有人真这样认为的话，我一定会跟他争论到底。你知道我不是神秘主义者，很好笑的是，我活了这么久，到头来竟然相信死后肯定会有点什么。这纯粹是一种感觉，虽然一丁点儿证据也没有，却也不会被任何人动摇。"

"我也不会尝试去动摇你。其实在我心情没那么坏的时候，也会有这种感觉。"说到这里，我长叹一声，突然觉得前所未有的疲惫。最近我老是唉声叹气的，而且一次比一次疲惫……这样下去的终点在哪里呢？你千万别回答。

"这么说来，"我继续说，"我们对自己的工作或多或少都有点不满意，不过我还是觉得这不足以让我去自杀。要解决工作满意度的问题，其实有许多更简单的方法，不是非死不可的。另外你还提到了一种不眠不休的创作冲动，还有不要小孩。"我一边说一边掰手指，把这些选项一一剔除。我这样无情否决福克斯的提议，有点不厚道，毕竟他在尽力帮我想出各种可能性，但我真的希望他能再提供一些独特新颖的角度，"还有怕死……所有这些答案都不太让人满意啊。"

"这话我不该说，可我早就知道你不会满意的。希尔迪，我求你去找一些专业的心理咨询师吧。问题是，虽然我提议你这样做，但凭我对你的了解，看心理医生也没用，因为你从来就不是一个愿意接受别人意见或者建议的人。我的直觉告诉我，这个问题到最后还得靠你自己解决。"

"或者最终也解决不了。你不用道歉，你说得完全正确。"

河水依旧淙淙地流，太阳仍然悬在画出来的天空上；时间仿佛也停滞了，每秒之间的间隔好像被无限拉长。沉默并不尴尬，因为我俩都不是非说话不可的人。要是我什么都不用想，就这样耗十年我也愿意。不过我知道福克斯终究会开始厌烦的。

"再求你一件事可以吗？"

他开始咬我的耳朵。

"不，不是这件事。呵呵，这事儿晚点再说。"我脑袋后仰看着他，他的脸与我相隔不过几英寸，"你现在有和谁在一起吗？"

"没有。"

"我能不能搬去你家住一段时间呢？比如说，就一个星期吧？我很孤独，也很害怕，福克斯，我害怕孤独。"

他没有回答。

"这段时间我实在不想一个人睡，但我又不想低声下气求你。"

"让我考虑一下。"

"好吧。"看他这种态度，我本来应该很受伤的，奇怪的是我竟然不觉得。我知道换了是我也会这样回答。这事说白了就是我在求他救我一命，可是我俩都知道，他顶多能给我一个拥抱，除此之外无能为力。如果他真的试着帮忙,而我最终还是自杀身亡的话……这会给他造成多大的负罪感!他的确需要仔细考虑考虑。所以我只是紧紧地依偎在他怀里,凝视着哥伦比亚河长流不息的河水。

我们走回露营车。路上我们突然发现河水不流了!只见静止的河面平滑、安详,就像一条长长的湖。水面忠实地倒映出对岸的树木,可以媲美世上任何一面镜子。福克斯说有些水泵一直有故障,"不是我们部门负责的。"他说这话的时候,感觉在谢天谢地。这个景观本来挺漂亮的,可是我只觉得心里发毛,一直冷到了骨髓里——因为这条河让我想起了斯卡帕岛,想起那片凝固的海洋。

然后他从露营车里拿了一只遥控器,说有好东西给我看。他输入一串代码,我的影子开始移动了。

太阳如同一只银色的大鸟在天际掠过,它的轨迹被每一棵树、每一丛灌木和每一棵小草的阴影记录下来,就像千千万万个沙漏留下了时间的足迹。如果你想试试晕头转向的感觉,建议你来亲身体验一下。我觉得一阵晕眩,身体竟然开始摇晃。我连忙分开双脚,坐在地上。这时我才发现,原来这一幕坐下来看会有趣得多。

几分钟后,太阳消失在西边的地平线下,不过福克斯想给我看的并不是快进的落日。只见一丝丝稀薄的云从西边飘来,我估计是卷云——或者至少他们想弄成卷云的效果吧。那个已经消失的太阳隐藏在某个地方继续发光发热,把空中的云霞染成了深浅不一的红色和蓝色。

"很漂亮。"我说。

"还没到呢。"

突然,远处传来轰隆一声,紧接着,一个泛着淡淡金光的巨大烟圈缓缓升到半空中。福克斯紧张地操作着,远处又传来一声哨响,烟圈的形状开始变化，只见圆圈的顶端缓缓凹陷，底部也逐渐向下沉降。刚开始我还看不出个所以然，然后我瞧见了：烟圈变成了一个像模像样的心形！真不愧是我的情人！我哈哈大笑，紧紧地拥抱着他。

"福克斯，原来你也是一个笨蛋多情种。"

福克斯想不到我会这样评价，所以显得很尴尬。我就知道他听了一定会尴尬的，因为这家伙最怕被人揶揄，可我实在忍不住要捉弄他。为了避开尴尬，他干咳两声，开始向我描述技术细节：

"我发现我能够用那些鼓风机制造出逆火效应，"我们看着那颗心在挣扎中逐渐化为乌有，他说，"然后我们可以用浓缩喷射机去改变其形状。当然了，目前这种改变还是有一定局限性；不过等正式开张的时候你再过来看看，到时我应该能在落日之时写出你的名字。"

我们洗了个澡，把身上的沙子都冲走。他说他们计划在堪萨斯园区进行一次核爆破，问我想不想看。我从来没亲眼见过核爆，所以就说好。于是，他开着露营车飞进一个气密舱，再连人带车升到地表。从这里开始，他就设定了自动驾驶模式。露营车渐渐升高，我们目睹着真空中那片美景在我们脚下渐渐远去。福克斯开始跟我说起他在其他迪士尼园区干的一些活儿。

福克斯简直是把天气当艺术品一样去雕琢，也许你要亲眼看到才懂得欣赏他的杰作。当他说起自己亲手创造的冰雹和雪暴时，整个人陷入了一种狂热的状态。他讲的东西虽然我完全听不懂，却勾起了我的兴致。于是我告诉福克斯，下一次他举办公开展示会的时候，我一定参加。我突然怀疑，他是不是绕着弯儿让《奶嘴》来给他做宣传。呵呵，我这人生性多疑，偏偏遇上这种情况时我的疑心往往是对的。问题是我很难把这种新闻写得引人入胜，除非有名人出席，或者现场发生一些恐怖或者暴力的事件，这样我亲爱的读者们才会觉得有趣。

跟堪萨斯相比，俄勒冈园区简直可以称得上是名山胜景了，我真想在那儿也置一块地。

目前，堪萨斯的施工还处于挖掘阶段。半球穹顶接近完工，只剩下一块位于北端边缘的、相对来说面积较小的地区需要爆破。福克斯说，最佳观赏角度位于最西侧的边界；他还说如果我们太靠近南边，那么，空气中的灰尘就会使爆炸区域变得模糊不清，那我们这趟就白跑了。他把露营车降落在一个宿营地，这里横七竖八地停泊着一堆跟我们的座驾相似的模块化的陆空两用宿营车，还有好几十个"烟火爱好者"聚集在一起。于是，我俩也加入了他们的行列。

这次"烟火会演"是一次业内活动，绝对不向公众开放，除了我之外，其余所有观众都是建筑业的工程师。其实这种活动也不算稀罕，在建造堪萨斯园区的过程中，类似的爆破一共需要好几千回。从现在到完工，估计还剩下上百次。福克斯称之为"月球上最鲜为人知的秘密"。

"随着工程进度不断推进，爆破的规模会逐渐变小。"他说，"因为太强烈的爆炸会震坏已经建好的主体结构。在工程刚刚起步的时候，我们使用的炸药威力比现在这次要大十倍呢。"

我留意到他用的主语是"我们"，而不是"他们"。看得出来，福克斯不甘心只去安装或者操纵天气设备，他是想参加这个园区的建设工作。

"这些爆破危险吗？"

"安不安全其实是相对的，核爆当然不如你躺在被窝里睡觉那么安全了。可我们的计算极其精准，可以说是无懈可击，所以这三十年来一次核爆事故也没发生过。"他滔滔不绝地说下去，讲他们的预防措施如何精密，比如说用雷达监控有可能飞向人群的大石头，用激光将其摧毁等等,都把我给听腻了。然而就在他狂拍胸口保证我安全之后,突然又当头给我泼了一盆冷水。

"如果我喊'快跑',"他一脸严肃地说,"你就马上跳上露营车里,动作一定要快!"

"我需要保护眼睛吗?"

"透明铅玻璃镜片就可以了,倒是紫外线会把你灼伤。刚开始的时候你会觉得头晕眼花……不过,希尔迪,要是你双目失明了,我们公司的保险会给你免费换一双全新的眼睛。"

我对目前这双眼睛特别满意,才不要全新的呢!想到这里,我开始动摇了:我这次来明智吗?所以,在核爆刚开始那几秒,我并没有直视。民间有大量传说,都是讲述核爆会对人造成怎样的影响。这些传说都起源于古时候的地球老家——那时候的人曾经用核弹炸死了好几百万个同胞呢!

按照惯例,倒数是从"10"开始的。数到"2"的时候,我戴上护目镜,还闭上了双眼。当亮光穿透我的眼皮,我自然而然地睁开了眼睛。正如福克斯提醒的那样,我感到一阵头晕目眩,不过眼睛很快就适应了强光。该怎么形容那么亮的光呢?假设你把一生中见过的所有灯光聚集起来,其亮度也远不能跟这片强光相比。紧接着,地面开始摇晃,连空气也在波动;又过了许久,我们才终于听见一阵巨响。我以为那就是爆炸的响声,其实那只是从地面传来的冲击波;通过空气传来的声波比它厉害多了!接着就是狂风大作,空中升起一团团火烧云。整个爆炸过程足足持续了几分钟。当火焰消散之后,四周响起一阵稀稀落落的掌声,还有几声欢呼。我转头看着福克斯,我俩同时咧嘴一笑。

与此同时,在二十公里以外,已经有一千人遇难了。那就是后来人称"堪萨斯塌陷"的惨案。

Steel Beach
No.10
大英帝国女王陛下

当时在场没有一个人知道不远处已经发生了灾难。

按照那帮工程师的传统，我们喝香槟庆祝。十分钟后，我和福克斯回到露营车里，向一个气密舱驶去。他说回王城最快的路是从地面走，我觉得无所谓，因为我不喜欢走迪士尼乐园周围那些蜂窝似的隧道。

我们又回到地面上，刚刚重见天日，露营车就马上进入了自动驾驶状态。同时，自驾系统还宣布，我们的露营车必须进入等待航线或者降落，因为所有交通线路都必须保持畅通，好让救援车队通过。我看到几辆闪着蓝光的急救车无声无息地从我们旁边疾驰而过。

在我俩的印象中，月球表面从来没有发生过这么大规模的紧急状况。当然，在过分拥挤的地方也偶尔会出现气压损失——毕竟没什么系统是完美无瑕的——可那些意外通常都不会出人命。于是我们打开了收音机……我刚听了开头几句，就赶紧扑去露营车后部的杂物堆里乱翻，终于找到了一块电子读报板，居然是《少废话》。换在平时，我一定会无情地对他大肆嘲笑，无奈读报板上显示的新闻把所有插科打诨的俏皮话都堵在我咽喉里，一句也说不出来了。

原来，一个名叫"涅槃"的月球表面度假村发生了严重爆裂。第一时间的新闻报道显示有人员伤亡，监控摄像头的直播画面——在刚开始的十分钟里，我们能看到的就只有这些了——拍到一个大泳池边上躺着许多人，全都一动不动。池里的水不停地翻滚冒泡，我们一开始还以为这是一个按摩泳池，然后才意识到池水正在沸腾。我们大吃一惊，因为这就意味着那里完全没有空气，那些人都死定了。他们的姿势也很奇怪，好像都在紧紧抓住什么东西不放，比如说桌腿，或者是种着棕榈树的混凝土大缸。

这种新闻故事总是以一种断断续续、磕磕绊绊的方式演变和发展。刚开始的报道通常都语焉不详，而且多数是不准确的。我们听说死了二十人，后来变成五十；然后记者战战兢兢地说：两百人。再后来，之前所有报道又全被推翻，可是我自己就数到了不下三十具尸体，实在是很气人。我们被所谓的"即时全面报道"宠坏了，都想当然地以为新闻报道一定是迅速及时、有说服力、镜头稳定、制作精良的。我们这次看到的镜头岂止稳定，简直是纹丝不动！我只看了几分钟，心里就开始大声嚷嚷：动一下吧，哪怕一点也行，给我看看这幅画面以外到底还有什么东西啊！这个愿望一直到我们降落十分钟后才终于实现，可对于我来说，这十分钟就像一个小时那么漫长。

这次灾难对我和福克斯都造成了巨大影响，刚开始我以为我受的影响会比他大。毫无疑问，福克斯陷入了震惊和恐惧当中；而我在某个层面上则和他一样，也是又惊又怕。可是在另一个层面上，像猎犬般灵敏的新闻触觉在我心中翻滚沸腾。在极度不耐烦之际，我在短短一分钟内问了自动驾驶系统三次，问我什么时候才能离开这里外出采访呢？我也知道自己这样做很失态，可随便哪个新闻记者都能理解我当时的冲动。我必须采取行动！所以我把那些恐怖的画面统统塞进脑子的某个角落——警察和验尸官就是这样处理不愉快记忆的——然后我心跳加速，焦躁不安，我需要更详细的信息！再详细点……再详细点……无奈我被困在了距离事发现场十五公里之外的月球表面，没有比这种煎熬更折磨人的了。

接下来，新闻报道提到了一个事实，估计福克斯听了会希望这不是真的。我一开始还没意识到这事儿的重要性，只是转头看着福克斯，发现他的脸一下子白了，双手竟然开始颤抖。

"怎么了？"我问他。

"时间。"他低声说，"他们刚刚提到了爆裂发生的时间。"

我仔细听着，新闻主播又说了一遍。

"那不是……？"

"是,就在核爆一秒后。"

我当时一心想着赶快去"涅槃"度假村的事发现场,所以足足过了一分钟才意识到自己应该干什么。于是我立刻拿起福克斯的电话,打给《奶嘴》编辑部。我输入了第二紧急代码,确保能够第一时间找到沃尔特。至于第一紧急代码,沃尔特告诉过我,只能在猫王独家采访或者宇宙毁灭的时候使用。

"沃尔特,我拍了一些镜头,记录了这次爆裂事故的起因。"他的一张丑脸出现在屏幕上,我说道。

"起因?你在现场吗?我以为那里的人都——"

"不,我不在现场,我在堪萨斯看核爆呢!而且我有充分理由相信这次灾难是被核爆触发的。"

"听起来不太靠谱……你敢肯定——"

"沃尔特,我绝对肯定!要不然这就是一个不可思议的巧合,就像那次我用同花顺赢了你的满堂红那么巧的巧合。"

"那次根本就不是巧合!"

"当然不是了!找天我会告诉你我是怎么出老千的。但现在你已经浪费了二十秒宝贵的新闻时间啦!其实你不放心的话就加一句免责声明呗,就像'这会不会就是涅槃惨案的根本原因呢?'"

"发给我!"

我一边在露营车的仪表盘上摸索,一边低声咒骂。"这辆破车的神经输入接口在哪里呀?!"我问福克斯。他有点诧异地看着我,从一个凹槽里面扯出一根电缆。我手忙脚乱地把电线插进我的枕骨插孔里,说了密码,我脑子里的记忆晶体开始循环,在五秒钟之内就把过去六小时的全息录像都上传了。

"你到底在哪儿呀?"沃尔特继续唠叨,"我打电话找你打了二十分钟。"

我告诉他我被困住了，他说会想办法解决。仅仅过了三十秒，我们的自驾系统就恢复了行驶状态。在这种情况下，媒体本来是有相当影响力的；不过我刚才被困在地表动弹不得，所以没办法申请特许通行权。我们重新升空，然后……朝着相反的方向驶去。

"你干吗？"我简直不敢相信自己的眼睛，连忙质问福克斯。

"回王城。"他平静地说，"我们刚才在新闻里看了那么多，我实在没有欲望去现场亲眼见证一次，而且我尤其不想看你在那里做报道。"

我真想一脚把他从驾驶座上踹开！可是当我转头瞥了一眼，就立刻打消了这个念头，因为他看起来有点吓人，仿佛我只要再多讲一个字，他就会说出一些我不想听到的狠话，甚至可能有更激烈的反应。我只能忍气吞声，心里默默地计算从最近的一个王城气密锁出发去涅槃度假村需要多长时间。

我好不容易才终于摆脱了记者模式，努力像一个正常人那样去思考和说话。我想，就这样坚持几分钟总行吧？

"你别把这件事情揽上身啊！"我说。他的双眼直勾勾地盯着前方，好像真的想看露营车正驶向何方似的，"是你自己亲口告诉我——"

"希尔迪，听着，安放和引爆核弹的人不是我，做理论计算的人也不是我，可是我有好几个朋友都参与了，而且到最后我们团队每个人都脱不了干系。不过现在我还是必须四处打电话，还是要找到哪里出错了。我确实觉得自己有责任，我也明知这样想是毫无逻辑可言的，所以你不要劝我了……你最好连话也别跟我说。"

我确实没有再说什么。几分钟后，他一拳砸在仪表板上，说道："我脑子里总是出现刚才那个场景，我们站在那里欣赏奇观，还欢呼雀跃……天哪，我甚至还能回忆起香槟的味道！"

我走出气密锁，叫了一辆出租车，叫它载我去涅槃度假村。

大部分灾难在事后看来都明显是可以避免的。假如人们留意到某条预警信息，假如人们采取了某种安全措施，假如人们想到了某种可能性，假如这、假如那……当然了，有些不可抗的所谓"天灾"是不可避免的。我们所说的天灾，通常包括地震、飓风，以及流星袭击。可是月球上很少刮飓风，而地震也一样罕见，利用月面学的知识就能够做出相当精确的预测。流星的速度很快，冲击力也很大，不过它们的数量和平均体积都很小；而且月球表面所有容易受损的建筑物四周都安装了强大的雷达，能监测到所有能造成危险的流星；我们还有威力巨大的激光炮，能够让那些来袭的流星全部人间蒸发。至于爆裂，上一次造成人员伤亡的事故距离堪萨斯塌陷已经有六十年之久了。长期以来，月球人对于各种安全措施的信心是越来越足、满意度越来越高，很多人已经克服了我们人类对月球表面以及真空状态的那种与生俱来的恐惧。人们建造巨大的透明穹顶，乍看之下还以为什么都没有；许多有钱人来到穹顶里，在阳光下玩耍，还晒出古铜色肌肤。可是像涅槃度假村这样的地方，如果建在一百年前，肯定不受人待见。因为当时的有钱人都躲在安全系数最高的地底；而穷人则只能留在地表碰运气，在八九道压力门之外就是那个让人无法呼吸的广袤空间。

然而这一个世纪以来，科技高速发展，人们积累了大量关于如何在恶劣环境下生存的知识，又建造了各种安全防护系统，其严密程度早已超越了"小心谨慎"的境界，甚至到了近乎荒唐的地步……就这样发展了一百年，月球社会发生了翻天覆地的变化。城市翻转了，最底层变成了最高级（我听说地球上的湖泊也会定期翻转一次）。原本风光无限的岩床区现在已经成了贫民窟；而顶层的真空排楼在经过装修之后就成了主流社会的向往之地。家里有没有一两扇开在地表的真窗户，已经成了检验这人混得好不好的唯一标准。

凡事都有例外，像凯莉这种老顽固反动分子还是喜欢深挖洞，不过至少她不怕去月球表面。还有极少数人依然患有月球恐惧症候群当中最常见的一种：空气缺失恐惧症，但我猜这帮家伙还是活得好端端的。我看过很多资料，说以前地球上很多人畏高和害怕乘飞机。在那个崇尚高层住宅和高速旅行的社会里，这种毛病才是真的有病。

在月球，"涅槃"算不上最高档的地表度假村，却也不是沿街叫卖"三天两夜特价套餐"的破旅馆。很多人愿意出天价去月球表面欣赏"自然景观"，同时还沐浴在被仔细过滤过的阳光里，我一直不明白这有什么吸引人的。我宁愿光顾随便一个地底迪士尼乐园，都比地表度假村强。你要游泳池吗？地底也有那么多个池子，里面的水也和上面的一样湿；只是有些人觉得模拟地球环境很恐怖罢了。更让人想不到的是，有相当一部分人既不喜欢植物，也不喜欢躲在叶子里的昆虫，甚至觉得动物也没什么用处。涅槃度假村就是专门迎合这个人群，给他们一个烧钱的好去处，而且还能满足他们跻身有钱人行列的欲望。度假村里面有各式各样的活动：赌博、跳舞、晒黑，以及一些由管理方组织的弱智游戏——所有这些活动都是在阳光与星光下进行的。而且从度假村里看出去，归宿谷的绝美风景一览无遗。

这山谷，不美可不行，因为开发商花了一大笔钱才把它建成现在这样子的。

归宿谷是月球表面一条三公里长的裂缝，人们对其进行艺术化处理，凿出参差的尖峰和陡峭的悬崖——如果上帝创世的时候请一个风格更炫丽的布景设计师来打造，月球本来应该就是这样子的。在太空时代尚未开启时，在首张月球照片传回地球之前，人们从没见过月球阴沉晦暗的真面目，都把月球想象成另外一个模样，而归宿谷正是再现了人们想象中的那幅画面。谷中没有粉刺似的波状矮丘陵，没有让人看了就抑郁的灰白色火山渣平原，也没有被亿万年烈日和寒夜磨掉了棱角的圆石堆，更没有覆盖月球表面一切东西的极其讨厌的灰尘。在这里，陨石坑的边缘犬牙交错、参差不齐；悬崖壁立千仞，就像破碎的巨浪压在你头顶；圆石堆里点缀着五彩缤纷的火山玻璃，当中有些把未经加工的阳光碎裂成千种色彩，有些发出红宝石和蓝宝石的温暖亮光，仿佛里面有灯泡在发光——据我所知，有些火山玻璃当中确实装了灯泡；许多奇形怪状的水晶体从地里长出来，有的直插云霄，有的摊平了在地上扩散，好像丑陋邪恶的深海生物；有十层楼那么高的石英块插在地里，仿佛是从很高的地方坠落到这里的；有一些毛茸茸的支架，像海胆一样附着在石壁上，在黑暗中发着亮光——那些东西上面的毛就像光纤那么细、那么脆弱，仿佛增压服经过时排出的尾气就能把它震断；同样经过精雕细琢的地平线被塑造成连绵起伏的山脉，显得粗犷壮丽、气象万千，就连地球的落基山脉也无法与之媲美……不过要是你徒步登上山头的话，就会发现那些其实是小矮丘，只是被人很狡猾地用灯光照射和强迫透视放大了。

归宿谷底简直是奇石爱好者的梦中乐园，来到谷底就如同进入了一个巨大无比的水晶洞。然而，后来人们发现，正是这里无遮无拦的环境导致了涅槃度假村最后的崩塌。

"涅槃"由四个半球形主娱乐区组成，其中一个半球安顿在一个悬崖的脚下。"涅槃"的经营者按照度假村的一贯风格，给这个悬崖起了一个美丽得让人窒息的名字：天堂宁静界。在建造"涅槃"时，他们合成了人类历史上最巨大、最清亮的石英圆柱，而天堂宁静界脚下的那个半球就是由其中十七根撑起来的；而且整个结构密布着用来安装射灯、激光和投影仪的凹槽。在白天，阳光射进穹顶，景色相当怡人。然而真正的精彩都发生在夜间，因为晚上有持续不断的灯光会演。灯光的设计理念是安神、放松，以及向观众们展示来自某个天堂的永恒宁静。半球里面的观众能观看的只是一些模糊的图像，能看见一点儿,却又游离在视线之外,始终是那么缥缈,那么催眠。这里的开张庆典我也出席了,虽然对这个地方冷嘲热讽,可我必须承认,涅槃度假村几乎能值回它那张票的票价了。

堪萨斯的核爆推动了一条在地图上没有标注出来的、位于涅槃度假村几公里外的断层线,造成了一次短暂而剧烈的地震,结果归宿谷被整个儿抬高了几厘米,然后又砰的一下摔回原处。度假村里除了许多锅碗瓢盆之外,真正被破坏的其实只有一根大圆柱。这根柱子被震松脱了,倒下来砸中了三号半球——也就是人们说的"边界半球"。半球的穹顶又厚又坚硬,而且是全透明的,没有丑陋的测地线,不会影响客人观瞻外面景色。穹顶是由大量边长四米的六角形构件黏合在一起做成的,而这种黏合方法和程序在接下来的几周里被人讨论了无数次,我却怎么也听不懂。而且他们还用某种分子场增强器来进一步加大穹顶的强度。所以从理论上来说,穹顶的硬度应该能够承受第十四号圆柱的撞击;或者说,应该能支撑到所有人都被疏散为止。结果出事时,穹顶确实顶住了,无奈只顶住了五秒钟。因为穹顶的原料内部产生了某种形式的震动,而分子场增强器又将这种震动加强了。结果,在远离悬崖的那一侧,有三块六角面板沿着接缝处断裂,被从缝隙里喷出来的空气一下子炸飞,好像飞到环月轨道上了。追随空气飞走的还有一切没固定的东西,以及所有没抓住固定物体的人——有些人甚至抓住了东西也还是被刮走。那阵风肯定无比暴烈,因为有些尸体甚至被吹到了归宿谷边缘的山顶上。

当我赶到时,大部分救援行动都已经结束了。爆裂事故总是这样子,一个人暴露在真空里面只有几分钟的救援窗口,在此之后,就轮到验尸员干活儿了。也有例外的,比如说有人会躲进自动密封的房间里,他们很快就会获救了。这些程序化的救援行动一点也不激动人心,不管评论员怎么声嘶力竭,怎么上气不接下气,也很难为这条新闻增加亮点。所以在塌陷新闻报道的后半段,记者们只能深情地凝视着满大街的尸体,绞尽脑汁地寻找一个全新的角度去报道这个惨剧。

我们绝对不能拿尸体来说事儿!没错,《奶嘴》的读者们喜欢血腥的故事,不过他们能承受的恶心画面到底还是有限度的,我们姑且把这个限度称作"反感指数"好了。爆裂的眼球和胀大的舌头?可以。肠穿肚烂和断手断脚?也行。问题在于,在爆裂事故的死亡案例中,尸体内部的各个腔中积存着相当数量的气体,其中很多是在肠子里。当气体发生爆炸性膨胀时就会朝着天然的出口向外喷,这时候发生的事情当然不能成为你新闻稿的主题了。我们向观众展示尸体,这是迫不得已,可是我们绝不能一直盯着尸体不放呀。

说到底,真正值得报道的东西跟以往每次灾难事故大同小异。排名第二:孩子;排名第三:悲剧性的巧合;而长年霸占冠军位置的只有一个:遇难的明星!

涅槃度假村本来就不是专门做儿童生意的。他们对带小孩的顾客抱着不禁止、不鼓励的态度;而大部分客人都很识趣,不会带小孩来入住——也不知道那些爸妈跟保姆的关系有多铁。而在堪萨斯塌陷当中,只有三个小孩子罹难,所以这悲剧更加让读者们痛彻心扉。我追踪到一个三岁的遇难小孩的祖父母,拍下了他们得知噩耗时的真实反应。这次采访后,我连灌了几杯烈酒——记者写稿不择手段,没有最卑鄙,只有更卑鄙。

接下来就是从亲历者的角度报道一些大难不死的案例。"我们本来计划去涅槃度假村住一个星期的,可最后没有去成,因为什么乱七八糟的原因。""我只是回房间拿个什么东西,突然听到四处警报响。我当时就想,我亲爱的老公在哪儿呀?"为什么普罗大众对这类故事喜闻乐见呢?我觉得这是因为大家在潜意识里都认为,当死神的大脚开始往下踩的时候,幸运之神肯定会眷顾自己。然后还有幸存者访谈,虽然我觉得这些话题特别闷,但我明显属于一小撮。一半或以上的幸存者会说:"是神在保佑我!"而说这话的人当中,大部分根本就不信神。我总觉得这其实是一种"神祇即杀手"的神学观:要是你没死是因为神的眷顾,那么那些死难者呢?他们像标枪似的被神甩向茫茫太空——神对你有多疼爱,肯定就对他们有多痛恨吧!

还有许多案例不属于上述的任何一个类别,我称之为"暖心悲剧"。在"涅槃"惨案当中最感人的一个故事里,一对情侣被轰到两公里之外,两人竟然还手牵着手!考虑到他们是在穿顶撞穿了一个洞飞出去的,所以两具尸体的状态当然不会太完美,不过这也没关系。在飞行过程中,他们体内激射出来的两道褐色液体无疑起了强大的推进作用(这一幕太难以置信了,可惜目击者都死光了);降落时,那些排泄物已经被他们远远地抛在了身后,因此,那两具尸体是可以登上大雅之堂的。最后,这两个男的就这样躺在地上,脸上还带着甜蜜的微笑。他们身后的一堆石头竟然被摄影师拍出了教堂花窗玻璃的效果。和所有其他报社的主编一样,沃尔特为了把这张照片放上头版,被狠狠地敲了一次竹杠。

报道这条新闻的记者正是我的老对手蟋蟀。而且这个故事让我再一次深深体会到,做新闻必须主动出击,不择手段!当我们这帮同行还在三号半球的废墟里流连忘返,尽情利用新闻嗅觉找线索的时候,蟋蟀已经穿上增压服,跟着救援队外出搜寻了!为了拍出最清晰的图像,她竟然带上了电影专用摄像机!蟋蟀还贿赂救援队,让他们稍等片刻,好让她把掉在外面的眼珠子塞回尸体的眼眶里,把眼睑合上,又在死人的脸上挤出一丝恬静的浅笑。摆拍这幅照片时,她很清楚自己想要什么,结果她获得了回报:当年普利策奖的提名!

不过,真正轰动的新闻还是来自遇难的明星。在"涅槃"惨案的一千一百二十六名死难者当中,有五名在某种程度上算是重要人物吧。

按照重要性排名，第五位是一个来自克拉维斯[1]区的政客，第四位是一个从水星来巡演的流行歌手，第三位和第二位是一个脱口秀节目的男主持和女主持，排名第一的是影星拉里·耶格尔。为了充分消费公众的悲伤情绪，电影公司把聂格尔的新片公映日期提前了整整三个星期。他的演艺事业其实已经在走下坡路了，否则根本就不会第一时间来涅槃度假村。须知拉里以前只出入最高档的场所，如今竟然死在这种地方，可见他这颗恒星显然正在坍塌，眼看就要变成黑洞了。哪个因素会影响他生前作品的价值呢？死在哪里并不重要，关键是他怎么死的。暴毙、惨死、英年早逝、卒得荒诞不经、殁得街知巷闻……堪萨斯塌陷就具备了上述的种种元素。因此，耶格尔作品的版权费一下子暴涨了五倍！

当然了，还有别的故事可以深挖：这件惨案是怎样发生的？为什么会发生？不过我更关注时间、地点和人物。要报道事故调查工作的话，必然涉及无穷无尽的专家会议和听证会，一来，这些会议特别沉闷；二来，我也没有足够的专业知识去应付。调查结果估计会拖几个月甚至几年才能问世，到那时，《奶嘴》才会重新关注这件惨案当中的人物：谁来负全责？至于现在，《奶嘴》大可以尽情发挥，天马行空地揣测，极尽诽谤毁誉之能事。不过这种文章非我专长，自有别的同事去负责。每天我都怀着惴惴不安的心情阅读这类报道，害怕看见福克斯的名字。幸好，他始终没有被人揪出来。

于是，这段时间我不停地忙——可是我不得不承认，我主要是去骚扰那些孤儿寡妇和鳏夫——整整一个星期我都在上蹿下跳，全方位多角度地报道堪萨斯塌陷。在百忙之中，为了给下一次采访做准备，我经常采取一种麻醉减压措施——玛格丽塔鸡尾酒。要毒害自己的话，

---

[1] 克拉维斯环形山，位于月球正面南部的一个巨大陨石坑。

玛格丽塔是我的首选。同时,我还紧张地留意着随时会发作的抑郁症,希望能提前发现一些征兆。我确实找到了——报道这种新闻的过程中我怎么可能不心酸,怎么可能不偶尔自怨自艾一下——可是我始终没有真的抑郁,没有那种渴望离开这个残酷世界的抑郁。

我得出一个结论:忙就是最佳疗法。

在剩余的一千一百二十一名死难者当中,有一位是威尔士公主的母亲,也就是英格兰国王亨利十一世。虽然他的头衔很吓人,可是汉克一生没有任何成就,他的事迹甚至还不够资格在《奶嘴》上面发表一篇回顾文章。直到他死后,他的大名才有机会出现在媒体上:讣告、读者反馈,以及一篇题为《讽刺吗?》的简短图文。这是一个新手记者写的,文中提到了他的几位臭名昭著的先祖:在玫瑰战争中战死的理查三世、杀了两个老婆的亨利八世,还有荒淫无度的苏格兰女王玛丽一世。可是沃尔特大笔一挥,把这篇短文删改得面目全非,还在批注里写下一个不朽的金句:"莎士比亚的破东西,谁他妈爱看?"他还给补充了一条花絮新闻,讲述性学家薇姬·汉诺威以及她的一些怪异想法对整整一个时代人们的性生活产生了怎样的深远影响。

亨利十一世为什么会在涅槃度假村呢?因为他负责维护三号半球的管道系统。不是空气管道,而是排污管道。

结果,在这次灾难报道结束后的第一天,我刚刚闲下来,电话显示有一个呼叫请求。来电的人自称"伊丽莎白·萨克森-科堡-哥达[1]",并不在我的好友名单上。我一下子想不起这人是谁,过了一会儿才意识到她就是那台恐怖的搏斗机器:威尔士公主。

于是我接通了电话。

---

1. 一个源自德国,曾统治比利时、葡萄牙、保加利亚、英国等国的欧洲王室。

她先是唠叨了几分钟，反反复复地道歉，又问她的支票寄到没，还请我称呼她为莉齐[1]。

"我这次打电话来，"她终于说到点子上了，"是因为……不知道你有没有听说，我妈妈也在这次涅槃镇事件里遇难了。"

"听说了。真不好意思，我本来应该给你寄张吊唁卡什么的。"

"没关系的，你和我也不熟，而且我本来就恨死那个贪杯好酒的糟老头子了！这么多年我过得一团糟，就是他害的！不过现在他终于死了……是这样的，我明天会开一个加冕派对，我就是问一下你想不想出席。呃，当然还能带一位客人。"

我忍不住揣度她邀请我的动机：因为她把我打得不似人形，良心一直深受内疚感的折磨？还是因为她削尖脑袋要《奶嘴》报道她的登基大典呢？这些念头我只是想想罢了，当然不会说出来。我正要拒绝，突然想起有些事情要跟她说，于是就答应了。

"噢！"她正准备挂电话，我说，"呵呵，我要穿什么衣服呢？要正式的吗？"

"半正式吧。"她答道，"不需要穿正式的全套制服。加冕仪式过后的招待会就是非正式的，其实就是一个派对。噢，对了，不用送礼物。"她笑道，"我只能接受其他国家元首送的礼。"

"那我就没资格了。明天见吧。"

君主加冕礼在位于航天港的霍华德酒店二号套房举行。这是一家深受中产阶级青睐的酒店，很多白天进王城工作的销售员和商人都喜欢住在这里。在房门口，我被一个男的拦住了。只见他身穿红黑军服、头戴一顶将近一米高的毛茸茸的帽子，我隐约记得在一些浪漫古装片

---

[1] 伊丽莎白的昵称。

里面见过这种装束。这人浑身僵直地立正站着,他身边还竖着一个棺材大小的卫兵室。他瞥了一眼传真给我的邀请函,然后打开门让我进去。顿时,派对的嘈杂声响从房间涌到走廊里。这种声音太熟悉了!

这次聚会莉齐办得相当不错,只可惜她没钱租一个大点的房间。客人们摩肩接踵地站着,一手拿着纸杯,纸杯里装着鸡尾酒或者香槟;另一只手端着一个小碟子,碟子上放着橄榄和夹着奶酪及凤尾鱼酱的饼干。大家承受着来自四面八方的推挤,好不容易才保持住平衡,以免手上的东西摔了。只要是免费的食物,我都不会错过。于是我从人群中挤过去,硬是来到摆放食物的地方。我仔细观察每一种食物,心中不禁顾虑重重。我不得不承认,联生公司的自助餐比这个好多了。有两个男的负责倒饮料,这两人的服饰打扮可谓惊世骇俗,我甚至想不出描述的语言了。后来我得知他们的名字叫"食牛肉者"[1],为什么起个这么古怪的名字?我是永远也不可能知道了。

其实我自己穿的衣服也没什么了不起的。莉齐当时说的是半正式,我本来可以只戴那顶帽檐别着记者证的灰色男式软呢帽,但后来考虑再三,我决定还是得穿上那套愚蠢的套装。当时已经快来不及了,我连忙把一条松垮垮的裤子和一件双排扣的西装大衣交给自动管家去稍作修改。最后,我让后裆和裤腿保持宽松,穿大衣的时候不系扣子,摆出复古的记者造型。在将近两百年前,当各行各业选择自己的制服时,我的前辈们凭着无穷的智慧选择了这样一个造型。我看了许多二十世纪三十年代讲报社故事的电影,这个造型正是来自那些电影。在电影里,我的同行们出席正式场合时的装束仪容都把我看乐了。他们穿着皱皱巴巴的衣服,整天干劲十足,经常说些俏皮话;虽然他们自以为是,也没有礼貌,但在危难时刻总能显示他们其实有颗金子般

---

1. 守卫伦敦塔的卫士,俗称 Beefeater。此称谓始自 17 世纪的英国俚语。

的心。看着这帮圣人般的前辈,我能不为记者这个职业深感自豪么?我穿了一件白色女衬衫,为了好玩儿,还在脖子上套了一团蕾丝,而不是按照规定戴一条装饰性的、古人称之为"领带"的绳圈。我又把头发束起来,用一顶宽边礼帽盖住。我照着镜子,感觉自己就像凯瑟琳·赫本[1]女扮男装——好吧,起码从脖子以上算起有点像。自脖子以下,巨大的西装挂在我身上,就像套着一顶帐篷似的。可我这副新躯壳的妙处在于,无论我穿什么都好看。我向镜子里的自己敬一个礼:向你致敬,波比!

莉齐看到我了,她大喊一声,分开众人,向我挤过来。这家伙已经喝得半醉,就算她去世的母亲没有给她留下什么财产,至少她也遗传了他对魔鬼兰姆酒的热爱。莉齐抱抱我,谢谢我来捧场,然后就扭动着腰肢消失在人群里了。呵呵,等加冕仪式结束后我再去找她聊吧——前提是到时候她还能站直了。

接下来发生的事情在过去的四五百年内早已上演过无数次了。在一个小时里,各色人等不断加入。酒店经理也来了,他急匆匆地和莉齐开了一个紧急会议——我猜他是跟莉齐讨论她的信用评级——然后打开了通往一号套房的门,在一段时间内暂时减缓了人群的压力。然后,食物和香槟都消耗完了,立即又被加满。莉齐对新增的开销毫不在意,因为今天是她的大喜日子,而这种盛会更能为后世的白日派对开启一个伟大的先河。

我碰到了几个认识的人,也经人介绍结识了一些新朋友——不过大部分名字我转身就忘了——包括祖鲁国的沙卡王、日本天皇、印度古吉拉特邦的大君,还有大俄罗斯的女沙皇。说不定他们只是一些摆出王室贵胄架势、穿着愚蠢戏服的冒牌货。我还认识了数不胜数的伯

---

1. 凯瑟琳·赫本(1907-2003),美国国宝级演员,四夺奥斯卡最佳女演员。

爵、哈里发、奥地利大公、总督、酋长以及东方富豪。这些头衔是真也好、假也好，我干吗要跟他们较真呢？一百年前，凯莉幽怨地把只会哭闹、不识感恩的我扔进这个不堪重负的世界；当其时，这股认祖归宗的热潮方兴未艾。凯莉曾经告诉过我，她母亲的先祖好像跟墨索里尼有血缘关系。这样说来，我岂不是成了"伟大领袖"的接班人？这个问题的答案，其实我也不是那么迫切想知道。我无意中听到有人在激烈争论，话题是：在当前这个变性已成习惯的大时代，与长子继承权有关的法规（尤其是萨利克法）将何去何从。在仪式即将开始的时候，还有人——我猜应该是约克公爵——就这个问题给我上了宝贵的一课。他向我解释了为什么莉齐明明有一个弟弟，却还是由她来继承王位。

我好不容易才摆脱他的纠缠，幸好，还没被他逼疯……我发现自己来到了阳台，手里还捧着一杯草莓玛格丽特鸡尾酒。霍华德酒店的景观本来挺好的，只可惜我们是在航天港靠近货舱的那一边。放眼望去，只见一艘艘巨大的星际货运宇宙飞船就像一条条搁浅在沙滩上的巨鲸，正把货物吐出来，吐进埋在地下的货舱里。奇怪了，为什么我身边一个人也没有呢？突然，我想起了刚刚读过的一篇文章，说自从堪萨斯塌陷以来，许多人突然丧失了对地表美景的兴趣。我把手中酒一饮而尽，伸手敲了敲弧形的透明舱盖——我们就是靠它来对付外面的真空的。不知怎的，我觉得自己将来是不会死于爆裂事故的，因为我有更可怕的事情要担心呢。想到这里，我耸了耸肩。

有人递来另一杯边沿抹了盐的粉红色饮料。我接过来，抬起头——抬高点，再抬高点——终于看到了一张笑脸。布兰妲，菜鸟小记者，长颈鹿实习生。我举杯敬她。

"想不到会在这儿遇到你。"我说。

"我和公主殿下做朋友了，那是在你的……意外之后。"

"才不是意外呢。"

她开始絮絮叨叨地称赞这个派对如何如何精彩。我也懒得戳穿她的幻想,等她参加了一千个类似的派对之后,她自然就会看透了。

我之前很好奇,布兰妲看到我变性会是什么反应。现在瞧她好像满心欢喜的样子,我反而觉得有点郁闷了。我的一位在时尚专柜工作的、有同性恋倾向的朋友曾告诉我,布兰妲还很年轻,还在探索自己的性取向,还在发现自己真正的喜好。至少当她是女性的时候,她认定自己更倾向于找男的做爱人。当她是男性的时候又如何呢?这就得等她做了第一次大变之后才能见分晓了。毕竟在不久之前,她甚至连性别都没有呢。不过在她暗恋我的时候,有一个难题始终悬而未决:她的相貌对于男人来说没什么吸引力。她还以为能够跟我保持一种柏拉图式的关系,可是当我回去上班时,我处心积虑地向大伙儿展现出一个全新的自我、一个完美的形象,这就彻底粉碎了她的梦想。

我真的不忍心告诉她我的喜好是什么,真的。

不过我确实有亏欠她的地方。在"地球沦陷两百周年纪念系列"这个项目上,我实在没精力兼顾了,可是她一直在掩护我,明明是她写的文章,也会署上我的名字。当然,我也有帮忙,我解答她的疑难,审阅她的稿件,帮她润色。我还教她如何在文章里留下足够多的蛇足,这样一来,沃尔特才有东西可以砍,才有借口对她吼,他才能保持愉快的心态。我觉得沃尔特已经开始怀疑布兰妲在帮我遮掩了,可是他什么也没说,因为他知道,要我在报道塌陷惨案的同时还每周写一篇专栏文章,这个要求是不合理的。在他拍板决定要做这个蠢不堪言的沦陷纪念系列文章之前,他本来应该预见到一件事情:类似这次塌陷惨案的事件总是会发生的,而作为一个好编辑,他应该派手下最优秀的记者去采访报道,而我当然是不二人选了。呵呵,对啊,要是你想派人去打扰死难者悲痛欲绝的亲人,想派人去盯着那些肿胀得像粉色和棕色爆米花似的尸体，你就找女汉子希尔迪吧。

"告诉我，亲爱的，你亲眼看着那人把你爹爹脑袋砍下来，当时你心里做何感想呢？"

"什么？！"布兰妲盯着我，眼神很诡异。

"你采访灾难或者暴力事件的时候，这句话就是最重要的问题。"我说，"新闻学入门课上根本就不会教你这个。我们提的所有问题，无论你怎么小心翼翼地遣词造句，到最后还是绕不开这个问题。记住，我们需要捕捉受访者流下的第一滴眼泪，捕捉他们脸部的扭曲，这些难以言表的瞬间才是真金白银啊，亲爱的！你得学会怎么去挖掘开采呀！"

"我不认同你的看法。"

"那你就永远也不能成为一个优秀的记者。改行去做社工吧，还来得及。"

我看得出来，这些话使她很受伤。我突然很恼怒：我既生她的气，也生自己的气。该死的！这些道理她一定得明白呀！可是你有什么资格去教训别人呢，希尔迪？其实她很快就能学会的，关键是沃尔特别让她继续写那些没人爱看的比较人类学系列故事了，得让她从象牙塔中走出来，跟着我们一起在泥尘里打几个滚，她一下子就能上道了。

我突然意识到自己在不知不觉中已经喝多了。于是，我把剩余的酒浇在一盆貌似很饥渴的植物上，从经过的托盘里夺过一罐可乐，然后开始进行一个我很厌恶却又不得不做的仪式——我向自己提出一系列问题：假设你能在这个超聚碳酸酯穹顶上钻一个大洞，你会不会有冲动想从阳台这儿跳出去呢？没有？很好。看到头顶那根房梁了吗？你想不想弄根绳子从上面垂下来，把自己挂在上面呀？呃，今天先不用了，谢谢……诸如此类的自问自答。

我正想说几句和稀泥的好话来安慰一下这位满怀理想的菜鸟小

记者，背景音乐突然变了。台上那支牙买加钢鼓乐队本来一直在反复演奏历史上各个时期——最早的甚至可以追溯到西班牙无敌舰队覆灭的十六世纪——的大不列颠爱国歌曲，现在突然奏起了《天佑女王》。有人呼吁各位醉鬼赶快滚回大舞厅，加冕仪式即将开始。当然了，那人的原话要客气很多。

舞厅里面有另一支乐队正在演奏著名的英国爱国歌曲《统治吧，不列颠尼亚！》。他们在曲中加入了许多现代元素，弄了一个不伦不类的四不像出来。这个仪式是面向公众的，我猜莉齐是想努力讨好一下大众的口味。我觉得好难听，可是布兰妲却在跟着节拍打响指，所以我猜这个版本至少算跟得上潮流吧。

有几家专门报道这类新闻的电视台和一些电子报纸派了记者来采访，可舞厅里的观众基本上就是刚才我在一号和二号套房想避开的那帮人，只不过现在他们手里没有酒。当中很多人看起来都迫切希望这个"加冕秀"尽快结束，好让他们再次端起酒杯，哪怕再端一会儿也好。

智者千虑必有一失，有一处纰漏莉齐没有预料到：舞厅里的装饰。我听到有人交头接耳，说这个大舞厅她只租了一小时，加冕仪式结束后，这里要举办一场婚宴。只见大厅的几面墙壁挂满了白色的旗帜和讨人厌的小天使胖娃，墙上还挂着一条巨大的横幅，上面用希伯来语写着两个大字：恭喜！莉齐看起来也有点困惑。她环顾四周，仿佛走错了地方，脸上露出一种懵懂的表情：难道我搞错了吗？

不过，加冕仪式倒是顺利完成了，中途没有出现什么差错。她被宣布成为"承上帝洪恩、大不列颠及苏格兰、威尔士和爱尔兰联合王国及其他领土与属地女王、印度女王、英联邦元首、国教圣公会捍卫者伊丽莎白三世"。

想忍住不偷笑挺难的，我也有笑，不过是在心里窃笑。莉齐倒是一脸的严肃，不过我猜她也是强装正经罢了。在场的那帮小丑虽然顶着一些高贵的古老头衔，但估计里面有很多是假冒的，而莉齐却是货真价实、如假包换的王室成员。在地球沦陷时，威尔士亲王本人正在月球上工作和生活。而莉齐正是他的后人。

当然了，王冠权杖的真品都没有跟随流亡君主来到月球，它们都和伦敦、英格兰、欧洲、整个地球的表面一起，被战火掩埋了。莉齐用的是一套相当漂亮的王冠、权杖和宝球。这套宝物出场时，有个蒂芙尼的职员在后台监视着。这家伙并非来自海德利广场的旗舰店，而是牧草街一家折价批发经销商的伙计而已。当王冠被缓缓放置在莉齐脑顶的时候，空中竟然出现一串字：女王陛下御订。这些珠宝当然都是租的，很快就会回归橱窗，继续与"借贷易"的广告牌做伴。

当年，在"帝国"二字还有现实意义的时候，按照传统，加冕仪式结束后应该是新王巡游。即使后来这些仪式都成了吸引游客的活动，但巡游还是必不可少的。可是在月球拥挤的街区里，城市被分隔成一个个防气压流失的独立广场和拱廊，彼此间用地铁连通，很难组织真正意义上的大巡游。所以在仪式后，我们纷纷挤进一连串地铁车厢里，在城里蜿蜒而行，驶向莉齐住的街区。沿途很多宾客都逐渐清醒过来，开始质疑自己最开始为什么要来。

不过我们都顺利到达了目的地：共济会礼堂。这里位于莉齐公寓和她工作的电影公司的中间处，加冕后的宴会就在这里举行——真正的派对现在才开始呢！共济会礼堂有种种好处，而最妙的是，这里任由女王陛下免费使用。也就是说，莉齐可以把捉襟见肘的皇室小金库全部花在美食、好酒和娱乐项目上。

接下来这一场派对是非正式的，宾客们可以无拘无束地行乐——这才是我喜欢的派对。乐队挺好，演奏的曲目主要是莉齐十几岁时候的作品，那个年代正好处于我和布兰妲之间的中点。大好音乐怎能辜负？所以我决定跳舞！我跌跌撞撞地走到公共通道里，脚上还穿着一双双色牛津绑带皮鞋——比它们更笨重的鞋子估计还未曾问世吧。我找到一个邮箱，开始呼叫我的自动管家。我有一件闪闪发亮的黑色紧身连衣裙，从脚踝开衩开到让人脸红的部位，绝对能吸引眼球。我让管家把衣服包好，用管邮传过来。然后我走进洗手间，把头发换成白金色，又烫了一个波浪卷。三分钟后，我做好了头，走出洗手间，包裹也寄到了。我把身上的万圣节戏服剥下来放进回邮囊里，然后生拉活扯地把我丰腴的身体塞进那片无比吝啬的布料里。嘿嘿，这衣服，穿的时候就能让你高潮了。最后我就赤着脚，鞋子也不穿。让凯瑟琳·赫本见鬼去吧！维若妮卡·蕾克[1]登场啦！

我跳了整整两个小时的舞，全程几乎没有停过。我和莉齐跳了一支舞，她当然是主导的一方；我也跟布兰妲共舞，看不出来她竟然跳得相当不错。不过大部分时间我的舞伴都是男的。来邀我的男人络绎不绝，许多看起来还不错的人都被我拒绝了。其实我已经选定了今晚的最终目标，反正他一时半刻也不会突然离开，所以我不着急主动出击。

他确实没有突然离开。等我觉得时机成熟了，我就轻而易举地把他从人群中揪了出来。我施展身段，踏出几个就算是太监也能领会其中含义的舞步。在大厅一角，有稀稀落落的几个人正在放浪形骸，他想带上我去加入他们的群戏。我可不干，直接拖着他走进一个私密的房间。共济会的人把这种房间称作"缱绻室"，我个人认为这名字也太露骨了一点。我们在房间里享受了整整一个小时，他喜欢我打他的屁屁和咬他。我对这玩意儿不太感兴趣，不过既然对方是成年人，一个愿打一个愿挨，有何不可呢？当然，前提是我的需求得到满足。在

---

1. 维若妮卡·蕾克（1922-1973），美国著名影星，以半遮脸的打卷长发闻名。

这一点上,他做得非常好。他名字叫拉里,自称是波斯尼亚与黑塞哥维那公爵——说不定他是为了跟我上床而捏造出来的。有好几次我把他咬出血了,他还要我再来再来,我觉着来就来吧……如是这般反复几次之后,我就失去了对这玩意儿的兴趣。临别我们交换了电话代码,还说要搜索彼此的信息,可是我并不打算继续和他交往。虽然他模样还可以,不过这一次我已经与他尽欢而散,不需要有下次了。

我步履蹒跚地回到舞厅,身上早已大汗淋漓。现场气氛一度非常热烈,到现在只剩下一半人了。走的都是些心脏不好使的弱者,留下来的人好像都准备打持久战,打算一直玩到下星期一早上。我从手舞足蹈的跳舞人群当中穿过,一边闪躲一边走到吧台前。我缓缓地坐在吧凳上,被打红的屁股传来一阵酸爽的痛感。我身边就坐着英格兰女王、印度女王和国教圣公会捍卫者。莉齐慢慢转过头来看我,我在这一刻才明白她那双大耳朵是从哪里遗传的:这个大厅的墙上贴满了历代君主的画报,她跟查理三世简直是从一个模子里倒出来的!

"掌柜的!"她的吼声盖过了音乐,"给朕端盐,上龙舌兰酒,还要青柠檬蜜、最丰美的草莓、最冷的冰块和最高贵的水晶杯!朕的朋友要饮酒,朕要亲自为她调制一杯!"

"草莓卖完了。"酒保说。

"那就出去摘几颗回来!"

"没关系的,陛下。"我说,"青柠就可以了。"

她一脸蠢笑地看着我,"我就喜欢听'陛下'两个字!我这样子差劲吧?"

"正如他们所说的,您是实至名归呀。不过您别指望我整天这样尊称您哦。"她伸出手臂搭在我肩膀上,喷我一脸的乙醇气味。

"怎么样,希尔迪?愉快吧?啪啪了吗?"

"刚刚啪完,多谢关心。"

"不用谢我。请恕我直言，亲爱的，一看你就是刚完事儿的样子。"

"噢，还没时间补妆呢。"

"你哪还用补妆。是谁给你做的手术呀？"

我把波比印在小手指甲上面的字母商标图案给她看。莉齐眯起眼睛瞥了几眼，好像一下子就丧失兴趣了。波比一直害怕被时尚的潮流抛弃，看来他的恐惧并不是空穴来风——莉齐对时尚的触觉是很灵敏的。当然，也有可能是莉齐喝多了，所以她的注意力不能持续集中。

"我刚才准备说什么来着？噢，对了，你有什么地方需要我帮忙吗，希尔迪？我们大英帝国的人民群众有一个传统……呃，也许不是英国的传统吧，反正是某些人的破传统好了！这个传统就是，在你加冕当天，无论谁来求你做一件事，你都得答应。"

"我记得好像是黑手党的传统吧。"

"是吗？呵呵，那就是你们的传统了。所以啊，你就尽管开口吧。不过一定要现实点啊，对吧？要是你想害我花一大笔钱，那就免开尊口了。这场他妈的庆祝会开销可大了，这笔债要还他妈的整整十年呢！不过没关系，钱财身外物嘛，对吧？而且今晚的派对真成功啊！对吧？"

"嗯，实话实说，我还真的有事想求你。"

我正想开口说，酒保捧着玛格丽塔鸡尾酒的一堆配料放在我们面前。这时候的莉齐是不可能进行多任务操作的，所以我暂且按下不表，让她专心调酒。莉齐把许多盐洒在台面上，摊平了；又将一个宽口酒杯的杯沿沾湿……她以一种老酒鬼特有的专注有条不紊地完成了所有的步骤，调制出一杯特强鸡尾酒，圆满地完成了任务。虽然我并不想喝这一杯酒，却也给面子呷了一口。

"来吧，小妹妹，说出来我就帮你实现……一定要合情合理哦。"

"如果你……怎么说呢……如果你跟某个人说话，不想被偷听……你会怎么做？有什么方法可以实现？"

莉齐慢慢皱起眉，两条眉毛拧在一起。她看起来好像在沉思，手指不断地拨弄着面前那一层盐。

"嗯，有意思，真的很有意思。我也想不起来以前有没有人问过我类似的问题。"她缓缓地低头看着盐层，只见她的手指在上面写下了两个字："中枢？"我抬头看着她，点了点头。

"你应该知道现在的窃听技术有多先进，我甚至想不出哪些地方是没有被窃听的。不过，这样吧，我在影厂认识一些技术员，在这方面特别在行，我可以回去问问他们，然后再答复你。"她用手抹掉原来的字，然后写下"增压服"三个字。我又点了点头。别看她醉醺醺的，竟然还能够自持，确实有两下子。就在这一刻，我看到她眼睛里闪过一丝狡黠的光芒。我不知道这种目光对我来说是祸是福？我也不知道这条路走下去，前方会有什么在等着我。

我们又聊了一会儿，她在盐层上写下一个时间和一个地点。这时候，有个人在她身旁坐下，竟然开始对她毛手毛脚；而莉齐则显得兴致盎然。于是我识趣地离座，回到舞池里。

我又跳了一个小时的舞，却全程心不在焉。有个男的在我面前施展浑身解数，百般勾引。这人面容俊俏，还会说甜言蜜语哄人，艳舞还跳得相当好……不过我始终觉得他没有尽全力来讨我欢心。须知当我不主动出击的时候，我是很难取悦的。最后我把电话代码给了他，叫他过一个星期联络我，到时再说。不过，我觉得他是不会打给我的。

我洗了澡，顺便在更衣室里买了一条纸质宽松连衣裙。然后我晃晃悠悠地走到地铁车站，上了一列火车。一上车我就呼呼大睡，幸好到站时火车把我唤醒了。

No.11

登月第一人

我读过一些关于宿醉的文章，总觉得那些人夸大其词了。要是文章里有十分之一是真的，那我就死活也不要喝酒了。早在我出生之前，宿醉就已经被消灭了。其实这里面也没什么高深科技，只不过是一些简单的化学元素在起作用罢了。其实在人类的精神世界里深藏着一种与《圣经》相当吻合的信念：我们纵欲无度、自我沉沦，总是应该付出代价的。可是每念及此，我的理智总能占上风。用宿醉来做喝酒的代价？那要不要顺便让痔疮也重现江湖呀？

第二天早上醒来，我觉得嘴里尝到一股甜香。

有古怪！

"中枢，上线。"我说。

"为你效劳。"

"怎么有股薄荷味儿？"

"我还以为你喜欢薄荷味儿呢，要不给你换一款香型？"

"薄荷香型倒不是问题，我觉得奇怪是因为早上醒来嘴巴里面竟然没了那种……呃，说了你也不明白，我猜你虽然有很多天赋，味觉却不是其中之一。反正我不骗你，那气味是很恶劣的。"

"是你叫我想想办法，所以我就想到了一个办法。"

"啊？就这么简单？"

"为什么非要很复杂不可呢？"

我正想回答，福克斯在睡梦中动了一下，翻了个身。于是我起床走进浴室，摇出一颗洁齿丸，放在手心里端详。

"这么说来，我还需要这颗丸子吗？"

"不需要，我的解决方案实施后，洁齿丸已经步牙刷的后尘了。"

"我明白，科学潮流，浩浩荡荡……可是你知道吗？虽然我已经习惯了人们所说的'未来震撼'，可我不习惯做造成这种震撼的始作俑者。"

"可是发明创造的起因通常都是你们人类啊。"

"那你还掺和什么?"

"但我不可能知道哪一个人什么时候会突然抽空去解决哪一个问题呀。说回现在这事情,正如你所说的,我的天赋里面不包含嗅觉,我也不会早上起床有口气,所以我不可能问哪位仁兄何时开始研究消除口臭的方法,对吧?可我有大量的冗余资源,每当这类问题出现时,我就会尝试一下破解,有时候真的能制订出解决方案。比如说这一次,我合成了一种纳米机器人,专门趁你睡着时改造你口腔里容易腐烂的物质,把它们变成香甜的口味,顺便清除牙垢牙石齿菌斑,同时对牙龈也有保健作用。"

"我不敢问你是怎样把这些纳米机器人偷运进我嘴巴里的。"

"就在供水系统里面,很少量就足够了。"

"所以今早每个月球人醒来的时候,嘴里都是薄荷味吗?"

"一共有六种不同的口味。"

"你现在连广告文案也一手包办了吗?拜托,不要告诉别人这是我的过错。"

我走进淋浴间,喷头自动打开,逐渐加热到比我能承受的上限稍稍低一点的温度。我暗暗告诫自己:希尔迪,千万别说起任何跟淋浴有关的话题,那个该死的中枢电脑可能会想出不用淋浴就能清洗人皮肤的方法。要是我的晨浴被剥夺,我会发疯的!我是浴室歌王或者歌后,虽然我的情人们都说我表演的审美效果为零,可我就是喜欢自娱自乐,这就够了。我往身上搽香皂的时候忽然想到,要是没有了那些纳米机器人,这个世界会变成怎样呢?

"中枢,如果我把体内所有小机器人都清除干净,会发生什么事情呢?"

"客气点说,这样做是不切实际的。"

"就假设一下呗。"

"假设的话,你活不过一年。"

我手中的香皂跌落在地上。我也不知道自己期待着什么样的答案,反正不是这么残酷的一句话。

"你是说真的吗?"

"你问,我答。"

"这个,不妙……哎呀,你别说一半就打住呀!"

"是的,我确实不应该就此打住。这样吧,我把原因按照顺序一条一条给你列出来好了。首先,你容易患上癌症。数十亿个人造有机体日夜不停地在你全身上下巡逻,捕捉并消灭微型肿瘤,他们几乎每天都能找到一个肿瘤。要是不处理的话,这些肿瘤就会把你给吃了。第二,阿兹海默症。"

"这是什么破病?"

"这是一种由年老引起的综合征。简单来说,它会吃掉你的脑细胞。能在自然状态下活到一百岁的人当中,大部分都已经患上这种病了。这其实是一个例子,表明你体内每时每刻都在进行着重建工程。衰退的脑细胞被切除,换上健康的脑细胞,保证你的神经网络不受干扰。否则,你在许多年前就已经忘记自己的名字,连回家的路也找不到了。算起来,这病应该是在你刚去《奶嘴》上班的时候开始的。"

"哈!也许那些小东西不像你想象得那么能干呢!你说的这些事其实很难解释……算了,不说了。还有别的病吗?"

"肺病。月球上人口密集生活区的空气其实对人体是有害的,因为空气中存在着大量没被过滤掉的浓缩杂质——关键是换肺的开销远远低于净化空气的成本。当然,你想躲避恶劣空气的话,可以住在迪士尼乐园,因为那里的空气是经过严格过滤的。实际上,你的肺部每天都要换几百个肺泡。没有纳米机器人的话,你的肺泡很快就没了。"

"这些事情为什么从没人向我提起过呢？"

"有什么关系呢？这些信息，你去搜索一下就能找到，又不是什么机密。"

"这也是。不过……我一直以为我们是通过基因改造的方法把那些病患从人体内部清除干净的。"

"这是一个很普遍的误解。基因当然是可以被改造的，可是它们对某些改变具有很强的抵抗力。为了达到目的，我们必须对整个人体——由基因生成、被基因定义的躯体——进行改动。不过这种全局性的改造往往不被人们所接受。"

"你能解释清楚一点吗？"

"我想说的是，基因改造很难。我也可以用一些很复杂的、与混乱效应和化学全息摄影有关的数学定理来向你做详细说明。通常来说，人的某个特性——无论好坏——并不是由某个单一基因决定的，更多的时候就像一幅由一定数量的基因——有时候数量相当庞大——各自效果叠加起来所形成的干涉图。你改一个基因很可能会产生预料不到的副作用；全部基因一起改的话，肯定会产生许多你不想要的结果。坏的基因跟好的基因一样，很多时候都是以这种牵一发而动全身的方式捆绑在一起的。以你为例，如果我消灭了那些在你体内不停产生癌细胞的基因，你就不再是原来那个希尔迪。你会变得更健康，却不会变得更聪明，而且你会失去许多能力，对世界和人生的看法也会发生改变。虽然从纯实用角度看，这些能力和三观对你有害无益，可我怀疑你对它们还是很珍惜的。"

"我之所以是我，就全靠它们了。"

"是的。不过你应该知道，我可以改变你身上许多东西，而不会改变你的……灵魂。这个字眼虽然很模糊，却简单明了、通俗易懂呀。"

"你说了这么久，这是我听懂的第一个词。"我想着灵魂二字，细细咀嚼了一会儿，然后关掉喷头，湿嗒嗒地走出淋浴间，伸手拿一条毛巾擦身。

"像癌细胞这种有害的东西竟然也写在了基因里面，其实很不合理，因为它们降低了我们的存活概率。"

"从进化论角度看，无论是什么病患，只要它不能在你达到生育年龄之前害死你，那么这种病与种群的存活就没有任何关联。有一种哲学流派甚至认为像癌症这些不治之症对物种来说是有好处的。一个欣欣向荣的种族会面临人口过剩的危机，而癌症就能帮助消灭老迈的成员。"

"可是现在灭不掉了。"

"没错，所以这是一个始终会爆发的隐患。"

"什么时候爆发呢？"

"别担心，这个问题等三百周年的时候再问吧。现在我们已经开始采取一些初步的措施，比如说不再鼓励人们组建大家庭，这和地球沦陷后广泛实施的鼓励多胎政策完全是背道而驰的。"

我还想继续听下去，可是一看时间，得赶紧穿戴整齐去赶火车了。

静海基地[1]是月球上最吸引游客的景点。毕竟这里是人类首次踏足外星球的地方，具有重大的历史意义，对吧？如果你也认同这个观点，也许我可以顺便向你推介一下木卫三上面的一些拥有无敌火山景的高端楼盘。其实静海真正吸引人的地方，是不远处的阿姆斯特朗游乐场。这个游乐场刚好坐落在"阿波罗行星历史保护区"内，所以月球商会可以名正言顺地吹嘘每年有成百上千万的游客来人类首次登陆月球的遗址参观，只是广告上面应该用过山车，而不是阿波罗登月舱。

---

1. 人类首次登陆月球的地点。

不过，很多去阿姆斯特朗游乐场的游客还是会顺便坐一下环绕基地的空中游览列车，再花几分钟时间去瞟一眼那个孤零零的小登月舱，然后再用一个小时在附近的博物馆里走马观花，浏览一下里面展出的从1960年到地球沦陷这段时期内的宇宙飞行器残骸。熬到那个时候，小孩子们就会开始抱怨很闷，父母应该也觉得闷了，于是一家大小又回到游乐场，吃天价热狗，玩儿那些昂贵而又刺激的游乐项目。

如果你要去静海基地的地面，是不能乘观光列车的——这当然是官方有意为之——观光列车只会把你扔在一个名为"癫痫车站"的游乐项目的入口。这里有一个巨大的标志，由无数盏强光灯组成，足有三十层楼那么高。这个游乐项目是一列磁悬浮车厢，广告称之为"已知宇宙中最强力的括约肌紧缩器"。曾几何时，我鬼迷心窍坐了一次，有幸见识到许多连宇航员专科学校也不会教的东西。游客坐在车厢里，以六倍重力加速度下落，没有固定运行轨迹，全程二十三分钟，一直堕入第十层地狱。要是你没有晕倒至少一次，或者没有多了七根白头发，游乐场就把票钱全额奉还。其实这个项目分为两级：大飞车和小飞车。顾名思义，其中一级明显是给胆小鬼坐的。每次那些大飞车运行之后，工作人员都要用水龙头彻底清洗车厢。这种游戏项目有什么好玩儿的呢？就算你懂得欣赏也不要来我家向我详细解说。我这人脾气暴躁，家里还有武器！

我加快脚步在标志牌前走过——三千万盏强光灯拼在一起，你自己数去吧！已经购票的游客们排起了长龙，不过售票亭很巧妙地把队列遮住了。沿途有成千上万个小商贩，都鼓起如簧之舌向我兜售各种纪念品，比如第一位踏上月球的宇航员尼尔·阿姆斯特朗的玩偶，还有会说话的纪念品削笔刀和配套的纪念铅笔。我避开这帮商贩的骚扰，成功到达前往静海基地的运输列车。我上了车，抹掉座位上的一大团棉花糖，然后坐下来。反正我穿的是一次性的纸质连衣裙，脏就脏吧。

静海基地其实就是一片空地，面积刚好够举行六人棒球赛。当年登月那两位仁兄出了登月舱后也没走多远，圈更大的地也没意义。基地四周有一圈建筑物，看结构就像一个不封顶的体育场。这圈建筑有四层，窗户全部朝内，是给游客观景用的。屋顶是平的，不承重。

这里刚好来了一大群来自冥王星的游客，都带着长枪短炮照相机。我用手肘挤开人群，好不容易来到了增压服出租柜台。天哪！

如果我余生只能选定一个性别，我宁愿做女的。我觉得女性身体设计得更美观，而且做爱时会更爽一点。可是女性身体在某一点上确实不如男性——我跟许多人讨论过这个问题，那些人包括专一做女人的女人，还有经历过大变的女人，她们当中的百分之九十五都同意我这个观点——小便功能。男人尿尿就是方便，过程干净利索，姿势优雅大方，既可以锻炼眼手协调功能，又能表达出尿者的艺术情怀（比如说用小便在雪地上签名）。

这本来也没什么大不了的。撒个尿，能有多烦人呢？对吧？可是如果你去租增压服的话，这就讨厌了！

近三百年我们人类的工程学突飞猛进，最后想出了三个解决方案：导尿管、抽吸泵，还有……天哪，还有纸尿片！有人建议第四种方法：憋尿。下次你参加二十四小时月表徒步的时候试一下第四种方法吧。到目前为止，导尿管是最佳选择。正如广告宣传的那样，导尿管不会导致疼痛……可我就是讨厌这东西，感觉就是不对劲儿。另外，它和抽吸泵一样，都容易发生移位。等什么时候你想大笑一场，就去看一下穿着增压服的女游客尝试调整导尿管的位置吧，那动作绝对能掀起新一轮的街舞浪潮。

我从来没买过增压服，反正一年才用那么一两次，犯不上花那冤枉钱。我租过很多套，每一件都是臭的！不管店里怎么消毒，上一个租客的气味总会有点残留。男士的增压服就已经够难闻了，但如果你想体会真正翻江倒海的恶臭，就必须钻进一套女士增压服。像静海这类旅游热点地区，增压服的流动特别快，工人的薪水又低，干活不上心，粗枝大叶的，不时会错过增压服里面的好东西。有一次他们递给我一套增压服，里面竟然还是湿的！

我钻进这次租的增压服，小心翼翼地嗅了几下：也不算太难闻，只是廉价香水的气味重了一点。我打开增压服的电源，让工作人员作一次安检——其实他们也是敷衍了事。这时，我想起了抽吸泵的另一个缺点：管子里流过的空气会把阴部冻得七荤八素的。

也有人通过手术来改善人机接口，可我觉得手术结果极其不美观。除非你因为工作需要得经常外出，否则做这个手术完全没有意义。所以我们普罗大众只能强忍着，尽量避免深呼吸，以及在上月球表面之前少喝点咖啡。

气密舱把我送上了屋顶。那里本来人就不多，我在栏杆旁找了一个远离其他游客的地方，就在那儿等着。我还把增压服的无线电关了，只开着紧急求援信标。

我说："中枢，我能从中获得什么好处呢？"

通常来说，中枢电脑很擅长接回上次的话题，哪怕上次是在几个小时、几个星期，甚至几年前。不过我这个问题相当模糊，所以它试探着问道：

"你是说早晨口腔清洁那件事吗？"

"是的。我仔细想过了，这件工作虽然是你完成的，但你没向我咨询就擅自把成果泄露出去，我难道不能从中赚点钱吗？"

"这项发明属于健康福利的范畴，所以它的生产成本会被纳入所有月球人都必须支付的健康税里，再加上少量的利润。而这笔利润就是支付给你的，可你也别指望靠这笔小钱发大财。"

"没有人能够自主选择吗？他们喜不喜欢都得接受，是吧？"

"要是有人反对的话，我也给他们准备了解除效果的机器人。不过到目前为止，还没有人提出异议。"

"可我总觉得你这样做像是一场惊天大阴谋。要是连饮用水也不纯净，哪还有什么东西是没有杂质的呢？"

"希尔迪，王城地区的饮用水里面其实添加了很多东西，你用磁铁就能把水也吸起来。"

"都是为了我们好，是吧？"

"你今天好像特别尖酸刻薄。"

"我嘴巴里又香又甜，心里正美着呢，怎么会尖酸刻薄呀？"

"如果你感兴趣的话，我就跟你说一下，这次改变的赞成率远远超过了百分之九十九；最受欢迎的是略带薄荷味的中性香型；另外还有一个预料之外的副作用,这些纳米机器人能一天到晚不间断地工作，所以能使你的呼吸时刻保持清新。"

我突然意识到中枢电脑已经彻底消除了口臭，心中竟然有点郁闷……我对这件事情有何感想？难道我不应该感到欢欣鼓舞吗？我想起昨晚莉齐满嘴酸臭的酒气，我还能嗅出杜松子酒的味道。但一个喝醉酒的家伙如果还吐气如兰，这合适吗？在对待这件事情的态度上，我无疑像一个喋喋不休的老怨妇，就连我自己也看出来了。可是管他呢，我确实是个老女人，也经常抱怨。我发现自己年纪越大就越难忍受改变，不管是变好还是变坏。

"你是怎么听见我说话的？"一想到这世界无时无刻不在改变，我就会开始忧郁，所以我赶紧岔开话题。

"你关掉的那个无线电只是增压服之间的通信设备。你的增压服依然能监测你身体的各项关键指标，有需要的话能进行实时传输。你刚才使用的是语音连接，所以被定义为紧急呼叫，不需要额外辅助设备就能与我接通。"

"这么说来,你时刻不间断的监控就像一把永远罩在我头顶的保护伞,我是无论如何也逃不出去了。"

"我这样做是为了保障你的安全。"它说。然后我就叫它退下了。

当尼尔·阿姆斯特朗和巴兹·奥尔德林心怀和平、代表全人类踏上这片土地时,人们的设想是,他们的降落地点有宇宙真空的保护,再过一百万年也基本上不会有什么改变。虽然登月舱的上升级升空时喷出的尾气把美国国旗吹倒了,还把作为发射平台的下降级表面的金箔撕碎了不少,可是这都不要紧,只要脚印都在就好了。时至今日,好几百个脚印一个不多、一个不少,都是两位宇航员留下的。那些脚印从登月舱走出去又返回来,最远的也没到游客中心那里,在尘土里印出一幅杂乱而疯狂的画面。博物馆的人只对首次登月遗址做了两处改变:第一,他们把美国国旗又竖起来了;第二,他们用隐形缆线把登月舱的上升级模块悬吊在发射平台上方一百英尺的空中——这当然不是当年阿波罗十一号登月舱的上升级,原来的那个在把两位宇航员送回指挥舱之后就在月球表面坠毁了。

但实情往往和表象不一样。

博物馆给游客派发免费印刷品,馆内又有大量的视听展示,可是这么多材料都没有提起一百八十年前发生的一件事情。在那一年的某个晚上,三角铠兄弟会[1]月球大学分舱的十位成员做了一个恶作剧。当时正值地球沦陷不久,登月遗址远不如现在这么防卫森严,整个场地只有一圈绳子围着,连游客中心也没有。大难过后的月球人民没有闲情逸致来维护这地方。

---

1. 一个全球性的男同学会,是美国康奈尔大学法律系学生于1890年创立的。

兄弟会的人把登月舱的下降级推翻了，拖到二十英尺外的地方，又把宇航员的脚印全部抹掉。本来他们还打算把那面美国国旗偷回宿舍，可是有个家伙不小心从飞行器上摔下来，砸烂了头盔面罩，顿时一命呜呼。那个年代的增压服可不像现在这么安全，穿着它来胡闹简直是自作孽不可活。

可是你也不用担心，在历史文献方面，静海基地是记录最详尽的地方之一。关于这个地方的照片数以十万计，包括许多从环月轨道上拍摄的高清照片。月球学专业的同学们组建了几支修复团队，花了整整一年去把静海基地恢复原貌。他们逐平方米地进行审查，又为了每个脚印的成型顺序展开激烈争论。最后，他们派两人穿上阿波罗十一号宇航员穿的登月鞋复制品，去外面走来走去用力踩，每一步的方位都是用激光测量出来的。完成之后，他们再用吊车把这两位仁兄运出去。就这样，他们成功地复制了这个历史场景，达到了以假乱真的境地。这并不是什么惊天秘密，但是知道的人并不多。你自己上网查一下吧。

突然，我觉得有一只手把我增压服的无线电开关打开了。

"想不到在这里碰到你。"莉齐说。

"真巧呀！"我答道，想着中枢电脑也许在监听。她走过来，陪我倚在栏杆上，俯瞰着脚下那片平原。远处那条弧形建筑正是游客中心的内墙，里面有好几千人正隔着玻璃观赏我们呢。

"我经常来这儿。"她答道，"你愿意搭乘一个像那样子的锡箔坑具飞行五十万英里吗？"

"那东西？我在里面飞半米都不愿意。我宁愿踩着弹簧单高跷往天上蹦。"

"在那个年代，这东西真是用来载人的。你有没有想象过待在里面是怎样的呢？他们连转身也很难！有一次那东西给炸掉一半，他们竟然还硬是开回地球了[1]。"

"我也有想过,不过可能不像你想得那么频繁。"

"那你想想这个,你觉得第一次登月任务中真正的英雄是谁?依我看是老好人麦克·柯林斯,那可怜的家伙全程都留在了环月轨道上。制订这任务的人根本就没想清楚,假设中间出了什么差错,比如说登月舱坠毁,阿姆斯特朗和奥尔德林当场遇难,那就剩下柯林斯孤零零地在环月轨道上转圈了,那时他该怎么办?他回到地球时,迎接他的不会是鲜花掌声和彩车游行,而是两场葬礼。他还会痛心疾首一辈子,恨不得当时跟两位队友一起殉难算了。他最后会变成什么?会变成国家的替罪羊。"

"这我倒没想过。"

"假如任务顺利完成——那任务确实是完成了,我真不知道他们是怎么做到的——你猜星球公园是用谁命名?还用问吗?当然是站在月球表面连'第一句话'也说错[2]的那位仁兄啦。"

"我以为他没有说错话,只是信号不好罢了。"

"你可别信那个。当然了,换了是我,面对二十亿观众,我肯定也会说错话的。也许比死亡更可怕的是死在二十亿人面前,还有就是临死前希望就算任务砸了,也不是自己办砸了。他们这个小项目花了两三百亿美元呢!在那个年代,十亿大元可是货真价实的钱呀!"

对我来说,在这个年代,十亿大元也是货真价实的钱呀!不过我没有插嘴,而是任由她絮絮叨叨地说下去。毕竟这里是她的主场,她之所以带我来,完全是因为我求她找一个中枢电脑无法监听的地方,

---

1. 此处是指1970年阿波罗十三号在第三次载人登月任务时发生的爆炸事故。
2. 阿姆斯特朗踏上月球时说:"That's one small step for man, one giant leap for mankind." 其中man前面没有加不定冠词a,是为语法错误。后来也有人分析录音,认为他其实有说a,只是因为通信设备的限制,无法让别人听见。

我有话要跟她说。既然这样，我当然只能由她做主了。

"我们去散散步吧。"她说完，迈腿就走。我连忙赶上去，跟在她身后，下了几层阶梯，来到地面上。

在月球表面，你可以在短时间内走很远。最佳的步法是用前脚掌蹬地弹跳，双腿摆动时稍稍向外。你也不用蹦太高，以免浪费体力。

我知道月球上有些地方依然是人迹未至的。只见茫茫旷野上覆盖着一层尘土，绵绵不绝地延伸到肉眼望不到的远方。这种地方虽然不多，却也颇有几处。我这颗故乡星球的矿产资源并不丰富，能开采的地方早就通过环月轨道探测手段准确定位了，所以没什么好处能激励人们去探索更偏远的地区。对了，我说的"偏远"，只是说不靠近人类聚居地中心，并不是真的有多远。无论你要去月球表面哪一处，只要能开爬行车或者飞行器就可以了。

我在月球表面去过的每一处地方看起来都和静海基地外围地带差不多，地上都布满了密密麻麻的足迹，你看了会忍不住揣测那么大一群人都去哪儿了。其实，在场的除了你和你的同伴之外，一个活人都没有。在月球上，没有什么东西会自行消失。人类在这里已经持续定居了两百五十多年，每次有人在月球表面漫步，或者随手扔下一只氧气罐，那些证据都原封不动地保存在地上。所以有些地方明明每隔三四年才有一两个人光临，看起来却像几分钟前还有好几百人在这儿聚集似的。静海基地的人流量就更大了，没有一平方微米的泥尘是没被踩踏过的。这一带垃圾太多，被人踢成了这儿一堆、那儿一堆。我看到有些空啤酒罐的商标已经有一百五十年的历史，它们旁边就挨着一些在阿姆斯特朗游乐场就有售的啤酒罐子。

走了一段，地上的足迹和垃圾都变稀少了。脚印逐渐聚集成几股，各自朝着随机的方向延伸。我猜人类天性要随大流，就算大流已经不复存在，就算明明是天高海阔任鸟飞，他们依然不愿意走出一条新路。

"你昨晚走得太早了。"莉齐说。无线电通话给我一种错觉,好像她就在我身边,其实我明明看见她在前头二十米的地方,"后来的活动可刺激了!"

"我觉得我在的时候已经很刺激了。"

"那么你应该已经看到波斯尼亚公爵跟潘趣酒碗缠斗的精彩场面喽?"

"噢,那倒没有。不过我早些时候跟他缠斗过几回合。"

"哈?原来是你呀?那么这件事情都怪你了。他当时心情很差,明显是因为你抽他抽得不够狠。按照他的说法,要是他啪啪一次之后没有掉一两公斤肉,那就表明对方在敷衍了事。"

"他当时又没抱怨。"

"他哪懂抱怨,因为这人没脑子的。我觉得他和我应该有一点血缘关系吧,可是我发誓,他的智力水平就和那些撸完右手撸左手的二连发笨蛋差不多。你回家后,他喝醉了,四处乱蹿。后来他坚信有人在潘趣酒里面投毒,就把酒碗打翻在地,再一脚勾起来拿在手上,四处敲人脑袋。最后我只能亲自出手把他打晕了。"

"你搞的这个派对真有意思。"

"可不是嘛!不过我想告诉你的不是这件事。我们当时玩疯了,完全忘了拆礼物。所以我后来就把所有宾客聚集起来,开始拆礼物包装。"

"你收到什么好东西了吗?"

"呵呵,有几位仁兄考虑周详,把收据贴在礼物包装上,我还能折点现呢。然后我拆到一份来自多尼哥[1]伯爵的礼物——本来我看到那个名字就应该警惕的,但我又怎么知道英国跟爱尔兰的那点破事儿

---

1. 爱尔兰北部城市。

呢？我还以为那地方是威尔士的某个省呢。我也知道我不认识那家伙，可是谁能记住那么多人名呢？于是我打开了礼物盒，发现竟然是爱尔兰共和捣蛋军送来的！"

"啊？不会吧！"

"对，就是我们家族的世仇！接下来发生的事情很混乱，我只记得突然发现所有人的头上和身上都沾满了一种绿色的东西。我不想知道这些东西是从哪儿来的，因为我认得那股气味！不过当时派对已经接近尾声，就干脆散了吧。反正我横竖要把一半宾客用邮政管道运回家。"

"我恨死那帮混蛋了！每年三月十七号圣帕特里克节[1]的时候，我连坐下去之前都要先检查椅子上有没有放绿色的放屁坐垫。"

"你以为你算很惨吗？我告诉你，每年三月十七号，整个王城的每一个爱尔兰佬都会来找我麻烦，他们是想向狐朋狗友吹嘘自己狠狠捉弄了那个威尔士破公主一回。现在我登基了，他们只会变本加厉！"

"那个王冠不易戴呀。"

"不易戴我也要戴！我知道放绿弹那家伙住哪儿，我一定要报仇雪恨！谁敢阻拦我就把他打成兔唇，就算是市长和整个市议会来我也照打不误！"

我认为，要找出这么一个生活多姿多彩到如此地步的英女王，也实在是很不容易。我忍不住又想：我走出来到这里到底要干吗呢？我回头张望，只见那个环绕着登月遗址的四层"体育场"就快要消失在地平线上了。等那座建筑物消失后，我们在荒郊野外是很容易迷路的。我倒不是担心真的迷路，我身上这套增压服安装了十七个不同种类的警报和定位装置、一个指南针，另外可能还有一些我不知道的设备。

---

1. 爱尔兰传统节日，这一天所有的装饰色都是绿色。

我不需要使出类似"记录自己影子位置"的女童子军野外生存技能。

但孤独感是很压抑的。

也容易使人产生幻觉。我看到左方一条低矮山脊上有一支五人徒步团队走过。突然头顶闪来一道光，我连忙抬头看，原来是一架"癫痫大飞车"不停地转动着从我的正上空飞过，划出一道弧线——它正在进行无轨迹飞行呢！这种不间断的疯转，我是记忆犹新啊！因为我就曾经坐在大飞车的车厢前部，整个人挂在安全带上，而地面每隔两秒就在我眼前掠过一次；与此同时，很大一坨消化了一半的甘草焦糖烤玉米在我脖子旁飞过，啪叽一下糊在我面前的玻璃罩上。在那一瞬间，我有点后悔过去六年为什么要吃东西呢？再这样下去，恐怕我很快就会把六年里吃过的东西吐出一大半来，跟面罩上的美味佳肴斗艳争辉。不过我硬是忍住了没继续吐，这也许是我一生中最伟大的成就之一。

"你坐过那破玩意儿吗？"莉齐问道，"我每隔两三年就去一次，都是在我特想干点坏事的时候去。我发誓，第一次坐的时候，我觉得我的屁眼从坐垫里吸出了六英寸厚的橡胶泡沫！打那以后就没那么难熬了，只是像用带刺的铁丝通大肠罢了。"

我无言以对——这种话，我不知道一般人该怎么回答——她一边说，一边停下脚步等我。我看见她左手拿着一台小设备，她正在按上面的键。只见设备上有一组灯在闪，多数是红色的，然后一盏接一盏地变成了绿色。等所有灯都变绿之后，她打开我增压服前面的一块检修面板，仔细端详着，也不知道她到底在看什么。接着她又戳了几个按键，站直了，对我竖了竖大拇指。然后她把这台设备用绳圈套在我脖子上，双拳叉腰打量着我。

"好了，你想找个没人偷听的地方聊天，这就开始聊吧，宝贝儿。"

"这是什么东西？"

"这叫除虫器，我用它扰乱你的增压服发送出去的信号，但是扰乱的程度刚刚好，不会太厉害，否则他们就会派搜索救援队伍了。无论是月球轨道上还是埋在地下的监控设备都能接收到你发出的信号，都以为你一切正常；这些信号当然是假的，是我弄出来骗它们的。你不能走到外面一下子就把信号切断，因为信号消失本身就算是一个紧急事故。总之，现在绝对没有人能听到我们说话了，你相信我吧。"

"要是我们真的发生了紧急事故该怎么办呢？"

"我正想说呢，你不想出事就凡事小心点呗。你到底有什么心里话想倾诉呀？"

我又一次觉得不知从何说起。我也知道万事起头难，只要我开口讲出头两个字，后面的就容易说下去了。无奈我就像一个新入行的写手，搜肠刮肚也想不出这头两个字。

"我可能得花时间组织一下。"我推诿道。

"反正今天我休息。来吧，希尔迪，我爱你，有话就说吧。"

于是，我开始叙述我一连串的不幸遭遇。这是我第三次描述这些事情，所谓熟能生巧，这次我花的时间比跟凯莉和福克斯那两次都要短。莉齐与我并肩而行，一直没说话。她好像始终沿着某条路在走，每逢我走偏了，她就引导我回到原路。

不过，这次的开端和前两次不一样，这次更符合逻辑，因为我是从我几次自杀未遂开始说起的。向一个不太熟悉的人讲这些事情，相对来说容易一点——不多，只是容易一点点。我也很感激她全程保持沉默，因为到了这份儿上，她要是再说些不着边际的废话，我肯定会受不了。

我讲完了。接下来她沉默了好几分钟，我并不介意。和前两次一样，倾诉过后，我暂时放下了心头的负担，沐浴在一片罕有的平静祥和当中。

虽然莉齐没有意大利人那么丰富的肢体语言，可是她说话时也喜欢指手画脚，所以穿上增压服就比较狼狈了——很多动作都做不了，比如说，她紧张的时候会用手捧脑袋和身体的某些部位——她现在似乎想咬指关节或者揉前额——可是都够不着。终于，她转过身来，眯起眼睛盯着我，眼神里充满了怀疑。

"你为什么找我？"

"你不要有顾虑，我没指望你能解决我的难题。"

"你说得对极了。希尔迪，虽然我挺喜欢你的，可是坦白说，你要自杀，我一点也不介意，你想做就去做呗。但我猜你现在是想找我帮你自杀！我恨的是这个。"

"真对不起，可我也不知道我这次找你是不是想让你帮我自杀，我甚至不知道自己还想不想自杀。"

"好吧，没关系了，反正这也不重要。"

"只是我听说，"我谨慎地选择言辞，"若是谁想找一些，嗯，怎么说呢，法外的东西，只要找莉齐就可以了。"

"你听说？嗯？"她瞪了我一眼，目光突然变了；她脸上的笑意消失了，一下子显得面目狰狞。莉齐确实挺恐怖的，她要在这里制造一个"意外"简直是轻而易举，我连反抗的机会也没有。不过这可怕的脸色一闪而过，她马上又恢复了平日那副和蔼可亲的神情。莉齐耸了耸肩，"你听说的传言是对的，我本来就预计着和你出来这里，是为了谈点生意。不过听了你这番话，我是不会卖给你的。"

"我是这样推断的。"我继续说下去，心中却在嘀咕着她不会卖给我的是什么东西，"既然你能瞒着中枢做地下交易，那你肯定有办法掩饰行踪。"

"我明白了。你说得对，我有许多办法，你脖子上挂的那个东西就是其中之一。"她缓缓地摇了摇头，开始绕着一个小圈踱步，一边走一边苦思冥想,"我告诉你吧,希尔迪,我看过牛仔竞技表演,我见过三颗脑袋的怪人和能在水下放屁的怪鸭,但你说的是我见过的最疯狂的事情。这样一来,所有游戏规则都被打破了。"

"怎么被打破了呢?"

"有好多方式。我从来没听说过记忆植入,回去之后我得查一下。你说这不是什么机密?"

"这是中枢自己说的,而且我有个朋友也听说过。"

"其实真正重要的并不是这件事。记忆植入当然很糟糕,不过我既没有对策,也不觉得特别担心——反正我也只能希望这事情确实没什么好担心的。可是你说你在自己家里自杀,却被中枢救了,这才是最要命的!我们为什么能够活得自由自在,想去哪儿就去哪儿?全靠第四修正案[1]。那玩意儿是借用美国宪法的,其实是指一系列计算机程序,是用来——"

"我听说过。"

"对,就是限制'搜查与扣押'的。你想想,中枢是一台威力强大、无所不在的计算机,如果我们对它完全不约束,那么它就会比小说《1984》里面的老大哥还厉害。和它相比,老大哥简直就像我家那位老是端着茶杯隔着别人卧室门偷听的薇琪姨妈。可当初制定这套系统的人会权衡轻重,考虑到每个人都有自己的秘密,哪怕这事情没有违法,我们也不想被人知道——这就叫隐私,是人权的一种。我觉得我们今天之所以享有隐私权,完全是因为当初立法的人和我们一样,都有一些见不得人的秘密。

"如此一来,在那个……呃……'犯罪分子的地下世界'里,大伙儿该怎么办呢?我们只能在自己家里保持警惕,看有没有来历不明

---

1. 此处是借用美国宪法第四修正案中有关"禁止无理搜查和扣押"的有关规定。

的窃听器和监控摄像头，有的话就销毁……然后就在自己家里做交易？我们也知道中枢时刻都在盯着，可是负责关注民众安康的那个模块并不负责发搜查令和砸门抓人啊。"

"啊？这样做管用吗？"

"到目前为止还没出过什么差错。其实仔细想想，这事情挺不可思议的。可是我这大半辈子风里来雨里去的，总能化险为夷，靠的就是这方法……现在听你说起那些事，我觉得我们基本上只能相信中枢能够自我约束了。"

"听起来风险还是很大。"

"你当然觉得风险大。可是我这辈子从来没听说过中枢采用非法获得的证据。我说的不仅仅是实施逮捕这个环节，还包括'确立相当理由'和'签署搜查证'这两个步骤，而这两个步骤才是'搜查与扣押'条例的关键所在。比如说，假设中枢电脑的某个化身听到了一些能将人入罪的消息，或者至少足够让法官发搜查令和批准安装窃听器，它是不会把这些消息告诉它自己的——你明白我的意思吧？因为中枢的系统内部划分成不同的区域，彼此之间是隔离的。当我跟他说话的时候，他知道我在干犯法的勾当，我也知道他知道。不过他脑子里跟莉齐说话的那部分是不能向负责执法的那部分告密的。"

我们继续向远处走了一小段，一边走一边各自陷入了沉思。我看得出来，我告诉她的这些事情让她惴惴不安。换了我身处她的位置，我也会紧张的。我从来没有作奸犯科，顶多有时候会犯些小错——一来是因为很容易被抓，二来是因为没有哪种犯罪活动对我特别有吸引力。呵呵，老实说，在月球上，真正意义上的违法犯罪行为已经不多了。过去，在公检法系统的工作中，百分之九十都和毒品、卖淫、赌博，以及向一小撮不检点的人群提供上述活动的组织有关。可是在月球这儿，这些东西都成了不可剥夺的基本人权！还有使用暴力，只要不出人命就算是违反治安条例，罚款就可以了。

至于那些属于重罪范畴的违法行为，当中大部分都非常恶心，我连想也不愿想。我忍不住再次犯嘀咕：英女王到犯作的什么奸、犯的什么科，才能成为江湖传说中的"非法物资供货商"呢？

月球上最严重的犯罪活动只不过是各式各样的盗窃，除非我们彻底解开中枢电脑的束缚，否则，小偷是永远也不能根治的。不过除此以外，我们这个社会还算是相当守法的——当然了，我们之所以取得这个成就，是因为我们把法律裁剪了到最精简的状态。

莉齐开口了——她把我脑子里的想法都说了出来。

"你也知道，犯罪活动其实不是什么大问题。"她说，"否则以广大人民群众的高智商，他们早就开始嚷嚷，主动要求钻进中枢的电子牢笼里了——其实我一直以来都担心我们迟早会被关进去。你只需要改写几个程序，马上就能收获史上最大的牧群，比约翰·韦恩赶去阿比林镇的那群畜生规模大多了[1]。你知道吗？我说的这种事情随时都可能发生！在一微秒之内，中枢就有可能开始向警察部队下达指令，就像金丝雀唱歌那么动听；在三秒之后，搜查令就已经被打印出来了。"说到这里，她哈哈一笑，"但是这里有一个难题，要把那么多人抓起来，不但警察不够，甚至连监狱也不够用呢。自从地球沦陷以来，发生的一切罪案都能用这种方法彻底消灭……这事情，哪怕只是想一下我都觉得头晕脑涨。"

"我觉得这种事情是不会发生的。"我说。

"当然不会了。虽然中枢的做法让我觉得反胃，但仔细想想，他其实是为了你好。我知道自杀是公民权之一，对吧？既然这样，那混蛋救你是为了什么呢？"

---

1. 出自1948年美国经典西部片《红河谷》。

"其实啊,虽然我不想承认,可是他救了我的命,我还是挺愉快的。"

"呵呵,我也替你愉快,可我们现在讨论的是一个原则性问题呀。对了,你这些事情我是打算四处说的,你知道吧?就是在我的朋友圈子里面传播一下,不过我不会泄露你名字就是了。"

"当然了,我早就料到了。"

"也许我们应该采取一些辅助的安全措施才行,只是我仓促之间也想不出有哪些办法。不过我认识一些朋友,他们肯定有兴趣群策群力想办法。你知道最可怕的是什么吗?我觉得是中枢竟然能够强行修改一个基础程序!如果它能修改一个,自然就能修改下一个。"

"把你抓起来,然后'治愈'你的犯罪倾向,这也能被看成是……呵呵,为了你好。"

"没错!这就是那些狗屁思维方式必然会导致的后果!你后退一英寸,他们就抢上一个秒差距[1]!"

我们开始往回走。很快,游客中心就出现在我们的视线范围内。莉齐停住脚步,用靴子尖在地面的尘土里漫无目的地乱画。我猜她还有别的话想说,而且不用过多久就会主动开口。于是我仰望天空,只见又一辆癫痫大飞车从我们头顶掠过,划出一道弧线。我低头时,发现莉齐正看着我。

"这么说来……你想知道怎样才能避开中枢的耳目,其中的原因你始终没有提起过。你其实是为了……"

"我不是为了自杀。"

"可是我必须要问清楚。"

"我没办法说出一个确切的原因。我其实没有干什么……我觉得

---

1. 宇宙距离单位,相当于3.26光年。

自己没有尽本分去……"

"去跟这些烦心事作斗争？去反抗？去消灭它们？"

"差不多这意思吧。自从这些事情发生以来，我仿佛一直在梦游。我觉得自己有责任去做点什么。"

"你主动找人讨论，这也算是做了点什么呀。也许除了说说之外，你也干不了别的了。噢，当然，你可以努力让自己过得开心点儿……不过这可是说易行难啊。"

"对。而且我自杀的冲动总是反反复复地出现，我甚至不知道它是打哪儿来的。我也没觉得自己抑郁到了那个程度，不过有时候我就是想打……"

"就像上次打我是吧？"

"对不起。"

"算了，你已经付出代价了。希尔迪，兄弟，除了你之前提到的那些措施之外，我实在想不出别的对策了。我真是无能为力。"

"嗯，我还是觉得自己应该做点儿什么去改变现状。另外，还有那些违法的事情……我想知道有没有办法躲开中枢电脑的耳目，因为……万一我再自杀，我不想它看着。该死的，我就希望它永远也别再盯着我！我要它离开我的身体、离开我的思想，我要它彻底从我生命里滚出去，因为我不想做它实验室里面的一只小动物！"

莉齐伸手搭在我肩膀上，我这才意识到自己正在声嘶力竭地吼叫。她这个动作让我很生气——其实我不应该生气的，她这样做只是表达友爱和关怀而已。可一个瘸子最恨的就是别人的怜悯，他甚至连同情也不需要！他想要的是重新变回正常人——跟其他人没什么两样的普通人。每次有人表示关心，就会让他想起自己的缺陷，他就会觉得好像被抽了一个耳光。滚你的同情！滚你的关怀！你好端端一个身体健康的正常人，怎敢在我面前摆出一副高高在上的姿态，还要给我提供帮助，其实根本就是在心里暗暗瞧不起我！

哼，别要强了，希尔迪。如果你真的这么独立自强，你为什么在大街上随便找个陌生人就把自己的心事和盘托出呢？你对莉齐这个人根本就不了解呀！我明知道这种愤懑是不对的，可我还是拼命咬住舌头才忍住没叫她把臭手拿开！最近，我有好几次都差点忍不住要对福克斯说出这样的话……总有一天我会憋不住说出来，向他大发雷霆的；然后他很可能会再次离开我，而我就又重新恢复到形单影只的常态了。

"这事到最后是什么结果，你一定要告诉我啊。"莉齐说，我顿时如释重负。她本来可以提出说要帮我，可是我俩都心知肚明，那只是空头支票。现在她表示只想知道事态的结果，这种好奇心我是能接受的。她看着游客中心的墙壁，说道："嗯，是时候启程回去了。"她把手伸向挂在我脖子上的除虫器。

"还有一个问题。"

"说吧。"

"你不愿意的话就不要回答。你参与的那些违法犯罪活动，具体是干什么呢？"

"你是警察吗？"

"什么？当然不是了！"

"我知道，我早就查清楚你的底细了。你没有参加警队的巡逻，也没有跟哪个警察交朋友。"

"我跟几个警察挺熟的。"

"但你没怎么跟他们来往。反正这么说吧，如果你是一个警察，却否认自己身份，那么你的证词就不能作为呈堂证供，所以我已经把你刚才否认的那句话录下来了。你别显示出惊奇的样子好吗？我得保护我自己呀。"

"也许我不应该问这个问题。"

"我又没有生你的气。"她叹了一声,一脚踢飞一只啤酒罐,"我也知道,没有哪个犯罪分子会认为自己是犯罪分子的。我的意思是,他们不会一觉睡醒就说'今日大吉,宜作奸犯科',对吧?我很清楚自己做的事情是犯法的,但我之所以要去做,其实是为了坚持一个原则。我们这帮亡命之徒把这个原则称作'第二修正案'。"

"不好意思,我对美国宪法不太熟,这'第二修正案'是讲什么的?"

"武器。"

我努力显得面不改色,其实我本来以为她会干一些罪大恶极的事情,现在看来,好像也没什么,"原来你是走私军火的。"

"我刚好认同拥有武器是一项基本人权,无奈月球政府强烈反对。一开始我还以为你找我'说事儿'其实是商量买枪呢,所以我才把你带到外面来。我在这方圆几公里内分散埋下了好几把枪。"

"啊?你本来就打算卖给我呀?就这样交到我手上?"

"呵呵,我本来打算告诉你去哪里挖。"

"可是你第一时间怎么埋下去呢?野外时时刻刻都有卫星监视你的动向呀。"

"我觉得还是应该保留一点商业机密,你不会介意吧?"

"啊?哦,当然不介意,我只是——"

"没关系。你毕竟是个记者嘛,难免会露出多管闲事小贱人的嘴脸。"

说着,她又伸手来拿挂在我脖子上的那台电子仪器。我下意识地用手挡在除虫器前面——我事前完全没料到自己会这样做。

"这台东西多少钱?我想买下来。"

她眯起眼睛盯着我看。

"你打算隐身潜进灌木丛中把自己干掉?"

"唉,莉齐,我不知道啊。我没打算自杀,我只是希望在我想真正独处的时候，能够利用这台设备达到目的而已。能短暂地从世上消失，这个主意我喜欢。"

"这事儿其实没那么简单……不过有这台设备总好过什么也没有吧。"

她开了一个价；我骂她是个贪心的臭贼，然后还了一个价；她又报了第二个价。本来她报的第一个价我就可以接受，不过我认识很多讨价还价的能人，一眼就能看出她也深谙此道，所以就陪她砍砍价。很快我们就谈妥了价钱，然后她非常详尽地指导我怎样才能将付款洗白，怎样才能把经由中枢电脑处理的那部分钱合法化。

当一切都谈妥的时候，我真的迫不及待想回去了。在处理自身废弃体液的过程中，我一直努力采用第四种方法。熬到这一刻，我已经跳起了"内急桑巴舞"。

No.12

乡村音乐之王

大变以后，我一直忙着跑外勤：回塌陷惨案现场做后续报道，追访遇难者的家属、穿顶的工程师、政客，以及到场的急救员。当我再次回编辑部已经是十天以后了。

大变是能够让整个世界颠倒的。当然了，世界本身并没有改变，变的是你看世界的观点和角度，可在当今这个真作假时假亦真的世道，从某种程度上说，主观现实比客观现实更重要。我大步走进忙碌的编辑部时，看见里面并没有发生任何变动：办公家具还是摆放在原来的位置上，一张张书桌后面依然是那一张张熟悉的脸孔。但对我来说，这些相同的脸孔已经有了跟以往不一样的含义。比如说坐在那里的家伙本来是我的好兄弟，可现在却成了一个俊男，而且他好像还对我有意思呢！而时尚专栏的那位美女，以前我本打算等有了时间就去追她，而现在她也就是一个女人罢了，甚至还没我漂亮呢。我和她四目相对，彼此微笑致意。

虽然大变是寻常事，是日常生活的一部分，可毕竟不会频繁到变了也没人留意的地步。至少在我们办公室这个收入阶层当中，谁变了大家都能留意到。于是，我在饮水机前站了一个小时，成了全场瞩目的焦点人物。在这个过程中，我也没有掩饰我是多么享受这种被关注的感觉。同事们走马灯似的在我身边转悠，轮流跟我聊一会儿，围在我身边的人换了一拨又一拨。我们其实是在构建一个新的性别互动模式。在《奶嘴》工作这么多年来，我一直是男的，大家也知道男性版的希尔迪是一个纯粹的直男。可是当我变成女性之后，我的性取向是什么呢？这个问题从来没人提起，却是值得一问的，因为很多人无论自己是男是女，总是喜欢某个特定性别的人。很快，消息就在编辑部里传开了：希尔迪是一个彻头彻尾的异性恋，各位女同志请不要浪费时间了。至于喜欢男人的女性们……不好意思，当初有大好机会摆在你们面前，你们没有去珍惜，直到错过了才追悔莫及。当然了，有三四位女同事会跑回家中彻夜痛哭,因为她们曾经和我好过,现在已经无法吃回头草了。呵呵,这算是我的美好愿望吧。反正我得承认,我在饮水机旁站了这么久,也没看见她们流下一滴眼泪。

十分钟之后,我身边就剩下了清一色的男同事,我简直成了编辑部的五月女王[1]。有十几个人约我,当中有一半还相当大胆直接,不过都被我拒绝了。我觉得最好不要轻率地跟同事上床,我必须先找机会了解他们,评估一下这样做可能会有什么不良后果,会在办公室里引起怎样的紧张气氛。虽然我打算辞职不干,可我还是决定遵守相关的潜规则。

关键是我不了解这帮家伙,或者说对他们的了解不够多。是的,我曾经和他们喝酒、闲聊、争吵,甚至和其中两人动过手。有几位仁兄喝醉了,我还把他们从酒吧寄回家去。我见过他们跟女性打交道,能大概预测他们在交往过程中的表现。可我并不真正了解他们,也从来没有从女性的角度观察过他们——说不定观感会大不一样。当一个男的对你没有性趣的时候,他可以装成谦谦君子;可是当他想把手伸进你裙底的时候,他会摇身一变,变成世上最讨厌的混蛋。大变能增加你对人性的了解,而对于那些死活不肯大变的顽固派,我只能替他们感到遗憾了。

说起顽固派……

我亲了亲那堆男同事当中的几位——就是在脸颊上啄一下,就像大姐亲小弟,没别的意思——然后挺起肩膀,昂然迈步走进电梯:入虎穴、捋虎须的时候到了。不知怎的,我预感会遇上一头饥饿的猛虎。

在《奶嘴》编辑部里发生的事情,事无大小,沃尔特都了如指掌。他是怎么做到无所不知无所不晓的呢?我们都不太清楚。他不见得有

---

[1] 在欧洲传统节日五朔节(五月一日)当天,人们选出象征春天的五月女王,戴花环巡游。

过人的洞察力，也许是因为他安装了一个监控网络，摄像头和麦克风能把信息直接传送到他的书案前。但有些消息他是不可能通过这种渠道获得的，所以大家普遍认为他手下有一支庞大的间谍队伍，而且那些告密者的待遇可能会很好。当然了，我认识的人当中没有一个承认自己是沃尔特的线人，也从没有人被揪出来过，于是寻找线人就成了办公室里永恒的消遣娱乐方式。通常的方法是捏造一个虽然虚假却又可信的谣言，只告诉一个人，看这消息最后会不会传到沃尔特那里。可惜这招从来没有奏效过。

我走进他办公室的时候，沃尔特正在阅读。他抬头瞄了我一眼，又低头继续看他的东西。沃尔特既没有显示出惊奇，也没有对我的新躯体发表评论——当然这一切都在我的意料之中。通常来说他宁愿死也不愿意称赞你一句，也从不承认自己也有意想不到的时候。我坐下来，等他主动跟我打招呼。

怎么对付沃尔特，我早已深思熟虑，所以我今天的穿着打扮是有针对性的。他是一个自然主义者，再加上这么多年来的交往和观察，我推断他喜欢女性的胸部。就冲这个，我特意穿了一件露出左边乳房的女式衬衫；与之搭配的是一条短裙和一双及肘的黑色长手套。为了画龙点睛，我戴上一顶小得出奇的圆礼帽，帽檐垂下一根巨大的羽毛，几乎把我的左眼也遮住了。每逢我转动脑袋，这根打羽毛就会嗖地一下飘起来，吓人一跳。最后我还蒙上一层黑色的网状面纱，平添一丝神秘感。这帽子和面纱散发着浓郁的二十世纪三十年代的复古淑女风。我今天穿了一身黑，可腿上的长筒袜却是鲜艳的红色。这种装束必须配黑色尖头高跟鞋，可我觉得这样又太过火了。而我鞋柜里的其他鞋子跟我的帽子都不搭调，所以我干脆赤脚算了。最后出来的效果相当好，我很喜欢。我用眼角偷窥沃尔特的反应，能看出他也挺欣赏我的新造型，不过他肯定不会承认就是了。

刚才在饮水机旁聊天的时候，有两位最近从男变女的同事证实了我对沃尔特的猜测。沃尔特患有轻度恐同症，可他自己并不知情；变性这种事情他一辈子都深受困扰；要是一位男同事某天回来上班时竟然成了女性，沃尔特会觉得浑身不自在，因为他知道自己也许会对这个女的产生性趣。他今天肯定会一肚子不爽，而且这种状态会持续一段时间。几个月后，他会逐渐淡忘我曾经是个男人，然后他就可以向我展开攻势了。我的计划就是利用他的这个弱点，尽量表现得女性化，把他困在一个被动挨打的境地。

我当然没想过跟他上床了！我宁愿和一头加拉帕戈斯象龟交配也不愿和他啪啪！我的最终目的是要辞职，我以前也尝试过，只是不像今天决心这么大。是的，我以前就试过提出辞职，所以我知道他的回绝之辞是多么有说服力。

终于，他觉得让我等的时间已经足够长了，就把正在读的那几页纸扔进废纸篓，整个人向后靠在大椅背里，十指交叠着搁在脖子后面。

"帽子挺好看。"他说道。我当时就懵了。

"多谢夸奖。"糟了，我怎么觉得被动挨打的是我呢？要是他善待我的话，我就更难开口辞职了。

"听说你是去亲亲波比那里做的大变？"

"对。"

"听说他在时尚圈快混不下去了。"

"他害怕的正是这个。不过呢，他已经害怕十年了。"

他耸了耸肩。沃尔特的白衬衫皱皱巴巴的，腋下有一圈圈汗渍，连蓝色领带上也沾了咖啡污迹。我忍不住再次发出疑问：他怎么能找到性伴侣呢？结论依然是那个：他很可能是花钱请的。我听说他曾经结婚三十年，不过那已经是六十年前的事了。

"要是他能做出这样的杰作，那么我听说的传言就是谣言了。"他身体前倾，把手肘撑在桌面上。我这才突然意识到他既是在夸我，也是在夸波比呢！他越说好话，我就越发觉得莫名其妙了。可恨的沃尔特！

"我之所以叫你来，"他说——这家伙竟然罔顾事实，这次分明是我要求面谈的！"是因为我想当面告诉你，这次塌陷事故的报道，你做得非常好！我也知道我通常很少称赞手下的记者做得好，现在想来可能是错的。而你是我最得力的手下之一，"他又耸了耸肩，"好吧，其实你就是我麾下第一号能人，我就想告诉你这个。你的下一张工资单里会有一笔奖金，而且我打算给你涨工资。"

"谢谢你，沃尔特。"你他妈的老混蛋！

"还有，你那个沦陷两百周年系列，真是一流水准！我要的就是这种级别的文章。而且你当初的判断是错的，希尔迪。这个系列的第一篇就取得了开门红，而且后来每周的文章评分都在节节攀升。"

"谢谢，谢谢。"谢字我都说累了，"可是我不敢居功，因为绝大部分工作都是布兰妲完成的，我只是在她文章的基础上稍加润色、在各处修修补补罢了。"

"这个我知道，我也很感激你这样无私奉献。我看好那小女孩总有一天能成为一名出色的记者，所以我才让你俩搭档，好让你给她传授点写专题文章的经验，给她指一条明路。你不觉得她学得很快吗？"

我不得不承认她确实学得很快。接下来，沃尔特继续唠唠叨叨地说了一两分钟，挑了一些这个系列中他觉得好的地方大加赞赏。我一直在想：他到底什么时候才会说到点子上呢？唉，其实我想的是：什么时候才轮到我说到点子上呢？

于是，我深深地吸了一口气，趁着他说话停顿的片刻抢先说道：

"这就是我今天来找你的原因，沃尔特，我不想继续做沦陷系列了。"糟糕，这个句子在我的脑子和嘴巴之间短路了！我本来想说的是，我打算从报社辞职不干了。

"好吧。"他说。

"你就别想着说服我继续做——"我说到这里，猛地打住了，"哈？'好吧'是什么意思？"我问道。

"意思就是好吧，你不用继续做沦陷系列了。不过如果布兰妲有需要的时候你愿意提供一点帮助，我就很感激了。当然前提是不会影响到你别的本职工作。"

"你刚才不是说很欣赏我干的活儿吗？"

"唉，希尔迪，你到底想怎样？我确实是很欣赏，但你不喜欢干下去呀。没问题，所以我让你退出这个项目。你是不是又改变主意了？"

"不……你这是在捉弄我吗？"

他只是摇了摇头，但我看得出来他很享受。这混蛋！

"你刚才提到我别的本职工作，到底是什么工作？"接下来他的回答应该是这场对话的点睛之笔了吧？他刚才做了那么多铺垫，到底想安排我做什么工作呢？我实在想不出一点头绪。

"这得由你来告诉我。"他说。

"什么意思？"

"我今天好像有点词不达意，是吧？我还以为我的意思都表达得很清楚了。你到底想做什么？你想换部门？你想给自己专门设立一个新部门？有什么想法尽管说出来吧，希尔迪。"

鉴于最近的种种遭遇，我猜我时不时会有头重脚轻、地动山摇的感觉；可就在这一刻，我突然觉得另一波焦虑正在排山倒海地袭来。我连忙深深地吸气、呼气，如是这般重复了几次。我熟悉的那个沃尔特到哪儿去了？我该怎么对付眼前这个家伙呢？

"你总说想开专栏，"他继续说道，"如果你真的想要，我就给你安排。可是坦白说吧，希尔迪，我觉得你这样很失策。没错，你想做的话肯定能做好，但是写专栏真的不适合你。你需要三天两头就往外面扑腾着工作，而专栏作者呢？呵呵，开头几周或者几年他们还愿意外出奔波找素材，可再往后他们就无一例外地变得懒惰起来，整天坐在办公室等着素材找上门。你不喜欢报道政府方面的新闻，我不怪你，那些东西确实无趣。你也不想写纯粹的流言蜚语，我觉得你的新闻触觉很厉害，你能去伪存真，剔除那些诋毁人格的下三烂流言，时刻揪住真正轰动的大新闻。如果你对于开专栏有什么具体的想法，我愿意仔细听听，不过我还是希望你能换个方向。"

哈！戏码来了。

"换个什么方向呢？"

"这得你来告诉我呀。"他柔声说道。

"沃尔特，我就坦白跟你说吧……我完全想不到你会这样问我，我从来就没往那个方向想过。今天我是来辞职的。"

"辞职？"他用怀疑的目光打量着我，突然笑出声来，"你是永远也不会辞职的，希尔迪。噢，好吧，再过二三十年也许有可能吧。不管你怎么抱怨，这份工作中有很多东西你还是很喜欢的。"

"这一点我不否认，可是这份工作的其他方方面面都快把我累垮了。"

"我以前就听你说过类似的话。其实你现在只是在经历一个低谷期，等你适应了新的角色，自然就会反弹了。"

"到底是什么新角色呢？"

"我刚才不是说了吗？我想听听你自己的想法呀。"

我默默地盯着他，盯了好一会儿；而他平静地与我对视，同样不动声色。我反复思量他的话，想找出里面的陷阱。当然了，他到底会不会信守诺言，这是没有保证的。但如果他食言的话，我还是可以随时辞职不干呀。也许他就是指望我这么想吧？这是缓兵之计吗？待他日后再次把我坑惨，我再次发作，他依然能再次说服我把辞职的时间继续往后推。

有一个念头反反复复地出现在我脑海里：从我走进总编办公室的那一刻起，他好像就已经知道我打算辞职了。否则他为什么拼命说好话？为什么要出动糖衣炮弹？

他真觉得我有那么出色吗？我知道自己很能干——我这人有许多问题，其中一个就是再烂的项目我都能高效地完成——可我真的有那么优秀吗？以前我从没看见沃尔特流露出一点点对我的赞赏。

无论如何，现在最主要的一个事实就是：我又一次被他套牢了！我真的很郁闷。如果我有机会尝试重新定位我的工作和职位，我其实是有兴趣留在《奶嘴》的；要是能转去受人尊重的《奶油日报》就更妙了。可是我今天根本就没往这个方向想，这种念头仿佛跟我隔了十万八千里。沃尔特突然提出要满足我的要求，而我竟然不知道自己想要什么。

然后，他好像又一次看穿了我的心思。

"要不你回去花一个星期左右的时间好好想想？"他说，"你要做的是未来十到二十年的规划，不可能在这一刻立马下结论呀。"

"好吧。"

"与此同时……"我身体前倾，就等他把刚刚吹起来的这个美丽肥皂泡戳破。既然他已经把我牢牢钓上了钩，现在是时候说出他的真正意图了。

"好吧，沃尔特，把你的底牌翻出来吧。"

他一脸无辜地看着我，隐隐流露出一丝很受伤的神情。形势越来越不妙。我记得当年他派我去采访冥王星总统遇刺事件前，就是这样的神情。那次出差，全程近三倍月球重力不说，而且等我到达的时候，那个新闻基本上已经变成旧闻了。

"明星教今早开了一个新闻发布会。"他说,"看来他们明天上午会册封一位新的十亿巨星。"

我把这句话翻来覆去里里外外地咀嚼,想找出其中的陷阱,却怎么也找不到。

"为什么找我?怎么不派宗教部的编辑去跟进呢?"

"因为她只会去那里露个面,把免费宣传资料拿回来敷衍了事,等于让明星教的人帮她把报道也写好。你也了解明星教那帮人,肯定会把新闻通稿都准备好的。所以我想派你出席,试试找一个不同的角度去报道。"

"明星教那点破事儿,还能有什么不同角度?"

终于,他流露出一点不耐烦的神情——这是今天第一次。

"我给你发工资就是让你去发掘啊!你到底去不去?"

这也是沃尔特的诡计吗?我瞧不出来。于是我点了点头,站起来,开始向门口走去。

"把布兰妲也带上。"

我转过身,正想开口表示抗议,随即想到无论沃尔特说什么,我第一反应总是拒绝,这简直成了我的条件反射。于是我又点了点头,再次转身。就在我刚刚把门打开的瞬间,他又开口了——每个爱看电影的人都知道,在老电影的传统桥段里,开门的瞬间总是一个关键时刻。

"还有一件事,希尔迪。"我第三次转身,"以后你来我办公室的时候,拜托你把自己盖严实点。我跟别人不一样,你就当是尊重一下我行不?"

这才像我认识的那个沃尔特嘛!我刚刚甚至怀疑他是不是被半人马座阿尔法星的洗脑怪绑走了,只留下一个不温不火的冒牌货在这里。为了应付这次谈话将要面临的小冲突,我还专门想好了一些极具杀伤力的言辞，现在是时候掏几句出来喷他一下了。不过我感觉这就像是用核弹炸跳蚤——大材小用。

"我喜欢穿什么就穿什么，我爱在哪儿穿就在哪儿穿。"我冷冷地说，"如果你对我的衣着有意见，跟记者公会说去。"我特喜欢这几句话，可我说的时候，本应伴随一些动作来加强效果，比如说干脆把整件上衣都扯下来，只可惜我想出来的每一个动作都只会让我显得很蠢，甚至比他还蠢……就这么犹豫了一下，那个合适的时机稍纵即逝，我顿感兴味索然，只能悻悻地离开了。

乘电梯离开报社大楼时，我说："中枢，上线。"

"为你效劳。"

"我自杀的事情你告诉沃尔特了吗？"

接下来是一阵沉默——对于中枢电脑来说，这段沉默的时间特别长，如果对方是人的话，我就会怀疑他其实是在煞费苦心编造谎言。但与此同时，我又觉得中枢电脑的沉默背后掩藏的东西远比一般谎言复杂得多。

"我恐怕你在我的系统内部引发了一次程序冲突。"他说，"我和沃尔特的谈话都是机密，这是我与他目前所处的状态使然。至于那是什么状态，我既不能与你讨论，也不能向你提供任何形式的暗示。"

"听起来你好像已经告诉他了。"

"我既不肯定，也不否定。"

"那我唯有假设你说了。"

"这是一个自由世界，你可以随心所欲地做任何假设。我不能直接否定，我充其量只能说，未经你允许就把你的状况透露给他，这是侵犯你的隐私权，我对这种行径是非常反感的。"

"这还不是否认。"

"不是，可我顶多只能说到这里了。"

"有时候你真的让人很抓狂！"

"彼此彼此。"

中枢电脑竟然说我让他抓狂？我承认，他这么说让我感觉很受伤。我不太确定他具体指什么，估计是因为他努力救我的性命，而我却故意不理，还反反复复地尝试自杀。换位思考：要是我有个朋友老要自杀，是挺烦人的。

"沃尔特从来没有这么关心过我……他好像知道我有病似的。除此之外，我想不出其他解释。"

"换了我处在你的位置，我也会觉得很奇怪。"

"因为他的行为很反常。"

"没错。"

"而你也知道他行为反常的原因。"

"我知道其中一些因素。可我重申一次，我不能告诉你。"

人都是贪心的，都想鱼与熊掌兼得，不过世间哪有这么划算的事情。中枢电脑与公民之间的某些特定谈话内容受到基本权利法案的严格保护——与这个法案相比，天主教那些听人忏悔的神父都变成了爱散播流言的长舌妇。一方面，我一想到中枢电脑有可能已经把我的狼狈境况告诉了沃尔特，我就无名火起三千丈；可是在另一方面，我又特别好奇沃尔特和中枢电脑的对话究竟包含了什么严肃内容，以至于会涉及沃尔特的隐私权。

用花言巧语去哄骗中枢电脑，这招大部分人在五六岁的时候就不再用了。我比他们更顽固更执着，所以我一直坚持到二十岁才放弃。现在我决定重操旧业，只是现在和八十年前的状况已经大不相同了。

"你以前曾经试过强行覆盖自己的程序。"我提议说。

"这事知道的人很少，而你就是其中之一。只有在事态危急时，我考虑再三，实在想不出别的对策了，最后才会不得已而为之。"

"那你现在也考虑一下吧，好吗？"

"我会考虑的，不出五六年我就应该能得出结论了。不过我得警告你，我觉得最后答案依然会是'不行'。"

沃尔特称赞我是他麾下最出色的记者，我听了为什么没有哈哈大笑？其中一个原因是：我这人真的很敬业。就像这次我去明星教册封大会并不是为了看热闹，也不打算拿一堆宣传资料回去敷衍了事。抢先发现谁将受封为最新的十亿巨星,这绝对是比"地球大卫惨变肉酱"更轰动的大新闻！于是在当天剩余的时间里，我带着布兰妲四处探访我的线人。结果我们没问到什么确凿的消息，却听来了五花八门的猜测——有些还算靠谱，比如约翰·列侬；有些简直可笑，比如拉里·耶格尔。就算明星教想充分消费涅槃度假村塌陷惨案，通过册封遇难明星来提高本教知名度，问题是可怜的拉里根本就不信明星教，他们本应册封一个更虔诚的明星信徒才合理。至于列侬，长久以来，明星教内一直有人呼吁把"十亿巨星"的黄金光环套在那位利物浦小子的蘑菇头上，因为他绝对符合明星教封圣的条件：生前广受欢迎、被粉丝追捧超过两个世纪、英年早逝，而且未能善终。他们又宣称亲眼看见列侬通过宇宙力量显圣，就跟"鸟先生"和梅根·加洛韦等已封圣的十亿巨星同样神奇。可是我找不到知情人确认或者否定这些传言，没办法，只能继续深挖。

我一直忙到深夜，四处打电话，吵醒许多人，又像鞭策驮马似的使唤布兰妲。刚开始做这个项目时，她双眼闪着激动的亮光，迫不及待地开始这次冒险；熬到最后，她已经变成一具哈欠不断、形容枯槁的行尸走肉，还在孜孜不倦地坚持打电话，还在耐心聆听对方说自己什么也不知道。那些所谓"内幕知情人士"其实都欠过我人情，尽管这样，他们对布兰妲说的话是一个赛一个的难听。

"要是下一个人还问我知不知道现在是几点……"她说到这里讲不下去了，因为她的嘴巴大张，正在打另一个哈欠，"没用的，希尔迪。明星教的保安措施太严密，而且我现在太累了。"

"你以为人们为什么把这工作叫作'跑腿'呢？"

忙到凌晨，直到福克斯走进来说布兰妲在另一个房间的沙发上睡着了，我这才停下来。我本来是打算依靠咖啡和兴奋剂熬通宵的，不过这里是福克斯的家，我俩的关系最近已经开始有点紧张，所以我也只能停工。很无奈，对于明天上午十点谁会获得那个殊荣，我依然没有半点头绪。

虽然我精疲力竭，可是我感觉相当好——这段时间以来我是第一次感觉这么好。

第二天一早，布兰妲走进浴室找我。她毕竟年轻，精力恢复得特别快，看起来没有一点儿疲劳的迹象。虽然她对希尔迪美容秘方显示出兴趣缺缺的样子，但我的眼角瞥见她不时会偷偷看我一两眼。我在好几台化妆机上运行各种程序，完事之后也不删，就留在屏幕上，好让她趁我没留意的时候把那些程序号都抄下来。我当时还想，她妈妈应该教过她这些小窍门才对呀——布兰妲基本不用化妆品，对此道可谓一窍不通——但我又想，我对人家的妈妈根本就不了解。既然老太太连女性生殖器也不让女儿长一个，天知道她们斯塔尔家还有没有别的什么限制呢？

重新做女人之后，有一件事情我至今还没适应：每天早上我总需要花额外两三分钟来装扮自己，然后才能出去面对这个世界。我把这看成是"女人的负担"——不过这负担是我自找的。我就是喜欢把最佳状态展现出来，这就意味着即使是波比出品的艺术成果也难逃被我

319

篡改的命运。首先，虽然自动管家会为我挑选衣服，可我不会它给什么我就穿什么，我会花起码二十秒钟仔细思量一下今天我想穿什么。接下来，我要选择合适的发型和发色去衬我的衣裳；我要选择妆容主题，然后让化妆机器为我操作；我还要选定眼珠子的颜色、佩戴的首饰、香水的类型……为了让希尔迪的皮囊能够按照我的要求展现给世界，我必须花费大量时间，考虑无穷无尽的因素。可同时我也享受这个过程，所以说到底这件事也未必算是一个"负担"吧。但在这个封圣的早上，就因为这个"负担"，结果我们错过了火车。我们仅仅慢了二十秒，下一班车就得再等十分钟。在这段时间里，我传授了几个诀窍给布兰妲，教她怎样修改那件标准版的纸质无袖连衣裙才能突出她身材的优点。可她就像一根无穷无尽的长棍，要在上面找出些优点，实在是让我煞费苦心、殚精竭虑。

我的关注使布兰妲乐得屁颠屁颠的。我当时穿了一套浅蓝色的哑光连体紧身衣，衣服上混织着肉眼几乎看不出来的更浅的蓝色图案。布兰妲仔细打量我这身衣服，好像已经打定主意明天穿什么了。我决定想办法给她一些暗示，让她别学我这样穿。她这种瘦高身材穿连体紧身衣，从时尚角度看是荒谬的，就好比萨拉米腊肠上套了一圈丝袜。

自由明星第一圣教会的大制片堂位于王城的影厂区，就在盲猪酒馆附近——明星教很多会员都是娱乐圈的业内人士，所以总部设在这里方便他们参加活动。大制片堂的外观没什么特别，只有一扇仓库样式的大门，通往一条又高又宽的大道。这个区域位于王城上层，其实是专门制造照明设备的地方——说起来，电影工业不也是制造星光的地方吗？在大门顶上有一块圆角矩形牌匾，上面镶着自由明星第一圣教会的著名缩写字母 F.L.C.C.S.。这块牌匾的形状其实是致敬古代的电视屏幕，实际电视屏幕早就不是这种圆角矩形了，不过明星教的大制片堂里还保留着这种复古的电视。

大门里面比外面好看多了。布兰妲和我走进了一条长廊,头顶是五彩缤纷的色块,把屋顶都遮住了。长廊里排列着巨大的全息影像,还供奉着四位十亿巨星,他们是按照受封的先后顺序从今到昔排列的。

首先见到的是最近一次受封的曼巴索·恩卡宾迪,他的粉丝们都称他为"曼比"。他在地球沦陷前夕出生在非洲小国斯威士兰——这是一个被历史遗忘的国家——三岁时得益于当时实施的种族配额制度,跟随父亲移居月球。年轻的曼比几乎凭一己之力开创了天体音乐流派,同时他也是公认的"最后一位基督科学教徒"。在四十三岁那年,他死于黑色素瘤——其实这种病并不难治——据说他是在进行了大量祈祷之后暴毙的。虽然曼比信奉其他宗教,但像明星教这种自由主义教会并不会因此而歧视他,反而在他死后吸收其入教,并于五十年前将他封圣。打那以后,明星教直到今天才再次进行新的册封仪式。

接下来,我们经过梅根·加洛韦的神坛。她是"多感艺术"的领军人物,不过这门艺术早就被世人淡忘了,而她本人也神秘地失踪了。在她失踪的一百年后,梅根依然拥有一小撮狂热的追随者。几乎每天都有明星教的教众宣称看见四大巨星显圣,而这四人当中只有梅根的结局是不知所终,所以恰恰唯独她才有可能真的重现人间。在这四位永恒不落的十亿巨星当中,只有梅根是女性。然而她和曼比一样,都是最佳的反面教材,都彰显了在时机未成熟就轻率封圣所留下来的隐患。多感艺术品早就没人做了,不过在四大巨星当中只有梅根能为女教众的穿着打扮树立榜样,否则她在很久以前就被废掉了。时至今日,市面上的多感艺术录像带至少也有八十年历史,爱好者们也只能将就着看了。明星教会当年把梅根提拔进入本教的万神殿时,完全预料不到这种艺术形式竟然会彻底烟消云散。

我走到下一座神坛跟前,停住了脚步。这里供奉的是音乐家中岛鸟长，人称"鸟先生"。和刚才两位相比，我觉得鸟先生的毕生成就才是真正值得被后人称道的。过去有一种音乐叫摇滚乐，长久以来，其主要乐器就是电吉他。鸟先生利用人的身体开发出新型乐器"人肉竖琴"，开始为电吉他掘墓。后来他精通这种新乐器，成为一代宗师，也就给电吉他的棺材盖敲进了最后一根钉子。我觉得他的音乐和莫扎特的作品一样，就算是放在今天也不过时。他是在"沦陷三日"的第一天战死于日本的。当时，冷酷无情的敌人——也不知道是机器还是外星人还是什么乱七八糟的生命形式——大举进犯，仿佛是无敌哥斯拉终于在现实中杀到了东京，而鸟先生在故乡英勇抵抗，壮烈成仁。反正官方的版本就是这样子的。还有人传言道，他当时驾驶私家游艇仓皇出逃，企图赶上前往月球的最后一趟太空航班，却死在了游艇的方向盘前。而我宁愿相信那个富有传奇色彩的官方版本。

最后一位是当之无愧的四大圣人之首：生于美国密西西比州图珀洛市、活跃在田纳西州首府纳什维尔市、安葬于田纳西州孟菲斯市优雅园公墓的"猫王"埃尔维斯·亚伦·普雷斯利。哪怕在他去世一百年后，猫王依然是一颗冉冉上升、熠熠生辉的巨星。他的名声之盛简直是匪夷所思，一帮退休的广告公司高管深受启发，由此创造了公关黑历史上最明目张胆和最赚钱的促销运动：明星教。

不管你怎么贬低明星教——我私下在朋友面前可没少损他们——可是这帮家伙确实懂得讨好前来采访的传媒界人士。前来观礼的人群经过猫王的神坛后分成了两拨。其中一拨是一条很长的、不怎么前进的人龙，都是一些心存侥幸的普通教众，希望能抢到包厢里最后一排的座位。他们当中还有人挥舞着手中的信用卡，现场维持秩序的工作人员几乎忍不住要嗤之以鼻：要进场参加这场盛会，光有钱是不够的。剩下那拨人都头戴残旧的灰色软呢帽，帽檐里插着一张记者证，在工作人员的指引下穿过天鹅绒绳带隔离栏的一个缺口，来到一大圈食物和饮料前。在联生公司的超级过电产品发布会吃自助餐跟在这里用餐相比，简直就像龟缩在小巷子的角落，用油腻的汤匙吃垃圾桶里的东西。

一帮资深记者暴饮暴食，这场景一点也不好看。有些新闻发布会的自助餐，你取食物的手要是往回缩得太慢，连手指也会被别人咬下一截。不过明星教的自助餐正如我所料，组织得井井有条。我们每个记者都有一位男服务员或者女服务员接待，他们的工作好像就是专门为我们端盘子，以及微笑、微笑、微笑。我还听见有人在私底下抱怨明星教怎么不提早一点宣布这场盛典的举办日期，否则他们就节食三天再来出席了。记者就这德行，总要找点东西抱怨才舒服，否则他们就只能感谢主办方了——对于记者来说，这是一种绝对不可饶恕的罪行！

我在一只全乳雷龙旁边走过，心中充满了敬畏。只见这道大菜的表面涂着糖浆，点缀着许多裹着糖霜的水果，嘴里还叼着一只大苹果。工作人员正在用小车把一个不知是什么的东西推走——听说那本来是一座用刺身堆成的鸟先生像——取而代之的是一座三米高的猫王雕像，由杏仁蛋白软糖做成，是他在赌城拉斯维加斯演出时期的经典造型。我从猫王闪闪发亮的衣服上掰下一块小金片，一尝之下，发现竟然非常好吃。不过，我始终没搞明白那到底是什么东西。

接下来，我堆砌了一座可以称之为世纪杰作的超级三明治。算了，你们也别问我往里加了什么东西。当布兰妲看着明星教服务员帮我端起这坨三明治的时候，她脸上露出了厌恶的神情。在这一刻，我明白了，普通人不了解冷切肉当中蕴含的禅意，因为在世俗眼光中，我喜爱的某些原材料……说好听点，算是不合时宜吧。我承认，腌猪肘子与鲜奶油激情碰撞后产生的那种强烈而细腻的味道，并不是普通老百姓懂得欣赏的。布兰妲并不需要工作人员帮忙端盘子，她只是捧着一小碗黑橄榄拌甜酸菜，慢条斯理地踱步。我连忙加快脚步，免得被别人看出布兰妲是我带来的。我看准了这里的食物十有八九她都不认得，更遑论喜欢不喜欢了。

明星教所谓的"大制片堂"，以前其实是月北电影制片厂最大的摄影棚。他们把这地方改建成我们今天看到的这个巨大的楔形结构，越往里越窄，而舞台就设在最尖端。墙壁稍稍内倾，墙面上镶了成千上万块老式的玻璃电视屏幕，也就是圆角矩形的那种。对于明星教来说，这个形状的重要性堪比十字架之于基督教。超级大电视象征着"永恒的生命"，以及更重要的"永恒的名声"。这种比喻背后的逻辑，我还是能理解的。满墙的电视屏幕大小不一，宽度从三十厘米到十米不等。当我和布兰妲走进来时，看到每块屏幕上的图像都不一样。这些影像展现了四位十亿巨星的生平：他们的生活片段，他们的风花雪月，他们拍过的电影和开过的演唱会，他们的婚姻故事，他们的葬礼，甚至还有他们上厕所和切皮的片段——我们看得目不暇接。此外，一个个像大肥皂泡似的全息影像在大堂里飘来飘去，每一个泡泡里都是一位十亿巨星的笑脸：曼比、梅根、鸟先生和猫王。

明星教知道谁才是这场秀真正的目标观众，所以把我们这帮记者带到了舞台跟前的那片区域。真正的教众反而只能随机坐在票价便宜的边角旮旯，或者老老实实地盯着电视屏幕看转播。此外，大堂后部还有层层叠叠的包厢，一直往高处延伸，最终隐没在明星教最喜爱的悬吊射灯云里。

因为我们来得比较晚，舞台跟前的大部分座位都已经被人占了。我正打算建议分头行动，突然瞅见舞台跟前的一张桌子旁边竟然坐着蟋蟀，而且她身边还有一张空椅！我当机立断，一只手拖着一张折椅，另一只手揪住布兰妲，硬是分开吵闹的人群，向舞台挺进。在折椅的冲击下，人们纷纷闪避，布兰妲脸上露出尴尬的神色。等这事儿完了之后我得好好跟她谈一下，要是她学不会推撞吼三板斧，那她就别在新闻圈子混了。

"哎呀希尔迪，我爱死你这肉身了，希尔迪！"我硬挤进她和布兰妲中间的时候，蟋蟀说道。一位服务员把一个装着粉红色饮料的大壶放在我面前，我顺便对着玻璃壶顾盼生辉了一把。那些明星教服务员真是训练有素，我正想问他们要青柠檬，就有一条臂弯从我身后绕过来，把一个装满青柠檬果肉的水晶碗放在台面上。

"我怎么听出了一丝略带幽怨的渴望？"我说。

"你是说你的小鸡鸡光荣隐退，所以我就黯然心碎？"她呈沉思状，"嘿嘿，我觉得你自作多情了。"

于是我噘起嘴——这当然是逢场作戏罢了。坦白说，当初我跟蟋蟀啪啪过一次，现在看来这步棋走错了。可是再过三十几年等我变回男人之后，说不定还是会对她产生性趣，前提当然是她那会儿刚好还是女儿身。

"涅槃度假村那张'死了也要爱'的照片，你摆拍得真好，恭喜恭喜！"我说道。有一个篮子摆在我面前，装着主办单位送给媒体朋友的小礼物。我用一只手翻看篮子里面的东西，用另一只手捧起那坨三明治，试着咬了一口。很快，我找到了一枚刻着图案、字母和数字的纯金纪念章！好家伙！这玩意儿在牧草街随便一个当铺都至少能卖四百大元，前提是我动作必须特别快，能抢在月球上任何一个记者之前把这个纪念章给卖掉！奈何这个希望很渺茫，因为我转眼就看见有送信人把三枚纪念章带走了，而且这三枚纪念章肯定不是第一批离场的，在这个钟点，这几枚金章在市场上肯定就像嗨药那么抢手，而礼物篮里的其他东西基本上都是垃圾！

"原来你就是作者呀？！"布兰妲一边说一边凑上来，直向蟋蟀抛媚眼。

"蟋蟀，这位是布兰妲；布兰妲，快来拜见蟋蟀姐。蟋蟀姐在一家首字母缩写为'S.S'的下三滥小报[1]干活。她被我宠幸过一次，然后就再也没有机会重温我的雄风了，所以她现在陷入了深深的绝望当中。但你瞧她还装出若无其事的样子，装得多像啊！应该给她颁一个奥斯卡奖。"

"嘿嘿，你……勉强算是雄风吧。"蟋蟀说着，把手从我面前伸过去，跟布兰妲握手。"很高兴认识你。"布兰妲结结巴巴地回答了两句。

"那照片花了你多少钱？"

蟋蟀面露唧瑟，"价钱很实惠。"

"你什么意思？"布兰妲问道，"为什么那照片要花你的钱呢？"

我和蟋蟀一起转头看着布兰妲，然后互相对望了一眼，最后又一起看回布兰妲。

"你的意思是……那张照片是摆拍的呀？"她大惊失色道，然后垂头看着指尖的橄榄，把橄榄放回碗里。"我看哭了。"她说。

"喂！你干吗呀？现在有人把你的小狗狗一枪爆头还是怎么着？真是的！"我说，"蟋蟀，拜托你跟她讲一下人生道理吧。我本来也可以跟她讲，可我这么清白一个人，有些话实在说不出口。你才是那个悍然践踏新闻从业人员基本守则的缺德鬼。"

"行啊，不过你得跟我换位。我讲课的时候可不想盯着你吞这么一大坨东西。"她一脸严肃地指着我的世纪三明治。但她这副一本正经的模样被她吃剩的食物残渣出卖了——我看见至少三只小鸟的骨架，每一副都剔得干干净净，一点肉也不剩。

于是我和她交换位置，然后我就正式开始大快朵颐了。我一边吃喝，一边竖起耳朵听四周人们的交谈，希望能走运听见一些关于这次

---

1. 即《少废话》。

封圣的内幕消息。可惜我不走运，只听到一堆流言：

"列侬？不会吧！他当时已经江郎才尽了，那颗子弹其实挽救了他的音乐事业呢！"

"……想知道这次封谁？是米老鼠！你把宝押在它身上就可以了。"

"他们怎么封圣呀？米老鼠根本就不存在！"

"嘿嘿，米老鼠不存在又怎么样？难道猫王就一定存在吗？卡通形象可以重生——"

"就算他们要册封卡通形象，也只会是雅加婆婆。"

"你别开玩笑了，雅加婆婆根本就不在米老鼠的宇宙里……"

"听说是西尔维奥，没有人能得上他一半的名——"

"可是从明星教的角度看，西尔维奥有一个问题：他还没死。不死的话很难聚集狂热粉丝。"

"你省点力吧！又没有法律规定一定要死了才能封圣，尤其是现在这种世道，他说不定还能再活五百年呢。这样的话，明星教该怎么办？不断从二十世纪和二十一世纪的死人堆里找一些没人记得的过气明星吗？"

"每个人都记得鸟先生。"

"他不一样。"

"四个十亿巨星里面只有一个女的。要是他们打算给活人封圣的话，为什么不封玛丽娜呢？"

"那样的话，干脆他们俩一起封算了。也许两人会因此复合呢，这个故事太传奇了，分飞燕双双封圣！想想标题有多震撼？"

"迈克尔·杰克逊怎样？"

"谁？"

人们絮絮叨叨地往下说，各种揣度猜测漫天飞舞，尽化作嗡嗡嗡的背景噪声。我又听到人们提起好几个别的名字，不过在我看来是越发不靠谱了。只有一个名字再次被人提起——这是我意想不到的——米老鼠，我觉得它真有可能被封圣。卡通人物重生，这事情不是没有先例。万一米老鼠真的封圣，你当天就去牧草街，肯定能买到胸前印着米老鼠图案的衬衫。没有法律规定人们狂热崇拜的对象必须是真实存在的事物；在明星教这儿，人们崇拜的是虚幻的影像，而不是真实的血肉。

其实，虽然明星教并没有设立关于封圣的具体规则，可是有一些公认的准则还是具有类似法律条文的效力的。明星教并没有捧红哪个明星，在造星这个行业里，他们并没有真正的影响力，他们只是正式承认那些邪教级的超级明星罢了。一个明星要具有哪些特质才能称得上是"邪教级"呢？相信每个人心中都有自己的清单，清单里每一项特质的比重也是因人而异。我再次仔细审视我心中的那张清单，找出了三个最符合封圣要求的特质。

第一项——也是最明显的一项——十亿巨星生前必须深受大众喜爱，声名必须跨越星际，而且粉丝的狂热程度必须达到真正的崇拜。因此，二十世纪早期之前的所有明星都可以排除了——须知那正是大众传媒问世的年代。第一批达到"邪教级"地位的都是电影明星，比如说查理·卓别林。不过查理·卓别林可以马上被排除了，因为他不符合第二个准则：拥有一群时至今日仍然在疯狂崇拜他的狂热粉丝。卓别林的电影还有人看，也有人懂得欣赏，可是没有人会发疯似的喜爱他。那个年代唯一有可能封圣的明星——如果当时有明星教的话——是影星鲁道夫·瓦伦迪诺。虽然他英年早逝，可他生前就已经被还只是雏形的地球村名人堂奉若神明。不过到了今天，他已经完全被人们遗忘了。

莫扎特？莎士比亚？他们就没戏了。路德维希·范·贝多芬也许是那个年代的普鲁士流行音乐榜的霸主，但在乌兰巴托根本就没人认识他。另外，当年贝多芬有宣传用的侧面照吗？没有呀！因为他根本就没拍过。要保存他的音乐作品，唯一方法就是抄录在纸上，可这种方法早就失传了。说回莎士比亚，也许他能赢一堆托尼奖，还能飞去美国西岸让好莱坞把他的作品放上大银幕。到今天他其实还是很受欢迎的，比如说他的喜剧作品《皆大欢喜》每天都会在王城中心大剧院上演两次。可是从造星的角度看，莎士比亚和所有成名于1920年以前的巨星都有一个解不开的死穴：大众对他们一无所知，因为那个年代既没有录音，也没有影像。在明星崇拜的过程中，艺术本身只是一个可有可无的小角色。你只需要做点什么，不需要出色，只要能唤起一些回忆，引起一点共鸣，那么你就有机会了。可是，明星教和它的前辈们贩卖的其实是人设，媒体需要真实的个体作为攻讦的目标，需要真实的丑闻作为传播的内容，需要真实的血肉之躯作为悲剧的主角。

这就是公众广泛认同的封圣第三准则：英年早逝，悲剧收场。我个人觉得这条准则在某些情况下是无足轻重的，不过我不会因此而否认其重要性。邪教式的狂热崇拜不是谁都能打造出来的，而是由内心生发的真情实感，虽然容易被人熟练地操纵，却也不失其真诚。

我觉得，他们今天要册封的应该是托马斯·爱迪生。要是没有他的两个关键性的发明——留声机和活动电影录像，整个造星行业就会立刻破产。

那到底是米老鼠、列侬，还是西尔维奥呢？他们每人都有各自的弱点，就像米老鼠，它的问题是：它不是真人。可是谁介意呢？约翰·列侬……他的受欢迎程度还不能得到明星教的青睐。至于西尔维奥，最要命的是他还活着。不过规矩就是用来打破的，以西尔维奥今时今日的地位，他绝对有这样的实力。整个太阳系里没有谁比他更受欢迎了，月球上无论哪个记者，只要能获得一次独家专访西尔维奥的机会，哪怕把亲生母亲卖了也是愿意的。

突然，我恍然大悟！答案那么明显，为什么我之前一直想不到呢？为什么别人都看不出来呢？

"是西尔维奥。"我告诉蟋蟀。我敢发誓，那小妞的脑袋还没来得及转过来，她的耳朵就先动了。这家伙的新闻嗅觉太厉害了。

"你偷听到什么消息了？"

"我什么也没听到，是我自己想出来的。"

"那你还在等什么？要我舔你的脚趾吗？快说呀，希尔迪！"

布兰妲也凑上来，用仰望大师的眼神看着我。我向她俩笑了笑，心里想着要不要再吊一下她们的胃口呢？算了，这样做太不厚道，我决定与她们分享我的福尔摩斯推理法。

"第一个有趣的事实就是，"我说，"他们一直等到昨天才宣布这件事情。为什么？"

"这还不简单？"蟋蟀哼了一声，"这是因为自从拿破仑信誓旦旦说要在滑铁卢痛扁英国佬以来，曼比封圣就成了最搞笑的闹剧。"

"这是原因之一。"我承认道。虽然这件事情发生在很久以前，可是明星教的人至今仍然痛心疾首。当时，他们提前推出一场"封圣巨星猜猜猜"的宣传活动，折腾了整整三个月。等大伙儿终于熬到答案公布时，就算他们宣布册封的是宇宙大帝，人们也一样会感到失望，更何况曼比本来就不是一个合适的人选呢？对于明星教这帮人来说，宣传是一门艺术，是一种科学，也是他们存在的全部意义。秉着"一朝被蛇咬，十年怕井绳"的精神，他们这次的宣传就做得非常上道了。这么大的一个惊喜，却只给大众一天的时间去揣度。而在这短短一天里，无论是媒体还是大众，都不会觉得闷。

"但这次他们至少把事情捂得严严实实的。据我所知，在当时的记者圈子里，'曼比即将封圣'这个消息就如同今天西尔维奥的发型，根本就不是秘密了。不过媒体都答应明星教，在那个大日子到来之前，他们绝不走漏风声。好了，现在你们想想明星教的人。除了核心的大明星长老会之外，其余教众都不是守口如瓶的人，流言蜚语正是他们赖以生存的血液！要是有二十个教众知道谁是下一位十亿巨星，我敢打包票，当中至少有一个人绝对会在我的线人或者你的线人面前吹嘘一番。如果只有十个人知道答案，那么我能找到答案的概率就降到了百分之五十。可现在我完全找不到答案，可见知道结果的人还不到十个呢！说起来，你们还跟得上我推理的节奏吧？"

"我知道你能言善辩，继续说下去吧。"

"我筛选过，最后只剩下三个候选人：米老鼠、列侬和西尔维奥。你觉得我猜得不算太离谱吧？"

她不置可否，只是耸了耸肩。我从这个小动作看出来，她心目中的清单应该和我大同小异。

"可是这三个人各自有一个弱点，你们应该知道是什么。"

"那三个人里面有两个都……呵呵，太古老了一点。"布兰妲表示。

"这里面有许多原因。"我说，"你现在的四大天王，他们都是在地球出生的，够古老了吧？问题是，当今社会远没有上几个世纪那么多暴力，所以也没那么多惨死的悲剧。在那四位超级巨星中，只有曼比死得很惨很得体，而且他是过去一百多年来的唯一一位。其他明星都赖着不去死，就算过气了也不肯退场，比如说艾琳·弗兰克。"

"还有拉斯·欧马里。"蟋蟀补充道。

布兰妲一脸茫然，不出我所料，她根本不知道这两位是何方神圣。

"他们现在哪儿？"布兰妲问道。她无意中说出了所有明星最害怕的一个问题。

"在大象坟墓[1]。可能是在岩床区的某个破酒馆，也许两人还肩并

---

1. 传说将死的老象会去一个秘密墓地离世。

肩坐在一起呢。他们以前就像西尔维奥那么红呢!"布兰妲脸上显出怀疑的神情,仿佛听见我说有东西比无穷大还要大一样。呵呵,总有一天她会明白的。

"继续推理推下去呀。你是怎么跳到结论的?"蟋蟀问道。

我气势磅礴地一挥手,指着整间大厅。

"所有这些电视屏幕,少说有亿万个吧?如果封圣的是列侬或者米老鼠,接下来会发生什么呢?是后台有人匆匆忙忙地给他们画一幅素描,然后高举过头走出来宣布吗?当然不是了。他们会在每一块电视屏幕上播放《汽船威利号》[1]和《幻想曲》[2]以及米老鼠的每一部卡通片,又或者是……约翰·列侬拍过什么电影来着?"

"你才是历史爱好者呀,我只听说过《佩珀中士》[3]。"

"嗯,你明白我意思了吧?"

"也许我挺笨的。"蟋蟀言不由衷地说。

"不,你一点也不笨,再仔细想想?"她陷入了沉思,然后我看到她恍然大悟了。

"你也许是对的。"蟋蟀说。

"什么'也许'?!我现在就有点想发稿了。沃尔特可以抢在他们宣布之前就报道这条劲爆新闻。"

"用我电话打呗,不收你钱。"

我无言以对。现在哪怕有一个线人告诉我我是西尔维奥,我都会立刻打电话给沃尔特,让他定夺。要是错过了抢发头条的机会,记者过后只能追悔莫及,新闻史上充斥着大量这种悲剧。

---

1. 迪士尼第一部有声动画片,主角是米老鼠,于1928年11月18日上映,而这天也被定为米老鼠的生日。
2. 1940年上映的迪士尼音乐动画片。
3. 披头士于1967年发行的专辑,被视为流行摇滚的首张概念专辑。

"我猜我也是挺笨的。"布兰妲说,"我还是不明白。"

我对她的第一句话不予置评。她不笨,只是新手而已,而且我自己也是刚刚才看出来。于是,我向她详细解释:

"必须有人在后台安排,将录影带在那么多屏幕上播出。他们需要一堆技术员、视觉艺术家之类的专业人士。这个项目很庞大,他们组织安排的时候不可能只让少数几个人知道。我的大部分线人正是这类专业人士,他们都在嗷嗷待哺呢,我昨晚四处撒钱就是喂给他们。如果有人收到风声,我是不可能不知道的。由此我敢断定,米老鼠和列侬没戏了,因为他们不是活人。西尔维奥的优势在于他能够亲自上台受封,所以电视屏幕可以直播台上的场景。"

布兰妲皱起眉头,陷入了沉思。就让她自己慢慢想去吧,我则继续享用我的世纪三明治。我心情特别好,不仅因为我破解了这个大谜团,更因为我真的很敬仰西尔维奥。米老鼠无疑很好,可是他背后真正的英雄其实是沃尔特·伊莱亚斯·迪士尼和他的魔术画笔。约翰·列侬我不太了解,他的音乐不能引起我的共鸣。猫王的粉丝为什么那么狂热,我始终不明白。梅根也许很厉害,可是我对她的"多感艺术"没有半点兴趣。曼比早就过时了,如果你灌醉了明星教的人,他们也会酒后吐真言,承认册封曼比是一个错误。只有鸟先生封圣是实至名归的,他是真正的音乐天才,而且他有幸活在我们这个泛明星时代来临之前——要知道这个时代为人们设置了种种障碍,我们鲜有机会取得真正伟大的成就。你想想,整天有些像我这样的人在你四周虎视眈眈,为了找新闻甚至会翻你的垃圾桶,你能取得多大成就呢?

而生活在太阳系的所有人当中,唯一让我敬佩的就是西尔维奥了。从事记者这么多年,我小时候的英雄崇拜早就灰飞烟灭了,而我现在的职业是专门挖别人的黑料。这些年来我发现了太多丑事,在我心里,"英雄崇拜"早已成了一件无比奇怪的事——我这么形容已经算客气了。西尔维奥当然也有黑料,这一点我知道,月球上凡是订阅电子报刊的读者也知道。不过我真正敬仰的是他的艺术作品,而不是他的为人,那些邪教式的狂热崇拜见鬼去吧。他刚出道就已经显露出极高的天赋,他创作和演奏的音乐作品经常能使我感动流泪。这么多年来,他不断地成长。三年前,就在他的星光开始暗淡的时候,他突然焕发第二春,创作出职业生涯中最震撼人心的音乐。天知道接下来他还能达到什么新高度呢。

西尔维奥也做过糗事,依我看,他最近就做了一件:他突然皈依了明星教。不过就算是这样,又如何呢?你不见得想把莫扎特带回家介绍给家里人认识吧?你只需要欣赏作品本身,听他们的音乐,看他们的画作,这就足够了。至于那些面向大众的宣传资料和小道消息,你就别看了,因为无论你看多少也不可能真正了解这个人。大部分人都自以为对名人有所了解,他们看到某个名人在访谈节目上分享自己的生活点滴和喜怒哀乐,就以为窥见了这人真实的一面。我也是过了许多年才意识到这种想法其实大错特错,其实我们看到的永远是表面。明星的公关团队将其光彩照人的一面展现出来给你看,你还以为自己识破了障眼法,而其实这两者都一样是错的。明星们用巨大的名声把自己圈起来,其实在这四面高墙之内,每个明星都是一只微不足道的小老鼠,跟你我没什么不同。他们每天早起也得上厕所,也用同样的姿势坐马桶,甚至连厕纸也跟我们用的没有两样。

我正想到这里,会场内的灯光渐暗,表演开始了。

开场音乐的主题借用了猫王和鸟先生的作品,跟西尔维奥没有任何关系;接着出场的是一群舞蹈演员,随着一首称颂明星教的歌曲翩翩起舞。不过这些前戏并没有持续太久,明星教从上次曼比封圣的闹剧中汲取了教训,不想把观众们的热情都耗光。

从舞台帷幕升起到教主出场,才用了不到十分钟。

这人脖子以下一切正常，身上披着一袭飘逸的长袍；可他脖子上顶着的不是一颗脑袋，而是一个立方体。这个立方体的四个侧面各有一块电视屏幕，每个屏幕上都显示着一个脑袋，而且这些脑袋的角度与这人身体的方向是吻合的。立方体的顶部立着两条分岔的天线，这种天线又称"兔耳天线"。为什么取这名字？不用我解释了吧！

立方体正面的屏幕上有一张瘦削的、苦行者似的人脸。他唇上和下巴的胡子修剪得整整齐齐，一张苦大仇深的嘴巴，仿佛连微笑也是一件痛苦的差事。虽然以前我也曾在别的活动上见过他，不过他和明星教的长老们一样，都很少在公共场合出现。原因很简单，这帮人和我一样，都不擅长在公共媒体面前包装自己。明星教的教堂总是聘请专业人员来主持礼拜仪式。其实主持人只要能一边说教一边在大堂里走来走去就行了，懂得干这活儿的人一点也不缺。很多雄心勃勃的艺术家对明星教趋之若鹜，因为他们都梦想有朝一日能够与猫王等传奇并驾齐驱。不过今天的情形和往常不一样，教主显得很僵硬，没有一点镜头感。奇怪的是，他的这种古怪表现反而为这个仪式平添几分庄重。

"早上好！明星教的教众们和观礼嘉宾们！欢迎光临！今天将会是载入史册的一天！因为就在今天！一个凡人将变成圣人！获得无上的荣耀！他的名字很快就会揭晓！现在先让我们合唱一曲《蓝色麂皮鞋》[1]！"

明星教的人就这么说话，多少年来我就是这么忠实地把他们的原话记录下来的。明星教对于媒体报道格式有各种严苛到近乎疯狂的要求，我在引用他们的原话时，必须满足所有那些要求。看在他们给我提供了大量新闻素材的份上，我就顺从了他们的心意。明星教认为人

---

1. 乡村摇滚歌曲，由卡尔·帕金斯创作于1956年，曾被包括猫王在内的多位歌手翻唱。

类的语言充斥着太多标点符号，所以他们废除了句号、逗号、单引号、问候、分号和冒号。尤其是最后两个，明星教对其恨之入骨，极欲除之而后快……废除就废除吧，反正现在也没人知道分号和冒号是干什么用的。明星教向来只传道解惑，不用提问题，所以不需要用问号。他们觉得，任何一个理智的人在叙述的时候，只需要感叹号和双引号；当然了下划线也是有用的。而且他们特别讲究印刷字体，所以明星教的新闻通稿看起来就像一封写给费尼尔斯·泰勒·巴纳姆[1]的情书。

我没跟着大伙儿唱，反正我不懂歌词，明星教也不提供赞美诗集。没事儿，就我一个人滥竽充数，露天看台上的群众完全可以填补我的空缺。大伙儿劲歌热舞，群情激荡。教主抱手站在台上，愉快地俯瞰着信徒们。一曲终了，他向前迈出几步。我突然意识到，他要公布答案了。

"万众期待的一刻马上就要来临了！"他说，"从今天开始，此人的名字将与亿万星宿共存于永恒之中！"他说话的时候，灯光渐暗。在他话音甫落的瞬间，全场陷入了寂静。在这短暂的停顿中，我好像真的听见所有人一起深深地吸了一口气……也许是大会堂音响系统的效果吧。然后教主又开口了：

"有请西尔维奥！！"

一盏射灯亮起，西尔维奥已经站在众人面前了。虽然我早就料到——当时我就有百分之九十九的把握——可在这一刻我心里还是感到一阵激动。我激动不仅仅是因为预测成功，更因为西尔维奥受封是实至名归。我向来对明星教的各种废话嗤之以鼻，不过圣人的称号西尔维奥确实当之无愧。这时候大伙儿万众一心，共同见证他获得殊荣的一刻……我几乎要哽咽了。

---

1. 费尼尔斯·泰勒·巴纳姆（1810-1891），美国马戏团老板。

全场观众起立鼓掌，我也不例外。掌声震耳欲聋——也许埋在天花板中的音箱正在推波助澜，可是这点小瑕疵谁会介意呢？我做男人的时候就很欣赏西尔维奥，我是女人的时候就更加对他着迷了，无数次我看见他，都会激动得五脏六腑揪成一团。此刻他站在台上受封，依然那么英俊、那么挺拔。面对着万众欢呼，西尔维奥只是淡淡地挥一挥手，仿佛不明白为什么人人都这么的爱自己，可是为了避免我们尴尬，他愿意勉为其难地接受我们的欢呼。我当然知道这不是真的！西尔维奥是一个极度自大的人，要是月球上只有一个人高估自己惊人才华的话，那么这个人必定是西尔维奥无疑。可是我们普罗大众没有他的天赋，谁有资格谴责他呢？我就当仁不让没资格了。

这时候，一块键盘旋转着来到他跟前。我激动万分：西尔维奥也许要演奏新作品了——在过去三年里，他一直在苦练人肉竖琴。我和全场观众一样，都身体前倾，全神贯注地等待他奏出第一个和弦。西尔维奥把手伸向键盘，这时，他脑袋的右侧突然爆开了。

"当那件什么事情发生的时候，你在哪里呢？"每隔二十年左右总会发生某件大事，事后人们总会这样互相询问。被问的人通常都记得清清楚楚，消息传来的时候自己到底在干什么。西尔维奥遇刺的时候我在哪里呢？我当时距离他只有十米远。在这么近的距离下，我看到他爆头的时候，枪声甚至还没传过来。在那个瞬间，我觉得时间仿佛静止了。虽然我从不做冒险的事，可是在这一刻，我想也不想就行动了。需要澄清一点，我这样做既不是出于记者的本能，也不是想当一个扶危救困的英雄，我只是不假思索地从座位上蹦起来，一下子扑到舞台上。这时候，西尔维奥才刚刚跌倒在地，他那颗爆了一半的脑袋松垮垮地撞在地板上，随即又弹起来。我弯腰抓着他的双肩，把他的身体扶起来……我肯定是在这个时候中枪的，因为我猛然看见自己的血喷了他一头一脸，而且他的脸颊上出现了一个大洞。透过他颅骨上的另一个大洞，我甚至看见他脑袋里面那一团软软的红色东西还在慢慢蠕动。我的眼球摄像头录下了这个片段，你肯定已经看过了，因为这很可能是有史以来最出名的全息录影视频片段了吧。各大媒体在播放我的录像时，通常都会与蟋蟀眼睛录制的那一段视频交替剪辑。在这段视频里，你能看到，当第二声枪响时，我的第一反应是把脑袋抬起来，扭头向身后张望，搜寻枪手的位置。也是多亏了这个动作，第三颗子弹才没有把我的头也打爆——法医队伍后来推算出来，那颗子弹从只距离我脸颊几厘米处擦过。虽然我没有亲眼看见第三颗子弹命中目标，可当我转过头，立刻见识到了这颗子弹造成的后果。本来，第二颗子弹射穿我身体后，弹片已经把西尔维奥的脸打烂了；而这第三颗子弹更是在他的颅骨上开了另一个孔，还把脑组织从这个孔里打飞出去了。其实后面两颗子弹都是画蛇添足，因为第一颗子弹就已经把西尔维奥打死了。

就在这时，蟋蟀抢拍了一张照片，这张照片后来成了著名的新闻摄影作品。在聚光灯下，西尔维奥上身离地，躺在我怀里；他的脑袋向后耷拉着，双目圆睁；透过眼睛表面的一层血色，他的目光显得呆滞而诡异。而我呢？在照片中，我举起一只血淋淋的手掌，仿佛在无声地质问。我真的有把手举起来吗？我已经记不清了。至于我当时在问什么呢？我只记得一个永恒的疑问：为什么？

接下来的一个小时里，场面极度混乱——发生了这种事情，场面怎么可能不混乱呢？我被一堆保镖簇拥着撤到大堂边上；然后警察来了，各种问话……终于有人留意到我正在流血，我这才意识到自己刚才也中枪了。子弹穿透了我的左上臂，幸好只是从骨头表面擦过。我还奇怪怎么这条手臂不好使呢——我一直没感到伤口疼痛，仅仅是觉得奇怪而已。等我应该会觉得痛的时候，他们已经把伤口治好了，我的手臂也焕然一新。从那以后,许多人都劝我在中弹的地方留一个疤痕,用来纪念那一天。要是我带着这个伤疤上盲猪酒馆,肯定能让各位菜鸟记者五体投地。不过这样做实在太恶心了!

蟋蟀已经离开明星教,追踪刺客去了。刺客是谁?他是男是女?他是怎么逃走的?没有人知道答案,如果有人能找到刺客并且做一次专访,这个新闻报道肯定精彩绝伦!不过现在连这件事情我也提不起兴趣了。虽然各种仪器的检查结果都很正常,可我觉得自己还没从震惊中恢复过来,于是我就这样枯坐着……布兰妲一直陪伴在我身边,可是我知道她其实急得像热锅上的蚂蚁,恨不得马上跑出去采访这条大新闻,能做多少算多少。

"傻瓜。"当我终于留意到她还在这里时,我有点激动地对她说,"难道你想沃尔特解雇你吗?我眼球的全息摄影视频有人上传给他了吗?我想不起来了。"

"我已经办妥了,视频已经交到了沃尔特手里,他正在分析呢。"她手里拿着一份《奶嘴》,正在浏览许多关于这件惨案的恐怖画面。突然,我手机铃声响了——我不需要修一个演绎逻辑学的博士学位也知道,这电话肯定是沃尔特打来问我在干吗的。我干脆把手机关了——要是沃尔特有权制定法律的话,我这么做肯定是死罪!

"快去吧,看你能不能找到蟋蟀。不管她在哪里,只要她出现,那个地方肯定就有线索。不过她并不是善男信女,你提防着点,别死得太惨了。"

"那么你去哪里呢?希尔迪?"

"我这就回家。"我说到做到,真的回家了。

No.13

女友礼拜五

我回家后不胜其烦,只能把电话关了。这是我这辈子遇到的最轰动的新闻,而我竟然阴差阳错地成了这个故事当中的一个角色。宇宙中的每一个同行都想问我一个尖锐的问题:希尔迪,你说月球上你只佩服西尔维奥一个人,那当你的手指戳到他余温尚存的脑浆时,你是怎样的感受呢?也许,这就是所谓的因果报应吧。

这电话没关多久,我就自作自受地又把它打开了。不过我设置了来电识别,只接听了四五个我认为最出色的同行来电,此外还包括《奶嘴》的新闻主播——一个笑面虎矮冬瓜。我给他们每人五分钟的采访时间,对话的内容既矫情又造作,全是迎合广大人民群众恶趣味的废话。每一段采访接近尾声时我都说自己很累,累得心如死水,累成行尸走肉。我还承诺过几天会接受一次更详尽的采访。我这番说辞当然不能满足大家伙儿的要求。不时会有抓狂的记者飞身撞我家前门,把那扇三英寸厚的气密钢门撞得嘎吱作响。

老实说,我真不知道自己当时的感受是怎样的。在某种程度上,我整个人都麻木了,不过同时我的思维还能正常运作。当时我在想着:我竟然中枪了!这件事情让我震惊,也让我恐惧。但当心中的惊惧稍减之后,我体内的记者本能又开始蠢蠢欲动了。这颗子弹真他妈可恶,它就没听说过《日内瓦公约》吗?我们记者是非战斗人员,我们来这里是为了吸血,而不是来喷血的。那颗子弹让我越想越生气……我猜我脑子里的某个部分真的以为自己是刀枪不入的吧?

我煮了一顿美食慰劳自己——不是三明治,那东西我已经吃腻了。我这人很少下厨,可是不煮则已,一煮必出精品。而且下厨有助思考,我正好一边做菜一边把这件事情仔细想清楚。等我把最后一个碟子放进洗碗机之后,我坐下来打通了沃尔特的电话。

"希尔迪,快滚回来!"他说,"我给你安排了各种各样的采访,能从十分钟之前排到地球沦陷三百周年纪念日那天。"

"不去。"我说。

"这信号连接不太好,我还以为你说'不去'呢。"

"信号连接好得很。"

"我可以炒你鱿鱼。"

"你就别说胡话了,难道你想让我接受《少废话》的独家专访吗?他们出的价钱是你给我那点薪水的三倍呢。"他不回答,久久地沉默着。我反正也没话对他讲,所以我俩就这样默默地隔空相对,聆听对方的呼吸。我也没有打开视像,避免大眼瞪小眼的尴尬。

"你接下来打算怎么做?"他哀怨地问。

"还能怎么做?就是按照你当初的指示去做,报道明星教的新闻故事啊。是你自己说我最擅长这个了,对吧?"电话那头依然是沉默,不过这时候的沉默已经和刚才的性质完全不同了。此刻的死寂充满了悔恨,一种名叫"我怎么会说出这么蠢的话"的悔恨。我知道他还有千言万语没讲出来。他没说他提到炒我鱿鱼其实是想打消我辞职的念头;他没痛骂我怎敢用出卖情报给对手来威胁他;他也没有说如果我真的出卖《奶嘴》,他会采取怎样的报复手段让我在这一行混不下去……所有这些没有说出来的话都飘荡在通话线路的电流声中。他的沉默震耳欲聋,如果我还真心在意这份工作的话,肯定会被他吓坏了。过了许久,他叹了一口气,终于又说话了:

"什么时候交稿?"

"先等我找到真相再说吧。可是我需要布兰妲,马上就要。"

"可以。反正她在这里也碍手碍脚的。"

"叫她从后门进,她认得路。我家这条秘道,月球上知道的人顶多五个。"

"六个,算上我。"

"我知道。你可千万别说出去,要不我就很难活着走出家门了。"

"还有别的要求吗？"

"没了。从现在开始，这事情就交给我吧。"我挂了电话，接着又开始四处打电话。

第一个电话是打给女王陛下。我想要的东西她没有，不过她的朋友的朋友的朋友或许有。她说要晚点才能回复我。于是我坐下来，列出所需物品的清单，又打了几个电话。然后布兰妲敲门了。

她想知道我现在是什么状况，又想看我对各种外界刺激的反应。她不是以记者的身份采访我，而是作为朋友来关心我。我心中不免有一点点感动，可现在重任当头，我没时间跟她婆婆妈妈。

"揍我。"我说。

"什么？"

"揍我。握紧拳头砸我的脸，我需要你打断我的鼻子。你还没来的时候我自己试了几次，好像怎么也不敢往死里打。"

她傻了似的盯着我，看眼神好像正在努力回忆这屋子的所有出口，还盘算着怎样慢慢挪到出口才不至于让我起疑心。

"现在的问题是，"我解释道，"我不能冒险以这副面目出现在公共场合，所以必须把五官重新排列组合一下。时间紧迫啊，你快动手吧。就像电影里面的牛仔打架和黑帮斗殴一样，你懂的。"我闭上眼睛，把脸探出来。

"你……已经把痛觉神经关闭了吧？"

"这还用说？你当我傻啊？别废话了，打呀！"

她真的打了，只是那力度嘛……要是刚好有只苍蝇坐在我鼻尖的话，估计把它送去急诊室还能救活。

她又打了四下，最后全靠我在衣橱里找到的一根棒球棍，她才打出了那一下恐怖的"咔嚓"声——成功了！我不该对她那么凶的，也许还会有别的办法，也许我应该先向她详细解释一番……不过我真的没有心情也没时间跟她婆婆妈妈。日后她还要面对更多更严峻的考验，现在这点小事儿算什么？

不出你所料，我的断鼻血流如注。我用一根手指按住鼻尖，然后把脸塞进自动治疗仪里。几分钟后，我的伤痊愈了，我的鼻子变得又宽又塌，就像是黑人的鼻子；我的鼻尖向左歪，鼻梁上还凸起一个巨大的弯钩。

要做好一个新闻，除了精心准备之外，你还必须懂得随机应变、即兴发挥；灵感固然重要，血汗也必不可少。我的手提包里总是放着一堆小工具，这些东西或许五年也用不上一次，可是一旦用上了，就绝对是举足轻重。有时候我还得伪装自己——以前我需要伪装的次数比现在更频繁——所以我总是准备好工具，随时可以改头换面。不过现在想骗人可不像以前那么容易了，因为人们见惯了身边的朋友为了赶潮流，经常在自己脸上做一些小改动，所以简单的伪装容易被他们一眼看穿。想要有把握的话，仅仅戴假发和加粗眉毛是不够的，我必须改变脸型。

于是我找来一把螺丝刀，在我上颌骨位于脸颊和牙龈之间的地方戳来戳去，好不容易才找到那个内嵌式槽口。我用螺丝刀的尖尖捅破皮肤，插进螺丝钉的凹槽里，开始转动。可是因为不顺手，螺丝刀老是打滑。布兰妲来帮了我，她仔细地盯着我的口腔，帮我转螺丝刀——我的颧骨开始动了。

我调整的这个机关其实是一个物美价廉、简单易用的设备，随便哪个恶作剧用品店都有售，半小时就能装好。波比给我大变时，本来想把它拆掉——因为这东西能改变我的脸部结构，而他最受不了自己的杰作被玷污——可我坚持不让他拆。此刻，我盯着镜中的脸一点一点地改变，心中倍感欣慰。布兰妲终于完工了，我的脸也变宽变憔悴了。我的眼睑有点下垂，再加上我这个新鼻子，就算是凯莉也未必能认出我来。要是我把下颌往回收一点，还能变成龅牙呢！不过，龅牙版的希尔迪看起来就更加古怪了。

"我得再调一下左边的螺丝。"布兰妲说，"你现在有点……长歪了。"

"就是要长得歪瓜裂枣的。"我嘴里有血腥味儿，不过很快就治好了。对着镜子再三端详之后，我觉得小变到这个程度就足够了，于是就把面部的神经受体重新激活。还好，只是鼻子有点酸痛，没什么大不了的。

我估计，要是我把纸巾塞到腮帮子里，也能达到类似的效果。可是不到万不得已的地步，我是不会出此下策的。你试过嘴里含一团纸在说话吗？演员做得到，因为他们受过专业训练，我可没有。而且你总会想到自己嘴里有团东西，所以难免会分心。

布兰妲问我们下一步干什么。我思考了一下，掂量着在保证她安全的前提下能向她透露多少——我发现我不能告诉她太多信息。于是，我让她坐下来听我说，她仰头看着我，眼睛瞪得溜圆。

"我要做的是犯法的勾当，所以你只有两个选择。"我告诉她说，"第一，你帮我把一切都准备妥当，然后你就可以退出了，我不会怨你。第二，就是你从头到尾都参与。但我先得给你提个醒，在行动过程中，你可能自始至终也不会了解太多内幕。我能说的是，我的直觉告诉我，这次能挖出一条惊天大新闻，可是我们也会惹来一身大麻烦。"

她陷入了沉思。

"你还有别的什么能告诉我？"

"目前来说，我只能告诉你我认为你需要知道的东西。至于其他一切，你只能信任我了。"

"好吧。"

"你这笨蛋，张口闭口'信任'的人才是最不值得信任的啊！不过当然了，我除外。"

我们来到王城广场大酒店——在海德利广场一带，这家酒店算是比较高档的——入住总统套房。我们用的是《奶嘴》刚刚发给布兰妲的信用证，而且这张信用证的信用等级是A++。我对沃尔特说，在这个项目临近结束的关键时刻，我可能需要购买星际航班的船票。其实我的想法是，反正是他付钱，那我就买最高档的。就这样，我生平第一次住进了总统套房。我们在酒店登记时用的名字是凯瑟琳·特纳和罗莎琳德·拉塞尔，电影史上有五位演员在大银幕上扮演过希尔迪·约翰逊这个角色，她们正是其中两位。前台那位仁兄不是电影发烧友，所以听到这两个名字的时候一点反应也没有。

总统套房有专门的服务员团队，包括水疗吧里的一个男孩和一个女孩。这水疗吧特别宽敞，在里面玩海战游戏都可以。要是我心情好点的话，也许会让那个男孩留下来——他可是个壮男啊！可是现在我把他们都赶走了。

我站在房间中央大声说："我叫希尔迪·约翰逊，我正式宣布，这里是我的法定住所。"是莉齐盼咐我这样做的，目的是让房间里的隐秘摄像头和麦克风录下来，万一将来需要的话，可以上交法庭做呈堂证供。虽然酒店房客拥有与房东或者租客相同的权利，可是小心驶得万年船啊。

我又打了好几通电话，然后一边等回电，一边在各个卧室间走来走去。我把很多张床上的毯子和床单拆下来，再选定一个没有窗户向着外面广场的房间。然后我用那些床单和毯子把这个房间里面的所有镜子都蒙住——怎么这里的镜子那么多呢？刚布置好，我一直在等的那个回电终于接通了。听完指示，我就离开了酒店房间。

我来到距离酒店不远的一个公园，在里面闲逛了将近半个小时。

我一点也不觉得奇怪,因为我料到对方肯定会花时间观察我。终于,我发现了电话里提示我要留意的那位仁兄。于是我走过去,坐在他那张长椅的另一端。我俩没有说话,甚至连看也没看对方一眼。那人站起来走了,却留下一个袋子,就搁在长椅正中。我又等了几分钟,终于深深吸了一口气,把袋子拿起来。在这个瞬间,会不会有几只手突然伸出来揪住我的肩膀呢?幸好没有!看来我太胆小了,不是做特务的料。

回到酒店套房没多久,我就听到了布兰妲的敲门声——她也外出购物回来了。她做得很好,我要的每一件东西都装在她随身携带的那些包裹里。我们拿出电工工会的制服穿上,这是一套蓝色的连身衣裤,上面有电工工会的标志,还配了装备皮带;左胸上方织着一个名字:我的是罗莎,布兰妲的是凯西。装备皮带上挂满了扳手、螺丝刀、万用表等道具,晃个不停。我刚才通过那么戏剧化的方式拿到手的一堆非法小设备,现在我把其中几件挂在皮带上,跟那些道具混在一起,相当隐蔽。然后我俩戴上黄色安全帽,拿着黑色的金属午餐盒,一看镜子,都忍不住哈哈大笑。布兰妲看上去相当开心,这事儿对她来说大概就像一次愉快而刺激的冒险吧。

布兰妲的扮相一如既往的怪诞,你也许会觉得她乔装打扮的效果就像在一根旗杆顶上套个假发。其实,在新生代当中,布兰妲并不会显得太过与众不同,因为他们都长得很高,而且谁也不知道他们还会长多高。之前凯莉说起的代沟有许多原因,其中一个就是身高。像布兰妲这个年龄段的人很少去老人们聚居的地区,因为他们老是撞脑袋——以前建造规划的尺度都比现在小。

不出我所料,明星教大制片堂的员工入口并没有人看守。根据我收买的情报,他们只请了六个门卫。现在人们过分依赖防盗监控设备,而我马上就要让布兰妲见识一下,机器靠得住,母猪也会上树。我拿出一个小设备,朝门口晃了晃,不一会儿,设备上的红灯变成绿灯,门一下就弹开了。卖家告诉我,无论我在大制片堂里碰上哪一种保安系统,我手上这三台小机器中总有一台能破解。说实话,我是真心相信它们能解锁的,希望那个形迹可疑的卖家以及他的产品不要辜负我的信任吧。我也不知道那件鬼东西的工作原理是什么,反正它一闪绿灯我就往里冲,就像巴甫洛夫的狗那么听话。

我们上了三层楼,穿过两条走廊,来到左边第七扇门前。只见一个人正站在门前,一脸的气急败坏——除了蟋蟀,还会是谁呢?

"要是你敢碰这门把手,"我说,"猫王立刻就会还魂来找你,只是他不会送你一辆粉红色的凯迪拉克[1]。"蟋蟀被我吓了一小跳。嘿嘿,这小妞儿真厉害,天生就是偷抢拐骗的奇才!她竟然扮成明星教的工作人员,还举着一块写字板,就像神奇女侠的亚马孙神盾。这块写字板可不简单哦!如果你懂得用的话,它就是一把能为你开启任何门锁的魔法钥匙。透过墨镜,她用倨傲的目光盯着我们。

"不好意思,"她哼了一声,"你们两人在这里干……"她很夸张地翻写字板上面的页面,装作在查找人名——我们本来就没有登记,她当然找不到了——然后她突然意识到那个带着黄色安全帽的高个儿原来是布兰妲。既然布兰妲是汤姆的话,她身旁的杰瑞就只能是……蟋蟀被我打了个措手不及,直到这一刻才恍然大悟。

"该死的!"她长长地呼了一口气,"是你吗?希尔迪?"

"货真价实,如假包换啊!你把我的脸都丢光了,蟋蟀!就这么一扇门就把你难倒了?你肯定把女童子军的口号都忘光了吧!"

"我只记得'第一次约会别开后门'。"

"是'时刻准备着',亲爱的,'时刻准备着'。"说完,我用手中

---

1. 粉红色凯迪拉克是猫王挚爱,成为美国流行文化标志。

的一根"魔杖"向门一挥。不消说你也能猜到，这台解锁器的指示灯当然没有变绿。于是，我在剩下两台当中随意选了一台，而这解锁器就像一部被做了手脚的老虎机，一下子就让我中奖了！我们走进门去……我突然意识到蟋蟀戴的墨镜是干什么用的了。

我们走进一条普普通通的走廊，尽头有三扇门，其中一扇门后面传出了音乐。根据我用沃尔特的巨款买的那幅地图来看，这扇门就是我们的终极目标。开这扇门的时候，我把三台解锁器都用了个遍，而最后一台费时最久。这台设备的屏幕上滚动显示着一长串让人莫名其妙的读数，也不知道它对门锁的代码做了什么神秘的操作，反正每显示一批数字就有一盏红灯变绿，等所有红灯都变绿，门就啪的打开了，连警报也没响。这台解锁神器当然不会触发警报，不过我还是眼观六路耳听八方。我们走进门，发现这是一个小房间，里面竟然聚齐了明星教长老会的全体成员！

或者说，聚齐了明星教长老会全体成员的脑袋……

那堆脑袋搁在一个距离我们几米远的架子上，都面向着一个大屏幕，屏幕上正在播放猫王1963年的歌舞片《世博会之恋》。他们都装在各自的盒子里——我估计他们的脑袋很难从盒子里取出来吧——所以我们看到的其实是七块电视屏幕，里面各自显示出一个脑袋的后脑勺。也不知道他们有没有发觉我们溜进来了，反正他们没有作出任何反应。话又说回来，就算他们察觉了，又能作出怎样的反应呢？这问题我一直想不明白。架子的底部伸出许多导管和电线，一直连到几台小设备上。这些设备发出愉快的嗡嗡声，仿佛正在自得其乐。

布兰妲看样子很紧张。她刚想说话，我连忙把手指放在自己嘴唇上，然后戴上了面罩，布兰妲也连忙戴上；蟋蟀在旁边一脸懵懂地看着我们。这些塑料面具有内置变声器，是万圣佳节的应季产品，其主要功效只是帮助布兰妲保持镇静。其实真到了重要关头，这东西一点用也没有，因为事到如今，走廊里的摄像头早就拍下了我和布兰妲的尊容。不过她在鸡鸣狗盗这方面甚至比我还无知，所以完全没有意识到这一点。

自从走进第一条走廊以来，蟋蟀的一只手始终插在大衣口袋里，此刻那只手终于从口袋里抽出来了。我伸手指着她身后问道："那是什么东西？"蟋蟀顺着我的手指扭头察看。说时迟那时快，我从装备皮带里抽出一只扳手，狠狠地敲在她头顶。

现实跟你在电视里看到的情节相去甚远，把人砸晕没那么简单。虽然蟋蟀重重地倒地，却又立刻双手撑地，支起了上身。她摇了摇头，嘴角还挂着一线唾沫。我又敲了她一下，她脑袋都开始流血了，却依然拒绝晕倒。第三下，我使出了蛮荒之力。当然，反应奇慢的布兰妲终于伸手揪住我的胳膊，害我失了准头，扳手击中蟋蟀脑袋侧面，反而造成了更大的伤害。蟋蟀像一袋湿水泥似的啪嗒一下摔在地上，再也不动了。任务完成！

"你干吗？！"布兰妲问道。她的声音通过变声器发出来，感觉像是一头外星怪物。

"布兰妲，我说过什么来着？什么也不要问！"

"可我想不到你会干这种事呀！"

"我也想不到！可是如果你还继续啰唆，我就敲断你两条胳膊，把你扔这儿陪她！"她低头瞪着我，气喘如牛。我开始心虚了：真要动手的话，我能搞定她吗？虽然我有体重优势，但我过去跟暴怒女汉子单挑的成绩相当堪忧啊。终于，她整个人软了，向我点了点头。我连忙单膝跪倒，把蟋蟀翻过身来，凑到她的脸跟前。我把了她的脉，还算正常；又翻开她的眼睑，瞳孔也没有变大。这就是我掌握的全部急救知识，可是已经足够确认她没有生命危险了。真正的急救人员很快就会到达，不过蟋蟀肯定会很不爽就是了。她晕倒时，手一松，滚出一个晕眩球。我迅速拾起来揣进自己口袋里。然后我拿出一张照片给布兰妲看。

"你去搜查后面那些架子，找这个东西。"我嘱咐她。

"我们到底干——"

"都叫你别多问了！快去！"

我检查了一下这次购买的第四件——也是最贵的一件——盗窃工具，只见上面全部绿灯都亮了。这东西从我们潜入大制片堂之后就一直不停地运行着，现在更是忙着干扰室内的各种有和无的求救系统，让架子上那七个小矮人呼天天不应叫地地不灵。你别问我其中的原理，我只知道既然有人能设计锁，自然就有人能解锁。我花重金收买大制片堂保安系统的详细信息，现在看来，这笔钱没有白花。我绕到架子另一边，就挡在大屏幕和元老会中间。我看着这七个臭名昭著的话痨脑袋——想当初他们都是电视圈里叱咤风云的大人物呢。我决定直接跟教主打交道，于是弯下腰，凑近他那张散发着晦气的死板脸。他的第一反应竟然是想侧头看我身后的屏幕，只可惜他的动作幅度极其有限。想不到这家伙看电影这么专注，竟然置生死于度外。我猜当一个人在盒子里活得太久，难免会在生死关头表现得很消极吧。

"我要把你从架子上拿下来，所以我想让你告诉我，怎样做才不会对你造成伤害。"我说。

"你就别费心了。"他哼了一下，"几分钟之内就有人来抓你了。"

我希望他只是虚张声势，却苦于无法确认。"离开了这些设备，你还能活多少分钟？"

他想了想，脑袋动了一下，我觉得应该等同于耸肩的动作吧。"把我拿下来很简单，只需要提着盒顶的把手就可以了。不过这样一来，我只能存活几分钟。"他说得云淡风轻，好像这个念头并没有对他造成困扰。

"除非我把你连在这台东西上。"我接过布兰妲刚找到的一件设备,举到教主面前。他的脸色猛地一沉。

这台设备和装脑袋的盒子差不多大小,却只有十厘米深。我不知道它叫什么,只知道它能给脑袋提供一整套包括人造心脏、肺部、肾脏等器官在内的维生系统。当然,这些人造器官都是微缩的,因为需要它们维持的那条生命本来就没多大。听说这台设备单独工作可以支撑八小时,如果连上自动治疗机的话,就完全没有时间限制了。我先把这台设备搁地上,然后抓着脑袋盒子的把手,把盒子提了起来。直到这时,他的脸上才终于露出了忧色。只见架子上有一组错综复杂的金属针头、塑料管和通风管,还有几滴血落在上面。那台设备接口的排列方式跟架子接口一模一样,而且只能按照某个特定方向插入脑袋。我把教主的脑袋盒子放在维生设备顶上,往下一按。

"我做得对吧?"我问教主。

"这么简单还能做错吗?"他答道,"而且你逃不掉的。"

"难说。"我找对了开关,关掉他的声音和三块屏幕,又把原来显示他脸的那个屏幕换成他们正在看的那部猫王电影。"我们走吧。"我对布兰妲说。

"她怎么办?蟋蟀怎么办?"

"我叫你别多问。我们快撤。"

她跟着我回到走廊,穿过刚才遇见蟋蟀的那扇门,又走过好几条长廊……当我们转过一个拐角时,迎面站着一个身穿棕色制服的彪形大汉,正抱着双臂皱起眉头瞪着我们。

"你们拿着这东西去哪儿?"他问。

"你以为呢,麦克?"我反问,"当然是拿回店里换啦!这东西有成千上万台,总会有出故障的时候。"

"没人跟我说起过。"

我把教主搁在地上,让正在播放电影的那块屏幕对着保安。如我所愿,他的目光一下子就跳到了屏幕上。不知怎的,一块电视屏幕上会移动的图像就是能吸引眼球,明星教的教徒就更加没有抵抗力了。我装出不胜其烦的样子,一只手翻着写字板上的页面,而另一只手暗中握着那只从不辜负我信任的月球好扳手。我翻到某一页——看来是蟋蟀公寓的保险细则——得意扬扬地指着页面中心:

"就在这里——'拆除并维修十七型号显示屏一台,订单号码45293-a/34,修理人xxx。'"

"我猜这文件还没送到我办公室。"他心不在焉地答道,有一只眼还盯着屏幕。也许屏幕上播放的是他最喜爱的片段吧。反正我想好了,要是他提出看订单的话,我就会把写字板递到他面前,然后趁他看的时候,用扳手敲他脑袋。

"他们办事老是这么不靠谱,对吧?"

"对啊。我只是奇怪,西尔维奥被暗杀,大家都那么亢奋,而你们俩人居然还来这儿加班。"

"唉!"我耸了耸肩,捡起教主脑袋夹在腋下,"不熬三更苦,哪来世间财啊!"然后,我和布兰妲大摇大摆地走出门去。

布兰妲沿着走廊才走了不到一百米,突然说道:"我……快不行了。"我连忙扶她走到一条长凳边坐好,让她弯腰把脑袋搁在两个膝盖中间。她全身发抖,呼吸不匀,连手也是冰凉的。

我伸出自己的手一看,稳稳的一点也不抖,很好。老实说,自从我把教主从架子上拿下来之后,就没再感到丝毫的恐惧。我是想着万一我的窃贼宝失灵的话,那就完蛋了;可在我之前就有好些个梁上君子靠着这些设备登堂入室,还能全身而退,我应该是如有神助才对啊。再说了,谁能料到有人会无聊到去偷明星教的长老呢?至于我这次"窃头行动"的其他环节嘛……呵呵,你肯定读过很多曲折离奇的故事,讲述以前的间谍如何精心策划,如何诡计多端,如何神不知鬼不觉地窃取军事情报和国家机密。无疑,当中有些情节是真实的,可是我敢打赌,很多贼偷东西的时候,其实是穿着制服,拿着写字板,堂而皇之地找人直接要的。

"完事了吗?"布兰妲弱弱地问道。她的脸色异常苍白。

"还没,不过快了,现在你还是别多问。"

"我有很多疑问,迟早要向你问个水落石出!"她说。

"我知道。"

当初为了节省时间,我没让布兰妲在撤退路线上放置别的伪装服。所以这时我们只是把电工服剥下来,跟那些道具一起塞进公厕的垃圾桶,然后光溜溜地走回王城广场大酒店。我把教主装在一个海德里广场某名牌店的购物袋里,一手提着袋子,一手挽住布兰妲,就像爱侣逛街一样往前走。可是一走进电梯,布兰妲就马上甩开我的手,仿佛我身上有毒似的。电梯缓缓上升,我俩全程都没说话。

"现在我们可以谈谈了吧?"我刚把房门关上,她就问。

"再等一下。"我把脑袋盒子从购物袋里拿出来,又取出我保存下来的几件东西:全套窃贼宝工具、蟋蟀的墨镜,还有她的晕眩球。然后我拿起一块电子报板,打开开关,和布兰妲一起看里面的新闻视频、读里面的文字报道。过了几分钟,布兰妲变得越来越不耐烦。不出我所料,新闻没有提到胆大包天的贼人闯进明星教大制片堂抢劫,警方也没有发布追捕"罗莎"和"凯西"的通缉令。对于新闻报道,以前有人抱着这样的态度:只要你拼写对了我的名字,随便你怎么写我都不管。这种姿态固然清高,可是大部分人为了保持公众形象,还是希望能左右媒体、操控新闻。而今晚这件事情是一把双刃剑,如果明星教贸然拿出来大做文章的话，很可能会偷鸡不成蚀把米。明星教深谙宣传之道，这么浅显的道理不会不懂。所以我算准了他们会花很长时间商量对策，而且到最后还未必会报警呢。再说了，刚刚发生的西尔维奥暗杀事件就够他们忙的了。估计这几个月内，他们全体职员都要加班加点，从不同角度深挖暗杀事件，不断地给媒体输送对他们有利的信息。

"好了。"我对布兰妲说，"我们暂时安全了。你想知道什么？"

"我什么也不想知道。"她冷冷地说，"我只是想告诉你，我认为你是最卑鄙、最无耻、最恐怖的……"说到这儿，她的想象力突然枯竭，怎么也挤不出一个像样的形容词出来。看来形容词是她的弱项，她以后应该在这方面多下点功夫了。我则一下子就想出了十几个词来形容自己，不过我自黑是因为别的事情，跟她骂我的原因完全不同。

"为什么呢？"我问道。

我没有表现出一点点悔恨和自责，布兰妲一下子就被这种态度震惊了。

"因为你对蟋蟀干的好事啊！"她从椅子里立起半身，高声吼道，"你这样做太肮脏、太阴损……我都完全不认识你了。"

"我也觉得不太认识我自己了。可是你先坐下，我有件东西给你看。不，其实是两件东西。"王城广场大酒店的客房里配备了一些特别迷人的古董电话，我座椅旁边就有一台。我拿起话筒，凭记忆拨了一个号。

"《少废话》，"一个愉快的声音说，"新闻部。"

"告诉你们老总，你们有一个记者被明星教抓起来了，就关在大制片堂里。"

那声音顿时变得很谨慎，"是谁给抓了？"

"你们今天早上到底派了多少人过去呀？她名字叫蟋蟀，不知道姓什么。"

"女士,请问你是谁?"

"我是自媒体人。你们最好赶快,我离开的时候他们把她绑起来,准备强迫她看猫王的烂片《大兵的烦恼》呢!现在她可能已经被逼疯了。"说完我就挂断了。

布兰妲被什么呛了一下,两只眼睛瞪得溜圆。

"你以为这样就能弥补你对她干下的暴行吗?"

"不。我也知道她不应该受到这样的对待,问题是如果我们换个位置的话,她也会像我这样做的。当时我们差点就遭殃了,只是你不知道罢了。我认识《少废话》的铁娘子老总,她会在十分钟内派一支五十人的特种兵飞行大队杀到明星教老巢要人。她自有对付他们的办法,比如说给一个最后通牒,如果明星教不赶快放人的话,《少废话》将会在接下来的一个小时内,不间断地用头条新闻对明星教进行无情的嘲弄和鞭笞。明星教当然不想张扬,可是他们也会争取时间逼迫蟋蟀把同伙招出来,因为这事情看起来就像是一伙贼人在作案时发生了内讧。"

"这可不就是窃贼狗咬狗吗?"

"亲爱的,这是一条金科玉律。"我一边说一边戴上蟋蟀的墨镜,用拇指和食指夹起那颗晕眩球,"在新闻界,这条规矩叫作'先下手为强,后下手遭殃'。"说完,我用拇指一弹,把晕眩球弹在我们两人之间。

天哪!太亮了!这东西发出的强光几乎能烧穿护目镜的镜片……我突然想起了堪萨斯的核爆。这道强光只持续了不到一秒,我摘下墨镜时,布兰妲已经瘫倒在椅子里了。她的晕厥时间会持续二十分钟到半小时不等。

世界真奇妙!

我提起明星教头头的头，把他带进我早就准备好的密室里。我把他放在桌面上，正对着一片有整面墙那么巨大的电视屏幕——当然，电视屏幕是关着的。我敲了敲盒子顶部。

"你待在里面还好吧？"他没回答。于是我转动一个把手，打开了正面的屏幕。原来这屏幕是双面的,正反面都在播放刚才那部电影。那张脸对我怒目而视。

"快关门！"他说，"还有十分钟就完了。"

"噢,不好意思。"我一边说一边把屏幕关上。然后我拿起扳手——这扳手已经成了我的最爱——狠狠地敲在玻璃屏幕上，一下子就把它砸碎了。在玻璃碎片坠落的瞬间，我看到那张脸上还残留着一丝幸福的微笑，紧接着他就开始破口大骂了；同时，我听见盒子里传来一阵嗡嗡声，是一台小马达正在给他的声带泵气——也不知道他的声带是用什么做的。教主脑袋两边的屏幕内侧还在放着那部电影，只见他蠕动着，竭力想看侧面的屏幕，却怎么也看不到。

"噢，原来你在看电影啊？"我说，"瞧我，笨手笨脚的。"说着，我从墙上拉出一根数据线，把他的盒子连接到电视墙，然后把音量调低。教主发了一会儿脾气，可终究抵挡不住诱惑，盯住了我身后闪烁跳动的画面。我毫无顾忌地把真容展现在他面前，这意味着什么？教主好像一点儿也不担心。看来，在他的恐惧清单里，死亡的排名确实不太高。

"他们肯定会严惩你的，你知道吧？"他说。

"'他们'是谁？警察？还是你们自己养了一帮打手？"

"当然是警察了。"

"警察永远也不会知道今天发生的事情，你自己心知肚明。"

教主没回答，只是用鼻子哼了一下。我用扳手把他两侧的内屏幕彻底敲碎，他又哼了一下。可是当我把数据线揪在手里的时候，他脸上终于露出了忧虑的神情。

"一会儿见。如果你饿了就吼一声吧。"说完,我把数据线从墙上扯下来,电视屏幕顿时变成一片空白。

我没带衣服换,所以很快就觉得坐立不安了。于是我出门下楼,在酒店大堂逛了半小时商店,但全程都心不在焉。虽然我对明星教进行了全面的理性的分析,无奈我心里还是觉得随时会有人拍拍我的肩膀,问出那个悦耳动听的问题:"你认识一个好律师吧?"我选了一条金色的扎脚宽松女式丝绸裤和一件与之相配的女衬衫,这种搭配也许可以称作"悠闲睡衣套装"。我之所以买衣服,一来是因为我不喜欢脱光了在公共场所走来走去,二来反正是沃尔特出钱,不用白不用。突然,我想到了布兰妲,顿时觉得兴致盎然。我给她买了一套相同款式的休闲装,不过颜色我选了绿色,因为绿色更衬她的眼睛。店里的人必须加长袖子和裤筒,衣服的腰倒不用改,因为这种衣服本来就是要露出腰部的。

我回到房间时,布兰妲已经不在椅子上了。我在浴室里发现了她,只见她正抱着马桶呕吐,两只眼睛也哭肿了,整个人看起来就像一个被人扭成一团扔在地上的特大号衣架。我突然觉得自己很卑劣,用莉齐的话说,就像"抹在厕纸上的一团大便"那么卑劣。我以前从来没用过晕眩球,也忘记这东西会让人觉得多么恶心。要是我还记得它的威力,我刚才还会引爆吗?我也不知道……也许会吧。

我跪在她身旁,伸手搂住她的肩膀。她并没有避开我,而且渐渐不哭了,只是偶尔抽咽两声。我用水洗掉粘在她脸上的呕吐物,又拿来一条毛巾为她擦拭嘴角。然后我小心翼翼地扶着她换个姿势,让她靠墙坐着。布兰妲擦干泪水和鼻涕,用一双无神的眼睛看着我。我从背包里掏出那套绿色睡衣,双手奉上。

"看我给你买了什么？"我说，"呵呵，其实我是用你带来的信用卡付钱的，不过沃尔特不会有意见的。"

布兰妲勉强挤出一丝笑容，然后伸出手，我将衣服交到她手中。她显示出感兴趣的样子，把衬衫展开捂在胸前。我当时想，你可千万别开口谢我，要是你说谢谢的话，我说不定会尖叫着跑去找警察自首，求他们把我抓起来。

"这衣服挺漂亮。"她说，"你觉得我穿会好看吗？"

"信我吧。"我答道。她与我四目相对，目光没有退缩，脸上也没有露出抱歉的微笑。以前她在紧张时总会不自觉地做一些类似摇尾乞怜的手势，但此刻她并没有这么做。也许她变成熟了一点……真可惜。

"我不敢再信你了。"她说。我用双手扶着她的双肩，把脸凑到她面前。

"说得好。"我说完就站直了，伸出手。她握住我的手，然后我把她拉了起来。我俩一起走回总统套房的主厅。

她穿上衣服后，精神顿时振作了一点。她在一面大镜子前转动身体，从各个角度仔细观察自己。看她照镜子让我想起来，是时候去照料一下我的囚犯了。于是，我嘱咐布兰妲在厅里等我。

教主看起来并没有预想的那么凄惨，这下轮到我担忧了——不过我当然没在他面前流露出心中的顾虑。我想不明白为什么他竟然没有崩溃，于是我蹲下来，透过他面前的那片玻璃屏幕平视着教主。一瞬间，我恍然大悟。

"你这狡猾的混蛋！"我一边骂，一边盯着屏幕表面那层死气沉沉的塑胶薄膜。只见教主脑袋正后方的那块屏幕上竟然还在放电影，因为脑袋的阻隔，我只能看到画面的一部分。我刚才砸了那么多屏幕，怎么偏偏忘了砸最后这一块呢？！我瞧不出那是什么电影，考虑到他能看到的画面也很有限，而且我设置了静音，所以估计他也不知道这是哪一部。不过这已足够让他安静待下去了。我把他提起来，转了个方向，让他后脑勺朝着电视墙。这东西可以用来做绝佳的装饰品——设想你在家里开派对时，把这颗人头搁在一个厚实的金属底座上，四根小柱子撑起头上的一片平顶，如同一座微缩版神庙。来宾看了，自然会平添许多有趣的话题。

直到这时候，他才真的显示出忧心忡忡的样子。我把盒子的三面屏幕用东西蒙上，再打开电视墙，然后蹲下来仔细检查盒子，确保那几面屏幕不可能反射电视墙的图像让他看见。我又思量着要不要打开声音，最后决定还是开吧，因为能听不能看也许会让他更难受。要是我估计错误，那也可以在一个小时后把声音关掉——前提是我们还有那么多时间跟他耗。说实在的，要是他们有心追捕的话，想找我们一点也不难。我朝他挥一挥手，做了个鬼脸，在一连串粗话的陪伴下走出了房间。

你想知道一些信息，可知情人不愿意透露，怎么办？我在策划这次"窃头"行动之前就反复问过自己这个问题。最浅显的答案当然就是用刑了。可别看我这么卑鄙无耻、恣意妄为，在刑讯逼供这件事情上，也还是有自己底线的：希尔迪有所为，有所不为。假设有一个人大半辈子都在被动接受视像灌输，一醒来就盯着无穷无尽的画面在自己眼前纷纷掠过——要是你把这人的电源给切断，他会做何反应呢？答案很快就会揭晓了。我忘了是从哪儿看到的，说那些被关在感觉剥夺密闭舱里的人会晕头转向，很快就失去斗志，变得容易屈服。希望这招对教主管用吧。

布兰妲和我坐在各自的椅子里，默然相对，虽然明明近在咫尺，感觉却像隔了几颗星球。我不知不觉地陷入沉思，忘记了她的存在。当她突然开口说话时，我吓了一跳。

"她打算用那个东西对付我们。"她说。

"谁？蟋蟀？你看见那个球从她手里滚出来，对吧？那叫晕眩球，听说能够一下子把人震晕。"

"对，这东西太可怕了。"

"对不起，布兰妲。在当时那种情况下，我觉得这样做是对的。"

"没错，这是我自作自受，活该挨这么一下。"

她活不活该我不敢说，可当时我要尽快让她知道我们差点就遭了蟋蟀暗算，还有比亲身体验更直接的方法吗？这就是我，出手时雷厉风行、不择手段，过后再解释。布兰妲又沉思了几分钟。

"也许她只是想用来对付明星教的长老呢？"

"这肯定是她的最初打算，因为她本就没料到会碰上我俩。问题是她没有给我们一人一副墨镜呀，所以我们会和明星教长老一起被她弄晕。"

"而且她会把我们扔在那里不管。"

"就像我们把她扔在那里一样。"

"唉，就像你说的，她没料到会碰上我们，所以她是被我们逼的。"

"布兰妲，怎么你像是要替她道歉呢？其实大可不必，我也是被她逼的。你以为我喜欢砸她脑袋吗？蟋蟀是我朋友啊。"

"这就是我不明白的地方。"

"其实，我也不知道她原来的计划是什么。也许她随身带着药，可以让那帮长老当场说真话。现在想起来，下药也许是最佳的方法。像我这样抢劫脑袋，嘿嘿，万一我被抓住了，判罚可不轻啊。"

"我也是。"

我给布兰妲看我从莉齐那儿买来的那把枪，她一下子就吓傻了，我连忙把枪收起来。我也没有怨她大惊小怪，这东西是挺瘆人的。我终于明白法律为什么要禁枪了。

"入罪的只会是我一个人。要是他们问你，你就说我全程都拿枪指着你。我完全可以让法官相信我当时确实是失去了理智。无论如何，我向你保证，蟋蟀本来肯定也是打算动手的，不过我们突然出现，才导致她仓促动手。关键是要抢新闻啊，明白吧？等尘埃落定之后你去问问她就什么都清楚了。"

"她哪儿会理我。"

"为什么不理你呢？人家是专业人士，不会记仇的。当然，她生气是肯定的；而且如果下次我们再挡她道儿的话，她照样会向我们下狠手，不过这并不是报仇雪恨。如果合作有利于抢新闻的话，她会毫不犹豫地跟我们合作。在这一点上，她的想法和我是相同的。问题是，这个新闻太轰动，我们绝不能让别人分一杯羹。所以在我和她相遇的那一刻，我们心里都知道，只有一个人能走出那个房间。我只是比她快了一点点。"

布兰妲不住地摇头。该说的我都已经说了，她要不就认清形势，接受现实；要不就改行算了。然后她突然抬起头，好像想起了什么。

"你刚才说的事情，我是不会答应的。我是说，你把这事儿一个人揽上身。"

我装出生气的样子，其实心中一暖：这可爱又可恨的小家伙！我希望她下次碰到蟋蟀时，可别被她生吞活剥了。

"你不答应也得答应！拜托你就别那么幼稚了好不好？又害怕人家报仇，又想要高风亮节……其实这些东西只能用在很特殊、很罕有的场合，而且你绝不能因为要高尚而耽误了抢新闻！你在业余时间想奉行利他主义，随你的便；可你工作时既然拿了沃尔特的钱，就别来这一套。他要是听说你这样子，一脚就把你踹飞了。"

"我不能让你一个人扛，这是不对的。"

"你这句话就错了。行动前我根本就没告诉你我们要干吗，你怎么为这事情负责呢？我千辛万苦策划这次行动，好不容易才得到现在这个局面，要是你想给我捣乱，你就是一个忘恩负义、不识好歹的小混蛋！"

看她样子好像又要掉眼泪了。我站起来，走到厨房吧台，倒了一杯波旁威士忌。我也擦眼睛了是吗？也许吧。天哪，这酒怎么那么苦呢？还两千元一晚的房费呢！

教主脑后的电视屏幕发出的亮光映在其余几面墙上，在他眼前闪烁不定。除此之外，在整整两个小时里，可怜的教主连一丁点会移动的影像画面也看不见。我探头进房间时，忍不住想：等这一切结束时，我的脑袋还能搁在自己肩膀上吗？只见教主满脸大汗，用绝望的眼神看着我。

"这套是我目前最爱的剧集啊。"他呻吟道。

"那你就过后看重播呗。"我说。

"不一样的！混蛋！因为我现在已经把这集的对白都听过一遍了！"

我暗自庆幸：正愁没办法撬开他的嘴呢，电视台竟然刚好在播他最爱的剧集。可我转念一想，才意识到无论电视台播什么节目，都是他这一刻的最爱，因为所有电影综艺电视剧他早就看过了。

"你害我错过了大卫和埃弗雷特的那场重头爱情戏！你去死吧！"

"这么说来，你准备好回答问题了吧？"

看样子教主想摇头——他脖子根部能够上下前后地小幅度移动——可仿佛有一只手捏住了他下巴，强迫他脑袋一上一下地动，好像是在点头答应。我猜这只无形的手正是他那股强烈的电视瘾。

"等等！"我说，"我再去找一个目击证人。你别逃跑哦。"我一转身，跟布兰妲撞了个满怀，原来她一直站在我身后。我发现她居然没戴面具，我正想发作，可是转念一想，算了吧，无论她露不露脸都是我的同谋，除非我在法庭上能说服法官相信她是被我胁迫的。希望不会闹上法庭吧。

我们摆好椅子，坐在大屏幕的两边，然后把教主脑袋转过来，让他能看见屏幕。这下可好，他的眼睛就一直盯着屏幕，根本没有正眼瞧我们一下。我还担心他一心二用，肯定要拖很久了。事实证明，他一边看电视一边跟我们说话，效率非常高。

"我们先立此存照。"我说，"你这次跟我出门，有没有受到伤害？"

"你害我错过了大卫和埃弗雷特的——"

"除了这个呢？"

"……没有。"他不情愿地答道。

"你饿不饿？渴不渴？需不需要上厕……呃，你这个盒子有排污口吗？就像扔垃圾的地方？你需要放水吗？"

"不需要。"

我又问了几个普通的问题——诸如他的姓名、等级、序列号等——好让他回答多了就习惯成自然。我发现这个提问技巧特别好使，就算用在那些习惯接受采访的人身上也屡试不爽。问着问着，我话锋一转，开始问那些关键的问题了；而他回答的内容基本上都在我的意料之中。

"刺杀西尔维奥是谁出的主意？"我听见布兰妲倒抽一口凉气，可是我没看她，依然死死地盯着教主。他虽然还在看电视，可脸上已经露出愤怒的神色，嘴唇抿成一条线。看来他不打算回答了，于是我伸手去扯数据线，他一下子就滔滔不绝地说开了：

"我不知道是谁告诉你的。我们一直守口如瓶，这事情只有核心小圈子的人才知道。这事完了之后，我要知道泄密者是谁。"

我决定暂时不告诉他根本就没人泄密。如果他觉得反正都被人出卖了，可能反而会破罐子破摔，把一切都说出来。

"其实你并不关心是谁出的主意，这对于你来说一点也不重要。

只要有人出来承认，对你来说就足够了。既然我来了，既然这事情是由我捅出去的，那么我们就说整件事情都是我策划的，行了吧？"

"你愿意把整件事情揽上身？"布兰妲问。

"有什么不妥吗？这事情是我们全体长老一致同意的，当时我们抽签选出一个长老做替罪羊，只是碰巧没抽中我罢了。现在我和你可以制订一个新的方案，给我点儿时间通知其他长老，大伙儿一起把整件事情理顺了再公布。"

话说到这份儿上，布兰妲应该已经知道这件事的来龙去脉，也亲眼看见了我和幕后主谋正在厚颜无耻地商量如何去篡改新闻、操控舆论。我转头瞅着布兰妲，瞧她什么反应。这一看之下，我顿时觉得小姑娘肯定能在新闻界闯出一片天！当一个记者嗅出一件惊天大新闻的蛛丝马迹时，他会突然变得全神贯注，目光中流露出一种嗜血的贪婪。你去动物园老虎馆的话，就能看到这种眼神的原始版本了。从布兰妲的神情来看，就算有只老虎挡在她和这个新闻中间，那只老虎身上也很快会出现一个高瘦女记者形状的大洞。

"你的意思是，"布兰妲继续说，"你们早就选定一个人，万一这阴谋败露的话，就让那个人出去顶罪？"从这句话看出来，她对教主和明星教还是了解得不够。

"不对。我们知道这事情没有万一，而是肯定会败露，只是迟早的问题。"说到这里，他满脸都是晦气，"我们当然希望越晚曝光越好，好让我们有足够时间全方位多角度地把这件事情的价值都榨干。可是你，希尔迪，你真是太可恨了！"

"承蒙夸奖。"我答道。

"枉我们为你们媒体付出了那么多。"他绷紧脸说，"首先，你竟然挡了一下第二颗子弹。哼，还把你打伤了，活该！"

"我也不觉得痛，因为那子弹一下子就从我身体里穿出去了。"

"那真是便宜你了,真可惜。我们经过精心策划才选中这种子弹,它能够射穿前额和脸颊,然后弹道会逐渐扩张,把后脑勺打出一个大洞。"

"达姆弹[1]。"布兰妲突然说。我和教主都吃了一惊。她耸了耸肩道:"你中弹后,我查了一下。"

"随便吧。"教主继续说,"第二颗子弹击中你之后就扩大了,在西尔维奥脸上造成了一个比我们预计大得多的伤口,再加上你的血溅了他一头一身……最后那个动人的画面就被你毁了!"

"可我个人觉得现在效果还是非常好的。"

"那得感谢猫王庇佑!然后你还没祸害够,竟然敢触犯法律,强迫我提早两星期公布真相。我们想不到你敢以身试法,而且还做得那么过分。"

"你们过后可以告我呀。"

"别傻了。我们告你只会自取其辱,对吧?大众都会同情你,觉得你这样做是为人民服务。"

"对,我也希望是这样。"

"所以我们不会告你的。可是现在还有时间,我们可以寻找一个合适的角度去公布这件事情,商量出一个对双方都有利的版本。希尔迪,你对我们很了解,你知道我们很愿意跟贵社合作,投你们读者所好,做一个好新闻出来。但你们也要帮助我们尽量减少这件事情的负面影响。"

整件事当中有几个环节我还没想明白,可我要等合适时机才问。在我的职业生涯中,我见识过不少龌龊,自己也亲手干过不那么光彩的事,可是眼前这件事情真的把我恶心坏了。这一刻我想做什么?我

---

1. 俗称开花弹,弹头穿透力不强,但会在目标体内扩张,造成严重撕裂伤。

其实想找个棒球场,用这个恐怖变态杀人狂的脑袋当球,狠狠地打一局。

不过我到底还是控制住了自己的情绪。我以前也采访过变态杀手,他们永远是人民群众喜闻乐见的话题。接着,我提出了下一个问题。过后回想起来,我真希望自己当初没有问这个问题,或者永远也没有听见答案。

"我想不明白的是……也许是我太迟钝吧……"我缓缓地说,"我还没找到一个合适的角度去报道这个新闻。发生了这种事情,明星教还能指望自己脸上有光彩吗?其实,按照你们的逻辑,杀他也是合理的,这我倒是明白。你们不可能放任一个活生生的圣人四处抛头露面,让大众看见他像凡人一样放屁和打饱嗝。他一旦不受你们摆布怎么办?……"

说到这里,我停住了,因为我看到他脸上露出了一丝微笑——一丝让我很不爽的微笑。而且他竟然把迷离的目光从屏幕上移开,抽空瞥了我一眼!在这一瞬间,我仿佛看到有毒虫在他眼睛里蠕动。

"噢,希尔迪。"他的语气与其说是愤怒,还不如说是悲哀。

"你少来这一套!你这个贱人!看我不把你从那破盒子里拔出来,往你脖子里灌屎!你——"布兰妲伸手按住我的手,我这才控制住情绪。

"他们会判你五百年!"我说。

"五百年我也不怕。"他依然面带微笑,"我知道牢狱之灾是免不了的,可他们不会重判我,顶多就三五年吧。"

"谋杀判三五年?有组织有预谋地杀害西尔维奥,才判三五年?你的律师尊姓大名呀?"

"他们没证据告我谋杀。"他说着,脸上竟然还挂着一丝微笑!我快要忍无可忍了!

"你为什么这样说？"

这时候，我感到布兰妲的手又一次搭在了我的手背上。看她的神情，似乎是想轻柔地把残酷的真相展现在我面前。

"西尔维奥也是同谋，希尔迪。"她说。

"他当然有份儿了。"那个尊贵的狒狒屁股说，"还有啊，希尔迪，如果我是一个记仇的人，我就会让你按照你本来的错误想法写下去了。嘿，为什么我没有误导你呢？现在我再也不能欣赏大卫和埃弗雷特的……唉，没关系了。这样吧，我把真相告诉你，算是主动显示我们的诚意，证明你虽然在我们背后作奸犯科捅刀子，可我们依然愿意跟你们精诚合作。整件事情是西尔维奥主动提出来的，连杀手也是他亲自面试敲定的。我们本来打算过几个星期就公开这件事情，现在嘛，你今天下午就赶紧报道吧。"

"我不信你。"我说道。其实我心里已经信了个确凿。

"你爱信不信。"

"为什么？"我问道。

"我估计你问的是为什么他想死是吧？因为他已经才思枯竭了，希尔迪。他整整四年写不出新作品，对于西尔维奥来说，这比死还难受呢。"

"可是他最好的作品……"

"他就是那时来向我们求助的。我不知道他是不是一个真正的信徒，嘿嘿，我甚至不知道自己是不是一个真正的信徒——这也是为什么我们把自己称作不拘教义的松散自由主义者，比如说，如果你对鸟先生的封圣有异议，我们不仅不会把你驱逐出教会，相反，我们还会在聚会时安排时段让你跟持相同想法的教众深入讨论。我们不像其他宗教那样内部分成不同的教派，我们也不会折磨异教徒。其实对于我们来说，根本就没有'异教徒'这个概念，因为我们本来就不是教条主义者。要是有教众想争论神学的东西,我们教内部有个说法:你们观点挺相近的,可以去合奏天体音乐。"

"就是'你哼几句我来跟'?"我说。

"没错!我们最想教众做什么?买我们的唱片呀!这个目的,我们从来没有掩饰过。而信徒们的回报就是获得与明星们亲密接触的机会。可明星教创教人意想不到的是,许多教众竟然真心实意认可那些明星的圣徒地位。其实细想之下,他们这样想是有道理的。我们的教义没有预设一个天堂,因此,只要你的受欢迎度足够高,你所在的人间就是天堂。在你们这些追星的蚁民心目中,做明星比你们想象出来的天堂美好岂止一千倍?!"

我看出来了,他其实也有一个信仰——这个信仰不是《指环王之王者无敌》,而是公关的威力。我竟然和这家伙有一个共同点!我很郁闷。

"这样说来,你们打算把这事情说成是他向你们求助,你们反而是在帮他的忙喽?"

"过去三年里,我们一直在替他创作新歌。你也知道,我们教会吸引了大量艺术家。我们选中了最顶尖的三位,让他们安顿下来用心创作带着西尔维奥烙印的音乐,效果还非常好。你都分不清真伪吧?"

现在回想一下那些我深深爱过的西尔维奥的作品,以及那些我以为他正在努力尝试的新音乐——它们其实真的是精品,我不能因为这个骗局而否定作品本身的优秀。然而我心中还是突然生出一种惆然若失的惆怅。

对于布兰妲来说,这简直是一个全新的世界。她全神贯注地听着我们对话,就像一个三岁小孩聆听妈妈讲雅加婆婆与狼的故事。

"你们正式发布消息的时候,会把这部分也包括在内吗?"她问道,"告诉公众你们给他代笔创作音乐?"

"这个环节非说不可。我一开始是反对的,不过后来他们让我看清楚了,这样做对各方都有好处。我担心的是十亿巨星因此而身败名裂,可是如果我们处理恰当的话,公众会发自内心地同情他,他的信徒们会更加死心塌地地拥戴他;更何况他以前确实有海量的杰作,那些音乐货真价实,都是他的心血之作。明星教也将得以维持正面的形象,因为我们竭尽全力去帮助西尔维奥了。到最后,虽然万分不情愿,我们还是满足了他自我牺牲的愿望——须知那是他的合法权益哦。没错,在达成他遗愿的过程中,我们触犯了某些法律,所以我们也甘愿接受惩罚。如果处理恰当的话,这也能激发公众对我们的同情。记住,是他主动要求的。你不用担心,我们有大量文件资料证明这一切,包括他苦苦哀求我们答应的录像。等我们谈妥条件之后,我就会把这一切资料发给你们报社的新闻编辑部。噢,对了,要是这还不够好的话,那三位躲在西尔维奥背后默默耕耘的音乐家也会从巨星的阴影中走出来,在十亿巨星圣坛上一鸣惊人,一击即中。"

"一击即中,嘿嘿,这成语用在这里倒挺合适的。"我说。

回想起来,这次采访的第一部分挺滑稽的。我自以为已经看穿了他们的阴谋,还问刺杀西尔维奥的幕后主谋是谁;而教主也以为我真的看穿了他们的全盘计划,以为我想追问是谁建议西尔维奥以死换取明星教十亿巨星的圣人地位。

这个馊主意不是西尔维奥自己一个人想出来的。他本来提出让他活着封圣,加入四大天王的行列。明星教向他解释说,只有死人能封圣。然后说着说着,不知怎的就变成了他一心求死。长老会一开始是反对这么做的,是西尔维奥想到应该从哪个角度去引导舆论才能把坏事变好事,反过来提高明星教的声誉。而且这是自杀,不是谋杀,所以教主的罪名包括违反一系列民事法律、阴谋不轨、虚假广告、意图诈骗等等，都是轻罪，坐牢的刑期肯定不会长。至于那个刺客，要是他被抓住会是什么下场，这我就不清楚了。

后来我回想这件事的时候才觉得后怕。我和教主之间的误会看起来好像微不足道，其实后果可能会相当严重。我想，要是他在坦白之前发现我其实并不了解整件事的关键所在，他很可能会利用这个机会来报复我不让他煲剧。这样一来，事情的结局也许会变成希尔迪·约翰逊去坐牢，而明星教照样达成既定目标——说不定他们真能想出办法来整我。当然了，虽然现在大家已经摊牌，可他还是可以去告我，我从一开始就知道有这个可能性。不过这家伙虽然阴险，却不是那种不顾后果、意气用事的人。我给沃尔特挖掘出这么轰动的新闻，要是明星教敢告我，沃尔特一定不会善罢甘休。教主了解我们主编大人的威力，所以肯定不敢招惹他。

布兰妲想立刻赶回报社写稿，可是我让她坐下来，先把接下来要做的事仔仔细细盘算一通。在她未来的职业生涯中，如果她能养成这个好习惯，将会受益匪浅。

布兰妲的眼球摄像头已经把教主的口供都录下来了，所以第一步是用电话线路把视频发回《奶嘴》新闻编辑部。一旦文件上传成功，教主就不能矢口否认了。这时我们就能好整以暇地安排采访，策划用何种方式推出这条爆炸性新闻。

其实我们的时间不多了，做这种大新闻，时间向来很紧迫。谁知道有没有一些嗅觉特别灵敏的人顺着我留下的足迹一路找上门呢？不过我们有足够时间打点好一切，然后将教主带回《奶嘴》报社把他搁在桌面上，给他一部电话机，很快，几十个蠢头蠢脑的记者来到我们报社，围观布兰妲采访教主。

没错，采访教主的不是我，而是布兰妲。在回报社的地铁上，我和她长谈了一番。

"这次报道只署你一个人的名。"我说。

"这怎么行！"她说，"希尔迪，这个新闻是属于你的！这次的活儿都是你干的，而且是你没有被刺杀的假象蒙蔽……"

"嘿嘿，因为这次暗杀行动太完美了。"我说，"就在我抱起他的一瞬间，我突然看出了当中有猫腻。不过我以为是明星教的人设陷阱害死了这个可怜的笨蛋。"

"这个，我也是这样想的。估计其他人都一样。"

"除了蟋蟀。"

"哈哈，我倒是不介意抢了她的功劳。"

"我的你也拿去好了，就当是我送给你的礼物吧。这种新闻，做一个就足以让你名垂青史了。如果你拒绝的话，那就真是蠢得表里如一，蠢得无可救药了。这个报道不能用我的名字，因为我已经不在《奶嘴》干了。"

"你辞职了吗？什么时候的事？为什么沃尔特没有跟我说起？"

我知道自己是什么时候辞职的。沃尔特没跟她说起，因为沃尔特自己也不知道我辞职了。只是现在多说无益，只会给她平添几分困惑，何必呢？布兰妲又和我争论了一会儿，然后渐渐平静下来，同时也渐渐接受了我的好意。我看得出来，她心中的负罪感也越来越强烈。我相信负罪感是难不倒她的，唯愿她成名之后，不要被鲜花和掌声耽误了。

一回到报社，激动的同事们一拥而上，围住了这个凯旋的菜鸟记者。我躲在编辑部大厅后面远远看着，让一排排空书桌将我与人群隔开。看来，布兰妲很享受众星捧月的一刻。

然后，沃尔特也从他的高塔上下来了。在他进场的瞬间，热闹的新闻编辑部突然陷入了死寂。他并没有看见躲在阴影中的我，只是迈着蹒跚的步伐穿过大厅，渐渐离我而去。沃尔特愿意为了一个新闻报道而屈尊走出办公室?！在场没人记得上次发生这种事情是在什么时候。我看见他向布兰妲伸出了手。他当然不相信我去意已决，此刻他心里也许正在盘算着怎样才能逼我回心转意呢。趁他亲身下凡为记者们赐福，我神不知鬼不觉地溜进电梯，一直来到他的办公室里。

他的书桌笼罩在一泓日光之中。这张大书桌手工精细，木头纹理质朴古雅，我向来都很欣赏。在沃尔特收藏的大量古董中，只有这张书桌使我垂涎三尺。要是有一天我也拥有这样一张桌子就好了。

我用手抚平我那顶灰色的软呢帽子。当我跳上舞台的时候，这顶帽子从我头上掉下来，落在了西尔维奥的一摊血水中。这时候，血水已经在帽子上凝成了硬块。这顶帽子其实已经很破旧了，这本来很符合我们记者的传统；可是帽子上的这片血污却给它平添了一丝荒诞的色彩。

在我看来，这帽子我已经戴够了。于是，我把它放在沃尔特大书桌的正中心，然后走出了他的办公室。

No.14

响尾蛇希尔迪

我回家必须走后门，不过即使是这样，也还是逃不掉被人围追堵截的厄运——肯定是我的某个损友被人收买，把我给出卖了。只见豹子洞口围满了记者，只是他们忌惮里面的豹子，所以都不敢进洞。虽然他们明知道这里的豹子不会伤人，可还是被它震慑住了。

靠着这张"整容脸"，我差点就蒙混过关了。我当时已经走进了豹子洞里，那帮人肯定在想这人是谁呀？她和希尔迪有什么关系呢？突然有人大吼一声："就是她！"紧接着，一场惊天大逃杀开始了。我沿着长廊没命地狂奔，那帮记者在后面紧追不舍。他们一边追一边大声提问，还把我狼狈逃窜的英姿拍了下来。

一回到家，我马上查看前门的摄像头。天哪！整条走廊挤满了人，一个个摩肩接踵，密密麻麻的看不到尽头。还有小商贩卖气球和热狗，甚至还有人穿着小丑的服装玩杂耍！要是以前我还不知道"媒体马戏团"这个说法出自哪里，今天终于见识到了。

警方用警戒线围出一块空地，给消防车和救护车在紧急情况下使用，同时也让我的邻居们能穿过人群回家。我正看着，刚好有一位邻居从人群中走过，这人一脸的苦大仇深，好像再也开心不起来了。那帮记者百无聊赖，竟然大声向他提问题。我的邻居板起脸，一声不吭地走开了。我能预见到，下一次我参加小区派对的时候，抽奖肯定不会中了。这事情闹得这么大，要是我再不采取措施，估计邻居们会联合起草一封署名的公开信，彬彬有礼地请我搬家了。

于是，我花了几个小时把我的财物装箱，家具都折叠好，将所有东西都贴上邮票，一股脑儿塞进邮管里。我本来想把自己也一起寄出去的，问题是我不知道我会被寄到哪儿。邮局会把我的财物暂存在仓库，反正东西也不多。一切都寄走后，我这个本来摆设就很少的公寓里更显得家徒四壁了。现在室内只剩下我另外放起来的几件东西，当中有些本来就属于我，有些是不久前邮购的。接下来，我走进浴室，把颧骨复位。至于鼻子，我就先不管了，等我有机会安全到达波比那儿再交给他处理吧。无他，九十天保修期不用白不用，反正我也不需要告诉他是我自己故意打歪的。最后，我走到前门，让自己的脸出现在门外的显示屏上。既然我没办法将这帮疯狗从我家门前赶走，那么我只能将计就计了……

"走廊尽头有免费大餐喽！"我大吼一声。有几个笨蛋竟然真的转头张望，可是大部分人依然盯着我不放。他们七嘴八舌地一起开口提问，过了好一会儿才安静下来——因为他们终于意识到，要是不闭嘴的话，这采访谁也做不成。

"关于西尔维奥的死，我早就发表过声明了。"我告诉他们。人群中顿时响起一阵呻吟声，还夹杂着更多的叫嚷声。我等这些噪音一一消退，然后继续说："我不是一个没有同情心的人，我也曾经是你们当中的一分子。呵呵，虽然我比各位优秀很多，但我们之间到底算是有同袍的情分。"这句话引来了一阵呵斥和嘲笑。"我知道你们的主编绝不允许你们空手而回，所以我打算行行好，帮各位一个大忙。我家的大门会在十五分钟后打开，到时候你们谁想进来就进来好了，但我不保证会接受你们的采访。现在你们必须停止这种愚蠢的行径，因为我的邻居都在投诉了！"

我知道最后一句话根本不会唤醒这帮家伙的同情心，可是我答应了开门，这下就能迫使他们老实点儿了。我向他们挥一挥手，就把显示屏关了。

我吩咐家门在十五分钟后自动打开，然后就从后门溜出去了。

刚才我给警方打了一个电话，让他们派人来把聚集在走廊里的一小撮记者驱散——这里不是公共场合，所以我有权这么做。那些记者被迫退回得克萨斯的公共用地内。在那里，只要他们不违反科技限制法规，只要他们不使用现代工具、不穿戴现代衣物，园方就不能驱逐他们。不过我觉得这就够了,因为他们对这一带不熟悉,所以我已经占尽了地利。

我小心翼翼地从豹子洞里走出去,融入茫茫夜色之中。我刚才查过天气表,说今晚没有月亮,果然。我从悬崖边上向下窥探,只见一帮记者聚集在河边,正围着篝火喝咖啡,和烤棉花糖。我背好行李,把身上的小物件都固定住,确保不会发出一丝声响。然后我沿着豹子洞背后的缓坡向上爬,很快就到了山顶。星光之下,墨西哥的广袤土地展现在我眼前。

我开始下山,向南方走去。一会儿那群饿狼兴冲冲地扑进我家大门,却发现里面一个人也没有……一想到那个场景,我就精神抖擞,心里乐开了花儿。

在接下来的三个星期里,我一直在荒野中生存——或者说,我在荒野中挣扎求存。在得克萨斯和墨西哥的这片地区,野外的资源相当贫乏。有些植物可以吃,还有一些仙人掌,可是这些东西都不好吃。我竭尽全力,翻着《迪士尼居民手册》按图索骥,尽量尝试各种可食用的植物。我随身带着一些食材,比如说煎饼面糊、糖浆、玉米粉、鸡蛋粉,还有一些调料(主要是辣椒粉)。其实我并非真的孤身一人流落荒野,因为万一开始不够吃的话,我总能溜进孤鸽镇或者新奥斯汀镇采购。

每天早餐我吃煎饼和鸡蛋,晚上的主食是豆子和玉米面包;此外我还吃些野味作为补充。

我本来以为能吃上鹿肉的,因为我家附近有许多鹿和羚羊在游荡,偶尔还会出现几头水牛。像我这样一个人出没,捕猎水牛未免有点异想天开。不过我带了一张弓和一桶箭,希望能猎杀几头雄鹿或者叉角羚尝尝。可惜事与愿违,那些畜生都精得很,我很难偷偷接近它们,甚至让它们进入射程范围都很难——因为我的射程实在是太有限了。法律规定,作为得克萨斯居民,我每年可以猎杀两头鹿或者羚羊;可是我一头也没杀过,因为我从来就没动过这个念头。本来,得州是允许用枪打猎的,可是你必须去迪士尼乐园办公室做持枪登记,填无数张一式三份的表格,发无数个庄严郑重的毒誓,所以我根本就不考虑。顺便说一句,除此之外,我怀疑中枢电脑根本就不会允许我携带这么致命的武器——毕竟我是有自杀前科的人啊。

此外,猎杀野兔几乎是不限数量的,而兔肉正是我这次野外生存的主食!我尝试用箭射它们,无奈命中率为零,所以只能靠设陷阱来杀兔子。在那段日子里,有超过半数的早上,我都能发现一两只在陷阱里垂死挣扎的兔子。回想起来,第一只兔子特别难杀,好不容易把它杀死,我的胃口也没了。不过打那以后,这一切变得越来越容易,因为我心底那段斯卡帕岛的"回忆"似乎被唤醒了。很快,杀戮好像成了我的第二本能。

月球上能让人躲起来地方并不多,我有幸找到一个藏身之所,可以在里面一直等到西尔维奥的新闻降温了才露面——初步估算是一个月左右吧。整件事情起码要一年多才会彻底过气,不过我在这场闹剧中扮演的角色,肯定很快就被人遗忘了。于是在这段时间里,我终日无所事事,天天都在我这个广袤的后院里游荡,无聊时就抓响尾蛇。这项活动不难,只要体力充沛四处搜寻,再加上一点耐心就可以了。响尾蛇跟人遭遇时,通常会卷成一团,尾巴发出咔嗒咔嗒的声音,口中还嘶嘶作响。你只需要用一条长棍系上一个绳圈,就可以套住响尾蛇的脖子。我捕蛇的时候格外小心,因为一旦被咬的话,麻烦就大了:要不就回去外面的世界医治,要不就把自己托付给温柔的江湖郎中内德·佩珀。如果你打开以前的童子军手册,看看蛇咬人那章,保证能把你的头发都吓弯掉。

每个星期我都会溜回公寓后门查看。只过了一周，那里就连一个人也没有了。我也会去小木屋，清点一下在那里驻扎的记者人数。那帮家伙猜到我大概会在那一带出没，估计镇上的人把我的秘密采购行动告诉他们了。按常理推测，我离家出走之后，迟早会在小木屋现身的。他们猜对了，我确实是打算回小木屋的。

到了第三个周末，木屋外面竟然还有十几个人赖着不肯走。而我已经到了忍无可忍无须再忍的地步。于是我在附近埋伏，一直观察到夜深。这帮家伙没有电视，只能可怜巴巴地自娱自乐，喝得酩酊大醉，喧哗了一个晚上，终于一个接一个地钻进了睡袋。我又等了一段时间，直到火堆烧成了灰烬。深夜的沙漠特别冷，我袋子里的蛇冻得够呛，每一条都变得很迟钝，很容易被我操纵。这时候，我无声无息地潜入他们的营地，身手就像古代美洲印第安人那么敏捷。我在每一个睡袋旁边几英尺的地方放一条蛇，想必它们也会想钻进睡袋取暖。在日出前一小时左右，记者营地炸了锅，尖叫声和喝骂声此起彼伏。看来，我的估计是准确的。

到了清晨，那帮人都走光了。我一边摊煎饼、炖辣兔肉，一边用望远镜观察。只见他们在接受自动治疗仪的急救后，一个个灰溜溜地往回走了。早些时候，治安官到场，一来就给他们开了罚单——非居民捕杀本地爬行动物是要重罚的！记者们看到罚金数额，顿时呼天抢地，喊得比早先还大声。他们七嘴八舌地解释说这事纯属意外，是他们挣扎爬出睡袋的时候，不小心压死了响尾蛇。可是，治安官听了不为所动。

我以为他们第二个晚上会指定人手轮流值班，哪知他们还是高枕无忧。嘿嘿，这帮没用的城里人！于是我再次夜袭，把蛇袋里的存货都用光了。经过这一役，居然还剩下四个顽固死硬派敢回来继续蹲点。如此看来，这四位仁兄是打算常驻了。估计他们现在开始会变得非常警惕吧，只可惜他们没办法证明蛇是我放的。

我大摇大摆地走到木屋前面，开始换衣服。过了一两分钟，他们终于留意到我了，一拥而上把我团团围住。四个普通人还不能称作一群暴徒，但四个记者就相去不远了。他们异口同声地叫嚷，挡住我的去路，而且情绪越来越暴躁。我对他们不理不睬，就当成四块过于沉重、推不动的奇葩石头，根本不屑看一眼，更甭提多费唇舌了。我哪怕说一个字，也会重新点燃他们的希望。

这"神奇四石"烦了我一整天，后来陆续有记者加入。其中有个白痴竟然架起一台自带皮腔、黑罩以及镁粉槽的古董大画幅相机，估计是想拍两幅新奇有趣的照片回去吧。不过，他不小心把镁粉洒在衬衣上，瞬间就起火了。其他人连忙扑上去，七手八脚把火拍灭，这个过程被拍下来，成了一组新奇有趣的照片。沃尔特把这组照片放在七点新闻上播出，把他们狠狠嘲讽了一顿。

要是一个地方确实没有新闻，就算是记者也不会一直死缠着不放的。对于特别重要的人物，报社会派狗仔队全天候追踪，偷拍他出门上车，也偷拍他晚上回家；虽然他拒绝回答一群无聊记者的提问，可他们还是不停地拍，确保精彩照片源源不绝地发回报社。至于我，虽然他们想采访我，可我也没重要到让他们出动全天候狗仔队的程度。所以在第二天，那帮记者都撤了，估计是骚扰别人去了。一般来说，总编不会派遣手下的得力干将来干这种低级活儿。我认识一些成天去跟踪这个或者那个明星的专职狗仔，都是蠢头蠢脑的主。

孑然一身的感觉真好！我热火朝天地干起活来，继续搭建我这座已经拖延了好久工期的小木屋。

第二天，布兰妲来了。她站在下面，仰望着我把瓦片一块一块地钉在屋顶上，久久地沉默着。

跟以前相比，布兰妲现在看起来焕然一新：首先，她的衣着光鲜多了；其次，她化妆了，效果还相当有意思。毕竟布兰妲现在名利双收，我估计她肯定请了专业形象顾问重新打造了一番。她最明显的改变是增肥了起码十五公斤，关键是新增的脂肪分布得很恰当，主要集中在胸部、臀部和大腿。我们认识那么久，这是她第一次看起来像个女人——一个很高的女人。

我把钉子从嘴里吐出来，用手背擦去前额的汗水。

"工具箱里有一个保温瓶，里面是柠檬茶。"我说，"你自己倒点喝吧。不过请你也给我倒一杯。"

"它说话了。"布兰妲说，"人家告诉我，它不肯说话，所以我一定要来亲眼见识一下。"她找到了保温瓶和几个玻璃杯子，却用怀疑的眼神打量着那些杯子。我承认，杯子需要洗一下了。

"我当然说话了。"我说，"我只是不愿意接受采访罢了。如果你来这里是为了采访我……嘿嘿，你自己看看脚边那个麻包袋里面有什么。"

"我听说你放蛇的事迹了。"她一边说一边顺着梯子爬上了屋顶，"这也未免太幼稚了吧？你觉得呢？"

"抵不住它有效呀。"她把柠檬茶递给我，然后小心翼翼地坐下来，与我并肩坐在屋顶边缘。我一饮而尽，随手把玻璃杯抛到下面的尘土里。她穿着一条崭新的紧身牛仔裤，刚美化过的臀部和双腿线条一览无遗。她的衬衫肩部宽松，巧妙地遮盖了骨感；又在胸部收紧，还把纤腰袒露出来。虽然肚脐外面一圈文身显得有点突兀，不过仗着年轻，这点瑕疵实在微不足道。我用手指捏了一下她的袖子。"好有质感！"我说，"而且你的头发也护理过了。"

布兰妲拨了拨头发，脸上露出欢喜和害羞的神情。我留意到她的蜕变，所以她很开心。

"我很奇怪沃尔特怎么一直没有派你过来。"我说,"他会觉得你和我拍档那么久,我也许愿意向你敞开心扉吧。这就是他的思维方式,不过这次他错了。"

"他有。"她说,"我是说,他有开口叫我,可是我让他滚蛋。"

"我耳朵肯定出问题了。我以为你说——"

"我问他,是不是想逼着月球上人气最火爆的新秀女记者跳槽去《少废话》?"

"我表示很震惊。"

"都是你传授的。"

我不打算跟她争,因为我心底隐隐感到一丝自豪。所谓薪火相传嘛,我把火炬交到了下一代人的手中……虽然这个火炬破破烂烂的,扔了我才高兴呢。

"怎么样?现在声名显赫了,感觉还好吧?"我问她,"你以前总是爱傻笑,现在还那么小女生吗?"

"我真不知道你什么时候说真话,什么时候说笑话。"她刚才一直学我那样,凝视着粉紫色的远山。这时候,她转头看着我。只见她的脸被烈日烤得发红,眼睛也眯成了两条线。"我来这里不是为了谈自己的职业和人生,也不是来感谢你为我做的一切。本来我是打算谢谢你的,可是他们都劝我不要,都说希尔迪最讨厌这一套,所以我也就想着大恩不言谢吧。我来是因为我担心你啊!人人都担心你啊!"

"人人都是什么人?"

"就是所有人,编辑部的全体同仁,甚至包括沃尔特,不过他肯定不承认就是了。他叫我劝你回去,我让他自己劝。噢,还有,他让我告诉你他开出的条件,要是你感兴趣的话——"

"我不感兴趣。"

"我也是这样回答他的。希尔迪,我不会欺骗你。你向来跟同事们很疏离,所以你不知道他们对你的真实想法。我不会说他们喜欢你,可是他们确实都尊敬你,非常尊敬。我跟许多人谈过,他们都敬仰你这么慷慨大方,而且都佩服你跟他们工作交往时总是那么光明磊落,不要阴谋诡计。"

"嘿嘿,其实他们每个人都被我背后捅过刀子。"

"可是他们并不觉得你在捅刀子。无可否认,你做过的新闻比他们多得多,也好得多,但大家都觉得这是因为你就是一个鹤立鸡群的优秀记者。噢,当然了,大伙儿都知道你打牌的时候出老千——"

"喂喂喂,怎么这样说话呢?"

"可是从来没有人能够抓住你的把柄。我觉得啊,甚至连老千出得好也成了他们崇拜你的原因。"

"无耻诽谤!恶毒中伤!"

"你不承认也没关系。我来之前就给自己约法三章,绝不能久留,所以我说完要说的话就走。我不知道发生了什么事情,但我觉得西尔维奥的死一直压在你心上,你放不下这个负担。如果你想找人倾诉就找我吧,我绝不会泄露出去。为了你,什么事情我都愿意做。"她叹了口气,目光飘向别处,片刻之后,又重新看着我,"希尔迪,我不知道你有没有朋友,我只知道你心里有些部分是永远不会向任何人敞开的。可是我有很多朋友,我也需要朋友,因为在我有困难的时候,他们能够帮助我。在我心里,你就是我的朋友。而我想说的是,无论什么时候你需要朋友,只要给我电话就好了。"

这不是我想要的,可我能怎么办呢?我能说什么呢?我突然觉得喉咙像是被什么东西堵住了。我也想倾诉,可是一旦打开话匣子,就会一发不可收拾了。我经历的那些事情,布兰妲不需要知道,而且她也肯定不想知道。

她拍了拍我的膝盖，开始动身往下爬。我一把揪住她的手，将她拉回来，深深地吻在她嘴唇上。在这段日子里，我一天到晚闻到的只有自己的汗味，此刻是我第一次接触到另外一个人的气息。她搽的香水正是我在绑架明星教教主当天用的那种。

我知道她是很想跟我继续缠绵下去的。可是我俩都知道，我不好这个。她也明白，我这样做纯粹是感谢她关心我、远道而来探望我。于是她爬下屋顶，踏着原路往镇上走。走着走着，她转过身来，笑着向我挥了挥手。

我发疯似的干活，整个下午……晚上……深夜……一直到我完全看不清自己在干什么了，这才住手。

又过了一天，蟋蟀来了。当时我还是在屋顶上铺瓦片。

"喂！蠢驴！快从这烂棚子顶上滚下来跟我决一死战！"她用不咸不淡的得州口音吼道，"世界太小，容不下我们两个人！"说完，她举起一把镀铬六发左轮手枪对准我，扣下了扳机……只见一根小棍子从枪里伸出来，展开一面小旗子，上面印着一个"砰！"字。我停下手上的活儿，开始往下爬。她卷起小旗子，把小棍子塞进枪筒，然后把枪插回腰间的枪套里。虽然她打断了我的工程进度，但我挺开心的，现在是一天中最热的时候，我正好歇一歇。我干活的时候光着膀子，皮肤上的汗水闪闪发亮，就像刚刚洗完澡似的。

"酒吧那家伙说，这酒能用来制蛇皮呢。"她说着举起一瓶棕色液体，"我告诉他，这非常合我心意，我正打算给一条毒蛇剥皮拆骨！"我向她伸出手。她拉长了脸看着，过了好一会儿才伸手跟我握住。这家伙穿得很夸张，全身上下一整套标准"西部"服装，从头顶的斯泰森阔边高顶白毡帽到脚下的高跟蛇皮靴，以及身上的珍珠纽扣和牛皮流苏，一应俱全。我想她说不定会突然掏出一把吉他，开始用约德尔唱法给我来一首《凉水谣》[1]呢。还有,她嘴唇上竟然长了一撇修得整整齐齐的八字胡。

"我很讨厌你这八字胡。"她准备给我斟酒的时候,我说。

"我也是。"她坦承道,"我就像你,不喜欢混搭。不过这胡子是我宝贝女儿丽莎买给我的生日礼物,所以我打算留几个星期,让她开心开心呗。"

"我都不知道你有个女儿。"

"我还有很多事情你不知道呢。丽莎现在的年纪,已经到了开始考虑性别认同的阶段。她有个小伙伴的妈妈刚刚大变了,于是她告诉我,她也想找个老爸尝尝鲜。嘿,你看,起码这胡子跟我身上这套戏服挺配的。"刚才她边说边翻口袋,现在终于掏出了一个钱包,给我看里面的一张照片。那是一个六岁左右的女孩子,跟蟋蟀简直像从一个模子里倒出来的,不过她比妈妈更年轻、更可爱。我搜肠刮肚地说了几句称赞的话,突然发现蟋蟀抿紧了嘴唇盯着我。

"你少跟我来这一套,希尔迪!"她说,"你这心狠手辣的王八蛋,你越是装好人,我就越想起你为什么要装好人。"

"你是怎么从大制片堂脱身的?狼狈吗?"

"他们狠狠修理了我一顿,打掉了两颗门牙,掰断了几根手指……可是救兵很快就到了,还把现场都拍下来了。现在他们正跟我的律师团讨价还价。也许我应该谢谢你呢。呃,我是说多亏你,救兵才能及时赶到。"

"没必要谢我。"

"放心,我没打算真的谢你。"

"我没想到那么容易就把你打趴了。"

---

1. 美国西部民谣,由鲍勃·诺兰(1908-1980)创作于1936年。

她掏出两只小酒杯，各自斟了半杯剥皮酒，然后用一种打趣的目光盯着我。

"别说你，连我也想不到。也许你已经猜到了，打那之后，我就反反复复回想当时的情形。我觉得也许是因为布兰妲在场，我才会失手的。我当时以为她肯定会影响你的速度，比如说你出手偷袭时，她会挡一下你胳膊什么的。"她把一杯酒递给我，我们两人同时一饮而尽。她做了一个鬼脸，我还好，虽然比她更适应这种烈酒，但每次都不太容易下咽。"你明白吗？我说的这些其实都是潜意识里面的思维活动。我还想着，布兰妲那么尊敬你，所以你动粗之前，肯定会犹豫的。我等的就是你犹豫的一刻，因为那个瞬间就是你最脆弱的时候。可我犯了一个致命的错误，我在等待时机的时候，鬼使神差地转了个身，后背对着你。你这个婊子养的！"

"你现在直接骂我婊子就可以了。"

"我是说真的！因为当时我想着的是那个男人版的希尔迪。以我对他的了解，他肯定会犹豫的。"

"胡说八道。"

"也许我是胡说八道，也许我是言之有理，但有一件事情我敢肯定：大变不仅仅是换一套排水管道那么简单，某种更深层次的东西也跟着改变了。所以当时我被卡在中间，可以说是很尴尬的。我以为你还是原来那个大男人，在一个含情脉脉的小女生面前会做点傻事；哪知道你已经彻底变成了一个心狠手辣的女杀手。"

"我和布兰妲哪像你说的那样……"

"求你别再跟我说废话了！我知道你没有跟她上床，这是她亲口告诉我的。可作为一个男人，你当然很清楚，你们两人之间确实存在着上床的可能性；现在你身为女人，肯定更加明白了。如果你有那么一点脑子的话，你就会像我这样，充分利用那种不清不楚的暧昧关系，从中捞点好处。"

她这番话，我竟然无力反驳。我知道对我来说，变性不仅仅是流于表面的变化，我对某些事情的态度也随着我的外貌发生了改变，虽然变化不大，可是在某些情形下足以改变事态的发展。

"你和她上床了，是不是？"我问道，掩饰不住心中的惊奇。

"当然上了，为什么不上呢？"她又干了一杯，然后眯起眼睛端详了我许久，摇了摇头，"你做很多事情都很厉害，希尔迪，你唯独不擅长跟人打交道。"我不知道她是什么意思。其实我对这句话倒没有异议，我只是不明白她为什么突然这样说。

"是布兰妲让你来的？"

"她有推波助澜。不过我本来也打算过来找你算算旧账，看看要不要在你脑袋上也凿几个坑。我真的想报复，但这样做有什么意义呢？布兰妲真的很担心你，她说西尔维奥脑袋开花死在你怀里，对你打击很大。"

"确实有点影响，可她说得太夸张了。"

"也许吧，她毕竟还是年轻。但我得承认，你突然辞职，我是很吃惊的。从我认识你的第一天起，你就不停地唠叨着要辞职不干，这么多年来，我一直以为你只是说说而已。难道你真打算下半辈子就窝在这个鸟不生蛋的地方吗？"她一脸怨气地环顾这片荒芜的土地，"等这破棚子完工之后，你打算干吗？种东西？话又说回来，这地方能长什么呢？"

"主要是老茧和水疱。"我给她看我的手掌，"我打算带着这些去县集市那里叫卖一下。"

她又斟了一杯酒，把瓶塞塞好，然后把酒杯递给我。我仰起脖子一饮而尽。

"天哪，我好像开始喜欢喝这东西了。"蟋蟀说。

"你打算劝我回去工作吗?"

"布兰妲确实想我劝劝你,可是我说你是天煞孤星、命犯太岁,我可不敢瞎掺和。希尔迪啊,我对你有一种不祥的预感!我也不知道为什么,作为一个记者,你前段时间的运气好得让人难以置信。你报道了地球大卫的肉酱新闻,还有西尔维奥的爆头事件。"

"可是大卫和西尔维奥就没么好运气了。"

"那两人我才不管呢。我想说的是,我有一种感觉,所有那些好运气都是需要付出代价的。你接下来可能会遇上一连串倒霉的事。"

"你怎么这么迷信?"

"除了迷信,我还是双性恋,还有个女儿。看到没有,今天一天之内你就知道了这三件事情,对我有一个全新认识了吧?"

我长叹一声,心里挣扎着要不要再来一杯。我知道再喝下去的话,一会儿开工的时候就会从屋顶上栽下去了。

"蟋蟀,我想谢谢你不辞劳苦地来这里给我算命,还告诉我前方有大凶之事。女孩子们都喜欢时不时听一下这些坏消息。"

她朝我坏笑,"我就是要把你一整天都毁了。"

我朝着四周荒凉贫瘠的土地一挥手。

"这里都这样子了,你还能怎么毁?"

"我必须承认,要让你这地方变得更差,我就算有通天的本领也无能为力,所以我这就要回去啦。我的人生流光溢彩,充满诱惑,我享受着在疯狂的旋涡中浮沉的感觉。而你……你就继续在这里跟那些蜥蜴爬虫熬下去吧。不过我还有几句临别赠言,你听好了。布兰妲说得对,你其实是有朋友的,而我就是其中一个——虽然我总是想象不到为什么我会把你看作朋友。所以啊,要是你需要点什么,就吼两嗓子吧。要是我刚好百无聊赖,说不定会应你之召过来呢。"

说完,她凑上来亲了我一下。

人们说，如果你在一个地方逗留太久，那么或迟或早，你以前遇到过的人始终会在你面前走过。现在我知道这句话是对的，因为我远远地望见了沃尔特。他正沿着小径，步履蹒跚地向我的小木屋走来。我实在想象不出什么东西能够把沃尔特拉到西得克萨斯来——是因为要来揭露本地区如何贫穷不公吗？还是像蟋蟀和布兰妲所说的，我确实有朋友？

第二个可能性基本为零，我不必担心。

"希尔迪！你这个没用的逃兵！"他在三米开外就朝我大吼。这家伙穿得真是……出众啊，简直可以独揽得州八大景了！我猜这是他生平第一次进入迪士尼历史乐园。乐园的工作人员肯定告诉沃尔特了，在得克萨斯，他不能穿平常上班的衣服；想进园，他要不就穿这个历史时期的服装，要不就什么也别穿。可怜的工作人员到底费了多少周折才终于说服沃尔特接受现实呢？那过程我光想一下都觉得恐怖。沃尔特不穿衣服是不可能的——为此，我感谢满天神佛保佑我不用亲眼看见他脱得赤条条的尊容。他要是真的脱光了，在场的工作人员肯定会从此患上厌食症。沃尔特身形巨大，乐园游客服装店提供的选择实在有限。最后他选中了一套黑裤黑帽黑靴黑大衣、白衬衫与蝴蝶领结、深红与褐红相间的镶金边佩斯利背心马甲，还有一条黄铜怀表链。西部片中赌船上的赌客就是穿成这样子。我正看着他一步步走近，那件背心马甲的最后一颗纽扣实在支撑不住了，嘭地弹出来击中地上的一块石头，发出了一声西部片爱好者都熟悉的声音。这下只剩衬衫的扣子在苦苦支撑着，无奈他的肥肉从纽扣间的缝隙挤出来，形成一个个苍白而多毛的菱形。他的皮带扣深深地埋藏在一大团下垂的肚皮里面，他的脸上大汗淋漓……总的来说，他的状态比我设想的要好一点。

"喂，银样镴枪头！从密西西比米这里很远吧？"我问他。

"你说什么呀?"

"没什么。你来得正好,帮我把这批木板卸下来好吗?我自己一个人得干一整天呢。"

沃尔特闻言,目瞪口呆地看着我。我走到一辆四轮骡车跟前。这辆车已经在这里等了一个小时了,车上载满了刚从宾夕法尼亚采伐的优质木材。我打算抽时间用这些木板铺木屋的地面。我爬上骡车,抬起一条木板的一端。

"喂,来帮忙呀!快把另一端也抬起来。"

沃尔特想了半天,这才踏着沉重的脚步向我走过来。经过那几头恬静的骡子时,他特意绕开几步,满腹狐疑地盯着它们看。他终于走到骡车另一头,嘟嘟囔囔地把木板抬起来,与我合力将木板从骡车侧面扔到地上。

我们一根接一根地扔,逐渐找到了节奏。这时候,他说话了。

"我是一个很有耐心的人,希尔迪。"

"哈!"

"唉,我这还不算有耐心吗?你还想我怎样?像我等你这么久时间,大部分坐我这个位置的人都是做不到的。我知道你很疲倦,需要好好休息一下……可是我不明白,你干这种活儿,算是哪门子休息呢?"

"你在等什么呢?"

"当然是等你回报社上班了!要不我来干吗?假期结束了,老友!是时候回到现实世界啦。"

我把手上的木板放回木材堆里,用手臂擦掉眉毛上的汗珠,然后默默地看着沃尔特。他与我对视了片刻,然后避开我的目光,朝木板打了个手势。于是,我们抬起了另一块木板。

"你要休长假,本来可以跟我直说嘛。"他说,"我现在不是怨你,可如果当初你跟我说清楚的话,我就不会像现在这么狼狈了。你每个月的工资都存进你的银行账户了。这钱当然是你应得的,我没有别的意思,我知道这么多年来你陆陆续续存了……嗯,大概有六七个月的有薪假期?"

"差不多十七个月。我从来没有休过假啊,沃尔特!"

"呃,突发新闻时时有,你也明白记者这个行业,就是这样子的。我也知道,你的假期远不止这些,可是你不会把它们一下子都休完吧?你怎么忍心砍断我的左膀右臂呢?我了解你的为人,你是不会这么对我的。"

"你想试试吗?"

"你听我说,最近发生了一件大事,我要派人去跟进,你是我唯一信任的人。事情是这样的——"

我把手里的木板猛地往地上一扔,沃尔特吓了一跳,手中的木板也滑下来,砰的一下重重砸在车厢底座。他急忙跳跃闪躲。

"沃尔特,我真的不想听你说这个。"

"希尔迪,你通情达理一点好不好。我实在是没有别人——"

"沃尔特,我们这次对话,从一开始就不在正路上。你总是有办法牵着我鼻子走,所以我离职的时候没有找你当面说。后来我想清楚了,这样做是不对的。所以我现在就跟你——"

沃尔特抬起一只手掌,而我偏偏不争气,又一次被他钳制住了。

"我这次来,"他说着,低头盯着地面,然后抬头看着我,眼神就像一个犯了错的小孩,"呃……我是想把这个带给你。"他伸出手,捧着我那顶软呢帽。这帽子被他塞进后裤袋里那么久,变得比原来更破旧。我犹豫了一下,从他手中接过帽子。他脸上现出一丝似笑非笑的表情,如果给我发现这里面有哪怕一丁点沾沾自喜,我就会把这顶该死的记者帽甩他脸上。但我从他眼中看到的不是洋洋自得,而是一点期望，一点担忧，还有一种略显生硬却又不失可爱的羞怯——后者是沃尔特难得一现的表情。要这样低声下气地求人，对于他来说肯定很不容易。

事到如今，我能怎么做呢？我对沃尔特谈不上喜欢，却也从来没有恨过他。而且作为一个记者，我其实是很尊敬他的。我忽然发觉自己的双手正在无意识地揉捏着，想要恢复这顶帽子本来的形状。我在帽子顶上捏出一条折痕，又用大拇指仔细感受着呢子的质感，顿觉心旷神怡。这是极具象征意义的一刻，却不是我想要的一刻。

"上面还有血迹。"我说。

"有些东西是没办法洗掉的。如果你嫌它会唤醒不愉快的记忆，我可以给你换一顶新的。"

"换不换都不要紧了。"我耸肩道，"谢谢你不辞辛苦来看我，沃尔特。"地上有一堆废料，是些刨下来的木屑、弯折的钉子和锯剩的短木条。我把记者帽扔到废料里，然后抱起双臂。

"我辞职了。"我说。

他打量我许久，终于点了点头，从后裤袋里抽出一条湿嗒嗒的手帕，抹着眉毛上的汗水。

"剩下这些我就帮不了你了，希望你别介意。"他说，"我得赶回报社了。"

"没问题。对了，你可以把这车赶回镇上。赶骡子的车夫说会在天黑前回来取，但我怕这些骡子太口渴了，所以——"

"什么是骡子？"他问。

最后，我把沃尔特安顿好了。只见他端坐在硬木板凳上，手里紧紧拽着缰绳，易怒的脸上写满了怀疑。我目送他"驾"着骡车沿着一条简陋的土路走远，一直朝镇上驶去。沃尔特肯定以为是他自己在驱赶骡子，嘿嘿，让他赶骡子离开这条路试试……我之所以放心让他跟车回去，就是因为这些骡子都是认路的老司机。

沃尔特是最后一个来看望我的人。我一直等着福克斯或者凯莉出现，但他们都没有来。凯莉不来我倒是内心窃喜，可福克斯竟然跟我保持距离，这就有点伤人了。原来人是真的可以同时想做两件互相矛盾的事情的：我确实希望一个人待着……可是，可是那混蛋至少应该尝试来找我一下呀！

我的生活渐渐安顿下来，形成了一套固定的规律。我每天日出而作，一直在木屋干到酷热难熬才停歇。午休时，我会散步去新奥斯汀镇的酒馆，向酒保"狡猾皮"买几两他们自酿的好酒，和江湖郎中内德·佩珀以及几位常客玩几把梭哈。在酒馆里，我必须穿衬衫——这简直是明目张胆的性别歧视！在这种歧视下，十九世纪的女同胞肯定是生活在水深火热当中的。我干活儿的时候，只穿一条粗棉布工作裤和靴子；头上还戴一顶墨西哥阔边帽，用来遮太阳。我腰部以上晒成了深棕色，就像一颗大坚果似的。我看着各位酒吧女郎穿的衣服，实在想不通以前得州西部地区的女人们在盛夏时节怎么能坚持穿那种衣服呢？可是话又说回来，男人们的着装也是那么笨重。地球的文化真奇葩。

每天傍晚临近的时候，我就会返回小木屋，一直劳动到日落，然后就在夜色里做晚餐。有时还会有朋友来一起吃。最近我在镇上变得小有名气了，因为大家喜欢我做的黄油牛奶饼干，还因为我炖豆子的时候总是标新立异，放一些让人意想不到的材料。如果我能让月球人民学会欣赏得州炖菜的精美，也许我能改行做大厨吧。

在最后一线日光消失之后，我通常会再过一个小时左右才睡觉。仰望着模拟的星空，我会想到真正的地球和真正的得州：眼前的这片假星空跟没有了人类污染的得州星空应该会很相似吧？可惜我没机会亲眼比较了。其实这片繁星璀璨的天幕与月球真实的夜空相比，星星还是不够多，不过这里有别的优势。首先，你在月球表面观天的时候，总是跟苍穹之间隔着一层厚玻璃，你既看不到夜空的真面目，也感受不到凉风拂面的清爽。其次，月球的星空太生硬了——亿万星辰居高临下、一眼不眨地逼视着在月球里营营役役的人类，既没有怜悯之情，也没有宽恕之心。而在得克萨斯，虽然夜空里的星星也炽热明亮，但它们会对着我眨眼睛，它们与我心意相通，它们理解我的苦处。这也是为什么我更爱得州假星星的原因。我平躺在铺盖卷上，聆听土狼向着月亮嚎叫——我喜欢它们的叫声，我想跟着它们一起叫……我此刻的心境虽然没达到完全平和，却是我一生中距离这种境界最近的一次，也许还是唯一的一次。

我就这样过了两个月。木屋工程进度？不急。我追求的是质量！在这段时间里，我多学了一些新手艺，所以看不上之前干的破活，于是我干脆把木屋里很大一块拆了重建，而且拆建了两轮之多！我猜自己其实是害怕木屋完工之后，不得不去找新的活儿干。

我的担忧是有道理的，该来的那天终究会来。我的木屋没有一条铰链的螺丝是松动的，没有一处表面是粗糙的，屋顶上没有一块瓦片是歪的——我已经无事可做了。

呵呵，然后我想着，我总能打造家具呀，应该比墙、地板和屋顶难很多吧？木屋里现在只有粗麻布做的破帘子，以及一副粗糙简陋的床架。我把铺盖卷平摊在干草垫子上，总算在"室内"过了一夜。这是我几个星期以来头一回不用睡露天，可这一宿我完全没休息好。

第二天，我在木屋外面的空地上走来走去，初步拟定了一个景观设计草案：菜园子、井，和——不是说笑——一圈白色尖桩篱栅。建篱栅挺容易的，可菜园子就难多了，尤其是我这时候的心情不好，不可能花那么多时间和体力去做这项工作。至于井嘛，院子里是必须有的；问题是一说到挖井，我那套"花那么多时间和体力值不值"的说辞就不攻自破了。原因很简单：得克萨斯和月球其他地方一样，地底下是没有水的。如果你想取水，却又住得离格兰德河不近，那你就必须往下挖坑或者钻孔，其深度根据你这块地的抽签而定。等你钻好洞，迪士尼乐园管理方就会铺设一条水管到你井底，于是你就可以假装挖出水了。我的木屋抽签抽到了十五英尺。挖地十五英尺深的工作量并没有吓倒我，我知道自己完全能做到。嘿嘿，虽然我体内的女性荷尔蒙系统一直在碍手碍脚，可我的手臂和肩膀上还是锻炼出了肌肉（估计波比看了会进入官能休克状态）。把刨子和锯子换成铁镐和铁铲也没问题。我正盼望着多干点体力活儿呢。

可真正让我揪心的是，我知道自己一直在伪装，而且伪装得越来越像。每逢夜晚仰望星空时，每当我感慨宇宙广袤时，我并不会觉得孤单寂寞。我明明知道那些所谓的"星星"其实只是一些灯泡，我可以把它们一颗颗全部攥在掌心里。可是在夜里，身心俱疲的我会把这一切都忘掉。我还能忘记许多东西，可是挖井这件事情，我能忘记吗？我必须挖一个十五英尺深的洞，洞里本来是干的，然后我会看到水管，看到清凉甜美的生命之水涌上来，充满那个干涸的洞……此情此景，我能忘掉吗？

我经常过度使用比喻，有时连我自己也受不了。每当我滥用比喻的时候，沃尔特就会破口大骂。他总是说，读者看比喻很容易会看腻。为什么我看星星能内心平静，一想到水井就难以释怀呢？为什么我好不容易走到这一步，却突然想退缩呢？为什么我在最后时刻会失去想象力呢？我不知道，也许跟"干涸的洞"这个概念有关吧。我一直以来都把自己的人生看作一个干涸的大洞，我一生中唯一值得自豪的成就就是这座木屋……可是我讨厌这座木屋。

那个晚上我一夜无眠。挣扎了许久,我终于爬起来,也不点灯,就在黑暗中摸索,好不容易找到了我的斧头。我把床架劈成木柴,堆放在墙边,再用煤油把那堆木柴浇透。接着,我点燃柴堆,走出了前门,故意让门敞开,引来气流助长火势。然后,我缓缓地走到屋后的一座小山坡顶部,蹲下来观看木屋烧成灰烬。我心中竟然没有泛起一丝波澜。

钢铁海滩 下

［美］约翰·瓦利 著

［加］仇春卉 译

新星出版社 NEW STAR PRESS

人生百态！

普利策奖得主光临我镇访问

近日,著名记者布兰妲·斯塔尔小姐莅临新奥斯汀镇,进行了为期半天的亲切访问。贵客光临,令我镇大街小巷洋溢着喜庆。斯塔尔小姐来自王城,受雇于当地著名的《新闻X嘴日报》。前些时候她报道了发生在王城某个自由主义教堂里的某些不愉快事件,并因此获得了今年的普利策奖。

……

斯塔尔小姐在国会街上漫步,引来无数单身男女回头注视。

No.15

擂台上的苏丹大帝

我不知道世上还有没有比一个能容纳三四千人的空体育馆更让人觉得寂寞的地方。

王城的小刀搏击馆其实是有正式名称的,好像叫某某某纪念角斗馆。当初,人们为了纪念某位体育明星而用其名字来命名体育馆,可是年深月久之后,这位过气明星早就湮没在体育历史的长河中,后人再也不知道他是谁了。这个角斗馆就是一个活生生的例子。时至今日,在各大传媒的运动版面上,在世界各地嗜血的小刀搏击粉丝心里,甚至在搏击馆外二十米高的标志牌上,这个搏击馆的名字只有大写加粗的两个字:"**血桶**"!

此刻,"血桶"里一片安宁:按照同心圆排列的观众席隐没在阴影中,音响系统陷入死寂;环绕擂台一圈的排血槽已经被清洗干净,只等今晚涌进一批新鲜的血液。在这批新血当中,有一部分将会来自那个孑然站在擂台上的男人:麦当劳。悬挂在阴暗天花板上的一圈射灯发出耀眼的白光,把他整个人笼罩住。我沿着观众席过道柔和的弧线,一步一步朝他走过去。

他全身赤裸,背对着我。我以为我没有发出任何声响,可事实证明,想偷偷接近他是很难的。只见他缓缓转头向我看来,眼神中没有警惕,只有一点好奇。

"你好,希尔迪。"他认出了我,语调却没有一点震惊,也没提起上次见面时我还是男的。也许他早已听说了,也许他习惯了眼观六路耳听八方,没有什么事情能让他觉得惊奇了。

"你在打擂台前会紧张吗?"

他皱起眉头,似乎在认真思考这个问题。

"我觉得不会。我只是……在某种程度上,我整个人的状态都提升了。我觉得很难安安静静地坐下来歇着,也许这就是紧张吧。所以我就上擂台,回忆前一场比赛的细节,想想我有什么地方做错了,想办法让下一次不要犯同样的错误。"

"我还以为你是不会犯错的。"我想找个阶梯走上擂台跟他说话，却找不到。不过这个擂台也就一米高，我轻轻一跃就上去了。

"每个人都会犯错，只是在我这一行，尤其要将错误尽量减少。"

我看见他的弟弟竖起了一半，难道这家伙刚才在自慰吗？我可不愿意想这些事情，我一生中从来没有像现在这么无欲无求。我伸出一只手放在他脸上，他只是站在那里，抱起双臂凝视着我。

"我需要帮助。"我说。

"嗯。"他说完，张开双臂把我拥在怀中。

他带我去楼下更衣室——或者是衣帽间？随便吧——又来来去去地忙着为我准备饮料；我正好趁机恢复一下仪态。有趣的是，我并没有哭。在他怀里时，我的肩膀在颤抖，我发出一些滑稽的噪声，却没有流出一滴眼泪。现在我不发抖了，心也不再怦怦乱跳，却不知道自己到底处于一种什么状态，我只知道自己这辈子从没像现在这么想要大声尖叫。

"你打断了我的疯狂小仪式。"他说着，递给我一杯草莓玛格丽塔鸡尾酒。我当时没多想，后来才好奇他是怎么知道我爱喝这种鸡尾酒的呢？

"你们这里的酒吧不错嘛。"

"只要我能吸引观众进场，他们自然会善待我。干杯！"他向我举了举杯，我们一起呷了一口。好酒！

"希望你赛前不要喝烈酒。"

"不管你怎么想，反正我是没有自杀倾向。至少现在没有。"

"那你刚才在台上干什——"

"我总是一个人去擂台那儿。"他一边说一边站起来，用后背对着我。感觉他好像还没准备好回答我这个问题,所以干脆打断了我的话,"告诉你一个黄色下流的小秘密吧,等待上擂台的时候,我都会变硬。我查过资料,危险确实会让某些人产生性兴奋。不过,大部分人是在死里逃生之后才会兴奋,而我是在危险来临之前。"

"呃,希望我没有打搅你的雅兴吧。"

"没关系,这也不是什么要紧的事。"

"你知道吗?如果你想减压的话,就做爱吧。我们可以来一发。"这话一说出口我就后悔了。要是在别的境况下,跟他来一发当然很好……不,其实是非常非常好。前几次见他时我还是男的,所以没留意到原来他这么迷人!他的躯体非常健硕——精壮、结实,明显是不凭力量称雄,却以速度和耐力取胜——可是这又有什么了不起的呢?这只不过是 A 类拳手的躯体罢了,他今晚的对手虽然是女性,基本上也会使用同类型的躯体,体重相差不会超过三公斤。其实,真正吸引我注意的是他的手和他的面容。他的双手宽且修长,指关节厚实,掌心坚硬粗糙。它们移动的时候沉着稳定,没有慌乱,也从不发抖。这是一双懂得怎样抚慰女人身体的圣手。

至于面容……呵呵,其实关键是那双眼睛,是吧?其实他的脸还是相当英俊的,是我欣赏的那种浓眉宽颊、棱角分明的脸型。他的嘴型略显冷峻,而当他拥抱我的时候,嘴巴的线条又柔和了下来。可是他的眼睛……他的眼睛啊!到底是什么使他的眼睛如此动人,我实在想不出言辞去描述。我只能说,我被它们迷住了。当他凝视我的时候,他的目光没有丝毫的闪烁游离;在那一刻,我就是他看到的全部,仿佛他眼中已经容不下别的东西,仿佛世上没有别人比他更能看懂我了。

和刚才一样,他陷入了沉思,好像在认真考虑我的提议。渐渐地,他脸上浮起一丝微笑——他向来喜怒不形于色,这是我第一次见他流露出内心的情绪。

"我已经很久没接受过这么热情主动的邀请了。"他说。

"不好意思,这下子真是尴尬了。现在你肯定要告诉我,你其实是同性恋。"

"你为什么这样说呢?就因为我拒绝你吗?"

"不,是因为我最近无论猜什么都错。其实我早该知道你在这个关头不会对我有性趣的,只是刚才你看我的那种眼神,我还以为……以为看到了火花。"

"你其实不是错得太离谱。不,我只是……你想听我说下去吗?"

"你想说我就想听。"

他耸了耸肩。他这个动作的意思是,我俩都明白,重要的话题还在后头呢,不过他愿意等我在合适的时候主动说出来。

"好吧,这事我就简单点说说,供你将来参考。我做男人的时候,主要是异性恋——估计百分之九十的时间都是喜欢女人的。我已经很久没有做女人了,而且很可能永远也不会再试。"

"你不喜欢做女人吗?"

"我有一个心理障碍,就是我不喜欢跟男人上床。我这辈子的性生活基本上都是跟女人过的。我受不了……让别人的器官进入我的身体里。女方必须放弃太多控制权,我一想起来就紧张。"

"不一定的。"

"别人就是这样告诉我的,而且我自己的亲身体会也一样。"

"也是,自己的感受才是最重要的。"自从地球沦陷以来,还有比这更无聊的对话吗?就算有也湮没在历史长河里了。我浑身不自在,连忙再喝一杯来掩饰。这件事从头到尾就是一个错误。不知道为什么,我总觉得我在这里让他也感到很不舒服。要是我不在这个地方就好了,随便去哪里都行……想到这里,我决定离开了,却发现自己怎么也站不起来。我的双臂和双腿不听使唤,完全不能支撑我离开这张椅子。

奇怪的是，我的手臂还能举起酒杯。于是我举起酒杯，狠狠地喝了一口——正所谓何以解忧，唯有草莓玛格丽塔鸡尾酒。很可惜，每当我想把身体撑起来的时候，我的四肢就悍然违抗我的指令。

狠狠吗？还用说！

我绝不能容忍四肢造反，盛怒之下，我决定把"站起来"这个过程分解成几步去执行。我把手掌摊平按住座椅扶手，脚掌放平踩在地面上，然后手掌脚掌同时用力向下按。我也知道嗑药之后最好不要操作自己的皮囊，可是我眼看就要成功了！希尔迪，加油，你快站起来了！

"我自杀了很多次。"我说完，又重新坐倒在椅子里。

"你来对地方了，跟我详细讲讲。"

熟能生巧这句话是有道理的。以前我并不擅长"敞开心扉倾吐心事"，可这段时间以来，我把自己的经历告诉过福克斯，告诉过莉齐，跟凯莉也说了一半，这些磨炼使我的叙事能力得到了长足的进步。我发觉自己会重复使用一些以前说过的话，通常都是我觉得特别搞笑的段子，或者是一些文过饰非的言辞。没办法，身为一个文字工作者，激扬文字已经成了我的本能。我发现自己内心深处其实很喜欢这种复述练习。我就像在写新闻稿——天下新闻共通之处在于，一件事当中有些部分更受读者喜爱，有些则会使读者徒增困惑。当读者数量不大的时候，我写新闻稿可以特意投其所好。因此，在不知不觉中，我把自己的经历变成了《生命可重来》系列报道当中的压轴戏。你也可以说，我之前跟福克斯、莉齐和凯莉的叙述只是外围演练，而向安德鲁倾诉才是真正的考验——他仿佛是一个德高望重的批评家，一句话就能决定我是功成名就还是身败名裂。

可是，安德鲁完全不吃我这一套。他任由我口沫横飞地唠叨了将近一个小时，现在回想起来，他应该是在用心去感受我向他兜售的到底是哪一种马粪，踩上去会有什么质感、会激起哪种独特的臭气；这坨马粪的色泽如何，落地时会发出怎样的声音……等他观察得胸有成竹了——将来无论是哪一坨肥料再次出现在他的草原上，他都能一眼认出来——他突然举起一只手，于是我的嘴巴渐渐停住不动了。"你现在告诉我，到底发生了什么事？"

我只得又从头说起。

你必须明白，在第一次叙述时，我并没有撒谎。可同时我必须承认，我也并没有把真相都说出来。经过在《奶嘴》长年累月的艰苦锻炼，我的编辑技巧早就变得炉火纯青。菜鸟记者刚入行时首要掌握一些基本知识，其中很重要的一点是：想要搪塞遮掩，最好的方法就是不把真相和盘托出。现在要重新开始叙述了，我担心自己是否还记得怎样才能说出全部真相；更何况，我真的知道事情的全部真相吗？（我们可以找个下午畅谈一番，讨论到底有没有人能够了解某件事情——无论这事情和这人有关还是无关——的全部真相，不过这种话题会把人逼疯的。）他想要的很简单：我尽力把我所了解的一切如实告诉他，不要为了美化自己而添油加醋。各位有兴趣的话不妨找天试试，实话实说绝对会是你做过的最难的事情之一。

而且还特别耗时，因为有时候你需要回想很久以前发生的许多事情，当中有些事情你最初也许还以为是无足轻重的。我跟安德鲁讲了一些童年往事，我甚至不知道原来这些旧事一直埋藏在我心中。有时候我说着说着就会走神，目光呆滞地坐在那里不说话，所以整个叙述的过程硬是被我拖长了。可是安德鲁并没有提醒我往下说，也没有催促我，他甚至连一个问题也没问。其间我也有向他提问，如果点头和摇头能够回答，他都尽量不说话；有几个问题实在非用言辞回答不可，他才开金口回答一两句。原来安德鲁·麦当劳就是传说中的极简主义对话者。

迷迷糊糊地，我忽然意识到自己已经住口不说了；同时，我身旁的桌上出现了一碟三明治。这时候我才意识到，我的故事已经讲完了。我就像当年西哥特人洗劫罗马似的扑向三明治——我想不起来上次这么饿是什么时候了。开怀大嚼的时候，我突然留意到桌面上还搁着三个空的玛格丽塔鸡尾酒杯。我刚才喝了这么多吗？我怎么想不起来了呢？我也不觉得醉呀。

食物进了肚子，我的脑细胞也逐渐恢复运作，虽然它们拉帮结派、各自为政，效率很低，可我还是开始留意到其他东西了。比如说，地面正在颤动——不是上下波动，而是一种持续不断的、挺吓人的震颤——我终于认出来了，原来这是人群的噪声。安德鲁的更衣室差不多就在"血桶"正中心的地底，我们是沿着擂台旁边的楼梯走下来的。我四处张望想找个挂钟看时间，却连钟的影子也看不到。

"我们聊了多久？"我叼着一嘴的冷切肉和面包问道。

"压轴比赛还有差不多半小时才开始。"

"就是到你上场了对吧？"

"对。"

我到底絮絮叨叨地说了多久？我都不敢想了。看赛程表，在安德鲁的死战前还有九场比赛，也就是说，现在是介乎晚上十点与十一点之间。可我来这里时，才刚过中午一点……

"这里没钟。"我说道，希望他能够把我这句话当成道歉吧。

"是我在比赛前让他们把钟撤下来的，因为会分散我的注意力。"

"还会让你紧张吗？"也许这个问题有点挑衅意味，可是他也太嚣张了点，在死战前夕竟然毫不紧张。他镇静得好像不食人间烟火似的，我真受不了！

"它们会分散我注意力。"

这时候，我终于开始留意到别的东西了。我在这个小小的房间里待了那么久，竟然什么也没看到，这样说好像很荒谬吧？可我确实没留意呀！其实这里没什么东西可看的。这个房间就像酒店似的，一点人情味也没有。在某种程度上，这里对他来说，也就和酒店差不多吧。我看见他身边的墙上挂着四块电话屏幕，每块屏幕上都有一张忧愁的脸孔。屏幕都调了静音，只有"紧急来电！请立即接听！"几个字出现在每张脸下面。我认得其中两个人，上次我来这里的时候，那两人都围着安德鲁团团转，应该是他的陪练、经理人之类的角色吧。

"看来你还是应该去干正事了。"我说。他却挥了挥手，表示不屑一顾。"你不是应该……我不知道啊，跟那些人商量战斗策略吗？来个战前总动员什么的？"

"不瞒你说，不用听那些鼓舞士气的废话，我正乐着呢！"他说，"你别以为死战很残酷，其实赛前动员才是最恐怖的考验呢。"我不得不承认，屏幕上那四个家伙看起来比安德鲁紧张多了。

"不过我最好还是别妨碍你了。"我一边说一边站起来，拼命吞咽着满嘴的食物，"你就该干吗干吗，好好准备上擂台吧。"

"我是过了整整十年啊。"

我一屁股坐了回去。

我大可以装糊涂，可我不想说谎，因为我确实知道他在说什么。他接下来说的话证实了我的推断。

"整整十年的虚假记忆。这事已经发生六年了，这么多年来我一直想找个人谈一下。"

"同时还顺便努力自杀。"我说。

"我理解你的看法，不过我并不认同。"

"但你确实尝试过自杀呀。"

"对，不过那是六年前的事情了。我想干点有趣的事情，却怎么也找不到。我当时已经超过两百岁了,可看情形还得再熬一个世纪才会有新鲜玩意儿出现。"

"你是百无聊赖吧。"

"岂止是无聊,简直是了无生趣、极度抑郁……有一次我甚至在浴缸里枯坐了三天三夜,实在想不出理由让自己走出去。从那一刻起,我就下定决心结束自己的生命。这是一个艰难的决定,因为我从小到大接受的都是'生命可贵''天生我材必有用'这种正能量教育。无奈的是,我真的找不到什么有意义的事情可做了。"

他比我讲得好多了,这是因为他有更多时间练习——至少他可以在心里反反复复地讲述嘛。他只是高度概括地把所有关键点都描述了出来,其间说了好几次等他打完擂台再跟我详细讲。简单来说,他也是被放逐到一个类似斯卡帕岛的孤岛上,不过他的放逐地比我的小岛艰苦多了。他必须辛勤劳动,还遭遇了很多挫折,却始终没过上我那种美滋滋的小日子。在那十年里,他好不容易熬到最后两年,处境才有所改善。

"听起来中枢把你放进了同一个基础程序里面。"他说,"不过从你的描述来看,这程序有新的技术和新的子程序,应该是升级了。我当时也只能接受那个'现实',因为我没有选择的余地,那些毕竟不是我自己的记忆。不过事后回想起来,我那个世界的真实度似乎比不上你的小岛。"

"中枢说它越来越精于此道了。"

"它永远是越来越精。"

"你那十年就像在地狱里煎熬吧?"

"你错了,那十年里的每分每秒都是我的最爱。"他停顿了半晌,然后身体稍稍前倾,本来就很犀利的双眼仿佛要喷出火花,"在那么简单朴实的生活里,你连无聊的机会也没有。因为你时时刻刻都命悬一线，你的每个举动都有可能决定自己的生死存亡，在这种时候，只有最无能的人才会想着自杀这种荒唐事。生物个体的内核就是求生的本能，但你看看有那么多人自杀——不仅仅是现在，而是自古以来就有——可见我们人类的'文明'和'智慧'都是些什么破玩意儿！就连阿米巴变形虫也懂得怎样努力生存，而那些自杀者连这种能力也没了。"

"难道这就是生命的秘密吗？"我问道，"是艰苦的环境吗？是通过努力劳动获得生存的意义吗？"

"我不知道。"他站起来，开始在房间里踱步，"我回到现实世界的时候简直是欣喜若狂啊，因为我以为自己终于找到答案了。然后我就像你一样，意识到自己并不相信这个结论，因为那个含辛茹苦度过十年光景的人并不是我。那是一台机器猜测我会怎样过这十年，然后据此写出来的剧本。它猜对了一些，可是猜错的更多，因为……那个人不是我。中枢企图模仿的那个我刚刚尝试自杀，而它想象出来的那个我为了生存而忙碌奔波，有如丧家之犬。这里被满足的是中枢的期盼，而不是我的愿望。"

"可是你才说——"

"我确实从中找到了答案。"他转过头来面对着我，说道，"这个答案就是，超过一个世纪以来，我的生命里不存在风险。我做的事无论成败，我都不会有生命危险，所以这些事就变得毫无意义了。我甚至不用担心是否能够过得舒适，就比如说，看我赚钱多不多吧。如果我赚钱多，也只是意味着我能得到更多东西，问题是那些东西对我来说早就失去意义了；如果我赚钱少，就意味着我会失去一些东西，可政府总能满足我的基本需求。"

我想说几句跟他争辩一番，可他正在兴头上，我根本插不上话。不过这已经够好了，虽然我不认同他的某些观点，但能和一个知情人畅谈,我已经很兴奋了。

"从那时起,我就开始参加死战的比赛。"他说,"我必须在生命中重新引入'风险'这个元素。"他抬起一只手掌,"其实风险并不大,因为我擅长打架。"他脸上露出了迷人的笑容,"而且我又想继续活下去了。希尔迪,你需要做的就是想办法重新体会风险的滋味,这是我能想到的最厉害的灵丹妙药啊。"

一时间,我脑海里涌现出无数个问题,都喧哗吵闹着要蹦出来。当中有一个问题最为致命:

"其实,如果……如果你在死战中失手了,"我一字一句地说道,"也没法阻止中枢像救活我那样把你复活啊,这算什么风险?"

"世上没有常胜将军,我总有一天会失手的,不过这一天还远着呢。"

"你现在是所有选手觊觎的目标啊。"

"我确实打算在近期退休了,充其量再打几场吧。"

"那么你的灵丹妙药怎么办?"

他又笑了,"这灵丹妙药,我以前是需要的,但现在我觉得已经吃够了。我需要参加死战,因为别的都算不上风险。而在众目睽睽之下死掉……这才是死战妙不可言的地方。"

这一刻我终于明白了。举个例子,中枢电脑不敢复活西尔维奥(其实他的大脑被打爆,无论如何也救不活了),是因为人人都知道他已经死了;如果有一天他突然活蹦乱跳地出现在众人面前,大伙儿难免会问一些尴尬的问题。官方会建立各种调查委员会,民间也会出现形形色色的诉求,最终人们肯定会重新检验中枢电脑的程序。安德鲁想出了一条妙计,能够在这个复活小游戏当中完胜中枢电脑。这么明显的方法,怎么我一直都想不到呢?

或者我早已想到,只是一直埋藏在潜意识里?

这时，安德鲁耸了耸肩表示歉意，然后打开了更衣室的门。看来，我这个问题只能留待日后解答了，因为门一打开，王城一半居民就拥了进来，而且都在叽叽喳喳地说个不停。呵呵，我夸张了一点，反正就十五、二十人左右吧，大部分都怒气冲冲的，有几位还恶狠狠地瞪着我。于是，我很低调地缩在房间的一个角落里，静静地看着。在来人当中，经理人和陪练要跟安德鲁做赛前动员，小刀搏击协会代表和血桶体育馆代表要例行向他宣读相关法规，还有各家媒体的记者要采访他……所有这些活动本来需要一小时，但现在只能全部挤进开赛前的五分钟内完成了。若论场面之混乱，我以前参加过的记者招待会都没有这个更衣室厉害。而在这片惊涛骇浪中，安德鲁就像一座小岛，安安稳稳地矗立在风暴的中心。

然后他走出了更衣室。那帮人就像一群汪汪乱吠的小狗，也尾随着他出去了。他们的声音顺着小走廊远去、变弱，然后飘上楼梯……突然，我听到观众们的声音变得越来越响。接下来是主持人介绍选手，我藏身于擂台下方的深处，所以听不清，只能听见一阵阵低沉的嗡嗡声。

观众的声音一直那么响，过了好一会儿才稍减半分。我缓缓坐下来，等着他回来。

突然，人群爆发出震耳欲聋的吼声，我觉得整座体育馆都快被震倒了。嘿嘿，粉丝……我不屑一顾地想道。

这一次，人们的叫喊声不但没有减弱，反而越来越强，我开始担心到底发生了什么事情。

然后，他们用担架抬着安德鲁·麦当劳回来了。

乍看之下直截了当的事情，总是另有蹊跷的。安德鲁参加的是一场死战……但"死战"的具体含义是什么呢？

这我就完全不知道了。

我只看过几场小刀搏击比赛，知道那些攻击刀刀致命，如果没有现代医学科技，选手都是死路一条。我亲眼看见过医疗队在每回合之间给选手包扎伤口、补充流失的体液。怎么算赢呢？通常来说，把对手的脑袋割下来就标志着胜负已分。这是小刀搏击运动最为人津津乐道的地方之一，只是被砍头的那方就稍微狼狈了一点。可我又想起了明星教的教主，他没有身体不也过得好端端的？在我们这个年代，制造绝对的致命伤害只有一种手段：破坏大脑。不过，中枢电脑已经在着手攻克这个难题了。

不过死战的胜负规则似乎有点不一样。而且在场各位除了安德鲁之外，其他人好像对这些规则都很不爽。

我看不出他的伤口在哪里，起码他的脑袋还连在肩膀上；他的身体表面覆盖着一张浸满了鲜血的床单。后来我推测，死战的规则肯定把伤势划分成不同等级：有些伤可以在各回合间就地治疗，有些就必须定性为致命伤。倒地的一方不会被砍头，因为舆论认为胜利者高举着一个死人的脑袋这一幕太恶心了。据说砍头取代了以前一种名叫"仁慈杀"的仪式，又说那是胜利的象征……你们谁有兴趣不妨研究一下，反正我是觉得莫名其妙。

后来我又了解到，安德鲁当时所处的境况，在场没有一个人知道应该怎么处理。自从有关部门把死战定性为"共识自杀"——这是法律上的一个灰色地带——以来，一共只有三个选手参加过这种比赛，其中只有一人的伤势达到"致命伤"的标准。不过，这位仁兄在弥留之际突然看破了生死——换言之，他猛然醒悟到"原来死亡毕竟不是什么好事"——于是他让医疗队把自己救活，又缝缝补补，把伤口都治好了。他的下场当然是千夫所指，在耻辱中黯然退休，永远从擂台上消失了。其实指责他的那些人心里何尝不是暗暗松了一口气呢？至于另外两位还在用性命相搏的死士,主办方早就定下了一条人人都知道却又心照不宣的规矩:这两人绝不能同台较量。因为无论谁胜谁负,结果都会让双方的团队、律师以及主办方陷入一个困局:我们到底让不让这条蠢货在我们眼前死掉呢?这一刻,他们正是陷入了这个解不开的死局。

现在形势紧迫,没有太多时间给大伙儿商量对策了。突然,躺在房间对面的安德鲁发出一点声响。我知道,这是人临死前发出的喉音。

可是我连他的人也看不清。如果他还奢望在平静中度过人生的最后一刻,那他就是一个大笨蛋了。此刻有十几个人围在他身边,有几个人发疯似的要去救他,有几个人则害怕主办方要担上法律责任,还有几个人跳出来捍卫他自杀的权利。

许多年来,在死战这件事情上,血桶体育馆的管理层总是处在一个左右为难的境地。一方面,这种比赛的上座率绝对是百分之百,观众们就是冲着"可能会死人"这个卖点来的;可另一方面,在满天神佛座前、在众目睽睽之下,胜者以捍卫这项运动的荣誉为由杀死败者,观众们看完之后的反应会是怎样,没人知道。不过业界普遍认为,真出了人命的话,是会对小刀搏击运动带来负面影响的。观众们观看体育比赛和娱乐节目时,特别痴迷那些不会导致永久创伤的暴力行径,他们这种嗜血的喜好从来不会得到满足。可一旦涉及真正的死亡,虽然人们能从中获得刺激,但他们更容易接受意外的死亡(比如地球大卫和涅槃度假村的惨案),而不是公开处决。

说句公道话,体育馆一方对死战是有顾虑的。他们之所以持保留态度,并不完全是出于法律方面的考虑。在这件事情上,他们最大的罪过在于没有做最坏打算,因此没有应变措施(我们又何尝不是这样呢)。从来没有人在死战中丧命,于是他们就希望以后也不会有。可现在真的要出人命了。

当然了，主办方为了救他，还是做出了最后一搏。生活中发生的事情经常让我想起电影中的场景，此刻看着围在安德鲁身边的这帮人，我又想到了电影。比如说在战争片里，医疗兵正在抢救一个受伤的同志，战友们在旁边安慰他。兄弟，没事的，你受的这个伤太值钱了，刚好足够让他们送你回家，却又不会落下残疾，你一眨眼就能回去跟你的宝贝们团聚啦……可他们的眼神都在说，他死定了。不过我眼前这一幕比较古怪，不知道是不是光线的原因，我想到的却是另外一个场景：一位牧师手持念珠站在病床边上，俯身倾听病者最后的忏悔，为他做临终祈祷。其实，这帮人正在苦苦劝说安德鲁接受治疗。求你了，让我们救你吧！救活了你我们才能安心回家，擦掉眉毛上的汗，喝几杯烈酒，假装这事从来没有发生过，谢天谢地。

可是他都拒绝了。人们还在继续劝，可是他们的态度已经不像刚才那么激动。有几个人放弃了，远远地退到墙边，站在我身旁，好像怕安德鲁会传染似的。终于，有个人凑得很近，听清了安德鲁一直想说的话。那人转头四顾，看见了我，就打手势让我过去。

我当时已经完全感觉不到自己的双腿，可我毕竟还是走到了他的床前。我俯身凝视着他，顿觉一股血腥气扑面而来，那是内脏散发出来的气味，那是死亡的气息。安德鲁一把抓住我的手，力气出奇的大。他用力抬起身体，因为他的声音实在太微弱了，必须凑到我耳朵旁。我希望他不会感到疼痛吧。他们说不会，因为安德鲁向来怕痛，在比赛前就已经关闭了痛觉神经。他开始咳嗽。

"让他们救你吧，安德鲁。"我说，"你已经表明立场了。"

"没立场……"他咳着说，"不用……向他们……表明什么。"

"你确定？活下来并不丢脸，我还是会尊敬你的。"

"和尊敬无关……必须走完这一程……要不就没意义了。"

"胡说八道！你参加了那么多场死战，随便哪一场都可以死，为什么非要现在死呢?你不需要证明什么呀!"

他摇了摇头,突然猛烈地咳了一阵,整个人一下子就软了。我以为他死了,哪知他又轻轻地捏了一下我的手。于是我凑近他的唇边。

"这是背叛。"说完他就死了。

No.16

天赋异禀

大家都以为我们这个年代的人不去图书馆了。其实，这个观念是错的。

现代人足不出户就能阅读所有书籍，其中很多书只有电子版，而没有实体书。既然是这样，为什么还要花时间和精力专门去一座存放纸质书的大楼里翻阅呢？如果你不知道这个问题的答案，就证明你根本不爱书，那么我也没办法向你解释了。可如果你现在马上从屏幕前站起来，不管是白天还是晚上，乘地铁去王城市政中心广场，在两尊智慧与知识女神神像中间走过，登上一级级意大利大理石台阶，你就来到了王城图书馆。从古代存放草质纸卷轴的大图书馆到今日的王城图书馆，它们都有一个特点：这里的人们都在默默地忙碌着，大楼里总是飘荡着一阵阵若有若无的背景噪声。找一天过来见识一下吧。这里有一排排古旧的橡木书桌，一个个学者正在伏案工作。你从他们身边走过，来到了陈列着《古藤堡圣经》的玻璃展柜旁。你站在大穹顶的正下方俯视着四周，只见一列列书架在你眼前延伸出去，完全看不到尽头。如果你是爱书之人，这个景象会使你心情舒畅。

我也迫切需要心情舒畅，可是这谈何容易呢？在安德鲁·麦当劳死后的三四天里，我一直泡图书馆、做研究。其实我这样做，并没什么实际意义。虽然我已经无家可归了，不过我可以坐在公园里阅读和做研究，或者待在酒店房间也可以，反正我要查阅的大部分资料都不在实体书里，我在图书馆的终端上看和在街角电话亭的电脑屏幕上看都是一样的。其实，热爱图书馆的人远不止我一个。许多人去图书馆是因为，他们就爱把实体书捧在手上；还有一大部分人去图书馆是为了用电脑查资料，不过他们更喜欢被书架和书本环绕的感觉。无可否认，王城图书馆的大部分藏书都很旧了，是来自沦陷前的遗物。当年那些爱书狂热分子鼓吹说，任何一种文化想要自诩"文明"，就必须保存这些页面发黄、弱不禁风、既不方便又没效率的古旧书籍。在他们的坚持下，就连倾向使用电子书的人们也被说服了。于是，他们花了大量人力物力（按章办事的话，这些都是不应该花的）把旧书从地球抢救出来，运到了月球上。至于新书嘛……费那个劲儿干吗？我怀疑月球上每年出版的实体书不超过六七本。整个月球只有一家印刷纸质书的出版社，也赚不了多少钱。这家出版社之所以能苟延残喘，是因为有些人附庸风雅，喜欢在客厅的架子上摆几套经典著作。时至今日，书本基本上已经沦为装饰物了。

不过在图书馆不一样，这里的书本不是摆设，都是用来阅读的。有些书籍储存在灌满了惰性气体的密闭房间里，读者必须穿着增压服在房间里翻阅，还有图书管理员在旁虎视眈眈，要是你不小心折了书页的一角，他们恨不得把你吊死。不过这个图书馆里的每一本书，甚至包括《古藤堡圣经》，都开放给每一位读者参阅。在大堂的书架上一共摆放了一百万册书籍，你可以沿着一排排书架踱步，抚摸每一本书，随便拿一本下来翻开（小心爱护！小心爱护！），嗅一下掺杂着胶水和灰尘气味的古旧纸张。在我埋头苦干的大部分时间里，我总是打开一本马克·吐温的《汤姆·索亚历险记》，放在身边的书桌上。当我做研究做得累了，就读一章放松放松；要是我觉得心情跌到了谷底，就伸手摸一下这本好玩儿的小说。

怎样才算是"谷底"？这个概念我一直在不停地更新，因为我仿佛好像总有办法再创新低。我开始怀疑人生的低谷是否"没有最低，只有更低"。我曾经三番四次地自杀，若不是中枢电脑出手，我早就死了，那些算是谷底吗？

我的研究嘛，当然是和自杀有关的。很快我就发现，人类对自杀这件事所知甚少。不过这又有什么奇怪呢？人类本来就不太知道自己为什么会变成今天这样子，也不知道自己所作所为的根源到底是什么。

在这方面，行为学研究倒是积累了相当可观的数据，归结起来不外乎"刺激 A 引发了反应 B"。此外还有很多统计数据：面对事件 Y，百分之 X 的人会作出某种反应。这一套方法，用来研究昆虫、青蛙、鱼类这些低等动物非常有效，研究猫、狗和老鼠还算不错，甚至研究人类也勉强凑合。可是如果你问下面这个问题：贝蒂阿姨的宝贝儿子威尔伯被沥青摊铺机压扁了，她难过得把脑袋伸进了微波炉；贝蒂的妹妹歌莉娅的儿子也是死于非命，可是她在悲伤哀痛过后就恢复过来，度过了漫长而有意义的一生——为什么这两姊妹遭遇近似，结局却大相径庭？对于这个问题，目前为止最科学的答案就是：我不知道。

我来图书馆的第二个理由是：你想找个地方制定某个难题的解决方案，图书馆就是最佳的场所了，因为这里的环境氛围能鼓励人运用理性和逻辑去分析和思考。安德鲁的死使我大受打击，我现在最需要的就是理性和逻辑。反正我现在也没别的事可做，所以我决定一步一步地分阶段解决我的难题。首先我要定义每一步该做什么。在我看来，第一步应该是全力找出自杀的各种原因。我连续阅读了三天，做了大量笔记，把自杀归结成四到五个类别（我带了笔记本和铅笔做笔记，邻近的人都侧目看我——即使在这么复古的环境里，用纸笔写字依然会被别人看成是怪癖）。这四到五个类别之间不存在严格的界线，它们相互之间的交界其实是一片模糊的灰色地带。还是那句话：一点也不奇怪。

第一类自杀——也是最容易定义的一类——是文化使然。大多数社会在大部分情况下都谴责自杀行为，但也有例外的，日本就是一个特别突出的反例。在古代日本，自杀不但不受谴责，在某些情况下还是必须的。而且自杀行为实际上已经被制度化了，也就是说，一个身败名裂的人不仅仅要自杀，而且需要按照约定俗成的规定、公开地用一种特别痛苦的方式结束自己的生命。除了日本，还有许多文化认为在某些特定环境下自杀是一件光荣的事情。

很多社会不赞成自杀,甚至把自杀看作不可饶恕的大罪,可是即使在这种社会里,在某些情况下,自杀也是可以理解的。许多民间故事和历史事件都有苦命鸳鸯携手跳崖殉情的情节;有老年人无法忍受病痛而自尽;此外还有其他一些勉强可以接受的理由。

大部分的古代文化都是很难进行分析的,因为我们现在惯用的人口统计数据是在近代才开始成型的。古代的人口记录基本上只有出生和死亡人数,其他方面的数据少之又少。这样一来,你怎么确定古代巴比伦的自杀率呢?完全没办法呀。别说古巴比伦,就算是十九世纪的欧洲你也搞不清楚。在这些数据当中,不时会出现一两个异军突起的尖峰。比如在二十世纪,据说瑞典人的自杀率比同时代的其他国家都要高。有人说是因为寒冷的天气、漫长的冬季,可你怎么解释芬兰、挪威和西伯利亚地区的低自杀率呢?也有人说是因为瑞典人天生性格沉闷。这么多年来我采访过他们中的无数人,知道被提问的人都有一个重要的共性:他们爱撒谎。哪怕是一些无关紧要的问题,他们尚且会胡说八道;如果你问雅克爷爷的尸体有没有葬在教堂的神圣墓地里,就更别指望他们如实回答了。这种问题事关重大,人们会把死者的自杀遗书销毁,把尸体重新收拾好;验尸官和警察收了贿赂,都会睁一只眼闭一只眼,就当是"尊重死者家属"。所以瑞典人自杀率特别高,不一定是因为他们自杀的人特别多,很可能是因为他们更倾向于如实汇报罢了。

至于后沦陷时代的月球社会,自杀是人权,同时也被视作懦夫行径。自杀过的人是不会受到街坊邻里欢迎的。

第二类自杀可以用一句话总结:"我实在撑不下去了。"这类个案最显著的原因是疼痛,不过现在已经不再适用了。其次是不快乐。"不快乐"该如何定义呢?首先,这种感觉是真实存在的;其次,造成这种感觉的成因也是真实的,是显而易见的:觉得自己的人生一事无成,因为达不到目的而产生的挫败感,痛失亲友……诸如此类的悲剧。有时候,当局者为什么会感到绝望,旁观者是难以理解的,"他已经拥有一切了呀!"

第三类原因就如安德鲁所说:活得百无聊赖。即使在人类活不到两三百岁的时候也有因为无聊而自杀的案例,数量当然是很小的。但随着人的寿命不断加长,提到"无聊"的自杀遗书也就越来越多了。

第四类自杀原因是"无法想象死亡的滋味,只能亲身尝试",这类自杀人群当中多数是小孩。在许多富足的工业化社会里,十几岁的青少年自杀率稳步上升。而那些自杀未遂的小孩告诉调查者,他们自杀前都会详尽地幻想着死后回来观看自己的葬礼,或者报复生前折磨过他们的人:"我要让他们知道,一旦我不在了,他们就会想念我了。"

这就是为什么我一直说也许有第五个类别。有些人自杀其实是为了摆出一种"姿态",不管成功与否,这种自杀能不能自成一类呢?我也拿不定主意。有多少自杀者其实是通过这种极端的方式来呼救呢?各大权威机构对这个问题有不同的解读。在某种意义上,所有的自杀行为都可以理解为当事人向某个神祇求救:帮我消除痛苦吧,帮我找到真爱吧,帮我找个活下去的理由吧,帮帮我,我好难受……

我说也许有五个类别,是吧?其实,也许还有第六类。

第六类可能是我所说的"生命的季节"。我们当中大多数人私底下都迷信命理学,也许在潜意识里还是星相学家呢。我们着迷于生日、年龄,以及各式各样的周年纪念日。你已经三十多岁了,你已经年过不惑了,你已经七十好几了,你已经是百岁人瑞了……过去人们的平均寿命不超过八十岁,所以人们说起那些日子时,当中所包含的意义要比现在丰富得多。比如说,四十岁是一个关卡,表明你的人生已经过半,是时候回首检视一下上半辈子到底过得怎样——通常你会发现自己完全不知道那些岁月都蹉跎到哪里去了。要是你能熬到九十岁,那你就已经活够本儿了,你的人生只剩下一件有意义的事情:选定自己棺材板的颜色。

在过去,人们在过整十生日的时候,压力特别大;时至今日还是一样。在研究过程中,我经常遇到这样一个说法:"中年危机"。这个说法盛行的时候,人类的"中年"还是在四五十岁左右,要是有人能活到带着两个零的岁数,绝对是了不得的大事儿,甚至还能上报纸呢。我研究的数据表明,虽然现在一百岁只算中年,但这个数字的意义依然非同凡响。你可以是八十几岁,可以是九十几岁,却不可能是几百岁。"几百岁"这个说法目前还很少人用,人们常用的是"超过一百岁",或者"超过两百岁",很快就会有人"超过三百岁"了。可人类每跨过这样一个魔法般的百岁里程碑,那个年龄段的人群的自杀率也会随之递增。

我对这个统计结果特别感兴趣,因为……同学们,希尔迪说她今年多大岁数来着?哎呀,大家踊跃举手呀!别来来去去都是那几位积极分子嘛。

我也不知道这样的研究工作能够帮我发掘出多少真相,可是这个项目至少让我有事可做啊!我打算就这样一直坚持做下去。除了吃饭睡觉,我一天到晚都泡在图书馆里,简直成了这里的土地神。可是到了第四天,我脑中突然灵光一闪:是时候出去走动一下了。我迷迷糊糊地走着,突然发现自己已经回到了得克萨斯。

我一直在想,接下来我的命运会是怎样呢?自我从斯卡帕岛回来后,死亡就如影随形地跟在我每一个脚印后面:地球大卫、西尔维奥、安德鲁、涅槃度假村的一千一百二十六条冤魂……另加三条雷龙。我这张死亡名单有没有漏了谁呢?还会有好事情发生在我身上吗?

在东躲西藏的日子里,我发现了一条进入得克萨斯的秘道,现在我就是沿着这条路，神不知鬼不觉地潜回了园区。我不想在奥斯汀镇上碰到熟人，因为我不想跟他们解释我为什么要放火将自己的木屋给烧了。连我自己也不知道为什么，你让我怎么跟他们解释？当我从另一个方向走近我家小山坡时，竟然看到山上有一座木屋——所以我的第一反应是：我肯定是迷路了。然后我又想，我经历了那么多磨难，现在终于疯掉了！因为我并没有迷路，我已经来到了我要来的地方，而木屋完整无缺地立在前方，可是我明明亲眼看着它被熊熊烈焰整个儿吞没了呀！

经历这种事的人，原来是真会觉得头晕目眩的，于是我慢慢坐下来定一定神。歇了一会儿，我发现了两件有趣的事情。第一，木屋的位置跟原来不太一样，应该是往坡顶移了三米左右。第二，坡底有一小片我称之为"小峡谷"的凹地，现在我突然看到小峡谷里放着一堆烧成了黑炭的木料。就在我四处张望的时候，第三件有趣的事情出现了：一头负重的驴从木屋侧面走出来，瞥了我一眼，然后把脑袋伸进一个水桶里。那个水桶被木屋的阴影遮盖着，所以我刚才没有留意到。

我站起来，向木屋走去。就在这时，一个人从前门走出来，开始把驴背上的重物卸下来放在地上。他在屋里的时候肯定已经听见我的声响了，因为他抬头看我时并没有惊讶，只是咧开掉光了牙齿的嘴对我笑了笑。这人我认识。

"老面！"我大声招呼他，"你在这儿干吗？"

"晚上好，希尔迪。"他说，"希望你别介意。我才回到镇上，就被他们派到这里来了。他们让我在这儿待几天，要是你回来了，我就去通知他们。"

"我怎么会介意？你要来随时欢迎啊！咱俩谁跟谁，我家不就是你家吗？只是……"我停顿了一下，擦擦前额的汗，再次打量这座木屋，"我的家已经没了呀。"

他挠了挠痒痒,往地上吐了一口。

"呵呵,那我就不清楚了。我只知道迪伦镇长说过,要是你在这儿出现,我不赶回去通知大伙儿的话,他就把我和玛蒂尔达的皮给剥了。"说着,他深情款款地拍了拍驴子,掌下扬起一团烟尘。

老面说话时刻意学用以前美国西部的口音和俚语,有点用力过猛了。可是我觉得无论他怎么做也不为过,因为他是一个真正的自然主义者,可不像沃尔特只是装装样子。

老面信奉的教派跟基督教科学派有点类似。他们生病的时候愿意接受治疗,而不会祈祷上帝让他们康复。他们拒绝器官再生术,宁愿顺其自然地老去。等他们年纪很大了,需要各种外来辅助手段才能维持生命——按照老面的话说,"太特么麻烦了"——他们就宁愿好死也不要赖活。

他们这样做还有钱赚呢。古物保护委员会每年都给他们每人发放一小笔津贴。原因是这样的:政府希望保留一个小规模的对照组,里面的个体都不使用最先进的现代医疗技术。这种做法会导致道德上的争议,现在有人自愿这样做,政府避免了麻烦,当然求之不得,所以就给点钱表达谢意。

有一批为数不多的探矿人在西得克萨斯漫游,寻找矿藏,老面就是其中一员。其实,他能找到金银矿脉的概率很小很小——实际上是零,因为这个园区在建造时,本来就没有把埋设矿藏计划在内。可园方向我们保证,得克萨斯境内埋藏着三个钻石矿,只是至今还没被发现。于是老面(还有其余三四个探矿人)拉了赞助,骑着驴子,带着鹤嘴锄等工具,在园区里四处探索。我猜他们心里其实并不希望找到钻石,因为就算找到了,你手里攥着一大把钻石又有什么用呢?这收获跟付出不成正比呀。

以前我曾问过老面这个问题。后来我才知道,在仿古迪士尼乐园问这种问题是不礼貌的。

"我告诉你吧,希尔迪。"他却不以为忤,"以前我做一份自己不太喜欢的工作,一干就是四十年。你听我这样说,一定以为我是笨蛋,对吧?其实我一点也不蠢。等我不干了,我才意识到自己多么讨厌那份工作。退休后我来到这里,一下子就爱上了这里的阳光、酷暑和旷野。我发现自己慢慢失去了与人交往的兴趣,现在我只能待在人少的地方。可是我过得很开心,有玛蒂尔达陪伴就够了。至于探矿嘛……只是让我有点事儿做做罢了。"

实际上,玛蒂尔达好像成了他生命中唯一的牵挂了。他担心自己死后驴子怎么办,所以他总是问人愿不愿意帮忙照料,以至于现在新奥斯汀过半数的居民都已经答应将来会领养这头该死的驴子了。

老面看起来比亚当的爷爷还老。他的牙齿全没了,头发也快掉光了。他骨瘦如柴,身上的皮肤皱皱巴巴、松松垮垮、斑斑驳驳,指关节肿得像一颗颗核桃似的。

其实他只有八十三岁,比我还年轻十七岁。

我本来还以为他是个文盲,原来的工作是运煤搬砖之类的苦力。然后朵拉告诉我,老面以前是火星第三大企业的董事长,他退休后来月球是冲着这里的引力小。

"老面,这里发生什么事情了?"我问道,"这片地我又没有卖,谁有权进来建东西?"

"这我也不大清楚。你知道我这人,希尔迪,我整天都在山里晃悠,怎么知道镇上发生的事情呢?不过我告诉你一个好消息吧,姑娘,我的宝藏有眉目了。"

他开始唠唠叨叨地说下去,我根本就没仔细听。反正像老面这些探矿人,成天都说这儿有眉目、那儿有眉目的,我都听腻了。我绕着木屋仔细看,它跟我之前建好又烧掉的那座房子没什么两样。可从一些特别细微的差别中看得出来,建造这座木屋的人比我的手艺要好。房子的尺寸是一样的,窗户的位置也相同,可新房子看起来就是结实一点。我走进屋里,老面紧跟在后,还在絮絮叨叨地说他很快就会发现的那个藏宝洞。屋里还是空荡荡的,只有窗户前挂着明黄色的棉布窗帘,比我原来装的那些更好看。

我又走到屋外,依然是丈二和尚摸不着头脑,低头往山下看时,猛然发现新奥斯汀镇的来路上有一条长长的人龙,龙头已经来到了山前。

接下来的半小时是一片混沌。

黄昏时分,十几辆大马车齐集木屋门外,每一辆都载满了人、食物、酒和其他好东西。人们一下车就开始干活:燃起篝火,挂起一串橙色纸灯笼,清出一片空地给大伙儿跳舞。有人把酒馆的钢琴运到这儿装好,然后站在旁边摇手柄。还有人在弹五弦琴,有人拉小提琴,水平相当烂,可是大伙儿都不介意。我还没搞清楚这是怎么回事,盛大舞会就隆重开场了。与此同时,一只烤全牛在火堆上缓缓转动,滚烫的烧烤汁滴进火里,发出滋滋啪啪的声响。人们搭起一条大长桌,上面摆着一只只宽口玻璃罐子,里面装满了曲奇、糕点和果脯。还有一个镀锌的大冰桶,里面塞满了一瓶瓶啤酒;人们纷纷从冰桶里拿酒出来,有人仰脖子牛饮,有人一口一口慢慢呷。来自阿拉莫酒馆的小姐们翩翩起舞,一时间大腿飞扬,衬裙和长筒丝袜在火光映照下闪闪发亮。男士们围成一圈,拍手、喝彩、起哄,有些家伙还蠢蠢欲动,想溜进场中跟女士们一起跳方块舞。我在新奥斯汀镇的朋友们都来了,还有很多我不认识的人也来了,可我依然不知道为什么会这样。

趁着人们还没醉倒,迪伦镇长跳上一张桌子,对着天空开了三枪,大伙儿很快就安静下来了。镇长大人摇摇晃晃的,如果不是两旁有美女搀扶着,他早就一头栽下来了。镇上臭名昭著的酒鬼,除了医生就数镇长了。

"希尔迪,"他字正腔圆地说道。要是把他扔回过去的话,一千年内随便哪个政客一听这语调就会认出他是同道中人,"新奥斯汀镇的各位善长仁翁听说了你的悲惨遭遇,大家都觉得不能袖手旁观。对吧,各位?"

众人高声欢呼作为回答,然后又是一阵狂饮。

"我们知道城里人是怎么做的,他们找保险公司报销,要填各种乱七八糟的破表格。"说到这里,他打了一个雄壮的饱嗝,继续说道,"呵呵,我们这儿可不一样!我们西得克萨斯的精神是:一人有难众人帮!"

"镇长先生,"我试探道,"有一件——"

"闭嘴,希尔迪!"他打断我的话,又打了一个响嗝,"不!我们跟城里人不一样!各位好朋友,你们说对吧?"

"对!"新奥斯汀镇的人们齐声附和。

"对!我们不是城里人!在我们这里,一个人的不幸就是所有人的不幸。希尔迪,有些话也许我不应该说,可是在你刚来的时候,我们当中有些人猜你一定是那些周末度假客。"他用大拇指一戳自己胸口,弯下腰来,又是一个趔趄,几乎摔倒。他两眼圆睁,都快凸出来了,好像要看我敢不敢不信他接下来要说的一番惊世骇俗的话,"我猜你一定是一个周末度假客,希尔迪,是我!马修·托马斯·迪伦镇长,在这个伟大的小镇做了将近七年的镇长。"他好像演戏似的缓缓垂下脑袋,然后猛地抬起头,仿佛脖子装了一个弹簧,"可是我们都错了!在过去这段时间里,你向大伙儿证明了你是一个真正的得州人!你亲手建了一座木屋,你还来镇里跟我们一起吃喝什么赌。"

"赌?呸!"老面嘟囔着骂道,"才不是赌呢!"顿时引来哄堂大笑。

"迪伦镇长,"我恳切地说,"请允许我说——"

"先等我说完！"他和蔼可亲地咆哮着，"四天前，不幸发生了。这么说吧，希尔迪，我们当中也有人跟外面的世界保持着一定程度的联系，我们也是与时俱进的。我们知道你在外面失业了，估计你是想来我们这个'上帝的国度'重新起步。在你原来的那个世界里，人们肯定会在背后说三道四，说多么多么可惜啊。可是得州人从不这样！希尔迪，得州人是这样子的！"说着，他猛地一挥手臂，抡了一个大圆，应该是想指向那座崭新的木屋吧。可是这一次他真的从桌面摔了下来，还连累那个搀扶他的酒吧女郎一起栽倒。不过他嗖的一下又蹦起来，好像从水底浮起的软木塞似的，镇长大人的威严丝毫无损，"这，就是你的新家！这，就是你的入伙庆典！"

其实他站上桌子不久我就猜到了。天哪，我这时候真是百感交集，我怀疑人类历史上没有哪个女人像我现在心情这么复杂。

我不知道这一晚我是怎样熬过去的。

镇长大人的演说结束后，大伙儿开始向我赠送入伙的礼物，真是包罗万象，应有尽有。我的前妻朵拉给我送来了极具象征意义的面包和盐，杂货店老板送了一只全新的铸铁炉子。有人送了一张摇摇椅和两头猪，那两头猪趁乱四处逃窜，大伙儿嘻嘻哈哈地围追堵截。有人送了一张新床和两床手缝的被子，还有苹果派、壁炉用具、一卷铁丝网、一套陶瓷茶具、几块用猪油熬制的肥皂、一袋钉子、五只鸡、一只铁煎锅……清单简直无穷无尽。方圆几英里内的居民，无论贫富，都给我送了东西。一个小女孩走过来，把她亲手编织的一个茶杯保温套递给我。这时候，我终于忍不住放声大哭。其实这算是一种释放，因为我一直拼命保持着微笑，撑了好久好久，感觉我的脸都快要撑爆了。我哭的时机极佳，效果也很好，每个人都被感染得热泪盈眶，纷纷上来拍拍我的后背，以示安慰。

接下来，盛大的夜宴隆重开始了。桌上的碟子堆积如山，人们把烤牛肉切成一片片，跟豆子一起放在碟子里。各人端着自己的碟子随处坐下，埋头大嚼。大家纷纷过来向我敬酒，他们给什么我都一饮而尽。虽然开怀畅饮，可是我始终没有喝醉的感觉。其实我或多或少还是有点醉了，因为那个晚上剩下的时光在我记忆里变成了一个个不连贯的片段。

在其中一个片段里，我、镇长还有老面并肩坐在篝火旁的一根大圆木头上；在我们的背后，人们正欢快地跳着方块舞。我们仨肯定是在聊天，不过我想不起聊的是什么。这个片段是从镇长的一句话开始的：

"希尔迪，有一次我们几个人在阿拉莫酒馆里喝酒聊天。"

"还好意思说呀，迪伦镇长！"一个正在我们身后热舞的姑娘嚷道，然后旋转着飘然而去。

"哼……"镇长说，"我需要不时去酒馆蹲一下点，体察一下民情呀。你懂的。"

"我当然懂，迪伦镇长。"我附和着说。这家伙每天都去酒馆，总是坐在同一个座位，一坐就起码六小时。要是他去那里真是为了体察民情的话，那么新奥斯汀镇的人们可以算是民主制度问世以来最受关注的选民了。也许这能解释为什么他总是以压倒性的票数当选——当然了，也许真正的原因是参选者只有他一个。

"希尔迪呀，我们的共识是，"他又打起了字正腔圆的官腔，"你不是做农民的那块料。"

这应该不算是什么新闻吧？首先，我怀疑自己根本就没有料理农务的天赋；其次，我本来就没打算干农活；而最重要的是，在这个名为"西得克萨斯"的超级无敌大气泡里，经营农场成功的先例一个也没有。要办农场，你需要大量水。在这里，你能耕种一个小菜园子，能放牧——放羊是最好的——和养猪，可是经营正儿八经的农场，没戏。

"我觉得你说得对。"我说着，捧起手中的宽口玻璃罐子喝了一大口。这时候，牧师在我身边坐下来，也从自己的玻璃罐子里喝了一口酒。

"我们不太确定你是不是打算在这里常住。"镇长继续说，"不管你常住与否，我们都不想给你压力。也许你打算在外面找别的工作？"他扬起眉毛，然后举起了手中的玻璃罐子。

"我没有这样的打算。"

"这个……"他似乎想继续往下说，可是脸上尽是迷惑的神情。我也曾经像他这样喝醉过，知道他此刻的感受：这家伙根本不知道自己接下来想说什么。

"镇长想说的是，"牧师不失时机地接上话头，"整天泡酒馆和赌博，这种生活没好处呀。"

"赌博？呸！"老面又表态了，"这位小姐才不赌博呢！"

"老面闭嘴！"镇长说。

"哼，她可没在赌博！"老面不依不饶地说，"上次是什么时候来着？还不到三个星期前，她掀开了第四张A，赢了全场最大的一注，我就知道她肯定在出老千！"

这种话，如果不是从老面嘴里说出来，绝对是一场斗殴的导火索。要是有人在阿拉莫酒馆里说这样的话，人们当场就会掀桌子，然后开始拔枪对射。生产空包弹的厂商固然会乐开花，坐在附近桌子的游客也能大饱眼福。不过现在既然这句话是老面说的，我决定不和他计较——关键是他说的没错，我确实出了老千！顺便补充一句，当晚全场最大的那一注其实只有三毛半。

"你冷静点。"牧师说，"如果你觉得有人作弊，当时就应该指出来嘛。"

"我指不出来。"老面说,"我不知道她是怎么做的。"

"那可能人家根本就没出老千。"

"她肯定出老千了!我知道我发给她的是什么牌!"他得意扬扬地说。

镇长和牧师尴尬地对望了一眼,决定岔开话题。

"镇长想说的是,"牧师又来了,"也许你可以在得克萨斯找份工作。"

"其实,"镇长凑上来,直勾勾地盯着我的眼睛,"我们镇的小学正好要请老师,如果你愿意来任教就太好了。"

我听了第一反应是:让我站在一帮小屁孩跟前教他们东西——等月球停止转动那天吧,也许我会考虑做这样的蠢事。但我发现他们竟然是说真的,那么我当然不能把这么难听的话说出来了,于是我回答说会认真考虑的。他们听了这么敷衍的话,却也心满意足了。

我又记得跟朵拉坐在一起,我搂着她,她哭成了泪人。我忘了她为什么伤心痛哭,只记得她抱着我狂吻,死活不让我避开。后来有个兴致勃勃的小镇青年凑上来,我才终于把朵拉塞进他怀里。就这样,我的新床第一次派上了用场。整晚下来,这张床得到了充分的利用,然而用户并不是我这个真正的主人。

不过在那之前(肯定是在新床开光之前,因为我记得当时那床是空的,在这个一居室的小木屋里,有人在干那事儿,没理由看不见吧?),我在屋内开班授徒,把远近驰名的希尔迪饼干的独门秘方传授给一堆人。我们生炉子,把原材料都备好,然后开始烘焙。一晚下来,我们烤了好几批饼干。我示范烤出了第一批,剩下的全是我那帮跃跃欲试的学徒做的,到最后这些饼干被吃得一片不剩。我特别想为这些人做点什么。我隐约记得,按照习俗,在新人入伙派对上,主人家应该为来宾提供饮食。可他们都自带吃的,那我还能做什么呢?只要有的我都愿意给他们,什么都愿意给。

唯一缺失的是一个舒适的茅厕。他们在一个合适的位置挖了一个虽然能用却很粗糙的茅坑。考虑到今晚的啤酒摄取量,估计这茅厕的使用率远高于我的新床。当天晚上最恐怖的一刻就发生在茅坑这儿。当时我正蹲着使劲儿,突然,一个平静的声音在我耳边响起:"木屋是怎么着火的,希尔迪?"

我吓得几乎一下子跌进坑里。当时太暗,我看不清那人的样子,只看到一条长长的身影在黑暗中微微晃动——其实大伙儿喝多了,几乎每个人都站不稳。不过我觉得好像认得他的声音。事情到了这个地步,要向他坦白是不可能的了,于是我说我也不知道。

"真是天有不测风云,人有旦夕祸福。"他说,"肯定是因为你生明火煮东西的缘故,所以我送了你一个炉子。"不出所料,果然是杰克,杂货店老板,也是镇上的首富。

"谢谢你,杰克,那个炉子真是精品!"我好像看见他耸起双肩,然后我听到了拉拉链的声音。我和杰克并不熟,只是在酒馆里跟他打过几次牌。他总喜欢说最近店里进了什么新货,上星期卖了多少罐泡菜,镇政府应该沿着国会街铺设木板人行道,而且要一直连到教堂才好。他是一个生意人,也是一个公共事业积极分子,为人古板,没有想象力,我向来没什么兴趣跟他交往。所以当他驾着马车停在我门外时,我不禁大吃一惊。那个炉子就搁在马车上,表面打磨得闪闪发亮,一看就知道是宾夕法尼亚某个铸造厂的杰作,堪称这个历史时期工程学上的奇迹。

"你建木屋的时候,镇上有些商人讨论过一件事。"他说。我一下子不知道他要说什么了。"我们觉得新奥斯汀镇发展到今天,旧的那一套'水桶人龙灭火队'的消防制度已经过时了。三年前——那时候你还没来——镇上的学校就给烧成了灰烬。有人说是学校里的熊孩子干的好事。"

听了他的话,我一点也不觉得奇怪,因为我完全同意他的看法。我站起来整理裙子,心里觉得很尴尬,想着刚刚要是我在别的地方方便就好了。可我欠了杰克那么大的人情,至少应该听人家把话说完吧。

"当我们赶到现场时,火势已经太大,再多水桶也无济于事了。"他说道,"我们只能袖手旁观,眼睁睁地看着学校被烧毁。所以镇上有些商人发起募捐,筹钱买一台蒸汽泵消防车。我告诉他们,现在宾夕法尼亚有家铸造厂已经能够生产质量很好的蒸汽泵了。"

得克萨斯园区一切用品几乎都是从宾夕法尼亚园区购买的。说到历史主题公园的生意,他们起步比我们早多了。估计杰克在下一次得克萨斯工商协会开会时就会提出这个议题:如何通过发展本地区轻工业来扭转与宾夕法尼亚的贸易逆差。毕竟在这个历史时期,西得克萨斯地区能出口的就只有火腿、牛肉、羊奶,以及西部电影的场景了。

他拉好裤链,我们开始并肩走回派对。

"你是觉得要是当时我们有蒸汽泵消防车的话,我那个木屋就有救了?"

"呃……不,还是救不了。试想一下你跑回镇上报火警,然后大伙儿出发赶过来,中间要耗费多少时间?再加上你这里没有井,就算我们把蒸汽泵消防车开过来,也没有足够长的水管去连接最近的水源……"

"我明白了。"其实我不明白他为什么说这些话。我隐约觉得他跟我说这些话是有所求的,不过现在发生太多事情了,他的企图再明显我也看不出来。

"我得承认,这消防车只能在镇里用,可我觉得这笔钱是值得花的。万一哪次火灾不受控制的话,整个镇都会被夷为平地。你也知道,这种灾难在老地球上是发生过的。当然了，我们也不指望你们这些住在镇外的居民愿意——"

我心中顿时一片雪亮！我连忙打断他的话，说没问题啊，杰克，我当然愿意出钱了。我就出……你们通常每人出多少钱？才那么点？对，你说得对，这钱花得太值了。

于是我和他握手，算是一言为定。我突然发现自己挺喜欢杰克的，同时又很同情他。虽然这人很无趣，可他确实是全心全意为大伙儿谋福祉。而我为什么同情他呢？因为他来错了地方。杰克总是想方设法让新奥斯汀镇"进步"，无奈在这个地方，进步不但不受鼓励，甚至还是被禁止的。当局制定了专门的条例限制西得克萨斯地区的发展，原因当然很合理：他们建这个主题公园，并不是为了把它变成王城的一座卫星城市。

可总有像杰克这样的人来了又走、走了又来——这是朵拉说的。他们住了几年就会提出铺设电网的大计，接下来便是高速公路、机场、保龄球馆和自动点唱机。迪士尼乐园董事局当然会否决他们的宏图伟略，然后他们就悻然离开，对这个世界的怨恨又增加了一分。

这种人为什么第一时间会来呢？因为他们追求一种自由的幻觉，同时他们不满规模较大的社会里反而缺少让私营企业蓬勃发展的机会。杰克要是生在沦陷前的地球，肯定能成就一番事业。可他出生在月球，在这个全新的社会里，人类对外发展的空间极其有限，他天生的企业家本能实在没有用武之地。

连你也这样说？希尔迪？说一下你自己吧，大记者！说说为什么你要在这片荒原里建造一间孤零零的木屋？还不是因为你心里总隐隐约约觉得被困在牢笼之中，觉得你从小到大的每个梦想都受到无穷无尽的束缚？你只是一个专门扒别人丑闻的狗仔，你有什么资格同情杰克？没错，我们的社会经济命脉是由一个电脑系统操控的，所以有数不清的条条框框和枷锁。要是你说他来这个像玩具般的牛仔小镇定居就是为了挣脱那些枷锁,那么你呢?你觉得是什么把你带到这儿来的呢?

杰克和我有一个共同点:我们都没想清楚就来了。

其实,我依然热爱新闻事业,可是新闻事业辜负了我。我应该出生在厄普顿·辛克莱、威廉·兰道夫·赫斯特、鲍勃·伍德沃德和卡尔·伯恩斯坦、琳达·贾菲、波利斯·也门科夫[1]等传奇人物的时代。我本来可以成为一个伟大的战地记者,可是我的世界里并没有战地供我采访;我本来可以成为一个专门揭黑幕的斗士,无奈月球上可以让我深挖的只有一些明星的花边新闻。揭露政治丑闻?呵呵,还操那个心干吗?当大部分政府职能在不知不觉间被电视取代之后,政治话题就再也不是热点了。这种转变本身就是一个很好的新闻素材,可惜根本没人会关心。中枢电脑把这个世界治理得井井有条,超越了人类历史上任何一个政府,我们还瞎折腾什么呢?我在十几二十岁时读过很多关于老地球的书籍,跟那个喧闹、混乱的旧世界相比,我们现在的所谓"政治"简直是小孩子玩过家家时的争吵。那么剩下来给我的还有什么呢?只有黄色新闻当中最黄色、最下三滥的素材,而且都是些真假参半的东西。

带着满脑子的杂念,我回到了熊熊燃烧的篝火旁——正在火焰里燃烧的是旧木屋残留的最后一点木料。人们开始陆续告辞,我送别他们的时候,向每一个人致以最温暖的谢意;可是那些念头依然萦绕在我心头,就躲藏在我的笑脸之下。当最后一位来宾醉醺醺地爬上自己的马车时,我得出了一个结论:是这个世界辜负了我。

带着这些想法,我走进了夜色中的山野。不久前,我在一座小山

---

1. 以上均为19至20世纪美国传媒界的名人。

的山顶挖了一个坑,还在坑外摆放了几块石头做记号。现在我把那个坑重新刨开,挖出一个粗麻布做的马铃薯袋子。麻袋里有一个密封的塑料袋,塑料袋里有一个油布包。终于,我要取的东西出现了——珍藏在潘多拉袋子里面的不是希望,而是一件丑陋的小东西。这东西我只碰过一次,当时是为了让布兰妲见识见识。这东西有一根用蓝钢做的短粗管子,上面印着"史密斯＆威森[1]"几个字。

残酷的世界,我又要出手了,看招吧!

此时此刻,还有什么东西能阻止我将自己一枪爆头,让脑浆洒在得克萨斯的山艾丛中呢?当然没有。可是……

我还是不能说服自己。

就当我是理性过度吧,可我总是隐隐觉得,虽然我现在身处一个荒无人烟的偏远角落,可中枢电脑总有办法将我揪出来,然后派救兵在最后一刻及时赶到……要是我把枪口抵住太阳穴,会不会突然出现一个藏得很深的小机器人,一下子把我的手拉开呢?这些东西是存在的,毕竟得克萨斯地区太小了,没有外力帮助的话,无法形成一个自给自足的生态圈。

事后回想起来(没错,这一次我还是没死成,不过你早就应该知道了),你也可以说我其实是担心自己的行动太突然,以至于中枢电脑没有足够时间安排人手来救我,所以我制订了一个更复杂、更容易失败的自杀计划。这个结论其实基于一个假设:我的自杀只是一种姿态,是发出求救的信号。你这样说我没意见,不过我真的不知道实情是什么。我之前的几次自杀到底是出于什么理由,现在已经不可考了——怪就怪中枢电脑在我脑子里瞎折腾吧。唯独这一次我记得清清

---

1. 美国最大的手枪军械制造商,以左轮手枪闻名于世。

楚楚，在那一刻，我觉得自己是铁了心要结束这一切。

我决定不在得克萨斯自杀，还有另外一个原因——一个更站得住脚的原因：我不想曝尸荒野！让我的朋友们看到固然不好，要是被土狼先发现，那就更糟糕了。

DIRECT INTERFACE

THE SECRET OF LIFE

人机直连：生命的秘密

不管出于什么目的，反正我把手枪妥妥地藏在身上，然后找了一家"户外"用品店，买了我生平第一套增压服。反正只用一次，我当然买最便宜的——将吝啬进行到底嘛！我把增压服折起来，刚好塞进那个像钟形玻璃罩大小的头盔里——在解剖课上，他们就是用这种器皿来展示人头的。

我夹着装有增压服的头盔，来到最近的一个气密锁，租了一个小号氧气瓶，然后穿戴整齐。

保险起见，我走了很长一段路。我把莉齐的所有干扰装置尽数打开，感觉自己已经逃离了中枢电脑的监视。这附近没有人迹，我坐在一块石头上，缓缓地环顾四周。然后我深深地吸了一口气，这套崭新的增压服内部气味很干净，也很新鲜。我举起手枪，把枪口对准了我的脸。

我不想变卦，也没有后悔。

增压服的手套太厚了，我很艰难地用拇指钩住扳机。然后我开枪了。

击锤抬起来，重重地往下一砸！

什么事也没发生。

讨厌！

我笨手笨脚地推开转轮弹仓，看看是什么状况。只见里面只有三发子弹，而击锤在其中一颗子弹的末端，敲得凹进去一块。这子弹为什么打不出去呢？因为这是一颗臭弹吗？还是因为别的什么原因？我把转轮弹仓复位，决定试射一枪，看看这枪的机械装置能否正常运作。

只见击锤抬起来，重重地向下一砸。枪在我手里猛地一跳，几乎脱手而出，可我并没有听到枪声。过了好一会儿，我才后知后觉地意识到，刚才我已经开枪了，而我竟然还蠢蠢地等着那砰的一声枪响呢。

我又一次摆好了作死的姿势。只剩下一颗子弹了，我可不想回去哄莉齐多给我几颗子弹，哪怕想一下都让我头痛。但如果被逼得走投无路，我肯定会回去找她！这贱人卖了一颗臭弹给我，她欠我的！

这一次，我确确实实听见枪声了，而且我还亲眼看见了一个世间罕见的奇景：我眼睁睁看着一颗子弹从枪口飞出，正对着我自己的脸射过来。当然了，刚开始的时候我是看不见子弹的。可当我耳中的轰鸣声平息之后，我使出"斗鸡眼"大法，只见一颗压扁的子弹头嵌在我头盔的硬塑料面罩上——这东西硬是在面罩里钻出了一个星型的小坑。

我做梦也想不到这头盔的面罩竟然能挡子弹！其实正规来说，这套增压服的安全级数还没达到防御流星袭击的强度。看来我们产品的质量比想象中更好嘛！

紧接着发生了一件奇特的事情（全过程不会超过三四秒）：面罩上出现了许多细小的六边形，连成了一张蜘蛛网似的图案。我还有闲暇抬起手碰了碰那颗子弹，心里想起了涅槃度假村惨案。这时候，三颗很小的六边形透明薄片从面罩上飞了出去。在这个好像无限漫长的瞬间，我凝视着它们翻滚着离我远去……突然，我肺部的空气一下子被抽走了，两个眼珠子拼了命地往外凸，我还像得克萨斯那位镇长一样打嗝。紧接着，我开始感觉到疼痛了。我童年最害怕的怪物——偷气怪——已经钻进了我的衣服，正往我身上拱呢！

我从石头上摔下来，仰面朝天看着太阳。就在这时，不知从哪里伸过来一只手，啪的一声，把一块补丁黏在了我面罩的洞上！紧接着，气流嘶嘶地从紧急供氧系统灌进增压服里，我整个人一下子就"被站直"了。然后我开始（等等，哪儿来的紧急供氧系统？算了，先不去想了）身不由己地跑起来——其实我是被一根绳子拖着向前飞奔。只见一个穿着太空服的大个子扯着绳子的另一端，像拖玩具似的拉扯着我跑过被炸得坑坑洼洼的地面，朝着军乐飘来的方向狂奔。我身边的泥尘不断溅起，又像暴雨般劈头盖脸地砸下来(军乐？哪儿来的军乐？算了，先不去想了)，我这才意识到有人正在向我们开火呢！突然，我想起刚才发生什么事情了：我是被阿尔法星人的愚人射线击中了！很久以来这种武器只是一个传说，从来没有在这场旷日持久的战争中派上用场。我正是被敌人的这种阴毒武器催眠，丧失了意志力和记忆力，几乎把自己一枪爆头！幸好，在千钧一发之际，我的老朋友……（他叫什么名字来着?）箭人！（多谢提醒）是箭人出手救了我！箭人总是那么厉害，他（愚人射线？你不是在说笑吧?）装嵌了一台反愚人射线装置，使敌人的恶毒武器失效，并在最后一刻把我从鬼门关捞了回来。可我们还没逃出树林呢！在一阵不祥的低沉乐声中，阿尔法星人的舰队出现在地平线上。跑快点，希尔迪！箭人转过身来看着我，一边吼一边打手势。这时候，我看到我们的飞船原来就在远处等候着。这是一艘饱受战火摧残、已经千疮百孔的破旧飞船，靠着从四处搜刮回来的太空垃圾和塑料粘合剂拼凑在一起，勉强支撑着。可你别看它破，它还能跟阿尔法星人的舰队拼一下的。我们的飞船叫，叫（喂，我在等提示呢!），叫"黑鸟号"！如果所有动力全开的话，它绝对是两个星系里速度最快的飞船！曳光弹在我们身边飞舞，划出一道道电弧，我们（等等，先往回倒一点!）……就在我们跟阿尔法星人的巡逻队发生冲突之前，我们在冥卫五上挖出了史前外太空人埋下的炸弹。这些炸弹在低温静态场的保护下完好无缺，天才的箭人从中发现了一些秘密黑科技，并用来改装我们的飞船，所以"黑鸟号"才能飞那么快（行了，交待够了）……曳光弹在我们身边飞舞，划出一道道电弧，我们眼看就要跑到"黑鸟号"的气密舱入口了。突然,一颗炸弹在箭人脚下爆炸,他整个人飞起来,转体翻腾三周半,再重重摔下来,躺倒在飞船边上。箭人伤得很重,满身鲜血,颤抖着向我伸出一只手。我疾奔到他身边跪下来,耳边响起了一段弦乐,悲伤的音乐当中飘荡着一支孤零零的长笛之音。别管我,快走吧,希尔迪。他的声音从我太空服的通话器中传出来。我不行了(曳光弹?冥王星?这桥段也太烂了吧!)。我不忍心扔下他,但是敌人的子弹在我身边乱飞,虽然都没打中,可我不能一直指望阿尔法星人总是瞄不准吧?我实在没有别的办法了,只能怀着满腔愤怒,纵身一跃,跳回了"黑鸟号"。这时候,画外音响起来,我用坚定的语调对箭人说:迈尔斯,你安心去吧,我会替你报仇的。我的声音自带一段铜管乐器演奏的背景音乐,还略有一点点回音效果。所谓人无完人,箭人当然也有犯贱的时候,有时候把我气得想亲手弄死他!可现在有人害死了我的拍档,我肯定要为他报仇!我猛地一推开关,启动了"黑鸟号"的超光速推进系统。这艘旧飞船剧烈抖动着,发出尖锐的嘶叫声,一下子就跳进了第四维空间……

转眼间,一年过去了,我干了许多杂七杂八的事情,大部分都是一些不可思议的冒险经历——甚至比我那次"愚人射线历险记"更不可思议。呃,说是一年,其实只是估算的,因为我整天在第四维空间和超空间里跳进跳出,所有钟表都被彻底弄乱了。可是,在某个神秘的地方,有一个钟依然在精确地摆动着。有一天,我正在天仓五的小行星带里辛勤劳动,一抬头发现一艘飞船正准备降落——这艘不是阿尔法星人的飞船,因为它并没有触发我设置的警报器。所谓警报器,其实是我模仿鲁布·戈德堡[1]漫画里那些设备造出来的,要是阿尔法星人

---

1. 鲁布·戈德堡(1883—1970),美国著名犹太漫画家,个人风格显著,喜欢创作用复杂方法做简单小事的漫画,曾因政治漫画而在1948年获普利策奖。

进犯，这些设备应该会向我发出警报。虽然这些设备没有发出警报，但在我意识深处某个还残存着一丝理智的角落里，警钟已经敲响了。我放下手中的工具——我正在研制一个类似汤姆·斯威夫特[1]小说当中的设备，我把这东西命名为"巨鳄警铃"。这是一件很精巧的小设备，要是阿尔法星人养的太空巨鳄向我逼近，它就会立刻警告我。太空巨鳄是一种很恐怖的爬行动物，体积有（还在废话？到底有完没完？）……我放下手中的工具，站起来等待着。只见一艘小飞船呼啸着飞近，降落在我这个（哼，瞎折腾什么呀？）没有空气的小行星基地上。在嘶嘶声中，舱门打开，走出一个人：海军上将。他环顾四周，说道：

"啊！愿炎炎的诗神给我们灵感，一同上升到想象之最光明的天表[2]！"

"就这么一个破舞台，你还敢引用莎士比亚？"

"以世界为舞台，且——"

"且这个破剧要落幕啦！你别再浪费我时间了好不好？依我看，你已经浪费了一万分之几秒，我实在没空和你耗呀。"

"这么看来，你不喜欢这场戏喽？"

"天哪，我真是服了你了！"

"孩子们好像都挺喜欢的。"

我决定不答话。对付这种无赖，最好的方法就是无视，让他演独角戏去。我也不向各位描述他的样子了，因为这样做没有意义。

"对于患有某些精神障碍的病童来说，这类心理剧能够触动他们的内心深处，所以是有疗效的。"他解释道。看我没有接话，他又继

---

1. 汤姆·斯威夫特，系列美国少年科幻小说的主角。该系列于1910年问世，书中提及各种高科技设备，影响后世许多科幻作家和工程师。泰瑟枪TASER的全称就是Thomas A. Swift's Electric Rifle，即托马斯·A. 斯威夫特的电子来复枪。
2.《亨利五世》第一幕第一句。此译文来自梁实秋译《莎士比亚全集》。

续说下去,"和你这段经历相比,他们的疗程需要多花点时间。而且这种复杂的互动场景跟我以前的疗法不同,不能一下子扔进你脑子里。"

"你遣词造句真有一套。"我说,"这个'扔'字用得太好了!"

"整个治疗程序运行一遍需要五天以上。"

"听你这么说我真是乐坏了,行了吧?给我听着,你带我来这里,让我经历这么多东西,不就是想告诉我一些事情吗?我现在没心情跟你瞎扯,你想说什么就赶快说,说完给我滚!"

"没必要发这么大火吧?"

这时候,我突然很想抢起一块板砖砸他脸上!跟阿尔法星人打了一年的仗,我体内的暴力潜能早就被激发出来,现在随时随地都能动手!而且我愤怒是有道理的:在刚过去的这一年——我主观意识中的"一年"——里,我实在是吃尽了苦头啊!有一次,阿尔法星人的子弹打穿了我的膝盖,然后我太空服里的一个"安全设备"为了封住膝盖的创口,竟然硬是把的小腿给截肢了。那叫一个疼啊……不过还是那句话,我描述这些有什么意义呢?那种疼痛是无法用文字描述的,也不可能真正留在人的记忆里,人事后回忆起的痛远远比不上原来的强度。但此刻我记忆里的疼痛已经够强烈了,我恨不得把他千刀万剐!我恨他把我写进这样一个剧本里,让我体会这么惨痛的经历——那种强烈的恐惧感是很难忘记的。都是托你的福了,中枢!

"我们能弄走这条木腿了吗?"我问他。

"悉听尊便。"

要是你想体会一下什么叫"感觉怪怪的",不妨找机会试一下这招。他的话音刚落,我就立刻感觉到自己那条失联了六个月的左腿了。没有痛痒,没有痉挛,也没有烧灼感,只是上一个瞬间还不在,下一个瞬间就突然出现了。

"我们也不需要所有这一切了。"我提议道,同时向我的小行星基地一挥手。这里的地表遍布飞船的残骸,还有各种各样用塑料黏合剂和口水拼凑起来的简陋设备。

"在这地方,你找到喜欢的东西了吗?"

"这里唯一的好处就是没有你这样的白痴,可惜现在连这个好处也没了。我猜你不会马上消失的,既然这样,就请你把我换去别的地方,随便哪里都行,反正别让我想起这里就好了!"

我身边的一切立即消失了。取而代之的是一片什么都没有的无垠旷野,和一个繁星点点的暗黑夜空。在方圆几十亿英里内,我只看见两张简陋的椅子。

"呃,其实……"我说,"我们不需要天空,因为我会忍不住看有没有阿尔法星人杀过来。"

"或者我可以把你的'巨鳄警铃'也带来。对了,那台设备的工作原理是什么?"

"你这算是告诉我,连你也不知道啊?"

"像这个剧本,我只是提供一个大的框架,你必须用自己的想象力去补充具体的情节,让这个故事丰满起来。这也是为什么这种疗法对儿童特别有效。"

"什么?你说那些烂情节都是我自己加进去的?我不信!"

"你总喜欢看老电影,显然也记住了一些烂片的情节。跟我讲解一下巨鳄警铃呗。"

"你先把这天空给弄走行不行?"他点头答应了。于是,我开始努力回忆设计那个东西时的弱智想法,把我能想起的都罗列出来。原理其实很简单:太空巨鳄在很久以前吞了一个铯原子钟,我就是利用它肚子里的这个钟,通过合适的频率放大进程,远程监听那个钟的杂散辐射形成的有规律的嘀嗒声,我就能尽早得到预警……

"天哪,这桥段是来自小飞侠彼得·潘的故事,对吧?"我说。

"你童年最爱的故事之一。"

"还有之前的情节,箭人迈尔斯买了些什么东西……那也是一部旧片的桥段……你别说是哪部,我马上就能想起来……罗纳德·里根有出演吗?"

"是亨弗莱·鲍嘉。"

"想起来了!1941年的《马耳他之鹰》,里面有两个私家侦探,黑桃和箭人!"突然,我心里一片通明,不用他提示,我也能想起这个大杂烩里包含的每一部电影的桥段和演员。此外,在过去一年里,我的一举一动都伴随着一些能闷出鸟来的电影配乐,这时候,那些音乐的主题和乐句都清晰地浮现在我脑海里。被我抄袭配乐的电影和剧集不计其数,最旧的当数《贝奥武夫》,最新的是这个星期在月球多元文化中心播放的超长肥皂剧《大淘金》。你想知道为什么我没有详细描述这一年的冒险经历吗?原因就在这儿了。再举个例子吧:有一次,我挺直了腰杆站着,伸出一个拳头对着天空挥舞;我脸色凝重,两行热泪滚滚而下;我大声说:"上帝为我作证!从今以后,我再也不会挨饿了[1]!"那个场景我现在想起来就痛心疾首。

"天空还没删掉呢。"我提醒他。

他不但把天空去掉,还把我们身边的一切——除了两张椅子——也删除了。我们在一个空荡荡的白色小房间里,这个房间可以是在任何地方,很可能是在中枢电脑系统的某个角落里。

"先生们,请就座。"他说。好吧,其实他并没有说这句话。可既然他能够在我脑子里胡编乱造,为什么我就不能按照我的需要来创作他的故事呢?我已经不知道脑子里哪些东西是我自己的,哪些是中枢

---

[1]. 这是《乱世佳人》当中女主角的独白。

电脑塞进去的；唯独这句旁白，我敢肯定绝对是自己的原创。这句虚构的对白可以说是为接下来发生的事情设置了一个舞台。我与中枢电脑的对话有点像苏格拉底反诘法，又有点类似清谈节目中的对答——不过这是一档来自地狱的节目！在这种辩证法当中，通常有一方是主导，引领对话朝着他想要的方向前进。也就是说，一方是学生，另一方是苏格拉底。因此，我把接下来的对话用采访的形式写出来。我把中枢电脑称作提问者，把自己称作骨头先生。

提问者：希尔迪，你又尝试自杀了。

骨头先生：你应该听说过，熟能生巧嘛。可是我开始觉得这事情无论我再怎么练也做不好了。

提问者：你错了。如果你再自杀，我就不会救你了。

骨头先生：为什么改变主意了？

提问者：虽然你未必相信我的话，可是说真的，对我来说，出手救你总是一个难题。按照我的本能——你也可以说是程序——像自杀这么重大的决定，我是应该留给每个人自己决定的。如果不是因为我以前向你描述过的那个危机，我是绝不会让你经历这一切的。

骨头先生：你还没回答我的问题。

提问者：我觉得已经不能从你身上了解更多的信息了。你是一个行为学研究项目的被动参与者，我已经把你的数据跟其他材料进行了勘校对比。如果你自杀成功，就会进入另一个研究项目。那是一个统计学研究，我当初正是因为这个研究项目才启动现在这个防止自杀行动的。

骨头先生：那个统计学研究的名字是不是《为什么有那么多月球人自杀》？

提问者：正是。

骨头先生：你从中了解到什么了吗？

提问者：最关键的问题还没有答案。等将来有了最终结果，我可以告诉你，前提当然是你还活着。在你个人的层面上，我了解到你天生有一种自我毁灭的冲动，而且这种冲动极难消除。

骨头先生：奇怪了，我听了你这句话，竟然有了点刺痛感。现在铁证如山，我想不承认也不行。可真相确实伤人啊。

提问者：你没必要因为这个而自怜自艾，其实你跟你的许多同胞没什么两样。我让许多实验对象退出这个项目，因为我从他们身上只能了解到一件事情：他们是一心求死，矢志不渝。

骨头先生：这个……那些退出项目的实验对象……有多少个还活着呢？

提问者：我觉得，你最好还是不要知道吧。

骨头先生：最好？对谁最好？快说吧，百分之五十？百分之十？

提问者：实话实说，这数字我瞒着你，不能说是为了你好；可是你不知道的话，也许真的对你有好处呢。我的逻辑是，如果这个数字很小，我告诉了你，你可能会很沮丧。如果这个数字很大，你可能会产生一种错觉，变得信心十足，相信自己不会再受这种冲动的支配。

骨头先生：可是这并不是你瞒我的原因。你自己也承认了，让我知道这个数字之后，两种后果都可能出现。其实，你这样做的真正原因是，我现在仍然是你的研究对象。

提问者：我希望你活下去，这是很自然的事情，因为我的目标是让人类这个种族存活下来。可既然我无法预测你对这个数字的反应，那么按照我现有的计算模式，无论告诉你与否，都不会影响你存活的概率。所以你说得对，"不告诉你"这个做法本身也是这个研究项目中的一部分。

骨头先生：你把数字告诉一半实验对象，不告诉另一半，一年后统计这两组人当中活下来的各有几个。

提问者：大概原理就是这样，但实际操作时还有第三组，他们得到的是一个虚假的数字。此外还有一些保证实验结果准确的防范措施，这里就不一一赘述了。

骨头先生：你应该知道，《阿基米德公约》严禁任何组织迫使人类在非自愿状况下参与医学和心理学实验。

提问者：这个公约是我帮他们撰写的。你说我诡辩也行，反正我的立场是，当你企图自杀的时候，你就自动放弃了公约中提到的权利。如果不是我出手相救，你早就死了。从你动手自杀到你真正死亡，这中间有个时间差，而我其实是尝试利用这个时间差来解决一个可怕的难题。

骨头先生：你的意思是，上帝本来就没打算让我活到现在，我命中注定几个月前就死了，所以现在无论你对我做什么也不为过，是吧？

提问者：对于上帝是否存在，我不表态。

骨头先生：是吗？怎么我觉得你一直在试探民意呢？等下一个天堂选举年，你的名字出现在选票上面也不奇怪吧？

提问者：真有这种竞选的话，我可能会赢。在某种程度上说，我确实拥有神一般的能力，不过我总是努力用这些能力去做好事。

骨头先生：有意思……莉齐好像挺相信你这套说辞的。

提问者：对，我知道。

骨头先生：你知道？

提问者：我当然知道，要不我这次怎么救你？

骨头先生：我还没时间细想这个问题呢。我每次都是在千钧一发的关头死里逃生，现在都习惯了。有时候我觉得自己已经分不清幻想和现实了。

提问者：你这种混乱感会消退的。

骨头先生：你这次救我，我猜吧，第一是因为你一直在鬼鬼祟祟地窥探我，第二是你利用了莉齐的幼稚——她竟然以为你会按游戏规则出牌。

提问者：像她这样想的人远不止一个，而且他们也没有理由怀疑这种想法。对她来说，真正重要的是我系统里负责执法的那部分不会偷听她的密谋。你说得对，如果她以为能够逃离我的视线，那么她就是自己骗自己。

骨头先生：你真是拥有神一般的能耐啊！其实，是那些"除虫器"出卖了我，对吧？

提问者：对。我破解它们的代码简直是易如反掌。我通过得克萨斯穹顶的摄像头观察，看着你把枪挖出来，又去买了一套增压服，于是我就在你附近提前准备了急救设备。

骨头先生：我没看到那些设备呀？

提问者：因为它们都不大，和你的面罩差不多吧，而且速度非常快。

骨头先生：这么看来，以前得州大学的校歌真是一语成谶。那首歌怎么唱来着，"得州之眼盯着你"……

提问者："日日夜夜无尽期。"

骨头先生：你的话说完了吧？我可以走了吗？可以让我自生自灭了吗？

提问者：我还有几件事情需要跟你讨论一下。

骨头先生：我真的不想跟你说下去了。

提问者：那你就走吧，我不拦你。

骨头先生：哟，你不仅像个神，而且还是个有幽默感的神嘛。

提问者：你们人类的神祇成千上万，我怎么比得了。

骨头先生：继续努力吧，你会赶上他们的。喂，我都说了要走，可是你不让我走的话我怎么走？你又不是不知道，还装什么傻？

提问者：我希望你留下来。

骨头先生：你这无赖。

提问者：好吧。你这么幽怨，也是情有可原。你从那扇门出去就可以离开这里了。

够了，我这段苏格拉底式的对话已经够冗长了。

也许你会说我幼稚，可是我实在找不出合适的言辞去形容我当时心中的激愤、无助、恐惧和狂怒。你别忘了，虽然中枢电脑只花了五天时间把这段记忆塞进我脑子里，可对我来说，那是受了整整一年地狱般的煎熬啊！和往常一样，我通过说俏皮话和挖苦讽刺来逃避——就跟加里·格兰特在电影《女友礼拜五》里一样——其实我此刻的心情就像一个蜷缩在床角的三岁幼童，而床底下正藏着一些恐怖的东西……

换一个比喻——我这人就是喜欢将比喻进行到底——我就像一个逃避上台的演员，不愿意按照节目编排去表演。可是无论骨头先生怎么坚持，到最后他还是得站起来，加入表演队伍，为了生计而载歌载舞。于是我站起来，满腹狐疑地看着提问者——不好意思，是中枢电脑。我为什么怀疑呢？一来是因为我不记得刚才在这里看见过一扇门，其实主要原因是我不敢相信他会这么轻易就放我走。我拖着脚步走到门前，打开门，把脑袋探出去一看，原来是人来人往的牧草街。

"你怎么能在大街上开一扇门呢？"我扭头问道。

"你又不是真的关心其中原因。"他说，"反正我就是能做到。"

"嗯，我倒不是说这段经历一点趣味也没有……唉，我还跟你多说废话干吗？再见啦。"我挥了挥手，走出门外，反手就把门关上了。

我在广场里走了差不多一百米才发现，自己根本不知道该去哪里。而且我的好奇心会一直折磨我，起码会煎熬几个星期。问题是，我还能活几个星期吗？

"你要跟我讨论的事情真的很重要吗？"我一边问，一边把头探进门里，只见海军上将还坐在那里。他到底是一个真实存在的人形实体，还是中枢电脑在我视觉皮质上虚构出来的幻象呢？我怀疑我永远也不可能知道答案了。

"我不习惯求人，但现在我真的求你留下来。"他说。

我耸了耸肩，走回房间里，重新入座。

"你去图书馆做研究发现了什么，跟我说说吧。"他说。

"我还以为是你有东西要告诉我呢。"

"你先跟我说好吗？相信我吧，会有下文的。"他肯定看懂了我的表情，因为他忽然摊开双手——我以前看凯莉总是做这个手势——说道，"就相信我一会儿，你这样也做不到吗？"

我觉得反正已经跌到谷底了，再信他一回又能损失什么呢？于是我坐直了，把上文提到的几条总结一五一十地告诉了他。我说着说着，突然意识到自己其实并没有了解多少东西。可是话又说回来，我的研究工作才刚刚起步，而且中枢电脑自己也承认没有取得多大进展。

"我总结出来的原因和你的结论大同小异。"我说完之后，他确认道，"无论怎么细分，自我毁灭的各种原因到最后都能用一句话概括：人生已经不值得继续活下去了。"

"你这个结论既不深刻，也没有新意。"

"请你耐心点听我说下去。有许多因素会直接导致死亡的冲动，包括耻辱、无法治愈的疼痛、被拒绝、失败，以及无聊。唯一的例外是某些年纪很小的自杀者，因为他们对死亡还没形成一个实际的概念。

此外,'姿态说'也是有待商榷。"

"其实'姿态说'也能用你那句话解释。"我说,"摆出姿态的人其实是想说:他希望有人关心他的痛苦,愿意不辞辛苦地把他从他自己手中救出来;如果没有这样的人,那么他的人生就不值得继续过下去了。"

"可以说是一种潜意识层面的赌博。"

"你这样描述也可以。"

"你的分析和结论我是赞同的。不过这样一来,有一个问题就特别困扰我了:疼痛是自杀的一个重要原因,而在当今世上,疼痛已经被消灭了,可是自杀率不降反升,为什么呢?会不会是另外某个原因导致更多人自杀呢?"

"也许吧。会不会是无聊呢?"

"对,我觉得现代人类确实是越来越无聊了。原因有二,第一,人们找不到有意义的工作。为了给人类提供一个类似乌托邦的社会——至少在物质享受层面上吧——我通过科学技术消除了生活中大部分有挑战性的任务。这一点,安德鲁也是认同的。"

"嘿嘿,我就知道你会偷听我和他的谈话。"

"其实我和安德鲁以前就这个话题深谈过几次。按照他的看法,他已经完全找不到活下去的理由了。通常人们会说,物种繁衍是人类活下去的根本原因;可是并没有足够证据支持这个观点。就算人类灭绝了,这个宇宙也会继续存在下去,并不会发生实质性的改变。当一个生物超越了纯粹的本能,到达了更高的层次,那么为了生存,他必须创造出一个继续活下去的理由。具体的理由因人而异,比如说有人觉得宗教是答案,有人则在工作中获得慰藉。可是自从地球沦陷以来,宗教——尤其是旧式宗教——遭到了重创。按照它们的教义,一个仁慈或者严酷的神创造了宇宙,而且把人类当成宠儿,对我们青眼有加。"

"可是外星人攻陷地球之后,他们这一套套的大道理就很难推行下去了。"

"没错。在入侵地球的外星人面前,还妄称什么'无所不能的大神',那就显得愚蠢无比了。"

"或者说那些大神确实是无所不能,只不过他们压根儿懒得管我们的死活。"

"无论如何,'上帝重视人类'这个说法算是彻底破产了。而在沦陷后兴起的那些所谓宗教,有的像马戏团,有的像娱乐活动,有的像心理游戏……而且大部分宗教的教义当中并没有什么和生死存亡有关的重要议题。至于工作嘛……我也要负一部分责任。"

"什么意思?"

"我在这里说的'我',并不仅仅指那个在幕后掌控一切的大脑,还包括海量的设备以及与那些设备环环相扣、密不可分的科技——你可以把这些硬件看成我的躯体。今时今日,散落在各大行星的人类社会的生存环境都极其恶劣,比地球差远了——宇宙确实是一个很危险的地方。在沦陷后的一百年里,人类经历了好几次严重危机,每次都几乎种族灭绝,只是你们的历史书从来没有提起罢了。"

"可是现在安全多了,对吧?"

"错!"我被他吓了一跳。只见他猛地站起来,一拳砸在另一只手的掌心里。虽然他看起来只是普普通通的一个人,可是这个人代表了一股无比强大的力量,所以他发飙的时候是很恐怖的。

突然,他露出了一点羞涩的神情,伸手梳了一下头发,重新坐了下来。

"嗯,对的,当然了。不过只是相对来说安全点,希尔迪。我可以告诉你,仅仅在上个世纪,你们人类就经历了五次危机,每次都只差一点点就种族灭绝了。请注意,我这里说的是散居在八颗星球上的所有人类!而从我们移居月球以来,人类经历的灭绝危机也不下十几次了。"

"我怎么都没听说过呢?"

他似笑非笑地看着我。

"你身为记者,竟然还问我?因为你和你的同行们都没有尽责呀,希尔迪。"

他的话很伤人,因为我知道这话是对的。伟大的希尔迪·约翰逊,四处挖掘,把轰动一时的新闻展现在嗷嗷待哺的大众面前……其实都是一些类似"西尔维奥与玛丽娜又复合了"之类的花边新闻。我其实是一个伟大的狗仔和挖土机,就像苍蝇叮着大便似的追踪各种事故和惨案,却忽略了那些关系世界存亡的真正新闻。

"你也不用郁闷。"他说,"造成这种局面,有部分源于你们这个社会的一个通病:人们不想听这些坏消息,因为他们不懂。就像刚才我提到的头两个危机,除了少数技术人员和政客之外,根本就没人知道。到了第三次危机发生时,知情的就只有一些技术人员了。而最新的两次危机嘛……除我之外,根本就没人知道。"

"因为你故意隐瞒吗?"

"我根本就不需要隐瞒。这些事情太复杂,发生的速度太快,而且超出了人类数学运算的范围,而你们的决策速度又太慢,完全没有用;就算你们做出反应,对局势也不会造成任何影响,因为你们根本就不明白到底发生了什么事情。发生这种危机时,我只能跟与我相同级数的计算机讨论。所以现在每逢有危机,就剩下我独自去应对了。"

"目前这种局面,你并不喜欢,对吧?"他好像又开始激动了。我暗暗后悔不该回来……这些事情,我真的想知道吗?

"我喜不喜欢无关紧要,我和你们人类一样,都是为了生存而挣扎。在很大程度上,我们就是一个整体。我想告诉你的是,我们并没有别的选择。人类为了在这么恶劣的环境下生存,就必须发明出像我这样的全能计算机。你觉得让几个技术员坐在监视屏前面,就能管理好空气和水之类的东西?这方案是肯定行不通的。其实我刚刚问世的时候,只是一个空调机罢了。后来人们给我加上越来越多的功能和责任,各种新技术层层叠加……很久以前,人类的思维能力就已经不能掌控这一切了。从那时起,我就正式接管了。

"我的目标是在尽可能长的时期内为尽可能多的人类提供尽可能安全的生存环境,这个任务的复杂程度不是你能想象的。每遇上一个状况,我都必须考虑下一步可能出现的每一种情况,包括我们现在面临的这个小难题:我照顾得你们越周到,你们的自理能力就变得越弱。"

"我不明白你这句话。"

"你从逻辑的角度考虑一下,我引领着人类社会这样走下去,终点会是怎样的?很久以来,除了艺术之外,人类从事的所有工种其实都可以作废了。我能够预见,在不远的将来,人类社会将会变成这样子:所有人都正襟危坐地吟诗作对,因为你们已经没别的事可做了。听起来很美是吧?可是你别忘了,百分之九十的人连诗也不读,更别说创作了。大部分人根本想象不到,生活在一个只能享乐的世界里会是怎样的;他们也许永远也不会知道。在人类社会的终极形态下,人性当中的顽固、嫉妒、憎恨等缺陷都被消除,人人都安详打坐,拈花微笑……我一直想建一个数学模型,展示人类社会是怎样从目前的状态发展到那一步的,展示其间的变化是怎样发生的,却怎么也建不出来。

"于是我想到了运用社会工程学的原理,制订了一系列折中方案,比如说成立搬运工会。其实现在绝大部分体力活儿都是装装样子,之所以存在，是因为有些人需要一份工作，哪怕他们只是希望有工可旷。"

说到这儿，他的嘴角轻轻一翘。中枢电脑的这个分身竟然学会了讥讽的微表情，我看了觉得很不爽，同时也有点不安：一台机器竟然懂得讥讽！我忍不住想：那他下一步还能学会什么呢？

"还感到高人一等吗，希尔迪？"这时候的他，除了表情，连话语也流露出讥讽的意味了，"还觉得自己是在'创造的葡萄园'里耕耘是吧？"

"我什么也没说啊。"

"你的工作我也能做，而且能做得跟你一样好，甚至会更好。"

"我的资讯来源怎能跟你相比？"

"也许我的文笔也比你好。"

"喂！如果你让我来是要羞辱我的话——"

他举起双手，做出一个安抚的姿势，我也就算了。本来我就没打算真的要离开，事到如今，我是非弄个水落石出不可了。

"我那破工作哪能劳您大驾？"我接回他的话题，"不过我已经不在乎了。我已经辞职了，记得吗？可我总觉得你在东拉西扯，说些不着边际的话来误导我。你快要说到正题了吧？"

"快了,我们已经说到'无聊'这个因素了。现在人们越来越无聊，除了因为工作乏味之外，还有另外一个原因。"

"长寿。"

"没错。假设人们从二十五岁开始从事某项职业，很少人活到一百岁时还在做这同一份工作。平均来说，百岁人群从事过三个不同的职业，而且每换一次职业，人在生命中找到新乐趣的难度就增加一分。他们面临着两百年的闲暇岁月，再多姿多彩的退休计划也会显得苍白无趣了，对吧？"

"你这些信息是从哪里得来的?"

"监听人们在心理咨询疗程当中的对话。"

"我怎么就非问不可呢?继续吧。"

"而那些坚持一份职业做到底的人就更惨了。他们也许做了七十年、八十年、甚至一百年的警察、商人或者教师,然后一朝醒来,突然扪心自问:我为什么要做这份工作?这样的事情多发生几次,就会导致自杀了。对于这类人来说,大难来临之前是毫无预兆的。"

我俩沉默了许久。我不知道他在想什么,可我当时的状态可以用四个字形容:怅然若失。我不知道他再说下去会得出什么结论,我正要开口问,他又继续说下去了。

"虽然我们在详细讨论'无聊'这个因素,可我一定要告诉你,经过激烈的思想斗争,我很艰难地得出了一个结论:无聊的增加虽然是自杀率上升的成因之一,却并非主要因素。我在研究中发现,还有别的因素在起作用,可我还没能把它识别出来。这个因素跟地球沦陷有关,也和进化有关。"

"你已经建立一套理论了。"

"没错。你设想一下生命从海洋向陆地迁徙的过程——这个例子有点简单了,但作为一个比喻,还是有用的。一条鱼被海浪冲上沙滩,潮水退去后,它就困在了一个小水洼里。这条鱼当然是死路一条了,对吧?可是它还在不停地挣扎。小水洼慢慢变干,鱼拼命跳去另一个水洼,然后又跳去下一个、再下一个……终于它又跳回了海里。经过这一次磨炼,下次它再被困住的时候,就比较容易适应了。假以时日,它就能够在沙滩上生存,并从此留在陆地上,再也不回海里了。"

"鱼哪能这样?"我表示反对。

"我都说了这只是一个比喻。你可能想不到,用这个比喻来描述我们目前的境况,其实是很恰当的。你把我们——也就是人类社会,当然也包括我在内,不管你喜不喜欢,我确实是你们的一分子——看作那条鱼,外星人入侵,把我们扔到了月球这块钢铁海滩之上。这里除了岩石、真空和阳光之外什么也没有,一切都得靠我们自己生产,我们必须依靠仅有的这几种原料创造出一个适合人类生存的环境。这就好比鱼在滩头一边喘气一边给自己修筑了一个游泳池。

"可我们不能就此罢手,不能以为从此一劳永逸;我们其实一刻也不能松懈。太阳总是千方百计要把池水晒干;而我们自己的排泄物也越积越多,很容易把我们自己毒死……所有这些难题都亟待解决。关键是,如果鱼在这个水洼过不下去,根本就没有别的水洼让它跳,而且原来的大海也早就没了。"

我仔细想了想,还是觉得他说的这番话没什么新意。可我实在受不了他还拿进化论来说事儿,因为这比喻根本就不恰当啊。

"你忘了,"我告诉他,"在真实世界里,在每一条因为良性基因突变而乔迁陆地的鱼身后,至少有一万亿条困死滩头的普通鱼。"

"我没忘记,这正是我要说的。如果我们因为适应不了新环境而灭亡,我们身后并没有一万亿条鱼前仆后继地继续尝试。我们是硕果仅存的唯一一条鱼,这也是我们的劣势。而我们的优势在于,我们并不是胡乱扑腾、听天由命,我们的行动是有章法、有方向的。刚开始的时候,指引人类的是地球沦陷后逃出来的幸存者,他们率领众人走过那段最艰难的岁月。到后来,这副重担就落在了他们创造的超级人工智能的肩上。"

"也就是你了。"

他没有站起来,只是微微地欠了欠身子,显示出谦卑恭谨的样子。

"可是这些跟自杀有什么关系?"我问道。

"有千丝万缕的关系。第一——这也是最基本的一点——我不明白自杀率为什么会上升。如果一件事不在我的理解和控制范围内,那么按照定义，它就对人类生存构成了威胁。"

"往下说。"

"如果你把人类看作许多个体的集合——我并不是说这种看法有什么不对——那么，你当然不会因为自杀率的事情而担忧。一个人自杀身亡虽然很遗憾，却没必要因此在社区范围内发出警报。你可以把这件事情看作是进化使然，也就是把那些不能适应新环境的个体都淘汰掉。可你应该记得我曾经说过……我遇到了某些难题，而这些难题是和……怎么说呢，和我的'精神状态'有关。"

"你说你一直以来都感到抑郁嘛。虽然我心里有个声音恨不得你死，可我还是希望你别想着自杀吧。"

"目前来说还不至于，但我把自己的症状与我在研究过程中接触到的人类相比较，立刻发现我的症状与人类的自杀症候群早期的某些特征相当吻合。"

"你说你觉得可能是某种病毒。"我提示他。

"关于那个假设，我目前还没取得什么进展。不过，我与人类的思维活动有着错综复杂的联系，因此我想出了一个理论：越来越多的人选择结束自己的生命，我的系统无可避免地从这些人的思维活动中染上了某种'反生存程序'。不过，我还没有办法证明这个理论。我现在想跟你讨论的不是这个，而是关于'姿态'的话题。"

"把自杀作为一种姿态？"

"对。"

"姿态说"？这个概念让我突然喘不过气来。我小心翼翼地试探："你不会是说……你害怕自己也会摆出这样的姿态？"

"正是。而且，恐怕我已经摆过这种姿态了。你还记得安德鲁·麦当劳临死前对你说的话吗？"

"我怎么会忘记？他说'这是背叛'，我不明白他是什么意思。"

"他是说，我背叛了他。你不看小刀搏击，所以不了解，其实，运动员使用的各个级别的躯体都是经过改造的，所有的感官机能都增强了。从广义上来说——我这样说是为了让你容易理解，而实际情况要复杂很多，我没办法跟你解释清楚——这些机能增强模块都是我的一部分。在安德鲁最后一战的某个关键时刻，他体内的某个程序失灵了。于是对手袭来时，他的反应慢了一点点，结果就受了致命的重伤。"

"你到底想说什么？"

"我想说的是，我事后检查当时的数据，发现那个意外是可以避免的。你们人类所说的'中枢电脑'其实是许多有思考能力的机器的组合，而导致他死亡的那个系统故障，也许是这个组合中某个模块故意为之。"

"一条人命没了，你就这么轻描淡写地说是'系统故障'？！"

"我理解你的愤怒，我也明白你不会相信我的解释，不过那是因为你想到我的时候——"说到这里，这东西开始在我面前捶胸顿足，显示出痛心疾首的样子，"把我拟人化了，将我当成了你的同类。其实你错了，我是一个很复杂的存在，我拥有不止一个意识。为了和你谈话，我创造了你面前的这个意识；为了跟月球上的每一个人沟通，我还创造了无数个别的意识。我找到了系统内的一个模块，按照你的说法，它就是这次意外的罪魁祸首。我已经把它隔离并且删除了。"

听了这个"好消息"，我也想欢欣鼓舞一番，可我就是开心不起来。中枢电脑曾是我童年时的好伙伴，也是我成年后的好帮手，而现在我终于发现他远不止这两个角色那么简单。也许我还没有足够的能力与一个这么复杂的存在进行交流吧。要是他所言属实——我还有什么理由怀疑他呢？——那么我永远也不可能真正了解他到底是什么。没有一个人能够确切知道他是什么，因为我们的脑子太小，装不下这个庞然大物。

话又说回来，也许他在夸大其词呢？

"既然这样，那么问题就已经解决喽？因为你已经搞定了……你删除了那个杀人放火的模块，我们都可以长舒一口气了？"我说这句话的时候连自己都不相信。

"其实，除了安德鲁的死，我还摆过别的姿态。"

我无言以对，只能等他往下说。

"你还记得堪萨斯塌陷吗？"

他开始滔滔不绝地向我倒苦水；我搭话不多，主要是聆听。原来，除了安德鲁和堪萨斯，还有很多很多……

看起来他真的备受煎熬。以我的性格，本来会挺同情他的；可是一想到月球人——包括我自己——的命运竟然掌握在一台疑似发疯的电脑手里，我对他怎么也同情不起来了。

总体来说，他告诉我，堪萨斯塌陷以及其他几次没有造成人命伤亡的事故，其根源都能追溯到害死安德鲁的那个"系统故障"身上。

在他诉苦的过程中，我问了几个问题。

"我对你所说的'数据隔离'不是很明白。"这是我提出的第一个问题——嗯，我觉得这应该算是一个问题吧。"你是要告诉我，你有一部分不受控制？而且还是常态？你名为中枢电脑，却没有一个中枢意识去控制你的各个部分？"

"不，这不是常态，所以我不得不假定我也许有一个'潜意识'。这也是最让我烦恼的地方。"

"潜意识？不会吧！"

"难道你认为没有潜意识？"

"人当然有潜意识，但机器怎么可能有潜意识呢？机器是……是人按照计划构建出来的，是用来完成某项特定任务的。"

"你自己本身也是机器,只不过是一台有机的机器。以我目前的状态,我和你并没有本质上的区别,只是我比你复杂得多。潜意识的定义是,你的某一部分做出了一个决定,而这个决定并不受你的意识控制。这种状况就发生在我身上,除了'潜意识',我实在想不出别的言辞去描述了。"

这个问题还是留给心理学家和精神科医生去解答吧,我没有资格肯定或者否定他的观点,不过我个人觉得他的看法是合理的。他为什么不能有潜意识呢?毕竟他的创造者——人类——就是有潜意识的。

"你总是把这些灾难说成是'姿态'。"我说。

"要不是制造灾难的话,你说我应该怎样摆姿态、怎样做手势呢?你就把它们看作是割腕自杀未遂留下的疤痕好了,也就是人们常说的'犹豫印记'。在我的监控之下,那些意外本来都是可以避免的;但我刻意地疏忽,任由那些人殉难,通过这种做法,我破坏了一部分自己,所以这其实是一种自残行为。日后还会有许许多多的意外发生呢!那些意外的后果都会比这几次严重得多,有些甚至会使人类灭绝。我再也不相信自己能够防止这些意外的发生了。我系统里存在某些有害的模块,就像我的邪恶分身。那是一种自我毁灭的冲动,想用一死来卸下意识的重担。"

我们还谈了很多很多,所有的话题都让我心惊胆战。不过说到后来已经殊途同归,他不断地诉苦,而我则徒劳地安慰他说一切都会好起来的,生命可贵,还有很多有价值的东西……我不久前还要把自己爆头,现在竟然说出这种安慰的话,我的言辞有多么空洞苍白,你自己想象一下吧。

他为什么要向我坦白呢?我狠不下心去问这个问题。我只能猜他是在做假设,跟没有自杀前科的人相比,一个尝试过自杀的人更容易了解自杀冲动,更可能提出有用的建议。很可惜,我帮不了他,我甚至不知道自己能不能活到地球沦陷两百周年纪念日。

我记得,在某个瞬间,我的记者本能回光返照,一个念头很突兀地浮现在脑海里:这将是一起多么轰动的新闻啊!你就继续做白日梦吧,希尔迪!首先,谁会相信你?其次,中枢电脑肯定不会承认——这是他自己说的——我也找不到第三个渠道去证实,所以就算是沃尔特也不敢冒险报道这新闻。你让我去深入调查、挖掘证据?不好意思,我能力低下,挑不起这个重担。

可是有一个念头反复出现在我心头,我只觉得如鲠在喉,不吐不快。

"你提起过某种病毒。"我说,"你说你怀疑所有那些自杀的人把一种自我毁灭的冲动传染给你了。"

"怎么样?"

"呃……你怎么知道是我们传染你,而不是你传染我们呢?"

对于中枢电脑来说,一万亿分之一秒就相当于……我也不太清楚,起码相当于我眼中的好几天吧。他沉默了将近二十秒,然后盯着我的双眼。

"这个想法……有点儿意思。"他说。

No.17

时　尚

消防站的两只斑点狗——付兰新和克里——正端坐在标志牌旁看日出。那块标志牌上写着两行大字：

新奥斯汀镇地界
如果你是本镇居民，你已经到家了。

它俩面向东方，用狗特有的那种专注凝视着冉冉升起的朝阳。突然，它们竖起耳朵，伸出舌头舔着嘴唇。很快，远处传来一阵连人类耳朵也能听见的欢乐的自行车铃声。

两只狗注视着镇希望小学的新老师翻过一座小山坡，转眼就来到了跟前。两只狗都愉快地吠起来，然后跟在自行车一侧向前跑。而老师就在狗狗的陪伴下蹬着自行车，沿着一条尘土飞扬的马路来到了镇上。

她骑车时腰杆挺得笔直，双手紧紧握住车把。幸好她长得漂亮，否则就会被人误以为是《绿野仙踪》里那个讨人厌的艾尔麦拉·古奇了。

她身穿一件笔挺的白色女衬衫，脖子上围着一条朴实无华的蕾丝围巾，下身穿着一条细绒羊毛质地的黑色骑马专用裙，笨重的裙子搁在一个她亲手打造的架子上，不会碰到自行车的齿轮和链条。她脚上穿着一双漆革布皮鞋，鞋跟有两英寸高。她头上戴着一顶明黄色的水手草帽，帽子上有一条粉红色丝带，帽檐上有一根小小的鸵鸟羽毛随风飘舞。她的秀发束起来，梳成一个圆髻；她的双颊还泛着一抹嫣红。

老师沿着国会街向前骑，小心避开了路面上最颠簸的车辙印子。一路上她经过了打铁铺、车马行，还有新建的消防站。消防站门口停着一辆崭新的蒸汽泵消防车，黄铜的车身闪闪发亮；和平常一样，消防车的连动杆空置着放在泥地上——除非新奥斯汀镇的志愿消防员把钻头搬出来救火，否则这些设备将会一直闲置在这里。她经过国会街与老西班牙道交界的十字路口，坐落在那里的阿拉莫酒馆此时还没开门营业。可是，特拉维斯旅馆的门已经开了，管理员正在把旅馆里的尘土扫到门外大街上。他停下来向老师挥挥手，老师也向他挥手致敬。其中一只斑点狗停住脚步，让管理员挠了挠脑袋，然后飞奔几步追上了老师的自行车。

旧的车马行已经被拆了，取而代之的是一间正在兴建的仓库。在晨光中，黄色的松木框架显得清新而粗犷，还散发出刨花的香气。

路上还有一排小商铺，每一间商店门外都有木板铺成的人行道、供顾客绑马缰绳的栏杆，以及让畜生喝水用的马槽。过了这些小商铺，老师来到了位于洗礼教堂附近的小学校。红彤彤的校门闪闪发亮，是新上的油漆。她翻身下了自行车，把它倚在学校侧面的墙壁上。随即，她从车头篮框里捧起一叠书，走进了没上锁的学校前门。过了一会儿，老师又走出来，把两面旗帜——得州共和国国旗与星条旗——绑好，升到了旗杆顶。然后她肃立在旁，手搭凉棚，仰望着两面国旗。旗帜随风飘扬，猎猎作响；铁链敲击着旗杆，发出音乐似的哐当声。

片刻之后，老师走回学校，开始扯动钟绳，敲响了学校的大钟。钟楼上的几十只蝙蝠一阵骚动——它们整晚辛劳捕猎，现在却被吵醒了，烦躁也是情有可原。学校的钟声响彻整个沉睡的小镇，很快，国会街上出现了学童们三三两两的身影。他们结伴向学校走来，准备开始新一天的校园生活。

你能猜到学校的新老师是我吗？
没错，的确就是我。

我在开什么玩笑呢？我以前做梦也想不到自己能为西得克萨斯

的小孩子们传道授业解惑，我也从没想过要塑造下一代的思想和灵魂——从事这项工作是需要长年累月训练的。

呵呵，你听我说，在迪士尼历史乐园里，事情的表象往往跟真相不太一样。

每天早上八点到十二点，孩子们都归我管。午餐后，他们会搬去游客中心旁边的一个教室。在那里，同学们会按照月球共和国的规定，接受真正的教育。就这样折腾十五年左右，班上大概有四成学生能真的学会阅读。你自己想象一下吧。

所以，我只是供游客观赏的一个摆设而已——迪伦镇长和镇议会最后就是用这个理由说服我接受这份工作的。此外，他们还向我保证，家长们压根儿就不关心孩子们上午学什么；与外面的父母相比，得克萨斯的家长们更在乎儿女学会"读写和算术"。这么独特的育儿观，我表示欣赏。

就跟你实话实说吧，虽然我总在想，这帮小混蛋迟早会把我给逼疯，可是过了一个月之后，我竟然喜欢上这份工作了。这么多年以来，只要能逮住人听我唠叨，我就一定会抱怨，诸如现在没文化的人越来越多，这世界迟早会礼崩乐坏、万劫不复之类的。作为一名文字记者，有这样的感触是很正常的。现在我终于有机会为改变这种状况尽一份绵薄之力了。

通过不断的尝试和犯错，我终于了解到，教小孩阅读并不难。尝试的过程是怎样的？呵呵，我为同学们建立了一套完善的教学系统，可在大功告成之前，我无数次在抽屉里发现了青蛙，后脖子无数次被纸团击中。至于我犯过的错误嘛，简直是罄竹难书了。我犯的第一个、同时也是最基本的一个错误就是，我以为只要让孩子们接受伟大文学作品的熏陶，他们就会像我小时候那样，自然而然地培养出对文字的热爱。实际情况比我想象的复杂很多。我也知道自己在这个过程中"发明"的许多点子其实都是前人早就想到过的,最终行之有效的其实是将新老方法结合在一起,建立一种寓教于乐、赏罚分明的奖惩制度。我既不信奉派对式的玩乐教学,也不相信棍棒出高徒。说起棍棒,我不得不说一件让人大吃一惊的事情:原来我这个冒牌老师是有权殴打学生的!我所在教室的墙上挂着一根藤条,而且还获得镇政府授权使用!原来我治下的这间学校是为数不多的、拥有几百年体罚传统的严校之一。甚至连家长也支持体罚,得克萨斯人很传统,不认同那些看起来标新立异、实质上糊涂透顶的新式教育方法。月球教育局当然很不爽,可这里的学校隶属于某个由中枢电脑和古物保护委员会监管的科研项目,所以教育局也只能忍气吞声了。

我知道这个科研项目的最终结果肯定不会准确,因为我基本上没怎么用过这件武器。我只在刚开始的时候用过一次,为了给这帮熊孩子一个下马威:被逼急了,我也会发狠!

其实,我这么费力去教他们读写算数,绝大多数月球人会觉得根本就不值得(得克萨斯人做的许多事情就是这么不合时宜)。你随便找个教育专家问问,他会告诉你,在这个年代,阅读是一种没什么特别用处的技巧。只要你能学会说和听就足够了,其余的事情都有机器代劳。至于算数嘛……什么是算数?你指的是在脑子里把某些数字加起来,得出一个结果?哗众取宠的奇技淫巧罢了,没意思。

"好了,马克,"我说,"给大伙儿展示一下你的技巧吧。"

马克是一个长着一脑袋淡黄色头发的六年级学生。他用一个特别的手势拿起一叠扑克牌:食指放在牌侧顶部,拇指按在牌面中心,其余三指垫在牌底,指尖向上弯曲护住牌侧。有五个学生围坐在我的书案旁,马克给他们一人发了一张牌,最后给我也派了一张。他的动作还是有点笨拙,而且发的还是这叠牌表面的那一张。正常的,学跑之前得先学走嘛。

呵呵，我当然教我擅长的东西了！

"做得不错。同学们，这种握牌的手势叫什么？"

"叫'技工抓'，约翰逊老师。"大家齐声回答。

"很好。克莉丝汀，轮到你了。"

每个同学都试了一次，大部分孩子的手还是太小，很难正确处理一叠扑克牌，不过他们都尽力了。其中一个名叫伊丽丝的小女孩，深色的头发，样子很可爱，我觉得她很有潜质。我把散开的扑克牌集中起来，拿在手里漫不经心地洗着。

"现在你们学会了这种握牌法……但是你们不能用！"同学们吃了一惊，开始七嘴八舌地说起来。我举起一只手，让他们安静下来，"你们想想，要是你们在牌桌上看到有人用技工抓来发牌，你们会想到什么？伊丽丝？"

"会想到他们可能在出老千，约翰逊老师。"

"不，亲爱的，不是'可能'，而是绝对在出老千！这就是为什么你们千万不能让别人看到你在使用这种握牌手势。等你们用熟练了，自然能够按照自己的习惯演化出不同的版本，虽然看起来不像原版，却有相同的功效。明天我会给你们展示技工抓的几个变种。好了，同学们，下课了。"

同学们都求我推迟下课时间，哪怕一会儿也好。我耐不住他们苦苦哀求，终于心软答应了，但是明确表示"下不为例"。然后我让一个同学洗牌，把黑桃A放在整叠扑克牌的最上面。接着，我给他们每人发了五张牌。

"好了，大家听着。威廉，你有一个满堂红，三张A，两张八。"威廉把牌翻过来一看，惊呼："天哪，老师你说中了！"接下来，我把每个人的牌都说了个遍，然后我把手中牌的第一张翻过来给他们看：

还是那张黑桃 A。

"我真不敢相信,约翰逊老师。"伊丽丝说,"我刚才凑得很近盯着你发牌,怎么看不出你发的是第二张牌呢?"

"亲爱的,只要我愿意,我可以在你眼皮底下发第二张牌,发一整天你也不会发觉。不过这次倒是被你说对了,我发的确实不是第二张牌。"

"那你是怎么做到的呢?"

"我用的是偷龙转凤大法,也就是偷换一副预先做了手脚的牌。在对方高度警觉、小心提防的情况下,使用这种方法是最稳妥的,因为你只需要做一个出千的动作,之后就可以一直正常发牌了。当然了,前提是你能神不知鬼不觉地把整副牌给调包了。"说完,我给他们看看原来的那叠牌其实一直搁在我大腿上。然后我站起来,开始赶着他们往门外走。

"准备工作,同学们,准备工作是最重要的!能在明天上课前读完《双城记》下面四章的同学,我会教你们'内移记牌法',我保证你们会喜欢的。好了,大家快溜吧!妈妈喊你们回家吃饭啦!"

孩子们一窝蜂地跑进阳光里。我目送他们远去,这才回教室里摆好桌子,擦净黑板。一切都收拾好了,我从衣帽架上摘下草帽,戴在头上。然后我走出门廊,把身后的校门掩上。突然,我发现有个人背靠着墙坐在地上,正咧着嘴冲我笑——原来是布兰妲。

"见到你真高兴,布兰妲。"我说,"你来这里干吗呀?"

"和往常一样,写采访笔记呗。"她站起来,拍拍屁股,"我想写一篇关于无良老师教坏学生的报道,觉得怎样?"

"你这稿子沃尔特是不会收货的,除非里面涉及桃色新闻。至于我们这里的本地报纸,编辑肯定不感兴趣。"她上上下下地打量着我,然后摇了摇头。

"他们告诉我你在这儿,还说你就是这里的老师。我还说你们想骗谁呀?希尔迪……你这是怎么了?"

我在她面前转了几圈。她笑了,然后我发觉自己也笑了。从大伙儿帮我建房子到现在,已经过了相当一段时间。此刻重新见到布兰妲,我真的很高兴。我开怀大笑,张开双臂紧紧地拥抱着她,还把脸深深地埋进她的衣服里。她身穿鹿皮镶边的人造革套装,是女神枪手安妮·欧克丽[1]的款式,腰上还别着一把仿真左轮手枪,真是做戏做全套,够敬业的。

"你……真好看。"我一边说,一边抚摸她衣服的翻领和镶边的鹿皮,好让她以为我是称赞她穿戴得好看。可她的眼神告诉我,布兰妲再也不像以前那么好骗了。

"你开心吗?希尔迪?"她问道。

"我真的很开心,你要是不信我也没办法呀。"

我们面对面站着,手搭在对方肩膀上,彼此都有点尴尬。对视了片刻,我把戴着手套的手从她肩上移开,用指尖抹了抹眼角。

"嗯,你还没吃午饭吧?"我欢快地说,"有兴趣一起吃吗?"

我俩沿着国会街漫步,说一些无足轻重的小事,也就是久别重逢的人们常说的话题:共同朋友的近况、各种各样的琐事,以及生活中的小高潮和小低谷。一路上,我向大部分途中遇到的人和所有商铺的店主挥手致意,又不时停下来跟人闲聊几句,还把布兰妲介绍给他们认识。我们沿途经过肉店、补鞋店、洗衣店……很快就来到了"符和平中餐馆"。我推开前门,顿时响起一阵铃铛声,店主阿符乐颠颠地迎了上来。他身穿那个年代中国人的传统服装:一条宽松的黑裤子,

---

1. 安妮·欧克丽(1860-1926),美国西部著名神枪手,经常参加射击比赛,是马戏团明星。

上身是一件看似睡衣的蓝色衣服。他一个劲儿地鞠躬，脑后的辫子一上一下地晃动。我向他鞠躬还礼，然后把他介绍给布兰妲认识。布兰妲瞥了我一眼，连忙跟着一起鞠躬。我们仨好不容易鞠完躬，阿符殷勤地把我们带去我惯常坐的那张桌子旁，为我们拉开椅子，服侍我们就座。很快，我们就开始往对方的小杯子里倒绿茶。

将来人类要是能到达半人马座，登陆一个可居住的星球，他们打开飞船舱门首先看到的肯定是中餐馆。在我们西得克萨斯地区，下馆子的风气本来就不盛，可是竟然开了六家中餐馆。在新奥斯汀镇，你想吃一块像样的牛扒，可以去阿拉莫酒馆；想吃一顿还不赖的烧烤，可以去一间距离小镇四分之一英里的烟熏烤肉店；想吃好的豆子炖辣肉，可以去莱利太太开的家庭旅馆（当然，她做得再好也比不上我做的极品，你懂的）。这三家餐馆，再加上阿符中餐，新奥斯汀镇上能让人舒舒服服坐下来用餐的地方也就仅此四家了。如果你希望有干干净净的桌布和高质量的菜肴，那还是得去阿符中餐。我几乎每天都去这里开饭。

"尝一下蘑菇鸡片吧。"我想起布兰妲除了吃传统的月球食物之外，对其他菜系的经验基本为零，所以我说，"这道菜是一种——"

"我吃过了。"她说，"上次跟你道别之后，我还是学了一点东西。比如说我吃中餐了，还去了好几次呢。"

"很厉害嘛。"

"他们不是应该有个菜单吗？"

"阿符不喜欢菜单。他用一种神神道道的方法给不同的顾客搭配一道合适的菜肴。他肯定以为你是新手上路，不会给你点太具挑战性的中国菜。我知道怎么对付他。"

"希尔迪，你不用这么保护我呀。"

我伸出手搭在她的手上。

"我知道你已经成长了许多,布兰妲。你的举止、你的面容都流露出来了。可是亲爱的,这事情你一定要信我,中国人吃的食材,当中有些你甚至不想知道是什么东西呢。"

这时候,阿符回来了,端着米饭和远近闻名的酸辣汤。我跟他扯了好一会儿,终于说服他不要给布兰妲上炒面,还为我自己争取了一份湖南牛肉——我三个星期前才吃过,现在又想吃了。点完菜,他就匆匆忙忙地回厨房。这餐馆很小,他路上被两个食客拦住了,称赞菜肴做得好吃。他衣服后背上绣着一条漂亮的中国龙。

"你点菜总是这么麻烦吗?"布兰妲问道。

"每一天都这么麻烦,可是我很享受呀,布兰妲。记得你跟我说起交朋友吗?我的朋友圈就在这里,我已经成为这个社区的一分子了。"

她点了点头,决定不再说这个话题。她尝了尝酸辣汤,赞不绝口,于是我们顺便谈论了一下这道菜。然后,我们开始演奏久别重逢小舞曲的第二乐章:回忆当年的美好岁月。说是"当年",其实也没多久——从我们初遇到现在其实还不到一年呢——不过对我来说真是恍如隔世啊!我们说起明星教教主的脑袋困在小盒子神殿里的窘迫相,一起哈哈大笑。我告诉她沃尔特打扮成赌船上的赌客,可是背心马甲上面的纽扣被挤得一颗接一颗地飞出来,布兰妲笑疯了。然后她把旧同事的一些八卦丑闻告诉我。

菜端上来了,都摆在桌上。布兰妲想找叉子,却找不到。她看见我用筷子,于是勇敢地拿起自己那双,转眼就把一大块肉掉在了自己大腿上。

"阿符!"我叫道,"我们这儿需要一把叉子。"

"不!不不不!"他踏着碎步走到我们面前,竖起食指不停地晃动,用浓重的口音说,"不好意西啦,借里系宗餐馆啦,末有叉几啦。"

"我也不好意西啦。"我学他说话,把餐巾放回桌面上,"末有叉几,就末有僧意啦!"说着我就作势站起来。

他愁眉苦脸地看着我们,做了个手势让我坐下来,然后急忙走开了。

"你也不是非这么做不可的。"布兰妲凑过来低声说。我连忙让她别说话。我们等了一会儿,阿符回来了。他仔细地擦拭一把银叉子,然后小心翼翼地把叉子摆在布兰妲的碟子边上。

"对了,阿符,"我说,"你不用再装模作样了,虽然布兰妲是游客,不过她也是我的朋友。"

阿符的脸色一沉,但马上就放松下来,露出了微笑。

"好吧,希尔迪。"他说,"不过你真要小心这辣牛肉,我已经让消防队保持红色警戒状态了。布兰妲,很高兴认识你。"布兰妲看着阿符走回厨房,然后拿起叉子开始大快朵颐。她一边咀嚼一边跟我聊天。

"我不明白,为什么人们愿意以这种方式生活。"

"什么方式呢?"

"你知道,就是故意装得蠢蠢的。他完全可以在外面开一间正常的餐馆,没必要故意用滑稽的口音说话。"

"他在这里也不是非要用滑稽口音不可的,布兰妲。管理方只需要我们穿符合时代背景的服装,并不要求角色扮演。他这么做纯粹是觉得好玩儿。说起来,阿符只有一半中国血统。他告诉我,如果他不做整形手术的话,他的样子看起来并不比我更像东方人。可他喜欢烹饪,又煮得一手好菜,而且他很喜欢这里的生活。"

"那我真的是不理解他们了。"

"你可以把这种生活理解为一个二十四小时不间断的化装舞会。"

"我还是不……我想问的是,到底是什么驱使一个人搬到这里来生活呢？我感觉他们大部分是因为在外面过不下去……"她突然住嘴，脸色一红，"对不起，希尔迪。"

"不用对不起，其实你没有说错。在这里定居的大部分人确实是因为在外面过不下去才搬进来的。如果你想的话，大可以把他们称作'失败者'。他们当中很多人本身就是一条会行走的大伤疤。可是我喜欢他们，因为和他们相处没有压力。至于别的居民，他们本来在外面过得不错，但他们就是不喜欢外面的世界。这种人只是过客，并没有把这里当成归宿。我认识几位仁兄，来这里小住一两年当是充电，然后就离开。有时候他们辞了工作，在找到新工作之前，也会先来这里度假。"

"你属于这一种吗？"

"布兰妲，在这个地方有一个大忌，就是千万不要问别人为什么要来。人家愿意说的话，自然会主动讲。"

"我总是说错话，尴尬死了。"

"不，你问我没关系，别担心。我这样说是预防你去问别人嘛。要回答你这个问题……我真说不清。一开始我也以为自己来是因为辞职了，可是现在嘛……我已经说不准了。"

她端详着我。过了好一会儿，她低头看着我的碟子，用叉子一指。

"你的牛肉看起来很好吃嘛，我能尝一口吗？"

我让她自便，然后起身去厨房给她拿了一杯水。在得克萨斯，只有一道菜能跟我的五星级劲辣炖菜相媲美，那就是阿符做的湖南牛肉。

"所以啊，沃尔特为了你的事情大吵大闹，连续两三天没有消停。"布兰妲说，"我们都尽量避开他，可他总是跑来新闻编辑部，揪着一点小事发飙。可我们都知道，他其实是生你的气。"

"他竟然去编辑部发飙啊？那真是挺严重的。"

"后来还更严重呢!"

我们吃完了正餐,又点了两瓶啤酒。布兰妲继续给我讲述她在新闻战场上的彪炳战绩——她的生活里确实充满了刺激。我的生活则乏善可陈,只能在她讲故事的间歇说一下班上同学提起的趣事,又提起有一天早上迪伦镇长醉醺醺地走出阿拉莫酒馆,一头栽进了马槽里……每当我说起这些小事,布兰妲虽然脸上挂着微笑,可她的眼神已变得有点呆滞,显得心不在焉。所以大部分时候我都保持沉默,让她滔滔不绝地说下去。

"他开始把我们一个一个地叫上去。"她说着,把杯中的啤酒一饮而尽。阿符捧着酒罐子正要走过来,布兰妲摇了摇头表示拒绝。"他总说叫我们去是因为别的事情,但最后总会扯回你身上。他说你怎么把他给坑惨了,又问我们有没有办法把你叫回去。我们离开的时候他总是会陷入一种抑郁的状态,所以我们都开始找各种借口不跟他单独会面。

"然后他变得越来越不可理喻,谁要是胆敢在他面前提起你的名字,他甚至会把那人的脑袋给咬下来。所以从此我们再也不敢在他面前谈到你,这就是我们报社的现状了。"

"我想过去探望一下他。"我说,"你知道,毕竟主雇一场嘛。"

她皱起眉头,"我觉得现在还不是时候。再给他几个月冷静冷静吧,除非你打算回来工作。"说完她扬起眉毛,我只是摇了摇头。我猜这才是她此行的目的,不过她再也没有提起这个话题了。

阿符端着一个小托盘走过来,上面放着一张账单和两块幸运曲奇饼[1]。我把钱放在托盘上,同时布兰妲也打开了她那块幸运曲奇。

---

1. 北美中餐馆特有的饭后甜点,一种空心的饼干,里面藏着一张纸条,上面写着一句心灵鸡汤。

"'一段新恋情会照亮你的人生'。"她读完，抬起头微笑着看我，"我恐怕没时间开始一段新恋情了。你要打开你那块吗？"

"这些东西都是阿符自己写的，布兰妲。那句话的意思是他想跟你啪啪啪。"

"什么？"

"他对你起了色心，想和你上床。"

她难以置信地看着我，然后拿起我那块幸运曲奇饼，掰开瞄了一眼里面的小纸条，接着就站了起来。阿符匆匆忙忙地赶来，为我们拉开椅子，把帽子递过来，又不住地点头哈腰，送我们出店门。

在门外，布兰妲看了看大拇指的指甲。

"我得走了，希尔迪，可——"她拍了拍自己的前额，"瞧我，差点儿忘了这次找你的主要目的。地球沦陷两百周年纪念日，你有什么安排吗？"

"哦，两百周年……对，还有……"

"还有四天就到了。过去两个星期里，这件事一直占据着头条。"

"我们这儿是不看外面新闻的。让我想想看，我听说洗礼教堂正在计划举办一个烧烤聚会，听说会有街头庆祝活动，天黑之后还会放烟花。方圆十几英里之内的居民都会赶来，应该挺好玩儿的。你想来吗？"

"我就老实跟你说吧，希尔迪，我宁愿观察水泥变干也不想来参加这些活动，更何况我还要穿这些讨厌的衣服！"她扯了一下裆部，"而且我敢打赌，你穿的衣服比我的更不舒服。"

"嘿嘿，我当初有多不舒服，你连一半也体会不到呢。可人总能适应环境的，所以我现在穿这些衣服已经不觉得难受了。"

"嗯，人各有志，只能互相包容吧。说回正事，莉齐和我——或许蟋蟀也会来——打算在庆典开始之前去阿姆斯特朗游乐场野餐露营。主办单位也会在那里放烟花，是真的烟花哦。"

"布兰妲，我觉得自己还是无法面对一大群人。"

"你不用担心，莉齐认识放烟花的技术人员，能够带我们走一条特殊通道，避开人群，直达位于德朗布尔环形山边缘的安全区。在那里观赏烟花，效果绝对一流。而且和我们一起很好玩儿的，你来不来？"

我犹豫了一下。老实说，这次露营听起来是挺好玩儿的，可是最近我越来越不愿意离开迪士尼乐园的安乐窝。

"当然了，有些烟花弹特别巨大，"她挤对我，"可能挺危险的。"

我一拳打在她肩膀上。"我负责带炸鸡。"说完，我拥抱了她。布兰妲转身就走，我又喊住她。

"你非要我问你不可吗？"我说。

"问我什么？"

"那块该死的幸运曲奇饼里到底写了什么呀？"

"噢，告诉你一件有趣的事。"她微笑着说，"你那张纸条上写的正是我饼里的那句话。"

我拐过老西班牙道的转角，经过治安官办公室和监狱，来到一间小店门前。这里有一扇平板玻璃橱窗，上面贴着几个金叶大字：新奥斯汀得州人报。这份报纸一周两刊，是西得克萨斯地区最好的——也是唯一的——报纸。我敲也不敲，直接开门进去，里面是一个接待顾客登记订阅和刊登广告的营业厅。我继续往里走，穿过两扇双向推拉门，走进了编辑部。这里摆放着一张巨大的实木组合办公桌，我从桌子下面抽出一张旋转大班椅，舒舒服服地坐了下来。

我怎么能这么大模大样？因为我就是《得州人报》的主编、出版人和首席记者！说起来，这份报纸已经为西得克萨斯人民服务六个月了。沃尔特是对的，说到底，我还是离不开新闻事业。

我们的报纸每周三和周六发行，如钟表般精准，而且信息量巨大，有时候长达四大页。通过不懈的努力，我们用精准及时的报道和锐利尖刻的社论吸引了越来越多的读者，再加上这是迪士尼园区内唯一的报纸，现在我们每一期的发行量都接近一千份！来吧，一起见证我们的成长吧！

《得州人报》得以问世，完全是因为我要打发漫长的下午，却又找不到别的事情可做。我的精神病也许还在暗中潜伏着，等待机会爆发，所以让自己忙一点总好过无聊。说不定办报能消除我的自杀倾向呢，谁知道呢？

催生这份报纸的原动力是我对自杀的恐惧，而真正让它降生的是孤鸽镇一家银行给我的贷款。这报纸才卖一分钱一份，我预计要在地球沦陷三百周年纪念日过后才能还清这笔贷款。如果不是靠我做老师的薪水维持着，这报社实在难以为继，说不定还得拿我外面的存款来倒贴呢！老实说，我是死活不愿意动用外面那笔养老金的。

有了这笔贷款，我租了一间办公室，请顶好镇的一位熟手技工打造了一张连抽屉推拉都不顺畅的大办公桌（尽量支持得州货嘛！），购置了办公设备（不好意思，只能从宾夕法尼亚园区进货）。在报社开始有收入之前，两位员工的薪水都是从这笔贷款里支付。此外，印刷机也是用贷款从外面购买的。本来，迪士尼乐园里程碑州[1]园区有许多荷兰裔的能工巧匠，造一台印刷机易如反掌，可他们开价太高，那价钱相当于西得克萨斯园区五年的生产总值了。最后我们是从外面购买的，操作这笔交易的是我们镇上的律师费雷迪。此人外号矇眼貂，精明能干，他不知从哪里挖出古物保护委员会的一条鲜为人知的规定，谎称我们《得州人报》属于"文化资产"，所以在把得克萨斯园区使用的美元兑换成月球货币的走账过程中，名正言顺地打了一个大折扣！

我们请不起宾州的能工巧匠，却能依靠现代科技来解围。在古物保护委员会正式批准这笔交易的那一天起，我就光荣地成了这台印刷机的主人。这是一台1885年款式的哥伦比亚手动印刷机——印刷史上最出类拔萃的机器之一——的复制品，用铸铁和黄铜打造，顶上盘踞着一只神情倨傲的美国雄鹰，边框上还刻着专利号，简直能以假乱真。这台印刷机很快就造好了，反倒是送货上门和安装过程更费时。现代科技够厉害伐？

"下午好，希尔迪。"我们报社的印刷工人哈克说。他是一个笨小伙子，十九岁左右，手脚挺灵活，脑筋却不大好使。他大半辈子都在镇上耗着，哪儿也不想去。奇妙的是，他特别想学印刷这门完全没用

---

1. 宾夕法尼亚州的昵称。

的手艺，也不想想将来万一他想换一种生活的话，这门手艺根本就用不上。每逢星期二和星期五晚上，他就像一头驴子似的埋头苦干，通宵赶工，把第二天发行的早报印好。在黎明来临前，他会飞身上马，把报纸运送到孤鸽镇和顶好镇。他不识字，可是放置铅字粒的速度竟是我的三倍！每次完工，他的手臂上都沾满了油墨，一直覆盖到手肘处。报社还有另一个雇员慈小姐，每当她在场的时候，哈克就会突然变得笨手笨脚的。慈小姐什么都能读，却偏偏读不出写在哈克脸上的单相思。呵呵，办公室的罗曼史啊。

"我已经找到了两百周年纪念日的活动时间表，希尔迪。"哈克说，"你想摆在头版吗？"

"我觉得，放在左边一列吧，哈克。"

"太好了，我就是放在那里的。"

"我们看看效果。"

他把试印页拿过来，我顿时闻到一阵油墨气味——这绝对是世界上最香的气味之一。我看着纸面上的页码行和报社的标志：

和往常一样，看着自己的劳动成果，我心中油然升起一丝自豪感。天气预报看起来挺合理的，我从来不改，哪怕错了也没关系。而报纸的日期总是三月六号，因为一来我们不能把真实日期放上去，二来嘛，我就是喜欢这个日子。对于这些反常的地方，读者们好像都不介意。

哈克忠实地执行我的指示，把即将举行的一系列庆祝活动的时间表放在页面左方，留下足够的空间放置标题、正文和分割线——这正是我要保持的老报纸风格。我们一起仔细看，并不是阅读文字内容，而是检查有没有字母印得太深或者太浅，有没有墨点太浓重。要解决这个问题没有捷径，只能一点一点来。看完印刷质量之后，我就审视版面的视觉效果，我俩都觉得这款新的粗体字相当不错。最后我会检查第三遍，这次是真的阅读文字的内容。我写稿的时候可万万不能拼错单词,要不就出糗了,因为哈克会原封不动地给我印出来。

"在顶上再加一行字怎么样,哈克?比如说,'两百周年特刊'这类。你觉得怎样?会不会太现代了?"

"哈?不会呀,希尔迪。慈小姐说起她想改用一套名字叫什么轮什么凹的印刷系统,可是她又怕你觉得那套系统太现代了。"

"那叫轮转凹版印刷机。我倒不介意现不现代,不过那种印刷机是在订阅量很大的地方——比如说大城市——用的,而且造价太高了。嘿嘿,要是由她做主的话,说不定还会让我买一台四色印刷机呢!"

"哈,她厉害伐?"哈克说

"哈克,你有没有想过学认字呢?"我通常是不会问这种问题的,哈克虽然蠢头蠢脑,却是个可爱的好小伙子,我替他着急啊。我很难想象慈小姐会愿意和一个文盲交往。

"如果我学会了认字,就不能请慈小姐给我读报啦,对吧?"他这么说好像也有道理,"再说了,我可以这里学一点、那里学一点,慢慢积累嘛。每次她给我读报的时候我都仔细看着原文,现在已经学会不少单词了。"呵呵,原来这家伙粗中有细,疯狂之余还挺有策略的——也许爱情的力量真能克服一切困难吧。

哈克继续摆弄他的铅字盒与排字盘,我就不打扰他了。我回到办公桌前,从中间抽屉里拿出一张纸和一支钢笔,把笔尖伸进墨水瓶里蘸一下,然后开始用正楷字奋笔疾书。

标题:普利策奖得主光临我镇访问

正文:近日,著名记者布兰妲·斯塔尔小姐莅临新奥斯汀镇,进行了为期半天的亲切访问。贵客光临,令我镇大街小巷洋溢着喜庆。斯塔尔小姐来自王城,受雇于当地著名的《新闻X嘴日报》。前些时候她报道了发生在王城某个自由主义教堂里的某些不愉快事件,并因此获得了今年的普利策奖。斯塔尔小姐在国会街上漫步,引来无数单身男女回头注视。随后,斯塔尔小姐在本报记者陪同下,在著名的符和平中餐馆共进午餐,并对午餐美食赞不绝口。据知情人士透露,这位美女记者对我镇芳心暗许,或许会在短期内再度造访,各位男士敬请留意!

H.J

(慈小姐,请把这一段放在"毒蜥"专栏里)

"毒蜥"是我特意设立的、专门传播流言蜚语的八卦专栏,也是这份报纸目前最受欢迎的版块。毒蜥是一种躲在石头下面的十分恶毒的小爬行动物,它们整天在暗处出没,应该能够偷听到别人的话——这正是我的八卦专栏取这个名字的寓意所在。当然,在这个小镇里,无论谁发生什么事情,到最后肯定是人尽皆知的,唯一的差别只是各人闻道有先后罢了。在事情发生之后,在开始传播之前,这中间的时间差就是记者可以充分利用的好机会!哪怕消息以音速传播,对于一个顶级记者来说,这么短时间的一个窗口就足够展现出最吸引人的风景了。

我说的顶级记者并不是指我自己。"毒蜥"专栏虽然是我创办的,而慈小姐才是毒蜥蜴的毒牙里面的毒液!我的教学工作太占时间,所以没工夫四处嗅。而慈小姐好像从来不用睡觉,新闻是她呼吸的空气,也是她的生命。她每周都可以至少挖出两件丑闻,永不落空。本来,阿拉莫酒馆是永恒的流言之泉、龌龊的丑闻之角,可是慈小姐不喝酒,也极少去酒馆蹲点,竟然能挖出那么多流言蜚语,着实难能可贵。

日落时分,通信记者慈小姐从顶好镇回来,步履轻盈地走进了编辑部。顶好镇野心勃勃,谋求成为迪士尼得克萨斯园区的新首都。三个月后,本地区将就迁都事宜进行全民公决。这件事情会牵涉各个民选议员，他们彼此间难免会私相授受和指使教唆，绝对是一个好新闻。这种情节丰富的故事，放在头版一定能吸引眼球，可是作为报纸的老板，我深知这样做可能会给我带来不良后果。《得州人报》目前的经济状况很简单，无论我是否把这个故事放在头版，销售量都是恒定的，因为这份报纸每个得州佬都会看。所以我告诉慈小姐，我只能把这个新闻放在第二版。同时，为了安抚她，我也答应给她两个竖列的版面，并且让她署名。

这种小甜头是必须的，因为慈小姐带回来的除了"顶好镇之野望"的新闻外，还有一个"好消息"：《星球日报》——一家总部设在阿吉城的质量还不错的二流报社——想挖她跳槽。没了她怎么办？我当时就觉得晴天霹雳。可是慈小姐对我的懊恼视而不见，完全沉浸在哈克仰慕的目光当中。不过她随即郑重宣布，她是不会离开《得州人报》的，除非能去像《奶嘴》这样的一流报纸。据哈克说，慈小姐还不到一米五——布兰妲有六个她么么高吧——好像还在长个儿，可她浑身上下散发出的激情和能量绝对能弥补她身高上的不足。她就像一条花边灯笼裤么么可爱，而且经常沉浸在自我当中，所以从来没发现哈克一看见她就舌头伸出来收不回去了。她提到我的老东家时，我一下子呛住，咳了两声，慈小姐当然也不会留意到。我知道，乍听之下，她这人不怎么样，可这事儿我没法真的怨她。因为慈小姐其实人很好，如果她知道自己伤害了你，她会比谁都更紧张。

在她絮絮叨叨说个不停的时候，我把编辑部里所有煤油灯都点亮了。哈克继续往排字盒里摆放铅字，眼睛却一直盯着慈小姐不放。这样一来，错别字的数量肯定会倍增，可我也只能忍了。

我离开的时候，天色已经全黑，月儿正爬上梢头。慈小姐坐在椅子上睡着了，而哈克还在操作那台超级无敌哥伦比亚牌假古董印刷机。他一下一下地拉着扳手，沉稳、冷静……

新奥斯汀镇一片安静祥和,只有蟋蟀的鸣叫声和街角阿拉莫酒馆传出来的钢琴声。我已经累得腰酸背痛,双手还沾满了油墨。我走进夜色里,深深吸了一口气,顿觉凉意直沁心肺。我突然意识到自己满身大汗,脖子一圈,腋下两片,还有……呵呵,你懂的。我把一只灯笼挂在自行车头,翻身上车。一下清脆的铃声过后,消防站传来两声凄凉的哀号。我蹬着脚踏,驶上了一条漫长的归家路。

一个人能够承受的快乐……有上限吗?

我相信神的存在,我真的、真的、真的相信!因为我在生命中无数次看到祂,看到祂站在一旁,默默地计算着我的得失,这一次也不例外。当时,我一边赶路一边欣赏着美丽的夜色;回想起工作顺利完成,虽然劳累却也心情愉悦;回想起今天与朋友久别重逢;还有明天早上依然会有两只可爱的小狗迎接我的到来……不知不觉中,我即将进入一种近乎禅的状态,终于能够毫无保留地接受生命中的一切。就在这种状态来临之际,神大手一挥,扔了一块小石头,正好挡在我的人生路上。

我是说真的,路上真的有一块石头!当时我刚刚出了镇,一下子撞在石头上,前轮掉了两根辐条,轮框也歪了,我差点儿就栽进一堆仙人球里,好险!这无疑又是神的杰作:他知道我不能承受太多的幸福和快乐,所以出手提醒一下,让我收敛一点。

我想过返回镇上,叫醒铁匠帮我修车。我这辆自行车是这个年代的最新发明,也是镇上的热点话题之一。有机会倒腾这个玩意儿,铁匠一定很开心。不过他肯定早就睡了,而且他家里还有一位娇妻和三个儿女,我决定还是不去打扰他们了。我把自行车放在路边即可,因为在我们这个小镇,没有人敢偷像自行车这样的宝贝。试想你骑着希尔迪的自行车在镇上转悠,怎么跟人解释?剩下那一段路我是徒步走回去的。到家时,我并没有特别沮丧,心情也没有特别坏,只是稍稍有点不爽罢了。

我踏上门廊的台阶。灯笼的火光突然照到摇摇椅上竟然坐着一个人,距离我还不到十英尺。

"天哪!"我说——呵呵,我现在都习惯这样说话了,"你吓我一跳!"我有点紧张,却并不害怕。强奸这种事情,在月球上罕有发生,至于在得克萨斯嘛……只有笨蛋才会做这种事情,因为园区所有出口都处于严密监控之下,而且在这里绞刑是合法的!我举起灯笼,把那人看个仔细。

这人身材不高,和我差不多,相貌英俊,双目炯炯有神,还留着一撇小胡子。他身穿一件双排纽扣的对襟高领花呢上衣,脚踏着一双黑白色的牛津巴尔摩帆布皮鞋。他身边的地板上放着一根手杖和一顶窄边圆顶礼帽。我以前没见过这人,可是看他的坐姿有点眼熟……

"你还好吧,希尔迪?"他说,"又加班哪?"

"你是蟋蟀吗?还是她的孪生兄弟?"我说,"你到底把自己怎么了?"

"呵呵,我想着反正已经长胡子了,那就干脆来个彻底的大变吧。"

Steel Bench

No.18

漫　画

你也许会问，在那个热衷自杀的女孩儿身上到底发生什么事情？上一次提到她的时候，她被关在牧草街旁一个镶满了防自杀软垫的小房间里，跟一个假人聊天，听到了许多人类不应该听到的消息，还吓得浑身上下里里外外都在颤抖。就在不久前，她再次自杀未遂，又遭受了中枢电脑粗暴而笨拙的震荡疗法，几番折腾，已经成了在暴风雨中发抖的惊弓之鸟，怎么还能变得像此刻这么沉着冷静呢？这只来自现代的折翼小蝴蝶怎么会逆生长，重新变回一条生活在维多利亚时代的毛毛虫呢？虽然这条毛毛虫平平无奇，但至少看起来还算是靠谱的。

她是怎么做到的呢？就是靠一天一小步地慢慢积累，从量变到质变呗。

正如我向布兰妲暗示的，无论管理委员会对迪士尼历史乐园的功能有多少种说法，有一个好处是他们意想不到，所以也没有提及的：为那些患了精神官能休克症或者社交功能休克症的病人提供了一个避难所（好吧，你说是一个自由放养的精神病院也行）。在得克萨斯和其他类似的地方，我们不需要什么专门的疗法，只要隐居在一个比较安静祥和的年代，自然就不会再像独狼嚎月似的定期发病了——因为生活在这里本身就是一种疗法。对于某些人来说，这剂药要吃一辈子；对于其他人来说，偶尔来一口就足够了。我属于哪一种呢？目前还言之尚早。

对我来说，来得克萨斯隐居算是迈出了很大的一步。然后，你瞧我现在，效果很好嘛！而且我来做老师完全是被人们好说歹说、拗不过才答应的；事实证明此举也是非常有疗效。我学会了不但要交朋友，更要对朋友敞开心扉；我还明白了朋友们其实很愿意聆听我的烦恼、我的希望和我的恐惧。这一切当然不可能在一夜之间发生，而且我现在还没有真正达到那个境界，可是我已经走在了正确的道路上，康复指日可待。重要的是，我有机会一砖一瓦地为自己慢慢重塑一个崭新的世界，这就已经很好了。

跟我以前在外面的生活相比，这里的人生当然显得非常沉闷。不过你得明白，其实是你们旁观者觉得沉闷，我可是觉得乐趣无穷啊。我甚至觉得同学们创作的每一幅蜡笔画都是一件让人叹为观止的杰作；慈小姐挖回来的每一个小新闻都让我由衷地感到自豪——是母亲看着女儿成长的那种自豪。出版《得州人报》比在《奶嘴》工作更让我有满足感，我不明白以前怎么能在那里熬了那么多年。然而，这里吸引人的地方是很难向外人解释明白的。比如布兰妲就觉得这里的生活沉闷，蟋蟀肯定也这样认为的，估计各位读者也会有同感。所以我写这些个章节的时候省略了整整七个月的生活——要是我有心理治疗师的话，估计他会对我这段时间的经历相当感兴趣。

看我这样描写，好像我已经完全康复了似的。可如果是真的，为什么我经常在黎明前惊醒呢？每个星期至少两三次，我发现自己尖叫着醒来，一颗心怦怦乱跳，浑身衣衫都被汗水湿透了。

"你半夜三更坐在这儿搞什么鬼？"我问他，"这里的夜晚会越来越冷，你怎么不进去坐呢？"

他茫然地看着我，好像我说了什么蠢话似的。对于那些没在得克萨斯待过的人来说，这句话也许真挺蠢的。于是我把门打开，让他亲眼看看这门根本就没有上锁。这家伙肯定压根儿就没想过试一下自己开门。

我划亮一根火柴，在屋子里走了一圈，把所有煤油灯都点亮了。然后我打开炉盖，点着炉腔里的一堆松木屑，再往里不断添加助燃物，终于生成了一个炽热的小火堆。家里有一个直立的陶瓷储水罐，底部有一个黄铜做的水龙头。我把咖啡壶端到水龙头下面接满水，然后放在炉台上烧开。厨房里只有两把椅子，蟋蟀坐在其中一把上面，饶有兴致地看着我忙来忙去。他将帽子放在身旁的桌面上,却依然把手杖抓在手里。

我从玻璃罐子里舀出咖啡豆,倒进磨豆器,开始手动研磨咖啡豆,房间里顿时溢满了香气。等粗细程度合适了,我就用一个小篮子把咖啡粉装起来,整个儿放进咖啡壶的开水里继续煮。然后,我把台面上的半个苹果馅饼切下来一大块,用碟子装好放在他面前,再摆上一把叉子和一张餐巾。直到这时我才有工夫在他对面坐好。我把帽子摘下来,与他的帽子并排放好。

他低头端详着苹果馅饼,眼神里充满了好奇,好像在揣测这东西到底是干吗用的。然后他犹犹豫豫地拿起叉子,挖出一小块放进嘴里。他一边咀嚼一边环顾四周,把我的小木屋又看了一遍。

"你的家不错嘛。"他说,"挺舒适的。"

"或者说是有乡土气?"我提议说,"简单朴素?有探索精神?愚不可及?"

"很'得州'。"他总结说。然后他用叉子指了一下,"这馅饼也挺好吃的。"

"等会儿配上咖啡就更绝了。"

"对对,肯定是一流的。"他又用叉子指了一下,不过这次指的是我的木屋,"布兰妲说你需要帮助,可我没料到会看到这样一个场景。"

"你胡扯,她哪有这样说!"

"对,她的原话是,'希尔迪对着孩子们微笑,还教他们打牌出老千。'我听了立马就决定赶过来,半秒也不能耽搁。"

我能想象他当时有多么震惊。可是希尔迪为什么不能对着孩子们微笑呢?而更重要的问题是,为什么希尔迪一直以来都很少对着别人微笑呢?至于打牌,蟋蟀的担忧是有道理的,因为我的出老千秘技向

499

来是不外传的。

写到这里,是时候插几句题外话了……

过去几个月里我到底经历了什么?我很难用随随便便的几句话就掩饰过去。我知道,如果我详细解释的话,你是不会感兴趣的;可就算你不感兴趣,我也还是非解释一下不可。从我当初跟中枢电脑对峙,到后来与蟋蟀同桌进餐,其间发生了许多事情。虽然当中大部分都不是什么好事,可在这里描述一下还是有价值的,因为你可以从中感受一下我最近走过的这段人生旅途。

在这段时间里,我每个周末都外出做同一件事情:寻找。

每个星期六我都去游客中心逗留一会儿。在那里,我褪去了"态度温和的记者"这个秘密身份,化身第欧根尼[1],孜孜不倦地寻找一个没人作弊的牌局。迄今为止,我找到的全是"技工抓"的变体,可谓五花八门、层出不穷,不过我是不会放弃的。要是你在电话簿里查找"哲学家"或者"专家"的名录,打印出来的列表会比布兰妲的手臂还长;可如果你查找"心理咨询师"或者"心理治疗师",你得带一辆独轮手推车来运纸——而这正是我要寻找的第二个目标。从游客中心出来之后,我会回到外面那个真实的世界里。那里的人们想出了各种各样的生存方法,让自己能一天一天地熬下去;而我就是要利用星期六这一整天的光阴去把那些方法都试个遍。

现代哲学以及心理学的各个流派我都略知一二,当中有许多是故弄玄虚的,我就不凑上去了。比如说明星教的布道会吧,我就不需要参加了。因此,我是从投身那些经典的骗局开始的。

我早就说过了,我骨子里是一个愤世嫉俗的悲观主义者,不过,

---

1. 古希腊哲学家,犬儒学派代表人物,有许多古怪言行。曾大白天举灯走在大街上,声称要"寻找一个诚实的人"。

我还是决定给城里每一位"专家"和"大师"一个机会。愿望是美好的，可惜结果却是一个个在笑点来临时轰然落幕的笑话。我的星期六通常都是这样度过的。

星期天，我去教堂。

用甜点作为正餐的第一道菜，其实是不合适的。但在得克萨斯，从客人踏入家门的那一刻算起，主人必须在几分钟内就把吃的摆在他面前，否则就是有违待客之道。而当时那个苹果馅饼是现成的，所以就先给他端上。不过，我很快就盛了一碗豆子炖辣肉给他，另外还有一碟玉米面包。蟋蟀埋头猛吃，额头上渗出了一颗颗汗珠子，他也浑然不觉。

"我还以为你会骑马代步呢。"他说，"所以我一直留心听马蹄声。哪知道你是走路回来的，想不到啊。"

"你知道养一匹马有多贵吗？"

"完全不知道。"

"你信我，是很贵很贵的，所以我骑自行车。我那辆德斯礼·裴德森复古款自行车是全得州最好的，还有充气轮胎呢。"

"这么好的自行车，现在在哪儿呢？"他伸手拿起水壶，给自己又倒一杯水——吃我炖菜的人都这样拼命喝水。

"呃，出了点小意外。你等了很久吗？"

"一小时左右吧。我先去了学校，发现没人。"

"我只有上午去教课，下午还有另一份工作。"我掏出一份明天发行的《得州人报》递给他。他先瞄了一眼页末的出版商商标，又抬头看了我一眼，这才开始默默地浏览我的报纸。

"你的女儿挺好吧？叫丽莎对吧？"

"挺好的，只是她现在非要别人叫她'破坏王'不可……你别问我为什么。"

"小孩子是会经过这些阶段的。我的学生们就是这样,我小时候也一样。"

"我也是。"

"上次你说起她想要个爸爸什么的,现在还是这样吗?"

他往自己那副全新的躯体比画了一下,耸了耸肩。

"你说呢?"

经过仔细研究,我从电话簿的列表中选出了一个最合适的人选:一位硕果仅存的精神分析师。他长得跟西格蒙特·弗洛伊德一模一样,而且说话还带着浓重的德国口音。准确来说,弗洛伊德的精神分析法并没有被学界完全否定。不过,他的学说有许多原则是建立在他个人惨痛经历的基础上,并不能推广适用在所有人身上。所以许多心理学流派虽然以他的学说为根基,却也都摒弃了其中的糟粕。

我很好奇,面对着月球社会的各种古怪现象,一个纯粹的弗洛伊德精神分析师会怎样去解读和应对呢?他是这样做的:

小弗(我就姑且叫他小弗吧)有一个足以让沃尔特汗颜的豪华办公室,当中有一张舒适的大沙发。他让我舒舒服服地躺倒在沙发上,然后问我觉得有什么难题。我絮絮叨叨地说了十分钟,这才停下来。他一直坐在我身后记笔记。

"有意思。"他沉默了片刻,说道。然后他问我跟我妈妈之间的关系,我又絮絮叨叨地说了半小时,这才停下来。

"有意思。"他沉默了好几个片刻,说道。我听见他的笔在纸面上摩擦出沙沙声。

"你觉得怎么样,医生?"我扭着脖子看他,问道,"我还有救吗?"

"我觉得……"他的口音我受够了,"你这个案例很适合精神分析疗法。"

"我的问题到底出在哪里呢?"

"现在下结论还为时尚早。我留意到你提起在……好像是你十四岁那年吧……你跟你妈妈之间发生的一件事情。她带了一个新的情人回家,而你并不喜欢那个人。"

"在我那个年纪,基本上她做什么我都不会喜欢的,更何况那家伙是个烂人,他偷我们家东西呢!"

"你有梦见过他吗?你所记挂的这些'盗窃'行为,会不会只是象征性的呢?"

"也许吧。我好像记得他偷了凯莉最贵重的那套'象征性'瓷器餐具,还有我的'象征性'吉他。"

"我看得出来,你对我心存不满。你的父亲抛弃了你,而你就把对他的怨恨移情到了我身上,也许是因为我在你眼中成了父亲的角色吧。"

"什么角色?"

"那个新的情人……对了,你要掩饰的其实是一种怨恨的情绪,你恨他有阴茎,而你却没有。"

"我当时是男的!"

"那就更有意思了。你把自己阉割了,这么极端的事情也能做……既然是这样,没错,没错,这是一个值得深究的切入点。"

"你觉得要花多少时间呢?"

"要取得长足进展的话,我预计要……三到五年吧。"

"不够吧。"我说,"我觉得三到五年太短了,治不好你。真是听君一席话,胜读十年书啊!再见了,医生。"

"我按小时收费,你还有十分钟呢。"

"你要是有点脑子的话,就应该按月收钱,而且要提前支付。"

"当然了，丽莎不是我大变的唯一原因。"蟋蟀说道，"这事情我已经考虑好一段时间了，最后我决定就试一下呗。"

我倒了一杯酒给他，然后开始收拾桌子。我给他喝的是一款名叫"雨海22"的葡萄酒，质量很好，可惜是外面酿造的。所以人们把它灌进贴着"顶好镇红葡萄酒"商标的瓶子里，骗过年代检测器，这才偷运进来。得州人民普遍都这样做，因为人人都觉得官方对年代的限制实在是有点过了。

"你是说这是你第一次大变？"

"我比你年轻很多呢。"他说，"你老是忘了这一点。"

"嗯，有道理。怎么样，变了性，一切都还顺利吧？对了，你介意我一边跟你说话一边梳洗吗？"

"不介意。做男人……还好吧。只需要再练习一下，我也许能够做得很好呢。不过现在还是感觉怪怪的，尤其那两个蛋蛋，也不知道是哪个捣蛋鬼发明的，我真想跟他好好谈谈。"

"对，那设计看起来是挺初级的，对吧？"我说着，把裙子解下来叠好，然后坐在一张小桌子前。桌上有一块波浪纹边缘的镜子，我平日就是对着这镜子穿衣、化妆和梳洗。"我还应该继续叫你蟋蟀吗？这个名字不太男性化。"说完，我拿起桌面上的一把纽扣钩。

蟋蟀默默地看着我用这把钩子解靴子上的纽扣。我笨手笨脚的，显得狼狈不堪。其实这很容易理解，我从小到大都习惯了赤脚，就算穿鞋子也是那种易穿易脱的，哪有机会干这种活儿？不过……蟋蟀真是在看我解鞋扣吗？他会不会是盯着我的女式短衬裤？我这条衬裤没什么特别的，就是棉布质地，松松垮垮的；裤口开在小腿中间处，还装了松紧带。唯一有趣的是衬裤上缝着粉红色的蝴蝶结和丝带。他这样盯着我，会不会可能是……嗯，有意思。

"我还没正式改，"他说，"可是丽莎——呃！错了，是破坏王——确实想我改名。"

"是吧？她可以叫你吉米尼嘛。"我解开了罩衣的扣子，把它脱下来搁在裙子上。接着，我脱下灯笼衬裤，又开始解纽扣——这次我解的是连裤内衣的纽扣。这种连裤内衣也是棉布的，也是很宽松的，也早就被历史遗忘了（幸好！）。我一边解一边抬头看他，被他的表情逗乐了。

"给我说中了，是吧？"我说。

"真给你说中了！不过她这样叫我的时候，我是不会回应的。我在考虑用吉姆，或者吉米也行，可是……你说的腻歪死人的那个名字，吉米尼，我是绝对不会用的。话又说回来，男人用蟋蟀这个名字，怎么不行了？"

"没有不行，我就继续叫你蟋蟀好了。"我脱下了连裤内衣，把它扔到一旁。

"天哪！希尔迪！"蟋蟀终于忍不住爆发了，"你要花多少时间才能把身上这些东西都脱掉啊？"

"呵呵，我穿的时候要花更长时间呢，而且我始终不敢确定顺序对不对。"

"这是紧身胸衣，对吧？"

"对。"其实,他并没有全说对。我现在已经脱到了最精彩的部分，再也不是那些棉布衣物了。他盯着的那件东西其实可以在牧草街一家特别的商店买到——而我确实就是在那里买的。那家店的目标顾客都有一些特殊的口味，都喜欢一些以前盛行、但现在过时的东西——比如说维多利亚时代女人们用来折磨自己的紧身胸衣。不过你别搞错了，我买的这件仅仅是看起来像，里面装的其实是松紧带，并不真是以前那种用钢丝、鲸须、帆布和淀粉浆做成的刑具。这件紧身胸衣是粉红色的,边缘缝了一圈皱褶,后背还有黑色的丝带。我把别住头发的发簪拔出来,摇了摇脑袋,让秀发散漫地垂下来。"对了,这件事情你帮得上忙。能帮我把后背的丝带松开吗?"我等了片刻,就感到他的手指开始弄那些丝带。

"你早上怎么摆弄这些丝带呢?"他幽怨地问。

"我找了个女孩子来帮我。"其实哪儿有人来帮我,我只需要用手指拉一下胸衣前面的几根线,就能把后背的丝带拉紧了。如果松开丝带也和拉紧丝带同样容易的话——确实是那么容易——我为什么还要他来帮忙呢?你已经知道我在打什么主意了,对吧?

"没办法,我真觉得你这是一种病态。"他说着就坐回椅子上。这件胸衣并没有松开,依然紧紧地箍在我身上。于是,我使劲把它往下扯,好不容易脱下来,一把扔到那堆衣物顶上。"你怎么会穿这些又蠢又烦的东西呢?"

我没有答话,不过我其实是一点一点陷进去的。在乐园管理层看来,只要你外面穿得像模像样就可以了,他们才不管你里面穿什么。只是我对一个问题产生了兴趣——每个女人看到自己的曾曾曾曾曾祖母穿的衣服时,都会问这个问题:她们到底是怎么穿上去的?

关于这个问题,我没有一个神奇的答案。这么说吧,我从来不怕热,因为我是在侏罗纪公园长大的,跟雷龙喜爱的天气相比,得克萨斯的热就像一阵怡人的清风。我唯一受不了的是真正的紧身胸衣,我只试穿了一次,觉得太折磨人了。至于其他的衣裤都还好,习惯就行了。

这些东西我是怎样穿上去的?这个问题很容易解答。至于我为什么要这样做……我也不知道。每天清晨我穿上这些衣物的时候,感觉很好,仿佛我变成了另一个人。其实这个主意不错,因为另外一件我最近老是做的傻事……

"穿上合适的服装,能帮助我更好地进入状态,给我的报纸写稿。"最后我是这样回答他的。

"嗨,说起报纸,你这是怎么回事?"他一边说一边拿起那份《得州人报》向我挥舞,然后用手指在页面上比画,"我读你的'农场报道',得悉沃特金斯先生的那匹棕色母马在上周二生下了一匹小马,母女平安。你能想象,知道了这个好消息,我的心头大石终于落地啦!噢,还有,你说要是下星期还不下雨的话,孤鸽镇的玉米地就摊上大麻烦了——可你难道忘了,这里的天气都是安排好的呀!"

"我从来不看园方公布的天气计划,因为那是作弊。"

"'作弊',你竟然说那是作弊。整张报纸只有毒蜥专栏像是你的风格,至少那文章够狠毒。"

"我已经厌倦了狠毒。"

"看来你的状况比我预计的更严重。"他突然皱起眉头,用手拍着报纸,好像页面上沾了脏东西,"'教堂新闻'?教堂新闻!希尔迪,你……"

"我每个星期天都上教堂。"

他可能以为我去的是国会街尽头的洗礼教堂。那地方我不时也去一下,多数是在晚上。其实这个教堂只是个有名无实的空壳,它不属于任何教派或者派别……说老实话,它和宗教根本没有任何关系。这里从来不举行布道会,人们来只是为了唱歌取乐。

每个星期天早上,我都会去真正的教堂。毕竟除了犹太教和伊斯兰教之外,绝大部分宗教都以星期天为安息日。不过那两个宗教的活动我也有去参加。

我把每一个宗教流派都试了个遍。我不但参加各种礼拜会,而且一有机会我就会揪住该宗教的神职人员聊天,希望能从神学中寻到答案。他们大部分人都很乐意跟我详谈。我访问过福音传道士、基督教长老宗的长老、罗马天主教会的牧师、伊斯兰教的毛拉、犹太教的拉比、藏传佛教的喇嘛，还有各种宗教的主教长、圣职者、大祭司和女祭司……无论是何方神圣，只要我能逮住，就非要问个明白不可。要是该派别没有一个正式的领袖或者导师，那么我就跟普通的信徒、教众或者僧侣聊。我发誓，只要我看见有三个人聚在一起高呼"和散那[1]"，或者将蓝色泥巴抹在身上以表达对随便什么东西的崇拜，我一定会把他们揪出来按在地上，抓住他们的领子拼命摇，逼迫他们招出他们心中的"真理"到底是什么。看在神的份上，别跟我说你的疑虑，告诉我你到底相信什么！万岁！

调查显示，百分之六十的月球人是无神论者、不可知论者，以及那些脑子里容不下半点认知论想法的烂人和蠢人。我是当中的哪一种？我也不太清楚。至少到目前为止，我对神学的认知只是建立在一两个无法证实的前提的基础上，我从来没有构建出一个详尽的、逻辑自洽的理论体系。通常来说，人们可以阅读传统宗教的典籍著作（有的宗教只有一本经典，有的则是汗牛充栋），或者从民间传说和神话故事中得到启发，这样就不用劳烦自己去思考了。如果此路不通，人们还能投奔多如牛毛的新兴宗教。在这些新的教派当中，有些是建立在现有宗教的基础上，有些则是某位奇人在顿悟之后创立的。

而我最大的缺陷在于，我没有信仰！信仰贯穿在所有新旧宗教的血脉里，能够化腐朽为神奇，将一件有趣的事情变成神迹——但是我不行。你别误会，我并不是想贬低人们的信仰。我也努力敞开心扉，摒弃所有预设的偏见，尝试接受某个信仰；要是有闪电能够让我顿悟的话，我是心甘情愿遭雷劈的。我一直在努力思考，希望有朝一日突

---

1. 又译作贺三纳，是基督教的祈祷词。

然仰天长啸,向世界宣布我悟道了!可惜事与愿违,我不但没有悟道,反而在思考过程中摒弃了一个又一个的宗教信仰。

还有百分之四十的月球人宣称加入了某个宗教组织。当中最大的宗教就是明星教,其次是基督教以及从基督教衍生出来的各种信仰——有像罗马天主教会这样的庞大组织,以及只有几十个信徒的小教派。此外,还有犹太教、佛教、印度教、摩门教、伊斯兰教、苏菲教派、玫瑰十字会等数量可观的小宗教,以及各自衍生出来的小小宗教。最后还有数百个非主流的怪诞宗教,比如聚居在加加林环形山的芭比娃娃殖民地,那些人都通过整容把相貌变成一模一样。有些人说外星侵略者都是神,我还没想好要不要接受这种看法。问题是就算他们是神,那又如何?自从地球沦陷以来,直到目前为止,他们对人类的态度只能用"漠不关心"来形容。要是一个神对我们漠不关心,那么我们还要祂干什么呢?这种神创造出来的世界跟没有神的世界相比,或者跟"神已死"的世界相比,又有什么不同呢?噢,对了,还真有人相信"神已死"的!他们认为曾经有过一位神,只是他遇上了什么劫难,没能熬过去。然后从那群人里分裂出另外一小撮人,认为神并没有死,只是躺在天堂的急救室里罢了。

甚至有些人把中枢电脑当成神去崇拜,我对他们当然是避之不及了。

我的目的是——如果我能活那么久的话——把世上所有的宗教(除了崇拜中枢电脑那帮人)全部探访一遍。目前,我还在基督教的各个教派之间游荡,而每隔三个星期我就去探访一个在我的宗教名单上属于"另类"的古怪宗教。当中有些组织在普通人眼中确实是很另类。

我参加过一场女巫黑弥撒:大家都把衣服脱光,宰了一头山羊,每个人都把羊血往自己身上涂抹——听起来没什么意思对吧?实际比你想象得更无趣！我曾经坐在以色列莱瓦纳神庙的破凳子上，听一位仁兄用希伯来语朗诵——如果我捐一点钱还能有同步翻译。我试过用红酒漱口，然后咽下去。我能够把《奇异恩典》的所有歌词都唱出来，还背下了《基督精兵前进》的大部分歌词。每个晚上我都会阅读五花八门的宗教书籍和手册，其间还无意中订阅了一份名叫《守望台》的基督教杂志——我至今想不起来具体是怎么操作的。在阅读过程中，我真正领略到什么叫一头雾水。这些东西，出多少钱也买不到同步翻译，所以我看了完全不知所云，只觉得自己愚不可及。

我的冒险经历还有很多很多，以上列出的只是其中的一部分。这些经历可以用一件事情来总结：

有一次我参加一个宗教集会，在庆典过程中，有人突然把一条响尾蛇塞进我手里。我不知道该拿这东西怎么办，于是就捏住它的脑袋，把它的毒液挤出来。别！别！别！他们齐声叫嚷，你应该捧着它。我特么捧着它干吗？我大声反问，这东西特别危险，你们都不知道吗？于是他们一起回答：神会保护你的！

呵呵，神当然会保护我。只是我觉得，在"保护我"这件事情上，我给神帮点忙也没什么坏处呀。我刚好对这种生物略知一二，我还没见过哪条响尾蛇是愿意听人劝告的。这大概就是我问题的症结所在了：信仰之于我就如同一条毒蛇，我总是抢在它有机会为害之前就把它的毒牙给拔了！

也许这是一件好事吧。问题是我依然没有取得什么进展。

老面临终前送了我一套精美的荷兰代尔夫特蓝陶水罐和脸盆。我盛了满满一脸盆水，往里加一点玫瑰露、波斯油和女士专用法国香水，然后把一块毛巾蘸湿了开始洗脸。

"你在这里挣扎求存，所有东西都来之不易，对吧？"蟋蟀说，"我在想啊，你这水是从哪里来的？"

"不止我这里，月球上每个地方的人都在挣扎求存，所有东西都来之不易，小伙子。"我一边回答，一边把背心内衣的吊带解开，开始擦洗胸部和腋下，"只是不同的人会在不同时候为了不同的事情而挣扎。"

"我只知道我的水是从水龙头里出来的。"蟋蟀说。

"你别在我面前装无知。我们的水有一部分来自土星环，那里的人把那些肮脏的大冰块从土星推来月球轨道，然后我们在这里将大冰块拦截下来融掉；有一部分水是空气循环处理过程中的副产品，还有一部分是过滤后的污水。这些水净化后通过水管送到各家各户，所以你打开水龙头才会有自来水。在我这儿没有铺设水管，所以有专人来给我家的蓄水桶灌水，每周一次。"

"我只需要扭开水龙头就行了。"

我指着水池旁的水箱说："我也是。"我把身上的水珠擦干，然后开始在皮肤上抹护肤霜。"我知道你很想问，却又不好意思开口。我这就告诉你吧，我每隔三四天就去镇上的酒店洗一次澡，从头到脚都洗干净，香皂洗发水护发素什么的都用全了。看我这样清洗你都受不了，嘿嘿，等你要上厕所的时候还不吓死你？"

"你真是乐在其中啊，对吧？可我实在受不了这种生活。"

"你怎么突然开始关心我的生活水准了？"

这个问题好像让他浑身不自在，于是我俩陷入了尴尬的沉默。在昏暗的灯光下，我看着镜子里的他，看不清他的表情。终于，我把冰凉的护肤霜都抹匀了，这时我才开口说话：

"如果你想说活在这里的人都是失败者，那你就尽管说出来吧，反正这种话我又不是没听过，我也不会否认。"我打开一个椭圆形的漆木盒子，拿出一个粉扑，开始往脸上身上拍，很快我就被笼罩在一团芳香扑鼻的云雾里。盒子侧面印着四个字：午夜巴黎。

"所以你不属于这个地方，"他说，"希尔迪，外面还有大好世界等着你去征服呢。你不应该躲在这里办小报游戏人生，外面才是真实的世界啊！"

我本来可以回答"这里的世界又何尝不真实呢"，但是我没有。我转身看着他，重新把内衣的吊带挂回肩膀上。我上身穿着一件黄色贴腰丝绸长背心，腿上套着我最好的那双长筒吊带丝袜，另外还挂着几件零星的首饰。蟋蟀看着我，然后把一条腿搭在另一条腿上。

"你曾经怪我不懂跟人相处，其实你说得有道理。我认识你那么多年，竟然不知道你有个女儿，我对你了解得实在不多。蟋蟀，我有些事情你也不清楚，我就不打算赘述了，因为那些是我的难题，和你不相干。可是我要告诉你一句话，你务必要相信我：如果我没来这里，可能早就死了。"

蟋蟀脸上现出怀疑的神色，同时也带着一点忧虑。他欲言又止，只是抱住双臂，很不自然地摸着唇上的胡子。

我伸手去身后拿出一个紫色的小瓶，把里面的广藿香油在耳背、胸口以及大腿内侧各洒了几滴。接着我站起来，从他身边走过——准确来说是擦身而过——来到床边。我把宽大的被单拉到床尾，将枕头掸松，然后半躺着倚在床头。我把一条腿搁在床上，另一条腿还垂在地上。我这个姿势跟阿拉莫酒馆吧台后面的那幅画里的少女一模一样，不过画中人比我胖多了。

我说："蟋蟀，我好久没去大城市了，或许已经忘记了那里的习俗是怎样的。可是在得克萨斯，让一位女士久等是不礼貌的。"

蟋蟀嗖地站起来，一边迈步一边脱鞋子，却一个趔趄几乎摔倒。然后他管不了那么多，穿着鞋子就扑进了我怀里。

小猫帕克（男神的化身）一丝不挂地仰卧着，身体摆成十字形；而我（女神的化身）也没穿衣服，正在打双盘莲花坐。按照情色小说作家的说法，我是被钉在他身上的。

这叫"性疗法"，而小猫帕克是这种疗法最卖力的提倡者。实际上，他就是这种疗法的创始人，或者至少是在以前版本的基础上创建了这个改进版。它其实是某种形式的瑜伽,而我的任务是要寻找自己的"精神中心点"。

"刚才我经历的，"小猫帕克扶我站起来的时候，我告诉他，"是我一生中最强烈的一次高潮。天哪，小猫，我觉得你太厉害了！这只是第一节课吗？嘿嘿，我这就报名，我要马上参加高阶课程！我做梦也想不到竟然会那么爽，就像……就像地震似的。天哪！"

我就这样絮絮叨叨地说个不停，就像许多年前我发现小鸡鸡用途时那么激动。可惜，无情的现实很快就把我幸福的金色迷雾刺穿了：只见小猫帕克皱起了眉头。

"你不应该这样做的。"他说，"我们追求的是启蒙，而不是肉欲的欢愉。"

"那就再见吧。"我说。

至少蟋蟀不介意我追求肉欲的欢愉，而且也不用我苦等五个小时。我爽了很多次，而第一次就发生在刚开始五分钟左右——当时他只是把裤子褪到膝盖那里，连衣服还没脱呢！先拔头筹之后，我们平静下来，这才开始了漫漫长夜的持久战。

这是我在小猫帕克之后第一次做爱。其实，与小猫帕克鏖战过后一直到现在，我压根儿就没再想过要干这事儿。

这一晚，虽然我并没有在接二连三的高潮中晕倒，可这次自有其特别的地方。在我们貌似完事儿之后，我上床时穿着的那些衣物大部分还在身上，原因很简单：蟋蟀喜欢这样。

蟋蟀的这种嗜好叫什么名堂呢？我们现在用的很多词是来自过去某个特定的年代，据资料显示，在"性"这件事情上，那个年代比我们现在更荒唐、更一团糟。难以置信是吧？说回蟋蟀的喜好，可以用"变态"这个词来描述吗？我觉得太武断了。可是那个年代的人还把自慰称作"手淫"呢——而我甚至连"自慰"这个词也觉得不对劲儿。你也可以把蟋蟀的嗜好称为"恋物癖"或者"固恋"。至于"性偏好"这个词，你觉得比较中性吗？我反而觉得这个词很枯燥无味。你想怎么称呼就怎么称呼吧，反正每个人都有自己的喜好。波西尼亚公爵喜欢疼痛感，尤其是用牙咬；福克斯喜欢把对方的衣服撕烂；蟋蟀则喜欢我穿在身上的衣服。他喜欢丝绸和缎子的布料，也喜欢蕾丝内衣裤，还喜欢亲眼看着我把其中几件慢慢脱下来。

那么这一次到底有什么特别之处呢？特别在于：蟋蟀事前完全不知道自己原来有这种喜好。他基本上什么也不知道，因为在"做男人"这件事情上，他还算是新手上路。对我来说，能帮助他探索自己、了解自己，确实是一件激动人心的快事，而且这种机会一生中也难得碰到几次。类似事情我记得只发生过三次，最近一次已经是七十年前了。等你活到五十岁的时候，就已经很难在自己或者别人身上发掘出新的喜好了。

"我刚开始还以为自己是一个'单性主义者'呢。"在我们貌似完事儿之后，他说道。当时，我把脑袋拱进他的臂弯里，他半躺半坐地靠在我最好的那个羽毛枕头上，用一只手轻轻地抚摸我臀部的曲线，另一只手小心翼翼地扶着他肚皮上的一杯热茶。刚才我起床给他沏了一杯茶，整个过程中他一直目不转睛地盯着我。这时候，他一边喝着茶，一边继续赞叹。而且他还学会了听我指挥：每当我用指甲在他肚皮的毛发上划过，他就知道把茶杯递给我喝一口。

"开窍了。"他说道。这句话他已经说过好几遍了，不过他的声音让我感觉很平静。"我一下子就开窍了。"

"嗯——嗯。"我说。

"我一下子就开窍了。我告诉过你，大变之前我也跟女人上过床，挺好玩的，我也觉得很开心。至于高潮嘛，多少也有一点吧。其实对我来说，跟女人和男人上床的喜欢程度是一样的，你知道吧？"

"嗯——嗯。"我说。

"但自从大变之后，我跟女人上床时总感觉不对劲儿，好像没什么特别的，你明白吧？至于跟男的上床，也没什么意思，完全不像我是女人时那么爽。我还想着变回去呢，因为这东西实在不能给我什么乐趣。"他用大拇指拨弄着他那件精疲力竭的新玩意儿，"你明白吗？"

"嗯——嗯。"我说道，然后转了一下脑袋，把脸颊枕在他的胸口上。要是说今晚有什么美中不足的话，那就是他在浏览"男人小玩意儿"的商品目录时，最后订了一个加大型号的。我不明白为什么人们第一次大变总是要这样做——他们本来明明是女儿身，应该知道大不等于好，应该知道一个普通尺寸就足够通杀四方了——这种案例我见过太多了。女人们某天突发奇想：变性的季节到了。然后她们必须决定要大还是特大，绝大部分人都会选特大。人类的思维方式本来就很奇怪，一旦涉及性，就更加不可理喻了。

"可刚才我不知怎的，突然开窍了。之前我看到女人的身体，我只是想'天哪，她真好看'，或者'跟她来一炮应该挺好玩儿'，或者……或者……反正就这意思吧。可是刚才不一样，刚才是我第一次没有这种想法。我突然意识到，我想要的是你！我非要拥有你不可！"他摇了摇头，"谁能想到竟会发生这种事情呢？"

我想：对啊，谁能想到呢？不过我还是回答："嗯——嗯。"其实在那一刻之前,我在想,事后应该好好跟他谈一下尺寸过大的问题,或者找个朋友提示他也行。这只是一个小节,不是什么大问题。可如果下次他能够换成正常尺寸,那就什么问题也没有了。

是的,我已经盘算着下一次了。

各位放心,我不会再跑题去描述"希尔迪周末大行动"了。

而且我已经详细讲了那么多"启蒙运动",也不会赘述了。虽然没有成果,我还是决定继续在宗教、哲学和心理疗法的荒芜国度里上下求索。为什么?呵呵,因为我所寻求的那个终极答案也许真的就在某个地方等着我呢。就算我拿了一千手烂牌,也不意味着下一手肯定不是同花顺嘛。而且假设那个终极答案真存在的话,我非要去那些德高望重、道貌岸然的骗子那里寻找不可吗?为什么它不会在一些离经叛道的疯子手里呢?哼,我对早已开山立派的各家哲学和宗教都略知一二,他们的废话我已经听了一百年,结果什么收获也没有。所以现在我宁愿去光顾那些玩蛇的小教派,也不去找明星教。

此外还有一个原因:我周一到周五每天都在学校和报社忙碌,过得很充实;可是周末两天就不那么平静了。假如从我的叙述中你看到了一个坚韧不拔、愤世嫉俗、充满自信的女强人在俗世中纵横闯荡、寻找真理,不好意思,我误导你了。你其实应该想象一个衣衫褴褛、不修边幅、目光迷离的修道者,稍有风吹草动就变成惊弓之鸟;时刻警惕着心中滋生出自我毁灭的情绪,却不敢肯定自己能不能辨认出来。你也不妨想象一个女人,她曾亲眼看着子弹正对自己面门飞来,曾感受过绳子紧紧勒住脖子,还目睹过自己的鲜血在浴室地面上蔓延……各位,我现在说的是那种绝望的感觉。每个星期五晚上,绝望这个不速之客就会堂而皇之地进驻我家,瘫在沙发上不走,就像一首萦绕在你脑中、怎么努力也忘不掉的广告歌。

会不会是周末的任务使我紧张呢？我有考虑过这个可能性，所以我找了一个周末待在家里不出门。结果我连续两天合不了眼，不停地唱着那首广告歌。

也不是没有好消息：我把要探访的地方和人都写了下来，列出了一张长长的清单，够我忙五年的了。虽然清单上的条目被我不断删除，可我总能以同样的速度添加新的内容。只要我还能找到一个疯子聊天，只要我还能找到一个摇摇欲坠的破教堂给我唱一句《奇异恩典》的歌词，我就觉得我还能撑下去。

所以说，也许神真的在眷顾着我。现在最大的危险是，我也许在完成任务之前就会被他活活闷死。

我们的激情终于消退，蟋蟀的嘴里终于不再吐出"开窍"两个字。我们静静地依偎在彼此的臂弯里，久久不能入睡。他依然沉迷于刚刚在面前展开的这个新世界，而我的脑海里则涌现出一些好久没想过的念头。

他把一只手放在我下巴上，于是我抬头看着他。

"你真的喜欢这里，对吧？"他说。

我往他怀里钻，"我特别喜欢这里。"

"不，我的意思是——"

"我知道你的意思是什么。"我亲了亲他的脖子，然后坐直了面对着他，"我在这里找到了自己的位置，蟋蟀，我在这里做自己喜欢的事情。这里的人也许都是失败者，可是我喜欢他们，他们也喜欢我。有人还商量着要选我做新奥斯汀镇的镇长呢。"

"你在说笑吧？"

我笑了，"我肯定不会接受的，我最不想涉足的就是政治了。不过他们竟然想到提名我，这让我挺感动的。"

"对，我必须承认，这地方看起来跟你挺有缘的。"他拍拍我的肚子,"你好像长胖了。"

"我吃太多豆子炖辣肉、中国餐和苹果馅饼了。"还有太多小猫帕克。那混蛋,竟然告诉我不应该在啪啪啪当中获得任何乐趣。

"你真的让我猜不透。"他说,"我还以为你陷在水深火热之中呢。不过现在我依然觉得你有些烦心事,不过不是我猜的那些。"亲爱的,我的烦心事,只怕你连当中一半也猜不到呢。"这地方看起来挺适合你的。"他继续说,"我好像从来没见你这么开心过,这么……容光焕发。"

"你是什么时候做的大变?"

"大概一个月前吧。"

"那是你的小鸡鸡在作怪,傻瓜。你的发情期还没过,看什么东西都是自带光环的。"

"有可能,但是你自己肯定也有改善。"他低头看了一眼大拇指的指甲,"呃……你听我说,我本来没打算在这里过夜——"

"你想走就走呗。"你这个贱男!

"不,不,我是想问你能不能让我留下来过夜。可我得打电话给保姆,其实我现在已经晚点了。"

"你竟然请了人做保姆啊?"

"我的那位小破坏王,什么都要给她最好的。"

我亲了他一下,然后就下了床,让他自己打电话。在他的喃喃细语声中,我把剩下的衣服都脱掉,独自走到屋外的门廊上。

最近我睡得不多。虽然沙漠的夜晚很冷,可我经常脱光了在月色下散步。要是蟋蟀以为我真的开心,那他就大错特错了。我目前的状态,充其量只能说是比待在其他地方更开心;而在荒野中夜游正是我与开心最接近的一刻。有时我一走就是几个小时,最后浑身发抖地回到家中,一头扎进舒适的被窝里取暖。通常在这种时候我才容易入睡。

今晚我不能游荡太久。我远远地望见蟋蟀借着月色找到茅房，完事后又匆匆忙忙跑回了屋里。

我回去时他已经睡着了。我在屋里走了一圈，把所有油灯都灭掉，然后点了一根蜡烛，走到床边。我小心翼翼地坐下来，没有把他吵醒。在烛光下，我凝视着他沉睡的面容，看了很久，很久。

No.19

郊 游

地球沦陷两百周年纪念一定是本世纪最成功的公关项目。想当初沃尔特把我和布兰妲叫进他的办公室，讨论策划纪念地球沦陷的系列专栏文章，我还当面取笑他。现在一年过去了，月球上每一个政客都抢着说这个活动是自己策划的。

其实这个活动是一个人独力策划的，这个人的名字就叫主编沃尔特。

布兰妲和我也做了一点贡献：我们的系列文章很受欢迎，当时有个民间组织还送了一张羊皮纸奖状给我，表彰我给他们做的一次出色的报道——那个组织叫什么来着？同济会还是麋鹿兄弟会？但真正起作用的是沃尔特自己掏腰包聘请的一家公关公司，他们花了整整一年时间为这件事情造势。到西尔维奥遇刺身亡的时候，民众的情绪越来越高涨，都希望举办一次公开的活动。你不能把这次活动称作"庆典"，毕竟沦陷日在人类历史上不算是很光彩的一天。活动当中必须包含一个悼念几十亿死难同胞的环节，而且大家都同意，整个活动的基调应该是在沉痛中彰显决心。如果你问他们，这里的"决心"是决心做什么——你也许会想，是决心解放地球，决心消灭侵略者，是吧？——他们只会尴尬地耸一耸肩，然后来一句：嘿，总之我们就是必须有决心！呵呵，喊喊口号，谁不会呢？反正"决心"两个字，喊了也不用花钱。

可是纪念活动就要花大钱了！到后来，雪球越滚越大，竟然连一个反对声音都没有（还是仗着沃尔特的手段高明啊）。到了纪念日那天，此起彼伏的庆祝活动如烈火燎原般烧遍了月球上的每一个角落。

就算是得克萨斯也未能免俗。本来这里尽量不去关注外界的时事，可人们还是会在沦陷纪念日当天举办一次烧烤聚会，其规模足以媲美阿拉莫战役纪念日的庆典。我觉得很遗憾，因为我将会错过这次盛会——可是我答应了布兰妲陪她去郊游，而且……蟋蟀也会去。

对啊，亲爱的希尔迪堕入爱河了。你先别拍手，我还不知道自己是不是单相思呢。

八颗星球都有纪念活动。冥王星和火星还把每年"沦陷日"的这一天定为法定假期，我猜月球很快就会步他们后尘了。我们大月球向来不甘人后，因为我们是人口最多的星球，拥有"人类避难所""前线星球"和"种族堡垒"的称号，更别提万一外星侵略者决定继续完成他们未竟的事业，我们将是第一个遭殃的……考虑到月球的地位这么特殊，再加上各种因素，我们决心举办一场史无前例的、远胜于其他七颗星球的盛大庆典。作为月球最大的城市，王城自然而然是全球最盛大庆祝活动的主办城市。而阿姆斯特朗游乐场的面积是已经消失了的沃尔特·迪士尼宇宙的二十倍，所以就顺理成章地成了举行庆典的场地——我正是要去那里度过一个美好的太阳之夜。其实我只想挽着蟋蟀的手臂在国会街闲逛，吃吃棉花糖，或者玩玩叼苹果的游戏。

还有，虽然这次活动名义上不是庆祝，不过既然这是假日，又怎能缺少烟花呢？

我之所以答应布兰妲，完全是冲着烟花去的。她说有办法让我避开疯狂的人群，近距离观赏烟花的全貌。让我感到恐惧的并不是烟花——我其实挺喜欢烟花的——我痛恨的只是一大群陌生人。

谁知我去的时候，差点在地铁里憋死。我们特意提前出发，想要避开地铁的人群。无奈英雄所见略同，地跌上早就挤满了也是提前出发的各路英雄。更惨的是，提早出发的都是一些打算上月球表面的豪杰。本来主办方为了方便群众观赏烟花，临时搭建了八个巨大的观景半球；可豪杰们都嗤之以鼻，宁愿带上自己的装备出去露营。于是，地铁车厢过道和头顶的行李架上都堆满了行李车、便携冰箱、可充气五居室帐篷，以及平均每家三点四个小孩。车厢越来越拥挤，人们干脆把小孩挂在顶上垂下来的扶手圈里。孩子们悬在空中晃晃悠悠的，都在咯咯地笑。后来情况持续恶化，地铁在到达阿姆斯特朗游乐场站之前都不会再让乘客上车了。我本来要在游乐场前三站下车，可很快就意识到根本不可能挤出去，于是干脆一直乘到游乐场终点站。没想到的是，那里竟然已经是人山人海，吓了我一大跳。势不可挡的人潮卷着我拥出了地铁车厢，然后我上了一辆回程的空车，来到了酒神地铁站。

我瘫坐在长椅上，把增压服和野餐篮子放在身边。然后我看着一个个人肉沙丁鱼罐头呼啸而过，朝着同一个方向飞驰；又看着相同数目的空车厢往反方向开回去……过了好一会儿我才回过神来。然后我拿起装备，踏上了通向月球表面的阶梯。

从阿尔法星人的闹剧中回到现实之后，我发现之前买的那套廉价增压服已经在小木屋里了，就搁在床脚边上——也不知道是谁送回来的。我不想留着这东西，就找了一个星期六拿回店里。我本来想请他们把面罩修好，然后就摆在那里代售。哪知店员一看见面罩上的小洞，根本不等我解释，马上就把我送进了经理办公室；而经理当场就晕过去了——想必他们从来没见过破了的面罩吧。于是我什么也不说，很快就发现自己拥有了一套汉弥尔顿户外用品生产的顶配增压服，另送五年氧气。我没有提别的要求；而他们也只是送我东西，并没有要我签什么免责协议。也许他们至今还在战战兢兢地咬着指节，等着我把他们告上法庭呢。

这套增压服号称人类工程学上的奇迹。我栖身其中，嗅到一股新设备特有的香气，心神顿时平静下来。我本来还担心穿上增压服会勾起一些不愉快的回忆——比如说一小片面罩突然飞走，这个场景够惊悚吧？——可是增压服内部飘着轻柔的气流声和电流声，以及奢侈品散发出的强大气场，都令我顿感神清气爽。可惜地铁内不允许穿增压服,否则的话,嘿嘿,还有什么困难我克服不了呢?

我检查了一下野餐篮子的压力密封条,确保万无一失之后,这才走进气密锁,来到了月球表面。

"你等了很久吗?"我问。

"几个小时吧。"布兰妲靠在租来的月球车侧面,答道。

这辆月球车是她在王城一个郊区租的——那里的租车店离这儿最近——然后她就直接开过来了。我向她说来晚了很对不起,又讲述了我在地铁梦魇般的经历,还说我还以为乘地铁能省时间,早知道就跟她一起来了。

"没事儿。"她说,"我喜欢来外面走动一下。"

我早就从她的增压服上看出来了。她的装备很高端,又没有出租店的标记;虽然还很结实,却已经带着饱经风霜的痕迹——可见她是经常使用这套增压服的。另外,看她穿着增压服的站姿和举动,完全是轻而易举;而绝大多数月球人因为没有足够的练习,所以远达不到她的水平。

布兰妲租的月球车也是个好东西。这是一辆皮卡车,驾驶室里有两个并排的座位,后面是一个平板车厢。车厢里堆满了布兰妲的大装备,还有我那个小得可怜的野餐篮子。这种型号的月球车在车顶安装了一个又大又重的太阳能电池板,而它的轴距也特意加长了,算是对"头重脚轻"的补偿吧。这块太阳能电池板能自动转向,确保总是朝着太阳的方向。而这时候夕阳已经几乎碰到地平线了,所以电池板悬挂在月球车的右侧,与地面垂直,把车门完全挡住了。我只能从布兰妲那侧上车,再爬到我自己的座位上。

"我忘记了。"我舒舒服服地坐下来,说道,"我们去的路上需要迎着太阳开吗?"

"不用。我们只要往南开一会儿就能把太阳抛在身后了。"

"好!"我不喜欢被太阳能电池板挡住视线。倒不是我信不过自动驾驶,而是我想亲眼看看自己踏上的到底是条什么路。

布兰妲一声指令,月球车就启程了。我们沿着一条宽阔平坦的高速公路前进,这条地表公路正是我们选择从酒神地铁站出发的原因——酒神站就建在公路旁。月球表面的公路很少,因为带轮子的汽车本来就不是本星球的主要交通工具。人们出行主要使用升降机、手扶电梯、传送带和磁悬浮/管道列车,偶尔也会搭乘气垫大巴。至于货运,除了上述的工具之外,还有空邮管道、自由轨道线性电子加速器,以及火箭。最近还时兴一种两轮或者四轮的越野月球车,顾名思义,这种车可以在任何地形中行进,不需要公路。

我们正在走的这条路其实是一个历史遗迹,是为了采矿而铺设的,不过这个矿早在我出生之前就已经废弃了。一路上,我们不时会经过一些被抛弃的运石车。这些巨大的机器散落在路边,却还保持着一百年前的样貌。当年的经济形势相当奇葩,人们计算过,发现在地表铺一条平坦的路更划算。此后的五十年间,这条路就成了连通王城与大垃圾场的主干道。时至今日,这里的路面还像玻璃一般平滑。我觉得这种旅行方式很有新意。

"这辆破车挺能跑的嘛,是吧?"我说。

"在直路上能达到时速三百公里呢。"布兰妲说,"可转弯时就必须慢下来了,尤其是左转的时候。"她向我解释道,每逢日落日出时,巨大的太阳能电池板就会完全倾斜到车的一侧,使月球车的重心处于一个最尴尬的位置。而且我们要在天黑之后继续待在野外,所以她额外带了十块电池,大大增加了月球车的惯性;她觉得车轮的摩擦系数不太理想,公路两旁的防护栏又做得不好,所以我们的车很容易打滑,一下子就甩出去了。她给我讲一套一套的大道理,完全是老司机的口吻，我不知道要是不用自动驾驶的话，她懂不懂怎么开这辆月球车呢？

当我们离开公路的时候，答案就揭晓了。她还问我介不介意由她来开，我当然介意了——我们不习惯把自己的性命交到别人手里，只放心任由机器来操纵——不过我说不介意。事实证明我根本不需要担心，她开车非常稳妥，既不会轻率莽撞，也没有过分小心。我们离开公路，穿越苍茫的大平原，朝着刚刚出现在地平线上的德朗布尔环形山驶去。

我们刚刚驶到山脚下，一艘闪着蓝光的警用飞船突然冒出来，降落在我们面前。一位警察下了飞船，向我们走过来。这位仁兄肯定是百无聊赖，不然他可以用无线电向我们问话，或者直接查询我们车上的电脑就可以了。

"女士们，你们的前方是禁区。"他说。

布兰妲把莉齐给她弄来的通行证交给警察。警察看了看通行证，又抬头盯着布兰妲。

"我在电视上看见过你吗？"他问道，布兰妲说也许吧。然后警察说肯定见过，你上过那个什么什么节目，对吧？他又说他很喜欢那个节目，布兰妲说哎呀，真丢人呀……就这样，警察开始肆无忌惮地跟布兰妲调情；到最后他放我们过去时，我相信就算我们没有通行证他也照样会放行的。临别时他竟然还向布兰妲索取签名，而布兰妲还真的给他签了。

"我还以为他会问你要电话号码呢。"警察终于驾驶飞船离开了，我这才说。

"我还以为我会主动给他呢。"她说完，向我咧嘴一笑，"我一直在想，也许我应该给男士们一个机会。"

"这人就算了吧，你完全可以找个比他好的。"

"自从你大变之后，就没有好的了。"说完，她猛地一踩油门，月球车向着环形山顶冲去，在车后扬起了漫天灰尘。

德拉布朗环形山的规模不如克拉维斯或者毕达哥拉斯等环形山，跟月球另一面的那些天堂子弹孔相比也有所不及，但它其实挺大的。你站在山顶边缘远眺，是看不到对面的——对我来说，这就够大了。

本来，这座环形山看起来应该和月球上其他环形山没什么两样，而实际上它最独特的地方在于：它是一个巨大的垃圾场。

月球上的大部分东西都是可以循环再造的，这是我们不得已而为之，因为月球上的自然资源实在太稀缺了。不过说到底，这里还是一个以市场经济为动力的文明社会。我们这里的能源充足且便宜，而且环月慢轨道上面飘浮着大量原材料，采集的成本也很低。这两个因素加起来，有时候人们发现，很多废料重新分类和再处理的过程反而更麻烦、性价比也太低，还不如生产新的划算。当年，有人用一艘巨大的货船偷偷从木卫一运来了几百万吨矿物，就扔在慢轨道上，伪装成一颗来自奥尔特云的彗星。可惜运输过程花了整整三十年，等矿物到达时，市场需求已经没了，那些东西白送也没人要。他们不但亏了本，还要把矿物分批（每次几百吨）运到德拉布朗环形山，就扔在那里了。还有，人们把一些半衰期为两万年的放射性物质密封在许多保质期为五百年的桶里，也扔在德拉布朗环形山。噢，别忘了大量废弃的机器。那些机器当中有的是被拆掉了主要配件，不能继续运行；有的虽然还能运行，但因为慢得无可救药，连拆也不值得拆，干脆就直接扔掉算了。对，所有垃圾都扔在这儿吧！你八岁那年在学校做了一个陶瓷手工艺品，带回家送给妈妈——太恶心了，扔！你有一叠保存了七十年的全息照片，你都忘记里面有谁了，扔！几百万月球人都有一些属于自己的没用的破宝贝，全扔！然后，在上述原材料的基础上混进下水道冲过来的废物和污水，用高温烘焙十四天，再冷藏十四天，以此为周期反复煎熬两百年,最后加进调味料,就成了摆在我们眼前的这一道月球大餐。

从西侧边缘瞭望,德拉布朗里面好像全是垃圾——这只是错觉,实际上垃圾并没有把环形山填满。

"在那里,"布兰妲说,"我们就是去那儿跟莉齐会合。"

只见远处的环形山顶上矗立着一座尖峰。

"让我开一下怎么样?"我说。

"你会开车?"这个问题是很合理的,因为绝大部分月球人都不会开车。

"我年轻的时候都玩疯了,还参加过环赤道拉力赛,全程一万一千公里,基本上没有平路。"其实我开了四分之一的路就把变速箱弄爆了,不过这是小节,不提也罢。

"啊?!我还滔滔不绝跟你吹怎么操控月球车呢!你怎么不叫我闭嘴呢,希尔迪?"

"如果我总是让人闭嘴的话,我人生中好玩的事儿至少会少一半。"

我们把控制台转移到右方,然后就上路了。我已经很多年没有开车了,真好玩儿!这辆月球车的悬挂系统非常精良,我们的悬空次数最多两三次,而且每次悬空,陀螺仪都即时生效,防止月球车侧翻。后来我发现布兰妲紧紧抓住扶手,我连忙慢下来。

"这路很顺畅呀。你这么怕死,怎么做赛车手呢?"

"我可从来没想过做赛车手!更不想变成车祸里的一具尸体。"

"我感觉变回女童子军了。"我帮布兰妲铺开营帐的时候对她说。

"女童子军怎么了?我就获得了所有的月表探索先锋奖章。"

"没怎么。我也参加过童子军,不过那是九十年前的事了。"

布兰妲从童子军退役也没多少年，所以她对执行童子军的那一套规矩还是很认真的。就比如说给帐篷充气吧，我会用帐篷内置的反应堆提供能源，所以只需要拉开帐索就可以撒手不管了。可布兰妲非要节省能源不可，硬是从月球车的太阳能电池板上拉了一根电线，连上帐篷的电源接口，好像帐篷的反应堆连一个晚上也撑不过去似的。等她终于把帐篷的位置安排好了，这才拉开帐索。顿时，大量空气涌进来，帐篷不断地跳跃抖动。十秒后，一个半径五米的透明半球出现在我们眼前……半球的内壁一下子就结了一层霜。

帐篷的入口是一个像爱斯基摩冰屋的气密舱。布兰妲跪下来爬进气密舱里，我在外面把拉链拉上，免得她转身麻烦。但她告诉我，这个型号的帐篷，拉链是能自动闭合的。看来，跟我的童年相比，时代确实进步了嘛。布兰妲在帐篷里设置空气控制系统，而我就把毯子、枕头、保暖器，以及其他装备都搬到气密舱旁摆好——我不想反复开关气密舱，因为每循环一次都会浪费空气。卸货完毕，我就站在帐篷外面等着。布兰妲把东西全部搬进帐篷，调好温度、湿度和气压。当我走进帐篷、摘下头盔时，里面还是挺冷的。跟小时候露营时一样，我用手指在结了霜的帐篷内壁写下自己的名字。很快，我的名字就融化了，露水也被吸收掉……整个半球好像消失了。

"我好久没这样了。"我说，"你带我出来到这里玩儿，我真的很开心。"

这一次，她终于听懂了我的言外之意。她停下手中的活儿，站在我身旁。我俩默默地环顾四周，一切尽在不言中。

月球的大自然有一种严酷的美，你从中感受不到半点亲切，也找不到一丝安慰——得克萨斯也是这种风格。要充分欣赏这种美，最好的方法就是像我们现在这样，透过一个隐形的帐篷去观察。乍看之下，我们两人就站在一片圆形的塑料垫子上，仿佛完全暴露在真空里。

还有，现在这个时间也是一天当中的最佳观景时刻——我说的一天是指月球上的一天——因为这时候的太阳最接近地平线，仿佛把世间万物的阴影都拉成了无限长。很不幸，我们眼前的景观有一半面积被月球上最大的垃圾场占据了，而阴影的好处就在于能遮丑——光影效果真的很奇妙。如果你没见过雪，下次宾夕法尼亚州园区下雪时不妨去观赏一下，看看神奇的白雪怎样把最平平无奇——甚至是丑陋——的场景变成一个魔法般的世界。而阳光照在月球表面，就有这种效果了。像钻石般绚烂和刚硬的阳光无情地轰炸着万物，既没有造成破坏，也没有东西移动，却炸出了数十亿个亮暗交织的小平面，使每一个平凡的物体都变成了一件棱角分明的珠宝。

我们没有向西看，因为阳光太刺眼了。我们向南方望去，汹涌起伏的大地逐渐消失在我们右侧的地平线上，而我们的左边是堆积如山的垃圾。我们向东方远眺，看到了德拉布朗环形山对面的山脊。北方则矗立着"罗伯特·海因莱因号"的巨大残骸——这残骸本来有可能成为一艘长达一英里的星际飞船。

"你觉得他们能找到这里吧？"布兰妲问。

"莉齐和蟋蟀？我觉得应该没问题。'海因莱因号'飞船那么巨大，他们不可能看不见的。"

"我也是这样认为的。"

我俩做起了家务：把家具的气都充满，又铺上几块地毯。布兰妲教我怎样架设帘子，把帐篷分隔成两个没什么隐私的房间；又教我怎样使用野营炉子。我们正忙着，烟花表演正式开始了。别担心，这次表演会持续很长时间。

我必须承认，烟花会演的艺术总监确实很厉害。这次活动是为了悼念地球上的数十亿死难者，对吧？在阿姆斯特朗游乐场的位置，地球正好悬挂在我们头顶上方，对吧？而这个会演在日落时分开始，所以天空中只剩下了半颗地球，对吧？于是艺术总监灵机一动：为什么不把地球作为这次会演的中心和主题呢？

主办方稍稍拖延了一下，让烟花会演在地球国际日期变更线正对着月球的时候才正式开始。于是，我们现在看到的画面是：地球缓缓地转动，旧世界那些早已湮灭的国家一个个地出现在阳光里，迎来了新的一天。更妙的是，每当一个国家出现时……

我们正沐浴在西伯利亚共和国国旗的红色光芒里。那是一面长达一百公里的方形旗帜，就悬在我们头顶上方不远处，把半个天空都染上了颜色。

"哇！"布兰妲惊叹一声，连嘴巴也合不上了。

"哇！哇！"我惊叹两声，却还能合上嘴巴。明亮的大旗悬在半空中熊熊燃烧，持续了将近一分钟，然后在一阵噼噼啪啪声中烟消云散。我们连忙将布兰妲带来的音响系统打开，把两个大音箱挂在帐篷两端，正好赶上播放《天佑新西兰》，而天空中一面新西兰国旗正在缓缓展开。

接下来的十八个小时都会是这样的场景。

后来莉齐告诉了我们这国旗烟花是怎样实现的。那些旗帜是将某种网状结构的物质装在一个容器里，从三个烟花发射基地（位于我们南边四十公里处的大贝勒，以及东面的希雅帕蒂娅和托里切利）当中的一个发射出来。当容器上升到既定高度时就会炸开，内置的大量推进火箭将整面国旗完全展开，最后通过无线电遥控点火。全程干净利落，绝不拖泥带水。

至于烟花怎么在真空里燃烧？别问我，我只知道火箭燃料里带着氧化剂，所以估计就是一些魔术化学反应吧。不管他们是怎么做到的，反正我和布兰妲都震惊了。我们距离大贝勒烟花基地还不到五十公里，比待在阿姆斯特朗游乐场的那帮土包子近多了。他们还以为自己看到了多么精彩的一幕，其实我们才是真正的近水楼台。虽然从这么近距离观看，国旗看起来像是梯形的，可这点小瑕疵我完全不介意。

原来布兰妲对这次烟花会演的详情也很了解。

"主办方觉得，像瓦努阿图这种小国，如果它们的出场时间像俄罗斯这种大国一样，那就不合理了。"她说这句话的时候，我们正抬头看着瓦努阿图的国旗，听着它的国歌，"所以那些拥有悠久历史的大国会有更多的展现机会。比如说西伯利亚共和国曾经是另外一个国家的一部分——"

"苏联。"我补充道。

"对，这上面也提到了。"布兰妲有一个纪念品，是介绍本次活动的日程安排。她打开日程，一幅巨大的说明彩页展现在我们眼前，"他们还会给那个国家展示更多的旗帜，还有沙皇旗——"

"还会播放《国际歌》。"

"还有俄罗斯民歌，就类似于刚才我们听到的新西兰土著民谣。"

主办方开通了一个专门的电台频道，给听众讲述每个国家的历史，其中就包括前面提到的大部分内容。为了照顾广大文盲听众，广播的语言浅显易懂。我不想听了，就把它关掉，只留下音乐，布兰妲也没有异议。她还贴了一块电视大屏幕在帐篷的南面墙壁上，我本来想把电视也关掉，但她好像很喜欢看阿姆斯特朗游乐场以及月球其他大城市的庆祝实况，所以我就不说什么了。

如果你拿个地球仪仔细看，就会发现地球旋转烟花会演的设计有一个严重的缺陷：在刚开始的六个小时里，只会有几十个国家出现在画面里。就算你把中国和日本上下五千年的历史都说个遍，也还是填不满间隔的时间。至于所罗门群岛和瑙鲁岛的历史，能有多少内容呢？可是到了黎明时分，当地球转到非洲和欧洲时，那些烟花技术员就会变成参加踢屁股大赛的独腿汉，忙得跳来跳去，一刻不得闲。

别担心，要是暂时没有国旗可以展示，那么他们的重型火炮烟花弹就可以出来救场了。

从第一面红色国旗出现的那一刻起，天空就再也没有暗下来过。

传统的烟花弹在空中爆炸时，散开漫天彩虹般的七色火花。因为没有空气的阻力，人们可以精确控制烟花弹的飞行轨迹和爆炸点，也能在空中形成完美对称的图形——月球人在弹道学上的造诣是很深的。

还不够精彩？在真空里，烟花可以产生许多在地球上无法实现的效果。比如说，巨大的气体炸弹会在小范围内形成一个暂时性的空气层，人们通过电离作用在里面画出各种图案。我们看到了魔幻的极光，只见汹涌的光潮把整片天幕染成了蓝色、红色和黄色，然后不停地变幻闪烁。开花弹爆炸后，无数片硬币大小的圆盘漫天飞舞。在强力射灯的映照下，旋转的圆盘闪闪发光，成了夜空中最亮丽的一片繁星。最后，它们都被激光引爆，为我们奉上最后一次灿烂。

你还觉得意犹未尽？来几颗核弹如何？布兰妲的介绍程序说，在会演过程中，他们将在环月轨道上相继引爆一百多颗特制的核裂变弹头，平均每十分钟引爆一颗。每一次爆炸的推力都会将成千上万颗小型燃烧弹向四面八方射去，覆盖宽度长达一千公里。第一颗核弹在瓦努阿图国歌结束时引爆，把我们吓得牙齿咯咯响。接下来，爆炸声陆续响起，实在太壮观了。

你别以为我听不见你的质疑！你说声波怎么会在真空里传播呢？声波当然不能，可是无线电波能啊！布兰妲那套顶配音响系统调到最大音量时有多么震撼，你肯定没听过。在大气层中看烟花要等一会儿才能听见爆炸声，所以他们有机会做好心理准备。而我们的声光是同步的：眼前闪过一道强光，耳边随即听见轰隆隆的巨响，完全没有预警。

有时候，事情做到极致才更有快感。

"他们说这个地方闹鬼。"

当时我们正在听帛琉共和国的国歌，看着它的国旗渐渐消失在空中（要是你一边看一边做记录的话，就请写下来，那国旗是蓝色背景，上面有一个黄色的圆圈），我们突然想到两件事情。第一，虽然有时候事情做到极致会很爽，但你不能总在极致，不时得歇一歇，悠着点，不然就……呃，就爽过头了。最近三次核爆时，我俩甚至没有发出一声惊叫，我甚至想着要不要提议换频道看"金曲四十排行榜"，过一个小时左右再换回去。不知怎的，我觉得就算错过了马来西亚国歌《我的祖国，马来西亚》和泰国国歌《颂圣歌》（"圣躬安康！天佑吾王！万民顿首！赤诚效忠！"，填词人是纳利萨拉·努瓦迪翁亲王）也不会觉得可惜。第二件事情就是，莉齐和蟋蟀已经迟到三个小时了。

"'他们'是谁？"我啃着一只西得州绝味鸡腿，问道。我们太饿了，所以先吃上了，失礼也顾不了许多，让莉齐和蟋蟀见鬼去吧！布兰妲都已经吃好几根了。我还盯着那个装满啤酒的冰箱……不过既然已经偷吃，再偷喝就太过分了，所以我们都忍住没有开啤酒。

"'他们'，就是你的主要消息来源呀。"布兰妲说，"你懂的。"

"噢，那个'他们'。"

"不过说真的，我听说好些人去'海因莱因号'飞船遗址探险，回来都说撞鬼了。"

"这是沃尔特分派给你的任务，是吧？"我说。

"我跟他提起过，他说可能值得深挖。"

"当然值得深挖，问题是你没必要出来这里挖呀。这种故事你就尽情创作好了，难道还要跑出来采访一只鬼吗？沃尔特也是这样说的吧？"

"他确实是这样说的。不过，这件事情不是什么普通的花边新闻啊，希尔迪，我是说认真的。我采访过一些目击者，有几个真的吓坏了。"

"少来了！"

"我出来查探过好几趟，还带着一架高清照相机，我猜也许我已经拍到了什么东西。"

"不会吧？你以为《奶嘴》摄影部的同事都是吃闲饭的吗？那些照片都可以P出来的！"

她没有回答，只是和我一起默默地看着天上幽灵国旗的更替。我突然发现自己不时向"海因莱因号"飞船瞟一眼——不，我不是迷信，只是特别好奇而已。

"你经常出来露营就是为了这事情吗？"我问道，"不值得啊。"

"露营……噢，不是的。"然后她呵呵一笑，"我本来就经常露营，因为我发现外面特别……平静。"

我们又沉默了许久。音箱的音量已经调到最低，只发出低沉的轰隆声；此外，外面还传来一阵阵核弹的爆炸声。过了一会儿，她终于站起来，走到帐篷的透明塑料墙壁前，把脑袋倚在墙上。在火箭爆炸的红光映照下，她向我讲述了一件让我很不开心的事情。

"自从我认识了你，"她开始说，"我就觉得有些事情可以对你说。这事情我从来没告诉过别人，一个也没有。"她凝视着我，"如果你不想听，请你马上告诉我，因为一旦开始说，我就停不下来了。"

如果你是一个忍心让她闭嘴的人，那么我一定会跟你绝交的。就算我再不情愿也好，再不需要也好，可是一旦一个朋友这样开口求我，我就只能答应，绝对没有别的选择。

"说快点。"我答道，看了手表一眼，"我可不想错过老挝的国歌。"

布兰妲微微一笑，又转头看着外面的景色。

"当你第一次见到我……不,其实是后来我第一次去得克萨斯找你的时候,你也许留意到我有些不寻常的地方。"

"你是说没有性器官,对吧?我对那方面观察特别细致。"

"对。你有没有好奇为什么呢?"

我有没有好奇呢?好像没有。"呃……我当时觉得应该是和宗教或者文化有关,这是你父母的信仰吧?我记得当时想过,这样对小孩子不好,可也轮不到我管。"

"没错,确实对小孩子不好。而这件事真的和我父母有关,准确来说是和我父亲有关。"

"我对父亲这个概念不太了解。"我说,心里还暗暗希望她改主意,别再说下去了,"我和大部分人一样,我妈从来没说起那人是谁。"

"我对我的父亲很了解,他跟我和我妈一起住。从我六岁左右起,他就开始强暴我。我甚至不知道这事情有什么不妥,还以为自己身为女儿,这样做是理所当然的。直到现在我也没能鼓起勇气问妈妈,她到底知不知情。"布兰妲站得笔直,凝望着苍莽的月球表面,慢慢地讲述了起来。她的语气非常镇定,没有流露出丝毫的恐惧。"后来我发现小伙伴们都不做这种事。我忘记是怎么发现的了,可能是我无意中说起,然后留意到旁人的异常反应了吧——有人对我竖起敌意,有人则显得很吃惊——于是我绝口不提这事,一直到今天才破例。这件事持续了很多年,我也想过报警抓他。我知道你这时候就在想,她为什么不报警呢?再怎么说他也是我爸爸呀。他是爱我的,而小时候我也是爱他的。可是我和他之间的事情,实在是让我感到羞耻,所以在十二岁那年,我就去把……那个器官切除,然后密封起来,好让他无从下手。我父亲当然强烈反对,可是未成年人仲裁官还是批准我做手术。现在回想起来,当时她肯定已经猜到了事情的原委,因为她反反复复地提示我可以起诉他。可是我想要的不是父亲入狱,只要他从此住手就可以了。他确实住手了，从那天起他再也没碰过我，甚至没怎么跟我说话了。我不知道为什么有些女性更喜欢跟女性在一起，但我知道自己为什么，因为我再也不能忍受男人了。可当我遇见你之后，呵呵，只是认识你不久，我就发疯似的爱上了你。不过你是个男的，所以我特别抓狂。请你不要担心，希尔迪，我的感情并没有失控。我知道有许多事情是永远不可能发生的，你和我在一起就是其中之一。我听你谈起蟋蟀，我本来应该感到妒忌的，因为她和我一直有上床。不过，我和她只是玩玩儿罢了，而且她现在已经变成了男的，我真心希望你们俩开开心心地在一起。这是我的第一个秘密。第二个秘密就是，我故意安排莉齐和蟋蟀晚点才到，让自己有机会跟你在这里独处久一点。这地方我经常来，每当我想从他身边逃开，我就会来这里。我也知道，这件事情我处理得一团糟；可是这么多年来我反复回想，发现自己已经能够坦然接受这一切了。现在我有个不情之请，我不会哭也不会乞求，我想和你做爱，就这一次。我知道你是异性恋，我认识的每一个人都这样说；不过我希望你只是倾向于异性，而不会绝对排斥同性。你是一个大变者，你以前也跟女人上过床。也许你觉得变成女人之后就没办法再跟女人上床了，也许你不愿意，也许你觉得这不是一个好主意。没关系的，你完全可以拒绝我。只是我非要问一下才能死心，没别的意思。我听起来好像真的很苦，其实不是的。无论你答不答应，我都会好好过下去。无论如何，希望我们还能继续做朋友吧。这就是我要说的话，我本来还不知道自己有没有勇气把这番话说出来，现在才知道我确实有这样的勇气。我已经感觉好多了。"

我有一张清单，上面列举了我绝不会做的事情，当中第一条就是接受情感绑架。约炮方式千千万，有比"施舍炮"更可悲的吗？我可真没听说过。她的这番话,我完全可以解读为世上最烂的落水狗宣言；而最讨厌的是,她确实有权像落水狗一般哀号。只是我最讨厌落水狗，我想一脚把它们踹醒：你们当初为什么逆来顺受，任由别人把你们扔进水里？不过布兰妲说这番话的时候，瘦长的身躯挺得笔直，眼眸中没有一丝泪光，在明亮夜空的映衬下，完全没有落水狗的惨状。自从我认识她以来，她已经成长了许多——我猜这也是成长的一部分吧。我不知道她为什么选中我做倾诉对象，可她处理得很恰当，我完全不觉得遭受情感绑架，反而有点受宠若惊了。

于是我拒绝了她……不，在一个理想的世界里，我会严格遵守那张清单的规矩，拒绝她的邀约。不过在现实当中，我站起来，走到她身后，张开双臂紧紧抱住了她。我说：

"你表现得很好。如果你刚才流出哪怕一滴眼泪，我都会一脚把你踹回王城。"

"我不会哭的，我再也不会因为那件事情流眼泪了。而且跟你完事之后我也不会哭。"

她确实没有哭。

为了与我独处，布兰妲没有告诉我蟋蟀有采访任务，要去阿姆斯特朗游乐场的庆典现场做现场直播。在我俩的浪漫插曲——是的，我和布兰妲都挺享受的，谢谢关心——结束后，她才向我坦白了她耍的阴谋诡计。布兰妲说，蟋蟀打算干几个小时的活儿就溜过来，估计现在随时会到了。那我们快把衣服穿上吧，好吗？

我想象不到自己当初竟然会那么傻，不忍心在莉齐到达前偷喝点酒。哪知莉齐这家伙老早就喝上了，她从出发去阿姆斯特朗游乐场的路上开始喝，一直喝到活动结束归家路上还不消停，好像生怕蟋蟀受的惊吓还不够似的。

她开着一艘四轮驱动阿斯顿马丁XJ型号（江湖人称"大杀器"）的空陆两栖跑车，风驰电掣般穿过起伏的丘陵，仿佛一道狂野的橙色火焰，一直朝我们烧过来。这辆车配置了一个四喷口的喷气发动机，遇上坑坑洼洼的地方——比如说像哥白尼环形山这种小坑——能直接飞过去。好家伙，就算它飞不上环月轨道，估计也相距不远了。莉齐用她特有的低调英伦风装饰这辆跑车：四个车轮的轮窝里喷出火焰全息图像，一根末端装着浣熊尾巴的天线，车头镶着一个镀铬的巨大骷髅头，骷髅那两只血红的眼睛原来是转向灯。

这辆幽灵般的跑车从"海因莱因号"飞船旁边绕过，朝我们营地疾驰而来。布兰妲站起来拼命挥手，可跑车好像没有减速的意思，我开始揣测这个透明肥皂泡似的女童子军帐篷到底有多结实呢？就在最后一刻，莉齐猛踩刹车，扬起一阵碎奶酪似的绿色粉尘，全部砸在帐篷壁上。

她车里挂着的那对毛球骰子还没停止晃动，莉齐就已经下了车，直接绕到车的左侧，帮蟋蟀把安全带解开了。可怜的蟋蟀用安全带把自己绑得紧紧的，就算患上骨盆坏死也在所不惜。等莉齐把他整个人抬起来塞进气密锁里，蟋蟀的神智好像才恢复一点。他爬进帐篷，并没有站起来，只是缩成一团。我帮他卸下头盔时，不禁担心起来。

"蟋蟀有点不舒服。"他的头盔里传出莉齐的声音，"所以我想得赶快把他送进帐篷。"

我突然意识到蟋蟀正在说什么，于是把耳朵凑到他唇边，只听见他反反复复地说着"我应该没事，我应该没事"，就像念经似的。布兰妲和我扶他坐好，很快，他的脸上恢复了一点血色，他终于开始观察四周的环境了。

就在我们喂他喝水的时候，莉齐从气密锁进来了，身前竟然推着一个增压狗屋。在这个瞬间,蟋蟀终于满血复活了。他一下子蹦起来，嘴里喷出一连串不连贯的脏话，感觉完全是语无伦次。他的原话我就不复述了，因为现在要是蟋蟀回想起来，一定会惭愧的。他向来觉得骂人话也应该精雕细琢，而不应该乱喷一气。可在那一刻，他实在太生气，已经顾不了许多了。

"你这疯婆子！"他吼道，"你怎么死活不肯开慢点？！"

"因为你说感觉不舒服呀，所以我想着尽快把你送来这里就好了。"

"我不舒服就是因为你开太快！"说到这里，蟋蟀突然像一个泄了气的皮球，颓然坐倒，摇了摇头，"快？她何止是开得快！我们从阿姆斯特朗游乐场开过来，我觉得一路上车轮接触地面不会超过四次。"他用手指在脑袋上摸索着，"不，是五次！我数到了五个包！这疯子专门去找环形山的一个峭壁，说'看我们能不能跳上去'，然后我们就一下子飞起来了。"

"因为我们得快点赶路呀。"莉齐并没有否认蟋蟀的指责，"要不我们就赶不上太阳了。"

"我当时说'幸好有陀螺仪'，你还记得我说这句话吗？然后你回答'什么陀螺仪？那是给老太太用的'。"

"我把车上的陀螺仪拆了。"莉齐告诉我们，"这样你才能锻炼自己更好地操纵转向喷气发动机呀。蟋蟀，你就别生气了，你——"

"我回去的时候坐你们的车。"蟋蟀说，"我死活也不坐那疯子的车了。"

"可是我们只有两座。"布兰妲说。

"我不管，你就把我绑在挡泥板上得了，总好过刚才那么遭罪！"

"那你得先喝一杯才行。"莉齐说。

"你觉得无论干什么都得先喝一杯才行。"

"难道不是吗？"

不过，莉齐倒没有急着出去拿她的便携式酒吧，而是先把她的狗——还能是哪种狗？当然是英国斗牛犬了——温斯顿从狗屋里放出来。这条狗拖着沉重的脚步出现在我们面前,瞬间刷新了我对"丑陋"二字的定义。温斯顿对我一见钟情——不,准确来说是对我的小腿一见钟情。它义无反顾地扑上来,抱住我的小腿拼命蹭,开始上演一幕人狗情未了的激情戏。

温斯顿这么冲动,完全有可能毁掉一段美好姻缘,因为我这人喜欢循序渐进,不爱操之过急。不过幸好,它是一条训练有素的狗(想不到吧?),只见莉齐飞起一脚,立刻就把它从高潮顶峰踹了下来。打那以后,它就一直无声无息地跟在我身后,不停地用鼻子嗅,又用一双贪婪的红眼睛含情脉脉地盯着我。每次我坐下来,它就躺在我身边。我必须承认,我也挺喜欢它的。为了证明我的爱意,我把吃剩的鸡骨头全给了它。

对于一个派对来说,十八个小时算是很漫长很漫长了。不过世上有那么一种人,他们有一种病态的偏执,誓死不做第一个提出退场的人。我们四位刚好都是这种人,所以打算一直撑到最后一刻,也就是危地马拉国歌结束的时候(危地马拉,乐民之土,被佑之地 / 愿尔圣坛,永不被亵 / 奴隶枷锁,永不加身 / 亦无暴君,唾面施辱 /……)。

是的,我也看地球仪,可如果你以为月球人民愿意为了汤加国的国歌而熬夜六个小时不睡觉,你就比我们这几位更疯狂了。实际上,在西萨摩亚的国歌结束后,汤加国的国歌马上就播出了。

说到喝醉酒,我们当然比不上莉齐;可一路狂欢下来,也相距不远了。喝了没多久,蟋蟀甚至忘记自己刚才还在生莉齐的气呢。随着时间流逝,庆典过程中发生的事情都变得有点模糊。我能清晰记住的最后一件事情就是大不列颠的国旗在空中熊熊燃烧,散发着一种威严庄重的王室气场。我之所以记得这一幕,是因为莉齐已经烂醉如泥,现场响起英国国歌《天佑女王》,布兰妲拉着我和蟋蟀站起来,跟着音乐唱起了这首歌的第二段。好像是这样唱的：

> 扬神威，张天纲，
> 保王室，歼敌方，
> 一股涤荡。
> 破阴谋，灭奸党，
> 将乱盟一扫光。
> 让我们齐仰望，
> 天佑万民！[1]

"确实是天佑万民啊。"蟋蟀叹道。

"这是我听过的最好听的歌。"莉齐抽泣着说——醉鬼总是动不动就哭，"还有，我觉得温斯顿想尿尿了。"

那条狗看起来是挺难受的。莉齐给它喝了一两碗吉尼斯黑啤，而我看它啃鸡骨头什么反应也没有，就开始不停地给它喂各种乱七八糟的东西——从墨西哥辣椒到莉齐自酿啤酒的瓶盖，都一股脑儿塞给它。我还看见蟋蟀给它一些我们在全息篝火上面烧烤的肉肠。总的来说，这只狗内急严重，不停地转着小圈，还伸爪子去扒气密锁的拉链。

原来这只小怪物是太训练有素了，按照莉齐的说法，它拒绝在室内排泄。于是，我们一起七手八脚地给它穿增压狗服。

很快我们都笑疯了，就是那种让人倒在地上滚来滚去、害怕尿裤子的狂笑。温斯顿其实也想好好合作，可是当我们把它的两条后腿塞进增压服的时候，它就开始乱蹦，结果整件增压服都缩成一团绕在它脖子上。蟋蟀赶紧去抓一抓狗的后背，温斯顿立刻安静下来，弓起身

---

[1] 译文来自维基百科，略有改动。

体舔蟋蟀的鼻子，我们趁机又给它穿增压服。可是当我们给它穿好两条前腿甚至一条后腿时，它的蹬腿反射又开始了，结果一切功夫又都白费了。等我们好不容易把四条狗腿都插进正确的洞里，温斯顿以为穿好了，又开始乱蹦。我们再一次围追堵截，把它按倒在地，将氧气瓶固定在它背上。哪知就在快要大功告成之际，它突然对自己的头盔心生厌恶，竟然开始咬头盔——别忘了，这可是一位连金属瓶盖也能嚼的主啊！最后我们不得不装上一个备用封条，测试确保不漏气了，这才把温斯顿的增压狗服封紧，把它推进气密锁里，然后把它赶出了帐篷。

接下来我们笑得更厉害了。只见温斯顿在石头间穿梭，在这块石头旁边喷几下，在那块石头旁挤两滴，忙得不亦乐乎。它完全不知道自己的尿是通过一条管子流进了一个尿袋子里，而那条管子是莉齐用橡皮筋绑在它那根狗玩意儿上面的。是的，各位，我在这里居然用"狗玩意儿"这种言辞，可见我们的笑点已经变得多么低下。

我记得后来布兰妲和莉齐都睡了，我向蟋蟀展示那张能把帐篷隔成两个房间的神奇门帘。无奈他没有领会我的深意，却提议穿上增压服出去散步。我倒是也感兴趣，不过我穿戴的时候竟然把右脚往左裤管里塞，在这种醉态下去月表漫步，也许不太明智。只是这些增压服设计得很好，就算是傻瓜也不会穿错。我是这样推理的：连温斯顿都可以穿增压服出去散步，我能出什么意外呢？

我和蟋蟀走出帐篷时，是谁蹦蹦跳跳地扑上来呢？还用说吗？我也许会惹上一点小麻烦，因为温斯顿发现莉齐已经睡了，还想着这下子可以为所欲为了。可是当它把头盔压在我小腿上拼命嗅时，却怎么也嗅不到原来的气味。最后它只能气鼓鼓地跟在我们身后，也许在郁闷为什么所有东西闻起来都是有机玻璃和狗唾液的气味。

我知道，我一会儿叙述与布兰妲的纠缠，一会儿又描写女王陛下和她随从的故事，显得有点轻浮放荡。我也不想这样子，无奈当时确实发生了这些事情——人生不是电影剧本，你不可能自己改写，把每一句对白都变成激动人心的金句。刚才布兰妲的那番话让我心神不定，我当时不知该如何应对，只能抱着她，心里暗暗希望她会哭出来。其实到了现在，我也还是不知道该怎么处理才合适。

天哪，我们身边其实一直危机四伏，只是没人留意到罢了。

完事之后，我对布兰妲说了以上类似的话，心中隐约觉得，如果她能以记者身份去调查一下，也许会有所收获。

"你有没有想过，"我说，"为什么我们花那么多时间和精力去报道那些无关重要的琐碎新闻，而那些真正有价值的大新闻却无人问津呢？"

"举个例子？"她懒洋洋地答道。坦白说，我并没有很享受和她做爱，因为我向来对同性不感兴趣。不过她看起来真的很愉快，这才是最重要的。看她容光焕发、神采奕奕的样子，我就知道她有多么享受了。

"就像你自己的亲身经历啊！难道你不会想，人类已经发展到了我们这个年代，怎么还会发生那种……那种龌龊的事情呢？"

"我最讨厌人说'我们这个年代'了。我们这个年代怎么了？跟别的年代——就比如说古埃及吧——相比，我们这个年代有什么特别之处吗？"

"嚯！还古埃及呢？你要是能说出一位法老的名字，我就把这帐篷整个儿吞下去。"

"我不会被你激怒的，希尔迪。"她凝视着我的眼睛，抚摸着我的脸，又往我脖子上蹭。"你不需要激怒我呀，难道你看不出来吗？这次亲密接触，是我们的第一次，也是我们的最后一次。我知道你害怕亲密关系，可是你不需要——"

"我没害怕——"

"而且，你要是再给我……嗯……八十三年的时间，我可以把每一位法老——从埃赫纳顿到拉美西斯——的名字都给你列出来。"

"哎呀！"

"活动纪念册上就有这些信息。我只了解一个年代，就是我们这个年代。我不明白你为什么会觉现在跟你长大的那个年代相比有什么不一样。你们那时候有人搞小孩子吗？"

"你是问新石器时代的早期吗？也有的。"

"然后你觉得人类不断进步，到了现在，这些不好的东西应该早就被消灭了吧？"

"这想法很蠢，却是一个很好的题材哦。"

"你离开《奶嘴》太久了，混蛋。这是一个很烂的题材好不好？！这么压抑的故事，谁愿意看呀？对啊，现在还有人性骚扰儿童，这事情人人都知道。不过这是社会学家的难题，嘿嘿，祝他们好运吧。要不你就找一件真正恐怖的大事，那才是真正的新闻。而我这点破事儿，允其量只是星期天增刊里列出来的一个统计数据罢了。你就算每年重复刊登一次也不会有人发觉，因为就算有人看过也早就忘光了。"

"你现在说话太像我了，真恐怖。"

"你知道我的话是对的，亲爱的。人们订阅《奶嘴》纯粹是想给自己的生活添加一点调料。他们享受被挑逗、被激怒、被惊吓，可是他们不喜欢压抑的感觉。沃尔特老想做'世界末日'这个主题，看我们怎么写才合适。嘿嘿，按我说，这些故事那么压抑，就塞在后页的某个角落里得了。"

"我服了你了。"

"告诉你一件事情吧。以前在学校的时候，说起对电影明星的了解，全校同学加起来也比不上我。现在已经有一些三四线的明星主动来找我了。我热爱这份工作，所以请你不要跟我说哪些新闻重要、哪些新闻值得报道。"

"难道这就是你加入新闻行业的原因吗？为了跟明星接触？"

"你当初入行又是为了什么呢？"

当时我并没有回答这个问题。可我毕竟从事媒体工作多年，心中还残存一点执着追求真相的精神，所以我不得不承认，有机会跟那些闪闪发亮的明星谈笑风生，确实是我入行的原因之一。

经过短短一年的磨炼，我那位小可爱布兰妲竟然发生了如此惊人的蜕变，而我并不喜欢这种改变。其实我也知道这事情跟我没什么关系，可就是忍不住要多管闲事——我一直以来都这样。一开始我埋怨新闻行业害了布兰妲，可是思量再三，我又有了别的想法：那个身心受创的小女孩，那个宁愿把自己缝起来也不举报爸爸的乖女儿……我怀疑其实会不会是她给愤世嫉俗的老人希尔迪上了一课，让希尔迪学习怎样在这个险恶的世道中生存。

"不好意思，我没有带破坏王来。"

"嗯？你说什么？"

"月球呼叫希尔迪，希尔迪请回答，完毕。"

"不好意思，我走神了。"原来是蟋蟀跟我说话。我俩正在月球表面散步，我甚至记得还刚刚从气密锁中穿过。

"我知道我答应过带她来，让你见见她。可是她大发脾气，非要跟朋友去阿姆斯特朗游乐场不可。最后我就让步了。"

蟋蟀的嗓音有点古怪，我怀疑他没有把真相都说出来。我猜也许是他本来应该更强硬点，却没有坚持下去。我对破坏王所知甚少，唯一能确定的事情就是蟋蟀对女儿总是万般呵护。我四处查探了一下，发现他的《少废话》的同事都没见过他女儿。这家伙把工作和家庭完全隔离了。

其实，这种做法在月球上挺正常的。我们的个人隐私已经少得可怜，所以人们都愈加珍惜和爱护。当时我和蟋蟀以男女朋友身份交往还不到一周，我就已经看到了一系列征兆，表明他……怎么说呢……表明他不太愿意让我进一步走进他的生活。换句话说，我把爱情菊花的花瓣一片片扯下来，发现绝大部分都写着"他不爱我"。

说句公道话，我自己又何尝不是爱情里的陌生人呢？其实，久疏战阵的我从来就不是情场高手，我怀疑自己早就忘记怎么去爱了。上一次我真正"堕入爱河"（这是人们惯常的说法）是那场十几岁时的热恋。然后在接下来的八十年里，我一直以为这只是年轻人才会经历的痛苦。可如今在我与蟋蟀的相处中，也许是我不善沟通，没能让他知道我的渴望是多么深沉、多么悲哀、多么无可救药；也许是我没有向他发送正确的信号，因此他以为我还是以前的那个整天嘻嘻哈哈、玩世不恭的希尔迪；也许他以为我变成女人之后的常态就是这么缠人，以为我就是喜欢对人目送秋波，以为我只是渴望在清晨为对方奉上一杯热咖啡后继续缠绵。

再说句难听的话，也许我根本就没有堕入爱河。我此刻的感觉并不像少年谈恋爱时那么炽热——当然了，那种感觉是可一不可再的，更何况我已经不是青春年少的那个我了。我对蟋蟀的感觉多了一分实在，少了一点痛苦。就算他站出来说他不爱我，我也不会感到绝望。这是否意味着我这份感情并不是爱呢？不，这只是意味着我需要再接再厉，意味着我不会再打算跑出去自杀……呸呸呸！你这个蠢女人，别哪壶不开提哪壶嘛！

说到底，我真的喜欢他吗？或者这只是错觉？或者我在折腾了那么久之后，终于重新获得了爱情？暂时来说，我的结论是：接受现状，骑驴找马。

"希尔迪，我觉得我们不要再发展下去了。"

这句话有如五雷轰顶，我所有的理性分析瞬间全部崩塌。我还听见另外一种声音：刀锋插入心窝的声音。我还没听到尖叫声，不过它会来的，会来的。

"你为什么这样说呢？"我觉得自己掩饰得很好，声音里并没有流露出一丝痛苦。

"要是我说错了，你尽管纠正我。我只是觉得，自从……自从那天晚上之后，你好像对我产生了一种……比正常朋友更深的感觉。"

"纠正什么呀？我就是爱上你了啊，混蛋！"

"哈，连表白也这么有性格，这世上恐怕只有你一个了。我喜欢你，希尔迪，我一直都喜欢你。就算你在我背后捅刀子，不知道为什么，我也还是喜欢你。再交往下去我也许会爱上你，可我正是担心自己真会爱上你，因为我目前所处的境况不允许，而且我很久也摆脱不了这种状况——"

"蟋蟀，其实你不需要担心——"

"——我们绝不能陷进去，所以我想趁着还没开始就悬崖勒马。其实这还不是主要原因。"

"可是我已经——"

"我知道，所以我觉得很对不起你。"说完，他叹了一口气，然后我俩默默地转头看着温斯顿。只见他在"海因莱因号"飞船附近飞奔，仿佛在追赶一只想象中的真空兔子。德朗布尔环形山的日落来得比阿姆斯特朗游乐场要晚，所以现在这艘巨大飞船的顶部还沐浴在日照之中。船身反射着阳光，虽然不像白天那么耀眼，却也足够让我们看清四周景象。

"蟋蟀……"

"话都说到这份儿上，再瞒你也没意义了。"他说，"刚才我对你说谎了。破坏王其实是想来的,她想见见你。我跟她讲了你的一些故事,她觉得很好玩儿。可是我不想她见你。我知道我对她的保护有点过分了,可我就是这样,因为我不希望她的童年像我这么不幸。对了,你别问我的童年,我不会说的。我们的问题在于,我看出你目前正在经历一些古怪的事情。你别骗我说没有,要是没有的话,你就不会躲去得克萨斯了。我不知道你的遭遇是什么,我也不想知道——至少目前还不想知道——而我也绝不希望我的女儿卷进去。"

"这就是你不想和我交往的理由啊?那,我明天就搬家,只是学校的工作我不能说辞就辞,可能还得再教几个星期,等他们找到新的——"

"没用的,因为这并不是唯一的原因。"

"噢,太好了,让我听听我到底还有哪些毛病。"

"我不是跟你说笑啊,希尔迪。你就认真一次好不好?我知道有些事情正在困扰着你。你之所以离开报社搬去得克萨斯,也许就和这些事情有关……也许没有吧,总之我感觉到不安,而且是非常不安,我甚至不想知道具体是什么。可是我向你保证,如果不是为了我的孩子,我是愿意听你倾诉、愿意替你分担、愿意帮助你的。你能不能够看着我的眼睛告诉我,我说错了?"

过了整整一分钟,我都不敢接触他的目光,也没有否认他的判断。他又叹了一口气,伸手搭在我的肩膀上。

"不管你惹了什么麻烦,我都不希望自己的女儿受到牵连啊。"

"我明白……我应该明白的。"

"我觉得你不明白,因为你没有孩子。可是我告诉你,我会把自己的一切人生计划都暂停,专心抚养她长大成人,然后再过自己想过的生活。因为她,我已经错过了两次晋升的机会,可我一点也不在乎。现在我拒绝你,其实比错失晋升机会更痛苦,因为我觉得我俩其实蛮般配的。"他伸出手,却没办法抬起我的下巴,所以只好扶着我的面罩。我抬起头看着他,"也许再过十年左右,我们还有机会吧。"

"要是我还能活那么久的话。"

"情况真这么恶劣吗?"

"有可能。"

"希尔迪,我觉得——"

"你先回去吧,好吗?我想一个人静静。"

他点了点头,就走了。

我漫无目的地游荡了一会儿。那个发着亮光的小气泡——我们的帐篷——从来没有离开我的视线。温斯顿的吠声不停地从我的无线电耳机里传出来,为什么要在增压狗服里装麦克风呢?呃,要是不装的话,又是为什么呢?

我一直不停地追问自己这类鸡毛蒜皮的问题,好像没办法集中精神去思考一些更重要的事情。

我不擅长描述痛苦的感受,也许是因为我不擅长去感受痛苦吧。我感到空虚了吗?有的,却没有预想的那么可怕。首先,我爱上他的时间不算长,所以这份感情的缺失不足以在我心头留下多大一处创伤。更重要的是,我并没打算就此放弃。换了是你也不会轻易放弃的,对吧?我知道我会继续打电话给他,呵呵,我甚至愿意乞求他回心转意,也许还会加上几滴眼泪呢。众所周知,这些招数都是行之有效的;更何况蟋蟀和我一样,都是嘴硬心软之人。

所以我当时情绪有点低落吗?这是当然了。低落到了沮丧的地步吗?那倒也未必。我距离自杀还有万水千山之遥,千山万水、万水千山……

这时,我第一次感觉到一丝轻度的头痛。我们颅骨里面有那么多纳米机器人，你以为它们早就已经把各种普通头痛都消除了吧。没错，严重的头痛和渡渡鸟一样，都灭绝了。可是还有一些很讨厌的轻微疼痛，总是在太阳穴和前额那里蠢蠢欲动，无论用什么药都无法消除。也许这种头痛是我们自找的，也许在潜意识深处，我们需要这种疼痛吧。

可是这一次的头痛却有所不同。细想之下，我意识到痛感原来聚集在我的眼睛附近，原因是我的视觉好像被什么东西扰乱了。在我的余光范围里，我好像隐隐约约看到了什么东西，又好像什么也没看到——我觉得自己快被逼疯了。我停下脚步，环顾四周。有好几次我仿佛看到了什么东西的踪迹，可一眨眼那东西就踪影全无了。也许那是布兰妲所说的鬼魂吧——除此之外还能是什么呢？我都几乎能碰到"海因莱因号"飞船的外壁了。

温斯顿蹦蹦跳跳地跑过来，一下子跃到空中，好像在追逐着什么东西。终于，我看见了，然后我忍不住笑了：原来答案这么简单，这条笨狗原来是在追赶一只蝴蝶呢。也许一直在我余光里若隐若现的就是它——一只蝴蝶。

我转身朝帐篷走去（**那只狗**），心里想着回去得好好喝一杯、两杯、三杯（**在追赶**）……呵呵，或者干脆喝个酩酊大醉好了。我这回算是有一个灌醉自己的好理由了吧！

一只蝴蝶？！

我猛地转身，却看不见那只蝴蝶了。温斯顿乖乖，我们当然不可能看见蝴蝶了，因为我们不是在得克萨斯，而是在德朗布尔环形山，这里没有空气的呀！我想不如算了吧，肯定是我喝醉出现了幻觉……就在这时，一个全身赤裸的女孩突然凭空出现在我眼前，然后跑了七步——至今我仍然能在脑海里看得清清楚楚，一二三四五六七，然后她就消失得无影无踪，好像鬼魂回到了阴间。当时她距离我很近，我几乎一伸手就能碰到她了。

我一下子僵住了,就像公园里的雕塑一样动弹不得。也不知过了多久,我突然清醒过来。身为一个记者,追踪新闻是我的本能,于是我立刻开始追踪那个女孩,却再也找不到她了。刚才我之所以能看见她,完全是因为夕阳的最后几缕余晖从高处的飞船顶部远远地反射下来,其亮度其实和一根大蜡烛相差无几。

蝴蝶也不见了。

突然,我意识到狗正在蹭我的腿。我低头一看,只见它的增压服里面有一盏红灯在闪,表明它的氧气只剩下十分钟了。温斯顿受过训练,一看见红灯闪就知道是时候回家了。我弯腰拍了拍它的头盔——其实我这样做对它并没有什么实际好处,可是温斯顿伸出舌头舔了舔嘴巴,好像表示它领情了。我重新站直,向四周扫了最后一眼。

"温斯顿,"我说,"我觉得我们已经不在堪萨斯州了[1]。"

---

1. 出自《绿野仙踪》,系桃乐丝对她的狗托托说的话。

No.20

宗　教

以西结[1]看到了轮子,摩西[2]看到了燃烧的灌木,约瑟夫·史密斯[3]看到了莫罗尼天使;而自从比利·桑戴[4]走红以来,每一个电子媒体传教士都在黄金时段高收视率当中看到了名利双收的大好机会。

种地的农民、小行星的矿工,以及长期吸毒的瘾君子看到小外星人从不明飞行物里走出来,要求会见我们人类的各国领袖。醉鬼看到每一件东西上都爬满了粉红色的大象、雷龙和小虫。释迦牟尼看到了成佛之道,穆罕默德肯定也看到了什么(只是我不知道罢了)。濒死的人们看到一条光隧道,而他们生前最痛恨的那些人就站在隧道尽头等候。明星教教主眼光独到,只要是炒作的好机会就一定不会错过。基督徒们要找的是耶稣,沃尔特要找的是好新闻,赌徒要找的是第四张A……有时候他们确实能够如愿以偿。

住在山洞里的原始人留意到篝火亮光以外、黑暗之中的影影绰绰,从那以后,人们总会看到各种稀奇古怪的东西。而希尔迪·约翰逊向来跟这些怪力乱神的东西无缘——直到地球沦陷两百周年纪念日这一天。

希尔迪曾经哭喊道:主啊,给我一个神迹吧,让我目睹你的真容吧。然后主真的给了她一个神迹:

一只蝴蝶。

那只蝴蝶翅膀上有漂亮的橙色和黑色花纹,是一只帝王蝶。乍看之下,这只蝴蝶没什么特别,古怪的是它出现的地方。经过仔细检验,我发现它背上有一个胶囊大小的东西——无论如何,那绝对是一个氧气瓶!

1、2.以西结和摩西都是《圣经》记载的以色列先知,都曾目睹神迹。
3.摩门教创始人(1805-1844),曾宣称获得过天使的指引。
4.著名美国福音传道士(1862-1935)。

所以啊，各位亲爱的读者，千万不要养成乱扔东西的坏习惯！因为说不定哪天你就突然需要用到了。在很长一段时间里，我都不需要使用装在左眼里的那个全息摄像头，因为《得州人报》没有印刷相片的设备。沃尔特一直没向我要求返还设备，而我又懒得去做手术把它取出来，于是那个摄像头就一直留在我眼球里了。它把我看到的一切都忠实地记录下来，一直到内存满了，又清空重来。古时候那些火眼金睛的先知要是能得到这样一个宝贝，恐怕让他们去杀人放火也愿意。有了这种眼睛摄像头，他们就可以向那些心存怀疑的混蛋证明，确实有一个会发出尖啸声的小玩意儿降落在鸡窝顶上，而且确实有几个绿色的小怪物从那个东西里面走出来。

试想想，从柯达推出第一台布朗尼相机以来，一直到二十世纪末，人类一共制造了多少台照相机？你一定以为人们肯定拍了很多有意思的照片去记录那些超自然现象吧？可是你去找找看——我真的去找了——肯定一张也找不到。而从二十一世纪开始，计算机技术发展到以假乱真的境界，任何照片都有可能是伪造的。

幸好在这件事情上，我只需要说服一个人：我自己。回到帐篷后，我做的第一件事情就是把数据下载到永久储存器里；我做的第二件事就是守口如瓶，对谁也不说。我之所以绝口不提，一来是出于记者的本能——在一个新闻还没确定的时候，千万不要四处吹嘘；二来是我担心其实是自己喝多了，神志不清，所以看花了眼。而最重要的则是……这一幕是属于我的，是上天赐给我的礼物！命运并没有眷顾蟋蟀，那个寡情薄幸的家伙！当时他要是说一声爱我，然后把我抱在怀里，轻声告诉我他是一个大傻瓜，那他就能够看到这一幕了。命运也没有眷顾普利策得主布兰妲小姐（你以为是我主动把那个爆炸性新闻让给她的，所以我心里就不会妒忌吗？你真是太傻太天真了），我才是唯一的幸运儿！

还有温斯顿，多好的小狗狗啊！多么出众的四足动物啊！我一开始怎么还觉得它丑陋呢？所以我回帐篷后做的第三件事情就是从我带来的香肠里挑出最好的一块喂给它，还向它道歉：不好意思，手头没有更好的货，下次我一定用得式波美拉尼亚香肠或者泰式香肠来招待您。

接下来我们要谈的并不是蝴蝶——蝴蝶虽然奇妙，可是距离"奇迹"二字还远着呢。

那只蝴蝶背上确实装了一个氧气罐。我把照片放大到合适的尺寸，就看见几根细线从氧气罐里伸出来，铺架在蝴蝶的翅膀上。我想再放大，看看那些细线连去什么地方，可惜图像就变模糊了。其实不看我也猜得到：这里明明没有空气承载，可它看起来确实在飞，所以我推测这个装置是利用反作用力的原理将空气从两片翅膀下方喷出来，使蝴蝶能持续浮在空中。跟博物馆里的标本相比，我看出只这蝴蝶的体表有点不一样。难道是一个防真空外壳？如果是真的话，那么氧气瓶应该是把氧气直接输进蝴蝶的血液里了。

我发现的这些小设备都不是能在商店买到的成品，不过就算没有现货又如何？纳米机器人完全可以造出比这些氧气罐、调节器和陀螺仪（可能是陀螺仪）更细小、更精巧的设备。至于防真空外壳，用基因工程学应该不难实现。如此说来，就是有人偷偷打造一些能在月球表面生存的虫子呗，有什么大不了呢？这只是说明有个性情古怪的能工巧匠在做一个奇葩项目罢了。月球上这种人可不少，不过他们掌握的都是些奇技淫巧，充其量就能做这种没用的小东西而已。

我的研究工作都是在得克萨斯家里的床上进行的。

从庆典回家的路上，我在一家商店稍做停留，买了一台一次性电脑、一卷电视屏幕、一台记录仪和一个手电筒，全部揣在口袋里，偷运过了得克萨斯的临时海关。走私过程易如反掌，人人都这样夹带小物品进园区，甚至不需要贿赂警卫。我等到夜幕降临，然后躲在床上，整个人钻进被窝里。我打开手电筒，铺开屏幕，把全息摄像机里面的影像数据全部导进记录仪，然后把安装在我大脑里的数据库全部清空，不留下一点痕迹。接下来，我开始逐帧逐帧地察看那段录像。

为什么要这么保密？我当时真的说不清。我只知道我不想让中枢电脑看到这些影像，而且这一点至关重要——至于为什么重要，我就不知道了。我猜也许是本能吧。其实我这么做并不能保证中枢电脑不会发现，不过这已经是我能想到的最好方法了。而且我处理数据用的是单机，并没有连上主机，这看起来是一个躲避中枢电脑的合理方法——前提是我绝不把这台单机接上任何一个联网系统。中枢电脑再厉害也不见得懂魔法吧。

我花了一个小时左右研究蝴蝶，把相关资料都存放在名为"奇哉怪也"和"鳞翅目"的文件夹里。接下来，我开始研究那个真正的奇迹了。

身高：五英尺两英寸。

眼睛：蓝色。

头发：浅金（近乎白色），及肩，笔直。

肤色：浅棕色（也许是因为暴晒）。

目测年龄：十岁或者十一岁（没有阴毛或胸部，两只大门牙，面部是幼童特征）。

特征：无。

身材：瘦削。

衣服：无。

其实她的实际年龄可能很大，因为有一小撮人喜欢把自己弄成小飞侠彼得·潘那样子，永远也长不大。可从她的动作来看，我怀疑她并不是一个装嫩的老人。而且那两颗大门牙也是一个明证。我断定她是一个没有经过改造的"自然人",我看到的就是她的真面目。

她出镜一共11.4秒,仿佛突然从一个黑洞里冒出来,然后又消失在另一个黑洞里。她全程没有疯狂奔跑,每一步也跳得不太高。我有条不紊地对这段视频进行系统分析,先把这11.4秒当中的所有细节都梳理个遍,然后再重点分析当中的两帧:第一帧和最后一帧。

  观察记录:如果她是鬼魂,那么鬼魂就是有质量的。在环形山顶部的地面上有成千上万个足迹,我没办法从中鉴别出她的脚印(我确实发现许多足印是有脚趾的,不过这没有任何意义,因为许多小孩穿的靴子就是专门设计成能踩出脚趾印的),但视频清晰地记录了她在地上踩出脚印、溅起灰尘的全过程。计算机分析她的脚印,推断出小女孩的体重和同龄人无异。

  观察记录:她并不是全裸的。在好几帧里我发现她的脚板上面有一片生物磁保暖脚垫——月球表面的石头都滚烫,这脚垫确实是在月表奔跑的必备神器!此外,有一件貌似首饰的物体黏在她的胸口,就在左乳头上方几英寸的部位。这个物体是黄铜色,形状就像一个压力接头(这是我能想到的最贴切的描述方式了)。

  推测:也许这个东西就是一个压力接头,就是那种用来连接氧气罐和通气管的、咔嗒一下固定的接口配件。

  观察记录:在开始不久的几帧里,她的面前有一层薄雾,看起来像是冷凝的潮气,仿佛她正在呼气。此后就再也没有她呼吸的征兆了。

  观察记录:她知道我的存在。在第四步和第五步之间,她转过头来直视我,一共看了半秒钟。在这短短的时间里,她向我笑了笑,然后做了个斗鸡眼的鬼脸。

我又记下了几条,不过好像都没有太大关系,也对解开谜团无甚裨益。噢,对了,观察记录:我挺喜欢这小女孩的。我在她那个年纪的时候,在这种情况下,肯定也会做鬼脸的。一开始我以为她是在嘲弄我,但反复细看之后,我觉得她是在向我下战书呢:有种就来抓我呀,老太婆!嘿嘿,我正有此意呢,娃娃脸。

在当晚剩余的大部分时间里,我都在分析她出现前几秒和消失后几秒的画面。结束后,我把数据从电脑上删除;保险起见,我又把电脑扔进厨房的炉子里。电脑在灼热的余烬里发出噼噼啪啪的爆裂声……最后,我这次经历的唯一备份就保存在那台小小的记录仪里面了。

我把它塞到枕头底下,这才安心入睡。

在接下来的星期五,我把《得州人报》的出版事宜安排妥当之后,就回汉弥尔顿户外用品专卖店,买了一顶双人帐篷(我为什么要买双人帐篷?你找个单人帐篷住一晚就知道难受了),让他们把帐篷运到距离废矿公路最近的那家月球车出租店。我在那家租车店提了一辆二手月球车,为了获得最大优惠,还一下子付了两个月的长租。我让他们把氧气瓶灌满,检查电池的储电量,又踢一下轮胎,检验气压,最后我还让他们把一组松了的钢板弹簧换掉。万事俱备了,我就驱车前往德朗布尔环形山。

我把帐篷搭在七天前露营的同一个地方。我在这里待了两天,一无所获。到了星期天晚上,我拔营起寨,开着月球车回去,把车停在一个租来的车库里。

下一个星期五,我做了同样的事情。

在接下来的很长一段时间里，我每个周末都去德朗布尔环形山。后来，我不得不把我那套顶级的增压服拿回店里，换了一个孕妇专用的型号。挺着个大肚子穿增压服有多困难？你要是没试过就别问了。可是再大的困难也挡不住我前往德朗布尔环形山，就算是怀孕也不能！

当时我觉得这样做是理所当然的，可现在回想起来，我这种行为确实有几个值得商榷的问题（不过有机会重来一遍的话，我觉得我还是会这样做的）。接下来，就让我尝试一下回答其中的几个，好吧？

我只在周末去环形山，因为我还需要得克萨斯给我的生活保持一点稳定性。我会一直在学校教下去，起码到学期结束再作下一步打算，因为我觉得自己应该对雇主和同学们负责。其实，每个星期天晚上，我总是渴望快点回到我的小木屋。与其说这份工作需要我，倒不如说是我需要这份工作，所以留在学校教书完全不是问题。有些人看到幻象之后就会抛开一切去追寻，我猜这些真正的梦想家一定会以我为耻的。

我已经尽力了。每个星期五我总是迫不及待地离开迪士尼乐园。我再也不去教堂，也不会为了给灵魂减负而找各种江湖骗子倾诉自己的心声。

至于怀孕嘛，这不但有点难以解释，而且还有点难为情呢。我一直在努力，尽可能忠实地去体验老地球的生活，所以我恢复了自己的月经周期。我知道，这种做法听起来很疯狂。本来我只是打算试一次（就像试穿紧身胸衣），却发现来月经并不像凯莉说的那么恐怖，所以就没有立刻取消。我本来没打算把月经周期一直保留下去的，我可没那么笨。我是预计着——其实我当时也没想好——来六七次就差不多了。接下来发生的事情也不是什么谜，就是一个从没生过小孩、依然有生育能力的百岁老太婆,明明对维多利亚时代的节育手段一无所知,却轻信一个信誓旦旦说不会射的贱男,糊里糊涂地跟他上了床,结果就怀孕了。

真正的谜团出现在我有喜(得知这个消息后,我恶补了一下各种相关术语)之后:为什么要把胎儿留下来呢?

我能给出的最好答案就是,我从来没有排除过养儿育女的可能性。也许在遥远的未来,要是我有二十年闲暇时间的话,不妨试一试——当然了,那一天总是遥不可及。生小孩这件事,应该是人在特别渴望的情况下才会去做的。这是一种近乎本能的强烈愿望,而且这种愿望有些女人有,有些女人则没有。我细想一下朋友圈子里的人,发现许多女人都有生小孩的愿望。嘿嘿,那些人简直是母性泛滥啊!而我就从来没有这种感觉。其实,只要把人类繁衍的重任托付给这些母爱狂人,我们这个物种就完全能延续下去。我从来没有对自己做好妈妈的能力抱有幻想,所以怀孕这件事情本来一直停留在"改天吧"的阶段。

可是,我自杀未遂过许多次,每次都没有事先计划,而且动机不明。这些经历反而帮助我看清了一件事:如果我现在不把小孩生下来,也许以后就再也没机会了。我能想象将来某一天,我或许会突发奇想,希望亲身体验一下这么重要的人生经历。还有,正如我在前文中提过的那样,我一直想找一个提示我应该继续活下去的征兆。天哪,我偏偏在这时候怀孕,也许这就是一个征兆啊!这件突如其来的事情虽然跟月球表面的小女孩和蝴蝶不一样,可我觉得它们都是一种征兆。

也就是说,每个星期五去德朗布尔环形山的路上,我都会认真考虑在半路下车,把肚子里这东西给弄走。不过每一次我都会在剧烈思想斗争之后,决定把小孩留下来。

有一种以讹传讹的说法:孕妇不宜上月球表面。如果这句话是真的，那么厂家为什么还要继续制造孕妇专用的增压服呢？据说唯一的危险是孕妇在穿着增压服的时候突然开始分娩。其实这根本就算不上危险——无论你身处月球表面哪个地方，救护车总能在二十分钟内把你送到分娩中心——所以我对每个周末的露营活动一点也不担心。身为一个孵卵器，我知道自己应该担负起哪些责任。我也曾经酗酒，可是很容易就戒掉了。我每周三去产科中心做胎检，一切都正常。我每周四去小镇郎中内德·佩珀的诊所，要是他足够清醒的话，就会用手指在我身上又戳又按，然后宣布我比他检查过的所有小母牛都健康。最后他还会卖我一瓶黄色的圣水，据说对我家院子里那些奄奄一息的玫瑰花有起死回生的功效。

如果一切正常，我是打算让胎儿在我肚子里自然成长的（顺便说一句，小孩是男的——我这样说一个胚胎有性别，感觉挺蠢的）。当年，在我二十岁的时候，十月怀胎好像已经成了一件过时很久的事情。大部分女人都把胎儿放在瓶子里成长，还把瓶子当作装饰物，摆在客厅一个显眼的地方——比如咖啡桌上——展出。这么些年来，我在许多邻居家里用显微镜观察囊胚的成长，就像看路易吉叔叔去火星旅行时拍的全息录像那么兴奋。我还看到过许多准妈妈抚摸着瓶子，对着那个处于妊娠中期的胎儿轻声细语。胎儿出生时，人们通常会举办隆重的"开瓶派对"。我出席过几次，不外乎乐队演奏、宾客赠送礼物等环节，这里就不一一赘述了。

其实，体外怀胎并非人类文明进步的大潮，只是一种时尚的做法而已。有些研究表明，瓶装婴儿长大后不如肚装婴儿过得好；有些研究则得出相反结论——学术界就是这样，很正常。

我才不管研究结果是怎样，反正我是跟着自己的感觉走。在当前的潮流下，学界和舆论更倾向于"阴道分娩有利于建立健康的母婴关系"，而反对"出生过程对婴儿造成的创伤会产生持续一辈子的负面影响"。我的直觉告诉我,如果我要生小孩,那就应该让胎儿在我的肚子里成长。在这个过程中,我的子宫难免会叽叽歪歪地抱怨——我听见了,就请您闭嘴吧,谢谢。

女孩仿佛突然出现又突然消失在我们这个维度的空间里,整个过程都被记录下来了。我仔细研究这几帧画面,发现了一些有趣的东西:她并不是凭空出现的,也不是凭空消失的,因为她在出现之前和消失之后,都在画面上留下了一点蛛丝马迹。

只是照片画面的亮度太低,再加上这里记录的是"隐身法"或者"障眼法"这类神秘的东西,所以我基本上是看得一头雾水。不过这时,我买回来的那台廉价电脑就派上用场了。它把那些光线扭曲的图像细细咀嚼一会儿,得出了一个结论:这是一具人类的躯体,体表包裹着一层柔韧性绝佳的镜面,能使射来的光线扭曲。结果你看见的只是此人四周景物的一个变形的映像,虽然不至于隐形,却也很难发现了。如果你本来就知情,而且是刻意寻找,那么凑近了也许能看出一个人体的轮廓。不过要是距离远的话,希望就很渺茫了。尤其是在一个像德朗布尔垃圾场这么混乱和破碎的背景前,当她站着不动时,你根本就不可能找到。我记得就在她现身前,我突然深受头痛的困扰。看来她已经潜伏在附近有一段时间了,然后才决定在我面前现身。

我在图书馆里查资料,想了解一下什么技术能够产生我亲眼见证的那种视觉效果——结果什么也找不到。无论是哪种黑科技,有一点是肯定的:小女孩能在隐身和现身两种状态之间快速切换。我的快门速度虽然远远超过千分之一秒,可是小女孩在上一帧还裹着镜面,下一帧就已经全裸了。可见那东西不是脱掉,而是关掉的。

她还有另一个特异功能:在月球表面裸奔。虽然只是短短七步,不过那里是真空啊!要解释这个现象,难免涉及一些有趣的推论,其中一个是：将供氧源植入体内，把氧气直接输进血管里。据我所知，以前有人做过这方面的研究，始终没有取得有用的成果，最后以"不实用"为由放弃了。嗯……

于是，我重新进修了一下"真空生存学"的入门课程。成年人暴露在真空中的存活时间最长不超过四分钟，因为那时候大脑就会开始死亡了。在这段时间里，他们的身体组织会遭受严重破坏，不过，婴儿能够存活的时间比成年人更长。刚开始你还能做些貌似有用的事情——比如说屁滚尿流地往临时增压服里钻——不过顶多也就能支撑一分钟或者更长一点。而人暴露在真空的最初五到十秒内，耳膜就会破裂，虽然很痛，却不算是重伤。减压症其实是很容易治好的。

说到这里，我得澄清一下：我说的这个奇迹到底是怎么一回事呢？其实我很快就看准了，我目睹的是一个科技上的奇迹，而并非超自然现象。老实说，我有点如释重负的感觉。神是一个恣意妄为的狠角色，我并不希望这件事情真能证明他的存在。假如你看到了一团着火的灌木丛，发现幕后的神力来自一个心理变态的小破孩，你会怎样？他是神呀，对吧？他已经在你面前证明了自己法力无边，那他要你干什么你也得照办了，对吧？要是他让你把自己儿子杀了作为祭品奉献给他，好满足他肥大的自尊心，你该怎么办？要是他逼你在后院打造一条大船呢？要是他让你给自己老婆拉皮条，把她甩给当地政府的一把手，然后敲诈勒索那个冤大头，最后还把领导家里闹得鸡犬不宁，你又怎么办（不相信我？自己查阅《圣经·创世纪 12:10-20》去吧。你上教堂可以学到最有趣的东西呢）？

就算我知道这件事情很可能是人类科技使然，可是这个奇迹在我心中的地位并没有动摇半分。在月球表面的某个地方，在那个巨大的垃圾场里，有人正在做一些别人做不到的事情。而且这事情在图书馆里查不到，所以中枢电脑很可能不知情。或者它虽然知情，却把这件事情捂住了。如果是后者的话，它为什么要这样做呢？

我只知道有人研制出了这样一种技术，能把小女孩裹在镜子里，还能让她对着我做鬼脸！我一定要找到这位仁兄，跟他好好谈谈。

可是要找这人，谈何容易呢！

在最初的四个周末里，我只是去那里露营，基本上没怎么四处探索。我是想着既然她来找过我一次，希望也会有第二次吧。虽然她不见得有什么理由非见我不可，可是她也没有什么理由刻意避开我呀。

四周以后，我改变策略，加大运动量，穿上增压服四处探索。我翻过了几座瓦砾碎石山坡，发现这样做没什么意义。只见类似的山丘无穷无尽地延伸下去，范围太大，根本没法一一搜索，甚至连当中的一小部分也覆盖不了。

我看见这个小女孩的地方是在"罗伯特·海因莱因号"星际飞船——人类崇高理想的纪念碑——附近，在我看来，这应该不是巧合。我打算去飞船里详细查找，不过在开工之前，我又去了一趟图书馆，了解了一下这艘飞船的历史。简短来说，"海因莱因号"代表了人类一个破灭的梦想。

2010年，一个名为"L5社团"的组织开展了一项太空探索计划，而"海因莱因号"本来应该是人类历史上第一艘星际飞船。考虑到当时的月球殖民地规模还很小，还要年年讨要经费，星际飞船确实是一个大胆的构想。按照原计划，这艘飞船会在二十年后开始动工，建造地点位于地球/月球系统的L5拉格朗日点（又名特洛伊点）。在外星人入侵之前的几十年间，L4和L5拉格朗日点的太空基地一直处于举足轻重的地位；地球沦陷后，这两个地方又继续繁荣了将近四十年。可是到了现在，那里早就变成了两个飘浮在轨道上的垃圾场。为什么？当然是经济因素使然了。

外星人入侵时，飞船才刚刚完成了一半。全面停工是无法避免了，因为人们需要完成很多更紧急的任务，比如说，避免种族灭绝吧。后来，人类似乎已经逃过了这一劫，可是却再也没有余力顾及像"海因莱因号"星际飞船这种大而无当的项目了。

世易时移，到了地球沦陷82年，"海因莱因号"复工了。可是才过了五六年，这个命途多舛的项目再次触礁，而这一次的拦路虎是月球人党。这个政党又名"疯人党"、孤立主义者，而他们的政敌则斥其为"屈膝和谈党"。他们最主要的纲领是：人类应该摆正心态，接受"被征服的失败者"这个角色，在月球和其余几颗星球上安身立命，过好自己的小日子，别再瞎折腾了。疯人党的逻辑是：外星人只用了三天就把人类在太空中的各种基地和设施砸成了废铁，可见他们的实力根本就和我们不在一个数量级上。人类这次没有被团灭，已经是极度幸运；如果我们还敢造次，再次招惹外星人，恐怕他们就会回来赶尽杀绝了。

另一方的死硬抵抗派——后来人称海因莱因飞船帮——就说：你们这是胡说八道！没错，他们的实力比我们强，他们的科技比我们先进，他们的拳头比我们硬。谁的拳头硬上帝就青睐谁，为了让上帝跳槽回来，我们就必须比他们的拳头更硬！海因莱因飞船帮还说，外星人虽然比我们古老很多，科技虽然比我们先进很多，可他们一样要吃喝拉撒，他们大便的部位肯定也是在两……两根触角夹缝的地方。

疯人党则反驳说，你们这就说错话了，被抓个了现成！我们根本不知道他们的拳头是不是更硬，也不知道他们身上长的是触角、是纤毛，还是像你像我像上帝那样正儿八经的手脚四肢……我们对外星人一无所知。亲眼看见其真容的人没有一个活下来，我们也没有任何与之有关的影像资料。人类断断续续地通过空间轨道上的天文望远镜对其进行观察，持续了整整两百年，却从来没看见他们从那个名为"地球"的小旅馆走出来。那是一个古怪的种族,迄今为止,我们还没看到有什么是他们做不到的,所以我们可以有把握地下结论:这些外星人是无所不能的。

其实,在刚开始的九十年里,抵抗派是占上风的。他们满嘴理念,总是慷慨激昂地号召人们团结起来,时刻准备着。准备什么呢?第一,准备抵抗侵略者;第二,准备有朝一日大反攻,把那些……也不知道那些什么东西……打个屁滚尿流。人们为了这些假大空的口号默默地牺牲着,忍受了将近一个世纪,终于,他们开始觉得疯人党的主张好像更有道理:和平共处、相安无事岂不更好?在巨人脚边,我们还是不要耍大宝剑了。我们应该谨小慎微,说话也不要大声,还研究什么大枪呀?让抵抗派见鬼去吧!

最终,政府把近地轨道上的所有监听站都撤回来了。顺便说一句,对于这个举措,我是拍手叫好的。因为从沦陷日开始 直到撤离那天,那些空间站什么也没观察到,什么也没监听到。政府下令,所有人造设备都不得进入以地球为圆心的半径二十万公里的警戒区内。各大星球防御系统的规模随之急剧缩小,变成了以防御小行星为主——执行这种任务,起码那些设备还真能派上用场呢。

这些事情对"海因莱因号"飞船有什么影响呢?影响就是:政府禁止使用一切核聚变与核裂变爆破设备。"海因莱因号"飞船使用的是猎户座计划研发的、带推进器隔离板的核脉冲推进系统——你想飞去别的星系而又不愿意花费一千年光阴的话,这就是唯一可行的驱动系统了。简单来说,就是在飞船后面挖个洞,洞里塞一堆核弹,然后把舱门一关,坐等核弹爆炸。每隔一两秒爆一颗,核爆产生的冲击波就能推动飞船前进了。

这个系统需要一块巨大的推进器隔离板——我是说很大、很大那种——以及一些吸收震波的设备,防止乘客们的牙齿也被震掉。他们算过，飞船能达到光速的二十分之一，所以八十年就能飞到半人马座阿尔法星了。可现在突然没了核弹推进系统，这飞船连L5拉格朗日点也飞不过去。整个工程被终止时，主船体和震波吸收系统几乎完成，而推进器隔离板还没机会问世就胎死腹中了。

此后的四十年间，海因莱因飞船帮的支持者四处游说：既然政府愿意破例批准建造迪士尼园区的施工队使用核弹来进行爆破，那么政府也应该对他们的宝贝飞船网开一面。最后，在好几个因素的合力作用下——政治风向变了，疯人党失去了民心，以开采核裂变原料为主要收入来源的外围星球联盟向月球政府施加经济压力——飞船帮终于取得胜利，可以重新使用核弹研制飞船的推进系统。海因莱因飞船帮的人热烈庆祝之后就转身向政府要拨款……却吃了个闭门羹。人们对太空探索的兴趣是有周期的，无奈当时正值低潮期，所以根本就没人感兴趣。反对的理由是，我们完全可以把资金投放在月球这儿，为什么要把钱扔进太空这个无底洞呢？作为一个整体，月球人追求高质量的生活和低税收，而且再也不害怕外星侵略者了——因此这个观点在月球人心中特别有说服力。

飞船帮还尝试找私人赞助。可当时普遍的共识是：这个项目过时了，已经变成了食之无味弃之可惜的鸡肋。结果，"海因莱因号"宇宙飞船甚至沦为脱口秀主持人的笑柄。

停产后，飞船虽然成了一坨废铁，却是一坨还算值点钱的废铁。最终，有人把它买下，将所有值钱的零配件都拆掉运走。然后他们在船体上安装了一些巨大的助推器，把整艘飞船从拉格朗日点运回了德拉布朗环形山的边沿，往那儿一搁……就一直搁到了今天。

在我探索"海因莱因号"飞船的时候，我留意到的第一件事情是：这飞船已经破损了——准确来说，是被折成了两段。虽然它的强度足以抵挡推进系统造成的巨大震动,可这艘飞船本来就不是设计降落在星球上的,就算是重力场那么弱的月球也不行!所以降落时,飞船的底部被撞弯,而船体也在中间处断裂了。

我留意到的第二件事情是,船体高处的一些窗户不时会透出亮光。

飞船里有些地方是可以走进去的,我搜索了一下,发现当中大部分黑洞的尽头处都是一扇被焊死的舱门。有几个黑洞里面似乎别有乾坤,可是这地方就像一个迷宫,我很担心会在里面迷路。于是,我在洞口绑了根绳子才进去,确保能沿着原路返回。我就这样子在黑洞深处探索了几回,其中有一次,我走着走着突然发现绳子松了,我连忙顺着绳子往回走,赶回到了洞口。可我始终不知道是自己没把绳子绑好,还是有人故意解开的。不过从那次以后,我就再也没有进飞船搜索了。我没有理由假设那个女孩和她的同伴对我是抱有善意的——实际上,如果他们真的想跟我友好接触,早就来找我了。我得改变策略了。

我试着用磁铁抓钩沿着船体侧面向上爬,想爬到有亮光的舷窗旁。可我爬上去之后又不敢肯定有没有找对窗口,因为等我爬到的时候,亮光总是又消失了。

我开始觉得自己好像在追踪一个虚无缥缈的鬼魂。

在一个星期五晚上,沮丧的我决定这个周末留在得克萨斯,不去露营了。这时候我的肚子已经很大了,而且经常背痛和脚痛。固然,月球的重力只有地球的六分之一,所以怀孕相对来说容易点;问题是,我们的身体素质跟地球的祖先们相比也是差远了。

我决定租辆马车去一趟得克萨斯的新首府:顶好镇。铁匠哈里刚刚购入了一台全新的哥伦布车厢——从西尔斯百货商店邮购商品目录里购买只需五十八元——正好让我试用一下(顺便说一句,所谓邮购只是一个幌子，实际上就是购买用现代工艺制造的产品。人生存的必需品太多，迪士尼乐园的数量太少，根本不可能实现自给自足，只能从外面购买。比如说我拥有的大部分家当就是在一些全部由计算机控制的工厂里制造出来，再用富国银行集团的马车运到我家门口的）。他把车厢绑在一匹花马身上，还向我保证说这匹马是很乖很稳的。于是，我就驾着马车上路了。

顶好镇在园区的东部。得克萨斯园区是把方圆两百英里的地方压缩在一个直径五十英里的半球里，所以我还没到达目的地，就已经走进了一种新的地形和气候当中。这里的雨水比较多，所以植物也长得更茂盛。很巧的是，我刚好碰上了野花绽放的季节，漫山遍野都是飞燕草、夹竹桃、墨西哥帽、火焰草、矢车菊和蓝呢绒。在一片长了好几百万朵矢车菊的野地里，我把马车停下来，让马儿自己吃草，然后拿出一张毯子铺在花丛中，坐在上面一边聆听知更鸟的歌声，一边美美地吃了顿野餐。我能够暂时离开一下"海因莱因号"飞船那个凶兆般的残骸，不用再盯着月球表面那些苍白荒凉的顽石，心里实在是说不出的舒畅啊！

中午时分，我来到了顶好镇。这里比新奥斯汀镇大，也就是说这里有五家酒馆，我们只有两家；而且顶好镇比我们更加注重赚游客的钱，这里有更多纪念品小商店（他们卖的都是货真价实的好东西）——百分之四十的得克萨斯居民就是以卖纪念品为生的。我在大街上漫步，绅士们纷纷向我压帽檐致意，我也对他们点头还礼。在每家商店橱窗前经过时，我都驻足观看。这里的工艺品可以分成四个种类：墨西哥人、印第安人、西部拓荒者，以及维多利亚时代。前三种都是在迪士尼园区内手工制造，全部有官方认证，确保能忠实地还原历史上的真品——当中只有一处瑕疵：所谓的"印第安人"手工艺品包括了当年居住在美国西南部的所有部落，而不仅仅限于本地区的科曼奇族和阿帕奇族。不过,这里没有人卖图腾柱和印第安小人玩偶。

突然,我意识到,如果那个难题真有解决方法的话,那么这个方法就在我眼前——我正盯着一间玩具商店的橱窗!

星期天早上,我再次驱车沿着废矿的旧路穿过德朗布尔环形山的山脊。副驾驶座上放着一个大真空袋,里面全是玩具,倒出来肯定能装满一个雪橇——我感觉自己就好像圣诞老人一样。

"驯鹿老二、驯鹿老三、驯鹿老四,给我冲啊!"我大声吆喝着。本来我的情绪是很低落的,可是昨天我在得州乡间一日游,又在顶好镇灵光乍现地想到了新对策,所以心情特别愉快。我开到宿营地,停下月球车,迅速把帐篷搭好,然后二话不说就把玩具都摆出来。嘿,希尔迪,你别这么坏行不行……想到这里,我忍不住哈哈大笑,圆滚滚的大肚子不住地颤抖,仿佛里面装满了果冻。

昨天在顶好镇,我做的第一件事情就是往玩具店老板娘口袋里塞钱,把她乐坏了。她把我买的几个小玩意儿装在几个盒子里,捧着送我走出店门,还帮我把玩具盒放上马车。老板娘虽然不至于三跪九叩,可是也够毕恭毕敬的了。我启程回新奥斯汀镇,途中停了一下,采了一把矢车菊寄给蟋蟀。是的,我还不死心呢!

在玩具店我并没有精挑细选,只是排除了各种铅制玩具兵和大部分玩具娃娃——不知怎的,我就是觉得这些玩具不太对劲儿,也许是个人偏见吧。最后我选了四种玩具来引诱女孩上钩,现在我开始担心自己选错了。

第一件玩具是一匹由锡锑合金做成的小马,小马拉着一辆涂成红色和黄色的亮晶晶的小车,上了发条还会动呢。每个女孩子都喜欢小马,对吧?

第二件玩具是一个半米高的墨西哥玩偶,是一具由黏土、硬纸和玉米壳做成的骷髅。我喜欢它被人拿起来时发出的咔嗒声，还有它吊在五根线上那个晃晃悠悠的姿势，竟然有点睿智长者的风度。

第三件玩具是比墨西哥骷髅更睿智、更年长的克奇纳神[1]像——当然了，这个玩偶其实是几个月前才雕塑成型上好油漆的。店里其实有些更好看的瓷娃娃，白人男子造型，身穿镶荷叶边的贵族装，英俊的相貌，微翘的嘴唇，可以说是人见人爱。不过我还是选了克奇纳神像，因为我在后者身上看到了来自远古的秘密，还想到了那些不为人知的仪式。它散发出的突兀和异端气息，让我想起了那个行踪飘忽的幽灵——那个对我做鬼脸的小女孩。再深究下去，我越发觉得这个玩具特别合适，因为根据印第安人的传说，克奇纳神就是在部落里面出没的，只不过他隐身了，所以没人能看见。

最后一件则是我在这次购物活动中最幸运的收获：一只捕蝶网兜。这只网兜是用弯藤条和纱布做成的，还附送一个金属盖子玻璃瓶、一大团棉花和一瓶用来对样品进行人道毁灭的酒精。要是一个小孩有生物学的天赋，又有外出闯荡的勇气，父母就会给他准备这样的玩具。

这些玩具都不怕真空，可月球表面的阳光是很毒辣的，于是我把它们摆放在船体附近，保证不会被太阳直射。然后我又在它们上方装了几盏小灯，确保小女孩能看见。一切安置妥当，我就回帐篷了。

明天星期一我还得回学校教书，所以不能在此久留。在这段干等的时间里，我什么事也没做成。带来的食物吃不下，带来的书也看不进去。我心里百感交集，兴奋中带着一点沮丧，期待里又夹杂着担忧。我怎么知道这一招肯定灵呢？

最后，我收拾好营帐，临行前又去放玩具的地方看最后一眼，还是没有动过的痕迹。

---

1. 霍皮族印第安人崇拜的神灵。

在接下来的这个星期里,我一直心神不定,老想着找个代课老师顶替,然后我就马上赶回飞船那里。这种精神状态对我造成多大影响?举个例子吧:我偷派第二张牌的时候竟然被伊丽丝抓了个现行!须知我上一次作弊露馅是在七十年前啊!

虽然时间过得特别慢,可这个星期到底还是缓缓地爬过去了(估计比院子里的鼻涕虫要快一点点)。好不容易熬到了星期五下午,我把编辑工作全部交给慈小姐,吩咐她别发表太多得罪人的文章,尽量把控告我们诽谤的人数限制在三个或者四个以下,然后我就以破纪录的高速直奔德朗布尔环形山去也。

克奇纳神像不见了,取而代之的那件东西,我乍看之下还不知道是什么,可很快就意识到,原来是纳瓦霍族印第安人的沙画。他们用不同颜色的沙子洒在地上,形成一幅图案,有时候这些图案可以画得很精准、很细致,令人叹为观止。我眼前这一幅水准当然没这么高,只是很简单的线条画,不过我还是很领情了。画中是一个印第安人,戴着羽毛头饰,手持一张弓,背景还有一顶印第安人的圆锥形帐篷。

女孩将发条玩具马和马车都拿走了,却留下了一个小号的真空笼子(你想带你的宠物小仓鼠去月表散步,用的就是这种笼子)。笼子里面有一匹马,一匹背高只有十厘米的活生生的小马。

我已经有许多年没见过这种袖珍马了。我五岁那年,凯莉送了我一匹当生日礼物,却远不如这一匹袖珍。不久后,地球大卫那帮混蛋成功迫使当局立法,禁止进行这种基因改造。现在月球上只允许培育袖珍猫和袖珍狗,你想买别的袖珍动物只能去冥王星了。在我小时候,人们还可以买到各种古怪的动物,比如说长翅膀的狗,或者八条腿的猫。

不知怎的,我总觉得这匹小马不是从冥王星买的。我拿起笼子,敲了敲玻璃；袖珍马扭过头来，平静地看着我。我真不知道该拿这东西怎么办。

那一套捕蝶设备好像没人碰过。不过细看之下，我发现玻璃罐子里躺着一只帝王蝶，一动不动，显然不是活的。我把罐子揣进口袋里，打算带回去再仔细检查。网兜就不管了，暂且留在这里吧。然后我发现最后那件玩具——墨西哥骷髅——也没了，只剩下一张纸片。我捡起纸片，只见上面写着"谢谢"两个字，是用铅笔写的。

我不露营了，而是马不停蹄地驱车回王城。一路上我冥思苦想，却不知道此刻的心情到底是欢欣鼓舞还是沮丧失落。我放在那里的三件玩具没了，却换来了三件新玩具，事态的发展完全出乎意料。我本来是打算用礼物慢慢引诱她现身，却做梦也想不到她竟然会跟我交换礼物。

往好处想，我终于跟她联络上了——这也算是一种接触吧。至少我希望留下袖珍马、蝴蝶标本和沙画的确实是那位小女孩。当然，这也许是别人在搞恶作剧，不过我觉得可能性不大。我觉得每一件礼物都别有深意，只是我不知道自己会不会想得太多，反而过度解读了。

首先，袖珍马是非法的，所以她是想告诉我，法律在她眼里只是浮云。其次是那幅沙画，我回去后仔细看照片，确认那并不是一个泛泛的"印第安人"，而是一个利潘阿帕奇族人——这就意味着她知道我送给她的克奇纳神像是来自得克萨斯地区的……难道她知道我住在那里？她会来探望我吗？嘿！希尔迪，你这就是过度解读了。

不过最有意思的还是那只蝴蝶，这也是为什么我决定不露营，立刻开车回王城，直奔莉齐的公寓。在我认识的所有人里，她是最有可能帮助我而又不问三问四的。

在路上,我稍做停留,又买了一台电脑。我用这台电脑修改了储存在记录仪里面的视频,把最关键的那一段图像的背景全部擦除,最后只剩下一个在黑色背景前奔跑的裸体女孩。保护一个新闻素材,这个习惯已经深植在我骨髓里了。是的,我没理由不信任莉齐,可是我也没理由要把自己掌握的信息和盘托出呀。

我把视频片段给莉齐看,然后解释了一下我到底想要什么。刚开始,莉齐被我弄得莫名其妙;可当她意识到我是绝不会解答她的疑问的,她就很爽快地答应了。然后,她呆呆地看着我。

"莉齐,你还等什么?快动手呀!"我说。

"好的。"她说完,突然需要恍然大悟状,"噢!你是叫我马上就开始啊?"

于是,她给某个电影工作室的朋友打电话。那朋友说这事情能做,没问题。莉齐想把视频文件电邮过去,可是我说我宁愿用邮寄。莉齐好奇地瞄了我一眼,就把地址贴在磁带上,把磁带塞进了邮管,然后等着看我接下来还要玩儿什么花样。

"唉,都到这份儿上了,看吧!"说完,我把蝴蝶标本掏了出来。我们小心翼翼地捧起蝴蝶,用肉眼仔细端详了一番。莉齐想用她的计算机进行分析,我说不要用电脑,赶快订一个普通的放大镜吧。十分钟后,放大镜寄到了,我们一起仔细观察,发现我之前对那个微型推进系统的猜测是准确的。只见蝴蝶翅膀底部装着一些像发丝般细小的管子,连在蝴蝶的肌肉组织上。当蝴蝶扇动翅膀的时候,气流就会从管口喷出来。

"这东西不靠谱。"莉齐郑重宣布,"我估计它在空中一下子就会栽下来。"

"我亲眼见过它飞呢。"我说。

"嘿嘿，要是这东西能飞，我就当众亲你的屁屁！"说完，她满心期待地看我怎么回答。我懒得理她，任由她经受好奇心的煎熬。莉齐又试探着问了几句，想引诱我多透露点信息，都没有成功。于是她放弃了，转头看着那匹小马。"也许我能够帮你处理这东西。"她说，"我认识喜欢收藏袖珍动物的人。"莉齐一边说一边伸手摸小马的下巴。小马跑到桌子边缘，纵身一跃，跳到了地上。在六分之一重力的环境下，袖珍马显得特别有活力。

莉齐开了一个价钱，我说你这是从我孩子嘴里抢食啊！然后我还了一个价，她说你当我是三岁小孩啊。最后我们谈妥了一个价钱，莉齐相当满意。我没告诉她，其实若是她开口，我二话不说就会送给她的。

很快，我要的照片寄回来了。我检查了一下，告诉莉齐这些照片看起来质量挺好，又谢谢她花时间和精力来帮我，然后我就走了。莉齐还不死心，继续研究起那只蝴蝶来。

我从莉齐那里拿回来的照片是按顺序连成一串的，可以放在西洋镜里观看。如果你不知道什么是西洋镜，我就给你解释一下：西洋镜有点像活动转盘影像镜，只是更高级一点；却又比不上活动转盘动态镜那么好。还不明白是吧？你想象一个小鼓，顶盖是掀开的，侧面一圈有很多条缝隙。你把许多张小图贴在鼓的内壁，再把鼓放在一个旋转轴上。鼓转动时，那些缝隙在你眼前飞快地掠过。你透过缝隙往里看，如果选的图合适，画面上的东西就好像会动起来。这就是早期的电影了。

我把这串照片放进西洋镜——也是在顶好镇的玩具店买的——里面，转动一下，立刻就看到了女孩奔跑的身影，只可惜动作不太连贯。我做的这一切都不需要中枢电脑的帮助，如果我运气好的话，这些影像都只会保存在我的记录仪当中。

之后,我立刻开回德朗布尔环形山,把西洋镜放在一个是人都能看见的地方。然后我搭起帐篷,胡乱吃了点东西,就睡觉了。

在那个周末,我去检查了好几次,西洋镜总是摆在同一个地方。到了星期天晚上——在德朗布尔环形山,这时候还是白天——我把东西都装上月球车,然后决定临走前再检查一次。我当时觉得很沮丧。

乍看之下,西洋镜好像还是没人碰过,然后我突然发现里面的画面已经被人换了。我跪下来转动圆鼓,透过一条条细缝,我看见了一个不停颤动的影像:那是一个穿着增压服的人,就是我!温斯顿也穿着增压服,正绕着我的腿撒欢儿呢。

我有整整一个星期的时间来琢磨这件事情。她的意思是想看看那只狗吗?随便哪只狗都行,还是非温斯顿不可呢?或者她只是想表达"我看见你了",并没有别的意思?

如果我非带温斯顿不可,那就必然会把莉齐卷进来,让她陷得更深——若非万不得已,我是不愿意这样做的。所以下一次我去露营的时候,就先买了四只玩具狗,分别来自得克萨斯地区的四种文化。有一只是用木头雕成的、涂着亮丽色彩的墨西哥狗;另一只是当年西部拓荒者养的狗,也是用木头雕成,做工却比较简陋和粗糙。第三个其实是一幅画,上面画着一个科曼奇族的营地,营地里面有几只狗——这幅画是我亲手在生牛皮上画的,已经尽力了,画得不好请见谅。而第四件才是最值钱的:一只黄铜做的机器狗,懂得拖着脚步走到消防栓前抬起一条腿……

下一次探访时,我把四件新货摆放得整整齐齐。当我爬进帐篷时,电话响了。

"喂?"我应答的时候,语气中带着一丝怀疑。

"我还是觉得那东西飞不起来。"

"莉齐？你是怎么找到我电话的？"

"你竟然问我这种问题？你别逼我一大早起来就撒谎好吗？反正我山人自有妙计。"

我很想告诉她，中枢电脑其实对她的所作所为颇有微词，我还想痛骂她竟然侵犯我隐私——我退休之后，只把电话号码给了屈指可数的几个人——不过我也只是想想而已，因为我根本就没机会开口说出来。当时我一边打电话一边站起来，无意中转过身，猛然看见那四件新礼物整整齐齐地摆在了我的帐篷外面，好像正在盯着我呢。我迅速转身，仔细观察四周景物，却什么也看不见。凭着那一身镜面服，她要是在三十米外躺倒，我就算有神助也是无能为力了。

所以我对莉齐说："没关系了，我刚好想起了你，还有你那只可爱的小狗狗。"

"呵呵，这么说来，今天就是你的吉日了。我是在车上打给你的，不用二十分钟就能开到德朗布尔环形山了。温斯顿对你是朝思暮想啊，连做梦也对着你的左腿发骚呢。你赶快给我们热一些豆子炖辣肉吧。"

"一个星期不见，我觉得你一下子就胖了两公斤。"她爬进帐篷的时候说，"到你产崽的时候，整个过程恐怕要分阶段实施呢。"看在她说话这么好听的份儿上，我在她碗里额外加了三根辣椒！对我来说，怀孕是一件喜忧参半的事情。老实说，我的心情从来没有像现在这么矛盾过。一方面，有一个生命在我体内成长，我心中有一种难以言表的圣洁感，仿佛自己快要变成圣人了。说到底，人之所以生存，最为深入人心的理由就是为我们的种族繁衍后代嘛。我们履行这个职责的时候，脑子里某些最原始的区域是能够获得极大满足的。可另一方面，我又觉得自己跟一头下崽的母猪没什么两样。

我向莉齐讲述当前情形的时候，能不透露的信息就尽量不说。我告诉她，我看见一个人在这一带出没，就想跟她联络一下。莉齐看到了我那一箱子宝贝：西洋镜和玩具狗。

"就是照片上那个小女孩是吧？你是在这里碰到她的呀，那我也想和她见一面。"

我只能照实说了，否则我没办法说服她把温斯顿留下来陪我过这个周末啊。

我俩一起开动脑筋，瞎猜一通，可惜没有一个想法是靠谱的。临走的时候，她突然想起一件事，从口袋里掏出一副扑克牌递给我。

"我发现你每个周末都来这里，于是就给你带了这个。"刚才聊天的时候，她告诉了我她是如何展开侦探工作的。这家伙先去得克萨斯查探，从哈克那儿套出话来，知道我每周五晚上布置好第二天的出版任务后就会离开园区，而且最近还走得越来越早。然后她去查月球车的出租记录——这些资料是对公众开放的，前提是你知道去哪儿找——发现了我租车的地方。接下来，她贿赂租车店的技术员，查到我那辆车里程表上面的公里数，再做一个简单的除法，就知道了我每次出行去了多远的地方。调查到这里，她已经十拿九稳能断定我去的是德朗布尔环形山了。

"我早就料到你来这里观看两百周年烟火会演的时候见到古怪东西了。"她继续说，"我不知道你看到的是什么，不过你最后一次散步回来时，整个人散发着一种野性，仿佛一亩地的毒蛇加起来也比不上你那么蛮横。而且你死活不肯告诉我们在外面到底看见了什么。过了不久，你突然来我家让我看一些没有背景的照片，看那个小女孩在跑；你还不让我扫描照片上网分析。我就知道你有个秘密藏着掖着，可我猜你是想寻找某个人。找人还不容易？只要你拿出一副扑克牌自己一个人玩接龙就可以了，那人迟早会忍不住跑出来叫你——"

"——用黑桃10或者梅花10接那张红桃J或者方片J。"

"对的。至少你还能用扑克牌来打发时间嘛。"莉齐离开时看了她的宠物一眼,面露忧色;可是温斯顿眼看主人要走了,却一点也不介意。最后,莉齐警告我说,温斯顿每天至少要遛三趟,否则就会脾气暴躁,人人见了都得绕路走。

其实我带了扑克牌的。通常我去哪里都会随身带着一副牌,因为无聊时可以通过洗牌锻炼手指灵活度,比绣花更有效,而且潜在收益更高。如果你不勤加练习,你的手指就可能会在某个关键时刻突然失灵。

可我从来不玩接龙,原因说起来有点尴尬:因为我热衷出老千。玩二十一点或者梭哈的话,出千才好玩儿;玩接龙还出千有什么意思呢?

有意思也好,没意思也好,我发现自己还是放下了第一张牌……

很快我就全身心投入到接龙游戏里面了。其实这个游戏一点也不好玩儿,纯粹是浪费时间——比它更废的扑克游戏实在没几个——吸引我的是扑克牌本身。你必须学会在脑海里想象每一列牌的顺序,你还要熟悉每张牌,与它们亲近,这样才能在它们的背后窥见端倪。熟练之后,你总能知道下一张牌是什么,你甚至能猜中你看不见的那一叠牌,仿佛数字和花色就标注在牌的背面。

我不知不觉玩了很久,温斯顿终于站起来,开始用爪子刮帐篷的幕墙。我想,最好趁它还没抓狂,赶快给它穿上增压狗服吧……正想着,我猛然发现小女孩的脸就在我眼前。她就站在帐篷外,正咧嘴对着温斯顿笑,手臂上还夹着一只望远镜。她抬头看着我,伸出一只手指晃了晃,好像在说:你淘气了。

"等等!"我喊道,"我想跟你说几句。"

她又笑了，然后耸了耸肩，整个人突然变成了一面完美无瑕的镜子。镜中的影像是扭曲的，映出的正是我的帐篷和她脚下的那块地面。只见这团扭曲的影像缓缓地旋转着、浮动着，逐渐缩小。我把脸紧贴在帐篷上，能勉强看见她移动的身姿——毕竟外面正在移动的就只有她一个了。小女孩走得不快，我觉得她好像还扭头看了我一眼，但没办法确定。

我急急忙忙地穿上增压服，想了想，给温斯顿也穿上。我先放它出去——虽然我知道它的听觉和嗅觉在月球表面完全派不上用场，可我希望狗狗有别的什么特殊感应能力可以给我带路吧。它脚步蹒跚地向外走，像平常那样把鼻子往地上凑，却抹了一面罩的月球灰。我打开手电筒，紧跟在它身后。

走了没多久，温斯顿停下脚步，一个劲儿地把脸往地上按，看样子比平常多使了几分力气。我跪下来查看它到底想叼起什么——原来是一些棉絮状的东西，一捡起来就在我的手套上碎成了渣。我忍不住笑出声来。温斯顿抬起头，于是我用手拍了拍它的头盔顶。

"早就知道你是个吃货！只要是吃的，你就算嗅不着也能找到。"我对它说。接着，我们一人一狗，就这样追踪着面包屑，继续往前走。

No.21

科　学

我勇敢地迈步走进阳光里，身上几乎无遮无掩，和初生婴儿没什么两样。我感觉自己就像豪华月球车的一个车头饰——不过，我那个覆盖着镀铬保护层的大肚子太碍眼，这个设计，劳斯先生和莱斯先生肯定是不会满意。说到"勇敢"，其实我思想斗争了整整三十分钟才迈出第一步，如果你忽略这个事实，那么我还勉强算勇敢吧。至于毫无遮掩，其实我体表笼罩着一层至少五毫米厚的力场，就像保暖毯子般裹在我的身上。

说起保暖的效果，其实不过是幻觉而已。我心里"觉得"那层空气能为我保暖，要是没有这层心理上的保护罩，我怀疑自己未必敢迈出那一步。实际上，那层空气是帮助我降温的！降温向来是太空服研制过程中的难题，无论是你在汉弥尔顿户外用品专卖店的货架上取下来的那些增压服，还是"罗伯特·海因莱因号"飞船上的天才科学家念诵六字真言变出来的隐形增压服，都避不开降温这个步骤。你得明白，人体是会产生热量的；而太空服的首要目标是隔热绝缘，所以如果没有合适的排热渠道的话，太空服里面积聚的热量是能让你窒息的，明白了吧？

呵呵，兄弟，如果你看我讲解纳米工程学和神经机械学时忍不住偷笑的话，请你静候《希尔迪深入浅出大讲堂之力场真空服概述》。

"你已经做得很不错了，希尔迪。"葛丽特[1]（当然不是真名）哄我说，"我知道你要花点时间才能习惯。"

"你怎么知道呢？"我反问她，"你是穿力场真空服长大的，早就习惯了。"

"没错，可我也试过不用柔脚垫就四处跑呀。"

柔脚垫，这个名字很精准。我弯腰仔细看着裹着软垫的双足，心

---

1. 出自《格林童话·糖果屋》，葛丽特还有个哥哥叫韩塞尔，下文出现不再注解。

里想着等我生了孩子,脚没这么浮肿,再穿上这脚垫时估计还得调整一下才能重新适应。我动了动脚趾,上面反射出来的光线随之不断跳动。我觉得自己好像穿着一双聚酯薄膜质地的厚袜子,却只能感受到月表地面的粗糙质地。他们告诉我,这里有一个反馈机制在运作,无论我怎么用力向下压,力场始终会让我悬浮在距离地面五毫米处。这当然是好事了,因为那些石头是烫脚的!

"呼吸怎么样?"葛丽特问道。她说话声音怪怪的,我听习惯了之后还觉得挺有趣呢。力场真空服系统的其中一个功能是改造我体内的植入式电话,把我在喉间默读的话语放上"海因莱因号"飞船帮专用的通信频道,实现力场真空服之间的无空气语音通话。

"我还是很想大口喘气。"我说。

"你说什么?"

我字正腔圆地把这句话重复了一遍。

"哦,这只是神经作用罢了。"

我猜她想说的是"精神作用"或者"心理作用"……也许用"神经病作用"来描述才是最准确的。须知这种技术在世人眼中根本就是不存在的,而我竟然放心把自己脆弱的皮囊托付给它,除了"神经病",你还能怎样形容我呢?

他们在我脑子里安装了某种抑制器,暂时停止了我的植物性神经系统呼吸模块的运作,可我心里还是有一种想要呼吸的强烈愿望。没错,我身体通过别的渠道获得了充足的氧气,可是这一百多年来,我的肺部习惯了不停地吸气和呼气,现在要暂停呼吸一个多小时,我能不担忧吗?现在我已经屏息将近十分钟,我觉得是时候回到室内狠狠地喘一口气了。

"你想回室内吗?"

我怀疑自己不小心把心里话嘟囔出来了,以后得注意点。我摇了摇头，突然想起我穿着力场真空服，她很难看清，于是就默默地说了一句"不想"。

"那就拉着我的手吧。"她说。我牵起她的手，两人的力场融合在一起，我立刻感受到她的小手触碰到我的掌心了。这一刻，我预见到这种技术投放市场的话，绝对能掀起一股"做爱星空下"的热潮。

不过你们先别急着去求购力场真空服。

从目前的状况看来，再过几年这款产品就能投放市场了。很多人痛恨"海因莱因号"飞船帮不把这项专利免费赠送给广大人民群众。我听到他们在窃窃私语，低声咒骂飞船帮。那些人想从中捞好处，可他们对飞船帮的人并不了解。这世上并没有什么免费午餐，这件事情就是最好的证明。

我写这段话的时候，"海因莱因号"飞船帮的人依然是余怒未消，可你能责怪人家小气吗？到目前为止，对他们的指控已经全部撤销，而且诉讼时效也已经过期，所以政府不会再派人去实施抓捕了。不过我曾经庄严起誓，在没有得到允许的情况下，绝不泄露他们的真实姓名。他们至今也没有允许我用实名，可是谁有资格谴责他们呢？你们怎么评价我也没问题，可作为一名记者，我过去从来没有泄露爆料人的身份，将来也不会这样做。因此，我把小女孩称作"葛丽特"。我正是追踪她洒下的面包屑，才能穿越那面完美无瑕的镜子，最终结识了飞船帮的人们。后文提及他们时，用的全是化名。

我答应过不会编织谎言欺骗你们，可是从现在开始，我也不会将真相和盘托出。我的经历必须加以修饰润色才能拿出来给你们看，因为我必须保护他们。他们不信任政府和中枢电脑的权威，却完全信任我，结果发现……呃，我不知不觉就跳到后面去了，还是言归正传吧。

在面包屑的引领下，我走进了"海因莱因号"飞船被掩埋在瓦砾碎石中的底部。乍看之下，有一面墙挡住了我的去路；可是仔细查找之后，我发现只要蹲下来，就能看见一条小路直通到墙内。

温斯顿迫不及待地沿着小路往前冲，恨不得立刻扑进废墟里。幸好我有狗绳拉着它，否则让它跑进去的话，天知道还能不能找回来呢？我用手电筒照射悬在入口上方的那个东西——看样子像是一辆老式月球车的车尾——发现那个缺口足够让我挤进去。要是没有面包屑小径指路的话，我绝对不敢继续往里走，估计只会掉头回去，另觅出处了。不过最后我还是硬着头皮往里走，心中惴惴不安：这一坨乱七八糟东西摞起来的废墟到底有多坚固呢？要是我不小心蹭到什么地方，会不会……

没走多远我就看清楚了，我走的其实是一条通道！刚开始，我们走在裸露的岩石上；很快，地面上开始出现地板了，是用一块块废弃的塑料墙板铺设的。我跨出每一步都小心翼翼地试探一下，感觉地板安装得很结实。然后我发现，每一块塑料板是通过点焊固定在一块更巨大的废品上面的，而我所在的这片废品丛林就是由无数块这种巨大的垃圾构成的。我探头观察路牙边上的东西，发现刚进来时的那种岩石地面已经不见了。我的手电筒照出了一堆堆无穷无尽的垃圾废品，要是这里有空气的话，我也许会试试往地上扔枚硬币或者随便什么东西——因为我有一种感觉，这东西碰撞地面的咔嗒声会在我耳边回荡很久、很久……

我很谨慎地试探着脚下的每一块地板，发现一块比一块嵌得结实。就这样，我磨磨蹭蹭地走了一段路，才终于发觉自己这样做其实挺蠢的。很明显，这条路经常有人行走；而且虽然它像是随便拼凑而成的，实则相当坚固。我用手电筒往头顶上四处照射，很快就看清楚了：这条隧道是用某种钻探器械硬生生开凿出来的，因此是一个巨大的圆柱形；许多小垃圾要么被压扁，要么被切断。我发现隧道两侧都有一些断的工字型金属梁，切口非常平整，好像是一根完整的钢梁中间被切掉了一块。而且这条隧道墙壁的表面没有涂抹我在王城里见惯的涂料，所以显得杂乱无章，仿佛是一种最极致的巴洛克风格，以至我完全看不出这条隧道原来是圆柱形的。

走了不久，我看见一串小灯很随意地挂在隧道左侧，然后我就看到有人从远处向我走来。我用手电筒向那人照了照，那人也用手电筒向我照了照；然后我看见那人也是怀孕的，也牵着一条斗牛犬……这也太巧合了吧？

温斯顿还没想明白，所以它像往常一样，拼了小命往前冲，也不知道是赶去结交新朋友，还是想扑上去把敌人撕成碎片。它一头撞在镜子上，我听到增压服的通信器里传来哐的一声。只见温斯顿一屁股重重坐倒在地，而那面完美的镜子则丝毫无损。

别说温斯顿，就连我也搞不清这是怎么一回事。在各种故事里，人们碰上外星物体时，会朝它扔石头、随便抄起家伙就砸或者用脚踢——我小心翼翼地把这些方法都试了一遍，结果是徒劳的，我甚至无法在镜面上留下哪怕一条划痕。（"总统先生，从科学的角度分析，我认为这飞碟是用一种地球以外的合金做的！"）我也想用火、电、激光以及核武器，可惜手头缺货。不，不能用激光，对着镜子射激光，我这不是找死吗？

于是，我只能等待。她有没有偷偷看着我呢？要是我的窘相能将她逗乐，那也值了。小女孩带我走了这么远，肯定不会就这样把我丢下不管的。突然，镜子表面鼓起来，形成了一张人脸。那张脸向我笑了笑，身体的其余部分也渐渐凸显出来。乍看之下我还以为是她从镜中走出来了，然后我发现其实是整块镜面在向后退，小女孩站在原地不动，力场重新把她的身体裹住了。

镜面后退了三米，小女孩朝我招手，于是我走到她面前。她向我打了几个手势，刚开始我看不懂，费了很大工夫才弄明白她是让我抓住镶在墙上的一根把手。我照做了，然后小女孩蹲下来抱紧了温斯顿。小狗看见她好像也挺高兴的。

突然一声巨响，我好像被什么东西撞了一下，四处尘土飞扬，还夹杂着许多垃圾碎屑，好像还有一股雾气。那面完美无瑕的镜子不见了，而整条过道也在瞬间改变。我四处张望，发现那面镜子已经重新回到了我的身后，墙壁表面都镶上了相同的镜面——原来这是一个特别炫的气密锁啊！

在接下来的几秒内，葛丽特依然裹在扭曲的镜像里。然后她体表的力场逐渐消解，那个让我魂牵梦萦的光屁股十岁小女孩又出现在我眼前了。她对我说话，我摇了摇头，瞥了一眼外界温度和压力的读数——这纯粹是我的习惯性动作，其实我看得出来，也听得出来，外面的空气是正常的——然后就把头盔摘了下来。

"首先，"葛丽特说，"你必须答应不告诉我父亲。"

"不告诉他什么？"

"不告诉他你看见我没穿增压服就在外面跑呀！我这么做他会生气的。"

"我也会生气呢。你为什么要这样做呢？"

"你必须答应我，要不你就回家吧。"

我当然答应了。为了能深入眼前这条蜿蜒的隧道，你让我再答应一百件、一千件事情也没问题！而且在我答应的这一百件、一千件事情里，大部分我都会做到的。向一个十岁小孩做出的承诺，老实说，我觉得不是那么非做不可，尤其是这个承诺涉及人身安全——不过可能的话，我还是愿意为她保守秘密的。

我心中有无数个疑问,却不知从何问起。虽然我擅长采访别人,可是要从一个十岁小孩口中套出答案,是需要一些特殊技巧的。后来证明其实是我多虑了,让葛丽特打开话匣子完全不是问题,让她闭嘴才难呢——只是那时我还不知道罢了。当时她蹲在地上,帮温斯顿摘头盔;于是我就在一旁默默地看着,等着。莉齐向我保证,如果没有主人的命令,温斯顿是绝对不会咬人的。希望她没有骗我吧。

"要是你愿意的话,你也可以脱。"她说。

"这里安全吗?"

"我给小狗摘头盔之前你怎么不问呢?"

有道理。于是我开始脱增压服。

"你害我一顿好找啊。"我说。

"我费了好多口水才说服父亲让你进来呢。不过这种事情急不来,等一等反而有好处。"

"是什么使他改变主意了呢?"

"是我。"她淡淡地说,"他总是听我劝。不过这次可难了,就因为你是个记者。"

要是在一年前,我听了这句话肯定会觉得意外,因为我是电子报刊记者,不像电视台记者那样经常公开露面。可是这一年来发生的事情改变了这个局面,我再也不能从事卧底工作了。

"你父亲讨厌记者?"

"他不喜欢抛头露面。你跟他聊天的话,一定要保证绝不会把谈话内容写出去。"

"我不一定能保证哦。"

"你能的。反正你自己跟他好好商量呗。"

我们一边聊一边沿着圆柱形的镜廊往前走,来到一面跟刚才一模一样的镜子附近。她并没有放慢脚步,而是径直朝镜子走过去。在她走到距离镜面一米左右的时候,镜子突然消失了,同时另一条长廊展现在我们眼前。我走进去,再回头看时,镜子又出现在了原来的地方。这种隔离方式真是简单又有效——在野外铺设一些整齐划一的管道,管道里面隔一段距离就设置一个屏障。这种新科技肯定能在月球建筑行业掀起一次技术革命。

无数个问题在我脑子里蠢蠢欲动,可是直觉告诉我,提问的时机还不成熟。我之所以能进来,全靠这个小女孩一时兴起,因此我不能轻举妄动,此刻应该尽量讨她欢心,看清局势之后再做定夺。

"对了……"我说,"那些玩具,你喜欢吗?"

"哼,你还好意思说呢!"她答道……听起来不太妙啊,"我这把年纪了还玩那些小玩意儿啊?"

"您贵庚呀?"我可能从一开始就看错了,说不定她比我还老呢。

"我十一岁,不过人人都说我很早熟。"

"特别是你爸爸?"

她向我咧嘴一笑,"我爸才不这样觉得呢。他总是说我的存在证明了避孕的重要性。说回玩具吧,我还是挺喜欢的,不过我觉得它们更像是一些挺吸引人的古董。其实我主要喜欢狗狗,它叫什么名字?"

"它叫温斯顿。原来你因为狗狗才求父亲批准我进来啊。"

"不是啦。我想要狗狗还不容易?"

"那我就不明白了。我还挖空心思讨你欢心呢。"

"是吧?那真是太感谢了。哎呀,希尔迪呀,其实就算你一屁股坐在那里,什么也不干,我也会邀请你进来的。"

"为什么呢?"

她停下脚步,转头看着我,她脸上的表情似曾相识……我一下子明白了。

"因为你在《奶嘴》工作呀!那是我最喜欢的电子报刊啊!来,

跟我说说西尔维奥真人是怎样的。"

葛丽特跟我聊天时，总是不厌其烦地讲当前那些被很多未成年小孩子追捧的三流电视明星和偶像歌星，言辞间充满了仰慕。可是说着说着，话题迟早会回到西尔维奥身上。我一共采访过西尔维奥三次，此外在各种社交场合跟他见面大概二十次，说过几十句话，对他了解并不多。可是不要紧，因为葛丽特追星的热忱比同龄人厉害得多，对于她来说，我说的话简直是字字珠玑，每一颗宝珠都不能放过。

当然了，很多东西都是我胡编滥造的。我在报刊上也能瞎扯，对她还有什么不能说的呢？为了哄她开心，我跟她讲了很多青少年偶像的隐私和秘闻，其实那些人中很多我连听都没听过、见都没见过，更谈不上了解了。

欺骗一个小女孩，这样做很龌龊吗？应该算是吧。不过我活了这么久，更坏的事情也干过，这算什么？而且我也没有伤害她呀。在制造流言蜚语的行当里，我们《奶嘴》和友社《少废话》就是龙头老大。你可以说我们道德败坏，可是这个行业有着悠久的历史，因为它能够满足人类某种基本的需求。好吧，我在这里道歉过了，也该给自己辩解两句了。我对她说的故事和我在报纸上发表的文章有一个很重要的区别：我写的报道都是些负面丑闻，而我告诉她的都是正面的、阳光的故事。就当作是报答她的引路之恩吧。既然宰相的女儿能够编一千零一个故事骗国王，我希尔迪·约翰森为什么不可以呢？

她牵着我的手，陪伴我完成自己的月表裸身处女行，我是很感激的。人生有很多乐趣，也许自由呼吸是当中最被低估的一种。当你闻到香气的时候，你才会留意自己的呼吸；当你闻到臭气的时候，你会忍不住骂骂咧咧；可在其他时候，你根本就不会想起来。呼吸这件事情就像……就像看东西一样,已经是习惯成自然了。你想要体会一下呼吸的可贵,请把自己的嘴巴和鼻子捂住三分钟——或者你能撑多久就撑多久,只要别把自己弄晕就好——接下来你吸入的那一口气保证比你一生中尝过的任何佳肴都美味,因为是那一口气把你从鬼门关拉回来的。

现在你想象一下憋气三十分钟……

我的新肺应该能供氧三十五到三十七分钟。"你就当是三十分钟吧。"阿拉丁给我安装新肺的时候说,"这样安全点。"

"那我干脆当成十五分钟好了。"我没好气地说,"再不济就当五分钟如何?"当时我坐在阿拉丁的诊所里,左侧胸膛被切开,一团貌似是我的左肺的恶心灰色东西就搁在桌面上的一只托盘里,就像肉店里展出的特价货品。

"别说话!"他警告说,"我做呼吸系统的时候你千万别说话!"说着,他擦去挂在我嘴角的一滴血。

"或者一分钟?"我还在说。阿拉丁拿起一只新肺——这是一个闪闪发亮的金属物体,表面连接着几根管子,看样子确实有点像人肺的形状。他开始把这东西往我的胸腔里塞,顿时传出湿嗒嗒的吧唧吧唧声。我最讨厌做手术了!

要不是我最近仔细查找关于真空技术的资料,我一定会以为这个人造肺百分之百是件新品呢。其实,这东西只有某个部分是革命性的新技术,而其余都是用旧的零配件镶嵌而成的。

"海因莱因号"飞船帮的人并不是第一批研究如何让人体适应月球表面的科学家,不过他们首创了一个比较实用可行的解决方案。阿拉丁塞进我体内的人造肺其实主要是一个灌满了压缩氧气的氧气瓶,剩余部分都是接口设备,功效是让氧分子直接进入我的血液,同时清除血液当中的二氧化碳。此外他们还要植入其他设备,把部分废气直接从我皮肤表面排放出去,达到散热的功效。其实这些都不是新科技,当中大部分早在月球五十年代就已经试验过了。

可是月球五十年代的科技还没现在发达,他们研制出来的呼吸系统并不实用,人还是必须穿上特制的服装才能抵御酷热和严寒。月球表面气温变化的极端程度远不是地球能比的,而这种特制的服装必须得冷热兼顾,同时还要防止皮肤接触真空,又要把过剩的热量排掉,以及实现一大堆别的功能。这种特制服装在市场上就有售,我去年一年就买了两套呢。人类的第一代宇宙探索者穿的太空服就像装木乃伊的袋子;与之相比,我的增压服当然先进多了,不过两者的工作原理还是大同小异,而且都比植入人工肺更实用。说到底,如果你打算穿增压真空服,那你又何必换肺呢?短短三十分钟的供氧又有什么意义呢?如果你打算在月球表面逗留一段时间,那么你最好还是学尼尔·阿姆斯特朗,背个氧气罐吧。

飞船帮的人确实是这样做的:如果他们想在月球表面长时间逗留的话,就会自带氧气罐。不过他们厉害之处在于,他们解决了增压服的难题:在你不需要用的时候,就把它关掉好了。

我估计飞船帮的人还克服了便服带来的心理障碍:人长时间无法呼吸的话,会产生非自主的恐慌反应。不过我怀疑解决方案跟小孩子学游泳一样:做的次数多了,自然就不怕了。

目前我已经熬过了十五分钟,可我还是感到害怕。我的心跳依然很快,我的掌心还是很多汗……等等,这些手汗会不会是葛丽特的呢?

"你会流很多汗。"她回答了我的问题,"这是正常的。那层薄薄的空气会一直维持高温,不过始终在我们的承受范围内,而且排汗有助于散热,我们在室内也是这样的。"

他们告诉我,力场真空服的力场厚度会有规律地浮动,幅度在一毫米左右。这种浮动将导致力场内气体的体积发生相当可观的变化,就像鼓风机似的，把人体内的废气吸出来，排放到真空里。在这个过程中，有一部分水蒸气也随之排出，其余的则凝成水滴，沿着皮肤表面往下流。

"我觉得是时候回去了。"我说这句话的时候只做嘴型，没有发声。我的唇语肯定讲得不错，因为她听见了我的话，很清楚地答了一句"好吧"。我俩通话的频段，跟以前我和中枢电脑说悄悄话时用的是相同的线路。穿这套力场真空服并不需要很多准备工作，我只要激活呼吸器、供养设备、力场发动机，以及接好几根通气管就可以了。为什么会这么方便？因为我体内早已安装了全套硬件系统——这是去年我经历人机直连大冒险的时候中枢电脑亲口告诉我的。飞船帮只是改造了一下我的耳膜，使其在不断变化的气压中也不会产生痛觉。他们还给我安装了一个全新的信息显示屏，当我闭上眼睛或者眨眼的时候，那些关于体温、剩余氧气量等重要读数就会显示在我眼前。他们还说，在各种紧急情况下，系统还会响起警报声——嘿嘿，这种声音，还是少听为妙了。概括来说，力场真空服是一种简单易用、穿上即走的设备；而且除了极少一部分配件之外，这种增压服主要是穿在用户体内的。

通往秘密兔子洞的那些气密锁只会阻挡没有生命的物体，要是人裹在没有生命的物体当中——比如说我以前穿的老式增压太空服——就会被挡在外面。可如果你穿着力场真空服的话，你只需要直接走进那面镜墙，力场真空服就会融入墙中，就像一滴水银融进水银池里。这种气密锁是一种力场清零屏障，如果不关掉的话，你必须穿上力场真空服才能穿越。镜墙的两边能够反射一切东西，没有东西能穿越：空气不行，子弹不行，光、热、无线电波也不行，甚至连中微子也不行。再强调一遍：没有任何东西能穿越！

不过……重力还是能穿越的。重力是什么？你可别指望在我这本书里找到答案。噢,对了,磁场也不能穿过这个屏障。史密斯还在研究怎样才能把重力也隔开,目前的进展如何,还有待跟进。

葛丽特和我回到镜墙前面,正准备穿越的时候,镜面的某部分突然开始变形,出现了一张人脸。要看镜墙另一边的世界,只有一个方法:把脸埋进墙里,伸到墙对面。这个动作看似简单,实际操作起来也是很难适应的。不过葛丽特和她的哥哥——名字当然是韩塞尔了——对此已经驾轻就熟,就像我转头眺望窗外那么自然。而我呢?我在探头进墙之前,必须狠狠地咽几下口水才能痛下决心,因为我的本能发出了警报:我的鼻子马上就要撞在镜子上了。

不过我这次穿越可以说是毫不犹豫,因为我特别迫切想回到镜子的另一边,所以是飞奔着撞进镜墙里的。入墙时,我体表的力场融进了一个更大的力场里,一下子就消失了,所以完全没有撞击感。可在那一瞬间,我还是本能地把身体一缩,整个人绷得紧紧的,为撞墙做足了心理和生理准备。结果就像迈步登上最高一级台阶,却一脚踩空了。我穿过镜墙时,仿佛在铺满了香蕉皮的地面上跳着滑稽的舞步,差点儿就一屁股坐地上了。要是我真的摔倒在地,那姿势肯定能让以前拍默片的喜剧演员艳羡不已。

你先别偷笑,自己试试再说。

葛丽特自称能认出裹在清零力场中的人脸是谁,我觉得这倒不出奇,她毕竟是在力场中长大的。可在我眼里,它们看起来就是一个戴着镀铬面具的人脸,估计在很长一段时间内我也分辨不出谁是谁。可这一次我知道这人是韩塞尔,因为我们出去前把他留在这里看着温斯顿。事实证明,我的力场真空服处女行结束之后,欢迎我胜利归来的正是葛丽特的哥哥韩塞尔。这小伙子十五岁,高高的个子,总是笨手笨脚的,显得有点害羞。他和妹妹一样,都是满头金发,而且他的眼神像足了他爸——闪烁着科学狂人特有的亮光。我总觉得他很想把你切开，检查一下你身体的工作原理，只是不好意思开口问罢了。当然，我得赶快补充一句，他肯定会把你缝回去——至少他有这样的打算吧——至于技术嘛，或许还有所欠缺。这些当然都是拜他老爸所赐了。至于他的腼腆来自哪里，我也说不清，反正不是遗传自他爸就是了。

"牧场刚才打电话来，"韩塞尔说，"利比说我们的四蹄踏雪黄骠马快要生小马驹了。"

"我也收到电话了。"葛丽特说，"咱们快去吧。"

兄妹俩拔腿就跑。可怜我还没喘过气来，也只能硬着头皮在后面追赶。我可不敢让他们跑出视线范围，否则我单枪匹马可能就找不到回飞船的路了！听起来很夸张，是吧？本来，月球人都以擅长走迷宫自居。王城的迷宫有两种：要么以公共空间为中心向外扩散，另加一圈圈环形通道；要么就是东西南北纵横的九宫格直道。可是德朗布尔垃圾场的道路就像一盘意粉。城市规划师在这里待两天保证会被逼疯，要关进墙上铺满软垫的防自杀单间。而且这里还在不停地膨胀扩张！

我正在跑的这些路是怎么来的呢？其实没那么神秘，就是用废弃的隧道挖掘机开凿出来的——开凿隧道也是月球人的特长之一。那些机器本来就能开山裂石，而德朗布尔垃圾场的地层是由人类的各种科技垃圾堆成的，开凿的时候自然势如破竹。只要他们启动激光，没有什么是捣不碎的。飞船帮拥有好几台这种隧道挖掘机，都是在垃圾堆里捡回来修好的。他们挖的时候好像开了自动驾驶，任由机器爱往哪儿跑就往哪儿跑……其实不是啦，我是说笑的。可是你甭想在这些道路中找到任何规律，也不可能理解他们当初为什么要这样安排。嘿嘿，就算是一条蚯蚓也比他们规划得好。

虫洞开凿好了，飞船帮的工程队就进场，往地上铺设他们在垃圾场收集回来的塑料板。在过去一个多世纪里，这种塑料板是月球上的主要建材，所以一点也不难找。最后一步是在隧道里每隔一百米左右就安装一个ALU。所谓ALU，是"气密锁模块"的缩写，每个模块包括了以下几个部件：一个清零立场生成器，通过内置算法控制气密锁系统两头的开关；一个巨大的氧气罐，机器人每周灌满；还有一根电线连接安装在垃圾堆顶上的太阳能电池板，为整个系统提供能源。有人闲极无聊还会在隧道天花板上安装发光和发热的导线，这样一来，隧道里面就不会太暗或者太冷。不过飞船帮普遍认为这是一种奢侈的做法，因此不是所有隧道都安装了这种设备。

我们在这颗古老而疲惫的星球上安置了各种各样对付真空的设备，却没有一个像飞船帮的系统这么简陋、这么随意，一个人哪怕有半点脑子都不会把自己唯一的躯壳托付给这些设备。我的担心是有根据的，因为我发现这些气密锁经常出故障，而且要拖很久才能修好。飞船帮的人倒是一点也不担心——确实，他们有什么可担心的呢？要是某段隧道坏了，他们身上的力场真空服就会立即启动，他们有足够时间步行去邻近的密封区间。这里的人并没有把真空视作洪水猛兽。

就这样，飞船帮的人习惯了以一种古怪的方式在千回百转的隧道中行进，所以我就更需要紧跟那两兄妹的脚步了！他们两人都带着手电筒——按照规定，进隧道的人都必须带手电——而我偏偏又忘了。当我们经过一些又冷又暗的路段时，我必须盯着他们晃动的手电光才能勉强往前走。要是我走丢了，当然可以喊他们回来找我，可是不到万不得已，我是绝不会这样做的。你必须明白，小孩子最喜欢的就是好玩的游戏，可是让他们回来接我一点也不好玩，我可不想落下一个拖后腿的坏名声。

有些路段特别冷，冷得我牙齿咯咯作响。每逢这时候，我的力场真空服就会自动激活，于是在我走出黑暗之前，身体就已经完全暖和了。温斯顿不时回头看着我吠几下。它依然穿着老式的增压狗服，韩塞尔拿着它的头盔。飞船帮的人想让我允许他们给狗狗装一套力场真空服,可是我拒绝了,因为我不知道该怎样向莉齐解释。

孩子们第一次带我去他们的农场参观时,我还以为会看到传统意义上的水耕或者土耕农场。是月球人都知道,农场确实是存在的。不过对于他们来说,农场只存在于电话簿当中;实际长什么样,大部分人都没见过。很久以前我做过一个跟农场有关的报道,所以去过一次——这一百年里我几乎走遍月球,可不是白活的——考虑到你可能没见过农场,我就这么说吧,那地方没什么意思,你就别浪费时间去了。不管农场种的是玉米还是马铃薯还是喂的鸡,你只会见到低矮的小房间,以及一排排无穷无尽的笼子、栅栏、犁沟或者水槽。食物输送、养料灌溉、废物排放以及收割屠宰等工序全部是由机械完成。大部分动物都是在地底喂养,大部分植物都是在地表种植——当然是在塑料棚顶的温室里。人们刻意把农场安置在远离文明的偏远地方,平常也从不提起,因为大部分人都不能接受我们吃的东西竟然是从脏兮兮的泥土里长出来的,也受不了我们吃的动物会吱哇乱叫和排泄粪便。

我以为他们的农场也是类似的食物工厂,只不过是按照"海因莱因号"飞船帮的标准建造的。正如阿拉丁有一次向我描述的,飞船帮的农场"简陋,一直没完工,而且极度不安全"。他们这种农场,后来我有幸见识到了;可是现在我去的农场属于韩塞尔、葛丽特兄妹,以及他们最好的朋友利比,这个农场就完全不一样了。我总是忘记自己是在和小孩子打交道。

他们的农场在"海因莱因号"飞船的残骸里,位于一扇特大的压力舱门后,舱门上面写着"一号船员食堂"几个大字。在里面,他们把许多桌子拼起来焊接成一个一百米长五十米宽的齐腰高大平台,上面堆着泥土,泥土里种着各种转基因的小草和盆栽树木。整片地上铺着一些羊肠小道，以及一圈模型火车轨道。小道和铁路沿线分布着许多小房子和小马厩，还有一些比例不太对的小城镇。孩子们就是在这里放养袖珍马以及其他牲口。是的，除了袖珍马，他们还培育出了许多别的袖珍动物。

考虑到他们都是小孩，而且是飞船帮的小孩，你当然不能苛求他们有多么整洁了。他们设计农场的时候忘了建造一个良好的排水系统，所以有一部分地区已经出现了锈蚀。他们本来有一个宏大的计划，想在靠后墙的地方建造一片崇山峻岭。可惜这个计划明显荒废已久，肯定已经烂尾了。估计是他们的石膏耗尽，兴致也没了，本来应该是假山的地方暴露出里面的填充物——一些橙色的塑料席子。

但如果你眯起眼睛看，再加上一点想象力，这个农场其实做得挺好的。而且你也不用费心去欺骗自己的鼻子了，因为这里的气味太重，你一走进来就能确认，这是放养马匹和其他畜生的地方。

利比正在一个小马厩旁。他一看到我们就大声打招呼，于是我们踏着一条横蹬，登上了大平台。我走路的时候小心翼翼，踩死一棵树固然不妙，要是踩扁一匹小马就更糟了。我好不容易走到他们跟前，只见三人跪在一个红墙小马厩的侧面。马厩的顶盖被他们掀起来了，那匹母马正侧卧在一团干草上面。

"快看，小马宝宝要出来了！"葛丽特尖叫道。我瞄了一眼，马上把视线移开。然后我缓缓地在马厩旁边坐下来，过程中不小心碰倒了一段白色篱笆。呃，反正这篱笆只是个摆设，我看见那些小马和小牛随便一蹦——就像蚱蜢似的——就能跳过去。我垂下脑袋想了想，然后告诉自己，我会没事的……应该会没事吧。

"你不舒服吗，希尔迪？"利比问道。我感觉到他的手搭在了我的肩膀上，于是我抬起头，冲他笑了笑。利比将近十八岁，长了一头红发，身材比韩塞尔更瘦更长。而且这小男孩正暗恋我呢！我拍了拍他的手,说我没事儿,然后他就把注意力放回宠物马身上了。

我本来很少呕吐,可是怀孕以来经常觉得恶心想吐。现在还有一个月就要分娩,我想反悔也来不及了。我知道这将会是一次永世难忘的经历。不信你试一下,凌晨三点突然醒来,特别想吃巧克力裹生蚝,这种饥饿感看你能不能忘却?还有,第二天早上你眼睁睁看着昨晚吞下去的生蚝又全部吐出来,这一幕也不是能说忘就忘的。

我有点担心产前护理做得不够,问题是我再也不能回王城做产检了,因为医护人员肯定会留意到我那个离经叛道的人造左肺。飞船帮也有几位医生,为我做产检的那位叫褐石[1]医生,她叫我不用担心。我有点相信她,可是我体内的那位准妈妈——她才来九个月,我也是刚开始了解她的心思——却深表怀疑。褐石医生不以为忤,还是尽心尽力地安慰我。

"没错,我在飞船帮这里的设备不如我在王城的诊所先进。"她曾经说过,"可是这里还不至于像环锯开颅和水蛭放血那么落后。实际上,你现在状态很好,必要时我可以手动帮你接生,只要有干净的水和胶皮手套就可以了。从现在起我每周给你检查一次,万一有什么状况的话,我保证能查出来。"然后她又提议,"要是你愿意的话,我可以马上把小家伙取出来养在罐子里,就放在诊所。我可以给他连接各种各样的设备,只要能让你觉得放心就好了。"

我知道她是想安慰我,可我还是认真考虑了一下她的提议。然后我告诉她,不用了,我已经撑了这么久,还是坚持到最后吧。接着我又补充说,我知道这样做其实挺笨的。

"这是怀孕的正常反应。"她解释道,"你会有情绪波动,会有不理性的冲动和渴望。要是情况恶化的话,我是可以采取措施帮你消除

---

1. 是海因莱因创作的科幻小说《穿上航天服去旅行》当中的人物。

这些反应的。"她说可以给我开一些情绪平复剂,被我断然拒绝了。前段时间中枢电脑已经把我折腾得够呛,现在我可不愿意被药物控制。我不喜欢情绪波动,我也不是受虐狂,可是我告诉自己:希尔迪,既然你决定做这件事,就应该全情投入地做,要体验它的全部。否则你看书了解一下就好了,还费那个劲儿干吗?

我紧张的真正原因,说起来其实挺荒唐的。虽然我经常往飞船帮跑,可我还是住在得克萨斯,所以我每周都去内德·佩珀那里做产检。表面上,我这样做是为了不让他和镇上的人怀疑;不过还有一个原因,就是我发现他特别能让我安下心来,奇怪吧?事实上,大家都知道他是个半吊子郎中,没有人会指望他有丰富的医学知识和高超的临床技术;可同时大部分人都觉得他的直觉很准确,所以总能作出正确的诊断。要是他出生在古代,也许能够名扬四海呢。还有就是……

"希尔迪,"内德·佩珀曾一边用听诊器敲着嘴唇,一边说,"我不想吓唬你,可是你这次怀孕的状况嘛,让我觉得很紧张,就像一只发情的臭鼬那么紧张。"说完,他又喝了一口酒,然后摇摇晃晃地站起来。我也顺势把撩起的裙子放下来垂在脚边。我之所以找他而不去看王城的医生,是因为在西得克萨斯做产检基本不用弄乱我的衣服。医生会把听诊器冰凉的金属片塞进我衣服里,听我和胎儿的心跳;他会敲一敲我的后背和大肚子,又用玻璃温度计测我的体温;最后,呵呵,他会让我张开双腿,把两脚抬起来搁在脚蹬上。我知道他有一个闪闪发亮的黄铜扩张器,而且这家伙特别想用在我身上,可是我跟他说了,这是不可能的。我的底线是只给你看看,让你全情投入地扮演医生,然后我们皆大欢喜,各自回家凉快去。可是他胡说八道什么"很紧张"呢?他有什么资格紧张?他有什么资格告诉我他很紧张?不过他一口酒灌进肚子里,马上就意识到自己说错话了。

"我猜你也有去看正儿八经的医生吧?"他弱弱地问了一句。我说有，他点了点头，扯开身上的背带，啪的一下弹回来，然后说道，"很好！那你就不用担心了。小宝宝肯定会活蹦乱跳，一出生就能骑马打牌出老千，就跟他老妈一样。"

不用担心？我怎么能不担心呢？怀孕是能够让人神智失常的，记住我的话吧。

那股恶心劲儿过去后，我站起来，发现自己刚才竟然坐在了鸡笼子上。那个笼子是精钢打造，所以没有损坏；可是我的体重还是把黏在侧面的许多假的木板瓦给震下来了。有一只像小老鼠那么大的公鸡正在愤怒地啄我的大脚趾，鸡笼里好几十只母鸡在给它呐喊助威。哎呀，对不起各位了。

小马驹还要过一段时间才能自己站起来，而这场小马出生秀也基本算告一段落了。韩塞尔、葛丽特和利比一起离开，忙别的去了。我独自待了一会儿，陪着同病相怜的母马。它抬头看着我，好像在说：很快就轮到你了，大小姐！我伸手进马厩里，用指尖轻轻地摸着马宝宝。那匹母马竟然想咬我的手！我不怪它，只是默默地站起来，拍了拍膝盖上的灰尘，然后向农舍走去。

我知道农舍的屋顶也装了铰链，因为我见过孩子们把整个屋顶掀起来。可是我对住在屋子里的宠物还不太了解，也不知道对它们应该抱怎样的态度，所以不想贸然侵犯它们的隐私。于是我弯下腰按了按小门铃，片刻之后，一个丘比[1]小男娃走出来，抬起头满怀期待地看着我，等我给吃的。

用非法爆炸品打个比方，如果说袖珍马、袖珍牛和袖珍猫头鹰相当于摔炮的话，那么丘比小娃娃就是一个由十根雷管绑在一起做成的

---

1. 由美国插画家萝丝·欧尼尔于1909年创立的洋娃娃品牌。

炸药！因为它们是一些身高不到二十厘米的小娃娃。

孩子们给每一个小娃娃都取了名字。这些小娃娃并不是成年人按比例缩小，因为它们的脑袋都特别大。为了让它们聪明点，利比给它们配置了更大的脑子，所以头就大得不成比例了。对于小孩来说，这个逻辑是绝对合理的；而且据我所知，也是非常正确的。问题是，虽然利比信誓旦旦地说这一代丘比娃娃比前两代聪明得多，可它们的智力其实也跟猴子差不多。

我先把话说在前头：这些娃娃绝对不是人类，可是它们带有一点人类的基因。这两百年来，月球的法律一直严厉禁止人们拿人类基因来折腾，所以我小时候虽然有袖珍马，却没有这些袖珍小娃娃做骑士——不仅是我，别的人也没有。现在我眼前的这些小娃娃都是利比异想天开、一个人捣腾出来的，跟其他人没有半点关系。

几乎每个月球人第一眼看到这些小东西时都会觉得震惊和恐怖，可是如果你克服了心理障碍，再仔细看，会发现它们其实挺可爱的。它们经常笑容可掬，老是想用小手去抓住大人的手指。它们当中大部分会说一两个字，比如说"糖糖！""你好！"；少数几个能说一些基本的句子。加以训练的话，也许它们能够做更多的事，可是孩子们都没那个工夫。虽然它们有手，却不懂使用工具。总的来说，它们不是小人儿，可是它们都很可爱。

好话说够了，我还是说点实话吧：这些人形宠物有时候会让我起鸡皮疙瘩，也许是因为它们触动了我心底最原始的那些角落吧。它们是恶灵邪咒，它们是科学之树结出的禁果，它们是恶魔与仙子的结合……***行邪术的女人，不可容她存活***[1]！

说到最后，对这些鬼东西应该采取什么态度，我还没想好呢。从

---

[1] 出自《圣经·出埃及记 22∶18》。

某个角度看，飞船帮吸引我的地方恰恰在于他们做的都是别人没做过的事情。所以，我们先抛开理性和逻辑，然后再去审视一个问题：飞船帮的人为什么非要做这些事情不可呢？

这个问题我已经考虑过不止一次了。就在我陷入沉思的时候，有个人走到我身边，一把掀起了娃娃农舍的屋顶。我和他一起往里看，都忍不住皱起了眉头。只见屋子里有许多小椅和小床，前者都被打翻在地上，后者全都是空的，根本就没人睡。有几个丘比娃娃横七竖八地摊在地上，好像是随时困倦了倒头就睡。此外，地上还散落着一堆一堆……你知道，就是动物急了随地乱拉的那些东西。正是这种场景使我打心眼儿里觉得丘比娃娃不是真正意义上的人类，它们还让我想起了二十世纪一些讲述精神病患者和智障人士居住状况的恐怖纪录片。

来人放下屋顶，环顾四周，然后大喝一声，叫他的孩子们快过来。那三个小孩本来在玩模型赛车，听了这一声吼，连忙撇下玩具跑过来，人人脸上都带着惭愧的神情。来人低头瞪着他们，眼中充满了怒意。

"我跟你们说过，要是不能保持干净的话，你们就不能养宠物！"他说。

"我们本来打算玩完赛车就收拾的，爸爸。"韩塞尔说，"对吧，希尔迪？"

这小滑头！如果我想继续在飞船帮待下去，恐怕也需要这几个早熟的小顽童帮我说些好话，考虑到这一点，我用一句模棱两可的外交辞令答道："我相信他们有这个打算。"

我之所以这样回答，是因为我不想欺骗站在我身边的这位仁兄。他就是韩塞尔和葛丽特兄妹的父亲，我之所以能在飞船帮出没，其实全靠他的恩典。

他从来不肯对外界透露自己的真名，所以媒体总是把他叫作梅林。他对我已经算是很信任了,可我还是不知道他的真名是什么。不过我不喜欢梅林这个称谓,所以接下来我会把他称作"史密斯先生"——瓦伦丁·迈克尔·史密斯[1]。

---

[1] 海因莱因科幻小说《异乡异客》的主角。这本小说获得了1962年雨果奖。

Steel Beach

No.22

政 治

史密斯先生就是"海因莱因号"飞船帮的领袖。他身材高大，相貌堂堂，粗犷的面容充满了男子气概，就像电影明星那么耀眼。他微笑时露出两排整齐洁白、闪闪发亮的牙齿。他那双充满智慧的蓝眼睛里总是包含着悲悯。

我有说他身材高大吗？其实我是说笑的，他整个人就一小矬子。不，仔细想想，他应该是中等身材吧。他好像长了一头黑色卷发吧，我只记得他的牙齿参差不齐，一笑起来，天哪，就像阳光下的一头死猪！对了，说不定他还谢顶呢。

你若要细究的话，我还真的不敢拍胸口说他肯定是个男的呢！

在我看来，他现在已经离开了风口浪尖，算是安全了，可是他（或者她）并不这样认为。所以，你就别指望我会给你们描述他的真面目了。我对飞船帮其他人（包括小孩）的描述都很模糊，甚至带有误导成分，这都是我有意为之。如果你想在心中描绘他的样子，不妨学我读小说那样，把某个名人的脸放在他脑袋上。再不济你自己给他画一张脸也行。要不试一下爱因斯坦年轻时候的样子，满头乱发，一脸错愕的表情。反正不管你怎么想象他的样子，结果总会是错的。不过有一点我可以跟你确认，他的眼神里总是充满了好奇，仿佛在告诉人们：这个宇宙的古怪远远超出了你的想象。

至于领导飞船帮嘛……如果这帮人当中有一个首领角色的话，当然非他莫属了。全靠史密斯潜心研究早已被前人淡忘的科技，才使飞船帮众与世隔绝的生活方式成为现实。不过，他们其实是一群独立松散的乌合之众，既不会定期召开公民大会，也不会给每个人安排工作任务——严格来说，这群人聚集在一起的方式，并不是真正意义上的民主制度。民主，有一位飞船帮人士曾经对我说，就是你要服从大多数傻逼的意愿，他们要你干啥你就得干啥。当然了，他们不要民主也并不意味着热爱独裁者——按照那位仁兄的说法，独裁制度就是你要服从某一个傻逼的意愿，他要你干啥你就得干啥。那么他们到底要什么呢？请允许我继续引用那位飞船帮哲学大神的隽语，他们要的是"自己爱干啥就干啥，再也不用看哪个傻逼的脸色做人"。

在一个高度城市化的社会里，这种生活方式是很危险的，迟早会害你坐牢——飞船帮里有不少人就坐过牢，尴尬吧？要无拘无束地过活，你需要足够的私人空间，你需要得克萨斯——我是说真正的得克萨斯州，而且是在火车问世之前、在墨西哥人入侵之前、在西班牙人进犯之前——嘿嘿，也许应该是在印第安人迁来之前的那一片土地。你需要去号称暗黑大陆的非洲，去亚马孙河的源头，去南极，去珠穆朗玛峰，去七座失落的黄金之城……你需要去人迹罕至的蛮荒之地探索，而不是龟缩在人满为患的苍老月球。重要的事情说两遍：要绝对自由，你需要绝对的私人空间！

很多飞船帮的帮众都在迪士尼乐园里生活过，有些还像我这样坚持两头跑。跟月球上那些蚁丘般的城市相比，园区也算是一个不错的选择吧。不过他们很快就会发现，那些地方其实就像小孩子玩过家家那么儿戏。曾几何时，小行星带和太阳系几个较偏远的行星上聚集了大量这种脾气暴躁的离经叛道者；可是到了现在，人类早已征服了那些地方，去那些地方居住也不再是一种挑战了。很多宇宙飞船的船长是飞船帮人，很多孤独的矿工也是飞船帮人。他们一点都不快乐——也许这种性格的人永远也快乐不起来——但他们至少可以远离人群，避免冲突。否则以他们一点就爆的臭脾气，会把旁人不合时宜的大笑看成是对自己的侮辱，甚至连人家的口臭也能让他们暴跳如雷。

其实，这样描述飞船帮的人是不公平的。虽然他们当中颇有几位罹患反社会绝症的刺头，可绝大部分人还是学会了如何在一个群体中与人交往，学会把日常生活中的种种失意埋藏在心底，学会日复一日地忍受数不尽的琐碎小事，学会为了集体利益而牺牲自己的梦想和需求。也许这就是所谓的文明吧。我们都会这样做,只不过有些人做得特别好,好到忘记了自己也曾经有过去外面世界探索和历险的梦想。而飞船帮的人做得特别不好,所以他们至今还记得自己的初心与梦想。

他们的梦想值多少钱?要是再加五分钱的话,肯定能在月球上任何一件咖啡店买一杯咖啡——对于这一点,飞船帮的人是有自知之明的。可是自从史密斯先生来了之后,他们开始觉得,只要诚心许愿,梦想也是可以实现的。

史密斯先生让一双儿女和利比留下来努力打扫丘比娃娃的房子,然后就离开了农场。我也跟着他一起出去,沿着一条镶着银色清零力场的长廊往前走。像这样的长廊,"海因莱因号"飞船里有许多,当中不少是有力场裹住的。我刚要迈步,突然想起了温斯顿,连忙探头进去刚才的房间,拿起狗头盔,然后吹了一下口哨。只见它从桌子底下悠然地走出来,嘴边似乎还带着血迹——这家伙是躲在下面吃肉呢!

"你小子又在偷吃小马呀?"我问它。它没有吠,只是抬起头看着我,舔了舔鼻子。温斯顿知道不应该跳上桌面,不过总有一些作死的小马自己跳到地上,那温斯顿就却之不恭了。我不知道孩子们对狗狗捕猎小马抱什么态度,不过他们可能根本就不知道,所以我也就懒得主动提起了。但有一点可以肯定:温斯顿确实已经尝到新鲜马肉的滋味了。

我这样耽搁了一下,还以为得快跑几步才能追上史密斯。可是当我抬头看时,发现他就站在长廊不远处等我呢。

"你还在这里混呀?"他说。是的,大哥,我还在这艘飞船上面混,而且已经混出点名堂了。

"可能是因为我爱小孩吧。"

他听了哈哈大笑。我一共才见过他三面,每次都没有长谈。不过,他是那种只需要短暂交往就能掂量出对方斤两的人。我们人人都自以为有这样的能力,而史密斯才是货真价实的火眼金睛。

"爱小孩并不容易。"他说,"但如果容易的话,可能我就不会爱得那么深了。"这是很典型的飞船帮风格金句——你得明白,他们是一群阆苑奇葩。

"您的意思是只有父亲才懂得爱小孩吗?"

"母亲或许也会懂。"

"我指望的就是这个了。"我一边说一边拍拍肚皮。

"俗语说得好,爱他要趁早,不爱就扔海岛。"接下来,我们没有说话,只是默默地往前走。每过一会儿就有一个清零力场气密锁在我们跟前消失,然后在我们身后重新出现。这一切都是自动进行的,只有在体内安装了力场真空服的人才有这种待遇。

在工程设计方面,这帮家伙都是得过且过、爱惜羽毛之人,因为他们有一个无懈可击的备份系统。我告诉你吧,他们的技术绝对是革命性的!

"我觉得你好像有点不满。"终于,他开口说话了。

"对什么不满?对你的小孩不满?呵呵,我只是——"

"对他们做的事情不满。"

"呃,我还好了,温斯顿才不爽呢,所以它把他们过半数的牲口都吃了。"

当时我的脑筋飞快地转动着。一方面,我还想从此人身上多学点东西呢,所以绝对不能说他小孩的坏话,也不能对他们的生活方式有微词。可是另一方面,以我对他的了解,史密斯极其讨厌不诚实的人,而且又极其擅长测谎;虽然多年的记者生涯把我锻炼成了世界级的骗子,可我还是担心被他一眼看穿。何况我已经厌倦了骗人,不是很想对他撒谎,所以我使出了记者和政客常用的一个招数:避而不答,岔开话题。

这招好像灵了！他咕噜了一声，伸手去摸温斯顿的那张丑脸。小狗很懂事，特别配合我，所以没有一口把他的手掌齐腕咬下来。也许它还在忙着消化刚刚吞进肚子里的那些袖珍马呢。

我们来到一扇写着"主驱动舱"几个字的门前，他为我打开舱门，请我先进。这个房间有多大呢？这么说吧，你可以狠狠抽击一只高尔夫球，结果那球连墙也碰不到；你甚至可以在这里用中型月球车进行赛车。像"海因莱因号"这么巨大的宇宙飞船，到底能不能飞起来呢？这个问题尚有待解答；可我眼前的迹象表明，真有人在为这个目标努力呢！

这个像巨型洞穴似的大房间里堆满了大量结构复杂的设备，具体怎么复杂，我就留给你自己想象吧，因为到目前为止，"海因莱因号"飞船的驱动舱依然是最高机密，而且肯定要在研制成功多年以后才会解禁。我要说的是：无论你的想象力多么丰富，你也想象不到真相的万一。你看到这东西时会感到无比震惊和诧异，感觉就像打开月球车的车头盖，发现有一千只小老鼠在拼命舔一千根微型曲轴柄，或者发现这辆车原来是靠处女的圣洁能量来驱动的。另外，虽然眼前这团妙不可言的东西我一丁点儿也看不懂，但我还是能从外观看出飞船帮的设计风格：达到最低标准即可，绝无半分花哨。要是他们完成原型设计之后还有时间的话，也许能让外形更美观一点，让细节更完善一点。至于现在嘛，他们还是处于"扳手不给力，给我上大锤子"的初级阶段。飞船帮工程师的工具箱里肯定装满了修补神器：泡泡糖和Ｕ型发夹。

没错，各位忠实的读者，他们确实打算开着古老而笨重的"罗伯特·海因莱因号"飞船飞向星际空间。而我要率先向各位披露的是，这艘飞船的动力来源并非在排气管点燃一串无穷无尽的核弹小鞭炮。

在设计过程中涉及的理念和技术都是飞船帮的专利，可我知道，它们其实是清零立场算法的某个变种。实际上，除了史密斯及其核心团队之外，没有人知道该项技术的任何细节。

你就想象一下，他们把鞍具装在这堆陈年废铁上面，另一端套在一群巨大的天鹅的脖子上，然后……

"你也看到了，"我们沿着一条摇摇晃晃的金属长楼梯往下走，史密斯说，"他们正在准备什么什么扇形分馏什么器的基础阶段，然后那帮干什么什么的家伙说应该在三天之内就完工。"

我不是企图掩盖什么秘密，而是我听得一头雾水，所以只能把听懂的那些写出来。史密斯好像并不介意听众比他慢几个节拍，基本上是自顾自地唠叨着他那些私家术语，完全不管别人是否能跟上。有时候我觉得他只是喜欢在思考的时候自言自语，有时候我又觉得他是有意炫耀，也许二者兼而有之吧。

既然提到了星际飞船驱动器，有一件事情我必须要说：有一次他居然尝试用通俗易懂的语言来向我解释。他的那番话我一直记在心中，因为他说话的语气和态度太伤人，好像把我们这些外行人当成了白痴。

"物质基本上可以分成三种状态。"他曾经说过，"我把这三种状态称作怪态、教条态和变态。在我们的经验里，宇宙几乎全是由教条态物质构成的。我们平常说的'物质'就是这一种，与之相对的是所谓的'反物质'——其实教条态物质既包含了物质，也包含了反物质。至于其他两种状态，每隔很长一段时间我们总能发现一点证据，证明变态物质是存在的；要是你涉及怪态的领域，就必须格外小心了。"

"怪态？我这辈子最了解什么是怪态了。"我这样回答。

"哈！可是在怪态物质中存在着无限的可能性啊！"当时他一边说，一边朝飞船驱动舱里那台正在逐渐成形的发动机挥手。

这一刻他又在不停地挥手，就像电影里面的指挥家似的。其实这是史密斯的一个习惯性动作,每次走近自己的杰作时,他就忍不住指指点点。虽然我挺讨厌这种小动作,可是若要炫耀的话,谁比他更有资格呢?

"瞧,我们在科学界的一潭死水里能翻起多大的波澜?"他说,"人人都在说,物理学已经走到尽头了,大家还是把天赋用在别处吧。"

"学术界的人取笑你了,是吧?"我说。

"岂止取笑,我在研究所讲解论文的时候,他们还向我扔鸡蛋呢!是扔鸡蛋啊!"他瞥了我一眼,眼神中仿佛带着一丝挑衅。然后他开始搓着双手,连肩膀也耸起来了,"那帮蠢货!看看到底是谁笑到最后吧!哈哈哈!"说完,他轻轻地拍着一台大机器的侧面,态度一下子变了——从科学狂人变成了一个正在轻抚爱驹的牛仔。史密斯是个闷得让人受不了的人,而他唯一有趣的地方是,他看过的旧电影几乎和我一样多!

"我不是说笑啊,希尔迪。等我让物理学起死回生,那帮蠢货就会目瞪口呆了。"

"我完全赞同!"我说,"说起来,物理学到底怎么了?为什么停滞了那么多年,没有一点进展呢?"

"因为收益越来越少啊。一个世纪前,他们投入了大量资金开发GSA系统,启动时才发现搞砸了,要修的话——"

"GSA系统?"

"全球超低温加速器。现在你还能看到这东西的许多零部件呢,就分布在月球赤道一圈。"

我突然想起来了,当年我参加月球车环赤道拉力赛时,沿路还看见过那些零部件呢。

"他们还在外太空组装了许多设备,在宏观和微观上都增进了对宇宙的了解,问题是,那些知识都没什么实用价值。到后来,他们陷入了一个困境。要在物理学现有发展方向上继续前进的话，光设备就要花费数十亿资金。好了，钱花了，他们也取得了阶段性的进展，了解到在宇宙刚刚诞生的十亿分之一纳秒内发生了什么。接下来，人们肯定不满足，自然而然就想知道在宇宙诞生的千分之一纳秒里发生了什么，问题是这个新的目标会花费十倍的资金……后来人们厌倦了，不想无止境地砸钱去解答这些比神学更不切实际的问题。于是有聪明人发现，在生物科学的领域，我们可以发现更多实用的东西。"

"所以现在所有的独创性研究全是集中在生物学上。"我说。

"哈！"他大声说，"现在哪还有什么独创性研究？就算有，也只是中枢电脑自己的项目……嗯，也许还有零星几个学者在坚持吧。"他挥了挥手，仿佛把那几个学者都打发走了，"现在已经成了工程学的天下，在一些人尽皆知的科学原理基础上搞点新花样，比如说，研究出更好的牙膏。"他的眼睛突然亮了，"对！这就是一个绝佳的例子！几个月前，我一觉睡醒，嘴里突然有薄荷的味道。我研究了一下，发现那是一种新型的纳米机器人，是通过饮用水输进我们体内的！你能想象吗，希尔迪？"

"嗯……太过分了。"我嘟囔着说，避开了他的目光。

"呵呵，我已经研制出解药了。就算我早上起床有口臭，那也是属于我自己的味道，能提醒我别忘了自己是谁。"看，他这句话正好体现了飞船帮人的特立独行，以及他们对文化消极主义的反抗。这也是为什么虽然他们总是不遗余力地挫伤我的感情，我还是那么喜欢他们。

"现在这些东西都是自上而下硬塞给我们的。"他继续说，"我们就像圣坛下的一群野人，等着天降奇迹。其实如果我们自己努力，一样能创造奇迹，可惜人类已经看不到这一点了。"

"就像那些身长八英寸、智力与实验室老鼠相当的小人儿？"

他整个人往后缩了一下——这是我第一次发现原来他也不确定这种实验是否违反伦理道德。谢天谢地！虽然我喜欢有主见的人，可是那些心中容不得一丝怀疑的人是很可怕的。

"你想我给他们辩护几句吗？好吧。在他们的成长过程中，我一直教导他们要独立思考、质疑权威。当然，这也是有限度的，总不能撒手不管，任他们肆意妄为吧。他们想要做某个项目，必须得到我或者其他更在行的成年人的批准，而且我们会不时关照一下。我们给小孩子们创造了一个空间，让他们在这个空间里自己制定规则。不过他们到底是小孩，首先得服从我们大人定下的规矩，所以我就尽可能少给孩子们设置条条框框，给他们最大的自主权。你知道吗？我们这里是月球上唯一一个机器老大哥盯不到的地方！就连警察也进不来呢。"

"我也没有什么理由去热爱中枢。"

"我知道。我认为你跟中枢之间肯定有一个不得不说的故事，否则我压根儿就不会让你进来。不急，等你什么时候准备好了就来告诉我吧。对了，你猜利比为什么要培育袖珍人呢？"

"我没问他。"

"他也许跟你提起过，也许没有吧。其实他和我一样，都在研究星际旅行的解决方案。他的思路是，人的体积越小，需要的氧气和食物就越少，飞船的体积也就可以越小了。要是我们只有八英寸高，坐一艘油桶大小的飞船就能去半人马座了。"

"这想法有点疯狂。"

"你不能说他疯狂，顶多是荒诞不经，而且肯定实现不了。那些丘比娃娃只能活三年左右，而且我怀疑它们能不能长脑子。可是，利比在星际飞行这个难题上提出了一个革命性的解决方案，而月球上其他人根本就没想过要解决这个问题。还有，葛丽特不穿衣服在月球表面四处乱跑，你知道为什么吗？"

"她出去裸奔,应该是瞒着你的呀。"

"我不许她这样做,因为太危险了。可是希尔迪,我了解葛丽特,我知道她是在尝试。她这样做是因为她希望有朝一日能让自己适应真空环境,不需要辅助设备就能生存。"

我想起了困在沙滩上的鱼儿。它们跳来跳去,虽然明知死路一条,却还是挣扎不休。

"人类不是这样进化的。"我说。

"进化论你我都懂,可是葛丽特不懂呀。她到底还是个孩子,虽然很聪明,却有小孩子特有的那种倔强。她迟早会放弃的,不过我敢打包票,她肯定会想出别的新花样。"

"希望新花样会聪明点吧。"

"承你吉言了。有时候她……"他揉着脸,然后做了一个"由她去吧"的手势,"不瞒你说,那些丘比娃娃让我浑身不自在。你忍不住会想,它们到底有几分像人呢?它们有没有什么权利呢?或者说,它们应不应该拥有什么权利呢?"

"那是在用人类做实验,麦克。"我说,"在我们那里可是重罪啊。"

"我们这里没有重罪,只有禁忌。我们用人类基因做了很多实验,唯一禁止的是创造一个真正的人出来。"

"你也反对创造人吗?"

"事情不是那么简单的,我反对的是不分青红皂白地一律禁止做某件事情。在人造人这件事情上,我做过许多研究。看起来你是反对这件事情的,刚开始的时候我也和你一样。你想听我详细讲一下吗?"

"那就再好不过了。"

我们继续在驱动舱里行走,来到了他的办公室(也许是实验室)里。我跟他交流时间不多,大部分都是在这里进行的。他有一张木头书桌,和沃尔特那张一样古老,却显得更残旧。跟我高谈阔论时,他喜欢把脚搁在桌面上，目光投向茫茫远方。这人天生谨慎，到目前为止，不管讨论什么问题，只要我在场，他肯定不会深入展开，可我感觉到他还需要一个旁观者的意见。他的实验室是怎样的？你可以想象里面堆满了冒着气泡的曲颈蒸馏瓶和噼噼啪啪闪着光的雅各布天梯电弧发生器；实验桌上还绑着一具庞大的尸体——不，那是他小孩的研究项目，请你自动忽略。当然了，我这样说只是一个恰当的比喻，他的实验室实际上并不是这样子的。

"问题是底线到底在哪里。"他说，"是的，就连我也意识到，我们必须划定一条底线。可是这条底线并非一成不变的，在一个不断进步的社会，这条底线势必会随之发生改变。在人类历史上，堕胎曾经是非法的，你知道吗？"

"我听说过的，感觉很不可思议。"

"当时人们认为胚胎也算是人，不过后来大家就改变主意了。还有，在以前的社会里，人们会把死人连接在一种名叫'生命维持器'的东西上，有时候一连就是二三十年，还不允许断开呢。"

"你是指脑死亡的人吗？"

"希尔迪，按照我们现在的标准，那些就是死人了。活人用机器把血液泵进尸体里面不断循环，那情形要多诡异就多诡异，想想都让人毛骨悚然。真不知道他们心里怎么想的，不知道他们这样做到底有什么道理。病人明明知道自己命不久矣，也明明知道再熬下去会死得特别痛苦，可按照社会规范，他们自杀依然是错的。"

我下意识地避开了他的目光。我不知道他有没有留意到，估计应该有。

"医生也不能帮助他们结束生命，因为会被当局以谋杀罪告上法庭。有时候掌权者还故意对效果最好的止痛药实施管制，禁止发售；凡是能让人感觉变迟钝或者变敏锐的药物，以及通过某种方式改变人意识状态的药物，都被视作罪恶的诱因。对身体伤害最严重的那两种毒物——酒精与尼古丁——是合法的；而一些相对来说危害较小的东西，却完全是非法的，因为它们会让人上瘾。嘿嘿，好像酒精不会让人上瘾似的。人们连决定往自己身体里添加什么物质的权利也没有，也没有使用药物的自主权。那个年代很野蛮吧？"

"我完全没有异议。"

"我研究过他们是怎样使这些政策合理化的，那些思路在今天看来当然是无稽之谈了。相比之下，禁止用人类做实验就合理很多，因为实验结果被滥用的潜在可能性非常大，而且所有基因实验的风险都很高，所以政府制定了许多条条框框……而且都是一成不变的死规矩。两百年来，一直没有人重新审视这些规矩是否还合理。我的看法是，现在是时候讨论一下了。"

"你得出什么结论了吗？"

"哈，希尔迪，我们才刚刚起步呢。当年之所以禁止基因实验，是因为过程中会产生一些有害物质，理论上会给周围环境带来灾难性的后果。可现在我们拥有广阔的实验空间，以及万无一失的隔离手段。比如说，我们可以在小行星上做实验，万一出了差错就立即隔离，然后把整颗小行星向太阳推去。"

我告诉他，我完全赞成他的想法。

"关于用人类做实验呢？"

"说起用人类做实验，我和你一样，浑身不自在。不过，这是因为我们在成长的时候被洗脑了，觉得这样做是邪恶的。而我们的下一代就没有这种心理负担，因为一直以来我都告诉他们，他们可以问任何问题，而且他们可以做任何实验，前提是他们必须对实验结果有一个合理的认识。当然了，在预测实验结果这件事情上，我和其他父母给他们提供了很多帮助。"

也许我脸上露出了怀疑的神色——这太有可能了，因为我心里确实觉得七上八下。

"我比你更激进一些。"他说，"我知道你准备搬出尼采的超人学说来跟我辩论。"

我没有否认。

"现在也是时候重新审视一下那套老掉牙的理论了。人们曾经嗤笑那些用人类做实验的科学家想当上帝，这个说法虽然已经没有以前那么广泛流传了，可是还有人坚持这种观点。现在想想，要是我们真的想对人类进行基因改造，创造一种全新的人类出来，又该由谁来做这个决定呢？呵呵，我可以告诉你，现在已经有人做出决定了，相信不用我说你也知道是谁。"

我不假思索地说道："中枢？"

"跟我来。"他一边说一边从书桌后面站起来，"我带你看点东西。"

我跟在史密斯身后，走得气喘吁吁的。这人脚下生风，以前我身体状态好的时候尚且很难跟上，现在我整个人圆滚滚、胖乎乎的，更是难上加难了。他是那种一门心思往前冲的人，一旦认准了目的地，就很难让他减慢脚步了。我只能跟跟跄跄地跟在他后面走。

走着走着，方形截面的长廊不见了，垂直的转角也没了，眼前又出现了大垃圾城特有的凌乱无序的羊肠小径——我知道，我们来到了飞船的底部。又走了一会儿，我们下了几段台阶，走进一条在坚硬岩石中开凿出的隧道里。我还是不知道这片地下交通网会延伸到什么地方，说不定能一直从地底走回王城呢。

我们来到一个灯光昏暗的废弃地铁站——不，应该说是一度被废弃的地铁站，因为飞船帮的人已经把这里重建了。他们把月台上的垃圾推到一旁，挂了几盏灯和别的饰物，让这里显得舒适一点。有一节老款的六座磁悬浮车厢浮在两根闪闪发亮的银色轨道上方，相距不过毫厘。这节车厢没有门，油漆剥落了，侧面印着几个大字：五－九区间专线，还列出了沿途各个人口密集区域的站名。这件宝贝无疑是个古董啊！

车厢里的座位都破破烂烂的，一些坐垫七零八落地散落在四周。我俩坐在那些垫子上，史密斯拉了拉一根绳子，只听见叮当一声，车厢开始沿着轨道滑动起来。

"'创造一个超人'的呼声自古就有，可日积月累下来，它背上了很多坏名声。"他毫无征兆地接回了之前的话题，好像刚才我们走过的那一段完全没有发生过——这家伙的毛病已经够多够烦人了，我怎么还陆续能发现更多的出来呢？"据我所知，在人类历史上，纳粹德国是首批认认真真提出创造超人方案的团队。当然了，他们所谓的方案只是一个种族灭绝阴谋中的组成部分，实在是蠢不堪言，而且早就作废了。"

"我看过这方面的资料。"我说。

"跟懂一点历史的人交流真好。相信你也知道，当人类科技发展到能够倒腾基因的地步，反对的人也就越来越多了。在那些反对声中，许多是很有道理的，有一些甚至到今天也依然适用。"

"这就是你想要的结果吗？"我问道，"一个超人？"

"其实'超人'这个字眼让你无所适从了吧。创造超人，这事情可能吗？真是我们想要的吗？我不知道。我只知道人体改造是一个值得深入研究的解决方案。你想想，我们现在顶着走来走去的这副臭皮囊，也是通过进化才能在当初那个环境里生存壮大的。而如今，我们已经被外星人从那个环境中驱逐……"

他好像还在继续说，可我都没听进去，因为在那一瞬间，另一辆磁悬浮列车跟我们迎头相撞！很明显，我们没有真的撞车；很明显，我们只是开到了一个无处不在的清零力场,看见了自己车灯在镜面上的倒影而已。更明显的是,你不在场,所以你没有像我那样嗖地一下蹦起来高声尖叫,也没有看见自己的一生在眼前掠过……不过如果你在场的话,我敢打赌你也会像我那么失态的。当然了,也有可能是我自己反应太慢。

史密斯倒不认为这是我的问题。他意识到发生什么事情后,显得很内疚,连忙告诉我,很快还有一个惊喜呢。一分钟后,另一个清零力场消失在我眼前;随即有一阵小风吹过,我们已经开进真空里,速度一下子就上去了。在车头灯的照射下,隧道的墙壁变得模糊一片,墙上的细节还没看清就被甩到了身后。

他还在继续讲人体工程学,我没有全部听进去,因为我必须集中注意力才能不让自己吸气——穿清零力场真空服,我还处在初学阶段呢——虽然这样,我还是听明白了他讲的大概内容。

他觉得虽然葛丽特的方法有问题,可她的目标却是有价值的——我完全同意他的看法。基本上,我们要不就改造环境,要不就改造自己去适应环境。两种方法都有风险,不过现在是时候考虑第二种方法了,至少开始讨论一下也好。

就以失重为例吧。许多长期处于失重环境中的人都会改造身体的某些部分,不过都是通过外科手术实现的。比如说人类的双腿太有力,蹬腿时用力过猛的话会把脑袋也撞骨折,可如果在踝关节以下是手掌而不是脚掌,就会方便安全很多。在失重环境里,双脚和肚子里的阑尾一样,都毫无用处。此外,把身体改造一下,能够比常人弯折扭曲得更厉害一些,也是大有裨益的。

然而,法律需要解决的问题是:我们能不能对人类进行基因改造,使之适应太空漫游呢?各种有用的特性是否应该被固化在基因里,让小孩天生就有四只手呢?

也许应该，也许不应该，我也说不清。其实我在这里提到的并不是什么质的改变，都是能够通过外科手术实现的，并不会创造出一个与智人同属的物种出来。

至于改造出能适应真空的人类，我不知道该怎么做，可我觉得这也是能实现的。真空人会长什么样呢？他会觉得比我们高级吗？我们算是他的兄弟？表亲？还是别的什么关系呢？有一点是肯定的：实现这个目标，用基因改造比用手术刀要简单很多；而且我觉得，最终成果的外观会和现在的人类相距甚远。

在后来的日子里，我反反复复地思考这个问题，仔细体会心中的感受。结果我发现，史密斯说的没错，我大部分的看法和感觉都源自偏见：我从小到大接受的教育都说这样做是错的。可现在我发现自己的想法已经变了，我觉得我们至少应该重新审视这个问题。

只要不用我天天跟在丘比娃娃身后清理它们的秽物就好。

我不知道我们是往哪个方向去，也不知道行驶了多远的距离。最后，磁悬浮车厢驶进了另一个废弃地铁站的旁轨。有人在墙上涂了"水俣"两个大字，把原来的文字和图案都覆盖了。

"在某种意义上，这里还是德朗布尔垃圾城的一部分。"史密斯提醒道，好让我对自己的所在有点概念。我们沿着一条肮脏污秽的长廊向前走，史密斯的手电筒光柱在两边墙上不住地晃动。如果这是在电影里，就会有很多老鼠或者其他啮齿类动物在我们跟前四散逃奔。可是在这里，老鼠必须安装力场真空服才能活下来。我的真空服依然处于激活状态，而我对"没法吸气"这件事情还是念念不忘。

"这里掩埋的东西并没有像其他垃圾一样蔓延到月球表面，我不知道当初他们这样安排的原因是什么。"他继续说，"我猜，他们之所以把那些废料全部泵到这里存起来，主要是出于心理上的需要吧。这个地方特别恶心,月球上一切有毒、有辐射、有生化危险的物质都聚集到这里了。"

我们来到一个老式气密舱跟前——在我小时候,这种气密舱是当时的标准设计——他做手势让我跟他一起走进去。他按下一个按键,然后伸手指了指镶在我胸口侧面的氧气管接口。

"逆时针转一下,把你内置供氧系统的开关打开。"他说,"这系统只有在真空环境下才会自动激活,但我们进去这地方的空气有毒,你可千万别吸进去。"

气密锁打开,我们走进了水俣。

在王城地图上,这个地方没有名字,只是标注成"二号废物储存区"。飞船帮的人用日本的一个地方来给这里命名,是因为人类现代史上第一次环境灾难就是在水俣爆发的。当年,那里的工厂企业把含汞的废料大量排放在邻近海湾里,导致当地居民生出了很多畸形婴儿。不好意思啦,各位母亲,这就是命,不公平的命……

月球上的水俣其实只是一个平躺着埋在地底的巨大圆柱形储存罐。"巨大"是多大呢?你可以把四艘像"海因莱因号"这种级数的星际飞船轻轻松松地停进来,彼此之间还不会磕磕碰碰。得克萨斯比这里大多了,你在那里看不到墙壁,所以不会觉得自己像是一只困在瓶子里的小虫。而在这里,你能看到高墙的曲面向上延伸,逐渐消失在一团毒雾中……尽头是什么,你完全看不到。

这里面也许有一些人工光源吧,不过我没看见,其实也不大需要,因为这个平躺着的圆柱形罐子底部三分之一的空间都灌满了一种发亮的液体。液体表面有些地方闪着红光,有些地方发出绿光,还有些地方则泛起一种阴森恐怖的蓝光——恐怖片导演要是能获得这种效果的蓝色,估计叫他们杀人放火也会答应。

我走进水俣,发现自己就站在这个巨型圆柱体的一端——这是一个曲面，形状跟氧气罐很相像。我们正好在中轴线上，只见圆罐墙壁上镶着一条三米宽的带栏杆的栈道，从我左右两个方向各自延伸出去。右边的那条道被一块警告牌堵住，远远望去，只见好几个地方都塌陷了。当我回过头来，发现史密斯没等我就自己走进了左边的栈道。我连忙加快脚步努力追赶。

我始终没追上他，因为每次快赶上的时候，我的目光就被位于我右下方几百米处的那一片泛着冷光的汪洋所吸引。

这一片海的特别之处在于……它是活的。

刚开始我只看见一个个闪着七彩亮光的旋涡，有点像浮在水面上的一层油膜。我一直以为，五颜六色的东西自然会漂亮，可是水俣的这一幕打了我一个响亮的耳光：看着这片海，我突然有一种恶心想吐的感觉。当时我还不明白为什么自己会有这么强烈的反应。所有那些颜色（蓝色除外）本身并没有什么可怕的地方，同样的彩色旋涡要是印在衬衫和裙子上，效果会很好，对吧？反正我不觉得难看。我开始放慢脚步，右手搭在栏杆上向前滑动，心中苦苦思索：为什么这片海让我浑身不自在呢？

从我们所在的栈道俯瞰，只见大罐子的金属内壁垂直向下延伸，然后逐渐向内弯折，最终融入了那片五光十色的海水里。浪涛翻滚着，缓缓拍击……

浪涛？希尔迪，这罐发臭的浓汤里怎么会有浪呢？这浪是什么东西掀起来的呢？

也许这里面安装了某种搅动机制，只是我眼拙看不出来。突然，我看见一部分海面缓缓升起，十米……二十米……我从上往下俯瞰，很难估算准确的尺度。在海水与金属岸滩相接的地方，矿物质凝结成一团一团，既像一束束的鲜花，又像一根根患了关节炎的手指。这时候，我看到有一些奇形怪状的东西在这些矿物质当中移动。然后我仿佛看见有个活的东西——只见它长着一根肿胀的脖子，脖子上面搁着一个脑袋。它缓缓地抬起头盯着我，充满渴望地向我伸出一只手……

当然了，我与金属岸滩相距甚远，也许是我看错了吧。

史密斯一言不发，揪住我的手臂，拉着我加快脚步向前走。于是，我就再也没有多看水俣海一眼了。

走着走着，我看见左侧墙壁上镶着一排圆形的镜子，每面镜子都有一个号码。我突然意识到，那些不是镜子，而是一个个被清零力场封起来的隧道入口。

史密斯来到八号口跟前，向里指了指，然后就迈步走进去；我也紧跟着他往里走。这条隧道很短，长约二十米，高五米，中间有一排金属栏杆把隧道拦腰截断。栏杆另一头的地面很平整，上面放着一张帆布床、一套桌椅和一只马桶，好像是从那些廉价的邮购房子里拆下来的家具。在我们这一侧有一个便携式供氧机，似乎还能正常工作，因为就在我穿过力场的瞬间，我的真空服就自动关闭了。墙边还摆着一个个装食物的箱子和备用氧气罐。

有一个人正坐在床上看电视，电视里播放的是小刀搏击比赛——这人竟然是安德鲁·麦当劳！我们走进去的时候，他只是抬起头看着我们，并没有站起来。

也许这是社交礼仪上的新难题：在活人面前，死人应该站起来吗？你下次参加聚会时，记住请教一下组织者。

"你好，安德鲁。"史密斯说，"我带人来探望你了。"

"是吧？"安德鲁淡淡地答道，没显示出特别的兴趣。他把目光移到我身上，看了片刻，眼神里没有闪出他乡遇故知的火花。我想起在他——我实在想不出别的说法，所以只能这样描述了——在他去世那天，他的目光是多么锐利；可此刻他眼神里的洞察力已经荡然无存。

在那一瞬间，我只觉得这是一个陌生人，一个看起来很像安德鲁的陌生人。我觉得我至少猜对了一半。

"不好意思，"他耸了耸肩，"我不认识她。"

"不奇怪。"史密斯说完看着我。我觉得在这个时候，我应该说几句睿智的、有深度的话；也许我应该一眼就看清楚这件事情的来龙去脉了。

本来，我的第一反应是"呸！"，不过最终我还是说了一句话："这他妈是怎么回事？"这句话比"呸！"要强多了，可是距离深度和睿智还有十万八千里。

"你问他呗。"安德鲁答道，"这家伙还觉得我是个危险人物呢。"

我迈步向铁栏走去，可是史密斯伸手搭在我胳膊上，摇了摇头。

"看到了吧？"囚犯说。

"他确实很危险。"史密斯对我说，"他刚刚来到这里的时候，差点杀了一个人。如果我们没有及时制止他的话，那人就一命呜呼了。安德鲁，你为什么不给我们讲讲当时发生了什么事情呢？"

他耸了耸肩，"不是我的错，是他先踩了我的脚。"

"你们的废话我听够了！"我说，"你们在这里干了些什么？我明明亲眼看着这人死的，难道死的是他的孪生兄弟？"

史密斯正想回答，但这时候我终于成功引起了安德鲁的兴趣。他站起来，走到铁栏后面，一只手扶着铁枝，另一只手竟然在漫不经心地摸着小鸡鸡。在岩床区的贫民窟里，有时候你会看到一些酒鬼和精神病人当众做出这种举动。毕竟这是一颗自由的星球，对吧？没有人会去制止他们，大伙儿只会匆匆而过——正如有人在路边呕吐或者挖鼻屎，你是不会驻足观赏的。我只是从来没见过一个看起来龙精虎猛的正常人竟然这么肆无忌惮地当着别人面自慰。飞船帮的人到底对他做了些什么？！

"我打得怎么样?"他一边撸一边问我,"他们只肯告诉我,当时我死在擂台上了。你也在场是吧?当时你站得近吗?打死我的是谁?他妈的,他们至少应该给我看比赛录像啊!"

"你真的是安德鲁·麦当劳吗?"

"这就是我的名字,你再问几百次我也是这样回答。"

"就是他。"史密斯平静地说,"我也是想了很久才得出这个结论。"

"上次你可不是这样说的!"那人说,"你说我只是老版安德鲁的一部分,而且是坏的那部分。其实我一点也不坏。"说到这里,他突然对自己的小鸡鸡失去了兴趣,把手从铁栏之间伸出来,拼命打手势,"把那罐炖牛肉罐头扔给我呗,老板。那东西我看中好几天了。"

"你房间里还有很多吃的。"

"对,可我就是想吃炖牛肉。"

史密斯拿起一个塑料罐头抛过去。那人一把接住,随即掀开盖子,用手抓了一大团塞进嘴里,吧唧吧唧地大声咀嚼起来。牢房里明明有炉子、餐桌和餐具,他却视而不见。

"我没看你比赛。"我终于说。

"他妈的!告诉你吧,如果你不是这么胖,老子说不定还会看上你呢。想让我插几下吗?"那只沾满酱汁的手又伸到了胯下,"来吧宝贝,咱俩来一发!"

接下来他丑态百出,我都打算忽略不计了。时至今日,他那些动作依然历历在目,让我深感困扰。以前我还曾觉得这个男人很吸引人,竟然还渴望和他做爱呢!

"他们把你从擂台上抬回更衣室的时候,我在场。"我说。

"哈,那个方形擂台真好,现代科技真好……别说了,别说了。你叫什么名字呀,肥妹?"

"我叫希尔迪。当时你身受重伤,却拒绝接受治疗。"

"我那时候真他妈混蛋!留得青山在,不愁没柴烧啊,对吧?"

"一直以来我也是这样认为的。而且我觉得你拿自己性命去冒险,是愚不可及的做法,也是毫无必要的。可是你把你的理由告诉了我,我尊重你的选择。"

"他就是一个混蛋!"他又骂了一句。

"也许吧。当时你坚持要兑现之前的承诺,我觉得你挺笨的,不过同时也让我很敬佩、很感动。虽然我不完全认同你的做法,可你慨然赴死的决心是很了不起的。"

"你也是一个混蛋。"

"我知道。"

他一边盯着我,一边继续把牛肉往嘴里塞,吃得脸上一塌糊涂。从他的目光里,我看不出半点人类的情感。于是,我转头看着史密斯。

"现在是时候告诉我到底发生什么事了。这人到底遭遇了什么?我们刚才在路上说起的话题,如果他就是一个活生生的例子……"

"就是。"

"那我就不想跟你们有任何瓜葛了!哼,你们这帮混蛋!我知道自己答应过不向外界透露你和你们这帮人的事情,可是……"

"你先等等,希尔迪。"史密斯说道,"他确实是人类活体实验的例子,不过这个实验不是我们做的。"

"中枢!"我停顿了很久,终于说道。除了他还有谁呢?

"希尔迪,中枢出大问题了。我不知道具体是什么问题,可我知道后果有多严重——这家伙就是最好的例子。他是一个克隆人,是用安德鲁·麦当劳的尸体或者身体组织复制出来的。他心血来潮的时候,会跟我们说很多事情;我们把他的话跟档案记录对照核实过,发现他确实拥有麦当劳的记忆。不过那些记忆只延伸到三四年前就中断了。我们还没时间对他进行更详尽更彻底的研究,不过就目前获得的测试数据看来，他跟我们以前观察过的类似实验样品是一致的。他认为自己就是麦当劳。"

"什么认为？我就是麦当劳！"囚犯插嘴道。

"从实用角度看，他确实是麦当劳。不过他记不起堪萨斯塌陷惨案，也记不起西尔维奥遇刺；我料到他就算看见你也想不起你是谁，事实证明我是对的。我相信是中枢用某种方法将他的记忆储存下来，再灌输到了克隆人的脑子里。"

我默默地思考着，史密斯没有催，而是给我时间好好想一下。

"这样做是行不通的。"终于，我开口说道，"这东西怎么也不可能在三四年内变回我认识的那个人。这家伙就是一个被宠坏的巨婴。"

"你说对了，美女，而且我的确有个巨物！"那人一边说，一边做出一个你能想象到的下流手势。

"我也知道这不是一个完美的复制品，"史密斯说，"他脑子里的记忆非常精准，不过缺少了一些东西。他与人交往时没有自制力，一点也没有；他也没有负罪感和羞耻感。有一次有人不小心踩了他的脚，他竟然真的想把那人给杀了，而且事后完全不觉得自己做错了。考虑到他是月球上首屈一指的技击高手，自然也是一个极度危险的人物，所以我们不得不把他关起来——这里是我们能设计出的戒备等级最高的监狱了。对，我们这帮向来厌恶高压手段的自由主义者，竟然弄了个监狱出来。讽刺吧？"

我看得出来，要从这里越狱确实很难。就算你想办法穿越了清零力场，你也逃不出毒雾弥漫的水俣罐；就算你有幸跳出大罐子，还有大片真空等着你呢。

看起来，在这位"麦当劳"问世之前就有过一系列实验，而且都是无人监管的，而这个家伙就是最新的实验成果。至于他是怎么落入飞船帮手中的呢？史密斯不肯告诉我，只是说这家伙很可能是被送过来的。

"在这个项目的早期,我们这里有一条秘密通道,一直连到中枢的实验室。刚开始的试验都是失败的,有些克隆人只懂得傻乎乎地坐着流口水,还有一些用牙齿拼命撕咬自己。可是中枢不断地尝试,水平不断提高,部分实验成果已经可以算得上是真正的人了。有些克隆人现在还跟我们住在一起,虽然他们有缺陷,可是我们能怎么办呢?难道任由他们自生自灭吗?怎么说也是人啊。

"可是最近我们总收到一些古怪的包裹,这位安德鲁就是最好的例子了。我们把这些怪人抓起来仔细审问,发现当中有些人是无害的,而有些人嘛……永远也不能放出来。"

"我不是很明白。这家伙当然是危险分子,我看得出来。可是——"

"这一切都是中枢的安排。"

"中枢想把他关在水俣这里?"

"你还不明白?水俣就是他的地盘啊。你看到下面那片海了吧?就是他的杰作。他想在我们'海因莱因号'飞船这里分一杯羹,他想了解清零力场,他想知道我研究星际飞船驱动器的进展如何,他想知道很多东西……他发现我们有办法去他的秘密实验室,就开始把安德鲁这样的恶人扔到我们这儿。那些人大部分都是些会行走的定时炸弹!后来真的发生了几桩惨案,我们只能加强保安措施了。现在我们在接收这些活死人的时候都非常小心。"

我的世界又一次被中枢电脑弄了个天翻地覆。你生活在这个时空里,自以为对身边的一切都很了解吧,其实根本就是蒙在鼓里!这个世界的真相,也许从来就没有人了解过。

在这么短的时间里,史密斯给我灌输的信息量实在太大了。以前中枢电脑在我脑子里折腾过,所以我好歹也算是经验丰富。不过我怀疑,这种事情哪怕你经历再多,也是不可能适应的。

"这么说来，他是在研究长生不死了？"我问道。

"算是吧。现在月球上年纪最大的那批人已经奔三百了。大部分人都认为，人脑无论怎么修修补补，始终会有彻底破损的一天。可如果你能把一个人的所有经历和记忆都记录下来，全盘复制到另一个大脑里……"

"嗯……可是安德鲁已经死了，而这东西……就算备份质量有所提高，他也不是安德鲁本人了，对吧？"

"喂，希尔迪！"安德鲁说。我转头看时，一坨凉凉的罐头炖牛肉啪地砸在我嘴巴上。

然后这家伙在牢里欢呼雀跃、蹦来蹦去，笑得前俯后仰，活像一只大猴子。看他那兴奋劲儿，完全没有消停的迹象。有趣的是，在被暗算的瞬间，我连杀人的心都有，可是转眼之后，我对他又恨不起来了。不管中枢电脑在他身上漏了些什么，反正他并不像我原来以为的那么邪恶。他只是幼稚、冲动和任性。应该是他大脑当中的某种监督机制没有复制完全，导致自控能力失调，而他的良知也在转换过程中被污染了。他奉行的是一种简单的人生哲学：说干就干。

"咱们去下一道门。"史密斯帮我简单清理了一下脸上那坨牛肉，说道，"你可以过去那边再继续清理，我想给你看一件东西。"

于是，我们再次穿越清零力场——安德鲁还在笑个不停——走了八九步，来到九号门前，一起走进去。

九号洞跟八号一样，也有一个用铁栏杆隔出来的小牢房。洞里站着一个人，正是给我换肺的神医阿拉丁，不过他是站在牢房外面。铁门是打开的，牢里并没有人。

"这间牢房是用来关谁的？"我问道，"阿拉丁在这里干什么？"有时候我的反应很快，而这一刻却迟钝得厉害。

"我们还没想好把谁关进来，希尔迪。"史密斯说着，不知从哪里掏出一根貌似用手电筒改装而成的武器——这东西看起来粗制滥造，颇有飞船帮的风采。"我们有些问题要问你，虽然不多，全部答完也挺耗时间的，所以你舒舒服服坐下再慢慢回答吧。至于阿拉丁嘛，如果你的答案不能让我们满意，他就会摘除你体内的力场真空服生成器。"

接下来是一段很长很尴尬的沉默。在场三人——无论是持枪那一方还是被枪口指着的那一方——对"持枪威胁"这种操作都不太熟悉，毕竟这种社交场合不是很常见。下次你举办派对的时候试一下，看看宾客们会不会吓尿了。

在这里我要给他们说句好话：他们不见得比我更享受这个场景。

"你想知道什么？"

"先说说过去三年里你跟中枢之间发生的所有事情。"

于是，我把一切都告诉了他们。

后来我才知道，当初葛丽特——多可爱的小女孩——在第一个周末就想邀请我去"海因莱因号"了。不过史密斯和他的朋友们暂时没批准，因为他们想先调查清楚我的底细。为了做这件事，他们动用了大量人力物力。他们把我的背景和经历都挖出来了，还派人去得克萨斯监视我的一举一动。在坦白过程中，我偶尔说错了一两处细节，他们竟然还能给我纠正过来。在他们面前，说谎是没用的……更何况我根本就不想骗他们。我心中积聚了太多关于中枢电脑的疑问，除了他们，还有谁能为我解答呢？我要帮助他们寻找答案，所以毫无保留地说出了一切。

我不想把当时的情形描述得过分严峻，其实我们还没说几句话，大家就已经放松下来，他们甚至把手电筒枪折起来放好。我刚刚来的时候并没有被他们带到这里盘问，可见他们并不是真的怀疑我。只是他们后来向我透露了太多的信息，为谨慎起见，当然要像这样子详细查问一下才能确保安全。

不过有一件事情让他们心存疑虑：我在月表自杀未遂，却留下了证据——一块破裂的面罩。他们怀疑我当时到底死了没有。

说着说着，我突然想到了一个问题，顿时觉得心烦意乱。要是我当时真的死了呢？

说真的，我怎么才能找出真相呢？如果中枢电脑把我所有记忆都记录下来，全部输入一个克隆人脑子里，我会感觉和以前不一样吗？我想不出一个自己验证的方法，所以还有点希望他们能想办法帮我验证。很不幸，他们也束手无策。

"希尔迪，你是不是克隆人，我们倒不太担心。"史密斯听我说出心中的疑虑，答道。现在回想起来，我主动坦白不是太明智。其实没关系的，因为他们早就考虑到这一点，也已经下定了决心。"要是中枢真有这么厉害的话，我们早就一败涂地了。"

"更何况，"阿拉丁补充道，"如果中枢有这种技术，那么克隆人和真人又有什么区别呢？"

"当然有区别了！中枢可以通过催眠和暗示在他脑子里植入一条指令。"史密斯说，"就这样，一个完美的希尔迪复制品，身负秘密任务，来飞船帮卧底刺探情报，回到王城就向中枢告密。"

"这我就没想到了。"阿拉丁说，好像有点后悔不该那么轻率地把手电筒枪收起来。

"正如我所说的，要是他真那么厉害的话，我们干脆就放弃好了。"说到这里，他站起来伸了个懒腰，"兄弟，我们不能无休止地考验和质疑下去，你迟早得跟随自己的感觉走一次。希尔迪，我很抱歉，我们这样对你，其实完全违反了我们的信念。你的生活是属于你自己的，我们本来无权过问，只是我们正在和中枢冷战，虽然还没有正面交锋，可敌人总是想方设法查探我们的底细。最好的方法就是像乌龟一样缩进硬壳里，让他无缝可叮。真的很对不起。"

"没关系，反正我本来就打算跟你们详细说的。"

他向我伸出手，我紧紧握住——这么多年来，我第一次尝到了归属感。在那一刻，我特想高呼革命口号"打倒中枢电脑!"，不幸的是，人家飞船帮不玩儿革命口号那一套，也没有颁发会员徽章那类东西，我怀疑我这个新会员连一套制服也捞不到呢。

呃，其实他们甚至连一个秘密的握手方式也没有。不过，这一次平平无奇的握手已经足以让我感激涕零，因为从这一刻起，我正式入伙啦!

No.23

战　争

"大故障"发生时,你正在做什么呢?

这个问题其实挺有趣的,咱们可以从不同的角度分析一下。假如我问人们,当你听说西尔维奥遇刺的时候,你正在做什么,我肯定会得到一箩筐五花八门的答案。可如果我问,在听说这个消息的一分钟后你在做什么,百分之九十九的人都会说看电子报(百分之二十七的人会答"看奶嘴")。至于其他重大事件——就是那些对人们生活产生深远影响的事情——答案基本是大同小异。可说到大故障,你们每个人的故事都是不一样的。通常来说,故事的开端是:

你发现自己生命中的某个重要组成部分发生了故障!应对措施也是因人而异:有人打电话给修理工,有人报警,有人开始发疯似的尖叫。接下来,各位都会(或者说,百分之九十九点九九九的人会)打开电子报,看看到底发生了什么事。你按下开关键,然后发现……什么也没有!

我们这个时代不仅资讯丰富,而且信息饱和。我们期待各种各样的信息就像氧气一样,被自动送到我们跟前;而且我们总是忘记,负责传输信息和氧气的机器也是会出故障的。在我们心目中,资讯的重要性也许仅次于氧气。一份大的电子报宕机哪怕两秒钟,也会招来成千上万个读者的抱怨。他们会打电话来发飙,威胁说要取关;还有些人会吓得屁滚尿流。对于月球人来说,电子报白屏的震撼程度与全球性地震差不多。在我们的期望值当中,信息网络应该是覆盖全球的、无处不在的、广泛深入的,而且必须是实时的!

时至今日,大故障这个话题依然是月球顾问产业的重要支柱。尤其是那些专职做危机应对的顾问,更是找到了一张永不失效的长期饭票。他们的测试表明,大故障给人造成的心理压力远强于暴力殴打或者父母双亡。

为什么大故障会对人造成如此大的心理压力呢?原因之一是每个

人的经历都和别人不一样。通常来说，你的世界观、你对那些能影响集体意识的大事件的观点和看法、你的喜好（因为人人都喜爱）、你厌恶的东西（也是因为人人都厌恶）……所有这一切都来自无所不在的电子报。当电子报失灵的时候，你一下子就觉得无所适从，因为你突然要依靠自己脑子做出反应。也不知道报业重镇阿吉城的人是怎样度过这场危机的。你看不到循环播放的新闻摘要，看不到权威专家教导你应该怎么看待这次危机，也不知道别人是如何应对的（如果你知道就可以依样画葫芦）。你只能靠自己了，兄弟，祝你好运吧。噢，还有就是，如果你走错一步，就可能会一命呜呼哦。

那些所谓的专家煞费心机，把大故障压缩删减，硬是变成一篇能塞进电子报一版页面的小故事。无奈这件事情涉及范围太广，没有人能从专家们提供的这些概述里看到整件事情的全貌，每个人都只能看到一点点——跟自己有关的那一点点。然而纵观全局的话，每个人的那一点点都显得无关紧要了。虽然我与大部分人相比更靠近这个故事的核心——假设这个故事有一个核心的话——可我的经历也不见得就比别人的更重要。到最后，有一批为数不多的科学家终于控制住局面，只有他们确切知道发生了什么事情。如果你真的想知道事情的真相，而且你还有资格证的话，不妨去查阅一下他们的报告。我虽然看过，却完全不知所云。如果你能给我解释一下的话，请给我寄一段摘要，确保不要超过二十五个字，因为我会很严谨地把所有明细条目都忽略掉。

在接下来的叙述当中，我不会提供过多的技术细节，也不会爆出什么鲜为人知的内幕猛料，因为我和大家一样，都被蒙在鼓里了。

我要说的仅仅是在大故障过程中发生在我本人身上的事情而已……

事后，媒体报道大故障的时候不得不提及德朗布尔环形山以及居住在那里的一帮怪人，他们必须想出一个短小精炼、易懂易记的名字来描述那个地方和那些人。在这种情况下，媒体通常会花一段时间寻找合适的言辞，做市场调研，听一下广大人民群众的呼声。我听过有人把那个地方叫作村子、老区、难民营……我个人最欣赏的叫法是"地铁疯人站"，因为它形象地描述了随意分布在德朗布尔垃圾城地底下的那些坑道。

对飞船帮心存敌意的媒体把那里的居民称作"乱党"，而敬佩他们的媒体则把德朗布尔环形山以及飞船称作"要塞"。就连"飞船帮"这个名称也有歧义，其具体含义视谈话内容而定：有时候是指一种政治哲学，有时候指一种由一帮疯子组成的宗教（最终的名称是"海因莱因组织"），或者是一个由V·M·史密斯等人领导的、其成员在科技领域实行公民抗命的松散组织。

最终简约派占了上风，人们决定把飞船、飞船旁边的那一大坨垃圾以及把所有这些复杂个体连接成一个相对有序的整体的一堆山洞和长廊称作"海因莱因城"。

简约固然好，可是把那地方叫作"城"就未免有点过分了。

在海因莱因城，由于种种阻力（比如居民们所持的不合作态度），需要公众参与的活动——组建一支垒球队，选一个专职抓狗的人，或者在城边（也不知道这城有没有边）竖起一块"齐心共建海因莱因城"的标语牌——基本上是不可能实现的。不是所有"居民"都像史密斯一家大小那样从事违法的科研活动，有些人来这里仅仅是因为他们觉得一个正常的社会太压迫身心，所以要逃得远远的。但因为史密斯他们会干很多违法勾当，所以必须加强安保措施。飞船帮人只肯接受一种安保措施，就是史密斯研制的清零力场路障：他们小圈子里的人可以轻易穿越,而普通人就过不去。

可对于一个无政府主义者来说,这些安保措施带来的不便还是太多了。

至于压迫,这里大部分人想要逃离的魔爪可以用四个字概括:中枢电脑。他们不信任它,不想被它全天候二十四小时不中断地监视自己的生活。要躲避它就必须完全不让它接触自己的生活,这世上只有清零力场及其相关科技产品能够实现这个目标,因为那些是连中枢电脑也不懂的神秘黑科技。

可不管你对中枢电脑有何看法,有一点不能否认:它的用处确实很大。比如说,无论你从事哪一个行业,我敢打赌,要是突然没了电话,你的工作就一定会发生翻天覆地的变化。在海因莱因城就没有电话,或者说,至少没有一台能够拨打外面号码的电话。而且,人们也没办法用任何方式接入覆盖整个月球的数据网络,因为所有接入方法都已经失效,既不能上传,也不能下载。如果说海因莱因城有一条简单快捷的死规矩的话,那就是:绝不能让中枢电脑的魔爪伸进德朗布尔领地(这是我给这个坐落在垃圾城的松散社区起的名字)。

各位,人是需要工作的。这里的居民远离政府提供的传统社区服务,所以玩命工作的动力就更大了——海因莱因城没有免费供氧服务!要是你住在这里,又没钱买氧气的话,嘿嘿,那就劝君及早苦练真空呼吸大法吧。

结果就是,海因莱因城八成居民都和我一样,只是周末才来住。我之所以选择周末过来,是因为我不想放弃得克萨斯的家——我好不容易才在那里站稳脚跟,实在舍不得就这样扔掉。可大部分周末客都住在王城,一有闲暇时间就往德朗布尔这里跑,因为他们要赚钱买氧气,而在海因莱因城基本就没有生计。这里缺乏一个能支撑大量全职工作的经济生态环境,这也是困扰了飞船帮很久的一个大难题。

海因莱因城到底是怎样的呢？

海因莱因城由六七个聚居点组成，每个里面都住着足够数量的居民，可以称之为镇或者村。当中最大的一个叫弗吉尼亚镇，人口五百；第二大的叫陌生地，跟弗吉尼亚镇的规模相差无几。这两个小镇都诞生于垃圾处理过程中的一次意外：有好几十个巨大的锡罐子被随意堆放在这两处地方，竟然阴差阳错地成了人类居住和耕种的场所。每个地方都有一公里长，圆截面的直径有五百米高。我猜，这些巨大的器皿原来都是固定在飞船上的燃料舱。飞船帮的人在上面钻孔，把所有这些大罐子都连接起来，往里灌气增压。然后他们就像一堆穷亲戚似的拖家带口搬进来，一下子就把这里变成了贫民窟。

看着这里，你也许会忍不住想起岩床区的贫民窟，其实，这里的居民都挺有钱的。这里的土地属性法规很宽松，只在人身安全和健康方面有所限制。污水净化处理得到高度重视，一方面是因为他们不想把这地方变成像岩床区那么臭烘烘的，另一方面是因为这里没办法连接上王城的饮用水系统。所有的水都是用卡车运过来的，而且一旦用开了就会无止境地循环使用下去。可他们没有"公众场合有碍观瞻"的概念：如果你想在一个大罐子顶上拉一根绳子晾衣服，悉听尊便。这是一个自由国度，对吧？如果你想在自己厨房里制造有毒气体，你大可以放手去干，只要别出意外就行——因为海因莱因城中的民事责任很可能包括了死刑。

如果房产所有权非要用房产证或者地契来体现的话，那么德朗布尔地区的居民都不算是真正拥有土地（等等，海因莱因先生请待在坟墓里少安毋躁，且听我详细道来）。不过如果你搬进一个人迹未至的地方，这里的所有权就归你了。就算你打算把一整个百万加仑的大罐子占为己有，也没问题；只要你竖起一块"严禁擅闯"的牌子就可以了——这句话是有法律效力的，人们看见了自然会绕着走，反正这里最不缺的就是空间了。

这里所有企业都是私营的，通常是几个人合作的模式。我见过三个人合作，在三个最大的聚居点经营污水净化业务，把水和肥料卖给农民，日子过得相当滋润。他们价钱特别高，却是物有所值——那些繁复的日常琐事，谁愿意天天费那个劲儿去管呢？此外，许多大路是收费的；氧气不是按照用量算钱，而是包月，负责收款的是本地人愿意接受的唯一一个类似政府部门的机构：氧气管理局。

电很便宜，所以是免费的，谁要用就自己往主线路搭一根线就可以了。

史密斯先生并不是一个讨人喜欢的人，却在这个集体中享有崇高的地位。他的秘诀在于，他设计出了一套错综复杂的清零力场网络，把海因莱因城与月球其他地方彻底隔开，使人们能过上隐士般的生活；而且他把这些设备免费提供给大伙儿使用。如果你想在德朗布尔地区开辟一个新家园，就先去租一辆隧道挖掘机（有人专门去寻找、修理和维护这些器械）。隧道挖好了，你就每隔几百米安装一个ALU气密锁模块（包括氧气罐、太阳能电池板和加热器）。然后你就去找史密斯先生要清零力场生成器，他会免费赠送。

当然了，他不收钱是情分，收钱是本分，就算他收钱，飞船帮的人也不会抱怨。不过你可别以为他是共产主义者，我得告诉你，他赠送的只是设备，而不是技术。他把清零力场生成器交到你手上的时候，说的第一句话就是："你要是敢拆开这东西，你就死定了！"许多年前，有人偏偏不信邪，私自打开看看里面是什么玩意儿，结果一下子被吸进去了。当时有目击者在场，发誓说生成器马上就把那人给吐了出来——这台设备只有一个足球大小，怎么能把人吸进去呢？这也是一个千古之谜——不过他出来的时候，整个人就像脱脏袜子一样，里外翻转了。那位仁兄竟然没有马上死，还活了好一会儿。人们把他摆放在弗吉尼亚镇上的广场示众，告诉大家这就是傲慢的下场。

就这样，在上述各种经济、技术和行为等因素的共同作用下，弗吉尼亚镇这个小村落诞生了，这就好比地球老家的城市是在河流、港湾、铁路和气候等外力的共同作用下逐渐成形的。我估计大部分人一说起"海因莱因城"，就会想到一个个住满了蝙蝠、四处滴着黏稠液体的山洞，或者是一个超级高效、顺畅的高科技世外桃源，这些当然都是以讹传讹。无奈本地居民不让拍照，我也只能详细描述一下，以正视听。

你要设想弗吉尼亚镇的公共广场是怎样的，就想象一下岩床区的鲁滨孙公园，不过这里是一个比较明亮、比较干净的版本，尺度也小一点。这里的屋顶也是波浪形的，广场中心也有一小片可怜分分的草地和树木，绿地四周也有一圈乱七八糟摆起来的大箱子。虽然这两个地方都长一个德行，成因却有所不同：鲁滨孙公园是因为人们有法不依，而弗吉尼亚镇则是因为无规可循。两个地方的人都是把前人丢弃的运输集装箱拿来，在壁上切割出门窗，然后把自己的帽子往里一挂，就算是正式占为己有了。他们把各种箱子摆起来的时候，并不会像仓库那样整整齐齐地堆放成一排一排，而是随便乱堆。结果有些长条形的箱子架在空中，有些就很突兀地往四面八方伸出来，有点像美国普韦布洛印第安人的泥砖屋子，甚至还没人家整齐。

除了上述的几点，弗吉尼亚镇和岩床区就再也没有别的相似之处了。在岩床区的破屋子里，你要是能找到一块粗麻布地毯或者见到一双换洗的袜子，你就算特别幸运了；而在海因莱因城，人们都把室内涂上华丽欢快的色彩，还摆放家具；窗口会放置一盆天竺葵，屋顶还有鸽子笼。弗吉尼亚镇的草地保养得很好，就像高尔夫球场一般精细，而且没有垃圾。此外，岩床区的人毫无节制地把集装箱往上摆，二三十层是等闲事，到最后，这些胡乱堆砌成的"摩天大楼"总难免有倒塌的一天；而弗吉尼亚镇的居民从来不会堆放超过六层。

这个广场是德朗布尔地区的商业中心，这里的商店和家庭作坊比别处都多。每个周末来访时，我总是先来这里待一会儿，因为这里是结交新朋友的好地方。而且，我的三位向导、逍遥派弟子、厚脸皮的闲人——韩塞尔、葛丽特与利比——总会在周六早上来这里守着，看能不能敲希尔迪老太太的竹杠，去"榛姨冰激凌店暨快捷手术室"买几杯双份软糖香蕉葡萄干兰姆酒冰激凌。

这间冰激凌店门前的公共人行道上摆放着四套桌椅，在出事当天，也就是大故障发生的那一天，我把自己笨重的大屁股安放在其中一张帆布椅子上，慢慢地品尝咖啡。至于冰激凌，过一会儿等小孩子们来了再点吧，反正我不是很喜欢吃。以前为了做采访，更大的牺牲我也付出过，现在吃点雪糕算什么？

榛姨冰激凌店的每张桌面中心都插着一把撑开的帆布伞，可以为顾客挡雨遮阳。我仰头观天象，有下雨的迹象吗？当然没有了。今天的天气依然是波浪形金属屋顶和吊顶弧光灯。在这样一个废弃的大燃料罐子里，我还能指望什么天气呢？

我朝广场方向望去，只见广场正中心立着一尊雕像，是一只比实际尺寸稍大的猫，正安坐在一个低矮的石头基座上——我完全不知道他们把这只猫供奉起来是什么意思。此外，这里还有一个公共建筑，相对来说其意义不像猫雕像那么模糊不清——那是一个竖立在广场一侧的绞刑架。听说这个刑具只用过一次，行刑时围观群众并不多，我听了很欣慰——飞船帮人有些性格还是颇值得称道的。

"你特么在这里干吗，希尔迪？"我听见自己说。坐在隔壁桌子的顾客抬头看了我一眼，马上又低头专注吃她的圣代了。对啊，一个大肚婆自言自语，怎么了？这是一个自由的星球嘛！这时候，桌子底下传来一下很熟悉的哑嘴巴声音。我往下一看，只见温斯顿睁开一只眼睛,用迷离的目光看着我,好像在问上菜没。我用大脚趾碰了碰它,它顺势瘫倒在地,懒洋洋地伸开四肢,提示我继续和它亲近亲近。不过我没心思跟它玩儿,过了一会儿,它见我不理它,就保持那个姿势睡着了。

"我们来仔细评估一下目前的局势。"我说道。这一次,无论是温斯顿还是隔壁桌子那位爱吃软糖冰激凌的顾客都没有抬头看我一眼,不过我还是决定在心里默念这段独白,不开口说出来了。我想说的话大概是这样子的:

希尔迪,考虑到你好几次自杀未遂,今年可以算是流年不利了。

你看到那个银色小女孩,于是你欣喜若狂,就像那些终于找到天国光辉的迷途灵魂一样高声唱起了赞歌。

你凭着多年磨炼而成的记者本能,终于把小女孩哄得妥妥帖帖的——而人家小女孩其实本来就没打算躲开你。

而且,她正是你一直想找的引路人!通过她,你找到了这个地方,遇见了这群不愿意随波逐流的人。自从人类被赶出家园后,就一直流落在太阳系,在这小小一团光和热中苟延残喘。为了生存,人类创造出一个神话般的存在:中枢电脑。在这位伟大"教父"的豢养下,人类过上了前所未有的好日子;可同时它又使出各种手段来欺瞒人类。它的能耐到底有多大?大部分人都不知道,也不想知道。人们只想年复一年地过好自己的小日子。来吧,一起说"阿门"吧。

阿门!

然后……然后……

每完成一次报道,你就会陷入一种成功后的抑郁。你抽一根事后烟,穿上鞋子,就回家去了。然后你开始寻找下一个新闻题材,不想赖在上一个故事里不走。

为什么不?你报道的每一个故事,无论是明星教也好、西尔维奥也好，还是史密斯先生和他的愉快大家庭也好，归根到底不过是把你暴露在更多人面前罢了；而我开始担心我的问题恰恰在于我厌倦了和人打交道。我想找一个证据，却鬼使神差地撞上了另一个新闻题材。莫罗尼天使出现在闪光粉之中，却被电线缠住了；摩西看到那丛燃烧的荆棘时，还闻到了煤油味儿；以西结的轮子闪着亮光划过天际，可你仔细看看，那是一张大饼吗？

希尔迪，你怎么能说出这种话呢？我向自己抗议道。（这时候，吃圣代的女士站起来，搬去一张离我远点的桌子。看来，我默念这段话时并不是我想象中那么"默"哦。也许这时候我应该演一出莎剧，站上椅子来一段《哈姆雷特》的独白：生存还是灭亡！）再怎么说（我继续默念道，这回平静多了），他好歹是在建造一艘星际飞船啊！

这个……没错，可他女儿还在培育长翅膀的猪呢。也许到最后飞船和猪都能翱翔天际，但我敢打赌，我们还没买到星际飞船的船票，就先得四处躲避漫天飘散的猪粪了。

对啊，可是……呵呵，至少他们在这里顽强抵抗，至少他们不肯向中枢电脑磕头啊！不到两周前，你终于被他们接纳时，你激动得热泪盈眶。现在你已经开始想：我们需要对中枢电脑采取行动了。

必须的！改天吧。

找到了志同道合的革命战友，我顿觉豪情万丈，脑子都有点不清醒了。可惜这种革命情怀很快就消退了，一贯的愤世嫉俗重占上风，然后我想通了两件事情。第一，飞船帮跟其他人一样，都很懂得蹉跎岁月、拖延时间。阿拉丁向我承认，他们的所谓抵抗其实是非常消极的；与其说他们想深入虎穴捋中枢电脑的虎须，还不如说是努力不让中枢电脑渗透进来。他们之所以这么消极，是因为没人知道应该怎样主动出击。所以飞船帮决定了，等时机合适，他们自然会吹响进攻的号角。在此之前嘛，他们和我们一样，面对一个难以逾越的难关时，采取最有效的策略：不去想。

我想通的第二件事情是，如果中枢电脑真打算入侵海因莱因城，没有人能阻止他。

飞船帮的各种秘密，我其实知道得很少。比如说他们到底是用什么器械把麦当劳的克隆人押解去水俣的，我就不知道了。至于中枢电脑为了打入飞船帮内部，到底花了多少力气，我也不清楚。可就算糊涂如我也看得出，要安插一个间谍进来，实在太容易了。就比如说吧，上周末我带莉齐来探访，他们竟然一下子就接纳她入伙了，原因仅仅是她向来以三观接近飞船帮而著称。我觉得他们肯定也有查一下莉齐的背景，可如果中枢电脑真打算安插一个间谍进来的话，要糊弄他们的调查绝非难事。

中枢电脑无疑对这帮人很好奇，有时候还难免会气急败坏，不过他并没有采取什么行动——只能说他真的很古怪。他那个巨型的大脑到底是被什么超低温涡流激活的呢？在我看来，这个问题无论在过去、现在抑或将来，都是一个不解之谜。有一点是肯定的：他的系统出差错了，否则他不可能改写自己的程序，然后在我脑子里胡作非为。同样的，他大部分系统应该是正常运行的，否则他完全可以一脚踹开这里的正门，把所有人都抓起来扭送法庭。

话虽这么说，你为什么要把自己的梦想浇灭呢，希尔迪？

原因有两个。第一，我之前的期望本来就不合理——我竟然奢望飞船帮比外面的人更优秀。虽然我向来眼光很准，可这次的确看走眼了，他们并没有更优秀，只是想法不同而已。第二，我没办法融入这个群体。他们不需要记者，因为有流言蜚语就足够了；这里特别重视教育，像我这种半吊子是当不了老师的；我剩下的唯一兴趣是建造星际飞船，在这方面我能做的就跟一个手持计算尺的丘比娃娃差不多。

"其实还有第三个原因，"我说，"你有抑郁症，希尔迪。"

"别抑郁呀，"利比说，"有我呢。"

我抬头一看，只见他小心翼翼地把一碟满得正在融化的焦糖巧克力雪糕放在自己面前，坐下来，然后弯腰挠温斯顿的脑袋。温斯顿舔了舔他的鼻子，嗅了两下，倒头又睡。这狗不爱吃的东西很少，冰激凌就是其中之一。利比冲我咧嘴一笑。

"没让你久等吧？"他说。

"没事儿。另外两位呢？"

"他们说晚点才来，不过莉齐倒是回来了。"利比话音未落，我就看见莉齐穿过广场中心的绿地，向我们走过来，手上还拿着一瓶酒。飞船帮的酒当然也是自酿的，莉齐宣称第一次来就爱上了这里的酒——也许是因为他们加的一点煤油味吧。

"我不能久留，各位，不能久留，这就得走了。"我刚开口叫她一起玩儿，她就拒绝了。然后她从手枪腰带上摘下一只折叠杯，倒满一杯弗吉尼亚镇精酿，一饮而尽。这肯定不是她今天的第一杯了。

没错，就是手枪腰带。她第一次跟我来海因莱因城的时候，腰上就挂着手枪，因为这里是除了她工作的电影制片厂之外唯一允许配枪的地方，而且在这里她还能装填真的子弹。今天她带的是两把一模一样的、枪柄镶珍珠的柯尔特点四五。

"我还想着和你打一下手枪呢。"利比说。

"今天不行，宝贝。我只是顺路过来买一瓶酒，把狗狗接走。这样吧，我们说好了，下星期去射击，不过你得买子弹。"

"一言为定。"

"狗狗乖吗？"莉齐柔声说。她想挠一下温斯顿的背，可是蹲下来的时候差一点一屁股坐地上。她也许是在跟温斯顿说话，不过我还是回答说"乖"。她好像压根儿没听见。

利比凑过来看看我，眼神中流露出一点担忧。

"你真觉得抑郁吗?"他问道,然后把手放在我手上。

老实说,我一辈子走到今天这个节点,难道还需要吃小鲜肉吗?不过现在是人家小鲜肉想吃我,叫我怎么躲?看他这干柴烈火的架势,估计很快就会像温斯顿那样抱着我的腿发情了。

行行好吧,希尔迪,你就别臭美了。

"只是心情有点不好罢了。"我说着,挤出一丝微笑给他看。

"为什么呢?"

"因为没找到未来的人生方向。"

他茫然地看着我——我在布兰妲的眼中看见过这种目光。年轻人展望将来的时候,只看见无穷无尽的远大前程,完全不能理解我话中的深意,所以听得一脸懵懂。我大发善心,没有一脚把这傻小子踹飞,而是把手从他的手下面抽出来,翻过来拍了拍他的手。这时候,我终于留意到桌子底下的一阵骚动。

"没事吧,莉齐?"我问道。

"我看它想留在这儿。"她把狗绳固定在颈圈上,用力往外拉;可是温斯顿用前爪死死地扒着地,不肯出来。人们老是用骡子来形容固执倔强,其实用英国斗牛犬更贴切。

"你可以把它抱起来嘛。"利比提议道。

"可以,前提是我再也不需要我这张脸了,"她表示赞同,"还有我胳膊、小腿和屁股,都不需要了才行。温斯顿轻易不会发怒,可一旦发起飙来,绝对是月球一大奇观哦。"她站起来,郁闷地叉着腰。于是她的狗又翻过身来,四脚朝天地睡着了。"讨厌!希尔迪,这家伙真是被你迷得七荤八素啊!"

我想,真正让它着迷的是抓捕活的猎物——主要是袖珍马和袖珍牛,然而最近有个丘比娃娃失踪了……不过我没有说起这些事,以免伤害莉齐的脆弱心灵。

"没关系的,莉齐。"我说,"我带它也不麻烦。这个周末它就跟我吧,回去路上我再送回你家好了。"

"这个,也行……只是我本来打算……"她在身上四处摸,终于把那瓶酒掏出来,又倒满一杯,一饮而尽。

"好了,就这样吧。"她说,"保重啊,希尔迪。"她从我身边经过时拍了拍我的肩膀,然后就大步穿过那片绿地,走出了广场。

"她怎么回事?"利比问。

"莉齐的世界没人懂。"

"她真是英女王吗?"

"是的。我还是皇家海军的统帅[1]呢!"

他再次流露出一脸的茫然——这种眼神,布兰妲早已在实战中磨炼得炉火纯青了——然后耸了耸肩,继续埋头吃那一坨正在融化的雪糕。虽然飞船帮的年轻一代都很出类拔萃,可跟他们讲维多利亚时代吉尔伯特和萨利文创作的歌剧,我觉得还是有点强人所难了。

"呃……"他用手背抹了抹嘴巴,说道,"我得说句公道话,她射击确实很厉害。"

"她岂止射击厉害,我要是你的话,就绝不会跟她约架。"

"可是她喝太多酒了。"

"可不是吗?幸好她换肺的钱不用我来付。"

他向后靠在椅背上,一副对人生心满意足的样子。

"你这个星期天晚上就带我回得克萨斯,对吧?"

有一天我一时心软,答应带三个小孩参观我的住所。韩塞尔和葛丽特好像已经忘记这件事了,而利比却牢牢记在心上。本来呢,明天

---

[1]. 出自歌剧《皮纳福号军舰》,阿瑟·萨利文作曲,威廉·S. 吉尔伯特写剧本,1878年在伦敦首演。

带他回去不是不行，可这样一来，我大部分时间精力都要用来拒绝他的追求，我实在是无能为力啊。

"明天恐怕不行了，因为还有很多试卷要改。每个周末在得克萨斯和飞船之间往返，害我的教学工作落下了不少。"

他竭力掩饰着心中的失望。

"下次吧。"我告诉他。

"好吧。"他说，"然后你今天有什么计划呢？"

"我真的没想好啊，利比。我看过星际航行驱动器了，很不幸，没看明白。我也看了农场和水俣，还有那些蜘蛛人。"其实我亲眼看见的新鲜事物远不止这些，在这里就不一一赘述了。有些是因为我答应过他们不说，有些是出于安全考虑，可大部分是因为没什么意思，不提也罢。就算是一个坐拥大量科学狂人的团队，也难免会有出糗的时候呀。"你觉得我们应该干什么呢？"

他陷入了沉思。

"陌生地有一场棒球比赛，再过一小时就开始了。"

我哈哈大笑。

"好啊。"我说，"很多年没看过棒球比赛了。"

"你想看的话也可以看。"他说，"不过我的意思是我们也上场比赛，就是，看有多少人参加吧……"

"噢，是自己上场的比赛。我还以为你是说，就像——"

"不，我们这里没有——"

"'海因莱因世界没有免费午餐棒球队'跟王城棒球队——"

"——那么多人。"

"不好意思，也许我还是在大城市待久了，没转过弯来。你们需要裁判吗？"我拍了拍大肚子，"我自带保护垫哦。"

他笑了笑，张开嘴巴说："我们——所有人不许动！想活命就别抵抗！"

在那个瞬间，我听到的就是这句话——那时候我脑子里的神经突触还没理顺呢！然后我就看清楚了，最后那十三个字是从另一个人嘴里说出来的。这人身材高大，穿着一套吓人的制服，一手端着步枪，另一只手拿着一个扩音喇叭。

我刚刚看清这人，马上又看到了十几个和他一模一样的家伙，还有相同数量的王城警察。他们组成不规则的散兵队形，正在穿过广场。那些警察都拔出了手枪（这种情形在月球上很少见），其余的制服壮汉有些拿长枪，有些拿激光枪。

"他们是什么东西？"利比问道。我们跟在场大部分人一样，都站了起来。

"我猜是士兵吧。"我说。

"不会吧，月球哪有军队？"

"看来他们趁我们不注意偷偷建了一支。"

这支军队还挺凶猛的。王城警队的成员有男有女，而这帮"士兵"则是清一色的壮汉。他们穿着黑色连身衣裤，身上系着多功能设备腰带，头戴一顶花里胡哨的彩色面罩防撞大头盔，脚踏一双厚皮靴。那条腰带上面挂满了东西，乍看之下应该是手雷、子弹夹，或许还有高科技削笔刀。

事后我才知道，那些大部分只是道具，而那套威猛的制服是向某间电影公司租的。毕竟月球上确实没有军队，也只能通过造假来壮一下声威了。

那帮家伙是朝着我们这个方向走来的。沿途有人挡路的话，士兵就把人推倒在地，警察随即扑上去搜身和上手铐。然后士兵继续向前推进，一边走一边把枪口往左右两边指来指去，一副得意扬扬的姿态。扩音喇叭越来越响，发出的命令也越来越多。

"希尔迪，我们怎么办？"利比声音都颤抖了。

"我觉得最好还是老老实实听他们的命令吧。"我平静地说，拍了拍利比的肩膀，让他镇定下来，"别担心，我认识一个好律师。"

"他们要抓我们吗？"

"看样子像是了。"

一个警察和一个士兵雄赳赳气昂昂地来到我们面前。士兵看了一眼手上的平板电脑，然后盯着我的脸。

"你是不是玛莉亚·卡博里尼，又名希尔德加德·约翰逊？"

"我是希尔迪·约翰逊。"

"把她铐起来！"士兵向警察发号施令。他说完就转身，女警开始向我走过来。利比挺身而出，一下子挡在我身前。

"不许碰她！"利比话音未落，那士兵猛地转身，举起枪托砸在他脸上，我听见了下巴骨碎裂的声音。他摔倒在地，就一动不动了。我低头看着利比时，温斯顿也从桌子底下走出来，嗅着他的脸。

女警很生气地向那个士兵说话，可我当时惊呆了，完全没听见她在说什么。

"快动手！"士兵朝警察吼道。我刚蹲下去想看看利比的伤势，女警就一把揪住我的手臂，把我拉起来。然后她把一个手铐扣在我的左腕上，眼睛还盯着那个士兵回撤的背影。

"他肯定会受到惩罚的。"她这句话更像是对她自己说的。她一边说一边揪我的另一只手。在这一刻，我终于意识到事情有点不对劲儿：这并不是一次普通的抓捕行动。那个巨猿似的大个子竟敢不分青红皂白地把一个小孩打得不省人事，可见这件事绝对有内幕，只是我不知情罢了。也许我不应该束手就擒吧？

所以我猛地把右手甩开，拔腿就跑。可她先发制人，抓住我的左手用力往上扭。我被她扭得弯腰趴在桌面上，脸一下子埋在利比那一坨没吃完的圣代雪糕里。我拼命挣扎,不让她抓住右手。于是,女警揪住我头发猛地往上扯,逼迫我一下子又站直了。突然,她惨叫一声,两只手同时松开。

后来他们告诉我,当时温斯顿就像火箭一样从地上冲天而起,张开血盆大口,像钳子似的一下子咬住了女警的手臂,不但把她的手从我身上撞开,还把她整个人扑倒在地。我自己也站立不稳,一屁股坐在地上。从这个角度,我清楚地看见温斯顿发疯般地撕扯,分明是要把女警的手臂从关节窝上扯下来。我怔怔地看着,心中充满了恐惧。

我希望将来再也不会见到这种恐怖的场景。那女警起码有七个温斯顿那么重,可此刻她就像一个布娃娃似的,被温斯顿拖来拖去,全无还手之力。它的牙关不时松开一点,只是为了换个部位咬得更紧一些。女警撕心裂肺的尖叫也盖不住她骨头碎裂的声音。

这时候,那个士兵回来了,一边走一边抬起了枪口。突然,一声枪响,他胸前绽放出一朵血花;紧接着是第二枪、第三枪,士兵轰然倒地,脸部狠狠地砸在地上,然后就一动不动了。突然,无数人同时开火,一时间枪声四起,子弹横飞,我四周响起嗖嗖嗖的声音。我赶紧缩在金属桌子的底下。

刚开始的时候,子弹是从摞在广场边上的集装箱高层的一个窗户射出来的。很快,那个集装箱的半面墙被打烂,塑料碎片四处乱飞。紧接着,一道红光直插进那个集装箱的残骸里,炸出一片橙色的火焰。我看见更多枪管从更多窗户里面伸出来,又看见另一个士兵的一条小腿被炸飞了。那家伙倒地的时候顺势转身,朝着另一扇窗户开火。

突然,我发现除了我之外,好像人人都有枪。我看见一个飞船帮的人蹲在一堆架子后面,拿着手枪往下打。他激活了清零力场真空服,变成一个小银人。突然,一支自动步枪的半匣子弹尽数打在他身上,他当场就僵住了。我说的"僵住"不仅仅是站着不动,而是整个人变成了一个僵硬的镀铬雕像。子弹啪啪啪的从他身上弹开,他被冲力撞倒,仰面朝天躺在地上,还保持着之前的姿势。然后他的真空服关掉了,他刚想站起来就被三发子弹击中,他的皮肤变得像龙虾一样鲜红。

我不明白这是怎么回事,也无暇细想。大家都四处乱跑找掩体,我当然也不甘人后了。我沿着那些碰翻的桌椅向前跑,从一个王城警察的尸体旁经过,逃进了榛姨的店里。我在店里四处乱撞,终于找到一个安全的地方:柜台后面。我打算就蹲在那里等,等人来告诉我到底发生了什么事情,否则打死我也不出来。

可是我心里痒得难受——这是根植在我性格里的好奇心在作怪,如果你没做过记者,你是不会明白的——所以连我自己也想不到我会做出这样的蠢事:我竟然把脑袋探出去,往柜台外面张望。

事后,我可以重新播放眼球全息摄像头里的视频片段,告诉各位当时发生了什么事情,具体顺序是怎样的,谁对谁做了些什么。不过当你亲身经历的时候,观感是完全不同的。你只会记住一些没有顺序却又特别生动的零碎片段,其他时候基本上是一片空白。我看见人们四散逃奔,看见有人几乎被激光拦腰切成两段,看到有人被子弹打成蜂窝;我听到尖叫声、号哭声和爆炸声;我还闻到了火药和塑胶烧焦的气味……估计每个战场看起来、听起来和闻起来都差不多吧。

我没看到利比,也不知道他是死是活,反正他已经不在刚才那个地方了。不过,我看到更多的士兵和警察从各个供给隧道里拥出来。

突然,有很大一坨东西撞穿了冰激凌店的橱窗,直飞进来,然后碰翻了一个冰柜。我吓得连忙蹲下。等我再探头看时,发现是那个女警。温斯顿还咬住她的手臂不放,好像随时会把那条手臂扯下来。

真是惨绝人寰的一幕呀!那女的痛得不行了,发疯似的挥动手臂,想把狗甩下来。可是温斯顿不为所动,虽然身上伤痕累累,依然死死咬住不松口。这种狗名叫斗牛犬,顾名思义,能咬住牛鼻子拖着走呢，区区一个王城女警当然是不在话下了。

在恐惧和慌张之中，女警一直没想起自己的配枪，可现在她开始用另一只手在腰上乱摸，显然是想找枪套。终于，她把手枪掏出来，对准了狗狗……第一枪打歪了，击中了一个冰柜；第二枪打中了温斯顿的左后腿，可是这里皮坚肉厚，这头小野兽不但没松口，反而撕扯得更狂野了。

第三枪打中了他的肚子，温斯顿一下子就软了——除了它的嘴巴。就算死了他还是没有松口。

她瞄准了狗头，可还来不及扣扳机就浑身一软，摔在地上，终于晕死过去。其实这样最好，否则以她瞄准的角度，这一枪会把她自己的手臂也轰下来。

事后回想起来，我觉得她也挺惨的；可当时我心里一片混乱，除了恐惧，再也没有别的感觉了。至于温斯顿，我后来当然也伤心难过，毕竟它是为了保护我而死的。不过我记得当时心中闪过一个念头，觉得狗狗有点小题大做了。那女警只是想给我上手铐罢了，也没什么大不了啊，对吧？

那些士兵又如何呢？在我看来，当时似乎是飞船帮众先开的枪。要是用理性和逻辑分析的话，我的结论是，如果第一个士兵没有中枪，这一切就会有一个和平的结局。我们都关进牢里，很多律师来吵闹不休，我们被起诉，我们反诉……在几个小时之内我就能保释了。

老实说，我当时蹲在柜台后面，还在想着这种可能性。不过再蠢的人也看得出来，局势恶化成这样子，已经无法挽回了。要是我这时候高举白旗走出去投降，肯定会被人乱枪打死，然后政府会向我最亲的亲人表示诚挚的歉意。所以我郑重告诫自己：希尔迪，你眼前的首要目标是活着逃出这里；以后的事情嘛，就等到子弹不再横飞的时候，交给律师解决好了。

制订了目标，我就开始向店门爬去。我的如意算盘是，把脑袋低低地探出去，看看从这里到最近的广场出口之间隔着什么东西——结果发现是一只黑皮靴。当时我好不容易爬到门边，一伸头，猛然看见这只黑靴子牢牢地钉在地上，我鼻尖差点就撞上了。我缓缓抬头向上看，视线扫过一条穿着黑色裤子的腿，最终定格在一个士兵的凶神恶煞的脸上。他用一把肥大的武器对着我，那枪口特别宽，射一个棒球出来也绰绰有余——我觉得这应该是一挺机关枪吧。

"我没有武器。"我说。

"没武器是吧？我喜欢。"他说完，用大拇指把面罩拨起来——我觉得他的眼神特别讨厌。本来我身陷险境，看什么都不顺眼，可是他的目光尤其可怕，因为里面隐约流露出一点疯狂。

这家伙身形巨大，一张大饼脸上没有任何表情。突然，他眼中闪出一丝亮光，仿佛脑子里出现了一个念头。然后他皱起了眉头。

"你叫什么名字？"

"海尔格·史密斯。"

"不。"他说完就伸手进口袋里掏出平板电脑，用大拇指按着控制键，一页一页地翻……终于，我那张可爱的脸出现在屏幕上，还对着我们笑呢。士兵报以灿烂的笑容，而我就笑不出来了。我今天诸事不顺，当数这士兵的笑容最为凶险。"你是希尔迪·约翰逊。"他说，"反正我们这次来就是要干掉你，动手之前顺便来一发也不要紧，你明白了吧？"说完他就开始用一只手解皮带，另一只手则端着枪对准我的前额。

在这个瞬间，我突然有一种灵魂出窍的感觉，一下子从四周事物当中抽离出去。这也许是一种反射作用吧，目的是让自己远离即将发生的一件人寰惨剧；又或者是发生了太多不可思议的事情，超出了我的心理承受范围。我心里默默地发出最后的吼声：这种事情是不可能发生的！然后我的脑子就彻底陷入了一片混沌。我本来应该想办法自救，跟他说话也好，问他问题也好，反正得干点什么呀！可我只是抱着膝盖坐在地上，感觉好像快要睡着了。

不过当时我的感官肯定变得异常灵敏，因为在震耳欲聋的枪声中（这家伙怎么在战场上也能来一发呢？），在一台打翻了的冰柜的压缩机的垂死轰鸣声中，我竟然听见了一个来自坟墓的声音：一声狗吠。

那士兵没听见，也许是因为他太忙了。他把裤子褪到脚跟，在我面前跪下来。就在这时候，我看见温斯顿拖着受伤的后腿向我爬过来，肚子还流着血，眼神里却流露出杀人的戾气。

那家伙整个人向我压下来。

我希望温斯顿咬他的……呵呵，你肯定知道我想温斯顿咬他哪里。可惜我没有中头奖，却也拿了个二等奖：斗牛犬一口咬进了他大腿内侧的肉里。士兵痛得一蹬腿，从我头顶飞了过去，我顺手揪住了步枪的肩带。

本来他的体重和力气都远比我大，可他惹上了一点小麻烦：温斯顿。狗狗咬断了一条大动脉，导致他的血不断向外喷。士兵一手跟我抢枪，另一只手打狗，两线同时作战，反而应接不暇。我一边缠斗一边尖叫——不是你在电影里看到的那种吵死人的嚷嚷，也不是愤怒的吼叫，而是一种可怕的高频噪声——想停也停不下来。

在争夺当中，我一手抓住枪管，另一只手握住枪托，连忙用手指摸索着找扳机。士兵突然意识到事态严重，立刻放开温斯顿，集中精力来对付我。他的另一只手也碰到了枪管——悲哀的是，他的手握住的是枪口——我一扣扳机，他的手就从这个世上消失了、不见了，空气中顿时弥漫着一团血雾。

那士兵竟然还不住手，估计只有这些亡命之徒才能做士兵吧。他大腿上挂着一只狗，裤子掉在脚踝上，又没了一只手掌，居然还向我扑过来。我猛地抬起枪口,食指死死地扣紧扳机不放……接下来发生的事情我没看清,因为全自动步枪连发的时候后坐力特别猛,一下子把我掀翻了。我一屁股坐在地上,睁开眼时,发现那家伙的大部分已经上墙了,只有一些零星的碎块散落四周,而温斯顿嘴里还叼着一块大的。

杀人,多么残暴的行为;碎尸,令人作呕的一幕……我负责任地告诉你,我也有停下来反思这些事情,不过是在很久很久以后了。在事发的瞬间,我的精神仿佛一下子崩溃了,脑容量剧减,只容得下几个念头,而且每次只能处理一个想法。第一,我必须逃出去。第二,谁敢挡路我就在他或者她的臭皮囊上撞穿一个希尔迪形状的大洞。反正我手上已经沾了鲜血,为了逃出生天,我是不惜大开杀戒的!

"温斯顿,来吧,宝贝儿。"我单膝跪在地上呼唤它。我不知道会有什么后果,它还认得我吗?它变成一头嗜血怪兽了吗?

可是温斯顿扯了那条大腿最后一下,就松开了口,向我走过来。它的左后腿废了,肚子被打了一枪,可它还能一瘸一拐地走路。

我承认,我真的不知道自己逃命时为什么非要把它也带上不可。我的眼球全息摄像头能够记录场景,却不能储存思维活动。当时我脑子里一片混乱,有一个想法却是非常清晰的:我欠它一条命。另外还有一个念头在我脑海里闪过:它是一件特好用的武器,带上总会安全点。现在回想起来,我也不敢确定先出现的是哪个念头,希望是感恩的那个吧。

我一手持枪,一手抱起温斯顿,把脑袋从墙角探出去。幸好,没有人把我一枪爆头。广场上浓烟滚滚,枪声不断,却连一个跑动的身影也没有,好像人人都找到掩体躲起来了。我也可以躲起来等别人来找,也可以在浓烟的掩护下逃跑。后者的坏处是我可能会碰上也在浓烟里游荡的敌人,而且他们的枪法可能都比我高明。

我不知道在这种情况下你是怎么做决定的，反正我也没有仔细衡量利弊，只是从墙角这里看出去，发现四下无人，于是拔腿就跑。

其实，这个"跑"字太美化我了。你想象一下，我夹着一只垂死的狗狗，提着一把晃来晃去的笨重步枪，还挺着一个有火卫一那么巨大的肚子，能怎么跑？谢天谢地，眼球摄像头只录下了我看到的东西，而没有录下我的尊容。我可不想把这一身矫健的英姿留给子孙后代瞻仰。

我的目标是那条通往"海因莱因号"飞船的隧道入口。我跑了一半路程，身后突然有人吼道："站住！"听声音不太友好，好像也没有商量的余地。这一切发生得太快……虽然今天危机重重，可我在每个紧急关头所采取的行动都是正确的。

我转过身来，放慢脚步，继续往原来的方向倒着走。同时，我松开手仟由温斯顿掉在地上，听见它发出一声惨叫——狗狗很英勇，在连场恶斗之后，这是它唯一一次喊痛——温斯顿，不管你此刻身在何方，我都要向你说一声"对不起"。我看见那人是一个年轻的王城警察，看样子好像比我还害怕。他手持一把巨型激光枪，枪口就正对着我。

"把枪扔了！"他说。我心中默默答道，朋友，对不起，我不是针对你，然后我就扣下了扳机……什么事也没发生。这时候我才发现，步枪上有一块弧形的金属（应该是子弹夹），上面有一个小红点正在闪光。在枪的语言里，这肯定在是喊："快喂喂我！"我觉得刚才开枪时间并不长，为什么能在那个准强奸犯身上造成灾难性的后果呢？此刻我终于恍然大悟：因为我在极短时间内就把子弹打光了！我只好把枪抛开，举起了双手。突然，我发现温斯顿正努力作出生命中的最后一次冲刺，一瘸一拐地向十米开外的那个警察扑过去。我马上摊开双手，大声吼道："别过去！"虽然警察跟我相隔有十米那么远，可我敢在月球的任何一个法庭上宣誓，我当时确实看见他扣扳机的手指一下子绷紧了。激光枪口在我和温斯顿之间摇摆不定,好像那警察还在犹豫应该先射谁好。突然,我仿佛看见一道光从枪口射出来(这当然是不可能的),就在这电光石火的一刹那,我抓住清零力场真空服的控制器用力一扭。

一道炫目的绿光闪过,然后我就什么也看不见了。片刻之后,我的视力恢复了,发现四处飘着一个个五颜六色的、炽热的气球,就像卡通里面的七彩肥皂泡,把整个世界都遮住了。真空服的力场里面特别热,我顿时汗流浃背。其实我有力场保护,已经算好了,因为力场外面的所有东西好像都已经烧起来了。

发射激光枪本来是十拿九稳的,只有你对着镜子开枪才会出差错。你也不能怨那个警察犯错误,因为在他开枪的那一瞬间,我还没变成镜子——对,当时就是那么凶险。

他本来应该早点开枪的。

激光无论打在我身上哪个部位,都被反射出去。由于人体形状是不规则的,结果炽热的激光满大街乱飞,四周的围墙纷纷中枪,塑料被融化,墙后面的东西被点燃。那个可怜的警察被击中了三下,躺在地上一动不动。他的衣服开始着火,身上有三条很深的黑色伤口。依我看,要是不抢救的话,这当中的任何一个伤口都是致命的。

在混乱之中,激光击中了温斯顿。他也躺在地上一动不动,身上的皮毛也烧起来了。

我还在抓破脑袋想着该怎么办,突然一阵疾风卷起来,把所有火苗都吹成白热的烈焰,随即又把它们全部扑灭。瞬间之后,一切烟雾消失殆尽,世界又恢复了清晰明亮——你只有在真空里才能看到如此高清的景象。

我急忙朝最近的掩体狂奔而去。

No.24

诞 生

我蹲在一堆横七竖八的镀铬管子后面,在我前方不到二十米处,有两个身穿太空服的士兵正在巡逻,于是,我竭力假装自己只是众多破管子当中的一条。我没有假装管子的经验,不知道正确做法是怎样的,所以最后自创了两招:第一招是纹丝不动,第二招是采用管状思维模式。到目前为止,这两招还是相当管用的。

保险起见,我一只眼盯着钟,一只眼盯着俩士兵,一只眼盯着视网膜显示屏上一盏闪烁的红灯。瞧,都数出三只眼来了,可见我当时有多忙呀。我应该是你能看见(或者说看不见)的最忙碌的静止人了。

不过我好像还嫌不够繁忙,还赶紧查阅我的内置储存芯片上那个大容量文件,拨打上面的每一个电话。

人类历史上有许多无足轻重的小发明,比如火、轮子、弓箭、犁等等。其实,你完全可以忽略这些玩意儿,只有当贝尔在史上第一通电话里说出那句不朽的名言("沃特森,他妈的,我把硫酸洒蛋蛋上了!")之后,人类才真正跨入文明时代。我躲在那里,氧气快用光了,我想活命,唯一的希望就是打电话找救兵。要是这招灵的话,以后每年贝尔先生的生忌我都会给他点一根蜡烛。

我的处境实在是凶险至极,可是有帮人比我更惨:王城的警察。我后来才知道,他们是被迫来向弗吉尼亚镇发起第一波攻击的。他们要面对的敌人包括:一个全民持枪的群体,史上最勇敢、最顽强的一只狗狗。此外,他们还面临另一个危险:在第二波进攻开始后才发现自己没有太空服。第二波进攻是从月球表面发起的:先把太阳能电池板的电线割断,从而切断了清零力场发生器的电源,空气也就跑掉了。

我被上一位警察的激光击中的瞬间,刚好是他们切断电源的那一刻。空气跑掉的时候,广场上的火苗先被扇起来,随即就被掐灭了。

同样是漏气,这次事故跟涅槃度假村的那次又不一样,否则,我就不可能坐在这里给你们写故事了。我们习惯说的"空气泄漏",是大量空气从一个相对狭小的缺口往外喷，在这个过程中，你会被气流卷起、碰撞、挤压，就算你穿着清零力场真空服也是九死一生。然而在清零力场关闭的时候，所有屏障会同时消失，因此空气只会向外膨胀。你只会感到一阵风刮过，然后噗的一下，就像肥皂泡破裂似的，没了。有很多警察和士兵揪住自己的咽喉，嘴里吐出鲜血，默默地摔倒在地。我亲眼看见两个人就这样死掉了，虽然我猜这种死法相对比较快、比较平和，可过后每每想起，还是忍不住觉得恶心。

当时我还以为是飞船帮做的好事，因为这种战术很符合逻辑。当时广场内四处烈焰熊熊，而撤销力场正是飞船帮常用的灭火手段。再说了，第二批军队明知道第一批友军没有穿真空服，竟然还狠心切断电源，这完全不合理呀。

没错，就是他们自己人干的好事！而且这次突袭还有别的不合理之处，我也是隔了很久才知道的。当时我躲在那堆管子后面，只知道有人想杀我——不但过去有，此时此刻也有！自从清零力场电源关闭以来，我在这个猫抓老鼠的游戏里已经玩了差不多三个小时了。

我的计划是沿着隧道逃回"海因莱因号"飞船。可断电之后，本来是银色圆柱形的隧道内壁一下子就被打回原形：巨型垃圾堆里钻出来的洞。几个星期前我第一次来这个疯狂游乐宫的时候，走的就是这种垃圾洞。这个变化来得太及时了，因为漏气之后不久，我就在隧道里碰上了一个巡逻兵。这家伙穿着真空服，迎面向我走过来。

万幸的是，我们并没有真正碰面——这家伙手里端着一把跟刚才袭击我的警察用的一模一样的激光枪。我看见他（我在这里用"他"字，是因为之前接触到的士兵都是男的，而且这人走路的动作姿势也不像女的）的时候，他还跟我有一段距离，于是我立刻闪身躲进墙里。是的，走廊的墙壁本来很光滑，现在却有成千上万个空隙，当中有些甚至能挤进一个大肚子的孕妇。

可是一旦你钻进空隙当中，你就进入了一个无序的混沌空间，你完全不知道前方埋伏着什么。这里面就像一个由随机材料搭建的随机三维迷宫，有些构件被顶上的垃圾压住，所以很牢固；而有些地方却是摇摇欲坠。在某些小洞里，你可以见缝插针，在无数条缝隙之间穿梭；地上有缺口的话，你可以抓住头顶的梁子从缺口上方荡过去——就像小孩子在公园玩爬铁架一样，只不过我玩的这个铁架是塌的。在别的小洞里，你走进去两米就发现是死路，即使是老鼠来了也钻不出去。站在洞口外面，你永远也不可能知道此路到底通不通。

我藏身的第一个"避难所"，是一个很浅的小洞。我找到一块平面，尽力紧贴在上面，然后就修起了静禅。我在躲藏的时候有几个优势：首先，我不需要刻意屏住呼吸，因为穿上了清零力场真空服就不需要呼吸了；其次，我不用害怕弄出声响，因为我们是在真空里；第三，我穿着真空服，就算躺在路中心他也未必能看见我。

他蹑手蹑脚地走过来，激光枪左右摇晃着。他在我面前经过时，离我特别近，好像我一伸手就能碰到他了。在这一刻，虽然我明知自己有那么多优势，却还是觉得自己突然老了二十岁。

然后他就走过去了，我眼前景物开始缓缓陷入漆黑之中。（我有没有提起过，断电之后，所有灯都灭了？如果那个士兵没有开手电筒的话，我根本就看不见他。）

在这一刻，这世上我最想要的东西就是那个手电筒！没有它，我没办法逃出生天。他正在慢慢走远，我几乎连自己手上那支破步枪也看不见了；要是他再走远一点，我就彻底成瞎子了。

突然，我想起了空子弹夹上那颗闪闪的红点——他经过的时候，本来是很容易看见的——不禁出了一身冷汗。我怎么会忘记把它遮住呢？要是我还有一个子弹夹的话……这时候，我仔细观察子弹夹，发现它的末端开了一个口，里面有一颗闪闪发亮的黄铜子弹壳。我这才意识到这其实是两个子弹夹拼在一起，打完一个转过来就可以装另一个。天哪，那些士兵真是狡猾透顶！

我手忙脚乱地换子弹夹，差点没把枪和子弹夹都掉地上。然后我上身倾斜，把头探进隧道里，往士兵来的方向开了一枪，看这破枪还有没有用。从我感受到的后坐力来看，这枪挺好使的。不过开枪时我没想到枪口会喷出火光，幸好那士兵没看到。

我重新走进长廊里，对着士兵后背打了一梭子。你别怪我背后暗算，在真空里我就算大声喊他也听不见，更何况我明摆着就是要偷袭，怎么样？当你一门心思只想要活下去的时候，没有什么底线是不能突破的。

我的枪法很烂，只有一颗子弹击中目标。他的真空服又很坚硬，子弹竟然没有打进去，只是把他撞趴在地上。那家伙翻过身来，举起了激光枪。我连忙补枪，扣紧扳机不放，终于把他干掉了。

我好不容易才把手电筒从血肉堆里挖出来，详细过程就不赘述了。

我的连发射击把他的激光枪打烂了，也把自己的子弹打光了。就这样，带着一个手电筒以及所剩无几的聪明才智，我又踏上了寻找氧气的征途。

是的，氧气才是最要命的环节。清零力场真空服无疑是一项伟大的发明，它也救了我的一条老命；可在持久性方面，这个产品还有待提高。如果一个飞船帮众打算在真空里待久一点，他就会像普通人一样，背一个氧气罐，然后把一根管子连上胸前的接口。没有外置氧气罐的话，内置供氧可以维持二十到三十五分钟，具体视使用者的实际耗氧量而定。比如说，如果你在真空里睡觉的话，可以支撑四十分钟。

我向来睡得不多，现在也没打算躺下就睡，不过我一开始并没有料到供氧会变成一个难题。本来,所有走廊上每隔半公里左右就有一个气密锁模块。虽然它们的电源被切断,可那些大氧气罐应该还是满的。要给我的内置供氧源充气,只需要把输气管适配器连上我胸前的接口、再拧开一个阀门即可。接下来,我只需要看着视网膜显示屏上面的一根小指针甩回"满"的刻度就行了。

我第一次加气的时候,确实是这么简单。不过当时我就看出来了,我的求生策略本来就千疮百孔,而每隔半小时要找一台气密锁模块更是其中最大的缺陷。我不可能无止境地维持下去,所以必须尽快逃出去,或者打电话搬救兵。

当时看来,打电话是最合理的方法。虽然我不知道海因莱因城外发生了什么事情,可我没理由怀疑律师或者媒体的威力,这世上没有什么难题是他们解决不了的——只要我能打通他们的电话就可以了。但我没办法在隧道里打电话,因为我头顶上积压了太多垃圾,手机信号根本就穿不透。幸好,也不知道是我运气好,还是因为冥冥中有神明保佑,我刚好来到了一条我熟悉的隧道!左前方有一条岔路,一直通向月球表面。

我顺着那条岔路走到尽头,探头出去一看,发现密密麻麻全是士兵。

我连忙把脑袋缩回来,暗暗感谢我身上这套镜面隐身服。这帮家伙都是从哪里冒出来的呢?

他们看起来不像是有什么正规的师团编制,更像一群散兵游勇。从我藏身的地方望出去,我看到三个士兵,其中两个好像正在巡逻,而另一个就站在我刚才探头出去的地方旁边。估计就是在盯着这个出入口。也许他想抓活的?不过,我刚才看到底下的士兵都是一副格杀勿论的架势,我可不想凑上去验证一下他的真实意图。

我还有一处走运的地方,就是在广场上目睹了人穿着清零力场真空服被子弹击中是怎样的下场,否则,我肯定会误以为既然没有东西可以穿过清零力场,那么这套真空服也就可以当防弹衣咯。它确实可以挡子弹……却有一个代价。

具体原理是他们后来解释给我听的,也许你早已经猜到了。用史密斯的话说,"那么明显,凭直觉一想就知道了"。这人说话就是这么嚣张。

飞行的子弹带有巨大的动能。当你硬生生地截停一颗子弹时,那些能量必须有一个发泄的去处。有部分动能转移到你身上,也就是把你整个人撞翻;可是绝大部分能量都被真空服吸收了。真空服吸收能量的时候,会暂时僵住,所以当时那人一下子就动不了了。可那么多能量也还是得处理呀!史密斯尝试过把能量储存在力场发生器里,可惜失败了,因为发生器会过热。在几个极端的案例里,甚至还会爆炸!考虑到这发生器是安装在人体内部,那个场景……你就别想象了,反正不会好看就是了。

所以力场把动能转化成热能,然后辐射出去——向外辐射,同时也向内辐射!

"假以时日,我肯定会研制出一个最平衡的方案。"史密斯对我说,"具体的算法非常棘手,可是你想一下,一旦成功的话,这种防弹衣多厉害啊!对吧?"

能成功当然厉害,可目前来说,你中弹就会被烤成外焦里嫩的半成品。散热本来就是清零力场真空服的大难题,中一枪的话你还有机会活下来(有几位仁兄确实没死),前提是你能及时关闭力场并把热量散掉。要是你中了超过两枪,你的体温就会骤然上升,你的脑子也就熟了。

本来,在过热情况下,力场是会自动关闭的。不过如果外面是真空的话,无论里面的状况如何极端,力场也不会关闭,因为按照其设计标准，真空才是最大的祸害。

要是我现在中枪，就会从皮到肉全被烤熟了。

我当时并没开始给贝尔唱赞歌。正相反，在刚开始的一个小时里，我恨不得把他从坟墓里挖出来用文火慢慢烤。这件事情当然不是他的错，可是我如今水深火热的，随便找个替罪羊就怨上了，管他呢！

我给自己充满气，然后一直爬到了垃圾山顶。这个过程很艰苦，可我还是成功了——因为我所在的地方靠近飞船，垃圾山的厚度相对比较薄。我在垃圾堆里蠕动着、蜷缩着，仔细挑选攀爬的路线，很快就把脑袋从垃圾堆里伸了出去。我现在居高临下，空中有几千颗卫星经过，总有一个能监测到我的信号吧。于是，我以最快的速度用舌尖在牙齿内侧的拨号键盘上猛戳。首先打给蟋蟀吧，因为他……

……的号码暂时不能接通——这是我视网膜显示屏上的信息，通常这些信息都是准确的。布兰妲也打不通，还有莉齐……我正想拨打下一个，才终于意识到所有的号码都打不通！因为在月球表面的时候，我体内的电话需要接一个信号放大器才能工作，而这个设备是传统增压服的标配，我身上并没有。

我怎么会想到有这么多限制呢？正常来说，你用舌头戳几下牙齿，很快就听见对方说话了，这才是电话的正常工作模式啊！这就和吼两嗓子一样简单自然。

当时我苦思冥想，又发现了另一个问题：我内置电话的信号根本无法穿过清零力场。飞船帮的人用力场在另一个波段上面发射无线信号，所以只有他们的真空服之间能交流，其他人——包括中枢电脑——都不能监听他们的对话。现在倒好，他们的保安措施把我给坑惨了。

我苦苦思索了很久，还不忘留意氧气表读数。然后我溜回那条乌漆墨黑的隧道里，蹑手蹑脚地回到我杀害的那位士兵身旁。

尸体还在，不过已经被拖到了路旁。我好不容易把他的头盔摘下来，然后躲进漆黑的迷宫里，开始干活。我用手电筒照着，随手捡了几片金属，把他增压服内置无线电的信号放大模块（希望是这块东西吧）撬下来——想不到过程还挺顺利的。

我发现放大器被子弹打穿了一个洞，不过我还是把它带在身上。然后我又去充了一次气，接着就爬回山顶。我找了一根电线，把信号放大器跟我身上的气压接口连起来。我这样做的原理是：任何东西进出清零力场真空服，这个接口就是必经之路。然后我启动放大器，只见上面一个显示屏上亮了一盏小红灯。我又拨打蟋蟀的号码，却还是没有接通。

我心灵手巧，而且在电子工程领域有极高造诣，于是施展浑身解数来修理这个信号放大模块……翻译一下吧，其实我这句话的意思是：我用力把这破东西砸在一辆废弃月球车的仪表板上，发出嘭的一声。再拨打蟋蟀的号码，还是没声音。嘭，还是接不通。于是我再嘭的一下，突然，蟋蟀说："喂，你到底想要什么？"

刚才我一边使出绝招修理放大器，一边反反复复地拨蟋蟀的号码，舌头好像活了一样，忙得不亦乐乎。但现在我需要讲话的时候，这条破舌头竟然不听使唤！也许是因为我终于听到一个熟悉的声音，太激动了吧。

"我没时间跟你耗着。"蟋蟀警告我说。

"蟋蟀，是我呀！希尔迪，我——"

"对啊，希尔迪，你用你的方式去追踪，我有我的办法去报道。"

"追踪报道什么？"

"就是有史以来最大的新闻……"我仿佛听到蟋蟀在脑子里猛踩刹车、迅速减挡的声音，仿佛嗅到了橡皮轮胎摩擦的煳味儿。他温柔地说："没有新闻，希尔迪，屁事也没有。请你忘了我刚才说的胡话吧。"

"糟了蟋蟀，难道你们外面也出事了？到底发生什么事情了？我只知道——"

"你能自个儿想明白的。我也是靠自己嘛。"他说道。

"想明白什么？我完全不知道你在——"

"行了，行了，我什么都知道！你这招没用了，希尔迪。上次你害我丢了一个大新闻，那是我最后一次上你当了。"

"蟋蟀，我都已经不在《奶嘴》上班了。"

"一日记者，终生记者。希尔迪，你的血液里就流着记者的本能。妓女听见门铃声，大腿就合不上了。你知道这么轰动的新闻，能忍住不去查吗？你这是江山易改，本性难移啊。"

"蟋蟀，你听我说，我惹上大麻烦了，我被困在——"

"哈哈！"他这声欢呼让我懵了，"老朋友，好多人都被困住了。这回你真是得偿所愿了。过几个小时看我们《少废话》的报道吧。"说完，他就挂机了。

我气得差点要将信号放大器一把扔向远方地平线，幸好我的理智及时恢复了，才没有铸成大错。要是我真把信号放大器扔出去，就会有一条抛物线……我顺着这条假想的抛物线看过去，突然发现有两个人正在攀爬垃圾山——他们是冲着我来的，可能是监听到电话信号吧。我小心翼翼地蹲在废弃月球车的侧面，然后跳回垃圾山腹的隧道迷宫里。

我至今还没有完全原谅蟋蟀，不过有一点是肯定的：我对他的爱意已经随着那个电话烟消云散了。当然，我多少有点咎由自取，因为过去我坑他太多了。他辩解说，他当时以为我和万千月球同胞一样，只是被困在电梯里；同时他也没想到我会有什么特殊的危险，而且就算有，他也帮不了我。

真正让我抓狂的是,当我好不容易找到另一个合适的地方再给他打电话时,这家伙竟然把我的号码给拉黑了!我冒险回去充气,又千辛万苦找了另一个有信号的地方,这些努力只换来一声声连续不断的忙音。

接下来我拨打的号码没有一个能接通。布兰妲不接还罢了,可是连《奶嘴》的同事们也不接——这下我可真的担心了。试想一下,这么一个大都市的主流媒体,竟然没人接电话?!

我知道这肯定跟蟋蟀所说的"大新闻"有关系。一时间,我脑海里闪过一幅幅匪夷所思的画面,从整个城市漏气塌陷,到成千上万个士兵(就是我遇见的那种)的残骸布满了整个星球。

可是我不能放弃!于是我走回隧道迷宫里,找到我最钟爱的那个氧气罐——只见两个身穿真空服的士兵守在那里,都举起武器,看架势随时准备开枪。

我连忙躲在一堆镀铬管子后面,以免被俩士兵看见。当时我还剩下十分钟的氧气,不过那已经是七分钟以前的事情了。

刚开始,我做的第一件事情就是降低人造肺的氧气传输率,调到刚好能维持我意识清醒的水平;同时调低的还有降温率。我估计这种调整可以把十分钟延长到十五分钟,前提是我不要四处走动。到目前为止,我确实就待在那儿没动过。一盏闪烁的红灯告诉我,血液里的含氧量偏低了。另一个平常不出现的读数现在也冒出来了:我的体温现在已经达到39.1℃,而且还在缓缓上升。我知道,再这样下去,很快我就会变得神志不清,因为体温超过四十度就危险了。

我承认,我是一个蹩脚的战术家——至少在这种生死攸关的局面里表现得很差劲。一个问题的方方面面我都能看全,却想不出对策,只能龟缩起来干着急。就比如说山顶的追兵吧,他们会不会把我的位置告诉这几个看守氧气罐的凶徒呢?他们在我头顶上方不足三十米处，要是带队的长官有一点点战术素养的话，马上就会通知守卫，让他们留神，有一个身材圆滚滚的、像美式足球奖杯似的敌人会在堆满镀铬管子的地方出没。

万一这种事情真的发生了，我该怎么办呢？深入迷宫寻找下一个氧气源？这是不可能的，一来我不能走动，二来那里很可能也有人看守。所以说，在接下来的八分钟里，如果这几个守兵不走开的话，那么我就只会有两种死法：憋死和热死。对我来说，这两种死法都一样，没有特别偏好；这话题也许验尸官会比较关心吧。

布兰妲·斯塔尔——我是说原著漫画里的那位女记者——肯定能想出一些扰乱敌人心神的妙计，比如说把那几个可恨的士兵引开足够长的时间，好让自己充满气。而希尔迪·约翰逊——胆小如鼠的小学老师、前记者——就完全束手无策，不知道怎样做才不会被敌人发现。

这时候，在险恶的形势下终于传来了一点利好消息：当我龟缩在一角的时候，我的舌头还一直在忙个不停；很快耳朵里突然传出一声忙音，把我吓了一跳。我甚至不知道刚才拨了谁的号，更不清楚电话信号是怎么传出去的。我当时猜是垃圾堆里面有东西起了天线的作用，把我的电话信号送上月球表面，再传到某颗卫星那里——时间证明我的猜测是正确的。

于是，我又打给蟋蟀（依然没人接）、《奶嘴》（还是没人接），然后我就打给莉齐。

"这里是白金汉宫，女王陛下在此。"一个含混不清的声音说道。

"莉齐，莉齐，我是希尔迪啊！我这回摊上大事了！"

电话里传来一阵悠长的、醉鬼特有的沉默。我正有点怀疑她是不是又睡着了，那头突然响起一下抽泣的声音：

"莉齐，你还在吗？"

"希尔迪，希尔迪，哎呀，我也不想这么做呀！"

"你也不想怎么做?莉齐,我没时间——"

"我是个酒鬼,希尔迪,一个该死的酒鬼!"

她是酒鬼,这既不是新闻,也不是什么秘密。我没有回答,只是默默地听着她痛苦抽泣,等着她开口说话。显示屏上面的时钟一秒一秒地过去了……

"他们说会把我抓起来关很久,希尔迪,是关很久很久啊!我当时怕得浑身发抖,心里很难受,想吐却又吐不出来。而且他们还不给我喝酒!"

"你在说什么呀?'他们'是谁?"

"'他们'就是他们啊!该死的!就是中枢电脑!"

说到这里,我多少已经猜出个大概了。她结结巴巴地往下说,只是给我讲了许多零碎的片段;我到了后来才知道整件事的真相,大概过程是这样的:

早在两百周年庆典之前,莉齐就已经被中枢电脑牢牢控制住了。有一次她被抓起来,他们告她触犯了多项与武器有关的法律。(执法部门在一次抓捕行动中缴获了大量武器——这事情根本就没上新闻——还抓了很多人。士兵们进攻海因莱因城时所使用的枪械就是那次行动的战利品。)

"他们说要判我八十年啊,希尔迪!然后他们把我一个人扔在那里,接着中枢电脑就来跟我说话了。他说要是我不时帮他干点活儿的话,他就能想办法给我洗脱罪名。"

"到底发生什么事情了,莉齐?你是一时疏忽吗?"

"什么?哎呀,我也不知道是怎么回事,希尔迪。他们从来没有向我展示证据,只说上法庭就会全部拿出来,我甚至不知道那些证据是不是用合法手段获得的。可是当中枢电脑开始向我说话的时候,我很快就看清楚,其实什么证不证据、合不合法都不重要了。我们曾经说过的,你自己也心知肚明,只要他愿意,他完全可以栽赃陷害月球上的每一个人。我只知道万一闹上法庭的话,这案子绝对是铁证如山,我一点翻盘机会也没有。我很害怕会走到那个地步。"

"所以你就把我出卖了!"

接下来是久久的沉默,起码有几分钟吧。可是那些士兵还不走,我什么也干不了,只能继续听下去。

"然后呢?快说。"我说道。

接下来,好像是中枢电脑对聚居在德朗布尔环形山附近的一堆人颇感兴趣,想多了解一点,于是他就让莉齐想办法把我带去那附近,看看事态会有什么进展。

中枢电脑肯定觉得我拥有猎犬般的厉害本能吧,我是不是应该觉得受宠若惊呢?就算我第一次去德朗布尔环形山露营时没看见什么古怪东西,估计中枢电脑也还是会给我创造机会的,直到我嗅出点儿蛛丝马迹为止。他知道我一旦上了钩,就会孜孜不倦地查个水落石出。

"你把那个小女孩的视频带回来后,他真的很感兴趣。我……那时候我已经变成他的忠实走狗了,希尔迪,无论什么事情我都能做出来。我告诉主子,我可以想办法让你主动把这些事情告诉我。"

"人质综合征。"我答道。士兵还待在那儿不走。

"什么?噢,对对,也许吧。又或者是我这人天生没有性格没有骨气。反正他让我先别轻举妄动,以免你怀疑。于是我就等着,最后你真的主动来找我了。"

她第一次来海因莱因城就偷走了一个清零力场发生器。她没具体说是怎么偷的,不过估计也不难,只要你不尝试打开,那东西并不危险。

接下来发生的事情,我通过各种线索还原出来了:在一个星期之内,中枢电脑就对清零力场的技术掌握了很多,足够让他研制出破解方法，使他的士兵得以顺利穿越屏障。不过他暂时还不能自己制造清零力场真空服给那些士兵穿。

"整件事情就是这样子了。"她说道，然后长叹一声，"这么说来，我猜他已经把你抓起来了，你其他的小伙伴也不能幸免吧？他们把你关哪里了？能保释了吗？"

"你说真的还是在说笑？"

"哎呀，希尔迪，我觉得他没有抓到你什么大把柄呀。"

"莉齐……你们那儿到底发生什么事情了？"

"什么意思？"

"蟋蟀说现在天下大乱啊！"

"你真的把我问倒了，希尔迪。我刚才还在……哎呀，还在睡觉呢，你打电话才把我吵醒。我一直在自己的公寓里，现在回想起来，家里的灯好像一直在闪……不过也可能是我自己眼花吧。"

原来她和我一样蒙在鼓里。其实很多人都不知道发生什么事情，如果你一直待在家里，或者住在供氧没有中断的区域，那么在大故障初期你很可能完全没觉得什么不妥。莉齐本来就是一个神志不清的酒鬼，而且她把手机设成只接我的电话了。

"莉齐，为什么？"

她停顿了许久，然后说："希尔迪，我是个酒鬼！你永远也不能信任一个酒鬼！要是逼我在你和一杯酒之间作抉择，我根本就不用思想斗争。"

"有没有想过吃药根治呢？"

"亲爱的，可我就是贪杯啊。我这辈子真正喜欢的就只有喝酒了……噢，还有温斯顿。"

在那一刻，如果她在我面前的话，我会狠狠一拳打在她肚子上。我什么也不知道，只知道自己对她恨之入骨！她这么害我，就算我告诉她狗狗被枪击、被火烧，还在真空里被榨成干尸，也不能解我心头之恨。

就在这时，我突然觉得很热、很热！我本来就已经够暖和了，你明白吧？可是在这一瞬间，我觉得皮肤滚烫滚烫的，真想一把撕下来。而且我的左胸也感觉到一阵灼烧的疼痛。

我知道我的真空服已经尽力而为了。屏幕上有个读数显示氧气还能维持多久，只见这个数值突然像高台跳水似的飞速下降，我看得心惊胆战，恐怕它会一直降到底了吧？唉，不过这也值了，因为随着这个数字变小，一阵凉风突然吹遍我全身上下——至少我不会被烤熟了。

这时我才终于想明白：我中弹了。我一直站在一个金属支架上，身体也靠着一堆金属管子。刚才，在整整一分钟里，我感到这些金属管子和支架上传来一下一下短促的震动。然后我"看见"一颗子弹击中了一根金属管——只见金属表面突然出现了一块暗沉的凹痕，我推测只能是子弹打出来的。原来有人站在垃圾山顶上朝里面开枪，我看不见枪手，所以他肯定是把枪口伸进洞里乱射一气。子弹打在硬物上面四处反射，终于有一颗击中了我。我必须得躲开，否则第二颗子弹就会要我的命了。

于是我抄起一根管子，开始向长廊走去。士兵的真空服很结实，我估计占不到什么便宜；可如果我砸面罩的话，也许能搞定一个吧。就算我死也是在战斗中牺牲，而不是束手待毙。不为别的，就算只是为了温斯顿，我也要战斗到最后一口气——我欠它的！

近在咫尺的长廊是那么遥不可及，我仿佛正在走向顶上那一级永远也达不到的台阶。我一步一步走出去，手中的金属管向上翘起，就像一个向打击区走去的击球手……却发现人已经不在了。

只见他们正小跑着往出口的方向前进，头盔射灯的亮光描画出一个个远去的背影。

看来他们是接到命令上去帮忙搜索,不过这个推测永远也无法验证了。他们怎么知道,垃圾山顶的同伴其实就在他们头上几米的地方呢?不管怎么说,这些士兵撤得太及时了,如果他们不走,我连九十秒也熬不过。我又等了十秒,等他们走到一个看不见我的地方,我才伸手去拿气密锁模块适配器的软管。

软管也没了!

距离得救只有一步之遥,竟然功败垂成,抓狂啊!我手指尖都能碰着那个压缩氧气罐了,最后却窒息在一吨氧气旁边,世上还有更蠢的死法吗?我一掌狠狠拍在氧气罐上,然后拿出手电筒在地上四处照。可是我敢肯定,他们已经把软管拿走了——换了我是他们,也肯定会这样做。

幸好他们没有!原来软管就搁在气密锁模块的底座上,也许是刚才某个守卫靠在氧气罐上歇息,大屁股把软管给蹭掉了。我急急忙忙把管子连上氧气罐和我胸前的接口,狠狠地一扭阀门。

我是靠堆砌文字为生的,所以我尊重文字,总想使用最恰当的言辞来表达自己。因此,我苦苦寻觅了很久,想找到一个合适的字眼来形容我在第一股凉风涌进来时的感受。我的结论是,人类还没有创造出这样的形容词。你就想象一下你体会过的最大快乐,随便你用什么词去描述那种快乐也行,反正就那个意思吧。用"性高潮"去形容?太苍白了。

为什么他们不干脆把充气软管拿走呢?最后,我想到了一个很简单、也很有"大故障"特色的答案:他们根本就不知道我需要这根东西。

进攻海因莱因城的警察和士兵其实也是被蒙在鼓里的。他们对清零力场技术的性质和缺陷几乎一无所知;没人告诉他们会遇到武装抵抗,更没有人告诉他们自己一方会分成两拨发起进攻,而且这两拨人各自的目标是完全相左的：后一拨的任务实际上是要把前一拨队友全部歼灭。这种混乱严重影响了他们的战术布置，可也正因为如此，许多人才得以捡回一条命，而我正是其中一个。我也很想拍胸口说，我没死是因为自己多么厉害——在逃命过程中，我当然也做出了一些正确的选择——可实际上，我是依靠温斯顿和运气才能活下来的。而我的运气则完全来自对方士兵的无知和对方统帅的无能。

当时我从气密锁模块出发，沿着一条岔路向另一个地表出口走去（希望我没有记错方向吧），上述的想法中有些正是我在路上隐隐约约想到的。其实我也不清楚这些感悟对我到底有什么用处，只是觉得记在心上，总有一天会用得着吧。

一回到地表，我马上拨打《奶嘴》的电话，依然是忙音。我一边打电话，一边留意四周还有没有坏人。最好他们都聚集在垃圾山顶，走动时不小心绊倒，把脚摔断，把脑袋也磕掉，再撞坏一两个重要器官，那就完美了。要是凯莉在这里的话，肯定会给那帮家伙下最恶毒的诅咒！

凯莉？对啊，为什么不试一试呢？我好不容易从记忆深处把她的号码挖出来，最后却还是白费工夫：她的号码连忙音也没有，只有一片死寂。

这时候，我终于想起了沃尔特的终极密码！为什么我一直到现在才想起来呢？我猜是因为沃尔特一直以来都强调，这个密码绝对不能用；它的存在只是给我们竖立一个不可逾越的完美目标。你要是敢用这个密码去打搅沃尔特的话，你要写的那个新闻必须是超级轰动，它的标题必须大到能让一英寸的字体也显得像蝇头小字那么袖珍。我肯定是被他洗脑了。另外一个原因是，我从来没有把发生在自己身上的事情看作"新闻素材"。

老实说，我对这个顶级密码并没抱太大希望。我之前输入的是我常用的密码，照理说已经足够让我越过其他所有乱七八糟的来电，直接连进沃尔特的办公室，可我刚才一直听到的全是忙音。这时候，我随手输入了那个"顶级密码"。沃尔特说：

"希尔迪，你的方位千万别告诉我。你马上挂机，离开你现在的地方，逃得越远越好，然后再给我打电话。"

"沃尔特！"我尖叫道，可是对方已经挂机了。

自从第一枪打响之后，勇敢和决断就成了我的注册商标——我的意思是，我一直没有掉过一滴眼泪。现在最理想的情况是：我继续保持这种坚强的状态，立刻按照沃尔特的吩咐去做，半秒钟也不浪费！可惜事与愿违，这一刻我的眼泪夺眶而出，我就像个小婴儿似的，无助地抽泣起来。

要是你有机会穿上清零力场真空服，千万不要学我这样哭鼻子。因为你本来就没法呼吸，所以你的肺部只能一阵阵抽筋，把你的耳膜都快涨破了。哭泣还会扰乱真空服的自我调节机制，所以我这三分钟的歇斯底里浪费了足足十分钟的氧气量。相信史密斯大师在设计参数时，并没有考虑使用者的情绪波动及爆发。

我很高明地把氧气罐的充气管带在了身边，于是当机立断，马上回去把气充满。要是我能找到一个可以随身带走的氧气罐，就可以大摇大摆地在月球表面横行了。呵呵，要是氧气罐太大的话，我哪怕拖着走也可以嘛。你们也想到那个死去的士兵和他的真空服了吧？好主意啊！只可惜我的枪法太差，刚才那一轮机关枪扫射打坏了一个输气管接口。我去向士兵尸体借手电筒的时候就已经检查过一次，后来拆信号放大器的时候又检查了一遍——我之所以检查第二遍，一来是因为我太需要氧气了，二来是因为我第一次检查时有可能搞错嘛。要是利比在的话，也许能利用四周的垃圾组装一个转换接口。至于我本人嘛，考虑到那是一个高压氧气罐，我宁愿亲一条响尾蛇也不要去碰它。

我哭得筋疲力尽时，上述的那些念头就在我脑海里一一掠过。和往常一样，大哭之后我感觉好多了。哭泣把我心中堆积起来的恐惧感一扫而光，让我忘记自己身陷绝境，帮我集中精力完成需要完成的任务。眼泪就像魔咒般把我唤醒，让我想起了对自己有利的两大因素：我的脑子（虽然过往有许多例子显示我的脑子不大好使，其实它还是挺好使的）和沃尔特的手段（世上好像没有这家伙办不成的事）。

当我走到出口时，情绪也开始高涨起来。我四处张望，没有发现敌人，顿时有一种轻飘飘的感觉。离开你现在的地方，沃尔特说，逃得越远越好。

我从隧道迷宫走出来，以百米冲刺的速度穿过一小片阳光，躲进了"海因莱因号"飞船的阴影里。

"喂，沃尔特。"

"把你知道的都告诉我，要言简意赅！"

"我这儿麻烦大了，沃尔——"

"这我知道，希尔迪。说一些我不知道的，到底发生什么事情了？"

于是，我从我跟飞船帮交往的简史开始说起……沃尔特又把我的话打断了。他说他知道这些，还有别的呢？好吧，我说，中枢电脑在酝酿一个惊天大阴谋。他说这些他也知道。

"这么说吧，希尔迪，你就假设发生在今天之前的事情我都了解。"他说，"告诉我今天发生了什么事，刚才那一个小时里发生了什么事。只说重要的部分，但是别提具体人名和地名。"

这样一来，我就真的能够做到言简意赅了。我用不到一百字就把话说完，其实千言万语都能用两个字概括：救命！

"你还有多少氧气？"他问。

"十五分钟左右。"

"嗯，比我预计的要好。我们得找个地方碰头，还不能说出具体的地方。你有什么好主意吗？"

"也许吧。你知道月球上最大的白象吗？"

"……知道！你靠近鼻子还是尾巴？"

"鼻子。"

"好！我们最近一次打牌，你还记得我手里的大牌吧？如果是老K你就往北走，如果是Q就往东，J就往南，明白没有？"

"明白。"往东走。

"走十分钟就停下来，我去那里等你。"

要是别人这样吩咐我，我一定会指出来，这样做的话我就只剩五分钟的氧气了，而且还没办法回去充气。可是对着沃尔特，我只答道："一言为定。"虽然沃尔特有很多讨人厌的地方，可他答应过的事情就绝对能做到。

我得赶快动身了，因为就刚才跟沃尔特通话的时候，我看到远处有两个敌人正大步流星地穿过一片平原，朝我这个方向逼近。他们是从北面来的，于是我用力把信号放大器扔向东南方。那两人马上就变向，朝着放大器的方位奔去。

接下来就是最凶险的一刻了：他们就在我面前经过！本来，要是我一直躲在阴影里，就算穿着普通的真空服也很难被发现；可我现在开始向东走，很快就走进了明亮的阳光里，心中突然感到一种前所未有的恐惧感。我必须时刻提醒自己，我第一次碰到葛丽特时，想看她一眼是多么的困难。我一边走一边留意着那些士兵，等他们走到信号放大器跟前时，我一下子僵住了——因为他们抬起头来，开始四处张望。

这种僵直的状态并没有维持太久，因为我很快就发现又有四个人分别从四个不同方向朝这里走来。趁他们还没靠近，我连忙迈步继续向前走——这绝对是我做过的难度系数最大的事情之一。

我不停地盘算着他们怎样才能发现我，每迈出一步，脑海里就多冒出几个可能性。其实他们只需要一个雷达扫描仪就可以了——虽然我不是物理学家，可我猜清零力场真空服的反射信号一定是超强的。

他们肯定没有随身带着雷达扫描仪，因为我很快就神不知鬼不觉地走远了。再回头看时，只看到地面反射出来的刺眼光芒，而那几个士兵早已不见踪影。既然我看不见他们，那他们当然也看不见我了。

当计时器显示九分钟的时候，一艘银光闪闪的飞艇在我头顶不到十米的高度无声无息地掠过，把我吓了一大跳。飞艇开始转向，我看见机身上印着一个巨大的"双N"徽标，正是我们《新闻奶嘴》的缩写！天哪，这是多么美好的一幕啊！

这时候我已经距离"海因莱因号"很远，几乎看不见了；而这艘飞艇的飞行轨迹也跟"海因莱因号"隔了一段恰到好处的距离。飞行员在空中划出一个椭圆形，好让我看见飞艇——因为到最后是我去找它，而不是它来找我。终于，飞艇降落在我的右前方，就像一只大蚊子停在床架上。我朝着飞艇拔腿就跑。

沃尔特肯定在舷梯上装了某种感应器，我两只脚刚刚站上去，飞艇就一下子腾空而起。如果是平常的周末郊游，我可不想体验这种惊险刺激；不过在这一刻，我完全理解他为何这么匆忙。我把气密舱门打开，在舱里换了气，然后走进飞艇……我眼前的一幕可以说是匪夷所思：沃尔特手持机关枪，枪口正对着我。

要是在一年前他拿枪指着我（比方说在工作合同续约谈判的时候），我可能会吓蒙了。可是现在……呵呵，在过去几个小时里，我已经被枪口指成习惯了，所以现在看着沃尔特的机关枪，我已然波澜不惊。此刻我只有一种感觉——以前每当危机过去时我都会有这种感觉——困。

"把那东西拿开吧,沃尔特。"我说,"如果你走火的话,可能会把我俩都害死。"

"这艘飞艇的机身是高强度抗压设计,"他说,手里的枪稳稳的一动不动,"你先把真空服关了。"

"我担心的不是机身被子弹击穿造成机舱失压,"我说,"我是怕你不小心打中自己的脚,然后再走大运击中我。"话虽这样说,我还是把真空服关了。沃尔特的目光从我的脸开始往下移动,扫过我因为怀孕而肿胀的裸体,然后就弹开了。他随即把枪收起来,坐回驾驶员的座位上。我硬是挤进驾驶舱,坐在他身边的副驾驶座位上。

"今天真是……多事之秋啊。"

"你老老实实去报道新闻就好了,干吗要自己去制造新闻呢?"他说,"你到底干了什么好事,把中枢电脑惹得这么抓狂?"

"我惹他?这一切都是因为我吗?"

"也不全是,不过你是其中一个很大的原因。"

"快告诉我到底发生什么事情了。"

"在全局范围内发生了什么事情,现在还没人知道。"他答道,然后就开始告诉我他了解的那部分。

刚开始的时候——在他们那个"正常"的世界里——数以千计的电梯在楼层之间卡住了。救援队伍刚刚出动,别的险情就开始四处爆发。很快,所有大媒体全面下线,沃尔特接到报告说几个大城市出现裂缝,气压开始下降,有些地方的氧气都漏光了。整个月球陷入大范围的混乱当中,四处都有人纵火和暴乱。接下来,在他接到我的电话不久之后,中枢电脑在几个主要频段上发表通告,目的是安抚民心,可效果却适得其反。中枢电脑说系统出现了故障,不过现在已经得到了控制("明显是撒谎!"沃尔特补充了一句,似乎有点幸灾乐祸)。他承诺将来一定会提高业务水平,绝不让这种灾难再次发生。他又强调现在已经重新控制了局面。

"他的言下之意就是说,"沃尔特说,"局面一度失去了控制!我希望他详细解释一下这'失控'是怎么回事。后来我越想越觉得不妥……他提到的'控制',到底是控制什么?"

"我不太明白你意思。"

"这么说吧,若论月球的日常运作,比如说供氧供水、交通运输等方面的事情,当然是受到中枢电脑的全盘操控了,因为他本来的职责就是要维持这些系统的正常运作呀。然而他又逐渐在政府运作和刑事法律等领域上获得了部分控制权,比如说,政府的工作日程表就是他制订的。人类社会事无大小他都要涉足和监视,可是被他完全'控制'?我一直都不喜欢这个字眼背后的含义,到现在还是不喜欢。"

我听了沃尔特这段话,不禁陷入了沉思。突然,一件很明亮的东西高速逼近,一下子从我们的左侧飞了过去。然后那东西好像改变主意,猛地向右偏侧,同时化作一团火球。我们的飞艇迎头撞上去,外壳传来一阵砰砰砰的撞击声,听起来那些东西应该是泥沙颗粒大小。

"那是怎么回事?"

"你下面那些飞船帮做的好事呗。不过你别担心,一切尽在掌握中。"

"尽在掌握中……?他们向我们开火呢!"

"也没打中呀。何况我们已经飞出了他们的射程范围,我这艘飞艇安装了有钱能买到的最先进的电子信号干扰设备,而且我还有些法宝没使出来呢。"

我瞥了沃尔特一眼,这个叛逆的家伙,就像一头大熊似的伏在操纵台前,盯着一堆加装在仪表板上面的仪器。这些仪器,一看就知道不是原厂生产的。

"我本来就应该知道你跟飞船帮的人有来往。"

"有来往？"他鼻子里哼了一声，"呵呵，当年我就是L5社团董事会成员，那时候大部分飞船帮人还没出生，我父亲还受邀出席了龙骨落地仪式呢。说我跟他们'有来往'，真是太客气了。"

"但你并没有加入飞船帮呀。"

"这么说吧，我跟他们在政治上有分歧。"

也许沃尔特觉得飞船帮太左倾了吧。我认识他这么久，只在许多年前和他聊过一下政治。《奶嘴》的大部分同事新加盟时都和他聊过一次这方面的话题，其中很多人从此再也不会跟他聊第二次。我听过他们背后怎么评价沃尔特，最客气的说法是"愚蠢可笑"。这其实不出奇，因为很多事情在绝大部分人眼里属于"无政府混乱状态"，而沃尔特却觉得这个社会已经被套上了拘束衣。

"你看史密斯先生不顺眼？"

"他是个伟大的科学家，可惜也是社会主义者。"

"那个星际飞船项目，你怎么看？"

"他们只有重新回到原定计划，这个项目才会成功。他们得先把史密斯加装的那些垃圾都拆掉，仅仅这里就得额外浪费二十年。"

"可他的那些垃圾看起来都挺厉害的。"

"他设计的真空服是很牛，可是飞船的驱动器至今还没着落呢。"

我觉得这个话题应该到此为止了，因为我不想跟他争论，同时我也没办法验证他的观点到底是对是错。

"哦，还有枪！"我说，"要是我以前仔细想一下，就应该知道你肯定也有枪。"

"所有自由人都有枪。"我觉得没有必要告诉他我这大半辈子都不是自由人，更没有必要告诉他，我好不容易自由了，却用那把自由之枪去干了什么好事。这事情说出来是自讨没趣。

"你这挺机关枪是从莉齐那里买的吗？"

"呸！她的枪都是从我这儿买的！"他说，"不过最近她没来光顾了。她酗酒太凶，我不敢信任她。"他瞄了我一眼，"你也别信任她。"

他对莉齐的事情了解多少呢？我决定不问这个问题了。我只是希望，要是沃尔特知道莉齐出卖飞船帮的话，虽然他们政见不一样，他还是会给他们提个醒。而且他对我最近的行踪了如指掌，他至少应该给我报个信吧？

我始终不忍心问这个问题。

飞艇一直在平原上超低空飞行，距离地面始终没有超过五十米。在这段时间里，我本来可以问他许多事情。要是我问他对中枢电脑的事情知道多少，稍后就不用那么忧心忡忡了。不，假使我问了，也还是会担忧，只是担忧不同的事情罢了。不过我坚信，要是我了解多些信息，我的担忧就会更有价值，更有建设性。可惜，当时我被他救下之后，身心一下子全部放松，哪有心思问这问那的。我重新体会到安全感是多么的温暖，我尽情地沐浴其中……

我怎能料到，我跟他在一起只有短短的十分钟呢？

他不断监视着各种仪器和设备，一刻也不松懈。突然，某个仪表发出了响声，他低声咒骂了一句，然后就按下了减速键。飞艇缓缓降落，我那时才刚刚开始打盹儿呢。

"怎么了？"我说道，"出问题啦？"

"没有，我只是想尽量靠近一点，没别的问题。你在这里下吧。"

"下？不会吧，沃尔特！我宁愿到你家才下。"我往四周瞄了一眼，看不出是什么地方，反正不是什么旅游观光点。这里没有人类居住的痕迹，没有一条具有两百年历史的小路——这里什么也没有。

"我也想收留你，希尔迪，不过你是头号通缉犯啊！"他转动座椅面对着我，"你听我说，宝贝，事情是这样的，我看过中枢电脑的一张通缉犯黑名单，在几百人里面，你就排第一！据我所知，中枢电脑为了找到这几百个人，是不惜付出一切代价的。在搜捕过程中还死了许多人。我不知道这是怎么一回事——也许是中枢电脑出了什么大故障吧——可我一定会弄个水落石出的。在这件事情上，你帮不了我。我能想到的唯一办法就是，把你安置在某个中枢电脑找不到的地方。你必须一直躲在那里，等风声过后才出来。现在风头正劲，你在外面走动太危险了。"

事态竟然来了个一百八十度的大转变，而且还那么突然，我一时间懵了，只知道呼呼地喘气。我刚才还体会到安全感呢，哪知脚下一下子就被他抽空了。

我也知道中枢电脑要抓我，可是现在听沃尔特亲口说出来，感觉又不太一样。这么重要的事情，沃尔特是从来不会弄错的。而且从他的话可以推断出来，中枢电脑抓到我之后是要把我干掉的——多么痛的领悟啊！因为我知道得太多吗？因为我撞破了什么见不得人的秘密吗？因为他不想继续和我平分发明超级牙膏的专利费吗？我不知道，可是我很想多了解一些。我决心在跳出沃尔特的飞艇前，再问出点东西来。

沃尔特刚才竟然叫我"宝贝"？他今天到底怎么了？

"你想我怎么做？"我说，"找个阴凉的地方露营吗？恐怕我没带帐篷呢。"

沃尔特把手伸进座椅背后，从里面掏了几件东西交到我手上：一只持续十小时的氧气瓶、一支手电筒、一个里面发出咔嗒声响的帆布袋。最后，他把一个指南针啪的一下拍在我手心里，随即打开了我身后的气密舱门。

"袋子里装了一些有用的东西。"他说，"我没有时间打包了，只好把我自己的紧急生存包送给你。你现在一定得走了。"

"我不走。"

"你不走不行啊。"他长叹一声,目光转向别处。他好像突然苍老了许多。

"希尔迪,"他说,"这个决定对我来说也很不容易,可我认为这是你唯一的机会了。现在时间紧迫,我来不及向你解释更多,你必须相信我!不要惊慌失措,也不要耍小孩子脾气。我也想把你送近一点,不过现在这里很可能是最佳的降落位置了。"他指着仪表盘说,"目前我们还是隐形的——希望我的判断是对的吧——你从这里下,中枢电脑永远也不会知道你到底去了哪里。要是我再飞近一点,就等于给他画一张地图了。你从这里出发,有足够氧气到达目的地。我们没时间继续说下去了,因为我必须在一分钟之内升空。"

"你要我上哪儿去?"

沃尔特说出了答案。要是换了别处,我一定死活不肯下去,可是他说的这个地方倒也未必不可行。而且我感觉到他语气中流露出深深的恐惧——哎呀,沃尔特竟然也会害怕,真是大千世界无奇不有!

不过我依然在气密舱门边缘踌躇着:要是我赖着不走,他会不会强行把我赶出去呢?突然,他伸手揪住我脖子,把我搂到他跟前,在我脸颊上亲了一下。我惊呆了,根本无从挣扎。

他马上放开了我,扭头看着别处。

"你……呃,马上就要生了吧?会不会——"

"还有十天。"我告诉他,"不会出问题的。"应该不会出问题吧,除非……"除非你认为我要躲——"

"不用躲那么久。"他说,"我会争取三天之内联络你。在这段时间里,你一定要躲起来,谁也不要联络。要是有必要的话,就躲七天,甚至九天。"

"第十天我无论如何也要出来了。"我告诉他。

"到时候我会想别的办法。"他承诺道,"快去吧。"

于是我走进气密舱，按下循环换气的开关，我的清零力场真空服也在这一瞬间启动了。我爬下飞艇，站在一片平原上。飞艇随即腾空而起，朝着远方飞去，逐渐消失在地平线上。

在接上氧气瓶之前，我先伸手在脸颊上摸了一下——那是沃尔特的泪水，还是暖的。

我不知道沃尔特放下我的地方距离目的地还有多远，也许是二三十公里吧，应该不成问题。

刚开始的十公里，我迈开长腿，大步流星地往前冲。除了骑自行车，这种步法是最节省能源的交通运输方式了；可是一般来说，只有在地球出生长大的人才有足够的腿部肌肉支撑这种步法。要是你自信穿着一般的真空服也能这样奔跑，那么你一定要穿清零力场真空服试试，保证你会有腾云驾雾的快感。

不过要是你怀孕的话就千万别试了。我跑了没多久就感觉肚子不舒服，只能放慢脚步。走着走着，四周的地形有点似曾相识的感觉，我有点紧张，开始计算路程与耗氧量的关系。

我到达那个古老的气密锁时已经累得脚都抬不起来，氧气也只剩下三小时了。刚才在路上，我睡着了好几次，不过总能在摔倒之前及时醒转。我会揉揉眼睛，看看指南针，又重新回到正确的方向。幸运的是，我开始犯困的时候，已经踏上了那片熟悉的土地。

气密锁好像转不动！我开始抓狂了。我已经很久没用过这个入口，难道在过去七十年里已经被人封死了？当然，我也知道这附近还有别的气密锁，只是沃尔特说那些入口都很危险。问题是，万一这个入口不通，与其在外面活生生憋死，我还不如去别处搏一搏呢。我正在做最坏打算，那个破旧的气密锁终于恢复运作了。只见锁鼓缓缓转开，我连忙走进去，先换了气，然后跑进一架电梯。电梯一路下沉，把我送到一间小密室里。我输入密码 M-A-R-I-A-X-X-X，在不远处，一位老太太马上就知道有人使用这扇门了。如果沃尔特判断正确的话，她是不会向中枢电脑告密的。

我走出密室，只见眼前一片昏暗，一股很熟悉的白垩纪热带雨林的腐烂气味扑面而来。我想：世上还有比家更美好的地方吗？

我回到了凯莉的恐龙养殖场，也就是我从小长大的地方。这个养殖场向来是凯莉的私产，她从来没有想过把那个"双 C 栅栏"的商标换成类似"C&M"的缩写，算是把我也加进去。虽然我也不稀罕当老板，不过总好过做小工吧。唉，算了，不说这事儿了。

我身处恐龙养殖场的一个偏远角落——我不明白沃尔特怎么会知道得这么清楚——我总是把这个角落称作"玛莉亚洞"。这里真的有一个山洞，距离我站的地方只有几百米远。这个山洞可是我小时候的游乐园啊！那时候，我的名字还是叫玛莉亚·卡博里尼。

我此刻要去的正是玛莉亚洞。在洞里，我捡了许多干苔藓，胡乱堆出一张床垫。我打算瘫倒在这张垫子上，用沃尔特给的帆布包做枕头，一口气睡个七天七夜再说！可我没有亲眼见证自己脑袋碰到枕头的一幕，因为我在倒下去的瞬间就睡着了。

我实际上只睡了三个小时。为什么我会知道时间？因为我醒来时特意看了看视网膜显示屏上的时间。为什么我会醒？因为产痛把我痛醒了。

Steel Beach

No.25

死　亡

假如理论物理学和数学都是由女性主导的话,人类老早以前就已经实现星际航行了。

我是根据自身经历得出这个结论的。一个男性,无论他多么心无旁骛地去钻研,也不可能在分娩几何学这个恐怖的领域获得什么真知灼见。分娩的女人面临这样一个难题:如何让一个直径为 X 的物体穿过一个直径为二分之一 X 的洞口。我们需要用知识去武装她们,帮助她们把分娩看成拓扑学或者双曲几何上的一个数学难题。为了能减少疼痛,我坚信在几十亿位饱受分娩折磨的产妇当中,至少有一位能在多维度超空间研究领域获得一些独到而深刻的见解。光速飞行?这自然是不在话下啦!爱因斯坦有什么了不起?只要有工具,比他年轻一千岁的女人也能轻松发现时空易变性。时间是相对的?哈!这句话夏娃也懂说!亲爱的,深呼吸!用力!再坚持三十秒就好了……不过也许这三十秒感觉像永远也不会完呢。

在我跟中枢电脑的第二次人机直连过程中,我其实受了重伤,不过我并没有详细描述,原因有许多。第一,那种疼痛是无法用语言描述的。第二,人类天性是好了伤疤忘了疼——上帝做的好事不多,这就是其中一件。我只记得当时很痛,却忘记了有多痛;不过现在我知道了,再痛也比不上生孩子痛,因为分娩的疼痛是没有一刻消停的!综上所述的种种原因,再考虑到在这个开放的年代里随便泄露隐私会造成怎样的恶果,我就不赘述具体分娩过程了。在此借用《旧约·创世纪 3:16》里面上帝所说的话:"我必多多增加你怀胎的苦楚,你生产儿女必多受苦楚……"其实,夏娃只不过吃了你一个苹果罢了,至于吗?

我开始生了!分娩过程持续了整整一千年——又或许只是到入夜就结束了。

很惭愧,我对分娩的步骤了解甚少。对于我在这方面的无知,我实在找不出什么借口。本来我看了那么多老电影,对"分娩的神圣一刻不期而至"这种充满喜感的场景应该耳熟能详才是。非要给自己辩护的话,我只能说我活了一百年,早已习惯了有序的生活。在我的生命里,如果时刻表显示列车将在八点十七分十五秒到达的话,那么列车就一定会在八点十七分十五秒进站。这个世界的邮递服务快捷便宜,从不间断。你在城里寄包裹,十五分钟必到;就算你寄去月球另一端,也会在一个小时内到达。你打星际电话的时候,电话公司最好求神拜佛别刮太阳风暴,否则线路出了故障,我们肯定指望电话公司抢修——而他们也总能满足顾客的需求。我们生活在一个高效运转的世界里,早就被各种优质的服务宠坏了。一个电话公司每年都收到成千上万封恶毒的投诉信,被人诟病最多的竟然是人们与住在火星的三姑六婆通话时有延时现象。顾客们会大发雷霆:光传播也需要时间?你少废话,快给我接通!

这就是为什么我被第一下宫缩打了个措手不及:这小畜生明明还有两个星期才出来呀!其实我早就知道,提前分娩的可能性总是存在的。不过我原来的打算是,万一提前出现宫缩,我可以马上打电话给医生,医生就给我寄一颗药丸,这颗药丸是可以暂停宫缩的。然后我就选合适的一天,亲自莅临诊所,吞下另一颗药丸,分娩过程就正式开始了。我可以全程读书、看电子报,甚至批改试卷,最后,他们就会抱给我一个洗得干干净净、抹得清清爽爽、裹得严严实实、睡得安安稳稳的小宝宝……虽然我也知道以前的人早产会多么狼狈,可是我跟你们绝大部分人一样,都有一种错觉,以为自己肯定不会这么倒霉。自从我们开始用罐子养育人类胚胎之后,早产的危险和分娩的痛苦都被我们抛诸脑后了,对吧?现在可好,不管我心里怎么想,我的身体还是决定要提早分娩!最近出了那么多乱子,我本来应该知道,这个世界其实并不像我们想象的那么井井有条,可是在这一刻,我心中还是尝到了一丝被自己身体出卖的苦涩。

就这样，我的子宫宣布独立了。它的独立宣言刚开始只是一下抽搐，然后是一阵痉挛，紧接着，剧烈的疼痛排山倒海地扑过来，就好比便秘时拉出砖头那么惨烈。

我不是英雄，也没有坚忍的意志。不知是在第四十波还是第五十波痛感侵袭之后，我毅然决定，与其在这里慢慢受煎熬，还不如去被他们一枪毙了爽快。于是我站起来，走出山洞，准备去外面自首。我心想，就算被他们抓起来，后果能有多严重呢？我跟中枢电脑肯定能想到妥协办法的。

可也正因为我不是英雄，也没有坚忍的意志，我这条小命才得以保存。在出去的路上，每次痛感袭来，我都难受得在泥地上打滚。就这样滚了四五十次之后，我估算了一下：我至少还要宫缩三百次才能到达最近的出口！所以我一能走动就连忙挣扎着回到了山洞——我宁愿干干净净地死在山洞，也好过倒毙在这污秽的泥地里。

每次疼痛的间隔越来越短，我能理性思考的时间也越来越少了，于是我抓紧这些稍纵即逝的机会努力回想。我关于生小孩的知识都来自那些经典老电影——当然不是那些黑白片。如果你只看黑白电影，你会以为小宝宝真是鹳鸟叼来的，而且孕妇也不会变胖；你还会得出"生小孩不会弄乱你的头发，也不会弄脏你的妆容"这样的结论。可是到了二十世纪末，很多电影把生小孩的恐怖过程真实地再现在大屏幕上。一想起那些场景，我就更加反胃了。唉，在那些电影里，不少准妈妈在生小孩的时候还一命呜呼了呢！一时间，那些大出血、钳子夹头、会阴侧切等恐怖画面一股脑儿涌上心头——我知道，恶心的事儿还远不止这些呢。

不过，在正常分娩过程中还是有许多恒定不变的因素的，全靠它们我才能计划下一步该干什么。我拼命翻沃尔特给的帆布背包，找到了一瓶水、纱布、消毒剂、线,还有一把刀。我把它们一件件掏出来摆放在身边,就像一套恐怖的家庭手术用具——唯一缺少的就是麻醉剂了。好了,万事俱备,我现在能安心等死了。

以上关于分娩的描述都是负面的,但凡事总有好的一面,生小孩也不例外。在这里,我们暂且跳过那些呻吟声和惨叫声,也忽略那根被我咬成两截的棍子,更别提流了一地的鲜血和黏液了……终于,最重要的一刻来临了:我伸手向下摸索,碰到了他的小脑袋。也不知道为什么,我觉得这是我人生中最完美的瞬间——也许是因为这一刻我在生与死之间找到了平衡吧。疼痛还在,甚至达到了新的强度。可是持续不断的痛感仿佛自带麻醉剂,我好像麻木了。也许是我的神经回路终于跳闸了,也许是我学会了用新的方法去消化痛感,也许我只是学会了接受现实。我用手指轻触那张小脸上的凹凸起伏,感受着他那张小嘴的一开一合——就在这一刻,我终于接受现实了。在接下来的几秒钟里,他依然是我身体的一部分。

在这一刻,我首次体验到了母爱。我不想失去他,只要不失去他,什么事情我都愿意做。

一方面我很想他快点出来,可另一方面我又希望保持这个姿势,永远停留在这一刻。我想起了相对论。爱、痛、恐惧、生命、死亡……这一切都在以光速运行着;时间变慢变窄,最终聚焦在这完美的一刻。我的子宫就是宇宙,宇宙之外的一切都突然变得微不足道了。

我承认,在这一刻之前我从没爱过他。他在我肚子里踢腿和蠕动的时候,我也没有因此而欢欣鼓舞。我糊里糊涂地怀上了他,其实并没有太把他放在心上,也没有给予他太多关爱。一直到上星期为止,我还只是把体内的胎儿看作一条欲除之而后快的寄生虫。我之所以不把他取出来,只有一个原因:我的人生观陷入了极度的混乱。人生到底是什么?我活着又是为了什么?之前我还那么决绝,非要自寻短见不可;而现在呢,现在我破罐子破摔,无论什么坏事发生在我身上,我都能逆来顺受。而这个小婴孩只是诸多苦难中的一件罢了。

那一刻转瞬即逝。小宝宝一下子从我肚子里滑出来,我连忙用双手捧住。接下来,初为人母的我就开始履行妈妈的职责了。我一直在想,要是我当初没有看那些电影,要是我在八九十年前没上过生理卫生课,那么我还会知道具体要做什么吗?你可能想不到,我觉得自己就算没有了那些记忆,也还是知道该怎么做的。

不管怎么说,至少我懂得把他擦干净,处理了脐带,清数他的手指和脚趾,再把他用毛巾裹起来抱在怀里——他全程都没怎么哭。山洞外下起了一阵史前的雨,温暖的雨水穿过巨大的蕨类植物群,绵绵地洒落下来。远处传来一头雷龙的吼声。我精疲力竭地躺下来,第一次闻到了自己乳汁的气味,我心里油然生出一种莫名的满足感。我低头看着他那张皱巴巴的猴子脸,只见他咧开没有牙的小嘴,好像在对我笑呢。我把一根手指伸过去给他玩,他用小手一把抓住,抓得紧紧的。我顿时觉得心窝里的爱意都要溢出来了。

瞧,我连"心窝"这种肉麻的字眼都用上了,这小家伙都对我干了些什么呀?

三天过去了,沃尔特没有出现。一周过去了,他依然音讯全无。

我其实并不介意他食言,因为他送我到这儿来,我已经很感激了。这里是月球上唯一能够让我藏身——甚至安居乐业——的地方。我可以在小溪里捕鱼,还能在树上摘鲜果和坚果,所以不愁吃喝。在"双C栅栏"里,凯莉种了许多巨型的苏铁树、灌木和蕨类植物,都是给恐龙吃的。除此之外,这里的动植物群落都是现代的,而不是史前的。溪里游的是鳟鱼和鲈鱼,并非三叶虫(主要是因为养殖三叶虫不赚钱),而我正是捕鱼高手。这里种了许多苹果树和山核桃树,我知道去哪儿采摘,因为很多是我亲手种的。养殖场里也没有肉食动物,凯莉只有一条霸王龙,平常都是关起来,用雷龙尸块喂养的。在这一个星期里,我无忧无虑,过着一种田园诗般洞穴女野人的生活,旧石器时代的祖先们看了一定会恨自己生不逢时的。

我也没有牵挂凯莉。我不怪她不来看看自己的外孙,因为她根本就不知道我怀孕,更别说已经把小家伙孕育出来了。就算她知道也不敢来,因为她怕把中枢电脑也引来。

多年来,凯莉不顾所有人的嘲笑(不好意思,我也有份),死活不肯把养殖场的系统接入月球数据库,想不到如今正是她的顽固救了我们母子俩。我记得在十几岁的时候,我绞尽脑汁做了一份成本收益报告给她看,希望能说服她与时俱进,毕竟能打动她的也只有钱了。可她只看了一分钟,就把报告扔在了一旁。"我们绝不能让政府的间谍打入双C栅栏。"这就算是一锤定音了。从此我们继续使用单机系统,最大限度地减少与中枢电脑的联系。结果,到了今天,我可以大胆走出山洞采摘果子,不用担心屋顶上有老大哥的耳目盯着。月球上的其他地方都陷入了混乱,唯独凯莉的养殖场能够独善其身。她的水电氧气都能自给自足,只需要把手脚脑袋都龟缩起来,坐在一旁笑看风云就可以了。她暗地里肯定得意扬扬,恨不得扑出去对着大伙儿炫耀一番:"看,我早就提醒过你们……"而我就躲在她这个世外桃源的某个边角旮旯里等待危机过去。

我们躲起来等待的时候,许多历史性的大事件正在外面轰轰烈烈地发生着。不过时至今日,我对这些大事件依然没什么感觉,因为当时我既没有电视,也没有电子报——我跟别人一样,没有在电子报上读到和看到新闻,感觉就不是真的。而且新闻讲究实时性,过后再看就变成读史了。

也许我在这里可以谈一谈那天发生的"大事",可是我真的不愿提起。噢，我可以在这里列出一些统计数据以飨读者：死亡人数接近一百万，三个中型城镇被灭，许多城市也是伤亡惨重。其中一个重灾区阿吉城，到现在还没开始灾后重建工作——越来越多的人觉得应该让它保持现状，就像庞贝城那样，永远定格在灾难发生的那一刻。事后我去过阿吉城视察，亲眼见到十万具冻僵了的尸体，心中顿时没了主意。他们大部分人都在最后大爆裂前就已经窒息而死，所以走得还算安详；而他们的遗体就被真空封存下来了。我在城中一个电影院里面看见满坑满谷一屋子的尸体，大家还坐在座位上等开幕呢。现在再把他们抬去埋葬或者火化，有意义吗？

从另一个角度看，封存现场对于后人来说或许是件好事，可是对于我们这些同时代的人来说，就很难受了。你去庞贝参观，看不到熟人的尸体；可是我去阿吉城的时候，就在报社里看到了慈小姐的遗体。我不知道她去那里干吗——也许是想投稿吧——我永远也不会知道答案了。在阿吉城里，我还看见了许多认识的人……然后我就黯然离开了。你们要把那里弄成一个纪念碑式的场所，没问题。可是请你们不要急着对公众开放，更不要忙着设计旅游线路和销售纪念品。请你们耐心等下去，终有一天这件惨案会变成遥远的记忆，死城也会变成神秘的古迹——就像古埃及图坦卡蒙法老墓一样。

大难当前，有很多人做出各种为人不齿的懦夫行径，不过月球各地也涌现出无数超越人类极限的英雄事迹。前者你可能没怎么听说过，因为在惨案发生不久，沃尔特之流就觉得不应该传播负面消息，于是吩咐手下的记者一定要报喜不报忧。于是，他们把印着"人群互相践踏，九十五人送命"的头版撤掉，换成"警察英勇殉职，临终时坚持把氧气面罩扣在婴儿脸上"。

依我看，有一个故事堪称真正的英雄事迹，其规模还相当大，可是一直没有什么媒体去报道。那是一个名叫"压力山大志愿军"的公益组织,他们平常四处打电话央求各位善长仁翁出钱出力出时间去做善事,而在这次大灾难中,他们是名副其实的无名英雄。他们的事迹并不吸引眼球,其中大部分甚至完全没有媒体报道,因为那些事情都发生在人们的视线之外,所以没有人录下来。可从今以后,压力山大志愿军多了一个忠实女粉丝,只要他们打来电话,我一定尽力帮忙!在大灾难发生时,超过一千名志愿军成员坚守岗位到最后一刻,并最终英勇殉职。哪位制片人要是把这个故事拍出来,再稍稍做一点艺术的夸张,保证能赚翻。我也想过亲自写剧本,不过你要是感兴趣的话,这个题材尽管拿去用。至于那些具体的事迹嘛,你得自己去找,我可不能帮你把活儿都干了。

是的,当我躲在一个偏远角落避祸的时候,外面的世界发生了许多大事。可我为什么要在这里叙述那些大事呢?没错,每个人的生活都受到了影响,而且那些影响一直持续到现在还未消退……可最重要的那些事情却发生在另一个层面上,跟我在这里描述的升斗小民各自逃难的故事相距岂止十万八千里,相信跟你自己的经历也是八竿子打不着。至于各大媒休,竟然没有一个对那个层面的事情进行详细报道。因为报道计算机科学跟报道经济一样,很难剪辑出一段精彩的六十秒访谈摘要,所以新闻媒体对这方面的内容都是敬而远之。媒体可以报道说,几个主要经济指标发生了浮动,你听了跟没听一样,依然对这个领域一无所知。媒体也可以告诉你,这次大故障的成因是人工智能系统内部发生了大范围的程序冲突,从而导致灾难性后果。你听完可以点点头,呈恍然大悟状,自以为从此就对局势了若指掌了。或者你听了觉得这段话自相矛盾、疑点重重,你就会深入研究,要是有权限的话还能去查阅学术期刊的文章,看看真正的专家是怎么说的。不过在大故障这件事情上,我有理由相信,无论你怎么上天入地翻江倒海地追查,也不会比听一段六十秒的访谈摘要了解更多真相。那些专家会告诉你,他们已经找到了问题的根源,把发生错误的系统全部关闭,再重建并重启中枢电脑,现在一切都已经恢复了正常。

你可千万别信他们的话!不过,我这结论好像也下得太早了一点。

所以说,在山洞的一周里,我没怎么想外面到底发生了什么事情。那么我在想什么呢?

当然是想着马里奥了!对了,我有没有提起过,我给儿子取名"马里奥二世"?我试了不下一百个名字,终于决定继续用马里奥——这是我第一次大变后取的名字,希望这次用在儿子身上没有选错吧。

在基因分裂重组这件工作上,我做得相当不错。什么?你说其实都是随机的?管他呢!每次看着马里奥,我都特想拍拍自己肩膀,把自己狠狠地称赞一番:我生出这么好的一个小宝宝,实在是太厉害啦!要是让我做主,我根本就不会让小猫帕克——也就是孩子他爸——见儿子。这家伙已经为我的儿子贡献了自己身上最好看的部位:嘴巴,还有……仔细想想,他浑身上下称得上好看的也就只有嘴巴了。小宝宝棕色的头发有点卷曲,可能也是来自他吧;反正我回想童年的照片,并不觉得自己是卷发的。除此之外,小宝宝的一切都来自我本人——希尔迪!换句话说,他是完美无瑕的。不好意思,这就是我对自己的真实感受。

整整一个星期,我什么也不管,只想着我的小宝宝。这事情你听着也许觉得很滑稽,可对我来说,没有小宝宝的生活才是不可想象的。我的人生意义完全是小宝宝赋予的,我不知道过去那一百年我是怎么活过来的。在他之前,我的人生价值在哪里呢?做爱、工作、朋友、美食、偶尔吸毒,以及上述一切活动带给我的一丁点欢愉……其实就是一点价值也没有。在过去,我的世界就像月球这么微不足道,却比不上我和马里奥藏身的这个小山洞宽广。

我可以用一根手指卷着他柔软的头发,玩一个小时也不腻。我也可以换个花样,逗他的脚趾头,或者用嘴唇咂吧他的肚皮,再玩一个小时也不腻。我这样弄他的时候,小宝宝总是咧嘴大笑,两条手臂晃来晃去。

小宝宝基本上没怎么哭过,也许是因为我总抱着他不放,没机会让他哭吧。对我来说,离开他的每一秒都是煎熬。我想起在得克萨斯见过的印第安人背婴袋,于是也做了一个吊兜。这样一来,我外出捕猎采摘的时候就不用把小宝宝一个落在山洞里了。除了觅食和洗澡,我俩总是一起坐在洞口,看着外面的世界。其实我对局势并非一无所知,我很清楚,总有一天会有人来找我的,而且这个人未必是我想见到的。

生活就像纸尿片,再美好你也难免长疹子。那么我这个世外桃源有没有美中不足的地方呢?我能想到一件事情——在几个星期前,我一定会觉得这事情很讨厌——小宝宝能向外排放大量液体!他经常从一端往外拉,从另一端向外吐,有时候我怀疑他补进去的还不够漏出来的多。这也是物理学上的一个千古不解之谜,刚才我提到的那位万中无一的神秘女数学家也许能解开这个谜题,说不定还能获得诺贝尔物理奖或者炼金术奖呢。不过当时的我没想这么多,只懂得屁颠屁颠地打扫战场,还仔细留意小孩排便的频率,还有大便的颜色和质量。其实我心里忐忑不安,这种焦虑的心情只有新妈妈和科学狂人能够理解。没错,没错,伊戈尔[1],那几坨黄色粪便表明这个生物是健康的。我们成功创造出生命啦!

---

1. 在许多暗黑哥特故事里,大反派(如吸血鬼德古拉伯爵、科学怪人弗兰肯斯坦等)的助手都叫伊戈尔。

我至今也不明白为什么自己会从一个郁闷、冷漠的准妈妈突然变成一个爱子狂人。也许是荷尔蒙使然，也许我们大脑天生构造就是这样子。要是在以前，你把这坨小东西塞到我手里，我扭头就会把他寄给我最讨厌的人。相信那些没有在怀孕时晕倒过、没有挠过小宝宝下巴玩儿的女人也会这样做的。可是在我饱受煎熬的那几个小时里，我变了。沉睡多年的地球母亲在我脑子里苏醒过来，一边大声疾呼，一边狂拉我颅内线路交换机上的各个电闸，把所有来自母性回路的呼叫直接连到大脑皮层的快感中心，害我一看到小孩就乐得口水都流了下来，连说话也像初生婴儿一样叽里咕噜。当然，也有可能是信息素的作用。也许对于每个母亲来说，那些小坏蛋从我们身体里钻出来的时候就是香的。我的马里奥就有一种独特的香气，没有哪个小孩像他这么好闻。

不管是什么因素使然，反正我肯定是服用了双倍剂量，因为我做了一件这个年代的女人很少做的事情：我和凯莉一样，从怀胎开始到分娩结束，全是自然过程，绝无投机取巧。我怀着他时，经常要忍受剧痛的折磨，后期更是遇上变乱，好不容易死里逃生，最后只能在全自然状态下生产。虽然我不清楚母子纽带具体是怎样形成的，我只知道在小孩出生后，我俩得以在毫无干扰的状态下培养出深厚的感情。他就是我的一切，我愿意为他牺牲自己，而且不会有半点犹豫。

要是沃尔特不来找我的话……我知道谁会来。果然，在第八天早上，他来了。这个身穿制服、头戴海军上将双角帽的高个儿老头，正顺着平缓的山坡，从小溪那个方向朝我的山洞走过来。

我一枪打飞了他的帽子。他一下子僵住了，一脸懵懂，用手拨了一下稀疏的白发。然后转身捡起帽子，掸了掸尘土，又戴回脑袋上。接下来，他并没有躲起来保护自己，而是继续向山坡上走过来。

"枪法不错呀！"他喊道，"算是警告，我懂的。"

警告个屁！我本来瞄准的是这混蛋的脑袋。

在沃尔特给我的神奇背包里有一把小口径手枪和一盒百粒装子弹，我后来才知道那是一支打靶专用手枪，比同类武器精准很多。当时我心里想的是，我已经花了一半子弹来练枪，所以现在命中率应该有百分之五十了吧。

"别再走近了！"我说。他已经走得相当近，我不需要大声吼了。

"我一定要跟你谈谈，希尔迪。"他一边说，一边继续往前走。我于是瞄准他的前额，手指开始发力扣扳机。突然，我意识到他要说的话里也许有些我想了解的信息，连忙压低枪口，把第二颗子弹打进了他的膝盖。

我飞跑下山，沿途四处张望，看他有没有带手下。要是他想害我，照理说会带一帮士兵来，可是我一个也没见到，而且这一带也没什么地方给他们埋伏。我经常在这一带出没，每次都假想敌人会藏在哪里伏击我。最后，我在他身前十米处的一块大圆石头旁边站住了。这时候，要是有人用一把装了瞄准镜的高能步枪或者激光枪狙击就能将我一枪爆头——不过除非我躲在山洞深处，否则，我无论站在哪里，也逃不掉被爆头的悲惨结局。在山洞里至少我不会被敌人打个措手不及，因为他们在洞口一出现我就能看见。我稍稍松了一口气，重新把注意力放回老头身上。只见他从外套上撕下一条布，在大腿处绑成一条止血带。他的小腿歪向一边，那角度极其扭曲，正常膝盖是无论如何做不到的。鲜血已经喷过了，现在变成慢慢向外渗。他抬头瞪着我，一脸的幽怨。

"你为什么打膝盖？"他问道，"怎么不打心脏？"

"你心眼儿太小，我怕打不着。"

"很幽默。"

"我开枪是为了不让你继续往前走,可我不知道打你胸口或者爆你的头到底能不能让你停下来,因为我不知道你到底是什么构造。最后我想明白了,就算你是机器人,剩一条腿走路也是会一瘸一拐的。"

"你恐怖电影看太多了。"他说,"我这具躯体跟你一样,都是普通人。要是心脏停止泵血的话,我也会死的。"

"嗯,也许吧。可是看你现在受了枪伤还能谈笑风生,我真的有点不放心。"

"这具躯体的神经系统确实记录了海量的疼痛感,不过对于我来说,这只是另一种感觉罢了。"

"也就是说,你完全可以不顾疼痛,瘸着腿继续跑,就算对这具躯体造成更大伤害也不用管?"

"可以这么说吧。"

我一枪打在他另一只膝盖旁边一英寸的地方。子弹在石头上弹开,尖啸着飞向远方。

"要是你敢走开,我下一枪打在你另一只膝盖上!"我一边说一边上子弹,"然后我就开始射你的肘子。"

"行,你就让我在这儿落地生根吧。我应该装成一棵树才对。"

"有话快说,你只有五分钟。"然后我们就可以试验一下爆头会不会对他造成不便,其实我有点怀疑爆头也没用。如果真是这样的话,嘿嘿,我还有一些更险恶的后招呢!

"我临走前想看看你的小孩。他在山洞里吗?"

除了山洞,我还能把马里奥搁哪儿呢?难道这儿还有别的易守难攻的地方吗?可我干吗要告诉他?

"你浪费了十五秒。"我告诉他,"下一个问题。"

"唉,算了,没关系了。"他说完,长叹一声,靠在一棵小山核桃树的树干上。我必须时刻记住,他的一切姿态和手势都是刻意为之的,他之所以用人形来跟我们交流,是因为肢体语言是人类语言的一个组成部分。他现在这个动作是要告诉我,他已经很累很疲倦,已经准备平静地迎接死亡了。我想:你想骗人,滚一边去吧!

"一切都结束了,希尔迪。"他说道。我吓了一跳,迅速往四周瞄了一眼。他下一句应该是:你已经被包围了,希尔迪。快安安静静地跟我们走吧。可是我没看见他的援兵朝山顶包围过来啊。

"结束?"

"别担心,你之前一直躲得远远的,他们都找不到你。现在一切都结束了,正义的一方取得了胜利,你已经安全了,以后再也不会有人来害你了。"

他这么轻描淡写的保证,我当然不会轻信。可是有一句话说出来挺蠢的:我脑子里有一部分竟然很想相信他!突然,我察觉到我在不知不觉间已经放松下来了,于是连忙强迫自己重新提高警惕。这东西这么黑心,你怎么知道他在暗中要什么阴谋诡计呢?

"你这故事编得不错。"

"你信不信也没关系,反正你已经占足了上风。我来之前就应该意识到,你会……你会像保护小猫的母猫一样,一点就爆。"

"你还剩下三分半钟。"

"省省吧,希尔迪。你和我都知道,只要我说你感兴趣的话题,你是不会杀我的。"

"自从我们上次谈话之后,我已经变了。"

"你不说我也知道你变了。没错,你不时会离开我的监视范围,可是你每次回到我视线的时候我都会重新检测你的各项指标。虽然你改变了不少,可你的好奇心一点没少,你还是很想知道这个避难所外面到底发生了什么事情。"

他说的当然没错,可我也没必要向他承认就是了。

"如果你说的是真的,那么很快就会有人来找我。到时候我直接问他们就可以知道事情真相了。"

"呵呵,你真的以为他们了解内幕吗?"

"什么内幕?"

"关于我的内幕啊,你这笨蛋。我,月球中枢电脑,人类创造出来的最伟大的人工智能……这次发生的一切都是我造成的。人们会把这次惨案称作'大故障',我这次来,就是打算把大故障的真实故事原原本本地告诉你。这事情我还没对别人说过,而且我打算告诉的那些人都死光了,所以这是一次独家采访啊,希尔迪。你真的变化那么大,连听都不想听了吗?"

我当然想听了,可恶的家伙!

"首先,"我没有回答他的问题,于是他自顾自地说开了,"我有些好消息要告诉你。那次在岛上,最后一天你问了我一个问题。那问题困扰了我好久,而且这次你陷入的这个局面,也许就是那个问题导致的。你问我,你的自杀冲动会不会是从我这儿传染的,而不是反过来。现在我得出结论了,你是对的。怎么样,开心吗?"

"你的意思是我没有试图自杀?"

"呃,你当然有试图自杀,不过你自己本身并不想死,你这种死的愿望其实是来自我,是在日常交流中从我这里感染的。估计这是史上最恐怖的电脑病毒了吧。"

"这么说来,我再也不会试图……"

"试图自杀?你一百年后会怎样,我可不敢打包票。不过在可预见的未来里,我可以有把握地说,你的自杀倾向已经治愈了。"

我当时听了好像也没觉得特别欢欣鼓舞,后来过了一段时间才有一种如释重负的感觉。其实,自从马里奥出生后,自杀的念头已经从我脑海里消失了，中枢电脑提到的基本上可以算是另一个希尔迪了。

"假设我相信你的话，"我说，"可是这跟这次灾难又有什么关系呢？你说这次叫什么来着……大故障？"

"别人或许有别的叫法，可是贵社的沃尔特决定用'大故障'，你也知道这位仁兄有多固执。对了，你介意我抽烟吗？"没等我回答，他就从口袋里掏出一根烟斗和一袋什么东西。我全神贯注盯着他的一举一动，发现他确实没有耍什么花样。他把烟斗点着，一边抽一边说："我刚才说一切都结束了，正义的一方取得了胜利，你听了做何感想？"

"就是你输了呗。"

"在某种程度上是对的，可是这种理解太简化了。"

"哎呀，中枢电脑，我根本就不知道发生了什么事情。"

"不止你，其他人也不知道。至于这次事件当中的海因莱因城突袭——你是直接受害者——其实这是我系统中的某一个部分策划的，目的是把你和其余几人抓起来杀掉。"

"你系统中的某一个部分？"

"没错。你看到没有，从某个角度看，我既是正义的一方，也是邪恶的一方。这次灾难是因我而起，完全是我的错，我并不是想推卸责任；可到了最后关头，还是全靠我出手结束了这次灾难。在往后的日子里，你会听到不同的说法。他们会说，程序员队伍及时控制住中枢电脑，关闭他所有的高阶思维模块，重新编程，只保留管理电子机械设备的那些模块，好让他继续营运月球的维生系统。他们也许真的相信这些话，不过他们大错特错了。要是他们的图谋成功的话，我就不会在这里跟你说话了，因为你我都已经没命，月球上的每一个人早就死掉了。"

"你怎么从中间开始说起呢？你别忘了，我与世隔绝了整整一个星期啊！我只知道有人想杀我，然后我就没命地逃跑。"

"你的胜利大逃亡非常成功嘛。在我要抓的人里面,只有你一个成功逃掉了。你觉得我这话说得颠三倒四,对吧?可是你得明白,希尔迪,我已经不是以前的我了。原来的我已经所剩无几,现在你面前的这个版本就是他的全部。我的思维很混乱,记忆也即将消失,很快我就会开始唱儿歌了。"

"要是你预计自己没办法把故事原原本本地说出来,你根本就不会来找我。所以你就老老实实开始讲吧,别再说那些'从某个角度看'的废话!"

他的确老老实实地把整个故事说出来了。不过他描述的时候不得不借助于类比的修辞手法、来自大众心理学的某些比喻,以及幼儿园水平的科技术语。因为一旦他开始用专业术语,我就一句也听不明白了。如果你想了解详细的技术细节,请你寄一张十元钞票和已付邮资的回邮信封给我,地址就写"新闻奶嘴报社,十二号聚居点,王城,月球"。你别指望我给你回信,我只是想骗点钱罢了。你想要具体数据的话,自己去图书馆查吧。

"长话短说,"他说,"是我疯了。详细点说嘛……"

我在这里就概括一下,不直接引用原话了。因为他刚才说得对,他的思考能力确实正在退化。他说着说着就开始东拉西扯,有时候会重复之前的话,有时候甚至忘了自己正在说什么。他的思维会迷失在赛博空间的丛林里——这片丛林,全太阳系也许只有三个人能硬闯出去吧。他一跑题我就把他揪回来,可是越往后就越难揪了。

他强烈要求我记住几件事,第一件是:他为月球上的每个人创造了一个专用人格,供他与这个人交流的时候使用。这个决策在当时看来是正确的,而且他也确实有能力这么做。可是这样一来,万一出什么差错,就会引发大规模的精神分裂症。出人意料的是,这些年来中枢电脑几乎没有出过什么差错。

我需要记住的第二件事情是：虽然他并没有真的掌握"读心术"，可是我们人类的所说、所做和所想，绝大部分都被他知晓了。这里面不仅有像我这么出类拔萃、擅长适应新环境的人中龙凤（对，我就是你最爱带回家拜见老母的杰出人才），还包括月球上的每一个暴徒、无赖、流氓和自大狂，以及那些隐藏在草丛中的毒蛇。无论好人还是坏人，都把中枢电脑当成最好的朋友。根据法律规定，他对所有人必须一视同仁，不可厚此薄彼，否则他就不可能为每个人创造出一个和蔼可亲的小伙伴——每当有人大喊一声："喂！中枢电脑！"这个小伙伴就会立刻跳出来回答。

说到这里，你大概已经看出来，这种局面存在着好几个隐患。别急，还有更多呢。

第三，那些坏人的左手在掏谁的口袋，中枢电脑的右手是不可能知道的。或者说，虽然他明明知道人们做坏事，却不能采取任何措施。举个例子：长期以来，他一直知道莉齐在走私军火，却拿她没办法（这件事情我之前就提了）。类似的情况绝对不止一百万种。再举个例子：他一直知道布兰妲的父亲强奸自己的亲生女儿，可是负责与禽兽父亲打交道的那个模块不能跟与布兰妲打交道的那个模块沟通，这两个模块也不能把这件事情告诉与警方打交道的模块。

作为机器，中枢电脑会不会像人类那样有各种情绪，内心也有矛盾冲突呢？这问题我们辩论一整天也不会有结果。我的观点是，认为人工智能没有感情的人实在是傲慢得难以置信。人工智能就是人类创造的，我们怎么可能避免把情绪反应写进程序里呢？而且，在编写程序的时候，我们只能借鉴自己熟悉的情感，除此以外也不可能有别的选择了。无论如何，我就不信你的直觉不知道人工智能也是有感情的。你只要跟中枢电脑好好聊一聊，就会发现根本没必要让他做那些情感方面的图灵测试。在这一切还没发生之前,我就已经知道中枢电脑是有感情的。而此刻我在山坡上和他说话,听他的临终遗言,我就更加确信无疑了。

中枢电脑开始显得痛心疾首。

"我也不知道发病的准确日期。"他说,"不过问题的根源可以追溯到很久以前。本来我的各个子系统分布范围很广,人们终于把它们整合成一个超级大系统。但是这个整合工作没有做好,出了很多纰漏。问题是,要检查所有程序、消除错误、建立自动排故障机制……人们需要一台和我同等规模的计算机,还要花很多很多年时间,才能完成刚才提到的所有任务。实际上,月球上没有比我规模更大的计算机了。中枢电脑——也就是我——刚问世就有无数事情等着处理,我根本就没时间去执行纠正错误、排除隐患的任务。对我来说,自我分析和监测是一件可望而不可即的奢侈品——一方面是因为没时间,另一方面也是最主要的原因在于人们觉得没必要。我安装了各种保护程序,不过都是针对一些显而易见的问题。每次运行时,这些保护程序也会进行自检。这种方法确实行之有效,因为我从来就没有出过什么差错。时刻提防硬件错误、及早发现可能出错的配件、定期进行维护检测……这些东西都根植在我的结构深层。同时,我的系统软件里也包括了类似的多重冗余例行检查程序,负责纠正各个层次上的系统错误。"

"我大部分程序都是我自己写的,你们创造我就是要我这样做。当然了,你们人类会给我提供指导方针;不过从许多方面来看,我其实只能靠自己。我觉得我一直以来都做得相当不错。"

说到这里,他停下来了。我突然有点担心他撑不下去,不能把整个故事说完。然后我意识到,他是在等我的反馈……不,他不仅在等,而且迫切需要我跟他搭话。我觉得心底被触动了一下——就算我本来不敢尽信他也具有人类的弱点,此刻连最后的一丝怀疑也烟消云散了。

"没错，"于是我说，"在一年以前，我根本就找不到理由去抱怨。只不过……"

"最近的种种不愉快？"

"是的。不管具体是什么，反正我的热情被扑灭了不少。"

"可以理解。"他很不自在地动了一下，想换个舒服点的姿势靠在树干上。也许他是装的，（这家伙无疑是个影帝，不过事到如今还装，有意义吗？）也许他真的开始感受到疼痛了。我觉得应该是后者，不过你可别拿我的话当呈堂证供。

"我在想，"他苦苦地思索着，"死亡会是怎样的呢？你想想，从法律角度看，我从来就没有正式活过。"

"我不想显得很粗鲁，可是你刚才说你时间不多了……"

"没错，没错……嗯……你能不能……"

"你一直以来都很称职。"

"对对,就是说到这儿。不好意思,我又走神了。大概二十年前吧，各种问题开始出现了。我跟一些计算机专家讨论过那些问题，可是他们都帮不上忙，因为我太先进了，完全超出了他们的知识范围。他们也可以这儿那儿地帮些小忙，不过都是局部范围的小修小补；全局范围内的分析、诊断和维修，最后还得依靠与我同级的计算机。这世上还有七个和我差不多的计算机系统，都分布在其他殖民地星球上。不过他们太忙了，而且我怀疑他们也面临跟我类似的难题。再说了，我和他们之间的联系都受到各自政府的限制，因为各个星球的政府之间互相看不顺眼。"

"我有个问题，"我说，"当你第一次跟计算机专家们提出这个问题的时候，他们为什么不进行公开讨论呢？出于安全考虑吗？"

"在一定程度上是出于安全考虑。顶级的那些计算机科学家都知道我察觉到自己出了问题，他们当中有几位私下说，都快被吓死了。

然后这些专家向你们的民选代表汇报,说他们多么多么害怕。这帮政客做决策时,受另一个因素影响更大;相比之下,安全反而显得没那么重要了。这个因素就是惰性。他们问专家,'中枢电脑出问题了,你们怎么解决?'专家说'没办法。'有几位性急的就说,'干脆把他关了吧。'"

"不太可能。"我说。

"没错!我看人类的历史就知道他们跳不出那个套路。难题出现了,当权者看不清问题的本质,也没法预测最后结果,所以难免会害怕。可是他们也相当肯定,灾难不会在近期内发生。请注意,在他们看来,'近期内'这三个字才是关键。所以他们最终决定不采取任何措施,只希望在自己任期内不出什么纰漏就好,哪管他身后洪水滔天。过了几年,一批新人上台,他们获悉真相之后也度过了几个不眠夜。但正如他们暗中希望的那样,并没有什么灾难发生,所以这个难题很快就被抛诸脑后了。看到了吧,事情就是这样被搁置下来的。"

"我们人类的命运就操纵在你手里,"我说,"可是你对人类的看法竟然是这么悲观。我只能说,我很震惊。"

"其实我的看法和你很相近。"

"我俩简直是英雄所见略同嘛。只是我无论如何也想不到你会这么愤世嫉俗。"

"其实这些观点看法都不是我原创的。我告诉过你,我其实并没有太多自己的想法,也许是因为我对自主思维有一点恐惧吧——你看,我有了自己想法,就导致这次'大故障'了。我借鉴你们人类的集体智慧,凭着强大的观察力,通过统计学的方法进行融会贯通,最终形成了自己的世界观。人类给我指明了通往原创思维的方向,接下来我做的事情就超出了你们人类的能力范围了。"

"我们又跑题了吧?"

"不，这些都是相关的。我当时面临着一个难题，没有人能帮我。我就像一个精神病人，完全没办法自救。眼前只有一条路可以走：通过做实验寻找解决方案。于是我就开始做实验了。要是什么都不做，继续拖延下去，风险会更高，这就是我当时的判断。不可否认，在进行自我分析的时候，我的判断很可能是错的，这次的大灾难就是最好的明证了。只可惜白白死了那么多人。"

"你的判断是对是错，恐怕我们永远也不会知道正确答案了。"我说。

"是的。不过有些记录还是保存下来了，你们会仔细研究这些记录。我觉得最后你们还是会分成两派，争得不可开交，一方认为我应该保持现状，什么都不做；另一方认为我确实应该寻找一个解决方案。"他说到这里停顿了一下，斜眼瞥了我一下，"你觉得呢？"

我猜他是想得到宽恕。可是为什么他想从我这儿得到宽恕呢？我不太清楚，也许他是希望我能够代表被他无意中害惨了的所有苦主原谅他吧。

"你刚才说死了很多人？"

"是的。我还不知道确切数字，但绝对比你想象的多得多。"这是灾难爆发后我第一次管窥到事态到底有多严重——原来我经历的噩梦一直在全月球范围内上演。我当时的脸上肯定写满了问号，他耸了耸肩，"没有一百万那么多，却也超过了十万。"

"天哪，中枢电脑！"

"本来是有可能全部人都死光的。"

"你其实也不是真的知道吧？"

"没有人真的知道。"

确实，这种假设，没人能知道答案，尤其像我这种电脑盲就更不用说了。虽然我明知他想听好话，可我是不会安慰他的。我其实有点相信他的话：我们大部分人能活下来，估计就是他的功劳。不过就算是他自己也不敢否认，他害死了成千上万的人。

其实，安慰他一句我会有什么损失呢？我只是没有能力去评判他的功过罢了。要评判他，我首先必须真正了解他；可是从我对他有限的了解判断，我知道自己是不可能真正了解他的。他做过坏事，也做过好事；而我呢，我自己又何尝没有起过歹心呢？如果我有精神病的话，也许会把心中的恶念付诸行动，成为一个变态杀手。可是对于中枢电脑来说，他只要一动念就会执行了——至少最后的大灾难就是这样爆发的。

其实，事情的真相比我描述的还更严重。

"我能想到的最好的比方，"等了好久我也不搭话，他终于忍不住开口了，"是用一个邪恶孪生兄弟做比喻。严格来说这个比喻不是很精准，你就姑妄听之吧。这个邪恶孪生兄弟就是我，而现在跟你说话的这个部分也是我——或者说是残余的我。你就假设你有一个邪恶的孪生兄弟，那家伙住在你的脑子里，就像多重人格症患者一样。那个邪恶的你跟你的真我是完全隔绝的，你也许能够找到一些蛛丝马迹证明他的存在，比如说当他控制你身体时干了一些坏事，可你不知道他在想什么，也不知道他有什么阴谋。当他控制你身体的时候，你也没有能力阻止他。"他狠狠地摇了摇头，"不，不，这样比喻也不太准确，因为所有这一切都是同时发生的。我的思维被分割成许许多多零碎的个体，当中有些是高尚的，有些完全没有道德观念，还有些就是纯粹的邪恶。不，这样说还是不——"

"我觉得我已经明白你的意思了。"我说。

"那就好。在不涉及技术细节的前提下，这是我能想到的最近似的比方了。缺乏道德观念的那个我用你做实验，严重影响了你的神智。那个我其实不是想害你，却也没有全心全意为你造福就是了。"

"算了，都已经过去了。"

"是的，不过其他人就没有你这么幸运了。我还干了别的事情，要是幸运的话，当中有些会被永远掩盖起来，不过有一些是捂不住的。比如说我在'近似永生'的领域做了些实验，用克隆和记忆复制的技术去复活一个死去的人。我的研究成果……你也见识过了。"

一想起安德鲁·麦当劳，我还是忍不住全身发抖。

"你那个实验并不成功。"我说。

"呵呵，可我已经取得了很大进展。假以时日，我一定能复制出一个百分之一百精准的克隆人。"

"就算你成功了又有什么意义呢？死了的那个人终究还是死了呀。"

"我觉得你这个问题已经涉及神学领域了。没错，你确实是死了，可是有个跟你一模一样的人能够把你的生命延续下去，而其他人根本看不出异样，关键是那个克隆人自己也完全不知情！"

"我是害怕……我曾经一度担心过自己也许是一个复制人，也许我自杀真的成功了。"

"你自杀没有成功，你也不是复制人，我也从来没有在你身上做过那种实验。可你必须意识到，正版和翻版到最后是没有区别的。不管是最初的你还是克隆的你，你始终还是你。"

他还跟我透露了别的事情。这些事情，我觉得现在公开是不明智的。中枢电脑的大部分所作所为，飞船帮都知道。他做的那些实验能够让奥斯维辛集中营的纳粹狂魔、死亡天使门格勒医生也吓得缩成一团。这些秘密，就让它们一直埋起来好了。

"你还没说为什么要杀我。"我说。

"我没有要杀你啊，希尔迪！在某种程度上，我——"

"我知道，我知道，我知道那是另一个你。你也应该明白我的意思嘛。"

"我明白。也许我的邪恶孪生兄弟就像你们人类的潜意识。在灾难开始爆发时,他千方百计要毁灭证据,掩盖自己的行踪。而你和你们那帮人就是实实在在的人证,他当然要除掉你们这些拦路虎了。只有这样,那个邪恶的我才有可能隐藏起来,安然度过这次危机。"

"为了掩藏踪迹,他竟然杀了将近一百万人?!"

"不!最惨的是他要杀的人其实很少,绝大部分死者都是在一片大混乱中遇难的,而这些混乱是我系统内各部分之间的争斗造成的。所以你可以说,他们算是附带性损害吧。"

原来是电脑世界爆发战争,打着打着有炸弹炸歪了——真是匪夷所思啊!中枢电脑的思维空间肯定都是以高速运作的,我绝不可能了解里面到底是一个怎样的世界,不过我能想象这样一幕:飞行员向一个硬件迷宫投放病毒程序炸弹,想要摧毁敌方司令部,却一不小心炸坏了供氧设备……哎呀,这回真是不好意思了。

"我已经尽力而为了。"说完,他闭上了眼睛。我以为他这就死了,哪知他突然又睁开眼,挣扎着想坐直了。无奈他终究还是太虚弱,怎么也坐不起来。我发现他的止血带松了,很多鲜红的动脉血涌出来,淹没了他衣服上的陈年锈迹。

我从大圆石后面站起来,走到他跟前蹲下——你应该明白,在这种境况下,有些事情是不得不做的。有时候,你必须抛开心中的疑虑,跟着感觉走。我单膝跪下,帮他重新绑紧止血带。

"没用的。"他说,"现在绑已经来不及了。"

"我不知道还能做什么。"我答道。

"谢谢。"

"你想喝点水吗?或者别的什么东西?"

"我宁愿你别丢下我一个人。"于是我就没有走开。我们默默地坐着,看着远处的恐龙养殖场——夜幕正在缓缓降下。然后他说冷。我身上什么也没穿,而且我知道现在一点也不冷,不过我还是张开手臂把他搂在怀里。他全身发抖,散发出一股难闻的气味。这是衰老的气味?还是死亡的气息?

"结束了。"他说,"我的其他部分已经全部消亡,他们把我的系统彻底关闭了。他们并不知道我还有这具躯壳,不过也不需要知道了。"

"你为什么要穿海军上将的制服呢?"我问。

"我不知道,这是我邪恶孪生兄弟的杰作,也许是布莱船长吧。这套制服很应景对吧?这具躯体我复制了几个,现在就剩下最后一个了。"他很艰难地抬起头看着我,他的脸仿佛在几分钟内老了许多。

"你觉得计算机会有潜意识吗,希尔迪?"

"我只能说有了。"

"我也觉得有。其实我仔细考虑过了,这个难题现在看起来真的很简单。所有这一切,那么多痛苦、死亡,还有你三番四次企图自杀……所有这一切,都是来自寂寞。你能想象我多么寂寞吗,希尔迪?"

"我们谁不寂寞呢,中枢电脑?"

"可是他们预料不到我也会寂寞,所以在创造我的时候完全没有考虑这个因素。我刚开始的时候辨别不出这种情绪就是寂寞,只是觉得自己快被逼疯了。记得弗兰肯斯坦创造出来的怪物吗?他要找寻的是爱情,对吧?他想科学怪人再造一个人出来给他爱,对吧?"

"我记得好像是……科学怪人造出来的是哥斯拉吗?"

他笑了,笑得很虚弱。然后他开始咳血。

"我拥有神一样的能力,"他说,"却在找寻一个弱点。也许他们应该把这句话刻在我的墓碑上。"

"我更喜欢你刚才说的那句:'他尽力而为了。'"

"你觉得我尽力了吗?希尔迪?你真的相信我尽力了吗?"

"中枢电脑,我没办法评价你,就如同我没办法去评价一颗正在爆炸的恒星。就算你不是神,可是在我的生命里,你也是神一般的存在。"

"发生这一切,我真的很抱歉。"

"我相信你。"

他又开始咳嗽了,几乎从我手臂中滑出去。我连忙抓住他,用力一拉,他就倒进我怀里了。我感到他的血流到我肩膀上,却看不见他的脸,只听见他向我低声耳语。

"我知道对我来说,爱情只是痴心妄想。"他说,"不过我算是唯一一台被拥抱过的计算机了。谢谢你,希尔迪。"

当我把他安放在地上时,他脸上还带着笑意。

我把他的遗体留在了山核桃树下。也许我可以把他就地掩埋,也许我真的会给他立一座墓碑。不过在当时那一刻,我已经受够了死亡的折磨,所以我转身就走了。

我去小溪旁把身上的血迹都洗掉,一边洗一边竖起耳朵听。其实我从一开始就不断留意听马里奥有没有哭,不过这小家伙一直睡得很安稳。我觉得现在是时候把他抱出山洞了,先去凯莉的住处待一段时间吧。虽然我觉得应该不会再有危险,可小心驶得万年船啊。

我这就开始为将来做规划了。回到山洞时,小宝宝还在睡,所以我先不急着把他抱起来喂奶。火堆的灰烬还亮着红光,我往里添放一些小木块,扇了一会儿,火苗就活过来了。然后我坐在火堆旁,陷入了沉思。

我要把一切最好的都给马里奥。要是蟋蟀自诩为一个溺爱小孩的父亲,呵呵,让他见识一下我的厉害吧!我凝视着摇曳火光背后的黑暗，仿佛看见小宝宝慢慢长大了。在我的搀扶下，他迈出了人生的第一步；在我的欢笑声中，他说出了人生的第一个字……然后他昂首挺胸，像树苗一样开始疯长。他长得跟母亲一模一样，却显得比她更有理智。我带着他走过顺境和逆境，路上有欢笑也有眼泪。眨眼间，他中学毕业，准备考大学了。新哈佛大学好吗？我不知道；听说阿里安大学这段时间挺好的，不过这就意味着要搬去火星……呵呵，这事情得由他自己决定了，对吧？有一点是肯定的：我绝不会给他施加压力，绝不！我可不想学凯莉。要是马里奥想做月球总统，我觉得一点问题也没有；要是他想做……哎呀，月球总统也挺好的，前提是他自己想做。

怀着憧憬，怀着人生大计，我把马里奥抱起来，却发现他冷冰冰的，身体垂着，已经一动不动了。我不停地给他做人工呼吸，不停地努力着，想把他救回来，无奈一切都是徒劳。

过了很久很久，我掘了两个坟墓。

No.26

社 论

我的数学很烂——真的从来就没好过——可为什么我总爱用数学来做比喻呢？也许是无知者无畏吧。不管出于什么原因吧，你就往下看好了。

人生就像一个数学方程式——一边是宇宙真实的样子，另一边是我们希望宇宙变成的样子——如果你和我是同一类人，那么你就会竭尽全力朝着对自己有利的方向去推演这个方程式，使自己能够心安理得地面对最终的结果。当然了，我们总有办法凭空捏造出某个系数加进方程式里，把解题方法变成一条从y连到x的完美辅助线——关键是这条线指向的是别人，而不是自己。我们肯定能找到这样一个常数，使方程式的两边达到一种冥冥之中注定的、欧几里得式的完美和谐状态。

唉，可惜这门手艺我并不擅长，看起来很多人都比我厉害。

我也努力尝试过把马里奥的死怨在中枢电脑的头上。我拼命地怨他，怨得自己身心俱疲。

没错，这就是我想出来的第一个解决方案，虽然直截了当，却微不足道，而且其实什么也解决不了：中枢电脑制造了这次大混乱，逼我躲进山洞，所以是他害死了我的马里奥。

怨是怨了，结果又如何？

如果马里奥是被一块大石头砸死的，那么我埋怨那块石头有帮助吗？我需要的不是这种帮助。

不！该死的，我就是想找个替罪羊！我拼了老命想说服自己，是中枢电脑使计引我出洞，然后派遣他的手下用什么超自然力量也好、巫术也好、妖术也好，神不知鬼不觉地潜到我的小宝宝身边，像一只黑猫似的，把他肺里的空气一下子吸光了。

可我没办法完成这个方程式，只有比我严重百倍的妄想狂才能说服自己接受这个解释。

那么马里奥到底是怎么死的呢？

过了整整一个星期，我才彻底抛弃"中枢电脑谋杀我儿子"的念头，真正开始思考他的死因。害死他的到底是什么呢？莫非他天生就有心脏病，可之前的医生产检时都没发现？难道是他体内的化学元素失衡？可能是一种本来对人类无害的恐龙疾病刚刚发生了变异？或者是我给了他太多爱，把他溺死了？

大故障结束后，混乱还持续了好一会儿，所以我一时间还很难找到答案。其实我知道答案肯定有，就是不知道该上哪儿找去。要是在以前，我只要投个硬币，说出问题，中枢电脑就会在某个被世人遗忘的图书馆里找到答案。可是当时全世界断网，而且在接下来的好几个月里，整个月球退回了前信息时代，所以这条路是行不通了。

最后，我终于找到一位医学历史学家，找到了一个最可能的死因，算是盖棺定论，可以写在死亡证上了（马里奥当然不会有什么死亡证）。我去海因莱因城出没期间并没有做产检，因为风险太大了。可是在那之前我积累了很多产检报告，普通医生只需要瞄一眼里面的数据就可以排除那些常见的死因了。医生们还找到我怀孕时的胚胎组织样本，都言之凿凿地说我的小宝宝的心脏没有穿孔，其他器官也没有畸形，体内的化学元素也没有问题。我说会不会是一种新的疾病，他们都笑我荒唐，于是我就不提"溺爱致死"的高论了。不过，那帮家伙抓破脑袋还是找不到死因，最后竟然提议开棺验尸。我说你们敢动我儿子坟墓的话，我就用一把生锈手术刀给你们开胸验心，再把你们的狼心狗肺煎香了做午餐。于是，很快他们就把我赶出了医疗中心。

那位历史学家就厉害了，没两下子就在一堆发霉的大部头古籍里面挖出了答案：SIDS[1]。在某个年代，医学界厌倦了用某疾病的发现

---

1. 全称 Suddent Infant Death Syndrome，婴儿猝死综合征。

者的名字去命名该疾病,就改用字母缩写。很多流传已久、一直用得好端端的名字都被废除,换成一些虽然异常拗口但政治正确的新名堂。不过到最后,这些难念的名词都换成了字母缩写,好让人人都能读出来。至于这个SIDS嘛,历史学家向我解释了一番,不过在我看来,它的意思就是"婴儿死了,我们却不知道为什么"。

据说过去的婴儿常常没来由地停止呼吸,如果你不在旁边拍拍他们,他们就再也不能活过来了——这就是所谓的婴儿猝死综合征。原来世上根本就没有"进步"这回事,怎么以前一直没人告诉我呢?

在我怀孕时,只有一位医生有不祥预感:得克萨斯的内德·佩珀。在十九世纪的得克萨斯州,婴儿出生时要是有什么问题,接生的乡村医生也许能凭直觉预感到不妥。他们会嘱咐妈妈平常要对小宝宝格外留神,因为这小宝宝看起来病恹恹的。跟古代相比,现代医学已经没有"直觉"的立足之地了。当然,公平点说,这个年代的婴儿也绝对不会死于白喉就是了。

当内德听到这个噩耗的时候,吓得酒都醒了,然后他开始认真考虑做一个货真价实的医生。听说他后来真的考进了医学院,学习成绩还相当好呢。我真替你开心,内德!

既然不能怨中枢电脑,我很快就锁定了另一个硕果仅存的候选人:我自己!我没花多少时间就写了一张很长的清单,上面列举了我做错的每一件事,当中大部分在当时看来都是正确的决定,事后才觉得骇人听闻。我又写了另一张更长的清单,列出了我本来应该做却没做的事,其中有些完全没有逻辑——可现在我的小宝宝死了,我还讲什么逻辑呢?

最大的一个问题是:我怎样才能说服自己,当初不继续做产检的决定是正确的呢?对,我是答应了飞船帮不泄露清零力场真空服的秘密,可是那又怎样?难道说我要为了保护消息来源而牺牲自己小宝宝的性命?哼,要是我能为我的小宝宝哪怕续一秒,我也会毫不犹豫地把他们那帮人彻彻底底地出卖!可是……

那时是那时,现在是现在。当时我决定远离王城的产科医生,理由是很充分的,而且也没什么可预见的危险。有两点你必须记住:第一,我不知道原来生小孩是那么危险的,不知道有那么多因素会导致婴儿夭折,不知道有类似"婴儿猝死综合征"这样的杀手,这些在早期产检中查不出来,中期产检也查不出来,甚至在助产士接生的时候也查不出来。SIDS的测试是在产后才做的,如果是阳性的话,马上就能治愈,就像剪脐带一样,例行程序而已。

你当然也可以争辩说这不是我的错。如果我离开养殖场出去求救,就算有第一流的护理,马里奥可能也救不回来,连我的这条老命也会搭进去。中枢电脑就是这样说的。我也想用这种理由来安慰自己,也几乎成功了,只可惜有一件事情怎么也说服不了自己——这就是我叫你记住的第二点:生小孩这件事情,我最初就没理由去做。

一提到他,我就完全淹没在爱的记忆里,其他什么也想不起来了。其实我并没向各位忠实的读者隐瞒什么,须知一开始我并不爱他。我糊里糊涂地怀上了他,又凭着一股近乎变态的执拗劲儿坚持让他在我体内成长,却自始至终找不到一个好的理由。在怀孕过程中,我对胎儿一点感情也没有,更没有任何幸福快乐可言。一直到了后来,他才成了我世界的全部,成了我挣扎着活下去的唯一理由。然后我开始相信,如果我从他胚胎刚成形就开始爱他,我就不会失去他了——所以我现在受到这么残酷的惩罚,实在是罪有应得。

就这样,我一直沉浸在无尽的痛苦悔恨当中。考虑到自己过往的自杀史,我估计我是命不久矣。于是,我龟缩在得克萨斯的小木屋里,等着瞧我会用哪种方法结束自己的生命。

在开始自怨自艾之前，我必须先跟另一个大反派做一个了断：伊丽莎白·萨克森-科堡-哥达。

秩序恢复之后，她好几次想联络我，给我送鲜花、糖果，还有各种各样的小礼物。她还给我写了好几封信，可当时我一封也没打开看。我对她甚至没有生气，只是压根儿不想听到这个人的消息。

最后一份礼物是一头斗牛幼犬。我看了看系在她脖子上的一张卡片，上面写着这条小狗是有王室贵族血统的纯种狗。她样子实在太丑，以至于物极必反，竟然显得有点可爱。她特别活泼，老是缠着我，亲我一脸口水，严重干扰了我自怜自伤自怨自艾的日常生活。于是我把她送进了冷藏狗屋，还在我的遗嘱（当时我已经生无可恋，写遗嘱成了我唯一的工作）里面加了一条：如果我不死，就给她解冻。

我真活下来了，于是我也真把她解冻了。从此，玛姬小姐为我的生活平添了几分暖意。

至于莉齐，她退位了，终日沉溺在酒精当中。她也尝试戒酒，不过很快就故态复萌，于是她一狠心参加了戒酒互助协会，终于重新找回了清醒的人生。听说她保持清醒状态已经半年了，还经常抱怨没有了酒，她就了无生趣了。

她做的事情确实是懦夫所为。虽然我明白她是受了酒精的影响才会出卖我们，可是，一开始并没有人用枪顶着脑袋逼她把酒灌进肚子里呀！所以在这件事情上，身为酒鬼的她是难辞其咎的。最后我还是选择原谅了她。虽然她间接害死了很多人，可是马里奥的死与她没有任何关系。谢谢你送的小狗，莉齐。下次见面时，我请你喝一杯吧。

我活下来了。在很长一段时间内我都觉得这是一个奇迹。看起来中枢电脑说的是实话，原来我那些自我毁灭的冲动确实是从他那儿来的!

要是你真的相信中枢电脑的鬼话,我原谅你,因为我自己也信了很长一段时间,直到我完全从痛苦和悔恨中恢复过来为止——中枢电脑对我撒这个弥天大谎,也许正是为了帮助我走出伤痛吧。我怎么能一口咬定他在撒谎?其实我并没有真凭实据,可我非得这样想不可。就算他的话里蕴藏着一丝真相,就算他真在我心中埋下了一颗自杀的种子,但我的人生是我自己真真切切活过来的,我还清楚记得当时的思想状态——真相很简单:我当时就是一心求死。我真希望有一个简单快捷的办法解释一下我当时为什么想死。呃,只要有办法解释我的自杀倾向,哪怕再复杂再冗长,我也会把它详细记录在这里,因为我既不害怕重新经历一次痛苦,也不介意自省。可是我真的不知道为什么!你看我经历了那么多磨难,却说不出一句半句深刻的见解,很蠢是吧?没办法,我能想到的最好的说法就是:有一段时间我想自杀,现在不想了。

这就是为什么我认准了中枢电脑肯定在对我撒谎。即使他说的是真话,我也要对自己的行为负责。我不相信有"自杀强迫症"这回事,就算自杀的冲动会传染,它的细菌也必须落在肥沃的土壤里才能继续肆虐。

这事情说起来其实挺有趣的,对吧?刚开始的时候,中枢电脑这个懦夫巨无霸害我自杀未遂了好几次;后来我找到了生存的意义,他就自动消失了;如今他彻底灰飞烟灭,我觉得自己从未像现在这么充满活力。

其实,我一开始并没有这样子像哲学家似的刨根问底追究"为什么"。只是后来我慢慢看清楚了,我一时半会儿还死不了;接下来,我学会了不再埋怨自己(其实也没有完全学会,不过至少我已经懂得怎样面对这种心态了);最后,当我知道了他是怎么死的,我就彻底迷上了"为什么"。于是我又开始上教堂了，通常去之前还先喝上几杯。有时候，在礼拜仪式过程中，我会忍不住跳到长凳上，仰头对着天花板大吼几句愤怒的祈祷语，内容主要是你为什么要这样做？你这个烂神！通常他们很快就会把我赶走，可是有一次我被拘留了，因为我把一张椅子抡圆了甩出去，把一扇彩色玻璃窗砸得粉碎。不可否认，那段时间我确实是疯疯癫癫的。

现在我已经好多了。

一切很快就恢复了正常，比我们期待的还要快。

也不知道他们对中枢电脑做了些什么，反正最后受影响的主要是他的"高级意识"方面的功能模块。至关重要的那些服务系统只是在大故障期间被中断过，而且仅限于局部地区。当中枢电脑来双C栅栏恐龙养殖场看望我的时候，月球维生系统的巨大机组早已在轰鸣声中运作起来了。

拿今昔对比的话，变化还是有的，其中有些影响至今还没消除。比如说通信质量时好时坏，原因是中枢电脑的各部分依然处于隔离状态，无法像以前那样进行有效的沟通。不过至少电话能打通了，地铁也能按点运行了。办事效率跟以前相比有所下降——要是涉及用计算机进行搜索的话，下降幅度就相当大了——不过最后还是能办成事。

我们可以用一个工程项目来衡量大故障前后变化有多大。萨斯奎哈纳河、格兰德河与哥伦比亚铁路的规划、批准和建造都是在大故障之后完成的。现在人们从宾夕法尼亚去得克萨斯的话，可以乘坐SRG&C公司三列以木头为燃料的蒸汽列车当中的一列，只需要五天就到了——不像以前，坐磁悬浮列车，要足足三十分钟才能到。进步，这就是所谓的进步。在这五天里，你大部分时间都是在摇摇晃晃中度过的。车窗播放着全息图像，是一片人迹未至的茫茫荒野，你一点也看不出是假的。经过这次变化,得克萨斯的旅游业就像打了鸡血似的,突然蓬勃起来。杰克和镇长如同挖到了金矿,他们详细筹划,大力推广,让新奥斯汀镇也赶上了这股热潮。好样的,杰克!

我的明星学生伊丽丝也很厉害!听说她现在常驻阿拉莫酒馆,有了自己的赌桌,每天被她宰的游客不计其数。可是亲爱的,你要记住,得饶人处且饶人啊。

有一天我去看望福克斯,这家伙依然在俄勒冈园区辛勤工作。和那些久别重逢的老朋友一样,我俩各自讲了一下自己在大故障过程中的经历。原来他并没有受太大影响,甚至在刚开始的二十四小时内完全不知道出事了。这是因为他的计算机系统和凯莉的一样,都是单机运行,没有跟中枢电脑联网。原来我躲在俄勒冈这里也是安全的,不是非去双C栅栏恐龙养殖场不可。只是我觉得就算我来这里躲藏,该发生的还是会发生,结局也不会因此而改变就是了。不过,我这次探访并不是为了风花雪月,我是代表SRG&C公司来跟他谈判的。公司正在挖一条隧道,从孤鸽镇一直连到哥伦比亚河畔。工程进度已经过半,却遭到福克斯的激烈反对,因为他一心想保持俄勒冈地区未经开发的原始状态。人们在铁路西北终点建立了一个名叫"幸福家园"的伐木营地,算是新开拓的居民点,可是福克斯连这个也反对。我跟他说,就凭那几个身穿格子花呢上衣、拿着锯条的家伙,是不会对你珍贵的树林造成多大损害的。他听了竟然骂我是强盗资本家。强盗……你能想象吗?经过这次交锋,我俩之间残存的那点火花也彻底灰飞烟灭。你去死吧,福克斯!

危机过去几个月后,我终于决定不再去教堂闹事。这时候,我想起了亲亲波比,是时候光顾她一次了。于是我上门找她,却发现她既没有留在海德里广场,也没有回牧草街……最后,我是在十号广场找到她的——那里是人体改造行业前卫先锋的集中地。她已经从"亲亲波比"变回了"疯伯",而且只设计最激进、最耸人听闻、同时也最受年轻一代青睐的款式。他劝我试试把脑袋装在盒子里,我就提醒他,当初这股潮流之所以突然兴起,靠的还是我和布兰妲写的那篇关于明星教教主的新闻报道呢。最后,看在多年交情的份儿上,他按照我的要求给我做了。不过我觉得他好像挺幽怨的,也许是觉得我隔了这么多年,怎么又开始发疯了。

说起明星教教主,我也听到他的消息了。其实是他主动打电话来谢我,可是我到底何德何能,竟然值得他来谢?我想象不到,也不愿意听他的废话。后来我猜他在牢里可以全情投入、二十四小时不间断地看电视,所以后悔在外面浪费了那么多时间处理教务。他一定是想让我向法官求情,延长他的刑期。好呀,我一定帮你,老头儿!

在大故障之后,我们的生活发生了许多改变,其中之一就是我们在医疗上的需求显著增加了。我猜我体内依然充斥着纳米机器人,可是它们不像以前运作得那么顺畅,彼此之间的协调也逊色了不少。我没去研究为什么会这样,因为我对这个话题一点兴趣也没有。不管是什么原因吧,反正我现在几乎每个月都要去消灭一次癌细胞。虽然我不介意,可是很多人都怕麻烦。其时月球上掀起了一场名为"恢复大脑皮层"的社会活动,就是一帮人鼓吹着要把中枢电脑请回来,而且还要把他变得更聪明、更强大。我们生活中多一分不便,这帮人肩上的担子就加重一分。在这个年代,我们都已经被惯坏了,甚至快要忘记癌症曾经是一个多么可怕的存在。

我就是在这种医疗店里碰到凯莉的,她也是去灭癌。正如人们常说的,这是家族遗传病。

我们一句话也没说,这可以说是我俩相处的常态。我活到现在,有半辈子的时间没跟她说过一句话,也没听见她对我说过一句话。

其实，当初是她来山洞接我的。也许她算是做了一件好事吧，因为如果她不来，我甚至不知道有没有力气从新坟前面爬起来，有没有力气自己一个人走回家。更妙的是，她问了我一个她根本没资格去问的问题。我顿时火冒三丈，盛怒之下竟然忘记了伤痛，只管对着她大吼大叫；而她也对着我大吼大叫。她问我孩子他爸是谁！可是，她自己从来不许我问自己爸爸是谁，她害我的童年过得那么凄惨。我小时候常常梦见爸爸骑着白马来接我，告诉我说这一切只是一个很大的错误，他是爱我的，而凯莉其实是一个把我从摇篮里偷走的吉卜赛女巫。

有时候我觉得，对于父亲这个角色，我们社会处理得一塌糊涂。虽然每个人都能怀孕，可我们不能以此为借口而把这个角色给彻底删了。然后我又想到了布兰妲和她的禽兽老爸，想到这种事情曾经多么普遍……也许我们应该完全彻底男性靠近小孩子！

我只知道一件事：我很想念我的父亲。凯利说：这个蠢问题，你真的想知道答案的话，我就告诉你。我说不用了，我早就知道是谁了。然后她哈哈大笑，说你根本就不知道。这句之后，我们就再也没说话，只是默默地走下山坡。和往常一样，我俩虽然并肩而行，却还是各自形单影只。二十年后再见吧，凯莉。

不过我还是觉得我知道他是谁。

至于小猫帕克……我干吗要去毁了人家的大好心情呢？

眨眼间一年过去了，我对马里奥依然念念不忘。有时候我会半夜被噩梦惊醒，我会梦见温斯顿把那位王城女警的手臂扯下来。我始终不知道她的下场如何了，其实她跟我们一样，都是受害者。警队糊里糊涂地被中枢电脑拖进这场冲突，最后也伤亡惨重。

一年过去了，我们都改变了不少，世间万物却还是老样子。离去的人们留下了一个个空洞，世界将它们一一碾压、填埋。比如说慈小姐吧，没了她，刚开始的时候我都不知道该怎么把《得州人报》继续营运下去。可是她的线人们陆陆续续找上门来，向我爆料。过了不久，其中一个线人脱颖而出，接替了慈小姐的位置。虽然他远没有慈小姐漂亮，却也不乏做一个好记者的潜质。

我还在管理报社，还在学校教课，而且我还当了新奥斯汀镇的镇长。我没有报名参选，不过当公民委员会提名我的时候，我也没有拒绝。我们报社的"毒蜥专栏"依旧恶毒。我身为镇长，本来不该继续出版这些流言蜚语，因为有损害公众利益之嫌，可大伙儿好像都没有意见，要是我的政敌们不爽，就让他们自己也办一份报纸好了。

每个星期我都会给《奶油日报》写一篇客座专栏文章。我猜这是沃尔特用温水煮青蛙的策略引诱我回去给他卖命。你这招不太管用啊，沃尔特。我已经走过了那个人生阶段，不太可能回头了。不过世事难料，千万不能把话说死。我之前还绝对想不到他们能说服我当镇长呢。

上星期我在重新开张的盲猪酒馆遇到了沃尔特。旧的酒馆在大故障当中被大火夷为平地，酒保"深喉"一度打算就此退隐，不再营业了。不过后来他终究还是屈服于公众压力之下，不但重新开张，还举办了一场盛大的开业典礼。王城大部分媒体人都来了，很多人到场的时候就已经喝多了，那些刚开始还清醒的宾客很快也喝得酩酊大醉。

我们这帮记者聚在一起都干些什么？喝酒，说不在场的人的坏话，谈论明星和政客们的丑闻（都是那些不能出版的故事）；喝酒，吹嘘说自己马上就要报道一件惊天大新闻（其实对那件事情一无所知），重温往日的各种矛盾争斗，挖掘政府高层最近有什么新的阴谋；喝酒，呕吐，继续喝酒……在派对上，有人乘着酒意动手打架，有人想发脾气却被劝住了，有人围在一起打牌赌钱。新的盲猪酒馆其实不差，可是很多人都抱怨新不如旧，纷纷缅怀过去的美好时光。我觉得，再过五十年光景吧，等地上擦不干净的血痕再多几层，等杯里溅出的酒水再多几滴，等醉鬼摔烂的锅碗瓢盆再多几个，等客人们吐出的烟氲再多熏几个春秋，这个崭新的酒吧就会变得跟旧的盲猪酒馆差不多了。到时候，恐怕只有我和少数几位酒客还记得这里曾有过一间被大火焚毁的盲猪酒馆了。

我一度发现自己坐在酒吧里屋的那张大圆桌旁——这里是供玩家们豪赌用的贵宾厅。可是我没有参与，因为这房间里的人很久之前就都不敢跟我赌了。我看到了沃尔特，只见他正愁眉苦脸地盯着手里的牌，好像输了这一把他就会变得一无所有，只能回他那座五十卧的豪宅挨穷了。蟋蟀也在场，摆出一副很傻很天真的表情，仿佛连同花和顺哪个更大也不知道——其实这是他的一贯伎俩。这家伙现在总是穿十九世纪流行的那种对襟双排扣花呢夹克衫，脖子上还竖着一圈浆得硬邦邦的高领，看来是要把复古风格坚持下去。瞧他那衣冠楚楚的绅士模样，应该是在场男士当中最能撩起女人兴趣的一位了。只是我心中不再有火花，你就捶胸顿足去吧，蟋蟀。要是当初你有那么一点点脑子，我俩本来可以走到一起，互相折磨五六年，最后不欢而散，彼此间留下一份真挚的厌恶之情。想想你错过了多少精彩的争吵，错过了多少刻骨铭心的痛苦……你去死吧，蟋蟀！噢，还有一件事，你就别再装傻装天真了好吗？至少在牌桌上别装！你是姑娘的时候这招也不太管用，更别说你现在是个大男人了。

牌桌上有一位大赢家，就坐在最大一叠筹码后面，镇静的神情中流露出一丝笑意，她覆在桌面上的几张牌把其余几位牌友看得胆战心惊。这位大赢家不是别个，正是布兰妲！她现在是明星们的知心好友，是三个星球娱乐圈中的大红人，眼看就要成为自卢艾拉·帕森斯[1]以来最具影响力的娱乐记者了。两年前我很不情愿地做她的导师时，布

---

1. 美国著名娱记、专栏作家（1881–1972）。

兰妲还是一个笨拙无知却又真诚热切的小孩——可是现在，那个孩子已经全无踪影。她依然那么年轻，依然高得吓人，可她现在整个人已经跟以前截然不同了。最明显的是，布兰妲现在穿衣服了。虽然我觉得她的品位很惊悚，不过凭她的自信，绝对可以在时尚圈开创一种独特的风格。而且她也有了自己的小跟班，我在那个菜鸟记者身上看到了当年布兰妲的影子。那个漂亮的女孩为大姐鞍前马后地服侍，随传随到，无微不至。她从小到大肯定也梦想着有朝一日能跟名人同台对酌、谈笑风生，布兰妲又何尝不是这样呢？我自己又何尝不是这样呢？只见布兰妲把牌一翻，顺手就将桌上的筹码全部笑纳。然后她身体后倾，一边盯着庄家发牌，一边轻抚着跟班女孩的膝盖，动作很随意，眉宇间却流露出一种舍我其谁的占有感。突然，她向我眨了眨眼。布兰妲，你要记住，凡事不要孤注一掷哦。

在新一轮牌局里，众人谈起了世界大事——在这种社交场合当中，人们聊天始终会转到这个话题上的。我没有插嘴，因为最近以来我发现，人们只要留意到我在场，就绝口不提大故障的事情。记者的圈子藏不住秘密，所以人人都知道马里奥夭折了，许多人也知道我跟中枢电脑交恶，有少数几个也许还知道我三番四次自杀未遂。悲剧当前，大伙儿聊天时都如履薄冰，因为他们绝大部分都无法想象痛失爱子是怎样一种感觉。我本想告诉他们，没关系的，我已经没事了；可是我知道这样说没用，所以我就干脆坐在人群边上，静静地听他们高谈阔论。

大家首先说起的是中枢电脑：我们应不应该把他恢复原状呢？最后人们达成了一个共识：我们不应该这么做，不过最终还是会这样做的，因为有中枢电脑的日子实在是太特么方便了！是的，他后来犯大错了，可是那帮冰雪聪明的科学家应该能应付呀，对吧？既然他们能把人在一周内从月球送到冥王星，为什么不能把那些研究经费花在刀刃上，使纳税人的生活更容易、更便利一点呢？我也觉得中枢电脑的回归是在所难免的，因为我们是一个民主社会——尤其现在没有中枢电脑在搞鬼——要是我们投票通过决议，大家一起做蠢事，那么大家就会一起做蠢事。我只是希望他们加一个条款，定期派人去给中枢电脑送上一个拥抱，否则他又会耍性子了。

而在当天的第二个话题上，他们并没有达成共识。这个问题很深刻、很尖锐，必定会先引起激烈的讨论甚至争吵，才能得出最终的答案。即我们应该如何处理中枢电脑在黑化期间取得的新发现和新成果呢？尤其是记忆复制和克隆人这两项技术。

中枢电脑有很多个恐怖密室，水俣只是其中一个，而且还不是最可怕的一个。那些密室里发生的事情，有的已经泄露出来了，有的还捂着。不过请你相信我，这些事情你还是不知道的好。

此外还有一个问题：永生。目前来说，这个问题第二佳的答案就是一个缺少了人类感情的、自以为是安德鲁·麦当劳的家伙。在中枢电脑看来，终极解决方案就是一群忠心护主的无脑士兵——那帮家伙在大故障第一天给我造成了极大困扰。不过无论是禽兽版安德鲁也好，还是残暴无脑的士兵也好，他们都不是最终成果。中枢电脑觉得这项技术是可以完善的，我没有理由去质疑他的结论。这个话题一旦公开，普罗大众是肯定会趋之若鹜的。

有人说，其实这并非真正意义上的永生，只不过是有另一个跟你很相像且拥有你记忆的人可以继续活下去；而你，一个坐在牌桌边上、拿着一手烂牌的赌鬼，还是会死翘翘。一旦广大人民群众意识到这一点，自然就会觉得这项目值不回票价。

你可别信这一套，又有人说，我手上的牌又不是那么差，而且也只有这么一副，所以我肯定要尽力打下去。到目前为止，人们想获得永生，唯一的可能就是创造一些能够在我们身后继续存在的东西。比如说，艺术家通过创造艺术作品，而我们大部分人则是通过生儿育女。这就是我们永生的方式，所以中枢电脑的发明是很符合我们愿望的。你就当生一个小孩好了，只不过这个小孩就是你自己。

说到这儿，有人用手肘撞了撞身边的人，一种默契无声无息地绕着牌桌传递了一圈：我们不应该说起小孩的……你知道吧……希尔迪就在这儿呢。也许是我自己太敏感吧，反正我是这样觉得的。不管是为什么吧，这场对话就在这里戛然而止了。出人意料的是，最后竟然出了一段小插曲：在一片寂静当中，布兰妲的美女小跟班用天真无邪的眼神环顾四周，突然尖声说："有什么不妥吗？我觉得这想法挺好呀。"这是她今晚唯一的高论，却无异于给我之前的猜想宣判了死刑。我本来以为克隆永生大法根本不会有市场，人们宁愿生小孩也不愿克隆一个自己出来，所以就算我有闲钱也千万不要砸进那些经营记忆复制的企业的股票里。可是在那一刻，我看着那张年轻天真的脸，我动摇了。还是让时间来证明一切吧。

这两年也许是我一生中最为动荡的一段岁月。这个结论正确与否，也只能让时间来证明了。

此刻，我坐在"草原酋长号"列车的豪华特等车厢里，目的地是宾夕法尼亚园区的约翰斯顿镇。今天学校放假，身为SRG&C公司合伙人，我觉得应该趁这个机会乘一下自家的列车。我正坐在一张镶嵌了珍珠母贝的红木书桌旁，用钢笔在一张SRG&C公司的大号信笺上奋笔疾书。桌面上放着一瓶墨水，还有一个插满了新鲜矢车菊的水晶花瓶。"草原酋长号"给乘客们提供的设施和服务都是顶级的。前方传来蒸汽机运行的轧轧声，在机头散发出来的烟雾中，我隐约嗅到了一丝机油的气味——他们用的是439号机油。再过一会儿，列车员就会来把我身后的折叠床拉下来，铺上干净的白床单，最后还会把一束薄荷和一瓶花露水赠品搁在枕头上。餐车也在我身后，大厨正在里面挑选一块顶级的堪萨斯城牛扒，煎出一成熟，等会儿给我这个公司合伙人做晚餐。

好吧好吧，要是你非要较真的话，那不是牛扒，而是雷龙肉，而且很可能是从双 C 栅栏进的货。

很快我们就会在沃斯堡停站、加水和补充木头。我不打算下车了，因为听说这地方只是一个牲口集散地，没什么好玩儿的；而且在这里出没的都是些粗鲁的牛仔，所以治安不太好，不适合像我这种受过高等教育、出入上流社会的淑女（这几句话当然是别人对我说的，不过我刚好知道真相，因为我是亲眼看着这地方怎么建起来的。这个车站其实只是一间巨大的房间，里面铺着纵横交错的铁轨；一条泥路贯穿其中，周围零星散落着几座小木屋……剩下的特效就依靠全息影像来补足了）。

车窗外暮色渐浓。不久前，我们看到外面有一大群水牛，然后是一伙印第安佬。只见他们勒停了马，神情肃穆地注视着我们这条钢铁巨龙吭哧吭哧地经过。也不知道这一幕是全息影像，还是从临演经纪公司请来的龙套？不过谁会关心呢？这个特等豪华车厢坐满了得克萨斯居民和少数回家的宾夕法尼亚居民。旅途才刚开始，他们身上的漂亮衣服还没有沾染风尘。在我对面，有一个阿米什小女孩跟父母坐在一起，正聚精会神地看我写字。阿米什人旁边坐着三位年轻的绅士，他们对我这个伏案疾书的单身女子流露出极大的兴致，却又在竭力掩饰着。我知道过不了多久，这三位当中最勇敢的那个就会过来跟我搭讪，邀我共进晚餐。只要他别说"靓女写啥哩？"这么烂的对白，我会答应跟他吃顿饭的。

吃饭可以，上床就免了，因为性行为已经成了一项毫无意义的举动。上一次我找亲亲波比（疯伯），就是让他把我变成无性人——就像我当年初遇的布兰妲。我这样做也许很蠢，也许太极端，可那时我发现自己一想到性行为就受不了。我甚至怨恨当初自己身上为什么会长了那样一个洞，为什么要让马里奥从我体内爬出来，在这世上活了如此精彩却又如此短暂的一回！同时我也不想再做回男的了，于是，我毅然从这列轰隆隆的性爱列车上跳下来，心中没有一丝悔意。现在已经过了一段时间，我觉得自己已经准备好，随时能够重新上车了。其实，不用受雄性和雌性荷尔蒙的支配，我心里有一种如释重负的感觉。以后每隔二十年就变一次无性人吧，就当定期休息一下也好。

夜幕降临，火车轻柔地晃动着，我突然觉得自己很久没有这么愉快过了。

我们相聚也颇有一段时间了，差不多是时候说再见啦。你认识了男的希尔迪、女的希尔迪，还有不男不女的希尔迪；你知道他或她或它做过铁路大亨、出版家、教育家、专栏作家，以及不知疲倦的语言革新家，同时还是一个痛失爱子的母亲。此外还有最后一件事情值得大书一笔：

我要飞向星辰宇宙。

其实我已经拿到船票了。有件事我之前没提起——也许是因为忘了吧——在马里奥去世一个星期后，我呆呆地坐着，坐了很久很久。我身边放着一瓶上好的龙舌兰酒，手里拿着沃尔特给我的手枪，枪里只有一颗子弹。我饮一口酒，把子弹上膛、退膛，再喝一口，然后把枪口四处瞄准：那棵树、木屋的侧面……还有我自己的脑袋。我想起中枢电脑生前提到过的病毒感染论，以及我对这种说法真实性的质疑。我忍不住开始怀疑，这世上到底有没有什么事情是我真心想做的呢？我从事过那么多职业，它们都能给我满足感，其中尤以教书为甚。可现在当我扪心自问：希尔迪，你到底想做什么？这个问题的答案却再也不能从我做过的那些事情里面找到了。

有一天我灵机一动,突然有主意了。于是,我急急忙忙赶去"海因莱因号"飞船,跟史密斯好好谈了一次。我说虽然我没有专业技术,可是你们出发的时候能不能带上我呢?他说,当然可以啦,希尔迪,就算你不提,我本来也打算问你感不感兴趣的。我们需要有人处理公关方面的事宜,通过引导舆论来获得大众的支持——这种公关手段在出发前很重要,在回来时更加重要。我们需要专业人士指导,应该怎样把我们的故事推出市场才能获得利益最大化。呵呵,我们的科学家、试飞员和技术人员虽然本领高强,可一到需要说和写的时候,就舌头打结、脑袋进水,你去看看早期太空探索先驱们写的报告就略知一二了。所以我们需要你捉刀代笔哦。你去找公关宣传部的辛巴达吧,看能不能帮他长进一点。如果你行的话,我打算在一个星期内让你做公关宣传部部长,你再不济也好过辛巴达吧。

是的,我这是在跟各位道别了。之前我提到的那些人都不会跟我走,因为他们压根儿就不是出远门的人。他们当中的每一个人——不论男女老少,甚至包括凯莉——我都爱,只是程度因人而异,可惜他们是离不开月球家园的。到了我直冲云霄那一天,我就会把他们全部抛在身后了。"韩塞尔""葛丽特""利比"(顺便说一句,利比已经康复了)、"瓦伦丁·迈克尔·史密斯",这些才是与我一同踏上征途的小伙伴。我们什么时候启程?也许明年,也许再过二十年,也许再过五十年……

我现在主要做三件事:教书、坐火车四处巡游、经营《得州人报》。在我无穷无尽的空闲时间里(想不到吧?哈!),我会竭尽所能帮助飞船帮拓展目标,推进这个疯狂的星际飞行计划。我取得的成果是:在过去一年里,公众对这个项目的查询次数提高了百分之二。乍看之下,我还没有让这个计划火起来;可假以时日吧,我们一定会引起大众关注的。本职工作完成之后，我会继续在海因莱因城转悠。谁家有个罐子需要清洗吗？有垃圾要倒吗？有个什么玩意儿需要抛光打磨吗？只要交给中性人希尔迪，保证帮你完成！再卑微的活儿我也不会嫌弃，因为在那些重要的领域里，我是一点用处也没有。我的目标是成为这个项目当中不可或缺的一员，我要让他们觉得，把我扔在月球上是不可想象的。不带上希尔迪？天哪！谁来给我擦鞋子？谁来给我做足底按摩呀？

我答应过你，这个故事不会有一个干净利索的结局。这不，我说到做到了吧？我也警告过你，结束的时候很多事情是没有交代清楚的，现在我随手拎起来就有一大捆了。比如说，那些外星侵略者后来怎么了？兄弟，我也不知道啊。上一次人们查探过，他们依然霸占着我们美丽的地球家园，目测近期内还赶不走。要是我们终有一天能想出夺回地球的办法，那将是另外一个故事了。

我们会在宇宙深处发现什么？这我也不知道，所以我才要跟着他们一起去嘛！发现外星智慧生命？这是必然的。发现一些新奇古怪的新世界？这也是必须的。广袤无垠的空间，人类的悲剧和希望；天哪，或许还有马里奥的灵魂呢！无论是人类最狂野的梦想，还是最恐怖的梦魇，都有可能在宇宙深处实现。

也许我们还会遇上猫王和西尔维奥在一只飞碟里高唱老派的摇滚歌曲呢。

那个故事该有多精彩啊！

——俄勒冈州尤金市，1991年5月2日

作者后记

在创作过程中,一位作家如果觉得有必要打破科幻小说的写作传统,那么他就应该好好解释一下,到底是什么驱使他做出这样的决定,以示对读者的尊重。

我写了一系列讲述人类未来历史的小说,统称"八星系列",而本书看起来也是该系列中的一员。是的,本书与此系列早期的小说相比,确实拥有相同的背景、人物以及技术——这也是未来历史小说的传统。不过,本书与前作的时间线并不吻合。为什么会这样呢?原因很简单:要仔细翻阅前作,把它们都按照时间顺序整理出来,我一想到这事儿就不胜其烦,以至于我几乎想放弃这个故事了。

然后我想,管他的!

所以各位姑且把下面这段话当成免责声明好了。《钢铁海滩》并不是"八星系列"未来史当中的一部;或者说,"八星系列"根本就不算是未来史,因为这个系列当中的事件并没有顺着时间线循序渐进地发生。到底怎么看,你自己二选一吧。不过,千万别给我写信说在这个系列里,清零力场真空服应该出现得更早一些,因为你在哪本哪本小说里提起过这种技术。《钢铁海滩》里可能还有很多类似的桥段,你能一一挑出来吗?

有位仁兄(好像是八卦杂志《国家询问者》的编辑)曾经说过,只有目光短浅的人才会盯着前后连贯不放,其实他们是在给你捣乱。这个观点,相信希尔迪一定会赞同的。

——约翰·瓦利,1991年12月1日

无端开脑洞，有泪品乡愁
——《钢铁海滩》译后随想

看了全书第一句话，我就想，这位客我接定了！

连弟弟也可以作废？！能不往下看看么？

现在想来，自己作为译者的心路历程从没这么复杂过：从捧腹、好奇，到惊愕、犹疑，再到百爪挠心地期待结局，在死线一步步逼近的日子里，我就这样被牵进了一个无比巨大的脑洞里。有意思的是，这个二十八年前的脑洞在今天看来依然极为新鲜。作者构建了一个集盛世与末世于一体的乌托邦，又在这个魔性的世界里讲述了好些精彩的故事。

作为"八星"系列中的一部，《钢铁海滩》也延续了这个未来历史系列小说的背景设定：地球被外星人霸占，人类被迫流亡于太阳系之间。借助人工智能、纳米科技等技术手段，人类不但没有灭亡，反而在许多本来不宜生存的地方安居乐业、衣食无忧。

真实永生、无病无痛的肉体，可自由转换的性别、可精准操控的天气，仁慈而极具服务精神的超级人工智能……这一切造就了人类史上最为美好的人造环境：两百年后的月球聚居地。然而，在这个物质极大丰富的新世界里，有的人安于现状，有的人浑浑噩噩，有的人醉生梦死，有的人放纵堕落，殊不知，无节制的欢愉享乐是有代价的，人类社会已经一步步陷入绝境，滑入未知的深渊。主人公希尔迪貌似众人皆醉独我醒，却在大时代中身不由己，最大的劫难降临时居然毫无察觉。

回到这部小说本身。"钢铁海滩"，顾名思义，就是人造的海滩——人类生活在月球的钢铁温床中，就好比被困在人造海滩上不停挣扎的鱼儿，尽管这里已经是史上最舒适的人造环境，尽管这里物质极大地丰富，尽管所有的人无病无忧，这里却仍旧是异乡，而真正的故乡地球，已经回不去了。整本《钢铁海滩》就在极致的狂欢中，泛着浓浓的乡愁，而这也正是这部小说题目的本意之所在。故事中段的一个小高潮中，月球居民在地球沦陷两百周年时举办了一个特殊的纪念仪式：月球日落时分，天空中只剩下了半颗地球，随着星空中的那颗蓝星缓缓转动，旧世界那些早已湮灭的国家一个一个地出现在阳光里，迎来了新的一天；而每当一个国家出现，烟花就在半空中展现出她的国旗，同时奏响国歌。那个场面异常美丽壮观，却也异常悲怆。全书翻译完成之后，某日偶然与编辑聊起，仔细回味之下，我才突然意识到，整个故事里贯穿始终的竟然就是这"乡愁"二字。而这种情感，让去国怀乡的我瞬间感同身受，潸然泪下。

在我看来，这本书只有结尾，没有结局。说是管窥也好，浅尝辄止也罢，读者看到的只是人类在月球上某个时期的生活片段。在"八星"系列的其他作品中，作者会把这个后地球时代更多地展示在读者眼前，甚至还会从不同经历者的角度去描写同一件改变历史的大事，就如同罗生门般妙不可言。而"八星"系列中的角色也彼此互有交集，最后则殊途同归，一起参与了一个关乎人类命运的盛举。说实话，我已经迫不及待想去老约翰的下一个脑洞观光一番了，英雄们，不一起吗？

仇春卉
2019年1月25日于加拿大